유다의 키스

유다의 키스

아나 그루에 장편소설
송경은 옮김

JUDAS
KYSSET

Immediately he came to Jesus,
and said, "Hail, Rabbi!"
and kissed him.

ANNA GRUE

북로드

일러두기

이 책은 독일어판본《Der Judaskuss》(Ulrich Sonnenberg 번역, Atrium Verlag)를 중역한 것입니다.

나의 막내이자
키다리 요한에게

2부

발레슬레브, 크리스티안순 근교,
2007년 3월 1일 목요일

어린 고슴도치 한 마리가 듬성듬성한 나뭇잎 사이에서 코를 킁킁
거렸다. 2월치고는 푸근한 날씨 덕분에 몇 주 일찍 겨울잠에서 깨어
났다. 아직 기온이 영하에 가까운 탓에 작은 고슴도치는 추위에 떨었
다. 저항력을 강화하기 위해 가능한 한 많은 열량을 섭취해야만 했
다. 고슴도치는 몸을 숨기거나 소리를 덜 내려고 신경 쓰지 않는 듯
했다. 사람들이 사는 주택가이지만 이 시간엔 두 발 동물이 내는 소
리는 전혀 들리지 않았다. 새들이 잠결에 푸드덕 몸을 털고, 쥐 한 마
리가 잎사귀 위로 후다닥 달아나고, 줄무늬 집고양이가 정원 북쪽의
나무 아래에서 소리 없이 자기 몸을 긁고 있었다.
　고슴도치가 옆집 정원 울타리까지 몇 미터 뛰어가다 갑자기 코를
흔들며 킁킁거리더니 그 자리에 멈췄다. 문이 조금 열려 있었다. 열
린 문틈 사이로 냄새가 휘몰아쳤다. 굶주린 육식동물이 호기심을 느
낄 만한 냄새였다. 짓이긴 지렁이인지 짓밟힌 달팽이인지 아니면 갓
태어난 생쥐인지 뭔지는 몰라도 먹이의 냄새였다. 다른 한편으로 완
전히 다른 냄새도 났다. 언젠가 살아 있었다는 건 분명 확실한데……
먹을 수 있는 상태일까? 고슴도치는 열린 문틈까지 달려갔다. 냄새
가 코를 더 찔러왔고 달달하고 강렬했다. 한동안 고슴도치는 문 앞에

그대로 서서 냄새를 맡고 코를 킁킁거렸다. 안에 뭐가 있는지 몰라도 죽은 데다 덩치가 컸다. 작은 고슴도치에게는 지나치게 컸다. 결국 위험을 감지하는 생존본능이 호기심을 눌렀고 고슴도치는 문을 향해 마지막 시선을 던지고는 잽싸게 뒤돌아 도망쳤다. 몇 초 뒤 그는 울타리를 넘어 동네에서 사라졌고 자기 몸에 맞는 먹이를 찾아 사냥길에 나섰다.

다른 이들이 뭔가 이상하다는 느낌이 들기까지는 몇 시간이 더 흘러가야 했다. 오전엔 그 죽은 이의 동료들이 의아해하기 시작했다. 미카엘이 이렇게 늦게 출근할 리 없다고. 상사가 드넓은 사무실 공간에 머리만 빼끔 들이민 채 몇 번이고 그 젊은 직원이 출근했는지 물어봐도 그들은 그 문장만 되풀이했다. 10시 반이 되었을 즈음, 미카엘과 가장 가까운 동료는 이미 그에게 여러 차례 전화해봤지만 집 전화도 휴대전화도 모두 응답이 없는 상태였다. 그녀가 상사 자리로 갔다.
"좀 이상해요." 로테가 말했다.
"나도 그래." 상사가 답했다. "미카엘 집에 직접 가서 무슨 일이 있는지 봐줄 텐가?" 상사는 완만한 포물선을 그리며 책상 위로 자동차 열쇠를 던졌다. "미카엘이 집에 없으면 병원마다 연락을 해봐야겠어."
로테는 주차장으로 가서 회사 로고와 슬로건이 적힌 감청색 승용차 문을 열었다. 그녀는 크리스티안순 동쪽 끝에 있는 발레슬레브로 차를 몰았다. 커다란 노란 벽돌집들과 하얀 페인트를 칠한 난간들 뒤의 연립주택들이 교대로 이어진 평화로운 마을이었다. 이 지역은 상록수, 측백나무, 소나무, 주목으로 덮여 있었다……. 1960년대 즈음 새로 지은 집에 사람들이 들어갈 때 심었던 작은 묘목들이 이제 위협하는 괴물처럼 자라나 햇살을 모조리 막아버릴 정도가 됐다. 로테는 키플링스 뱅에 있는 연립주택 앞에 차를 세웠다. 울타리에 코발트 블루 빛깔 우편함이 걸려 있었다. 그녀는 거기 적힌 이름을 볼 필요가 없었다. 몇 개월 전 뉘보르 스트란드 호텔에서 이틀간 열린 세미나에 가는 길에 미카엘 집에 들러 그를 태워서 간 적이 있었다. 그는 약간 당황스러운 인상을 남겼는데 여전히 어머니 집에서 살고 있기 때문이었다. 어쨌든 그는 어쩌면 이제까지 잡을 수도 있었던 기회들을 놓쳤다.

로테는 자신이 누른 벨 소리를 확실하게 들었다. 벨 소리를 제외하고 집 안은 정적 그 자체였다. 안에선 아무런 소리도 나지 않았다. 로테가 두 번 세 번 벨을 울려도 마찬가지였고, 무릎을 꿇고 편지를 밀어 넣는 문틈으로 불러봐도 소용없었다. 그녀는 쪼그리고 앉아 인기척이 있는지 귀 기울였지만 어떤 인기척도 들리지 않았다.

로테는 자리에서 일어나 무릎에 묻은 먼지를 털었다. 집 앞 보도로 나가 오른쪽으로 방향을 돌린 뒤 옆집 초인종을 눌렀다. 곧바로 문이 열렸다. 로테는 병색이 완연한 남자가 자신을 계속 관찰했다는 걸 즉시 확신했다. "무슨 일이죠?" 종이처럼 메마른 피부에 눈 밑에 다크서클이 진, 환자처럼 보이는 마른 남자가 물었다.

"실례합니다만." 그녀는 미소를 지어 보이며 무장해제가 되기를 바라면서 말을 꺼냈다. "저는 로테 벤트센이라고 해요. 미카엘이랑 같은 회사에 다니는 동료입니다. 14번지에 사는 아들 말이에요." 그녀가 쭉 내민 손은 주의를 끌지 못한 채 허공에 머물렀다. 그녀는 손을 거둬들였다. "혹시 선생님은 아실 것 같은데요……."

"여행 갔어요들." 남자가 대답하자마자 문을 닫으려 했다.

로테는 몇 초라도 얻어내려고 문손잡이 위에 손을 올렸다. "두 사람 다요?"

"아들은 일하고요. 그건 당신이 잘 알 텐데요…… 회사 동료라면서." 그는 동료라는 단어에 특별히 힘을 주어 말했다.

"네, 그건 그런데 오늘……." 로테는 손잡이를 더 꽉 쥐었다. "미카엘이 출근을 안 했어요. 그래서 회사에서도 좀 불안해서요."

"나도 아는 게 없어요. 이제 가봐요!" 이번에는 그가 문을 쾅 닫았다. 로테는 그 자리에 서서 작은 구멍에 끼워진 누런 빛의 안심 창을 노려봤다. 당장에라도 이 보기 싫은 창문을 깨부수고 저 투덜이에게 어린애처럼 소리 지르려다가, 이성을 되찾고 자동차로 돌아갔다.

한동안 로테는 나란히 이어져 있는 집들을 바라봤다. 집 주위를 둘러볼 수 없었다. 집 앞마당에서 뒤쪽으로 가려면 집 안을 통과해야 했다. 만일 집 앞쪽 잔디를 깎다가 뒤쪽 잔디를 깎으려면 어떻게 할까? 제초기를 카펫 위로 끌고 가 나중에 진공청소기로 그 지나간 자리를 민단 말인가? 그건 아닐 것 같았다. 어딘가 정원에 집 뒤쪽으로 가는 다른 길이 분명히 있을 것이었다. 그녀는 도로 끝까지 가서 모퉁이를 돌았다. 예상대로였다. 집 뒤편에 조금 넓은 길이 나 있었고, 양편에 높은 널빤지 울타리와 집 쪽 현관으로 경계가 구분되어 있었다. 모든 현관마다 도로명과 번지수가 꼼꼼하게 적혀 있었고, 대부분 튼튼한 맹꽁이자물쇠로 잠겨 있었다. 로테는 14번지로 들어가는 현관이 열려 있는 것을 보고 너무 반가운 나머지, 맞물려 있어야 할 자물쇠와 빗장이 왜 바닥에 놓여 있는지 생각해보는 것을 완전히 잊어버렸다. 자물쇠의 각 부위는 여전히 잠겨 있었고, 팔각 나사못도 자물쇠 구멍에 꽂혀 있었다. 마치 누군가 자물쇠 전체를 한 방에 들어 올리기라도 한 듯.

로테는 조심스럽게 정원 길로 들어서면서 집 창문 너머에 반응하는 게 있는지 주시했다. 곁눈으로 이웃집 커튼이 움직이는 것이 보였다. 어떤 순간에라도 경찰이 나타나 그녀를 체포할지 모른다는 위험이 그녀를 멈추게 했다. 마침내 그녀는 이 느낌을 떨쳐버리고 집을 향해 걸음을 계속했다. 두 손을 눈 주변에 모은 채 1층 창문에 얼굴을 대고 눌렀다. 거실이었다. 특색 없는 분위기였다. 검은색 가죽가구, 큼지막한 평면 TV, 창틀에 놓인 보랏빛 아프리카제비꽃, 유리 테이블 위에는 사용한 흔적이 있는 접시 한 개와 거의 비워진 우유병 한 개, 그리고 구깃구깃 뭉쳐진 키친타월 한 조각. 그녀는 손가락 마디로 유리를 두드리며 미카엘을 불러봤지만 아무 반응이 없었다. 정원 테이블을 벽 쪽으로 가져와 그 위에 의자를 놓고 올라가 2층 창문을 들여다보면 어떨까 잠시 고민하다가 바로 그 계획을 접었다. 옆에 사는 얼간이가 진짜로 경찰에 신고라도 할 경우, 그 질서의 수호자가 임시 사다리 위에서 그녀를 발견한다면 별로 도움 될 것이 없었다. 다시 현관으로 돌아가려는 순간 그녀는 녹색으로 칠해진, 담쟁이로 뒤덮인 헛간을 발견했다. 정원 모퉁이 맨 뒤쪽에서 주변의 덤불 때문에 눈에 잘 띄지 않는 장소였다. 마침 문틈이 조금 벌어져 있었다. 로테는 후회할 겨를도 없이 얼른 손잡이를 잡았다. 천천히 문이 바깥쪽으로 열리면서 무방비한 시선이 안쪽을 넘나들었다. 바닥에 놓인 것이 무엇인지 분명히 알아볼 수 있었다.

쾅 소리와 함께 헛간 문이 다시 닫혔고, 로테의 히스테릭한 비명은 일순간, 가까이 다가오는 사이렌의 소음을 압도해 울렸다. 키플링스뱅에의 평화는 끝났다. 출입이 차단된 현장에는 낯선 사람들이 사건을 조사하느라 끊임없이 왔다 갔다 했고, 붉은색과 흰색 줄무늬 폴리스라인 다른 쪽에선 동네 사람들과 기자들이 북적거렸다. 과학수사대, 법의학자, 경찰 사진 담당자, 구급대원, 사복형사들. 엮이고 싶어 하지 않은 사람들도 빠져나올 수 없었다. 신장병을 앓고 있다고 밝힌 무뚝뚝한 이웃집 남자도 그날 수차례 심문을 받았고, 로테도 정황 설명과 지문 채취에 응해야만 했으며 결국 의사의 조언에 따라 진정제를 복용했다.

성경캠프에서 소식을 받고 완전히 충격받아 달려온 피살자의 어머니를 제외하면 로테가 이 사건으로 가장 엉망이 되었다. 미카엘 키엘센의 시신을 목격한 순간 그녀의 망막에 불이 붙었다. 그녀는 결코 그 순간을 잊지 못할 것이다. 아무리 많은 심리학자와 치료사가 그녀를 도와주려 한다 해도. 비록 그녀가 인정하지 않긴 하지만, 미카엘의 죽은 얼굴을 안 봤다는 건 그나마 다행이었다. 그의 텅 빈 푸른 눈동자를 바라보는 것이 어땠을지, 그의 듬성듬성한 콧수염을 마지막으로 보는 것이 어땠을지, 그녀는 감히 상상해보지 않았다. 시신은 배를 바닥에 대고, 다리는 문 쪽으로 두고 있었고, 깨진 화분 조각들과 반쯤 풀린 밧줄 뭉치와 다양한 길이의 화초 지지대가 주변에 널브러져 있었다. 그의 왼쪽 팔은 허벅지 아래에, 오른쪽 팔은 앞쪽을 향해 돌출되어 있었고 헛간 벽에 보기 흉한 각도로 눌려 있었다. 그의 머리가 있어야 할 위치엔 회색빛의 육중한 상자가 놓여 있었는데, 거대하고 다루기 힘든 종류의 오래된 폐기용 모니터 같았다. 이런 물건은 무게가 얼마나 나갈까? 8킬로그램? 10킬로그램? 피, 유리 조각, 뼈 토막, 뇌 구성물의 혼돈 가운데 모니터가 콘크리트 바닥에 아주 가까이 붙어 있었기에 그 아래엔 머리가 있을 공간이 없을 듯했다.

누군가 무거운 모니터를 미카엘의 뒤통수를 향해 있는 힘껏 내리쳤던 것 같다. 어쩌면 그가 선반에서 뭔가 꺼내려고 할 때 그랬는지도. 그녀는 그의 처참한 몸의 모습을 몰아내려고 애써볼 수 있겠지만, 절대로 성공하지 못하리라는 것을 알고 있었다.

피범벅이었던 광경도 떨쳐낼 수 없었다. 바닥도, 미카엘이 입고 있던 트레이닝 바지도, 티셔츠도 온통 피투성이였다. 널빤지 벽에도 튀었고 제초기 색깔도 바뀌어 있었다. 마치 누군가 검붉은 스프레이를 뿌려놓은 듯. 게다가 이 냄새는 또 어떤가. 끈적끈적하고 달큰한 금속성 냄새. 진공 포장된 소고기에서 비닐을 벗길 때 나는 냄새 같은. 그녀는 앞으로 절대로 스플래터 무비(피가 난무하는 공포영화—옮긴이)는 볼 수 없을 것 같았다. 게다가 끔찍한 연상이 몰려들어 불쾌한 생각이 머릿속에서 떠나지 않았다. 누가 나중에 헛간 청소를 할 것인가? 미카엘의 어머니는 외아들의 그 섬뜩한 잔해를 치우는 일을 도저히 도맡을 수 없을 것이다. 로테가 더 튼튼했더라면 어쩌면 미카엘 어머니를 돕겠다고 자청했을지도 모르지만, 지금 상황에서는 자기 자신을 위해 될 수 있는 한 거리를 두어야 했다.

마침내 잠들기 전에 로테는 헛간 앞 타일에 특이하게 나 있던 미세한 흔적을 잠시 떠올렸다. 작은 모양으로 섬세하게 빛나는 검붉은 테두리. 피가 아직 흐르지 않을 때 헛간에 가까이 왔다 간 아주 작은 동물의 발자국 같은.

1부

1
2007년 3월 3일 토요일

아침 해의 창백한 첫 번째 빛이 블라인드 틈새로 길을 냈다. 햇빛이 침대 끄트머리와, 바닥을 스칠 듯 아래로 늘어진 시트 끝자락을 비췄다. 우르술라는 허리가 아팠지만 그를 깨우게 될 위험이 있으니 움직이지 않았다. 그녀는 젊은 연인을 바라보는 시간을 그가 모르도록 만끽하고 싶었다. 그녀가 자신을 관찰한다는 걸 알아차리면 분명 그 역시 마찬가지로 그녀를 바라볼 것이다. 그녀는 햇빛이 있는 곳에서 자신의 맨피부를 드러내 보이는 걸 원치 않았다. 탄력 없고 주근깨로 뒤덮인 자신의 피부와 비단처럼 매끈한 그의 피부가 얼마나 대비되는지 그가 꼭 주목할 필요는 없었다. 그녀는 부드러운 손길로 그의 몸을 감싸 안았다. 모든 근육과 힘줄과 뼈마디마다 마르지판(아몬드 가루, 설탕, 달걀흰자 등으로 만든 과자—옮긴이) 색상의 대리석으로 조각한 듯 완벽했다. 탄력 없이 늘어지는 자신의 뱃살과 그의 날씬하고 단단한 아랫배를 비교할 때마다 그녀는 한없이 위축되었다. 출렁이는 그녀의 팔뚝 살과 탄탄한 그의 이두박근은 또 어떤가. 쉰세 살인 그녀의 나이와 스물아홉인 그의 나이도.

이른 아침 이 시간이 얼마나 소중한지. 마법이 깨질까 봐 두려워 그녀는 숨쉬기도 힘들 정도였다.

갑자기 야콥이 눈을 떴다. 그의 두 눈이 우르술라를 향했지만 무엇을 말하는지는 알아보기 힘들었다. 그의 얼굴이 그녀와 15센티미터밖에 떨어지지 않아 희미한 이미지 말고 다른 것을 보기엔 너무 가까웠다. 보통 우르술라는 침대에서 돋보기안경을 쓰지 않았다. 본능이 그녀에게 고개를 뒤로 빼고 시선의 초점을 맞춰야 한다고 말했지만, 이에 맞서 그녀는 대신 미소를 지어보았다. 그의 아름다운 회녹색 눈동자가 아무 표정도 짓지 않고 다시 감겼다. 잘못된 신호였다. 그는 자고 있었다. 그는 잠결에 입맛 다시는 소리를 몇 번 내더니 그녀에게서 등을 돌려 돌아누웠고 그러면서 담요를 몽땅 끌고 갔다. 그녀는 아무것도 덮지 않고 얇은 잠옷만 입은 채 침대에 누워 있었음에도 안면홍조의 열감으로 여전히 따뜻했다.

우르술라가 조심스럽게 편한 자세를 잡자 허리 통증이 단박에 사라졌다. 안도의 한숨을 쉬고 발끝을 흔들거리니 혈관에서 바로 피가 시원하게 흐르는 느낌이 들었다. 그녀는 편안하고 차분히 호흡하라고, 그가 한 시간 안에 깨어날 일은 없을 테니 안심하라고 자신에게 채근했다. 그녀는 이 이른 아침에 느끼는 고요함이 좋았다. 아무런 방해 없이 행복하게 생각에 잠길 수 있는 유일한 시간이었다.

우르술라 올레센이 야콥 헤우를린을 알게 된 건 4개월하고도 일주일 그리고 이틀 전이다. 그때부터 지금까지 그를 생각하지 않은 시간은 정말로 단 1분도 없었다. 수업할 때도, TV를 볼 때도, 먹고 마시고 화장실 갈 때도 그랬다. 어떤 상황에서도 그가 떠올랐다. 아침마다 새로 다림질한 블라우스가 얼굴 위로 미끄러지듯 내려가는 그때 피부에 느껴지는 감촉, 닫힌 주방 문틈으로 흘러나오는 뉴스 소리, 아삭한 시나몬롤을 먹는 맛, 흰색 캔버스에 청록색을 칠할 때 붓의 모습. 그녀의 감각은 그를 휘감았다. 그녀의 몸이 그를 받아들일 때 그와 한 몸이 되는 것처럼 말이다. 그는 그녀 안에 흘러넘쳤고, 그녀의 일부였다.

우르술라가 사랑에 빠진 게 물론 처음은 아니었다. 결혼한 적이 두 번이었으니 충분하다. 딸 아네모네를 얻었고 혼인 관계가 깨지던 날 꺽꺽 소리쳐 울어본 경험도 있다. 하지만 지금 같은 경험은 없었다. 지금처럼 마법 같은 느낌이 있던 적은 한 번도 없었다. 뭐랄까……. 흠. 기적이다. 마법이나 기적이라는 말로도 표현할 수 없다고 생각하면서 그녀는 야콥의 벌거벗은 등으로 시선을 던졌다. 햇살이 그의 떡 벌어진 어깨와 뒷목을 비추니 울룩불룩한 근육이 자아내는 완벽한 곡선이 선명하게 드러났다. 그의 오른쪽 어깨 위엔 작고 기다란 문신이 있었다. 인도어처럼 보였다.

प्रायश्चित्ति

문신으로 새긴 글자는 '색깔'이란 뜻이라고 야콥이 말한 적이 있다. 그림에 인생을 바친 남자에게 선택될 만한 단어다. 회화 재료에 인생을 바쳤다는 게 좀 더 나은 표현이려나. 두 사람을 연결시킨 것도 바로 그것이다. 두 사람 모두 공통적으로 미술에 관심이 엄청났으니까.

우르술라는 삶의 대부분을 야간학교와 한 실업학교에서 미술과 사진을 가르치는 데 보냈다. 12년 전 두 번째 이혼을 하고 난 뒤 그녀는 에게비에르그에 있는 기숙학교에 지원하여 교사 자리를 얻었다. 그녀와 딸이 거주할 사택이 딸린 일자리였다. 딸 아네모네가 2년 전쯤 공부하러 베를린으로 가고 나서 잠깐 동안 텅 빈 느낌을 받긴 했다.

그래도 80~90명의 학생과 열한 명의 교사와 함께 생활하니 자동적으로 친근한 개인적 환경이 조성되어 제대로 외로움을 느낄 겨를은 없었다. 아네모네가 독립을 하고 혼자 사는 생활이 그렇게 힘들지는 않았다. 남은 인생을 혼자 살아간다는 것에도 크게 불만은 없었다.

그녀는 예쁜 얼굴은 아니었다. 어쨌든 우르술라 자신이 보기엔 아니었다. 하지만 전체 헤나 염색한, 반듯하게 잘린 단발머리, 유머 가득한 갈색 눈, 재빠르고 역동적인 몸짓은 그녀를 매력적으로 만들었고 주목하게 했다. 우르술라 올레센은 다른 사람들이 친하게 지내고 싶어 하는 여성이었고, 해가 지나면서 학생들 사이에서 최고로 인기 있는 교사가 되었다. 비록 그녀 자신은 왜 그런지 제대로 이해하지 못했지만.

4개월 1주일하고 5일 전, 10월 말 어느 월요일 우르술라는 '퓨처 컬러스'라는 회사로부터 이메일을 받았다. 원래는 보자마자 삭제할 생각이었다. 미술 도구와 관련된 판매상들이 보낸 광고 메일이 워낙 많았다. 업체들은 학교예산이 많으리라고 착각하고 있었다. 언젠가 자신의 거래처가 될지도 모를 잠재 공급업자에게 보내는 광고가 너무 많았다. 그럼에도 불구하고 정중하고 짤막한 문안이 그녀에게 호기심을 불러일으켰다. 회사 소유주인 야콥 헤우블린은 새로운 아크릴물감 시리즈를 무료로 시용해볼 기회를 에게비에르그 기숙학교에 선사했다. 헤우블린 씨 말에 따르면 퓨처 컬러스는 친환경적이고 햇빛에 퇴색하지 않는 제품인데도 굉장히 저렴해서 학교나 학원처럼 예산이 넉넉하지 않은 곳에서도 충분히 감당할 수 있었다.

우르술라는 신속한 결정을 내려 3일 후에 만나자고 회사 사장을 초대했다. 목요일 오후는 행정업무, 정리정돈, 계획 수립 같은 일로 예정되어 있어 물감에 대한 대화를 못 할 이유가 없다고 그녀는 생각했고, 보내기를 클릭했다. 만일 헤우를린의 프로젝트가 전혀 가망 없어 보이면 바로 쫓아내버리면 그만이었다.

목요일 오후 2시 그녀는 화실 커튼 뒤에 서서 그가 차에서 내리는 모습을 바라보았다. 퓨처 컬러스라는 로고가 적힌 승합차였다. 그를 보자마자 사랑에 빠졌던 걸까? 아니면 차문을 열고 나온 그의 눈부신 금발 머리에 눈이 멀어 그랬나? 아니면 그가 휘파람을 불며 차 뒷문을 열고 굉장히 무거워 보이는 상자를 꺼내 노란색 카트 위에 올려놓는 걸 보고 그랬나? 아니면 차분하고 평화로운 동작으로 카트를 끌고 오는 남자가 얼마나 젊은 사람이었는지 알아차렸을 때 그랬나? 그건 아니라고 그녀는 생각했다. 몇 초가 지난 뒤에야 그 일이 일어났다. 그가 문을 열고 그녀가 그 앞에 섰을 때 말이다. 그의 미소는 눈 속까지 넘쳐흘러, 그가 처음으로 시선을 그녀에게 맞췄을 때 마치 그 초록색 홍채의 색채가 더 강렬한 자국을 남기는 것처럼 보였다. 물론 그것은 불가능한 일이겠지만.

그는 그녀의 강의실에 카트를 놓고 그녀와 악수했다. 그녀의 눈을 지그시 바라보고 환하게 미소 지었다. 그리고 또 미소 지었다. 나중에 그는 자신도 그녀를 보고 첫눈에 사랑에 빠졌노라고 주장했지만 우르술라는 상상할 수 없었다. 그녀는 그의 손을 놓고 아이 콘택트가 단절되자마자 곧바로 자신이 휘청거릴지 모른다는 두려움에 휩싸였다. 그녀는 작업대에 몸을 기대고 나서야, 몸을 돌려 구석 방을 향해 앞장설 수 있었다. 그곳은 평소 여학생들과 사사롭고 비공식적인 대화를 나누는 곳이었다. 학생들이 한 명씩 찾아와 이성 문제, 향수병, 시험 불안에 대해 털어놓거나, 곧 기숙사를 떠나는 졸업반의 비애에 대해 얘기하고자 할 때.

"커피 드실래요?" 그녀는 이미 커피잔과 보온병을 낮은 테이블에 준비해놓았다. 구석 방 창턱엔 녹엽식물, 아스파라거스, 백합나무, 낙원나무가 가득했다.

"아주 아늑한 곳입니다." 야콥이 말하면서 한 손을 의자 등받이 위에 올린 채 부드럽게 뒤로 뺐다. 손가락이 길고 가는 데다 손톱은 아주 깔끔했다. 그는 다시 미소를 지었고 우르술라는 자신이 무슨 돌발 행동을 저지를지 몰라 얼른 자리에 앉아야 했다. 그녀는 자신의 우스꽝스러운 처신에 스스로 욕을 퍼부었다. 경박한 노인네 같잖아. 이제 그만.

"커피에 설탕이나 우유 넣으시나요?" 커피를 따르는 그녀의 손이 약간 떨렸다.

"아니요. 그냥 주십시오. 고맙습니다." 그의 손가락이 그녀의 손을 가볍게 스쳤고 그녀는 매 순간 녹아 들어가는 느낌이었다.

야콥은 자신이 가져온 친환경 물감에 대해 설명하기 시작했다. 그는 상자에서 플라스틱 튜브를 하나씩 꺼내며 영국 낭만주의 스타일의 아름다운 라벨을 보여주었다. 자기네 제품은 독성이 없다는 것을 증명하기 위해 초록색 물감 뚜껑을 돌려 검지 끝으로 물감을 찍어 혀에 갖다 댔다. 그러면서 미소 지은 채 그녀의 눈을 바라봤다. 그의 몸짓에는 결코 성적인 의도도 없었고 애매한 점도 없었다. 도발적으로 던지는 추파도 절대 아니었다. 그런데도 그 몸짓은 정확히 우르술라의 하체에 겨냥되었다. 어느새 아주 예외적인 비상시에만 감히 열 수 있는 상태가 된 그곳에.

"선생님?" 한 여학생이 방문을 홱 열고 들어왔다가 야콥을 보고는 멈칫했다. "죄송해요! 나중에 다시 올게요." 그녀는 이렇게 말하고 몸을 돌리려 했다.

"괜찮아, 들어와, 라우라." 우르술라가 불렀다. 잠깐 화제를 돌리는 게 해로울 건 없었다. "이분은 야콥이라고 멋진 물감을 만드는……." 그는 반쯤 몸을 일으켜 악수를 청했다. "……그리고 여긴 라우라 소메르달이라고, 여가시간을 전부 그림 그리는 데 쓰는 제자예요. 이 학생이 물감을 사용하는 최초의 시험비행사가 될 가능성이 아주 높지요."

헤우를린과 기숙학교 여학생이 악수를 하고 인사말을 주고받았다. 우르술라는 맨살이 드러난 날씬한 배, 아몬드 같은 눈, 몇 번이고 눈길이 갈 만한 가늘고 우아한 목선을 지닌 이 매력적인 열일곱 살 소녀에게 야콥이 정중한 관심 이상의 것을 느끼지 않는다는 것을 눈치챘다. 이 남자가 어쩌면 동성애자일지 모른다는 생각이 우르술라의 뇌리에 돌연 떠올랐다. 그래, 그렇다면 말이 된다. 동성애자들은 항상 나이 많은 여자들한테 수작을 건다는데. 양쪽 모두에게 전혀 구속력이 없으니 말이다. 한편으로 그녀는 자신의 해석에 실망했지만 다른 한편 마음이 가벼워졌다. 자신과 이어질 가능성이 전혀 없는 젊은 남자를 바라본다고 문제 될 건 없으니 말이다. 로비 윌리엄스나 올랜도 블룸을 흠모하는 그런 느낌 아니겠는가. 물론 젊은 이성애자이자 실제로 존재하는 영어교사인 프레데릭 굴뢰우를 가지고 그래선 안 되겠지만.

라우라는 선생에게서 조언을 듣기는 했지만, 우르술라는 반년도 안 지난 지금, 제자가 실제로 무엇을 원했는지 더 이상 기억해낼 수 없었다. 요사이엔 모든 디테일이 그녀의 뇌에 분명하게 각인되어 있음에도 불구하고. 야콥과의 만남은 사실 15분이면 끝날 일이었다. 그는 자리에서 일어나 물감과 광고지가 든 종이상자를 세워두고 카트를 자기 뒤에서 문 쪽으로 끌고 와 뒤돌아 그녀에게 악수를 청했다. 대체 어떻게 두 사람이 바깥으로 열린 문 앞에 서서 별안간 열정적으로 키스하게 되었는지 둘 중 누구도 설명하지 못했다. 이 주제를 가지고 여러 차례 얘기를 나눠봤음에도 마찬가지였다. 그러나 그럼에도 불구하고 일은 기꺼이 벌어졌다. 키스는 아주 오래 이어졌고 숨 막히는 과정이 급격하게 전개되었다. 처음엔 작업대 위의 아직 구워지지 않은 반쯤 젖은 점토 덩어리와 오래된 걸레 더미 사이에서—적어도 우르술라는 문으로 걸어갈 수 있을 만큼은 침착한 상태였다—그러다가 위층에 있는 그녀의 집 소파로, 좁은 더블베드로. 그날 이후 야콥은 거의 그녀 집에 살다시피 했다. 두 사람의 관계가 시작되고 일주일이 지나지 않아 야콥이 딱 하루 그녀의 집을 떠난 적이 있었다. 어디로 간다는 말은 하지 않았다. 다음 날 저녁에 돌아오겠다는 말만 남겼다. 그녀는 그를 그리워한 나머지 병이 날 지경이었고 그가 다시 돌아오지 않으리라 확신했다. 그러나 다음 날 그는 약속한 대로 돌아왔다. 커다란 여행 가방 두 개와 이삿짐 상자 한 개를 들고. 그는 굉장히 피곤해 보였다. 마치 짐 실은 카트를 돌길에서 밀어 올리기라도 한 듯. 지치고 마음이 굳게 닫혀 어딘가 자신만의 암울한 생각에 빠져든 사람 같았다. 우르술라는 그가 아내나 여자친구와 관계를 끝내러 미델파르트에 다녀왔으리라 짐작했다. 어쩌면 아이가 있는지도? 우르술라는 모르는 일이었다. 그는 그녀와 함께하기 위해 자신이 포기해야 했던 것을 분명히 털어놓았겠지만 그녀는 그에게 아무 질문도 하지 않았다. 마치 그런 질문이 마법을 깨뜨리기라도 할

것처럼. 프랑스 남부로 함께 간 그야말로 아름다운 긴 겨울 여행 중
에 그가 여러 차례 몇 발 떨어져 전화통화를 할 때도 그녀는 묻지 않
았다. 그가 매번 슬픈 표정으로 돌아왔음에도 불구하고. 그녀는 그를
껴안고 장난쳐 웃게 만들고 함께 잤다. 그가 잊어야 할 것을 잊을 때
까지.

그럼 지금은? 우르술라는 고개를 돌려 햇살이 그의 허벅지로 떨어
지는 모습을 바라보았다. 사실 지금처럼 행복했던 적은 한 번도 없었
다. 이런 축복을 받을 자격이 있는지 여전히 의문이었다. 그가 왜 하
필 자신을 선택했는지도 그녀는 의문이었다. 그가 손가락으로 지목
하는 어떤 여자라도 얻을 수 있을 텐데. 하지만 그녀는 이것을 현실
로 받아들이는 법을 조금씩 배웠다. 그녀는 너무 행복한 나머지 바야
흐로 오랜만에 처음으로, 기숙학교 생활을 머지않은 어느 날 끝내야
만 할지 다시 고민했다. 어쩌면 야콥과 그녀가 긴 긴 밤 묻어놨던 꿈
을 실현할 시기인지도 모른다. 그들이 꿈을 실현시키기만 한다면 그
녀가 어떤 특정 연령에 직장을 그만둬야 한다는 내용이 계약에 있든
없든 상관없었다. 그녀는 나머지 인생을 자신이 미치도록 좋아하는
일을 하면서 살아갈 수도 있었다. 게다가 가장 좋은 건 그녀가 사랑
하는 남자와 함께 일할 수 있다는 것이다.

우르술라는 다음날 진지하게 이 일에 대해 따져보기로 결심했다. 그
전에 꼼꼼하게 생각해보지 않고는 어떤 결정도 내릴 수 없는 법이다.

#2
2007년 3월 4일 일요일

"이 꽃 이름이 뭐지, 자기야?" 야콥이 한 쌍의 추레한 연보랏빛 꽃을 가리켰다.

"제비꽃." 그녀가 쪼그리고 앉아 꽃 한 송이를 꺾었다. "정말 많네, 그렇지?"

그가 그녀에게 손을 내밀자, 그녀는 고마워하며 그의 손을 잡고 일어났다. 그녀는 제비꽃 한 송이를 그의 셔츠 단춧구멍에 꽂고 뺨에 입맞춤했다. "이리 와봐." 그녀가 말했다. "내가 기억하기로 이 근처에 모퉁이만 돌면 전망 좋은 기막힌 벤치가 있어." 절벽 가로 난 좁은 길에서 그들은 손을 잡고 걸을 수 없었고 일렬종대로 걸어야 했다. 우르술라가 앞장서고 야콥은 뒤따르고.

벤치는 전에 있던 그 자리에 있었다. 두 사람은 나란히 앉았다. 그들의 신발 끝 몇 미터 앞에서 풀들이 갑자기 끝나고 거의 수직으로 꺾인 모래 급경사가 카테가트 해협의 물살로 바로 이어졌다. 그 물은 오늘 야콥의 눈동자와 똑같은 회녹색 빛깔을 품고 있었다.

그는 그녀의 왼쪽 장갑을 벗기고 자신의 오른쪽 장갑을 벗어 두 사람의 맨손이 자기 오른쪽 외투 주머니에서 만나게 했다. "자기야, 나한테 하려는 말이 뭐지?"

그녀는 한숨을 쉬더니 뺨을 야콥의 어깨에 기댔다. "내가 당신한테 거짓말한 게 있어, 야콥."

"응?" 그의 억양은 중립적이었다.

"아니다, 직접 거짓말한 건 아닌데. 당신한테 말하지 않은 게 있어."

"누구나 다 그렇게 살아, 안 그래? 인간의 권리인걸."

"글쎄, 그렇긴 한데⋯⋯." 그녀는 따뜻한 외투 주머니 안에서 그의 손을 꽉 쥐었다. "뭐 그렇게 자랑스러워할 동기는 아니긴 한데⋯⋯ 난 그냥 당신이⋯⋯ 난 당신이 내 곁에 머무르는 게⋯⋯ 단지 나를⋯⋯ 그러니까⋯⋯ 나를 좋아해서라고 생각하지 못하게 될 거야. 그리고 앞으로 우리가 함께하는 삶 내내 그런 생각이 들 거야. 당신이 나를 선택한 이유가 내가 당신한테 돈 얘기를 했기 때문이라고, 그건⋯⋯."

야콥은 고개를 흔들었다. "무슨 얘기를 하려는 건지 지금까지는 도무지 모르겠어."

우르술라는 대답하지 않았다. 그녀는 자신의 내면의 목소리를 신뢰하지 않았다.

"우르술라?" 야콥의 목소리에 걱정하는 울림이 있었다. "돈이라니 그게 무슨 말이지? 게다가 대체 내가 왜 당신 곁에 머물 수 없다는 거지?" 그는 그녀의 손을 주머니에서 꺼내 자신의 입으로 가져가 그녀의 손등에 대고 말했다. 손등에 날갯짓처럼 따뜻한 입김이 느껴졌다. "숨을 한번 깊게 쉬고 처음부터 다시 얘기해봐, 응?"

그녀는 정말이지 최선을 다했다. 그런데도 자신의 감정을 파악하여 말을 이어가기까지 1분이 걸렸다. "좋아." 그녀는 몸을 똑바로 일으켜 몸을 돌려 그의 얼굴을 마주 보았다. "1년 반 전에 로또에 당첨

돼서 어마어마한 돈을 받았어. 정확한 금액은 1,130만 크로네(한화 20억 원 이상에 상당하는 금액—옮긴이)."

"우와!"

"그렇지? 우와 맞아!" 그녀는 쓸쓸한 미소를 지었다. "그 얘기를 지구상에서 단 한 사람한테만 했지. 아네모네만 알고 있는 사실이야. 그 애한테 해줘야 할 게 있어서 그렇게 했고."

"당신이 해줘야 할 거라니?"

"사실 난 그 돈이 필요 없어. 난 내 직업에 만족하고 내 집이나 낡은 차에도 불만이 없어……. 부모님도 경제적으로 여유가 있으신 데다 언젠가는 그것들을 유산으로 물려받을 테니까. 난 밍크 털가죽 같은 건 꿈꾼 적도 없어. 아니, 그래서 그 돈을 이자가 괜찮은 예금에 넣어두고 손대지 않기로 결심했지. 나중에 은퇴하거나 아니면 갑자기 세계여행을 하고 싶다는 생각이 들 때까지 말이야."

"아네모네 얘기는 뭐야?"

"그 앤 돈이 필요했지. 꽤 많은 돈이 말이야. 당시 아네모네가 막 비디오 컴퓨터아트 일을 시작했을 때였고 장비가 굉장히 비쌌어. 베를린에 있는 집이 작아서 그런 장비를 설치할 수도 없었고. 장비를 둘 공간을 찾아다녀야 했고 늘 그걸 들고 다녀야 했지. 그래서 아네모네한테 집을 사주기로 결심했고 일정 금액이 다달이 그 애 통장에 들어가게 이체신청을 해놨어."

"베를린에?"

"프렌츠라우어 베르크에 있어. 2층짜리 작업실 겸용으로 쓰는 집을 사줬어. 옥상 테라스도 있고 예쁜 방도 여러 개 있는 집이지. 아네모네가 원하면 세를 놓거나 아니면 덴마크에서 온 손님들에게 제공

해줘도 돼. 예를 들어 자기 엄마가 방문해도……." 우르술라는 미소 지었다. "집이 꽤 비쌌고 인테리어도 공짜가 아니었어. 그런데도 아직 700만 크로네 이상 통장에 남아 있어."

"그런데…… 그건 당신한테 좋은 얘기지!" 그는 미소 지었지만 약간 혼란스러운 표정이었다.

그녀는 눈썹을 찡그렸다. "내가 왜 당신한테 돈 얘기를 안 했는지 정말 이해 못 하겠어?"

"잘 모르겠는데……. 내가 이해하기로, 당신은 정말 그 돈이 필요할 때까지 남겨두기로 결정한 거고 그래서 여기저기 그 얘기를 퍼뜨리지 않은 거잖아. 그건 당신 권리야."

"당신한테 얘기했어야 했는데."

"대체 왜지? 난 당신 돈 따위 필요 없는걸. 난 내가 운영하는 회사도 있고 내 일의 대부분을 이메일로 해결할 수 있는 지금 상황에 대만족인걸. 게다가 내 인생 최고의 여인과 잘 수 있는 시간도 충분하고 그리고……."

"야콥!" 우르술라는 당황스러운 웃음으로 킥킥대며 주변을 둘러봤지만 높은 절벽에 인간이라고는 그들뿐이었다.

그가 씩 웃었다. "이리 와." 그는 팔을 뻗어 그녀를 포옹했다. 그가 속삭인 말은 소리가 너무 작아 그가 입술을 그녀의 귀에 바짝 대고 말하지 않았더라면 알아듣기 어려울 정도였다. "당신 얘기 다 들었어. 어느 정도는 당신을 이해할 수도 있을 것 같아. 그래도 내 생각에 당신은 부당해. 당신한테도 나한테도. 내가 당신을 사랑한다는 걸 믿는 게 당신한테 그렇게 힘든 이유가 뭘까? 난 당신이란 사람 그 자체를 사랑하는 거야. 내가 당신을 내 인생의 여인이라고 말하는 건 진지한 얘기라고.”

“하지만 당신은 내 아들 또래…….”

“제발 그만!” 그는 그녀의 어깨를 잡고 가볍게 흔들었다. 그러고는 그녀를 놓고 손을 주머니에 집어넣었다. “난 더 이상 그런 얘기 듣지 않을 거야. 난 당신 아들이 아니라 당신 남자친구라고. 게다가 내 남은 인생을 당신과 보낼 생각이고.”

우르술라는 건조하게 웃었다. “당신의 남은 인생이 아니라 내 남은 인생이겠지.”

“그래, 그럼 당신의 남은 인생이라 해두자고! 그런 발상을 난 견디기 힘들지만 말이야.” 야콥은 잠시 말을 멈추고 물을 내려다봤다. 불현듯 그의 표정이 어두워 보였다. 우르술라가 그에게 한 손을 뻗자 그는 그 손을 옆으로 밀어냈다. “아니, 그냥 내버려둬.” 이 말을 하고서 그는 자리에서 일어났다. 그는 그녀에게 등을 돌린 채 해안을 내려다봤다. 그곳에는 갈매기 떼가 웬 만찬을 즐기는 중이었다. 낚싯배가 던져준 생선 찌꺼기 같았다. “세상은 정말 이상하지. 오늘 막 결심했는데…….” 그가 말을 꺼냈다. 몸을 그녀 쪽으로 돌리지 않아 문장 뒷부분은 바람 소리에 들리지 않았다.

우르술라는 자리에서 일어나 그 옆에 바짝 붙었다. “자기야, 미안. 무슨 말인지 모르겠어.” 그녀는 손을 내밀어 그에게 팔짱을 꼈다. 이번에 그는 그녀의 손을 뿌리치지 않았다.

“인생이 얼마나 기막힌지 다시 한번 실감했을 뿐이야.” 그가 말했다. “사실 오늘 당신한테 청혼할 생각이었는데……. 그런데 당신은 바로 같은 날 로또에 당첨된 이야기를 하다니. 내가 돈 때문에 당신 곁에 있으려 한다는 말로밖에 더 들리겠어. 참 나……. 이제 완전히 물 건너갔어." 그는 고개를 돌렸다. 눈동자가 촉촉해 보였다. "무슨 얘기인지 알겠어, 우르술라?"

"나한테 청혼할 생각이었다고?" 그녀의 뇌는 그의 답변의 나머지를 필터링해버렸다. 이 한 가지 발표만 선명하고 확실하게 남았다. 마치 눈처럼 하얀 욕조 바닥에 있는 해안가 돌멩이처럼. "나한테 청혼할 생각이었다고?"

그는 갈매기 떼를 응시했다. "사실 반지를 우리가 만난 지 5개월 되는 날 26일에 맞춰 주문해놨었지. 어제 주문한 반지가 나왔다고 보석상에서 전화가 왔어⋯⋯. 난 더 이상 기다릴 수 없었지."

"반지라고?"

"맞아, 반지. 그런데 이제 아무 소용없어." 그가 대답했다. "내가 당신 돈 때문에 청혼한다고 당신이 그렇게 믿는다면⋯⋯. 난 정말로 내 진정성이 더럽혀진 느낌이야."

"반지를 샀단 말이지?"

마침내 그가 뒤돌아섰다. 당황스러운 표정을 짓는 그녀를 보고 그는 해바라기가 해를 향하듯 미소를 감추지 못했다. "보여줄까?"

"나한테 청혼한 사람은 한 명도 없었어." 그녀가 말했다. "정말이야. 반지를 주면서 그런⋯⋯."

"이리 와봐." 그가 그녀의 팔뚝을 잡고 벤치로 이끌었다. 그러고는 주머니에서 자그마한 검은색 벨루어 상자를 꺼내 그녀에게 내밀었다. "그런데 조건이 있어." 그는 이렇게 말하고는 상자를 움켜쥐었다.

"뭔데?"

"더 이상 돈 얘기는 듣고 싶지 않아."

"아." 우르술라는 두 손을 툭 떨어뜨렸다. "그건 약속하기 힘든데."

"왜지?"

"내가 당신한테 돈 얘기를 하는 건 그럴 만한 이유가 있어서니까. 그 돈으로 우리가 뭘 할까 곰곰이 생각해봤거든."

"우리라고?"

"우리 결혼하려던 거 아니었나?" 그녀는 능청스러운 표정을 지으며 그를 바라봤다. 잘생긴 그의 얼굴이 환해졌다. 수년간 졸라대다 마침내 강아지 선물을 받은 어린아이 같은 표정이었다.

두 사람은 키스했다. 오랫동안. 그리고 일단 키스한 뒤에 시작해야 할 또 다른 일을 했다. 원래는 아주 사적인 공간에서 이루어져야 하는 일이었고, 벤치 뒤편 덤불 숲이 싸늘한 3월의 봄바람을 막기에 더없이 좋았다. 드디어 우르술라가 반지를 볼 기회가 왔다. 여러 개의 작은 진주와 함께 다이아몬드 하나가 박힌 백금으로 된, 동화 속 반지가 그 안에 들어 있었다. 5개월 기념일 날짜와 사랑의 메시지도 새겨져 있었다. 그녀가 계속 우는 바람에 돋보기를 써도 메시지를 읽을 수 없어 야콥이 읽어줘야 했다.

차로 돌아가는 길에 우르술라가 두 사람의 나이 차와 그녀의 편집증에 대해 완전히 잊고 있었다는 것은 정말 다행이었다. 기숙학교로 돌아와서야, 자신의 원대한 미래의 계획에 대해 야콥에게 아직 아무 얘기도 안 했다는 사실이 떠올랐다.

＊

"선생님, 그만두시기로 했다는 얘기 맞아요?" 라우라 소메르달이 작업실로 뛰어 들어오면서 물었다. 그녀는 숨이 턱까지 찼고 양 볼이 벌겋게 달아올라 있었다.

우르술라는 자리에서 일어나 가위를 옆으로 내려놨다. 졸업식 전에 열리는 학교 축제에 쓸 종이 장식을 자르고 있던 참이었다. 그녀는 싱긋 웃었다. "응, 맞아."

"그럼 이제 우린 어떻게 해야 하죠?" 라우라는 깜짝 놀란 얼굴로 물었다.

"우리라니 누구?" 우르술라는 빈 잔을 꺼내 애제자에게 차를 따라 주었다. "너하고 다른 학생들은 마지막 학년이니 몇 개월 있으면 학업이 전부 끝나지 않니. 어차피 우린 헤어지게 되어 있어. 넌 크리스티안순에 있는 집으로 가서 김나지움(대학 진학을 위해 들어가는 인문계 고등학교―옮긴이)에 가겠지, 안 그래?" 라우라는 고개를 끄덕였다. "그리고 너희 다음에 입학한 학생들은 나를 전혀 몰라. 그 학생들은 새로 오는 젊은 교사하고 수업하겠지. 너희들이 나하고 행복하게 지냈듯 그 아이들도 새 선생님과 잘 지내길 바랄 따름이야."

"선생님들이랑은요?"

우르술라는 고개를 저으며 웃었다. "넌 정말 사랑스러워, 라우라. 올해 너희 학년이 그랬던 것처럼 모든 게 계속 똑같이 가는 거라고 알고 있나 본데. 그렇지 않아. 이런 기숙학교는 수시로 교사들이 바뀐단다. 매년 누군가 나가지. 기테 선생님만 나보다 오래 근무하셨어. 매년 여름이면 떠나는 교사들에게 작별인사를 하고 새로 부임하는 교사들을 맞이하는 거란다. 원래 그런 거야."

"네, 그렇기는 하지만……." 라우라는 시무룩한 얼굴로 찻잔을 응시했다.

우르술라는 고개를 옆으로 갸우뚱했다. "내가 학교 그만두고 뭘 할지 알고 싶지 않니?"

"뭐 다른 학교에 가서 수업하시겠죠. 선생님이 야콥이란 남자랑 결혼하고 나면요." 라우라는 툴툴거렸다.

"어머, 질투하는구나, 미스 소메르달!" 우르술라가 손가락을 흔들자 다이아몬드가 유난히 반짝거렸다. "아니, 다른 데서 수업 안 해. 내가 평생 동안 꿈꿔왔지만 지금까지 기회가 없어 하지 못했던 일을 할 거야."

라우라는 자기 의지와는 완전히 반대로 호기심이 동해 쳐다봤다. "뭔데요?"

"야콥하고 난 저축해놓은 돈을 합쳐서 니사에 있는 작은 호텔을 구입할 거야. 그러고서 덴마크의 젊은 예술가들을 모아 호텔방 인테리어를 맡길 거야. 그 대가로 평생 동안 우리 호텔에 일 년에 일주일간 무료로 숙박하고. 정말 근사한 생각 아니니?"

"우리 부모님도 베를린에 있는 호텔에 숙박한 적이 있는데 거기도 그런 식으로 똑같이……."

"루이제 거리에 있는 호텔?"

"모르겠어요. 베를린 시내에 있다고만 들었어요."

"너랑 나랑 같은 호텔을 생각하고 있는 게 맞다면 나도 그 호텔에서 아이디어를 얻었어. 어떤 방들은 상상 불가할 정도야. 커다란 돌덩이가 바닥에 있어서 투숙객들이 발을 부딪치거나 또 천장에 미스터리한 물건이 매달려 있기도 해. 옷장으로 가려다 천장에 매달린 깃털이나 쇠사슬에 머리를 부딪치기도 하고……." 우르술라는 깔깔 웃었다. 갑자기 그녀가 젊어 보였다. "그런데 베를린에 있는 아르테 루이제 아트호텔 방들 중에는 정말 아름답고 성공적으로 만든 것들도 있어. 난 일단 우리 호텔 방 만들기 프로젝트에 참여할 미술작가들과 대화를 나눠볼 거야. 그래야 갑자기 떠오른 아이디어대로 일을 벌이지 않겠지. 참여한 작가들이 우리 호텔에 머물 수 있다면 얼마나 멋진 경험이겠니? 자기들이 직접 작업한 방에서 숙박할 수 있다는 걸 알면 좀 더 예쁘고 편안하게 꾸미지 않겠어?"

"돈이 많이 들지 않아요?"

"당연하지. 그래도 내가 말했듯이 우리가 저축해놓은 게 있어. 그 정도면 될 거야. 요즘 우리가 얼마나 행복한지, 크리스마스 전날 선물 기다리는 아이들 같다니까."

"언제 시작해요?"

"음……" 우르술라의 시선이 먼 곳을 향했다. "그게 좀 복잡해. 이제 적합한 장소는 찾은 것 같아. 바다와 꽃시장도 가깝고 모든 게 가까이 있어서 위치도 완벽해. 부동산 중개업자가 동영상하고 서류를 보내줬어. 진짜 끝내주더라고. 안타깝게도 난 여기 할 일이 너무 많아서 직접 가보기 힘들어. 그래도 야콥의 안목을 믿으니까 괜찮아. 야콥이 월요일에 비행기 타고 가볼 거야. 우리가 꿈꿔왔던 것과 일치한다면, 서명하고 올해 남은 기간 동안 미술작가들에게 제의하고 공사 맡길 인부들과 계약을 해야지. 운이 좋으면 내년 봄에는 문을 열 수 있지 않을까 싶어."

"그럼 선생님 결혼식은 언제 해요?"

"아, 그렇게 서두르진 않을 거야." 우르술라는 가위와 종이를 들었다. "변호사가 알아서 일정을 짤 거야. 변호사한테 우리 두 사람의 계좌를 전부 위임했으니 일정이 나오면 그때 가서 결정하면 되지. 글쎄 우리 생각엔 한여름 밤의 축제를 열며 결혼식을 올릴 수 있지 않을

까. 어쩌면 우리 소유의 호텔에서 할 수 있을지도 모르지⋯⋯." 그녀
는 라우라에게 행복한 미소를 보내고는 계속 가위질을 했다.

3
2007년 3월 19~21일

우르술라가 공항에서 앞으로 절대로 야콥의 얼굴을 못 보게 되리라는 걸 이미 알았을까? 그녀에게 혜안이 주어지지 않았기에, 그렇게 느낀 이유는 단 하나. 야콥 때문이었다.

그는 타고난 배우였다. 그렇다. 그것도 아주 뛰어난 재능을 타고난 배우였다. 그런데 제아무리 뛰어난 사기꾼이라도 결국 인간이니, 야콥 헤우를린이란 사람이 지난 4개월하고 3주를 같이 보낸 이 정 많고 믿을 만하고 똑똑한 여인에 대해 실제로 무언가를 느꼈을지 누가 알겠는가? 그 감정이 그의 세심하게 건설된 외관에 아주 작디작은 흠집을 냈을지, 그래서 어쩌면 자기 행동에 대한 양심의 가책이 100만 분의 1초 동안이나마 번쩍거렸을지? 우리는 이에 대해 앞으로도 전혀 알 길이 없고, 불쌍한 우르술라는 더더군다나 알 리가 없다.

그녀는 공항 2터미널 출국장 체크인 창구에 서서 훤칠하고 늘씬한 형체가 출국장으로 들어가 대기 중인 비행기가 있는 게이트를 향해 걸어가는 모습을 지켜보았다. 그 옆에는 에이나르 그레이프-요한센이라는 그녀 또래의 중년 남자가 동행했다. 변호사인 그 남자는 창백한 얼굴에 가는 백발 머리, 은테 안경 차림이었다. 그들은 대화를 나누고 있었다. 아마도 중개업자가 소개한 호텔이 어떤지, 일을 어떤 순서로 진행해야 할지에 대해, 프랑스인 중개업자의 새로운 아이디어에 대해서도. 두 사람이 커브를 돌아 복도 맨 끝에 있는 보안 검색대에 다다르자 야콥이 뒤돌아 그 소중한 몇 초간 그의 모든 것을 집중해 우르술라를 바라보았다. 그리고 나서 팔을 들어 그녀에게 흔들고 모퉁이로 사라졌다.

그 순간 그녀는 알았다. 두려워졌다거나 뭔가 감지했을 뿐만 아니라 알았다. 그리고 만약 그녀의 직감에 맞추어 행동했더라면 적어도 경제적 손실은 피할 수 있었을 텐데. 그러나 사람 일이 어디 그렇게 되는가? 결국 은행, 변호사, 중개인, 자신이 사랑하는 남자이자 결혼을 약속한 남자와 합의하는 한 무더기의 문서에 서명하는 것은 간단한 일이 아니다. 그가 시야에서 사라지고 3분 뒤 모든 게 끝났다. 이유가 뭔지 설명하기 힘들지만 속았다는 걸 알기 때문이다. 아니면 어떤 경우에도 바보짓을 알고도 할 수 없는 법이다. 경제적인 요인은 적어도 그녀에게 단기적으론 상관없는 세부사항이었음은 차치하고.

우르술라는 울지 않았다. 대신 마치 몸의 모든 각각의 부위가 경직되는 느낌이 들었다. 내장이 가죽처럼 단단해져 무거운 덩어리가 된 듯했고 근육이 서로 엉키고 관절이 뻣뻣해져 출국장 로비를 떠나는데 엄청난 힘을 들여야 했다. 그녀는 택시 승강장을 지나 주차장으로 걸어가다…… 게워냈다. 위가 꼬이는 통증이 느껴지면서 몸 안에서 밖으로 계속 내보내려 했다. 10초 만에 안에 있던 게 다 나와 위 안이 이미 텅 비어버렸음에도. 위경련이 수그러들고 나선 조금 울었다. 굴욕감으로 인한 탈진과, 비밀을 알게 된 충격 때문에. 걱정 때문이 아니었다. 아직은 아니었다. 그녀가 걱정을 허용했더라면 어떤 형태로도 자신을 통제하지 못하는 상황이 왔을 것이다. 그녀는 본능적으로 그것을 알았다. 우르술라는 절망감의 특권을 기꺼이 유지할 생각에 다른 예감들은 전부 몰아내버리고, 그렇게 걸어 승용차에 시동을 걸고 집으로 몰고 갔다. 뭔가 성급한 일을 도모하기 전에는, 분명한 확신이 있어야 했다.

*

우르술라를 발견한 사람이 라우라가 아닌 건 다행이었다. 거의 그럴 뻔했지만 말이다. 다음 날 아침 우르술라가 식사시간에도, 함께 노래하는 시간에도, 수업에도 나타나지 않자 라우라는 우르술라 방문을 두드렸다. 처음엔 조심스럽게 두드렸다가 점점 더 세게, 급기야 큰소리로 이름을 불렀다. 집 안에서는 인기척이 없었다. 라우라는 포기하고 학생들이 기다리는, 문이 잠긴 작업실로 향했다. 가는 길에 우르술라의 빨간 승용차가 보였다. 그녀가 밖에 나가지 않았다는 증거다. 이상한 일이다.

라우라의 친구 키사가 담배를 피우고 있었다. "방에 안 계셔?"

"계시는지 안 계시는지 모르겠지만 문은 안 열어줬어."

"늦게까지 주무시는 거 아냐? 젊은 연인이 건물 보러 멀리 떠나갔으니 통곡했겠지……." 키사는 킥킥대다 라우라의 표정을 보고 다시 진지해졌다. "이 담배만 피우고 작업실 열쇠를 가져올게." 그녀가 말했다. "우르술라 선생님 없이 시작하지 뭐." 그녀는 마지막 한 모금을 길게 들이마셨다.

라우라는 천천히 고개를 저었다. "뭔가 이상해."

"뭐 하려고?" 우르술라를 기다리던 또 다른 여학생 리네가 질문을 던졌다. "문 부수게?"

키사가 다시 킥킥거렸다. "대머리 탐정 따님 납시오. 오늘 날짜 신문기사를 읽어보세요, 여러분!"

"그만해!" 라우라는 몸을 돌렸다. "교장선생님과 얘기해봐야겠어."

이렇게 해서 기테 스벤센 교장이 그날 오전 의식 없이 쓰러져 있는 우르술라 올레센을 발견한 것이다. 미술교사 우르술라는 침대에 누워 있었다. 빨간 머리와 베개는 구토물로 범벅이 되어 있었고 침대보와 매트리스까지 푹 젖어 있었다. 냄새가 방으로 들어가기 전 입구부터 진동했다. 기테는 라우라에게 밖에서 기다리라고 명령했다. 침대로 가는 길에 바구니가 있었고 그 안에 여러 가지 약 포장지가 벗겨져 있었다. 생명에 위협을 줄 만큼 이렇게 많은 약을 우르술라가 어떻게 구했단 말인가?

기테는 우르술라의 손목을 잡았다. 차갑긴 했지만 얼음장만큼 싸늘하지는 않았다. 맥박을 재봤다. 아주 느리고 약했다. 손가락에서 반지가 빛을 내고 있었다. 기테는 구급차를 부르려고 자리에서 일어나는 순간 자신 뒤에 라우라가 서 있는 걸 알았다. 어린 소녀의 얼굴은 쇼크로 일그러져 있었다. 라우라의 눈이 얼마나 커졌는지 홍채 둘레의 흰 부위가 보일 정도였다. "돌아가셨어요?" 라우라는 말하자마자 손으로 코와 입을 막았다.

"나가 있어!" 기테가 명령했다. "얼른 나가!" 그녀는 라우라를 복도 쪽으로 밀어냈다. "나중에 얘기하자, 라우라."

"돌아가신 거예요?"

기테는 고개를 저었다. 하나로 묶은 머리가 그녀의 목 뒤에서 이리저리 흔들렸다. "아니, 그건 아닌데 맥박이 아주 약하시구나. 구급차를 당장 불러야 해. 이제 학생들한테 가봐라. 여기서 본 얘기는 절대 하지 말고. 우르술라 선생님이 아파서 병원에 가야 한다고 그렇게만 친구들한테 말해. 알겠지? 여기 일 해결되는 대로 갈게." 기테는 문을 닫았다.

라우라는 고개를 우르술라의 방으로 향한 채 어쩔 줄 몰라 그 자리에 서 있었다. 눈높이에 우르술라가 직접 만든 도자기 문패가 걸려 있었다. 터키색 타원형 문패 한가운데 '야콥&우르술라'라고 적혀 있었다. 일반적으로 글씨는 유약으로 광택처리만 하는데 두 사람의 이름 글자는 도자기 굽듯이 건조시켰다가 유약 처리하고 다시 구워서 글자가 쉽게 망가지지 않게 했다. 평생을 갈 명판이었다. 이 명판의 소유자가 죽더라도 그대로 남을 만큼. 그 상태로 수천 년이 가도 문제 없어 보였다.

라우라는 방향을 틀어 곧바로 자기 방으로 뛰어갔다. 그리고 침대에 누워 담요를 뒤집어쓰고는 울음을 터뜨렸다.

*

우르술라 올레센은 이틀이 채 되지 않아 퇴원했다. 그녀는 소파에 앉아 있었다. 창백했고 눈은 움푹 꺼졌다. 푹 자고 싶은데 누군가 강제로 깨워서 일어난 사람 눈 같았다. 긴 설명이 필요하지도 않았다. 그녀는 꼭 필요한 말만 그것도 아네모네와 라우라, 기테와 주방에서 일하는 헬레에게만 했다.

야콥은 그녀를 떠났고 그녀는 그가 어떻게 하리라는 걸 이미 알고 있었다. 약속한 대로라면 그날 저녁 전화했어야 하지만 그는 전화하지 않았고, 그녀의 전화도 받지 않았으며, 여러 차례 보낸 문자메시지에도 반응이 없었다. 호텔 전화번호를 찾아내 프런트데스크에 있는 직원과 오래 통화했다. 의심의 여지가 없었다. 야콥은 호텔 스위스에 싱글룸을 예약했지만 나타나지 않았다. 항공사 고객 서비스 센터 직원과 통화해보니 황당한 이야기만 들려왔다. 야콥과 에이나르 그레이프 요한센이 체크인은 했지만 출국 게이트에는 나타나지 않았다는 것이다. 니사행 항공기는 두 사람을 태우지 않고 이륙시간보다 15분 지나 출발했다고 했다.

야콥은 떠났다. 흔적도 없이 사라졌다. 우르술라가 온라인으로 은행에 접속해보긴 했지만 사실 형식적인 행위였다. 그녀는 결과에 대해 정확히 예상하고 있었다. 모든 계좌가 텅 비어 있으리라는 것을. 그가 손대지 않은 유일한 계좌는 아네모네의 돈이 들어 있는 통장이었다. 이 통장도 그가 권한만 있었다면 인출해 갔을 것이다. 다른 통장에 있는 돈은 전부 인출해 갔다. 저축해놓은 돈과 로또 당첨으로 받은 돈뿐 아니라 급여 통장과 마스터카드 통장에 있는 돈까지 전부 사라졌다. 그뿐만 아니라 야콥의 통장에 있던 돈까지도. 그런 줄도 모르고 그녀는 순진하게 야콥이 그의 통장을 자신에게 넘겼다고 얼마나 자랑스러워했는지.

잠깐 동안은 그냥 살아야겠다고 결심했었다. 사랑스럽고 밝고 재능 있는 딸이 있지 않은가? 스물다섯 살 아네모네가 엄마 없이 앞으로 어떻게 살아갈 것인가? 게다가 우르술라의 부모는 외동딸을 그런 식으로 잃어버리면 또 어떻게 살아가겠는가? 자살이라니 너무 이기적이지 않은가? 사표를 취하하면 여전히 일할 수 있는 직장도 있고 집도 있는데. 그녀 인생에서 앞으로 십 몇 년은 더 일할 수 있다. 그러면 다시 돈을 저축하고 새로운 꿈을 꾸며 세 번째 인생을 시작하는 것도 얼마든지 가능하다. 그녀를 믿고 아끼는 사람들이 있고 그녀를 좋아하고 그녀를 필요로 하는 사람들도 이토록 많은데……. 갑자기 통증으로 목이 콱 막히는 것 같았다. 분노와 충격, 좌절과 자기 증오가 몰려왔지만 그래도 야콥이 사기꾼이라는 생각에 집중하면 그나마 아픔을 멀리할 수 있었다. 그러다 어느 깜깜한 밤 좁은 거실에 모니터 조명만 비추고 있을 때 갑자기 아픔이 몰려와, 소파 쿠션을 누르고 눈물 콧물이 범벅되고 온몸에서 나오는 흐느끼는 소리가 방 안 가득 울렸다. 그때 그녀는 자신의 이성적인 자아가 작동되지 않는다는 것을 알았다. 그녀는 한 가지 방식으로만 반응할 수 있었다. 그냥 떠나고 싶었고, 잠들고 싶었고, 사라지고 싶었다. 길면 길수록 좋을 것 같았다.

구급약 상자에서 10년간 그녀와 의사 사이의 기 싸움의 결과물을 찾아냈다. 갱년기 증상을 느끼기 시작했을 즈음 그녀는 수차례 병원에 가서 밤에 잘 잘 수 있고 수시로 기분이 변하는 증상을 진정시킬 약을 처방받았다. 증상이 좋아져야 했다. 의사는 매번 처방전을 주는 것으로 끝냈다. 이런 약 저런 약으로 조금씩 바뀌었지만 결국 진정제나 수면제였다. 이모반, 옥사팍스, 디아제팜, 트리아졸람……. 매번 고분고분 처방전을 들고 약국에 가서 약 처방을 받고 이틀 정도 복용하면 방해받지 않고 깊게 잘 잔 느낌을 누릴 수 있었다……. 남는 약은 약통에 넣어두었다. 인위적인 수단을 써서 전투력을 상실하게 되는 방법은 어딘가 불편했다. 그런 식으로 통제력을 잃는 방식이 마음에 들지 않았다. 하지만 그러다 또다시 수면 부족으로 심신이 지쳐서 다시 병원을 방문하기까지는 그다지 오래 걸리지 않았다. 이전처럼 너무 약효가 세지는 않았으면 좋겠다는 희망을 품고 병원에서 새로 처방전을 받았다. 몇 년이 지나자 약이 굉장히 많아졌다. 원래의 약 포장지가 아닌 일반 상자에 넣어 약장 맨 위 칸에 올려놨던 것들이 너무 오래되어 먼지가 뽀얗게 앉았을 정도로. 그녀는 상자를 꺼내 책상 위에 올려놓고 개별 포장지에 들어 있던 알약을 눌러서 꺼냈다. 엄청난 양의 파스텔톤 약이 그녀 앞에 쌓였다. 흰색, 핑크색, 라벤더색 알약들이 유혹적으로 빛났다.

그녀는 유서를 세 통 남겨야겠다고 마음먹었다. 아네모네와 기테…… 그녀는 한 무더기 약을 삼키면서 편지를 썼다. 한 주먹씩 약을 입 안에 넣으면서 그때마다 야콥이 전날 사놓은 오렌지주스와 보드카를 반반씩 섞어 삼켰다. 졸음이 몰려오기 시작하자 침실로 가서 누웠다. 구토하기 시작할 즈음엔 거의 의식이 없어 약 효과가 멈칫했다. 삼킨 약이 전부 위까지 갔더라면, 기테가 제때 왔더라도 그녀를 구하지 못했을 것이다…… 하지만 이런 자세한 얘기는 절대로 다시 언급되지 않을 것이다. 그녀의 주변환경과 마찬가지로 대부분의 다른 내역들은 설명되어야 했다.

이제 우르술라는 좀 이상하다는 생각이 들었다. 그녀는 그날 저녁 세상을 떠날 확률이 백 퍼센트라고 믿었다. 그런데도 한편으론 제때 구조되어 다행이란 생각도 들었다. 살려는 본능이 든다는 게 혼란스러웠다. 아픔과 걱정은 여전히 그녀를 사로잡았다. 약을 구하지 못했더라도 어쩌면 또 시도했을지도 모른다. 그런데 지금 이 순간 그녀가 가장 아끼는 여자 두 명이 그녀 옆에 있다는 사실이—이들이 감시하고 보초 근무를 서기로 짜기라도 한 걸까?—어느 정도 평정을 안겨주었다. 게다가 부모한테 써놨던 유서가 개봉되지 않고 쓰레기통으로 던져졌다는 사실도 다행이었다. 노부부는 어떤 일이 있었는지 조금도 모르고 있고 앞으로도 절대로 알지 못해야 한다고 우르술라는 다짐했다.

4

2007년 3월 22일 목요일 오전

　단 소메르달은 모처럼 좋은 날씨를 즐기려고 평상시보다 몇 킬로미터를 더 걸었다. 숨이 차고 허벅지 근육이 욱신거렸지만 그래도 즐거웠다. 그는 좁은 숲길을 따라 편안한 속도로 조깅하며 자신의 호흡에 100퍼센트 집중했다. 근육과 맥박이 어떻게 일하는지 몸소 느끼면서, 심박동 측정기에 깜빡이는 연두색 숫자를 읽는 재미가 쏠쏠했다. 측정기는 가장 최근 그가 즐기는 장난감이다. 얼마나 운동에 집중했던지 전에 근무했던 직장 사장이 살던 고급빌라 촌을 지나면서도 고개를 거의 돌리지 않았다. 각자 자기 길로 갈라선 지 몇 개월밖에 지나지 않았다는 생각에 이르자 기분이 이상했다.

　전망대에 올라 언제나처럼 몇 분 휴식을 취하며 시내를 내려다봤다. 크리스티안순은 고전적인 덴마크 지방도시였다. 인구 3만 4천 명이 사는 피오르 해안의 아름다운 도시로 수도 코펜하겐까지 자동차로 한 시간 걸리는 곳이었다. 14세기의 음울한 돔 성당과 명문 김나지움이 있고 목골 주택과 접시꽃이 많은 목가적 중심가가 있었다. 여러 가지 면에서 이 지방도시도 대부분의 다른 지방도시와 비슷했다. 하지만 전망대 위에서 예리한 시선으로 내려다보면 이곳만의 특이한 점이 꽤 있었다. 특히 항구 바로 앞에 자리 잡은 시청 앞 시장은 덴마크의 여느 다른 시청 광장과는 사뭇 다른 느낌이었다. 시청뿐 아니라 지방 경찰청과 병원, 마리나 호텔도 이곳에 자리 잡고 있었다. 이곳의 도시 동맥은 알가데에서 기차역까지였다. 쇼핑거리 어느 곳에서도 피오르를 볼 수 있고 날씨만 좋으면 중심가는 휴가 분위기가 났다. 물론 크리스티안순도 사회적 주택건설 프로젝트가 있고 잘못 계획된 쇼핑센터도 있지만 그래도 이런 모든 건 숲의 전망대에 오르면 쉽사리 잊히는 법이다. 단 소메르달은 크리스티안순의 가장 매력적인 심장부의 18세기에 지어진 노란색 목골 주택에서 살고 있다. 시 외곽으로 나가지 않은 지 수주 어쩌면 수개월은 지났을 것이다. 그런데도 뭔가 놓쳤다고 아쉬워할 것은 거의 없었다.

그는 감상을 끝내고 공원 방향으로 숲길을 달려 괴르틀레르가데에 있는 집에 돌아왔다. 집으로 가는 길은 내리막길이라 늘 그랬듯 마지막 구간을 스퍼트를 내서 빠른 속도로 달렸다. 얼마나 빨리 달렸는지 몸이 붕 떠 있는 기분이 들 정도였다. 집 앞에 도착해서 만보계를 꺼내보니 10.6킬로미터를 달렸다. 평일에 흔히 있는 일이었다. 이제 시계는 9시를 가리키고 있었다. 하루가 이제 막 시작될 때였다. 후광이 비치는 것 같은 느낌이 들었다.

단은 계단을 올라 2층으로 올라가 땀에 흠뻑 젖은 운동복을 벗었다. 욕실에서 아내와 마주쳤다. 그녀는 샤워와 머리 손질도 끝내고 화장도 마친 상태였다. 이제 병원으로 출근하려던 참이었다. 단이 몸을 수그려 출근길 작별 키스를 하려는데 그녀가 한걸음 뒤로 물러나 팔을 뻗어 손을 휘휘 저었다. "어이, 악마는 물러가라!" 장난스레 웃으며 그녀가 말했다. "당신한테서 국가대표 축구팀 전체가 경기를 끝낸 직후에 나는 냄새가 나!"

"국가대표 축구선수한테서 무슨 냄새가 나는지 당신이 어떻게 알아?"

"당신이 모르는 몇 가지가 있지." 마리아네는 찌푸리더니 코를 막고 그의 땀이 블라우스에 묻기라도 할까 봐 조심스레 그 옆을 지나 거실로 갔다. "나한테 키스하고 싶으면 점심시간에 와. 그럴 생각 없으면 그냥 상상만 하든가!" 그녀가 손을 흔들며 계단을 내려갔다.

단은 속옷까지 벗고 샤워하러 들어갔다. 샤워기 아래로 떨어지는 물이 몸에 쏟아지자 그는 다시 한번 예전 직장 사장을 떠올렸다. 그리 오래전 일도 아니었다. 사장과 마지막으로 대화를 나눈 뒤 아주 많은 일이 있었다. 4개월 전 단은 아들 라스무스가 쓰던 방에 작은 사무실을 열었다. 이렇게 작은 규모의 회사가 운영될 수 있을지 걱정했었는데 놀랄 정도로 순조롭게 진행되었다. 어떤 일을 선택해야 할지 얼마만큼 바쁘게 지낼지 어느 정도 스스로 결정할 수 있었다. 스트레스로 업무를 볼 수 없는 지경까지 가봤던 그 같은 사람에게는 어찌 보면 직접 자기 회사를 운영하는 게 가장 이상적일 수도 있었다. 지난 몇 달간 단은 복용하던 약을 중단하고 대신 신선한 공기를 마시며 조깅에 의지했다. 어떤 이유에서든 며칠간 조깅을 중단하면 두통이 생겼다. 정말 신기한 현상이다. 달리기란……

몇 달 전 젊은 여성 두 명의 살인사건을 해결하고 난 후로 단 소메르달은 꽤 유명해졌다. '대머리 탐정'이란 별명도 덩달아 알려졌고 TV 방송국에서도 범죄사건을 다루는 쇼의 진행자로 나와달라고 제안이 왔을 정도였다. 그는 감사해했지만 거절했다. 새로 개업한 광고회사 일만으로도 충분히 할 일이 넘쳤다. 릴리아나가 살해된 사건을 밝혀내는 일은 긴장감 넘치는 도전이긴 했다. 그래서 잠깐 동안 사립탐정 유의 일을 해볼까 고민해보기도 했다. 하지만 바로 그 생각을 접었다. 사립탐정이란 단어를 들으면 보온병이나 도시락, 너덜너덜한 점퍼가 연상되지 않는가? 수사 과정에서 완전히 방향을 잘못 짚을 수도 있고 그렇다고 돈벌이가 썩 좋은 것도 아니고. 욕망이 솟구치는 것도 결코 아니고. 게다가 그의 가장 친한 친구인 플레밍 토르프 형사도 단이 수사에 개입하는 것을 그다지 열광적으로 반길 것도 아니고……. 앞으로 발을 들이지 않는 게 낫겠다고 그는 생각했다.

단은 욕실 창문을 열고 물기를 말린 뒤 양치하고 나서 침실 옷장 앞에 섰다. 매일 아침 그는 자신의 취향대로 옷을 고를 수 있다는 것에 소소한 승리의 기쁨을 만끽했다. 고객의 취향에 맞는 옷을 고를 필요가 없으니 말이다. 그는 검은색 진 바지에 자잘한 체크무늬 셔츠를 입었다. 그는 옷장 안쪽 거울에 비친 자신의 얼굴을 들여다봤다. 그사이 눈가 주름이 좀 늘었나? 마리아네의 아이크림이 눈가에 살짝 발라져 있었다. 그 역시 뭔가 구입해야 했다. 단은 마흔네 살이지만 최소 다섯 살은 어려 보였다……. 그리고 그는 계속 그렇게 어려 보이길 바랐다. 몇 년 전 머리칼이 빠지기 시작했을 때 그는 곧장 면도기를 들고 머리칼을 전부 밀었다. 그렇다, 머리카락 한 올도 없는 대머리였다. 자발적인. 쿨한 스타일의. 요컨대 머리카락이 없는 남자들에도 두 가지 종류가 있다고 단은 입버릇처럼 말하곤 했다. 한 그룹은 문신과 인종차별주의자 같은 얼굴에 투견을 데리고 다니는 부류, 또 한 그룹은 아르마니와 타란티노와 최신 노키아를 선호하는 부류. 단이 어느 부류에 속하는지 알아맞히기는 어렵지 않다.

단은 주방에 가서 커피 한 잔과 바나나,《폴리티켄》신문을 들고 사무실로 갔다. 다른 사람과 교류할 필요 없는 첫 직장이었다. 그는 만족의 한숨을 쉬며 컴퓨터를 켜고 기다리는 동안 바나나를 먹고 신문을 넘기면서 헤드라인을 훑어봤다. 미카엘 키엘센 살인사건 기사 아래, 사건에 대한 제보가 있으면 크리스티안순 경찰이나 언론에 연락을 달라는 공지가 있었다. 불쌍한 플레밍, 단은 생각했다. 발레슬레브에 있는 헛간에서 살해된 채 발견된 스물세 살짜리 남자의 이 잔인하기 짝이 없는 사건을 해결하려고 플레밍 토르프는 몇 주째 분초를 다투고 있었다. 비공식적인 경찰 관련자 소식통에 따르면 플레밍은 다른 수사에 팀원들 두어 명을 파견해야 했다. 플레밍에게 쉽지 않은 상황이었다. 단은 신문을 계속 넘겼다. 신문 뒷면에 흑인 아이들이 계속해서 언론의 지대한 관심을 받으며 할리우드로 보내진다는 기사가 실려 있었다. 제3세계 어린이들을 구조하는 데 관심 많은 일군의 스타 배우들이 경쟁이라도 하듯 앞다퉈 아이들을 입양하고 그 사실을 미화했다. 단은 얼굴을 찌푸리고 신문을 옆으로 치웠다. 이런 이야기를 들으면 기분이 좋지 않았다.

그는 이메일함을 열었다. 읽지 않은 메일이 여러 통 있었다. 대부분은 스팸메일이거나 회사 일과 관련된 것이었다. 그는 스팸메일과 일에 관련된 메일을 열어보지 않고 대신 더 관심 가는 이름을 클릭했다. 단과 마리아네의 열일곱 살 먹은 딸 라우라는 줄곧 기숙사 생활을 했기에 부모에게 소식을 전하는 일이 아주 드물었다. 돈이 필요하다거나, 단이나 마리아네에게 자동차로 태워달라고 요청할 때 문자메시지를 보내거나 전화 거는 일 빼고는 거의 소식이 없었다. 그런 미스 소메르달이 이메일을 보냈으니 뭔가 일이 일어난 것이었고 단은 곧장 클릭했다.

보낸 사람 : laurasommerdahl@hotmail.com
받는 사람 : dan@sommerdahl.dk
2007년 3월 21일 수요일 22:34
제목 : 아빠 도움이 필요해요

사랑하는 아빠,

우르술라 올레센 선생님 기억나세요? 우리 미술선생님이죠. 아빠도 크리스마스 파티 때 우르술라 선생님과 대화를 나눈 적이 있어요(빨강머리 선생님 말이에요). 흠, 간단히 말하면 이런 일이 있었어요. 선생님의 젊은 연인이 선생님을 떠났는데요, 선생님이 저금해놓은 돈을 몽땅 들고 갔어요(수백만 크로네를요!) 선생님이 충격을 받고 수면제로 자살을 시도했다가(선생님을 발견한 그 자리에 나도 있었고요) 지금 다시 집에 돌아왔어요. 우리가 교대로 선생님을 돌보고 있어요. 좋아지실 때까지 그렇게 하려고요.

선생님이 당한 일은 진짜 끔찍해요! 내가 그 나쁜 개자식 목이라도 조르고 싶을 정도라니까요! 아빠가 선생님하고 얘기 좀 나눠볼 수 있겠어요? 심리상담 같은 그런 얘기 말고요. 그냥 아빠가 선생님한테 야콥 그 자식을 고소하라고 설득시켜볼 수 있지 않을까요??? 선생님은 자신이 겪은 일을 엄청 수치스러워해요, 그래서 누가 그 일을 크게 문제 삼는 것도 원치 않아요. 선생님은 자신이 순진해서 당한 거라면서 본인 잘못이라고만 말해요. 그런데 그건 아니잖아요. 아빠가 여기 와서 선생님하고 얘기 좀 해볼 수 있어요? 아빠가 그놈을 고소하도록 선생님 마음을 움직일 수 있을지 어떻게 알아요. 아빠는 반쯤은 경찰이잖아요, 안 그래요?

아빠한테 뽀뽀. 라우라.

아, 이런! 단은 이메일을 다시 정독했다. 그는 자살 시도까지 했던 갱년기 미술교사 앞에서 '반쯤 경찰' 놀이를 하고 싶은 생각은 추호도 없었다. 우르술라 올레센이 누군지는 그도 기억했다. 라우라가 기숙학교에 간 뒤부터 잘 따르던 교사다. 지난가을 단이 스트레스로 번아웃 상태가 되어 병가를 냈을 때 딸아이도 분명 견디기 쉽지는 않았을 것이다. 그가 알기론 자기 학생의 고민이나 걱정을 잘 들어줬던 사람이 바로 우르술라였다. 그리고 몇 달 전에, 오랫동안 키워왔던 개가 안락사로 깊은 잠에 빠져야 했을 때 라우라에게 위안을 줬던 사람도 그녀였다. 그는 우르술라 올레센에게 여러모로 크게 빚지고 있음을 잘 알고 있었다. 하지만 그렇다고 그녀가 관공서에 나가 체면을 실추하게 되는 일을 하도록 설득하기 위해 적지 않은 시간을 투자해야 하겠는가? 아마도 통속신문들과 덴마크 전 국민 앞에서도 마찬가지 일이 날 텐데? 단은 우르술라 올레센이 경찰에 가지 않으려는 그 마음을 충분히 이해했다. 그리고 그런 마음을 돌리게 하는 사람이 되고 싶지 않았다.

그런데 달리 생각해보면……. 그는 라우라의 행복을 위해서라면 언제라도 모든 것을 다 해줄 수 있었다. 딸아이는 좋아하는 사람에게 정말 다정했고 의리를 지켰다. 단은 자기 딸이 이런 일에 있어 굉장히 단호하다는 걸 알았다. 그 놀라운 추진력은 자기 엄마한테서 물려받았다. 라우라는 절대 느슨해지지 않을 것이다. 예쁘고 새하얀 이를 드러내 우선은 단을 그다음에는 우르술라를 끝까지 물고 늘어질 것이다. 단은 이래저래 내키지 않았지만 라우라의 부탁대로 곧 출발하기로 했다. 라우라 말이 맞기도 했다. 야콥 같은 놈은 꼭 잡아내야 한다. 또 다른 여자들의 은행계좌를 계속 쥐어짜는 데 성공하기 전에 말이다.

컴퓨터 시계를 봤다. 10시가 조금 넘었다. 12시까지 에게비에르그에 가면 딸아이와 점심을 먹고 오후에 우르술라 올레센과 대화를 나눌 수 있을 듯했다. 그는 라우라에게 문자메시지를 보내고 마리아네에게 소식을 전한 뒤 오늘 아침 두 번째로 집을 나섰다.

5
2007년 3월 22일 목요일 정오

에게비에르그에 있는 기숙학교는 과거에 수도원이었던 곳으로 커다란 건물 세 채가 벤치와 화단, 나무가 우거진 공원 같은 지역을 에워싸고 있었다. 광장 한가운데 사각형 잔디밭이 있었고, 그 둘레엔 흰색 페인트로 칠한 울타리가 있었으며, 커다란 나무 세 그루가 그늘을 만들어주고 있었다. 한 작은 무리의 짐승이 평화롭게 길들여 있던 양들을 놀라게 하면서 여름의 잔디밭에 멈추었고, 곧 첫 번째 양이 다가왔다. 단이 차에서 내리자 두 가지 음정으로 이뤄진 음매 울음 합창이 그를 맞이했다. 그는 울타리로 다가가 몸을 수그려 등을 쓰다듬으려다가 양의 털이 쓰다듬거나 만지기에 적당하지 않다는 사실을 깨달았다. 뻣뻣했고 기름진 데다 들러붙어 있었다. 누군가 털 깎는 실력이 아주 별로인 모양이라고 생각하던 참에 어미 같아 보이는 양이 꼬리를 흔드는 걸 보면서 단은 싱긋 미소 지었다.

단은 외부인 주차장에 차를 세우고 본관 건물로 향했다. 학생들은 2층, 3층에 거주하고 주방과 식당, 공동 휴게실은 1층에 있었다. 층고가 높은 지하층에는 교실이 있었다. 나머지 교실과 작업실은 다른 두 건물에 나뉘어 있었고 교사들이 거주하는 곳도 마찬가지였는데 현명하게도 학생들 방과 꽤 거리가 떨어져 있었다.

계단에서 단은 열일곱 살 먹은 학생들 한 무리와 마주쳤다. 그들 중 아무도 바지를 허리까지 올려 입지 않았다. 바지는 엉덩이 중간에 걸쳐져 있었고, 엄청난 크기의 벨트로 고정되거나, 바지 주인이 아무도 보는 사람이 없다는 걸 확신할 경우 때때로—반드시 비밀 엄수의 조건에서—쓸모있는 한 손으로 고정되었다. 기대해 마지않은 효과는 어쩌면 무중력의 환상이었을지 모른다. 징 벨트와 열쇠뭉치, 휴대전화기, 잔돈이 무게를 더하고 있음에도 불구하고 젊은이의 좁은 엉덩이 절반 위에 매달려 있는 질긴 진. 혹시 속옷에 바지랑 연결되는 끈이라도 있나? 단은 이 '똥싼바지'가 유행하는 것이 도무지 납득되지 않았다. 그는 이 유행을 이해하지 못했고 이 유행도 그에게 더 이상 제대로 설명되지 않았다. 불현듯 그는 자신이 늙었다는 생각이 들었다.

"어이, 안녕하세요!" 제일 키 큰 남학생이 환하게 웃었다.

"어이, 안녕!"

다른 남학생이 그에게로 몸을 돌렸다. "라우라 아버지 아니세요?" 단이 고개를 끄덕이자 그 학생은 당황한 미소를 지으며 덧붙였다. "대머리 탐정이시죠."

"그렇단다!" 단이 문손잡이를 잡으려는데 키 큰 남학생이 앞서 나가 문을 열고 단이 지나갈 때까지 잡고 있었다. 친절하기도 하지, 단은 생각했다. 그러나 한 성인 남성이 자신이 젊다고 느낄 만한 일은 결단코 아니었다.

12시 30분이었고 단은 학교 점심시간이 이미 끝났다는 걸 분명하게 감지했다. 돼지고기와 삶은 양배추 냄새가 공기 중에 진동했고 떠드는 소리, 기침하는 소리, 깔깔거리는 소리가 구내식당 쪽에서 들려왔는데 식사 준비라기보다 정리하고 설거지한 뒤의 소리 같았다. 복

도와 계단에는 속옷을 보이든 안 입든 안중에도 없는 젊은이들이 도처에 있었다. 문자메시지를 쓰거나 삼삼오오 모여 이야기를 나누고 있었다. 쟁반을 들고 사용한 물컵을 수거하거나 빗자루와 쓰레받기를 들고 청소하는 사람들도 있었다. 단은 방향감각에 장애가 덮쳐오는 기분이 들었다. 이런 기숙학교라면 총괄 리셉션이나 최소한 분명하고 확실한 이정표 체계가 있어야 하지 않겠는가 하고 단은 생각했다. 하다못해 칠판에 시간별로 각자 할 일을 적어두든가 《해리포터》에 나오는 비밀 카드라도 쓸 수 있을 텐데. 이곳에서 그는 본격적으로 혼돈 상태를 느꼈다.

"예이, 아빠!" 어디 있는지 얼굴도 찾기 전에 라우라가 다가와 두 팔로 그를 끌어안았다. 그는 라우라 머리에서 나는 샴푸 향을 코로 들이마셨다. 샴푸 향에 이어 이건…….

"이런 젠장, 라우라! 너 흡연 시작한 거냐?"

라우라가 당황해 몸을 빼더니 손으로 단의 입을 막았다. "엄마한테 얘기 안 하실 거죠?"

"엄마? 넌 엄마 때문에 걱정이란 말이지? 그럼 난? 여기 있는 난 허수아비야?"

"아빠도 알잖아요, 무슨 말인지……."

"아니, 난 바보 같아서 모르겠다. 아빤 우리 집에서 비흡연자야. 난 담배 냄새를 증오하거든. 게다가 아빤 인생 대부분을 네 엄마와 그 문제로 싸우느라 허비했어. 이제 엄마가 드디어 담배를 끊었는데 넌 엄마 반응이 걱정이란 말이니?"

라우라는 어깨를 툭 떨어뜨렸다. "아. 아빠……."

단은 갑자기 주변이 조용해진 걸 느꼈다. 적어도 여덟 명의 젊은이들이 심각한 표정으로 단과 라우라를 지켜보고 있었다. 단은 이곳에서 자신의 새로운 이미지—잔소리 많은 왕재수 꼰대로 고착되는 걸 확연히 느꼈다. 다른 사람들이 지켜보는 공공장소에서 딸을 꾸짖다니…… "미안하다, 라우라." 그는 사과하고 라우라의 어깨에 손을 얹었다. "이 얘기는 나중에 다시 하자, 응?"

그녀는 아빠를 올려다봤다. "그럼 엄마한테는요?"

단은 부드러운 미소를 지으며 고개를 저었다. 라우라는 바로 환한 표정이 되었다. "아빠 배고파요?"

"약간." 그는 덧붙였다. "갈증도 나고."

주방으로 앞장선 라우라를 따라 행진하면서 단은 공식적으로 주방 일원에 속한 학생들 무리에서 빠져나올 수 있었다. 족히 중년으로 보이는 두 명의 여성들이 주방에 있었고 라우라는 둘 중 조금 더 나이 들어 보이는 사람에게 다가갔다. 라우라와 몇 마디 주고받은 뒤 그 여성은 고개를 끄덕이더니 냉장고 문을 열고 낡아 늘어난 흰 신발을 따각대면서 단에게는 아무 눈길도 주지 않았다. 라우라는 그녀의 무례한 태도를 의식하지 않는 것 같았다. 단은 학교 주방에서 흔히 있는 행동이리라고 추측했다.

"인조 토끼고기 좀 데워드릴 수 있어요." 냉장고 깊은 곳에서 군용 통조림 칸을 살피던 라우라의 목소리가 울려왔다. "갓 구운 호밀빵이나 양배추 스튜 드실래요?"

"호밀빵 먹을게." 그는 라우라가 익숙한 몸짓으로 구운 미트로프 몇 조각을 접시에 담아 뚜껑을 덮은 뒤 전자레인지에 넣는 모습을 지켜봤다. 3분도 안 걸려 라우라는 호밀빵 두 조각, 붉은 양배추 한 스푼, 커다란 버터 한 조각을 동원했다. 단은 음료로 저지방우유를 선택했다. 라우라는 커다란 잔에 우유를 따르고는 쟁반 위에 음식을 전부 올려놓은 뒤, 주방 탁자를 닦고 아버지에게 쟁반을 넘기면서 이제 텅 빈 식당으로 가져가라고 했다.

"인조 토끼고기에 양배추 스튜, 붉은 양배추라? 난 너희들이 채식이나 타이식을 좋아할 줄 알았는데. 너희들 먹는 음식은 양로원 메뉴 같네?" 그는 첫 조각을 잘라 입안에 넣고는 축복받은 표정으로 씹었다.

"아빠 라이프스타일 전문가 아닌가요? 젊은 사람들은 옛날부터 내려오는 유서 깊은 음식을 제일 좋아해요." 그녀가 가르치듯 말했다.

"그래, 그래…… 청어나 익힌 양파, 간, 사고 수프(사고 야자나무의 전분과 농축우유, 코코넛 밀크 등을 넣고 끓인 수프—옮긴이), 꽃양배추만 아니라면 그렇겠지." 라우라가 모욕당한 듯 가슴 위에서 팔짱을 끼자 단은 씩 웃었다. "기분 풀어, 라우라. 아빠가 식사하는 동안 불쌍한 우르술라 올레센 선생님 얘기나 해봐. 수업 언제 시작하니?"

"원래는 15분 뒤에 시작해요. 그런데 아빠랑 얘기가 길어지면 수업에 안 들어가도 된다고 기테 선생님이 허락하셨어요."

"기테 선생님? 교장선생님 말이냐? 아니, 내가 오늘 여기 온 걸 다 알고 있다고?"

그녀가 고개를 저었다. "교장선생님하고 헬레, 그리고 나 이렇게 세 사람만 알아요. 헬레는 주방 직원이고요."

"그 무뚝뚝한 직원?"

"무뚝뚝한 게 아니에요. 헬레는 우르술라 선생님하고 제일 친한 친구라 전체 스토리를 알고 있으니 마음이 아픈 거죠. 게다가 아빠가 꽤 유명한 사람이니 좀 당황하셨을 테고요."

아이고. 그 사실을 그는 매번 잊었다. "우르술라 선생님은? 선생님도 알겠네?"

라우라는 고개를 끄덕였다.

"오케이, 이제 시작해봐!"

라우라는 길고도 슬픈 이야기를 본인이 아는 범위에서 자세한 부분까지 모조리 털어놓았다. 단은 간소하지만 꽤 맛있는 식사를 음미하면서 라우라의 이야기를 경청했다. 단이 나이프와 포크를 옆에 놓고 의자 등받이에 기대는데 갑자기 그의 오른편에 예상치 못한 손이 불쑥 나타났다. 누군지 모를 손이 뜨거운 커피 한 잔을 테이블 위에 올려놓고 빈 접시를 치웠다. 단이 뒤돌아보니 백발의 요리사였다.

그는 일어나 악수를 청했다. "아주 맛있게 먹었습니다, 감사합니다. 미트로프를 이렇게 전통식으로 요리하는 게 아주 드문 일인데요. 정말 기가 막히게 맛있었어요! 붉은 양배추도 직접 요리하셨나요?"

헬레의 시선이 그의 얼굴을 휙 스쳤다. 그녀가 뭐라고 중얼거리는 것을 단은 제대로 이해하지 못했다. 그녀는 악수하던 손을 빼내 빈 우유잔을 들고 다시 주방으로 사라졌다.

라우라가 킥킥거렸다. "아빠가 주방장을 손아귀에 넣었네요."

"아이고, 그만 좀 해라." 그는 다시 자리에 앉아 커피를 홀짝였다. "좀 전에 여성을 잘 이해한다고 얘기했었지……. 그 남자 정말로 어땠어?"

"야콥이요?"

단은 고개를 끄덕였다. "네가 본 인상은 어땠니?"

라우라는 눈썹을 찡그리고 아랫입술을 깨물며 잠시 생각에 잠겼다. "흠, 아마 아빤 내 말을 안 믿으실 텐데요, 난 정말 그 남자가 징글징글했어요. 여기 계속 살면서 우르술라 선생님이 그렇게 행복했던 것도 볼썽사나웠고요. 내가 이제 와서 결과를 보고 그런 말을 하는 건

아니에요. 증인들이 있다니까요. 다른 사람들은 전부 다 야콥을 보자
마자 기절할 듯 좋아했고 멋있다고 했지만, 난……. 나도 모르겠어요.
그 사람 어딘가 이상했어요. 더 이상은 말로 표현을 못 하겠어요."

"다른 사람들이라면 누굴 말하는 거지? 여기 학교 친구들? 아니면
다른 선생님들?"

"모두 다요. 그러니까……. 야콥은 정말 잘생겼어요. 물론 우리보
다 나이가 많기는 했지만요. 키도 크고 근육질에 퍼지지 않고 적당
한 엉덩이, 섹시한 눈……. 게다가 야콥은 완전 예의 바르고 잘 도와
줬어요." 라우라는 팔꿈치를 책상에 대고 주먹으로 턱을 괬다. "항상
100퍼센트 자신을 통제했으니 그렇게 정중하고 올바른 행동을 한
게 아닐까 싶어요. 내 말은, 평범한 남자들은 그래도 젊은 여자를 보
면 뒤돌아보지 않아요? 안 그래요? 특히 나처럼 완벽한 외모의 소유
자라면 더더욱." 라우라는 고개를 뒤로 젖힌 채 깔깔 웃었다. 이런 모
습은 항상 재치 있는 농담을 던질 때마다 진심으로 웃어대던 그녀의
엄마를 또 한 번 떠오르게 했다. "제아무리 자기 아내나 여자친구와
사랑에 빠진 남자라 해도 나같이 매력적인 사람을 슬쩍슬쩍 쳐다보
긴 하잖아요, 안 그래요?"

아이야, 그것을 알았다니. 우리는 철저하게 지저분한 늙은 돼지로
구나 하고 단은 생각했다. 그러나 가면을 그대로 유지하고 고개를 끄
덕였다.

"야콥은 그러지 않았어요. 단 한 번도요. 다른 여학생이나 선생님
들을 단 한 번도 쳐다보지 않았어요. 우르술라 선생님만 바라봤죠.
눈이 움직이지 않고 우르술라 선생님한테 꽂힌 것처럼요. 절대로 다
른 곳에 눈길을 주지 않겠다고 결심이라도 한 사람 같았어요. 우르술

라 선생님은 당연히 열광했죠, 다른 사람들도 야콥이 참 순정파라고 생각했고요. 그런데 내 눈엔 이상하게 보이더라고요." 라우라는 뒤로 기댔다. "이런 얘기가 아빠한테 도움이 될까요?"

"그럼, 아주 많이." 단은 커피를 한 모금 마셨다. 커피도 생각보다 훌륭했다. 주방을 담당하는 헬레에 대한 존경심이 점점 깊어졌다. "그러니까 네 생각엔 야콥이 우르술라에게만 초점을 맞췄다는 거지?"

"바로 그거예요. 과장이 심했어요. 완전히 홀딱 빠져 있는 것처럼 행동했거든요. 쉬지 않고 선생님을 쓰다듬고 키스하고 추잡한 아첨을 늘어놓았어요."

"추잡하다고?"

"아, 그런 거 있잖아요, 잠자리에서 얼마나 끝내줬는지 모른다는 둥. 그러니까…… 선생님 나이에요! 그런 말 듣는 게 얼마나 역겹던지!"

단은 이 주제를 더 깊이 파고들지 않았다. 성적 혐오감을 불러일으키는 나이 제한에 대한 라우라의 의견에 그가 더 귀 기울여야 할지 말아야 할지 정확히 모르겠기에. 야콥이 '나이가 좀 있고' 우르술라가 연인 역할로 혐오를 불러일으켰다면, 단의 상황 역시 곧바로 비판적인 지점에 이르리라는 안 좋은 느낌이 들었다.

"자, 공주님." 단은 주제를 바꾸었다. "불쌍한 선생님이랑 얘기하기 전에 아빠 생각을 말해줄까?"

그녀는 고개를 끄덕였다.

"내 생각에, 경찰서로 가자고 선생님을 설득시키는 건 아주 아주 힘들 것 같아."

"네, 당연하죠. 그래도 아빠가 적어도 해볼 수……."

"당연히 나도 그렇게 해볼 생각이지만 아빠가 마법을 부릴 수는 없는 법. 선생님은 성인이고 원치 않으면 그 누구도 강요할 수 없어."
단은 라우라의 손등에 손을 얹었다. "잘 들어, 라우라. 어쩌면 어떤 멍청한 자식이 널 앉혀놓고 예의를 갖춘 매너로 그동안의 만남을 끝내는 일을 못 한다 치자. 그럼 너 스스로 알아내야 해. 이미 두 사람의 관계가 끝났다는 걸 말이야. 친구들 앞에서 창피를 당하더라도……."
그녀가 고개를 끄덕였다. "아마도 여전히 주변을 둘러싸고, 너의 비밀들을 떠벌리겠지. 이를테면 너희들끼리 있을 때 네가 뭘 좋아하고 뭘 싫어하는지. 네가 내가 말하는 걸 이해한다면." 그녀는 무슨 말인지 이해했다. 그리고 시선을 돌렸다. "내가 말하려는 건, 그런 상황은…… 그걸 견디는 게 나이를 먹는다고 더 쉬워지지는 않는다는 거야. 아니, 네 감정을 사소하게 치부하는 것이 더 쉬워지진 않는다는 거지." 그는 라우라가 반박하려는 걸 보고 얼른 덧붙였다. "물론 젊고 예쁘더라도 심하게 상처받을 수는 있어. 그리고 화가 나서 길길이 날뛰면서도 마음속 깊은 곳에서는 이 세상에 남자들이 수두룩하게 널렸다는 사실을 정확하게 알고 있을 테고 분명히 이겨낼 거야. 너한테 상처를 준 멍청한 녀석보다 훨씬 더 잘 이겨내겠지." 그녀는 시선을 들었다. 단은 신경 쓰였지만 무시하기로 했다. "네가 우르술라 선생님이라고 상상해봐. 선생님은 지금 인생이란 트랙 다른 쪽 끝에 서 있고 네가 막 시작하려는 그런 것들을 끝낼 준비를 하는 거야. 그녀는 야콥을 마지막 사랑의 기회라고 여겼을 가능성이 아주 높아."
라우라는 끄덕였다. "선생님은 야콥을 기적이라고 불렀어요."
"거봐. 기적이란……. 매일 그런 일이 일어나리라고 기대하지 않는 거지. 자기 인생의 절반을 잘 살아왔다 해도 마찬가지야." 단은 잔을 비우고 옆으로 밀었다. "내 생각이 어떤지 물어본다면, 이렇게 말하고 싶어. 우르술라 선생님은 지난 몇 개월간 대부분의 시간을 꿈인지 아닌지 알아내려고 자기 팔을 꼬집으며 보냈을 거야. 웃음거리가 될까 봐 굉장히 두려웠을 거야. 너희 학생들이나 동료들, 선생님 딸한테까지도. 게다가 야콥한테 웃음거리가 될지 모른다는 두려움이 가장 컸겠지. 야콥이 사실은 마음속으로 그녀를 역겹다고, 늙고 추하다고 여기면서 나중에 그녀보다 훨씬 젊은 여자랑 사랑할 마음이었을 거라고 생각한다면 얼마나 끔찍하겠니.”

“그게……. 우린 이번 일이 그런 문제인지 아닌지 아직 몰라요.”

“우리가 아는 건 거의 없다고 봐야 해. 하지만 우르술라 입장에서 보면 우르술라가 계속 근심하던 일이 일어난 거야. 야콥이 그녀를 버리고 떠났고, 그녀의 돈을 가져갔고, 그녀를 사랑하지 않았고. 이 사실이 그녀의 입장에서 정말 끔찍한 절망 아니겠니. 그녀가 나와 얘기하겠다는 자체가 대단한 거야. 내 생각엔 네가 그 이상을 기대해선 안 돼.”

6
2007년 3월 22일 목요일 오후

눈에 띄지 않고 얼마나 천천히 갈 수 있을까? 이 질문이, 단이 달팽이처럼 느리게 햇빛을 통과해 움직이면서 양 떼를 지나고, 집 짓느라 정신없어 보이는 제비 한 마리를 지켜보는 동안 머리를 스쳤다. 그는 우르술라 올레센의 집이 있는 동쪽으로 다가갔다. 몇 분 전 라우라를 심리학적 분석으로 감동시키긴 했어도 어떻게 이 대화를 이끌어갈지 도대체 아무 생각도 떠오르지 않았다. 수수께끼 같은 이번 사건이 그의 마음을 확 끌기는 했지만 그럼에도 불쌍하고 사기당한 우르술라와 단둘이 대화해야 한다는 사실이 두려웠다. 우르술라가 대화하는 내내 울음을 안 멈추면 어떡하나? 자신이 받은 연애편지를 읽어보라고 강요하면 어쩌지? 혹시 자신을 안아주고 위로해주길 바랄까? 단은 몸서리쳤다. 그는 프로답게 일정한 거리를 유지하고 추상적인 것이 아니라 실질적인 것에 집중해야 한다고 스스로 다짐했다. 다른 모든 것들은, 친구들이나 동료들이 많으니 그들이 해주겠지.

이어진 상황은, 어떤 특정 조건에서 자신의 선입관으로 세부사항까지 상상하며 그림을 그려놓더라도 그것이 완전히 틀릴 수도 있다는 것을 다시 한번 깨닫게 했다. 우선 우르술라와 단둘이 있게 될 상황이 아니었다. 그가 초인종을 누르자 젊은 여자가 문을 열어주었다.

예기치 못한 상황이긴 했지만 그다지 당황스럽지는 않았는데, 문을 열어준 여자가 자신을 아네모네라고, 우르술라의 딸이라고 소개했을 땐 대단히 혼란스러웠다. 베를린에 산다는 예술가 아네모네. 예전에 그렇게 서정적인 이름을 들으면 '긴 금발 머리', '둥둥 떠다니는 걸음', '약간 히피 같은 이미지', 아니면 '여성스러움'을 연상했을 것이다. 이제 그런 건 다 잊어야 했다. 문 앞에 서 있는 여자는, 사람이 자기 아이 이름을 지을 때 상당히 신중해야 한다는 걸 생생하게 증명해 보였다. 아네모네는 머리부터 발끝까지 로맨틱한 외모와는 거리가 멀었고 덩치 좋은 각진 남자 몸매에 전문 수영선수 같은 떡 벌어진 어깨의 소유자였다. 그녀의 숱 많은 갈색 머리는 창백한 얼굴에 확 두드러졌다. 살며시 드러나는 미소에 고른 흰 치아가 드러났다. 악수하는 손에는 힘이 들어갔고 필요 이상 길지 않았다.

"들어오세요." 그녀는 어이없게도 밝고 듣기 좋은 목소리로 말했다. "발코니에 앉아 햇살을 즐기려고요."

발코니? 즐긴다고? 걱정과 근심 가득한 집이 아니란 말인가? 단은 아네모네를 따라 좁은 복도를 따라 거실로 들어갔다. 벽에는 그림이 따닥따닥 붙어 걸려 있었다. 얼마나 서로 붙어 있는지 콜라주 작품 같았다. 수채화와 동판화, 엽서, 유화까지. 캐러멜 색상의 대형 소파에는 여러 가지 화려한 색상의 쿠션들이 앉는 자리 대부분을 차지하고 있었고, 소파 앞엔 낮은 테이블이, 그 위에는 전 세계 예술과 인테리어 관련 잡지가 쌓여 있었다.

거실 끝엔 침실로 가는 좁은 문이 있었는데 방 안에도 거실처럼 온통 그림이 걸려 있었다. 기다란 직사각형 방을 따라 작은 발코니가 나 있었고 거기엔 좁은 의자 세 개가 충분히 들어갈 공간이 있었다.

벽에 붙여 접었다 폈다 할 수 있는 작은 테이블 위로 팬지꽃 한 무더기가 해를 바라보고 있었다. 의자에는 또 한 번 깜짝 놀랄 만한 이가 앉아 있었다. 우르술라 올레센은 깊은 낙심에 빠진 여성의 얼굴이 아니었다. 자살 시도를 했다가 살아난 사람의 흔적은 조금도 보이지 않았다. 붉은색 머리는 가죽핀으로 목덜미 뒤로 묶었고, 은은하고 세심하게 골드와 브라운으로 메이크업을 했다. 몸에 살짝 붙는 줄무늬 셔츠에 청바지를 입고 어깨 위로는 진회색 카디건을 걸쳤다. 그녀는 평정심을 유지한 진지한 표정이었다. 인사하는 목소리도 흔들림 없이 차분했다. 현대 의학의 힘으로 모든 걸 이룰 수 있다는 게 신기할 따름이라고, 그 효과를 누구보다 잘 아는 단은 생각했다.

"이미 얘기를 들으셨을 것 같은데요." 그녀가 얼음처럼 차가운 생수를 물컵 세 잔에 따르며 말했다. 아네모네는 가운데 의자에 앉았다.

"선생님과 라우라가 아는 사이니, 얘기는 들었습니다."

"아네모네와 제가 오늘 오전 인터넷으로 찾아본 내용은 모르실 겁니다. 그 사람은…… 아예 존재하지 않는 인물이에요." 우르술라의 목소리가 갑자기 떨렸다. 그녀의 요새가 더 이상 버티지 못했다. 그녀는 딸을 바라봤고 딸이 소식을 이어 전했다.

"그 사람 물감 회사 역시 존재하지 않아요. 그 회사 홈페이지가 없다는 건 전부터 알았지만 그래도 의문을 가지지는 않았거든요. 막 회사를 차려 물감을 생산하기 시작했으니까요. 아직 판매되기 전이었어요." 그녀는 의자 아래에서 비닐 쇼핑백을 꺼냈다. "이게 그 제품이에요." 그녀는 단에게 흰색 튜브에 돌려 여닫는 뚜껑이 있는 물감을 보여주었다. 떡갈나무에 둘러싸인 숲속 호수가 그려진 예쁘고 낭만적인 라벨이 붙은 제품이었다. "캐나다 에코-세제 회사 로고예요. 글씨체를 바꿔서 라벨을 여러 장 인쇄했겠죠."

"그의 이름을 검증해보셨나요?"

우르술라와 아네모네는 동시에 고개를 끄덕였다. "최악인 건……." 우르술라가 입을 열었다. "제가 오래전부터 찾아보고 알아봤어야 했다는 거예요. 전 그 사람에 대해 아는 게 아무것도 없었어요. 검증을 해봤어야 했고, 그리고……."

"이제 그만해요, 엄마." 아네모네가 그녀의 손을 잡았다. "자책은 나중에 할 수 있잖아요. 지금 그게 우리가 말하는 주제는 아니에요."

우르술라는 손을 빼고 시선을 창가로 돌렸다. 그녀의 얼굴이 굳어졌다.

"실례합니다만, 주제가 뭔가요?" 단이 물었다.

"라우라가 얘기 안 했어요?" 아네모네는 눈썹을 치켜세우며 그를 바라봤다. 곧이어 이번 만남의 네 번째 놀람이 등장했다. "야콥을 찾아내서 우리 엄마 돈을 돌려받으려고 소메르달 씨를 고용할 생각인데요."

단의 이마에 주름이 잡혔다. "뭔가 오해가 있었던 게 분명해요. 저는 카피라이터지 사립탐정이 아닙니다."

아네모네가 반박하려는 걸 우르술라가 손을 들어 멈추게 하는 모습이 단의 눈에 들어왔다. "신문에선 저를 대머리 탐정이라 부르고 그럴 수도 있다고 봅니다만 사실 그건 직업을 가리키는 게 아니라 개 그에 가깝습니다."

"그래도 연쇄살인범을 찾아내시고……."

"지난가을 아주 친한 친구가 좀 도와달라 해서 도와준 것뿐입니다. 게다가 그건 우연히 해결된 사건이고 제가 직업으로 일생을 바칠 만한 건 절대 아닙니다."

아네모네는 눈을 질끈 감았다. "관심이 없으시면 크리스티안순에서 여기까지 먼 거리를 대체 왜 달려오셨나요?"

"딸아이가 부탁했어요. 라우라는 선생님을 어떻게든 도와주고 싶어 해요. 우르술라 선생님을 굉장히 좋아하거든요."

우르술라는 고개를 끄덕이고 시선을 먼 지평선에 고정시켰다.

"도무지 이해를 못 하겠네요." 아네모네가 말했다. "그럼 여기서 우리랑 무슨 얘기를 할 거라고 생각하셨죠? 우리 엄마한테 심리상담이라도 해드릴 생각이었나요? 아니면 그냥 우리하고 연대의식을 느낀다는 걸 보여주려고요?"

"애, 그만. 아네모네……." 우르술라가 중얼거렸다.

"괜찮습니다." 단이 답했다. "아네모네가 혼란스러워하는 점 충분히 이해합니다. 저라도 그랬을 겁니다." 단은 우르술라의 딸을 바라봤다. 그녀의 창백한 뺨이 분노로 붉게 물들었다. 창백한 얼굴색보다 오히려 보기 좋았지만 지금 이 순간 단이 그녀에게 그렇게 말할 수는 없었다. "제 생각에 딸아이가 우리를 다 속인 것 같습니다." 단이 말을 이었다. "라우라가 선생님에겐 자기 아빠를 사립탐정으로 고용할 수 있을 거라고 말하고, 저한테는 선생님을 경찰에 가보도록 설득시켜달라고 부탁한 것이지요."

"경찰예요?" 우르술라가 단의 얼굴을 똑바로 쳐다봤다. "절대 그렇게는 안 할 겁니다. 어떤 상황이 와도요!"

아네모네는 단에게서 시선을 돌리고 좁은 공간이 허용하는 최대한 그에게서 등을 돌렸다. "엄마, 정말 이건 말도 안 돼요! 그 인간이 700만 크로네 이상을 사기 쳤다고요. 당연히 경찰에 갈 사건이지 아마추어를 찾을 사건이 아니에요."

"700만이라고요?" 단이 그 자세로 움직임을 멈췄다. 그는 막 일어서 문으로 걸어가 이 난감한 상황을 벗어나려 할 참이었다. 이 무지막지한 액수는 물론 그의 호기심을 깨웠다.

아네모네가 그에게 고개를 돌린 순간 그는 그녀의 입가에 주름이 잡히는 걸 놓치지 않았다. 그녀가 예상했던 바로 그 반응이었던 것이다. "자, 이제 좀 관심이 생기는 건가요?"

단은 그녀의 말을 무시했다. "세상에 어떻게 700만이란 금액을 가져갈 수 있는 거죠, 우르술라?"

그녀는 어깨를 으쓱하고 냉수를 한 모금 들이켰다.

"그 돈을 부동산이나 유가증권 같은 데 투자해놓은 게 아니고요?" 단이 고개를 흔들었다. "설마 침대 매트리스 밑에 넣어두셨다는 건 아니겠죠?"

우르술라는 미소 지었지만 눈은 웃지 않았다. "제가 그렇게 한심한 사람은 아니에요." 우르술라가 대답했다. "그 돈은 이자율 높은 3개월짜리 고정 정기예금에 넣어놨어요. 은행 컨설턴트가 이 금액에 해당하는 돈을 개방 계좌로 사용할 수 있게 해놨거든요. 우리가 그 돈을 인출해서 투자할 수 있도록……. 그가 그 돈을 가져간 거예요. 만기일이 되면 당연히 그 돈이 상환되어야 해요."

아네모네는 한 손을 어머니 팔에 댔다. "엄마, 정말이에요. 제발요. 단 소메르달 씨가 우리 사건을 맡아주지 않는다고 이미 말했잖아요."

"저를 솔깃하게 할 만한 노력을 별로 안 보여주시는군요." 단의 입에서 튀어나온 말이었다. "다른 사람한테 뭔가 당신을 위한 일을 맡기길 원하면, 채용할 상대를 대하는 심리적인 공감과 매너를 키우시는 게 좋겠습니다. 아니면 그냥 평범한 형태의 예의라도 말입니다."

아네모네가 갑자기 벌떡 일어났다. 의자가 시멘트 바닥 위에서 끌리며 날카로운 소리가 났다. "제 생각에, 이제 그만 가보시는 게 좋겠군요. 소메르달 씨!" 그녀는 말하고 나서 문으로 먼저 걸어갔다. "여기서 이러고 있는 건 모두에게 시간 낭비예요."

단도 자리에서 일어났다. 그는 우르술라와 악수했다. "안녕히 계십시오. 얼른 이 모든 문제에 대한 해결방법을 찾으시길 진심으로 기원합니다."

두 사람은 어정쩡하게 좁다란 발코니에 서 있었다. 우르술라는 고개를 돌려 한동안 단의 눈을 응시했다. 그러더니 단을 지나 아네모네가 있는 침실로 갔다. "잠깐 산책하고 오지 않을래?" 그녀는 차분한 목소리로 부탁했다. "그동안 라우라 아버님과 얘기 좀 할게."

"그래도……."

"네가 지금 엄마를 위해서 그런다는 거 다 알고 참 고맙게 생각하고 있어. 그런데 이제 너도 엄마만의 영역을 남겨두어야 해. 한 시간만 그렇게 하자, 오케이?"

아네모네는 수영선수 같은 어깨를 으쓱하고 방에서 나갔다. 몇 초 뒤 현관문 소리가 얼마나 세게 들리던지 집 안에 있는 그림이 전부 흔들거릴 정도였다.

"죄송해요." 우르술라가 말했다. "딸아이가 가끔 저렇게…… 끝장을 내는 성격이라." 그녀는 쓸쓸한 미소를 지었다. "저랑 잠깐 대화 좀 할까요? 아버님께서 어쩌면 제가 스스로 해결할 수 있는 좋은 아이디어라도 주실 수 있지 않을까요?"

두 시간 후 단은 차를 몰고 집으로 향했다. 이제 방금, 생애 처음으로 탐정으로서 단독 사건을 위임받고서 말이다. 그와 우르술라는 일당 지급과 보고 형식을 합의했다. 아네모네가 한 시간 뒤 산책하고 돌아와 몇 주 치를 선불로 지급했다.

"진짜 어처구니없는 기괴한 일이죠." 그녀가 단에게 지폐를 건네면서 말했다. "이제 저 혼자만 돈을 만질 수 있어요. 집을 담보로 대출 받았거든요. 엄마, 나한테 비싼 집 사주길 진짜 잘했네요."

우르술라는 고개를 저었다. "정말 기괴한 일이야." 그녀가 말했다. "그토록 부조리하지만 않았더라면 내가 포복절도했을 텐데." 그녀는 얼굴을 찡그렸다. 선한 의지의 미소로 보일 수 있는 표정이었다. 그리고 단을 배웅했다. "다음에 언제 만나죠?"

"말씀드린 대로 제가 몇 주간 이메일로 계속 보고하겠습니다. 당장 만나야 할 필요는 없을 겁니다. 제가 완전히 새 소식을 전해드리기 전까지는 어쨌든 아니에요."

7

2007년 3월 23일 금요일 밤

"이제 슬슬 잘 시간인데 아직도 잘 생각이 없어?" 마리아네는 얼굴에 졸음기가 가득했고, 뺨엔 베개에 눌린 자국이 선명했다. 그녀는 잠옷으로 즐겨 입는, 무릎까지 오는 긴 티셔츠 차림으로 문틀에 기대 있었다. 밝은 갈색 머리를 묶었던 고무줄이 어디론가 날아가버려 머리카락이 사방으로 뻗쳐 있었다. "2시도 넘었는데!" 그녀가 어깨를 긁으며 하품했다.

그녀의 남편은 사무용 의자를 45도 각도로 돌려 마리아네와 마주 보는 자세로 앉았다. "슈베린회사 카탈로그 카피만 쓰면 돼." 그가 말했다. "그게 끝나면 내일부터는 야콥이란 작자 일에 집중할 수 있거든."

그녀는 그의 열정적인 얼굴을 무시하고 의자가 있는 코너로 다가갔다. "악몽을 꿨어." 그녀가 말하고는 자리에 앉았다. "내 담요 좀 가져다줄래?" 단은 반항하지 않고 마리아네 말을 들었다. "무슨 꿈 꿨는데?" 잠시 후 단이 담요를 건네면서 물었다.

"부검하는 꿈이었어. 내가 나이 든 여자 부검 중에 몸에서 커다란 종양을 관찰하다가 갑자기 그게 라우라 시신이라는 걸 깨달은 거야."

"그런 가당찮은!"

"그러니까!" 그녀는 다시 하품했다. "그리고 하필이면 부검을 몸서리치게 싫어하는 내가 말이야."

"흠, 내가 말하려던 건……."

"그 얘기는 하지 말자." 그녀는 손짓으로 끔찍한 주제는 언급하지 말라는 뜻을 전했다. "단, 나한테 아이디어가 있어."

"그래?" 단은 노트를 곁눈으로 바라봤다. 지금 하고 있는 일이 앞으로도 한 시간 정도는 더 걸릴 것 같았다. 그러고 나서야 잘 생각이었다. 하지만 마리아네가 이렇게 갑자기 나타나 말을 걸면 그 시간 안에 끝낼 희망은 접어야 한다는 것을 그는 알았다. "또 다른 의학 관련 망상인가?"

"아, 그만!" 그녀는 화난 얼굴로 머리카락을 훅 불었다. "망상이라니 무슨 소리야? 당신은 이 집에 당신 일에 관심 있는 사람이 있다는 사실에 기뻐해야 할걸."

"미안. 무슨 얘긴데?"

그녀는 자존심 상한 표정으로 한동안 그를 바라보다가 말을 꺼냈다. "우르술라 사건에 대한 아이디어야. 당신 생각에 야콥이란 작자가 그런 일을 한두 번 한 게 아닌 것 같지?"

"당연히 아니지."

"그럼 당신은 그자가 결혼 사기꾼이라고 봐?"

"그런데 두 사람은 결혼은 안 했어."

"아니, 결혼 안 했어도." 마리아네가 얼굴을 찡그렸다. "내가 무슨 말 하는지 당신도 정확히 알잖아."

"그럼, 당연하지. 이번 일 전부 얼마나 철저하게 준비했는지, 한두 번 해본 솜씨가 아니야. 예를 들어 '퓨처 컬러스'라는 회사는 존재하지 않아. 그런데도 자동차에 회사 로고가 새겨져 있었고 샘플 제품에도 상표가 붙어 있는 데다 futurecolours.dk라는 도메인이 붙은 이메일주소까지……. 그런 걸 준비하려면 시간 꽤나 들었을 테고, 일을 도모하기 전에 누굴 타깃으로 할지 계획했던 게 분명해. 하나하나 우르술라에게 맞춤으로 만들었단 얘기야."

"진짜 전문적이군."

"바로 그거야. 게다가 내가 아직 모르는 일도 수두룩해. 대체 야콥이란 작자가 예를 들어 우르술라가 백만 크로네 이상 현금을 운용할 수 있다는 걸 어떻게 알았을까? 그가 은행에서 일한 적이 있나? 아니면 해커인가? 우르술라 말로는 로또 당첨된 얘기를 자기 딸 이외에는 아무에게도 안 했다는데."

"글쎄, 그 딸이 혹시……."

"아네모네?" 단은 씩 웃었다. "당신이 아네모네를 한번 봤어야 해. 자화자찬과 자만에 빠져 있는 전형적인 사람이야. 다른 사람과 수다를 떨 만한 사회성은 조금도 찾아볼 수 없어." 그는 목캔디 상자를 마리아네 쪽으로 밀었다. "아니, 그런 정보는 야콥이 어딘가 다른 곳에서 알아냈을 거야. 확실해."

"고마워. 그런데 야콥이란 사람 대체 누구지?" 마리아네가 물으며 목캔디를 한 개 꺼냈다. "당신 말로는 우르술라가 야콥 헤우를린을 온라인으로 알아봤다 했지?"

"구글이나 그런 검색 사이트만 찾아봤나 봐. 주민센터 같은 데 알아봐야 하는데 아마도 지금으로 봐선 그런 이름의 소유자는 존재하지 않는 것 같아."

"우르술라가 야콥 여권을 본 적이 있대?"

"여러 번 봤대. 여권이랑 운전면허증, 그 밖에 다른 서류들 전부 야콥이란 이름으로 되어 있었고 완전히 진짜같이 보였다는군. 전부 가짜였을 텐데 말이야." 단은 수첩을 꺼내 메모했다. "여행사나 은행에 알아봐야겠어. 혹시 여권 복사본이 있는지."

"차는 어때?"

"무슨 말이야?"

"야콥이 몰던 차가 그 사람 이름으로 등록되어 있나?"

"나도 물어보고 싶은데 그녀가 그런 것까지 검증했을 가능성은 매우 희박해 보여."

"그래, 그래도 그 차는 어디선가 발견되겠지. 당신이 한번 조사해 봐. 우르술라랑 야콥이 공항 갈 때 어떻게 갔지? 마지막으로 본 날 말이야."

"우르술라 차를 타고 갔대."

"그럼 그 차가 아직 있겠네……."

"당신 말이 맞아. 내가 알아봐야겠어." 그는 메모를 추가했다. 그리고 눈썹을 찡그렸다. "당신 이번 사건 맡을 생각 없어? 당신이 이 사건을 손에 다 쥐고 있는 것 같은데." 그는 미소 지으면서도 눈빛은 진지했다.

"아이고, 그만하세요, 단 탐정님. 잘난 척할 생각 없어. 그냥 이 사건이 흥미롭다 여길 뿐." 그녀의 사슴 같은 눈이 반짝였다. "뭐 잘못됐나?"

그는 마리아네를 향해 손 키스를 보낸 뒤 곧바로 진지한 표정으로 돌아왔다. "참, 내가 그 변호사란 사람도 알아봤어. 야콥이랑 같이 사라진 사람 말이야. 에이나르 그레이프-요한센이란 작자."

"그랬더니?"

"당연한 거겠지만 그 사람도 존재하지 않아. 야콥만 그 사람하고 연락하고, 서류에 서명할 일 있으면 항상 그레이프-요한센이란 자가 우르술라랑 야콥에게 왔대. 그들이 그를 찾아간 적은 없었고."

"아하, 우르술라가 변호사 사무실에 간 적이 한 번도 없단 말이네? 아주 실용적이군."

마리아네는 주먹으로 입을 막고 하품했다. "미안. 그런데 은행 서류 중 분명 복사본이 있을 텐데?"

"물론 있지. 그레이프-요한센이 변호사로 모든 거래와 약정에 참여했어. 문제는, 변호사협회에서 그런 이름을 들어본 적이 없다는 거야."

"그렇게 큰 금액이 오가는데 은행에서 그런 걸 검증 안 했다고?"

"시간이 조금만 더 있었더라면 은행이 당연히 그렇게 했겠지. 생각해봐. 이번 사기사건에서 돈과 관련된 건 겨우 4, 5일이고 그나마도 이틀은 주말이니……."

"오."

단은 다시 수첩을 봤다. "내가 우르술라한테 물어봤어. 야콥이 잘 나온 사진이 있는지 말이야. 그런데 없다는군."

"우르술라가 사진을 강의하는 사람인데?"

"내 말이. 야콥이 카메라를 엄청 싫어했다는군. 그녀가 전문 용어를 써가면서 나한테 사진 내용과 형태에 대해 설명해주더라고. 굉장히 지루했지. 길고 긴 얘기였지만 내용은 간단해. 야콥 사진은 단 한 장밖에 없다는 거야. 그나마도 그가 잘 때 등 뒤쪽을 찍은 사진. 아주 예술적인 사진이야. 흑백 사진이지. 여기 어디 있을 텐데."

단은 서류뭉치를 뒤져 사진 한 장을 꺼냈다. 그는 마리아네에게 사진을 건넸다. "여기 있어. 직접 봐봐. 더 잘 보이는 건 없어. 어깨에 문신이나 잘 봐둬. 어쩌면 그 개자식을 어디선가 잡을 경우 신원 확인할 땐 도움이 되겠지."

"흠. 그럼 내 아이디어가 그리 좋은 방법은 아니겠네."

"무슨 아이디어인데?"

"난 야콥을 데이트 파트너 소개해주는 홈페이지에서 찾을 수 있을 거라고 생각했거든." 마리아네가 말했다. "그런데 그러려면 얼굴이 잘 보이는 사진이 있어야겠지."

"그 작자가 데이트 파트너 주선 사이트 회원일 거라고 누가 그래? 우르술라는 야콥을 완전히 다른 경로로 알았는걸."

"내 말 들어봐. 나도 야콥이란 작자가 그런 사이트 회원인지 아닌지는 전혀 몰라. 그런데 당신 이론대로 그가 이런 사기를 벌인 게 처음이 아니라 여러 번 있었다면, 그를 찾으려고 하는 사기 피해 여성들이 몇 명 더 있을 확률이 매우 높다는 거지. 그들 중 대부분은 당연히 싱글 아닐까. 통계적으로 중장년 여성이 자기에게 맞는 남자친구를 쉽사리 찾을 확률이 그렇게 높지는 않을 테니."

단은 어깨를 으쓱했다. "그건 아닐 것 같은데, 글쎄 혹시……."

"다른 한편으론." 마리아네가 말을 이었다. "희망이 죽는 거잖아. 그 여자들이 손가락을 덴 경험이 있다 하더라도 그렇다고 다른 남자를 찾는 걸 완전히 포기했다고 확신할 수는 없어, 안 그래?" 그녀는 목캔디를 하나 더 상자에서 꺼냈다. "내가 아는 싱글 여성들이 얼마나 많이 그런 파트너 주선 사이트에 회원으로 가입되어 있는지 당신이 알게 되면 이해할걸."

"난 단 한 사람도 몰라. 그런 곳에 가입……."

"그렇다면 당신이 확실하게 착각하고 있는 건데요, 그걸 아시려나. 당신도 그런 사람을 꽤 많이 알고 있거든. 아마 내가 알고 있는 사람들 수랑 비슷할 거야. 차이점이 뭐냐면, 여자들은 친구들한테 얘기를 하고 남자들은 얘기를 안 한다는 거야. 아니 이렇게 말하는 게 낫겠다. 남자들은 그런 일을 편한 '여자' 친구, 아니면 누나나 여동생한테 얘기해. 다른 남자한테 절대 안 하지."

단은 마리아네를 응시하다가 그녀가 누구를 염두에 두고 말하는지 불현듯 떠올랐다. "그럼 플레밍이……?"

"그건 당신이 직접 물어봐." 마리아네는 고개를 저으며 담요 밑으로 발을 모았다.

흠. 플레밍과 마리아네는 아직도 둘이서 오랜 대화를 나눈단 말이군. 단을 빼놓고. 그는 질투의 파도가 밀려와 가슴에 통증이 느껴지는 걸 내색하지 않으려고 자리에서 일어나야 했다. "화장실에 가야겠어." 단은 말을 마치자마자 마리아네가 말을 꺼내기 전에 얼른 방에서 나왔다. 단의 학창시절 친구인 플레밍 토르프는, 마리아네와 단이 25년 전에 미친 듯이 사랑에 빠지기 전에 마리아네와 사귀던 사이였기에, 사실 단의 결혼이 정정당당한 선택이었다고 볼 순 없었다. 이 역사에서 믿을 수 없는 점은 단과 플레밍의 우정이 이런 시련에서도 살아남았을 뿐 아니라 평생 지속되었다는 것이다. 그동안 플레밍은 경찰대학을 다녔고 단은 광고계에 발을 들여놓았다. 플레밍은 카린과 결혼했고, 두 가족이 각기 어린 자녀들을 데리고 함께 북유럽 전역을 여행하기도 했다. 그러다가 1년 전 플레밍과 카린이 이혼했다. 이후 카린은 재혼하고 새 남편과 흐비도브레로 이사하면서 그들과 연락이 끊어졌지만 플레밍은 여전히 그들 삶의 군건한 필수요소이자 언제라도 그들을 도울 충실한 친구였다.

문제는, 단의 마음속에서 지난 몇 년간 자신의 아내와 자신의 가장 친한 친구가 불륜관계일지도 모른다는 생각이 계속 들끓었다는 데 있었다. 유치하지만 그랬다. 아마도 플레밍은 단을 질투했을 것이다. 어쨌든 마리아네를 단에게 빼앗겼던 건 사실이니까. 그는 차선으로 선택한 여성에 만족하여 결혼했지만 그다지 행복하지 않았을 것이다. 그다지 아름답지 않은 다세대 주택에서 외로움을 느끼며 생활했을 테고 크리스티안순에서 형사로 근무하면서 일에 파묻혀 있었다. 플레밍이 카리스마 있는 친구 단을 부러워할 이유는 한두 가지가 아닐 것이다. 그럼에도 불구하고 질투를 느끼는 건 플레밍이 아니었다. 바로 단이었다. 단은 이런 감정을 억누르려고 혼신의 힘을 쏟았다. 단은 자신이 얼마나 격앙되었는지 정확하게 알았다. 그가 이성을 유지하는 동안엔—평상시의 90퍼센트에 해당되는 시간엔—플레밍과 마리아네 사이에 적절하지 않은 접촉이 전혀 없다는 것을 확신했다. 그녀가 친절하고도 현실적인 애인을 1980년대에 플레밍의 친구인 매력적인 개자식으로 바꾼 다음부터는 말이다.

단이야말로 개자식이었다. 일에 대한 분노와 무기력 때문에 그는 종종 집에 가지 않았다. 코카인과 데킬라도 문제였다. 당시 광고회사에 근무하는 사람들한테 그 두 가지는 전부 담배나 시가처럼 코펜하겐의 밤 문화에서 어깨에 힘을 주는 패드 같은 것이었다. 더 심각했던 건 단이 그 시기에 아내를 속이고 최고로 스타일리시한 광고계 여자들과 끊임없이 바람을 피웠다는 것이다. 처참했다. 결국 그의 상태가 너무 심각해져 가족을 데리고 고향인 크리스티안순으로 이사 올 결심을 하게 되었다. 이곳은 유혹이 별로 많지 않기에 지저분한 사생활을 끝낼 수 있었다. 게다가 도시의 크기만으로도, 새로 온 그래 픽 디자이너 인턴사원에게 접근해야 할지 말아야 할지 두 번 생각하게 되었다.

전략은 제대로 들어맞았다. 단의 상태가 좋지 않은 경우는 아주 드물었다. 마지막으로 몸이 안 좋았던 것도 수년이 지났다. 약물 소비와 섹스 생활을 새로 정비하면서 동시에 강박관념이 발달했다. 강박관념은 해가 갈수록 점점 커져 괴로울 지경에 이르렀다. 가끔 한밤중에 공황상태로 땀에 흠뻑 젖은 채 잠에서 깨곤 했다. 시커먼 양심이 벌을 내리는 것일지 모른다는 생각을 허물기 위해 그는 온갖 노력을 기울였다. 반년 전 단이 심한 우울증으로 선로에서 이탈되었을 때도 광고회사의 크리에이티브디렉터라는 긴장감 넘치는 직업 때문이라고 해명되었다. 리더의 자리에 그는 도무지 맞지 않았던 것이다. 이제 그 문제는 해결되었다. 회사를 그만두고 독립적으로 회사를 차렸다. 부하직원에 대한 아무런 책임도 없었다.

그가 쓰러졌던 또 다른 숨겨진 원인에는 수년간 부정 행각에 대한 죄책감과 마리아네가 플레밍 때문에 단을 떠날지도 모른다는 강박관념이 포함되었다. 이성을 유지한 상태의 단이라면 자신의 배우자와 대화를 나누거나 하다못해 심리치료사나 정신과 의사와 의논이라도 하겠지만, 이 문제만큼은 결단코 마리아네에게 숨기고 싶었다. 그래서 그는 소리 없는 괴물처럼 그것이 다가오면 스스로 유령처럼 조용히 없어졌다. 즉 지금처럼 홈오피스인 방에서 갑자기 나가버리는 것이다. 그는 호흡이 정상이 될 때까지 여러 차례 꼼꼼하게 손을 씻고 냉장고에서 시원한 맥주 두 병을 들고 다시 홈오피스로 들어갔다. 마리아네는 여전히 야콥의 등이 나온 사진을 바라보고 있었다.

"무슨 방법이 있는지 알겠어?" 마리아네는 단이 별안간 대화를 중지했다는 것을 전혀 눈치채지 못한 듯한 표정이었다.

단은 사무용 의자를 소파 쪽으로 끌고 가 그녀의 담요 속에 발을 밀어 넣었다. "아니, 모르겠는데. 얘기해줘!" 그가 마리아네에게 맥주병을 건네자 그녀가 멍한 표정으로 받았다. "건배!"

두 사람은 맥주를 마셨다. 마리아네는 맥주병을 바닥에 놓고 담요에 손을 문질렀다. "야콥과 우르술라 사건 말이야. 처음부터 끝까지 학교 안에서 일어난 거잖아, 안 그래?"

"그렇지." 단은 따뜻한 그녀의 허벅지에 발을 갖다 댔다.

"여보세요, 발 좀 치워주시지요!" 그녀는 소파에서 몸을 일으켰다. "그러니까 말이지, 대부분의 시간을 우르술라와 야콥 단둘이 보냈겠지만 그래도 기숙학교에서 완벽하게 고립된 생활을 하는 건 불가능하잖아. 아무리 사랑에 빠졌다 하더라도 말이야." 단은 끄덕였다. "식사시간이나 축제, 아니면 마당에서 바비큐 하는 동안에도 분명히 두 사람은 다른 사람들과 섞여 있었을 거란 말이야."

"야콥이 여기저기 다 참석했다는 얘기를 당신이 들었어?"

"그렇지 않고서야 라우라가 어떻게 야콥에 대한 얘기를 그렇게 할 수 있겠어? 학생들이 야콥을 봤고 그가 학생들 일상의 일부를 차지했던 게 분명해. 적극적이었건 소극적이었건 간에."

"그래서 하려던 말이 뭐야?"

"십대라면 누구나 몸에 지니고 다니는 게 뭐지?"

오래 생각할 필요가 없었다. "휴대전화지."

"맞아. 그 애들은 돈이나 교통카드, 겉옷은 깜빡하더라도 전화기는 잘 챙기지. 전화기가 그들의 안전띠니까. 다른 사람과 연락이 끊어지지 않으려면 전화기라는 줄로 연결되어 있어야 하잖아. 스마트폰만 있으면 음악도 듣고 인터넷도 하고. 일기장으로도 쓰고."

"전화기로 메모를 하지? 카메라로 사용하기도 하고? 아하." 단은 무슨 말인지 이해했다. "카메라!" 당연하다. 휴대전화는 이미 진작에 화질 좋은 카메라 기능을 갖고 있다. 젊은 사람들은 끊임없이 사진이나 동영상을 주고받는다. 오랫동안 간직하기 위해 컴퓨터에 저장하는 사람이 이 시대 어디에 있겠는가. 단은 담요 밑에 있던 발을 빼고 사무용 의자를 다시 책상으로 끌고 갔다. "당신 말이 맞아." 그는 이메일을 열어 뭔가 적었다. "제아무리 카메라를 피하는 야콥이라 해도 기숙학교에 90명이나 되는 학생들과 섞이다 보면 누군가의 기록에는 남겨져 있겠지." 그는 말하면서 계속 타이핑했다.

"라우라한테 쓰는 거야?"

"응······."

"친구들한테 물어보라고?"

단은 몇 줄 더 쓰더니 보내기 버튼을 눌렀다. "먼저 라우라 전화기나 아주 친한 친구들 전화기를 보라고 부탁했어. 그 사진 중에서 쓸 만한 게 없으면 행동반경을 확장해야지."

8

2007년 3월 23일 금요일

　라우라가 다음날 오후 3시경에 보내온 사진 중에서 단은 야콥의 얼굴 사진으로 쓸 만한 것들을 열 장쯤 골랐다. 그는 어느새 야콥의 금발 머리와 똑바른 자세, 붉은빛이 도는 귀를 뇌에 입력시켰다. 얼굴 전체가 또렷하게 나온 사진이 한 장도 없긴 했다. 누군가 전화기로 사진을 찍으려 할 때마다 그가 재빨리 몸을 피하는 데 매번 성공했던 모양이었다. 고개를 얼른 옆으로 돌리든지 시선을 아래로 향하든지 손을 얼굴에 갖다 댔다. 게다가 야콥의 애장품으로 보이는 커다란 선글라스도 얼굴 가리는 성공률을 높이는 데 한몫한 듯싶었다.

　라우라가 보낸 동영상도 하나 있었다. 몇 개월 전 학교 카니발축제 때 찍은 동영상이었다. 전부 다 변장을 했고, 카메라를 피하던 야콥도 어쩐 일인지 동영상 촬영을 몇 분간 허용했다. 영상 속 그는 고개를 돌리거나 다른 사람 뒤로 숨지 않았다. 카메라 뒤에서 영상을 찍었던 여학생은 이 젊은 남자한테 홀딱 반했던 게 분명하다. 영상 내내 그는 화면 한가운데 있었다. 미소를 지으며 대화하면서 말이다. 그는 북해 어부 복장으로 변장했다. 금발 머리는 노란색 선원 방수모에 감춰졌고 몸은 니트 스웨터와 검은색 장화로 가려졌다. 얼굴은 회색 수염이 가득해 일부분만 보였고 두 뺨은 새빨갛게 칠했다. 이곳이 우르술라 올레센이 근무하는 곳이라는 정보가 없었더라면 단은 이 노인이 실은 변장한 젊은이라는 것을 전혀 알아보지 못했을 것이다. 우르술라는 해적 의상을 입고 한쪽 눈에 안대를 한 채 금박으로 장식한 사브르 칼을 쥐고 있었다. 붉은색 머리는 숨김없이 드러내고 이마에 띠만 둘렀다. 우르술라는 바로 알아볼 수 있었을 뿐 아니라 야콥과 쉬지 않고 스킨십이 있었기에 착각할 가능성은 제로였다. 영상 내내 그들은 상대방을 팔로 감싸거나, 상대방의 주머니에 손을 집어넣거나, 슬며시 어깨를 빗질하듯 쓸어내렸다. 상대방 귀에 대고 속삭이고, 카니발 빵을 함께 뜯어 먹고, 도자기 찻잔을 들지 않은 손은 손가락끼리 서로 걸기도 했다. 이 짧은 동영상이 야콥을 찾는 데 사용할 가치가 없다는 것을 잘 알았음에도 단은 세 번을 돌려 봤다. 이들 커플이 괴상한 복장을 한 채 내뿜는 그 친밀함에 정신이 팔린 것이다. 그는 야콥이 사라진 뒤 약혼녀 우르술라가 어째서 그토록 엄청난 충격에 빠졌는지 이해하기 시작했다.

단은 그나마 옆모습이 절반 정도 선명하게 나온 사진을 골랐다. 우르술라가 찍은, 인도어 어깨 문신이 나온 흑백 사진도 선택했다. 그는 사진 두 장을 진녹색 배경에 넣고 문구를 만들었다.

이 남자를 아십니까? 나이는 29세 정도, 키는 194cm, 3월 19일 카스트룹 공항 2터미널에 모습을 드러낸 것이 마지막입니다. 어떤 종류의 정보라도 dan@sommerdahl.dk로 연락 주시면 고맙겠습니다. 철저하게 비밀 보장해 드립니다.

광고 레이아웃을 아트디렉터 손을 빌려 작성했더라면 훨씬 마음을 움직이는 디자인이 나왔겠지만 그런대로 괜찮았다. 보상금은 일부러 언급하지 않았다. 사건과 상관없는 전화를 받을 생각은 추호도 없었다.

한 시간 뒤 이미 광고는 덴마크 양대 데이트 파트너 주선 사이트에 올라갔다. 광고비가 만만치 않았지만 단이 사정을 설명하자, 한쪽 회사 영업직원은 광고비를 파격적으로 할인해주었고 나머지 회사는 광고를 무료로 올리게 해주었다. 영업직원은 전화를 끊기 전에 단이 광고한 사람을 꼭 찾기를 바란다며 여러 차례 행운을 빌어줬다.

광고회사와 통화를 끝내고 단은 경찰 친구 플레밍 토르프에게 전화했다. "통화 괜찮아? 방해하는 건 아닌가?"

"솔직히 말해야 한다면, 전혀 방해가 안 돼. 이 망할 살인사건에 진전이 없어. 제자리걸음만 하는 느낌이야."

"미카엘 키엘센 사건 말이야?"

"그렇지, 무슨 사건이겠어? 우리가 이 도시에서 살인사건으로 뒹굴 일은 없지. 릴리아나 사건 이후로는 단 한 번도 없었어."

"그 어머니 참 안됐던데."

"그렇지. 미카엘이 외아들이었거든. 그래도, 어머니한테는 믿는 신이 있으니까……."

"종교가 있어?"

"있고말고. 하루 24시간 기도만 하는 것 같던데."

"아들도 그랬나?"

"그럴 거야. 어머니가 무슨 이단 종파의 회원인데 아들도 강제로 입회했던 것 같아."

"대학생이었다지, 맞아?"

"응, 코펜하겐에 있는 대학에서 정보학을 전공했어. 그리고 여기 크리스티안순의 재정컨설팅 회사에서 IT 전문가로 일했고."

"종일 근무?"

"아니, 파트타임으로. 회사에서 미카엘이 장애가 있다는 이유로 거의 공짜 수준으로 부려먹었어."

"잉, 무슨 말인지 모르겠는데?"

"아, 그건 공개되지 않았어. 미카엘 키엘센 왼손이 절반쯤 없어. 엄지와 검지만 사용할 수 있지."

"그게 업무능력하고 무슨 상관이야? IT 업계 종사자들이 키보드 입력할 때 손가락을 전부 다 사용하는 것도 아니잖아."

"모를 노릇이지. 고용주가 어쨌든 월급 일부를 가져갔고, 이제 다른 사람을 고용하면 전액을 다 지불해야 하니 죽을 맛이겠지."

"미카엘한테 여자친구가 있었나?"

"아니, 제대로 친구라 할 만한 친구가 없었던 것 같아. 어머니랑 같이 살았고, 학교 가고 직장 가고 컴퓨터 게임 하는 것 말고는 거의 아무것도 한 게 없어 보여."

"해커였나?"

잠깐 침묵이 흘렀다. "그걸 왜 묻는데?"

"아니, 그냥. 일상생활을 컴퓨터상에서만 펼치는 진짜 너드들은 해킹도 좀 하고 프로그램을 훔치기도 하고 영화도 다운받잖아. 당연히 불법으로. 별다른 이유가 없어도 그냥 재미로 말이지. 미카엘도 그런 부류의 젊은이에 속할 수 있잖아?"

"사실은 우리도 그럴 가능성이 있다고 보고 그의 컴퓨터 두 대를 코펜하겐의 전문가에게 맡긴 상태야. 아직까지는 미카엘이 해커였다는 걸 암시할 만한 증거가 안 나온 상태고."

"흠, 만일 나한테 물어본다면……." 단이 말을 꺼냈다.

"응?" 플레밍이 앉은 사무실 의자가 삐그덕거렸다.

"내 말은 그냥…… 사회생활 없이 컴퓨터만 하는 너드가 살해되었다면, 그것도 구형 모니터로 머리를 맞아서 말이야. 그랬다면 뭔가 IT하고 연관이 있는 게 아니겠는가 싶어서."

"신문 안 읽어봤어? 미카엘은 모니터에 맞아 죽은 게 아니야."

"그게 무슨 말이야?"

"시신을 처음 발견했을 때 우리도 굉장히 놀랐어. 11킬로그램짜리 구형 모니터를 번쩍 들어 소리도 내지 않고 정확하게 던질 수 있는 사람이 그렇게 많지 않잖아. 게다가 이 경우 피해자가 무슨 소리를 들었더라면 뒤를 돌아봤겠지, 그건 반사작용이니까. 그런데 미카엘이 자신을 살해한 범인의 인기척을 들었다는 걸 드러내는 단서가 단 하나도 없어. 맞았을 당시 그의 등은 헛간 문을 향해 있고 얼굴은 앞을 보고 있었거든."

"잉?"

"부검 결과를 받아서 알게 된 사실인데. 미카엘이 누군가—살인범일 가능성이 가장 높지—에게 컴퓨터 모니터로 공격받았을 땐 이미 죽어 있었어." 플레밍은 잠시 숨을 골랐다. "미카엘은 최소 열두 번, 최대 열여덟 번 삽에 맞아서 죽었어."

"넓적한 면으로 아니면 날카로운 모서리로?"

"처음 서너 번은 날카로운 모서리로 맞았어. 아주 세게 맞으면 단 한 번으로도 죽음에 이를 수 있다는 건 의심의 여지가 없지. 그의 두개골이 완전히 쪼개졌어. 그런데도 살해범은 계속해서 피해자 머리를 내리쳤어. 뒤통수와 두개골 왼쪽에 맞은 흔적으로 봐서 오른손잡이 범인이 비스듬한 각도로 때린 것 같아. 이번엔 삽의 넓적한 면으로 내리친 거지."

"끔찍하군."

"내 말이."

"그럼 온통 피바다였겠네? 범인도 피에 흠뻑 젖었을 게 분명한데……. 발자국 없었어?"

"몇 개 있었지. 진녹색 고무장화 44사이즈."

"젠장, 어떻게 색을 알아?"

"찾아내기 어렵지 않았어. 현장에 있었거든. 정원 문 앞에 깨끗한 상태로. 사실 그건 미카엘의 장화야. 아직도 헛간에 그대로 있어."

"그럼 범인이 범행 전에 그리고 범행 후에 신발을 갈아신었다고? 세상에, 냉혹하기 짝이 없군."

"그러니까 이 사건이 계획된 범죄라고 본다면 흠, 그건 옳아. 모든 게 꼼꼼하게 계획되었고 범행 후에도 철저하게 정돈해놨어. 그런데 실제 범행 행동을 냉혹하다고 말하긴 힘들어. 미카엘의 머리를 박살낸 사람은 강한 감정과 엄청난 분노에 사로잡혔고 이 감정에 이끌려 범행을 저질렀을 거야."

"그래, 당연하지."

"장화에서 단서가 나오길 바랐는데 하다못해 머리카락도 없더라. 초록색 보풀 몇 개 발견한 게 다야. 그것도 조사해보니 미카엘의 울 양말에서 나온 것이더라고. 서랍장 안에 돌돌 말려 있던 양말에서."

"그게 무슨 의미지? 범인이 양말을 신었다가 다시 넣어놨다는 건가?"

"아니, 그건 너무 앞서나간 생각일 듯." 플레밍이 뭔가 마셨다. "보푸

라기는 미카엘이 마지막으로 장화를 신었던 시점에서 나온 게 분명해. 과학수사대 말로는, 범인이 고무장화를 신었을 때 흔적을 남기지 않으려고 얇은 비닐봉지 몇 장을 장화 안에 깔아 넣었다는군. 그인지 그녀인지 범행 시간 내내 고무장갑을 끼고 있었고. 그러니 단 한 개의 지문도 발견되지 않았던 거지. 장화에서도 모니터에서도 말이야."

"그 모니터는 어디서 난 거야?"

"미카엘이 쓰던 거였나 봐. 폐가전으로 버려야 하는 건데 헛간에 놓고 잊고 있었겠지."

"모든 게 준비되어 있었군. 장화도 모니터도 삽도. 집하고 정원을 아주 잘 아는 사람이 범인일 거라는 얘기인데."

"응, 바로 그게 아주 이상하다는 거야. 아네마리 키엘센하고 아들 미카엘은 알고 지내는 사람이 그렇게 많지 않아. 그들은 종교단체 회원들하고만 만나거든."

"그럼 그들 가운데 범인이 있겠네."

"그 사람들 전부 다 알리바이가 있어."

단은 생각에 몰두하며 아랫입술을 깨물었다. "네가 범인을 지칭할 때 '그' 아니면 '그녀'라는 표현을 썼잖아. 그냥 정치적으로 올바른 표현을 한다는 차원에서 그렇게 말한 거지? 여자가 그런 종류의 살인을 저지르는 경우는 거의 없잖아?"

"그래, 어느 정도 정신이 온전한 여자가 살인을 위해 그런 방법을 선택할 가능성은 희박하다고 봐야지. 다른 한편으로 배제할 수 없는 사실이 또 있어. 미카엘의 시신은 청어처럼 자리에 누워 있었거든. 범인이 그만큼 힘이 셌다는 거고 적어도 장작 쪼갤 정도는 됐다는 거야."

"그런데 아무도 무슨 소리를 못 들었대?"

"모니터를 던질 때 굉장히 큰 소리가 났을 거라고 예상했어. 그런데 정작 우리가 재구성 실험을 해보니 옆집 사는 사람을 깨울 정도는 아니더라고. 헛간이 다른 집에서 10미터 정도 떨어져 있고 주변에 담쟁이덩굴하고 나무가 빽빽하게 자라나 있어서 소리가 잘 안 들렸을 거야."

"죽은 시점은 언제야?"

"자정에서 새벽 2시 사이. 법의학자가 그랬어."

단은 잠시 생각에 잠겼다. "난 계속 의문인 게, 대체 헛간에서 미카엘이 뭘 찾으려고 했을까 하는 거야. 젊은 남자를 평일 자정에 정원에 있는 헛간으로 유인한 게 뭐였을까 그게 궁금해."

"그를 헛간으로 유인한 아주 특별한 게 있었지. 헛간 선반 맨 위 칸에 배터리로 작동되는 알람시계가 있었어. 램프가 달려 있는 시계야. 알람이 작동되면 램프에 푸른 불빛이 강렬하게 번쩍여. 우리 경찰차 경광등 같은 불빛 말이야. 게다가 끔찍한 사이렌 소리도 나. 곯아떨어진 십대도 벌떡 일어날 정도라니까!"

"그 물건이 원래 헛간에 있던 물건인가?"

"아니, 미카엘 어머니 말로는 알람시계를 한 번도 본 적이 없대. 확실하다는군."

"그럼 미카엘이 사이렌 소리하고 불빛 때문에 집에서 나갔다는 거야?"

"사이렌 소리는 꺼져 있었어. 번쩍이는 불빛만 작동되었던 거지. 우리가 알람시계를 철저하게 조사해보니, 실제로 시계가 헛간에 있었던 시간이 하루를 넘진 않았겠더라고. 먼지 한 톨 없었거든. 내 생각에 남자든 여자든 범인이 깜빡이는 불빛을 자정쯤에 켜놓고 헛간

문을 열어놓은 뒤 그 옆 나무에 숨어 기다리고 있었던 것 같아. 미카
엘은 거실에 앉아 TV를 보고 있다가 불빛을 발견하고 헛간에 들어
가 팔을 뻗어 선반에 있는 알람시계를 잡으려 했겠지. 이 순간을 잡
아 범인이 문으로 들어와 삽을 쥐고, 있는 힘껏 미카엘의 뒤통수를
내리친 거야. 미카엘이 쓰러졌는데도 범인은 멈추지 않고 계속 내리
쳤고. 미카엘이 죽었다는 걸 확신할 때까지 말이지. 그런 다음 그, 아
니면 그녀가 모니터로…… 픽!"

"번쩍이는 불빛을 본 사람이 또 있나?"

"없어. 헛간이 침엽수 나무가 빽빽한 곳에 있거든. 우리가 여러 각
도에서 실험해봤어. 14번지 집에서만 헛간의 불빛을 알아볼 수 있겠
더라고."

"여전히 이해를 못 하겠네. 어떻게 그렇게 빽빽한 주거지역에서 눈
에 안 띄게 모든 일이 저질러졌는지 말이야. 거긴 집들이 꽤 빼곡한
데잖아?"

"이웃집에 좀 특이한 남자가 있어. 신장병 환자인데 시신이 발견되
기 전에 우리한테 전화를 걸었더라고. 미카엘 직장 동료가 허가 없이
그 집에 침입했다는 걸 신고하려고 말이야. 혹시라도 누군가 본 사람
이 있다면 바로 그였을 테지. 문제는 이 남자가 하루걸러 한 번 병원
에 투석하러 가야 한다는 건데, 범인이 그걸 알았다면…….'

"미카엘 어머니가 집에 없었다는 것도 범인이 알았을까?"

플레밍이 한숨을 쉬었다. "그건 의심의 여지도 없지. 많은 사람들
이 그걸 알고 있었거든. 아네마리 키엘센이 '주님의 집' 일원이고 그
종파 수련회에 갔다는 사실까지. 일종의 성경캠프 같은 건데 내가 이
해하기론 대학생뿐 아니라 전 세계 고위층 회원들이 참석하는 아주

큰 행사였던 것 같아. 마리보 근처 회관에서 개최되었고 몇 주 전에 참가신청을 받았대."

"그렇게 큰 행사라면서 미카엘은 왜 안 갔지?"

"미카엘도 주말 내내 거기 참가했다가 직장 출근 때문에 월요일에 집으로 혼자 돌아온 거라고 어머니가 그러던데."

"그렇군."

플레밍이 헛기침을 했다. "이제 주제 좀 바꾸자. 계속 그 얘기 하다가는 기분이 나빠질 것 같아. 넌 요즘 어때?"

"응, 사실 요즘 할 일이 좀 있어."

"그래?"

"응. 그게…… 너도 알잖아……."

잠시 침묵이 흘렀다. 이윽고 플레밍이 웃음을 터뜨렸다. "단, 뭐야? 도대체 날 얼마나 멍청하게 보는 거야? 한창 근무 중인데 나한테 전화할 시간을 냈단 말이지. 네가 지금 할 일이 있는데도 말이야. 네가 나한테 부탁할 게 있어서라는 걸 내가 모르겠냐? 얼른 말해봐!"

"으, 네가 가까이 있어 내가 범죄로부터 안전하다는 사실이 정말 기쁘다." 단은 수첩을 쳐다보았다. 펼쳐놓은 면에는 데이트 파트너 주선 사이트 광고 담당자와 오랫동안 통화하며 메모한 내용이 있었다. 수첩 맨 위에는 야콥의 자동차 번호판에 있던 다섯 자의 알파벳 글자와 숫자가 적혀 있었다. 그는 번개같이 결정을 내렸다. "오늘 저녁에 같이 식사할 시간 돼? 우리 집에 올래?"

"뭐가 그렇게 거창해?"

"그게 그러니까…… 문제는 너한테 얘기하면 침묵의 의무를 깨는 게 되어서 말이지. 그래도 실은 내 생각은……."

"그러니까 넌 내 도움이 필요할 뿐 아니라 비밀 엄수까지……?" 플레밍이 갑자기 말을 멈췄다. "너 혹시 또 탐정 놀이 하는 거 아니냐, 단? 사실대로 말해봐."

"아 그건 너무 나간 얘기고. 그냥 아는 사람과 약속했을 뿐이야. 엄청난 돈을 사기 치고 도망간 남자를 찾아주겠다고 약속했거든."

"그런 문제야말로 수사 전문가들이 해결해야 할 일이라고 생각하지 않아?"

"그런데 당사자는 무슨 일이 있어도 경찰에 갈 생각이 없어."

"그 일 하면서 돈을 받아, 아니면 친분으로 그냥 해주는 거야?"

"둘 다야."

"흠." 잠시 침묵이 흘렀다. "자, 그러면 내가 참견할 문제는 아니군. 중요한 건 네가 조심해야 한다는 거야." 단이 아무 대답이 없자 플레밍은 말을 덧붙였다. "6시에 갈게. 와인 한 병 가져갈까?"

"그거 말고 다른 걸 주면 훨씬 더 좋을 것 같은데……."

"뭔데?"

"혹시 자동차 번호판 좀 조사해봐줄 수 있을까? 저녁 초대에 들고 오는 선물 같은 것으로?"

플레밍이 웃음을 터뜨렸다. "그거야말로 너무 많이 나갔다! 네가 원하는 게 차주를 알고 싶은 거라면 그 이름을 말해줄 수는 없어."

"그건 그런데, 어떤 특정 차가 도난 신고가 되어 있는지 아닌지 그 정도는 조사해줄 수 있잖아, 안 그래?"

"그거야 가능하지. 네가 얻을 수 있는 답은 예스 아니면 노. 번호가 어떻게 되는데?"

단은 플레밍에게 번호를 불러주고 야콥의 회색 배달차의 외관을 설명했다.

"뭐라고 했지? 자동차 소유주 이름이 ……?"

"이름은 아직 얘기 안 했어. 사람들이 부르던 이름은 야콥 헤우를린."

"이름 철자 좀 불러봐. ……H-E-U-R-L-I-N……헤우를린? 좀 색다른 이름이네. 범죄자 명단에 올라가 있는 이름인지 아닌지는 찾아봐줄 수 있어."

"그걸 해줄 수 있다고?"

"그런 걸 기대한 거 아니야?"

"해주면 좋지. 그런데 네가 그럴 시간이 돼?"

"기분전환 좀 하는 게 나한테도 좋아. 발레슬레브 사건에서 잠시나마 빠져나갈 수 있잖아. 한 가지 더 있다. 지문 몇 개 채취해서 나한테 넘길 수 있어?"

단은 곰곰이 생각해봤다. "내 생각엔 내 의뢰인이 지문 채취가 가능한 유일한 사람일 거야. 그런데 지문 채취로 신뢰를 잃게 되진 않을까? 경찰에 절대로 이야기하지 않겠다고 약속했거든. 무슨 말인지 이해하겠어?"

"흠…… 그럼, 국내뿐 아니라 해외 지문까지 등록되어 있는 사설 연구소를 발견했다고 하면 되지 않을까? 그냥 영국이나 어디 다른 데 그런 기관이 있다고 하든지, 비밀스러운 분위기를 만들어봐. 그럼 의뢰인도 더 이상 자세히 묻지 않고 감동받을걸."

"할 수 있는 만큼 해볼게."

"저녁에 보자."

9

2007년 3월 24일 토요일

다음 날 아침 단은 머리가 깨질 것 같은 두통을 느꼈다. 조깅도, 운동 후 샤워도 통증을 가라앉혀주지 못했다. 갑작스럽게 생긴 불치병도 아니고, 자신에게 화낼 수도 없는 일이라 생각하면서 그는 두통약 세 알을 물 500밀리리터와 함께 삼켰다. 어제저녁 아무도 그렇게 많이 마시라고 강요하지 않았다. 그냥 분위기가 상상을 뛰어넘도록 좋아 처음엔 플레밍이 가져온 레드와인 한 병을 다 마셨고 이어 단과 마리아네가 가지고 있던 두 번째, 세 번째 병까지 모두 마셨다. 그들은 몇 달 만에 처음으로 만취 상태가 되었고, 단이 플레밍에게 우르술라 사건에 대해 간략하게 정리해 말해주고 나서 진지함이나 일 따위는 깡그리 잊히고 말았다. 시시껄렁한 농담과 잡담이 소파 위를 지배했다. 밤부터 시작해 이튿날 새벽까지 자리가 이어졌고 와인잔이 계속 채워졌다. 단이 마지막으로 그렇게 많이 웃어본 것은 아주 오래전이었다. 복근에 익숙하지 않은 운동을 한 탓에 통증이 느껴졌다고 해야 할까? 플레밍은 시내 서쪽의 노란색 벽돌 건물 집으로 돌아가려고 택시를 잡았고, 단은 기분이 너무 좋아 플레밍이 떠날 때 마리아네의 작별의 입맞춤이 평소보다 길었는지 아닌지 신경 쓰는 것도 완전히 잊어버렸다. 택시를 향해 손을 흔들면서 단은 팔로 그녀의 허리를 안았고 택시가 사라지자마자, 이미 절반쯤 잠든 상태였던 마리아네는 곧바로 계단을 올라갔다.

단은 설거지를 손으로 끝냈다. 식기세척기 돌아가는 소리로 밤의 정적을 깨고 싶지 않았기 때문이다. 그는 설거지를 즐기는 편은 아니었지만 레드와인이 스며든 뇌가 낮에 있었던 일과 저녁에 즐겁게 보낸 시간을 되돌아보는 것을, 혼자 주방에 선 채로 즐겼다. 시간이 지날수록 난장판이었던 주방이 정리되어갔다. 지저분한 접시, 먹다 남은 음식, 와인 얼룩과 꼬깃꼬깃한 냅킨을 정리하고, 와인잔을 반짝반짝하게 닦고, 식탁보는 세탁기에 넣고, 촛대 위에 굳은 촛농을 치우고, 물그릇에 물도 채워놓아야 했다. 아, 아니지, 그는 몸을 일으켰다. 물그릇은 이제 더 이상 없었다. 래브라도 루페가 영원히 잠든 이후 물그릇은 사라졌다. 루페와 헤어진 지 수개월이 지났지만 단의 무의식은 루페가 더 이상 존재하지 않는다는 사실을 받아들이지 못했다.

적어도 하루 한 번 그는 소파에서 누런 털의 루페를 찾았고, 공원에 가도 루페에게 던져주기 딱 좋은 나뭇가지를 볼 때마다 몸을 굽혔다. 슈퍼마켓의 반려견 용품 코너에 가면 슬쩍 물건을 만져보기도 하고, 본능적으로 하루에도 몇 번씩 바지 뒷주머니에 검은색 배변 봉투가 준비되어 있는지 체크했다. 옷장 안의 가족들 코트가 걸려 있는 곳에 가죽끈이 있는지 확인하고서 제자리에 없다고 큰 소리로 불평하기도 했다.

가장 합리적인 해결책은 새로 개를 입양하는 것이었다. 그에 대해서는 모두가 동의했다. 문제는 어떤 종의 개를 데려오느냐에 대한 의견이 분분하다는 것이었다.

마리아네는 작고 손으로 번쩍 들 수 있는, 털이 많이 날리지 않는

개를 원했다. 다른 말로 하면 그녀는 푸들을 데려오고 싶어 했다. 이 것이 전부가 아니었다. 아들 라스무스는 복서를 좋아했고, 라우라는 프랑스 불도그에 열광했고, 단은…… 그렇다. 단은 키우던 개와 다른 종을 데려올 이유를 전혀 찾지 못했다. 래브라도 종과 대체 가능한 개가 어디 있겠느냐는 말이다. 그는 같은 종의 누런 개를 데려와 루 페라고 이름 짓고 싶었다. 사실 그냥 개 한 마리를 원하는 게 아니었 다. 루페를 다시 갖고 싶었다.

신문을 읽고 이메일을 체크한 다음 단은 토요일의 두 번째 커피잔 을 비우고 코트를 걸쳤다. 오늘은 빡빡한 하루 일정이 그를 기다리고 있었다. 첫 일정은 라우라가 다니는 기숙학교에 가는 것이었다. 세탁 된 옷을 라우라에게 가져다주겠다고 마리아네와 약속했다. 에게비에 르그로 가는 길에 그는 청소년기에 가장 좋아하는 앨범이었던 브루 스 스프링스틴의 〈본 인 더 유에스에이〉를 들었다. 그는 스피커 볼륨 을 올리고 큰 소리로 노래해 스피커와 듀엣을 이루었다. 마지막 노래 가 끝나자 어느새 두통이 사라졌다. 이 사실을 마리아네가 알았더라 면……. 그녀는 브루스 스프링스틴을 싫어했다. 마리아네는 그의 음 악을, 자신이 꿈꾸었던 것을 결코 이루지 못한 침통한 중년 남성들을 위한 노래라고 생각했다. 어쩌면 마리아네 말이 맞는지도 모른다. 그 래도 단은 스프링스틴의 음악이 효과가 있다고 느꼈다. 물론 자신이 그 대상 집단에 소속되었다는 것 말고는 설명할 도리가 없긴 하지만 더 이상 깊이 생각하고 싶지 않았다.

그는 작업실 입구까지 차를 몰고 가 차문을 잠그지 않고 주차한 채 작업실로 들어갔다. 오늘이 주말이라고 학교에 고지하는 것을 잊기 라도 한 듯 작업실 안은 활기로 가득했다. 열 명쯤 되는 학생들이 커다란 세트 앞에서 일하고 있었다. 나무 받침대로 지지된 것이 마치 연극의 무대장치 같았다. 앞면에는 다양한 모티프가 그려져 있었다. 한구석에는 타일 오븐 위에 두 마리 줄무늬 고양이가 앉아 있는 모습이 그려져 있고, 다른 곳에는 천개가 달린 침대 하나가, 세 번째 그림에는 로코코 양식의 분수대가 상세하게 재현되어 있었다.

"무슨 공연이 무대에 오르나요?" 단이 우르술라에게 물었다. "홀베르그(덴마크의 철학자·극작가—옮긴이)의 〈산(山)의 에페〉인가요?"

"잘 아시네요." 그녀가 미소 지었다. "그런데 그 답은 맞기도 아니고 아니기도 해요. 관객들이 들어오면 무대 위에 무대장치가 세워져 있어요. 우리는 홀베르그의 작품을 공연하죠. 그러다가 어느 순간 갑자기 중지되어 작품이 확 달라집니다. 아이들이 아주 잘하고 있어요. 기대해도 좋으실 겁니다." 그녀가 단을 바라보았다. "목요일에 오실 거죠?"

"네, 당연하죠." 그는 서둘러 대답하고 마음속으로 자신에게 거칠게 욕을 퍼부었다. 연간 프로젝트인 졸업 공연이 그렇게 빨리 열리리라고는 상상도 못 했다. 젠장, 학교행사에 왜 그렇게 관심을 갖지 않았는지. "예이, 라우라!"

"예이, 아빠!" 두 사람은 포옹했다. 그녀가 아버지의 비싼 셔츠에 얼룩을 묻히는 걸 두 사람 중 누구도 알아차리지 못했다. "여기서 뭐 하세요?"

"아 뭐 좀 가지고 왔어. 바로 갈 거야." 그는 세탁물이 든 가방을 그녀에게 건넸다.

"고마워요, 아빠." 그녀는 가방을 책상 밑에 밀어 넣었다.

"차 한잔 드시겠어요?" 우르술라가 물었다.

단은 고개를 저었다. "아니 괜찮습니다." 그가 문 쪽으로 향하자 우르술라가 그를 뒤따라 갔다. 문 앞에서 그가 라우라를 돌아보며 물었다. "아빠랑 같이 집에 안 갈래?"

"시간이 없어요, 아빠. 내일하고 모레 총 연습이 있고 리허설도 있어요. 무대그림 그리는 것도 아직 끝내지 못했고요. 엄마한테 안부 전해주세요. 그리고 오빠한테도요. 엄마 아빠가 오빠를 만날 수 있다면요."

"아마도 그렇게 되긴 힘들 것 같다. 그래도 기적이 일어난다면, 기꺼이……."

단과 우르술라가 작업실을 나와 우르술라의 집까지 100여 미터를 걷는 동안 발아래로 자갈 부딪히는 소리가 났다. 오늘은 약간 쌀쌀했지만 양과 제비들은 봄날의 기분을 마지막으로 불러보려고 발버둥치는 듯했다. 그는 의뢰인 우르술라에게 시선을 돌렸다. 그녀는 여전히 창백한 얼굴빛이었고 미소가 눈까지 이어지진 않았지만 그래도 자살을 시도했던 사람처럼 보이지는 않았다. "어떻게 지내세요, 우르술라?"

그녀는 시선을 앞으로 향한 채 답했다. "아, 아시다시피. 잘 지내야죠 뭐."

"아네모네는 아직 여기 있습니까?"

"금요일에 떠나요. 전시회 개막식에 가야 하거든요."

"베를린에요?"

우르술라가 고개를 끄덕였다. "다시 혼자 지내는 게 좋을 것 같아요." 그녀는 잠시 단에게 눈길을 주었다. "그렇다고 딸아이가 여기 있어서 싫다는 건 아니지만요……."

"곤란해하실 필요 없습니다. 저도 아주 잘 이해합니다. 저도 자녀가 있는데요."

주방 수납장에 기다랗고 화려한 무늬에 금박 글씨가 새겨진 종이 상자가 있었다. "이 위스키는 기테 선생님이 그에게 선물한 거예요. 우리 학교 교장선생님 아시죠? 지난겨울 그 사람이 주방 가구를 전부 페인트칠해줬거든요. 고맙다는 인사로 주었죠." 그녀의 목소리는 단조로웠고 특별한 감정이 실리지 않았지만, 단은 그녀가 야콥의 이름을 발음하기 힘들어한다는 사실을 눈치챘다. "그 사람 지문이 묻어 있을 게 분명해요. 그가 상자에서 술병을 꺼내 뭐가 적혀 있는지 읽었던 걸 제가 분명히 봤거든요. 그러고 다시 상자에 넣었어요."

"선생님은 술병에 손대지 않으셨고요?"

"손대지 않았어요. 전 위스키를 좋아하지 않아요." 그녀의 입술에 걸린 미소 뒤에 그늘이 드리워져 있었다. "그 사람도 위스키를 좋아하지는 않았어요……. 그래서 그날 이후 병에 손대지 않았고요."

"그럼 아네모네는요?"

"그 앤 술을 안 마셔요."

"그래도 선생님하고 따님 지문 둘 다 채취하고 싶습니다. 가능하다면……."

그녀는 어깨를 으쓱했다. "모네?" 그녀는 거실 쪽으로 소리쳐 불렀다. 잠시 후 아네모네가 목욕가운에 밝은 갈색 수건을 머리에 두른 채 거실로 왔다. 그녀는 무슨 일이냐는 듯 눈썹을 찡그렸다. "라우라 아버님이 우리 두 사람 지문이 필요하대." 우르술라는 주방에서 유리 접시 두 개를 들고 왔다. "이걸로 어떻게 하죠?" 단이 물었다. 그녀는 접시를 단 앞에 내놨다. "지문 채취를 어떻게 하는지 모르겠네요. 잉크 같은 걸 묻혀서 하는 거 아닌가요?"

우르술라는 다시 어깨를 으쓱했다. 그녀는 접시 두 개를 유리 세정제로 닦고 다시 마른 행주로 닦아 윤을 냈다. 그러고 나서 손에 핸드크림을 발라 잠시 스며들게 한 다음 접시에 손가락 한 개씩 조심스레 지문을 찍었다. 다 끝내고 나서 그녀는 다른 접시를 아네모네에게 건넸다. 아네모네는 내키지 않는 얼굴로 떨떠름하게 어머니가 한 동작을 반복했다.

"이제 됐나요?" 아네모네는 지문을 다 묻힌 후 단에게 물었다. 단이 고개를 끄덕이자 그녀는 아무 말 없이 사라졌다.

우르술라는 딸의 뒷모습을 바라보며 단을 향해 어색한 미소를 지었다. "참 나, 못 말려요."

단은 미소로 답하고는 마음속으로 자기 자녀가 괴팍한 아네모네와 전혀 닮지 않았다는 사실에 감사했다. 그는 위스키가 든 상자와 접시를 조심스레 쇼핑백에 담고 우르술라에게 일이 끝나면 모두 되돌려주겠다고 약속했다. 그녀는 단 옆에서 한쪽 다리를 꼬았다.

"하실 말씀이라도?" 단이 물었다.

"혹시…… 그동안 새로운 소식이라도 들으신 게 있나요?"

단은 고개를 저었다. "아직 어떤 결과가 나오기엔 너무 일러요, 우르술라 선생님. 광고가 나간 게 어제 오후였는걸요."

"네, 광고하길 잘하셨어요."

"고맙습니다."

"저는…… 그래도 다행이라 생각해요." 그녀는 시선을 떨구고 헛기침했다. "그렇게 하시길 잘했어요. 단, 당신이…… 이제 편하게 단이라 부를게요. 광고에 그 사람 이름을 직접 언급하지 않으신 건 참 잘

하셨다고 생각해요."

"우르술라……." 단은 그녀의 어깨를 부드럽게 쓰다듬었다. "그 이름이 그 사람 본명은 아니니까요. 절대 아닐 겁니다."

"그래도요. 혹시라도 그가 광고를 보기라도 하면……." 그녀는 말문이 막혔다.

"그가 광고를 봤다 해도 아무 일도 일어나지 않을 겁니다." 단은 차문을 열었다. "지금은 또 다른 이름을 사용하고 있을 가능성이 아주 높습니다." 그는 자동차 창유리를 내렸다. "제 말 믿으세요."

그녀는 그와 눈을 마주치지 않고 고개를 끄덕였다. 단은 차를 천천히 빼면서 우르술라가 그 자리에 계속 서 있는 걸 보았다. 두 팔을 앞으로 팔짱 낀 채. 그녀의 빨간 머리카락이 얼굴 주변에서 휘날렸다. 갑자기 그녀가 아주 왜소해 보였다.

10
2007년 3월 26일 월요일

단 소메르달은 항공사와 렌터카 사무실을 다 돌았다. 공항 신청사부터 시작해서 구청사까지. 그는 야콥의 사진을 보여주며 사진 속 인물이 다른 이름을 사용했을 가능성이 아주 높다는 것을 강조했고 그가 왜 이 사람을 찾고 있는지 가능한 한 간략히 설명했다. 소용없었다. 어디에도 없었다. 잘생긴 금발 남자를 기억하는 사람은 아무도 없었다.

핀에어 창구에서 제복을 입은 한 여직원이 말했다. "혹시, 이 남자가 티켓 두 장을 구입했으리란 생각은 안 해보셨어요? 한 장은 명목상 사용하려는 티켓으로, 다른 한 장은 실제 목적지 티켓으로 말이죠."

"네, 그럴 수도 있겠다고 생각했죠. 그런데 그 경우를 염두에 두고 해볼 수 있는 일이 있을까요? 티켓을 모두 그전에 샀다면 아마도 온라인으로 구입했겠죠. 그럼 그가 어떤 이름을 사용했는지 모르는 한 그 사람을 찾는 게 불가능하지 않습니까." 단이 말했다.

"혹시 출국장에서 누군가 본 사람이 있지 않을까요?" 그녀가 고개를 갸우뚱하며 다시 사진을 들여다봤다. "누군가 봤다면 절대 금방 잊힐 얼굴이 아니거든요."

"출국장이요? 거기는 항공권을 보여줘야 하고 그전에 티켓 체크인도 해야 접근할 수 있지 않습니까?"

"취재진 신분증이 있으면 공항사무실에 가서 확인하고 들어가실 수 있어요."

"안타깝군요."

"흠, 그럼 다른 방법을 시도해보죠." 항공사 직원은 빨간색 전화기에 세 자리 번호를 누르더니 잠시 누군가와 통화했다. "대머리 탐정 아니신가요?" 그녀는 전화를 끊자마자 단에게 물었다.

"맞아요." 그 자신도 이 별명에 익숙해져야 했다.

"보안 팀에서 직원이 와서 도와줄 거예요." 그녀가 미소 지었다. "사냥에 성공하시길 바랍니다!"

안데르스라고 자신을 소개한 보안직원은 사립탐정이 자신의 도움을 필요로 한다는 사실에 꽤나 감동받은 것 같았다. 출국장으로 가는 과정은 아무 문제 없이 순탄했고 조금도 복잡하지 않았다. 이름과 주소는? 가위나 칼 혹은 다른 무기를 소지했는지? 금속탐지기가 있는 검색대를 지나자 단은 방문자 신분증을 받았고 이제 환승구역 안에서 언제 어디서라도 활동할 수 있게 되었다. 단이 당혹스러움을 표현하자 안데르스가 웃었다. "그럼, 환승장 안의 상점이나 레스토랑에서 일하는 직원들은 티켓 없이 어떻게 일하겠어요? 하루 한 번 런던행 항공권이라도 사야 할까요?"

아하. 그렇군. 안데르스 말이 맞았다. 단은 한 번도 그런 생각을 해본 적이 없었다.

환승구역을 여기저기 다니다 보니 갑자기 휴가라도 떠나는 기분이 들었다. 바르셀로나나 아테네, 로스앤젤레스로 가는 길……. 그는 에스프레소 더블 샷을 주문했다. 이런 성역 지대가 아닌 바깥세상이라면 한 끼 식사에 해당될 금액을 지불하고 건네받은 에스프레소를 마시며 그는 시선을 천천히 돌려 주변을 바라봤다. 마지막 한 모금을 넘기면서 면세점부터 시작하기로 결심했다. 남성 향수 매장에서 일하는 완벽히 치장한 여직원들 중 사진 속 이 남자를 기억하는 직원은 단 한 명도 없었다. 단은 다음 장소로 향했다. 여성 향수 매장과 주류 매장, 초콜릿 매장. 아무 성과도 없었다. 발길을 다른 매장으로 돌렸다. 의류 매장, 신발 매장, 장식품, 식재료, 가전, 음반 매장. 결과는 마찬가지였다. 전 세계의 책과 잡지가 가득한 서점에 다다랐을 때 단은 거의 포기 상태였지만 그래도 계산대에 있는 키 작은 금발 여직원에게 또 한 번 사진을 보여주었다. 어느새 사진이 구깃구깃해져 있었다.

"네, 기억해요." 직원은 조금도 주저하지 않고 대답하며 머리를 쓸어 올렸다. "이 사람 여기서 봤어요."

"확실합니까?"

"일주일 정도 지난 거 맞나요?"

"지난 월요일입니다."

"알고 있어요." 그녀는 다시 한번 사진을 보고는 단에게 건넸다. "정확히 기억나요. 그때 막 휴가 끝나고 근무한 첫날이었거든요. 그가 매장으로 들어올 때 눈에 확 띄었어요. 그래서 마음속으로 시작이 아주 좋다고 생각했죠. 휴가 끝나고 오자마자 그렇게 멋있는 남자를 봤으니까요. 우리 매장을 찾는 고객이 전부 다 이 남자처럼 아니면 선생님처럼 생겼으면 당연히 기분 좋지 않겠어요?" 직원이 씩 웃었다.

단은 머뭇거리다 고개를 끄덕였다. "그가 뭘 샀는지 기억나십니까?"

점원은 여행안내서 코너로 갔다. "그 남자가 아주 오랫동안 이 자리에서 책을 훑어봤어요."

"그가 어떤 나라 여행안내서에 관심 있었는지 기억나세요?"

"그 사람 어깨 너머를 보긴 힘들죠. 게다가 그는 책을 한 권도 구입하지 않았어요."

"그럼 대답은, 모르시겠다는 건가요?"

"네, 안타깝지만 그래요. 그런데 그가 여기서 한 권을 뽑기는 했어요." 그녀는 몇 미터 더 걸어가 두꺼운 영국 잡지 한 권을 책장에서 꺼냈다. 두께가 전화번호부 정도 되는 책이었다. "그리고 라크리츠 추잉껌 세 통을 달라고 했어요."

"세상에, 정말 기억력이 좋으시군요!"

그녀의 뺨이 발그레해졌다. "고맙습니다."

단은 미소 지었다. "혹시 그때 누군가 동행이 있었는지 기억나십니까?"

"혼자였어요. 만약 아내나 여자친구가 같이 있었다면 제가 그 남자를 그렇게 뚫어지게 바라볼 수 없었겠죠."

"동행한 사람이 남자였을 것 같은데."

"아." 그녀가 이마에 주름을 모았다. "그럼, 선생님 말씀은 그 남자가……? 그런 사람으로 보이지는 않았는데요."

"제 말을 오해하셨나 봅니다. 그게 아니라, 그 사람 남자 동료나 친한 친구와 함께 있지 않았을까 했거든요. 그 사람이 여행안내서를 보고 껌을 사는 동안 누군가 기다리진 않았나요?"

그녀는 고개를 저었다. "혼자였어요. 확실해요."

단은 그녀의 이름을 적었다. 피아라고 했고 자신의 전화번호를 주겠다고 했다. 단은 서점을 나오면서 너무 큰 소리로 고함치지 않기 위해 자제해야 했다. 처음 확보한 증거였다. 첫 목격자가 나왔다. 갑자기 그는 자신감으로 충만함을 느꼈다. 분명 그 작자를 찾고 우르술라에게 돈을 돌려줄 수 있으리라. 그는 이런 생각에 몰두한 나머지 빠른 속도로 자신을 향해 다가오는 작업복 차림의 키 큰 남자와 하마터면 부딪칠 뻔했다. 그런 불상사가 일어나기 직전에 몸을 피한 단은, 정신을 다른 곳에 쏟고 있는 게 분명한 젊은 남자를 올려다봤다. 가느다란 흰색 이어폰 선이 주머니에서 양쪽 귀까지 연결된 채 음악에 몰두해 있는 20대 남자였다. 단의 시선은 남자의 얼굴로 향했다. 머나먼 허공을 바라보는 밝은 갈색 눈동자와 은색 피어싱이 있는 눈썹. 단은 즉시 누구인지 알아봤다.

"벤야민!"

젊은 남자가 아무 표정 없이 먼 곳에 있던 시선을 단에게로 돌리더니 창백한 얼굴 위에 돌연 함박웃음을 지었다. "세상에, 딘 아저씨!" 그는 이어폰을 빼고 음악을 껐다. "단 소메르달 아저씨! 만나서 정말 반가워요!"

벤야민 빈테르는 단이 관여했던 첫 번째 범죄 사건에 연루된 사람이었다. 벤야민은 그의 어머니와 극적인 사건을 겪느라 일주일간 단과 마리아네의 집에 함께 묵었고 그 후 몇 주간 서로 연락하며 지냈다. 그러다 그런 종류의 관계가 종종 그렇듯 사건이 종결된 뒤로 만날 일이 없어 연락이 끊겼다. 단은 지난 1월 이후에 벤야민을 만난 적이 없었다. 그사이에 그를 한 번도 생각하지 않았다는 사실을 스스로 의식하자 괜스레 부끄러워졌다. 그럼에도 불구하고 동시에 이렇게 말하는 것에 조금도 거짓이 느껴지지 않는다는 것에 속으로 깜짝 놀랐다. "너무 오래간만이야, 벤야민. 집에 한번 놀러 오지?"

"좋죠. 그렇게 할게요. 고맙습니다." 벤야민은 피어싱을 만지작거렸다. "댁에 강아지 새로 입양하셨어요?"

"아직 안 했어. 어떤 종을 데려올지 다들 의견일치를 못 봤거든. 여기서 뭐 해?"

벤야민이 씩 웃었다. "제가 그랑 카나리아 가는 길이라고 말할 수 있으면 좋겠는데…… 사실은……." 그는 푸른색 작업복과 플라스틱 이름표를 손으로 가리켰다. "안타깝게도 여기서 일하는 중이에요. 전 세계에서 가장 지루한 직업이죠."

"뭐 하는데?"

"청소하고 정리하고, 카트 모아놓고……. 아시잖아요."

단은 벤야민이 무슨 일을 하는지 자세히 알지는 못했지만 그렇다고 그걸 반드시 알 필요는 없다는 생각이 들었다. "흠, 그래도 항공권 살 때 할인받지 않나?"

"그렇긴 하죠." 벤야민은 눈을 찡그렸다. "그런데 아저씨는 여기서 뭐 하세요?"

단은 출입증을 가리켰다. "일 때문에 왔어."

"광고 클라이언트 때문에요?"

"아니, 이번엔 아니야. 어떤 여자 재산을 들고 도망간 남자를 찾고 있어. 여기 이 사람." 그는 주머니에서 사진을 꺼내 벤야민에게 건넸다. "혹시 지난주 이런 사람 못 봤어?"

벤야민은 사진을 꼼꼼히 들여다보더니 고개를 저었다. "못 봤는데요." 그가 씩 웃었다. "아, 그럼 아저씨 다시 대머리 탐정 일 하시는군요." 그가 알겠다는 표정을 짓더니 사진을 단의 손에 돌려주었다. "탐정 사무실 개업하셨어요?"

"그런 건 아니야." 단은 웃었다. "그냥 라우라 학교 선생님 부탁을 받아 도와주는 거야."

벤야민이 몸을 꼿꼿이 세우더니 표정이 진지해졌다. "라우라가 다시 집에서 지내요?"

"아직은 아니야. 몇 개월 뒤에 기숙학교 졸업하면 김나지움에 들어가야 하니 그때 집에 올 거야."

벤야민이 고개를 끄덕였다. 그는 어여쁜 라우라를 여전히 포기하지 못한 모양이었다. 단은 안쓰러운 마음이 들었다. 벤야민에게 기회가 올 가능성은 없어 보였기 때문이다. 라우라 같은 여자아이들이 벤야민 같은 남자에게 만족할 리가 없었다.

"콜라 한잔 마실까?"

"아니, 괜찮아요. 이제 일해야 해요." 벤야민이 주변을 둘러봤다. "그런데, 단 아저씨……."

"응?"

"혹시 지금 이 일보다 재미있는 일자리가 있다는 얘기 들으시면 저한테 연락 좀 주세요. 아저씨가 어쩌면 저한테 이런저런 탐정 일거리라도 맡기실 수 있지 않겠어요? 누구를 미행하거나 그런 일이요. 저그런 일 진짜 잘하거든요."

단은 벤야민과 헤어지고서 자동차로 돌아가는 길에 한번 생각해봤지만 벤야민을 필요로 할 만한 사람이 머릿속에 떠오르지 않았다. 20대 중반의 이 젊은 남자가 교육을 전혀 받지 않았다는 것이 문제였다. 대학입학 자격을 받는 고등학교 교육도 받지 않았고 독학으로전문지식을 쌓은 것도 없으니, 청소나 카트 정리하는 일보다 더 의미있는 직업을 찾기란 쉽지 않을 것이다. 착하고 남 돕기 잘하는 젊은이인데 다른 사람들보다 인생을 어렵게 시작했다.

11

2007년 3월 26일 월요일 오후

　단은 위스키병과 접시 두 개를 플레밍의 사무실로 가져왔다. 단이 플레밍에게, 우르술라가 머뭇거리지 않고 자신만의 방법으로 지문을 접시에 묻혔다는 이야기를 하자 플레밍은 웃으며 고개를 저었다. "세상에, 기가 막히네. TV로 〈CSI〉를 보는 사람이 얼마나 많다는 얘기겠어! 사실 아직도 DNA나 지문 등록이 안 된 불쌍한 개들이 있다는 사실에 오히려 놀라야 할 세상이라니까. 그래도 아직 잘 모르는 사람들이 여전히 많은 게 다행이야." 그는 위스키병과 접시를 각각 다른 봉투에 넣고 서류 몇 장을 작성한 뒤 과학수사대 부서로 보냈다. "커피 마실래?"

　"아니, 괜찮아. 집에 가야 해. 번호판 조회해본 결과 들었어?"

　플레밍은 고개를 끄덕였다. "번호판은 10월 아마게르섬에서 도난당한 것이고, 차량 역시 도난 차량 같아. 차량 엔진 번호와 차체 번호 줘봐. 내가 더 알아볼게. 그 차가 같은 지방에 등록되었던 것이라면 그 작자가 그곳에 머물렀다고 추측 가능하지. 야콥이란 이름은 조회해본 결과 전혀 등록되어 있지 않아."

　"흠, 지문 결과를 기대해보는 수밖에."

　"너무 기대치를 높이지는 마."

"곧 또 보자."

"잘 가. 안부 전하고!"

단의 메일함엔 세 통의 이메일이 와 있었다. 한 통은 광고 의뢰하는 고객에게서 온 것이었고, 나머지 두 통은 모르는 발신자에게서 온 것이었는데 둘 다 핫메일 주소였다. 단은 광고 의뢰인에게 먼저 답신을 써 보낸 뒤, 모르는 발신자의 이메일을 열어보았다. 첫 번째 것은 이레네라는 여성에게 온 것이었다. 그녀는 단이 광고에서 찾은 그 남자를 알고 있다면서 전화를 달라고 했다.

전화번호를 누르는 동안 단의 아드레날린 수치는 확 올라가 적색 영역까지 다다랐다가 그녀가 제보로 얼마를 받게 될지 두 번째로 묻자 확 떨어졌다. 그녀가 새로 출시될 영화 예고편에 나온 맷 데이먼과 사진 속 인물이 동일인물이리고 믿고 있다는 것을 단은 곧 눈치챘다. 단은 웃지 않기 위해 무진 애쓰면서 그녀에게 조근조근 현실을 설명해주었다. 그가 찾는 남자는 미국 영화배우보다 적어도 열 살 이상은 어리고 더 말랐고 덴마크어를 유창하게 잘하는 사람이라고. 그가 실제로 현실 세계에 존재하는 사람이라는 얘기는 꺼내지 않았다. 이레네는 통화를 끝내면서 감정이 상한 것 같았다.

걱정스럽고 불길한 예감으로 그는 두 번째 미지의 메일을 열었다. 이번엔 좀 달랐다.

발신자 : lli@hotmail.com

수신자 : dan@sommerdahl.dk

보낸 날짜 : 2007년 3월 26일 14:06

제목 : 요아킴 헤인센

첨부 : IMG_00347.jpg

단 소메르달 씨 안녕하십니까?

퍼스트데이트.dk의 광고를 보니 사진 속 젊은 남자가 제가 아는 사람인 것 같아 연락드립니다. 머리색과 모양은 다르지만 문신을 보고 동일 인물이란 확신이 들었습니다. 그 사람 이름은 요아킴 헤인센이고 제 이웃과 결혼했고 갑자기 불치병 진단을 받았습니다. 지난가을 흔적도 없이 사라져서 혹시 그가 죽었을까 봐 걱정됩니다. 그래서 당신이 낸 광고에서 그의 사진을 보고 충격받았습니다. 요아킴이 나온 사진이 한 장 있어 첨부했습니다. 제가 보낸 사진과 당신이 찾는 사람이 비슷하다고 생각하시면 가능한 한 빨리 연락을 주십시오. 대화를 나누고 싶습니다.

안녕히 계십시오.

리세로테 잉달

첨부된 이미지 파일 속 사진을 클릭하자 야콥 헤우를린의 얼굴이 모니터를 가득 채웠다. 사진은 희미했지만 야콥을 못 알아볼 수는 없었다. 그의 얼굴빛은 창백했고 좀 더 핼쑥했고 머리칼은 라우라가 보내온 사진보다 훨씬 길었고, 약간 더 어두운 색이었다. 하지만 눈에 띄는 오뚝한 콧등과 튀어나온 광대뼈, 자세……. 영락없는 야콥이었다. 진회색 재킷에 흰 셔츠 차림의 야콥은 갈색 눈에 작고 둥근 로코코 양식의 부케를 양손으로 든 여성과 함께였다. 그녀는 머리에 분홍색 달리아를 달고 고개를 남자 쪽으로 돌리고 있었다. 여자의 눈에 눈물이 가득했다. 두 사람은 전형적인 신랑 신부 모습이었다. 두 사

113

람의 나이 차이라는 한 가지 특이한 점만 빼면. 신랑은 서른 살 정도 되어 보였고 신부는 적어도 두 배는 더 나이 들어 보였다.

단은 오른쪽 마우스를 클릭해봤다. 사진이 컴퓨터에 저장된 날짜는 작년 9월 11일이었고 아마도 카메라 사진이 전송된 듯싶었다. 다시 말해 결혼식은 그전에 열렸을 테고 사진이 저장된 날로부터 그리 오래되지 않은 시점이었을 것이다. 일명 요아킴 헤인센이란 남자가 가을에 사라졌다. 단은 메모해놓은 수첩을 봤다. 야콥은 10월 26일 처음으로 에게비에르그에 있는 기숙학교에 나타났다. 요아킴이 결혼식을 올리고 병에 걸렸다는 시기로부터 6, 7주가 지난 시점이었다. 기막히게 들어맞았다. 야콥 헤우를린과 요아킴 헤인센은 이름의 이니셜 이상의 것들을 분명하게 공유하고 있었다.

단은 리세로테 잉달이 가르쳐준 번호로 전화를 걸었다. 전화기에 손을 대고 있기라도 한 듯 상대방은 신호음이 들리자마자 전화를 받았다. 그녀의 목소리는 다정했고 단호했으며 감정이 드러나지 않았다. 단과 리세로테는 다음 날 그녀의 집에서 만나기로 약속했다. "여기 오시면 비르기테와 요아킴이 살았던 집을 보실 수 있을 겁니다. 새 소유주를 성가시게 하지 않고도 편안히 그 보금자리를 둘러볼 수 있어요."

"'살았던'이라니요? 비르기테 씨도 이사하셨습니까?"

그녀는 잠시 아무 말도 없었다. "아!" 그녀가 약간 당황한 목소리로 말을 꺼냈다. "제가 말씀을 안 드렸군요. 비르기테는 세상을 떠났어요."

"비르기테 씨, 상대가 떠나고 홀로 남겨져 절망해서요……?"

"상대가 떠났다니요?" 리세로테 잉달이 말문을 막았다. "요아킴은 그녀를 떠나지 않았어요."

"그럼 어떻게……?"

"요아킴이 왜 떠나야 하죠? 불쌍한 그 남자는 비르기테가 세상을 떠날 때까지 사랑했어요. 말 그대로요! 아니, 오히려 반대예요."

"너무 혼란스러워지는걸요. 이해가 안 돼요."

"비르기테와 요아킴은 요아킴이 아프다는 걸 알고서 결혼했어요. 요아킴이 가족이 없으니 자신의 유산을 비르기테에게 물려줄 생각이 확고했거든요. 상속세를 줄이려고 결혼한 거죠. 당연히 두 사람이 사랑했기도 했고요."

"당연히라……."

"요아킴의 병세가 악화되고 그가 살날이 얼마 안 된다는 걸 알고 나서……." 리세로테는 말을 잇지 못했다. 그녀는 기침을 했다. "죄송해요. 그 얘기는 아직까지도 너무…… 그러니까, 요아킴이 점점 쇠약해지자 그와 비르기테는 함께 죽기로 결심했어요. 일종의 동반 자살을 계획한 거죠. 요아킴이 병원에서 받은 강력 진통제를 복용하기로요."

"요아킴이 앓았던 게 암이었나요?"

"뇌종양이요." 그녀는 더 이상 말이 없었다.

잠시 낮은 기계음 같은 소리만 들리자 단이 물었다. "여보세요? 제 말 들리세요?"

"아, 네. 죄송해요."

"왜 계속 죄송하다는 말씀을 하시죠?"

"죄송해요. 제 말은……."

"그래서 어떻게 됐죠? 동반 자살을 시도했나요?"

"비르기테만 세상을 떠났어요. 요아킴은 죽기 직전에 발견되었고

요." 그녀가 흐느꼈다. "너무 안타깝죠. 그가 얼마나 끔찍했겠어요. 불
치병으로 죽음을 앞두고 있는데 사랑하는 아내를 잃었으니."

"그는 어떻게 됐죠?"

"비르기테를 묻고 나서 사라졌어요. 그가 어디로 갔는지 아무도 몰
라요. 호스피스 병동 같은 데 있을 테죠. 얼마나 절망적이겠어요, 불
쌍한 요아킴. 그의 변호사가 집하고 남은 재산을 처리했어요."

"그게 언제인지 기억하세요? 그러니까 비르기테가 사망하고 장례
를 치르고 요아킴이 사라진 그 시점이요?"

"장례식은 10월 12일이었어요. 그 날짜는 기억나요. 그리고 요아
킴은 그날 저녁 떠나버렸고요."

그래, 그렇겠지. 단은 속으로만 말했다. 그렇게 진행됐을 거야. 요
아킴 헤인센이 비르기테의 장례에서 슬픈 남편 역할을 끝내고 곧바
로 다른 도시로 사라진 거지. 요아킴은 얼른 머리부터 자르고 염색을
했겠지. 어쩌면 그때 이미 예쁜 상표가 붙어 있는 물감으로 작업하기
로 결정하고 그에 필요한 것들을 찾아봤을지도 모른다. 훌륭한 저녁
식사를 즐겼는지도 모르고, 마사지를 받거나 술을 마셨을지도 모르
지……. 자기 아내를 몇 시간 전에 땅에 묻고 떠난 그 당시에. 그리고
요아킴은 이미 바빠졌을 것이다. 야콥 헤우플린의 역할, 우르술라 올
레센의 가장 내밀한 꿈에 대한 답을 준비하느라.

#12
2007년 3월/2006년 여름

야콥 헤우를린으로 살았던 삶은 지나갔다. 그리고 그 직전, 불치병으로 죽는 날만 기다리던 요아킴 헤인센이란 존재와도 이별을 고했다. 제이는 선베드에 몸을 기대고 눈을 감았다. 그 안에 있던, 빌려온 두 정체성을 몸에서 마음에서 뽑아내자 엄청난 열기가 느껴졌다. 시곗바늘은 오전 10시도 안 됐다고 가리키는데 기온은 벌써 30도에 육박하고 있었다. 몸과 마음이 모두 해이해져 지난주 내내 자고 먹고 수영하는 일 말고는 아무것도 하지 않았다. 그래도 그럴 만하지 않았는가? 연이어 큰 작업을 두 개나 끝냈으니 말이다. 캐스 몫을 떼어주고도 순 수입이 1,200만 크로네나 됐다. 그는 꽤 높은 연봉이라고 생각하며 흡족해했다. 게다가 세금도 없다. 제이의 얼굴 전체에 미소가 번졌다. 몸 근육들이 다시 긴장을 풀기 전에 잠깐 행복감이 몰려왔다. 달리 생각하면 그렇게 기쁜 일만도 아니었다. 어떻게 돈을 벌었는지 방법을 돌아보면 마음이 아팠다. 그것도 아주 많이 아팠다. 그도 사람이지 돌덩이가 아니었던 것이다. 희생자 중 몇몇은 일하는 동안 그가 예상했던 것보다 그에게 훨씬 더 가까이 다가왔다. 좀 지나치다 싶으면 어떻게 다시 빠져나갈 수 있을지 점검해야 했다. 마지막 정복지였던 에게비에르그의 빨간 머리 미술교사와도 그랬다. 그는 앞으로 살면서 자신을 바라보던 우르술라의 그 눈빛은 절대 잊을 수 없으리라는 것을 알았다. 그녀가 공항에서 작별하면서 손을 흔들고 헛되이 눈물을 감추려 했을 때 보내던 그 눈빛을.

우르술라의 전임자를 떼어 보내는 일은 훨씬 부담이 적었다. 비르기테 욘스는 함께 시간 보내며 즐길 수 있는 부류의 여자라는 인상을 받았다. 처음 그녀를 만나고 3개월이 지난 시점이었다. 제이는 그녀에 대한 정보를 늘 그렇듯 같은 통로로 얻었고 역시 정보도 잘 이용했다. 마지막 작업이 끝난 뒤 3개월가량 흘렀고 너무 오래 쉬고 난 후라 다시 일하게 되었다는 기대감으로 충만할 때였다. 그는 노트북 앞에 앉아 예순한 살 과부에게 어떻게 다가갈지 곰곰이 생각해봤다. 그는 캐스가 준 보고서와 사진을 뚫어지게 바라보고 연구했다. 이번 일은 꽤 괜찮아 보였다. 캐스가 메모한 내용에 따르면 비르기테 욘스는 뉴질랜드 출신 엔지니어와 30년 넘게 결혼생활을 했고 4, 5년 전 남편이 세상을 떠나면서 상당한 유산을 받았다. 그녀는 사무직 업무 교육을 마쳤지만 결혼생활 기간 내내 가정주부로 살았고 자녀는 없었다. 그녀가 사는 붉은 벽돌집은 코펜하겐 외곽의 발뷔 지역에 있었다. 비르기테는 자신을 가꾸고 꾸미는 데 관심이 많아 정기적으로 피부 관리도 받고 머리 염색도 하고 일주일에 두 번 운동하러 다녔다. 제이의 입장에서 보면, 순수하게 육체적 과제로만 봐도 큰 문제 없이 해낼 수 있을 것 같은 희망이 생겼다. 약물의 도움을 받지 않고서도 말이다. 문제는 어떻게 희생자에게 접근하는가였다. 비르기테는 직장도 없고 바에 가지도 않을뿐더러 단체여행 같은 것은 추진하지도 않았다. 같이 운동하는 사람들은 전부 다 여자들뿐이었다. 서류상으로 보면 도무지 방법이 나올 것 같지 않았다. 그래서 그는 제대로 공략의 방법을 찾을 때까지 신중하게 관찰해보기로 마음먹었다.

두 번째 날 이미 계획은 성공적으로 끝났다. 해치백이 있는 일본 차를 렌트해 차 안에서 비르기테를 관찰했다. 그녀는 하루에도 여러 번 고양이들을 불렀다. 날씬하고 우아한 몸매에 목에 띠가 있는 고양이들로 귀가 굉장히 컸다. 비르기테는 실외에서 우체부나 지나가는 지인이나 이웃과 대화할 때 다른 사람의 눈을 바라보는 적이 없었다. 그녀의 시선은 끊임없이 덤불 아래, 울타리, 정원 가구 뒤편으로 향했고 고양이들만 주시했다. 그 두 마리가 그녀의 시야 안에 있지 않으면 안심이 안 되는 모양이었다. 그녀는 고양이가 뭔가에 부딪힐까 늘 걱정하는 듯했고 고양이가 혹시라도 집이라는 안전한 감옥에서 뛰쳐나가기라도 하면 엄청나게 괴로워할 사람 같았다.

그녀가 키우는 고양이 두 마리는 좀 특이해 보였다. 저녁에 인터넷 검색을 해보고 나서야 이들 품종이 아비시니안이라는 것을 알아냈다. 옛 에티오피아의 한 종족. 야생의 색깔이라니, 의미가 있을 수 있다. 비르기테가 고양이에 이토록 상당한 열정을 품고 있다는 사실이 캐스가 준비한 서류에는 전혀 언급되지 않았다. 캐스답군. 다음에 만나면 꼭 얘기해야겠다고 제이는 결심했다. 이런 자료야말로 그에게 꼭 필요한 것이었다. 캐스는 생각이 너무 없다.

이튿날 제이는 고양이에 관한 모든 걸 읽었다. 아비시니안에 대해 더 자세히 알아봤음은 물론이다. 그는 자신의 이름으로 무엇이 적당할 것인지 궁리했다. 요아킴이라면 충분히 귀족적이고, 발뷔 출신의 중산층 주부에게 인상을 줄 수 있을 듯했다. 그럼 헤인센이라는 성은 어떨까? 흠, 나쁘지 않았다. 게다가 요아킴 헤인센의 이니셜은 정확히 자신의 본명 이니셜과 일치했다. 사람은 자기 원칙이 분명해야 한다.

그래야 모든 걸 내려다볼 수 있는 법이라고 그는 생각했다. 문서 위조와 여권, 세례증명서, 운전면허증, 신용카드를 만들어내는 건 캐스의 몫이었다. 캐스는 렌터카도 주문했다. VW 골프, 실버메탈 색상. 어디에서나 무난할 중립적인 모델이다. 제이는 직업을 선택할 때도 용의주도했다. 관심을 끌되 동시에 약간 지루한 느낌도 줘야 했다. 비르기테의 호기심을 깨울 만큼 충분히 흥미롭되 동시에 남을 등쳐 먹고사는 사람 같은 느낌을 주지 않을 만큼 견실한 분위기여야 했다. 게다가 너무 관심을 끄는 양상으로 전개될 직업은 절대 안 됐다. 그렇게 되면 매번 하는 일과 사무실, 동료 등 온갖 배경에 대해 전부 알아야 할 테니. 결국 그가 선택한 직업은 개업한 건축가. 현재는 국책사업인 비밀 국방프로젝트를 맡고 있는 사람으로 결정했다. 그럴싸했다. 그는 이름과 직책, 휴대전화번호가 적힌 명함을 주문했고 노트북에 복잡해 보이는 건축 프로그램을 깔아놨다. 그녀가 나중에 그의 어깨 너머로 모니터를 들여다보는 상황이 일어날 수 있으니까.

그래도 여전히 비르기테 욘스의 마음을 움직일 무언가가 부족했다. 아카데미에서 최고 교육을 받은 건축가가 믿음직한 과제를 감당하는 모습을 보고서 그녀가 감동을 받을지는 모르지만 반드시 사랑에 빠지라는 법은 없다. 제이는 이런 고도로 특화된 분야에 수년간 몸담은 경험을 통해 잘 알고 있었다. 액수가 큰 돈은 사랑에서 나온다는 것을.

달리 말해, 뭔가 다른 수단이 필요했다. 제이는 한 시간가량 조사한 뒤 필요한 정보를 노트북에 저장했고 10분 안에 워드프로그램으로 정리하는 것을 마쳤다. 그리고 도서관에서 파스텔 색상의 A5 용지 50장을 복사했다.

안전한 고양이 – 행복한 고양이.

고양이를 키우십니까?

고양이를 밖에서 자유롭게 뛰놀게 하고 싶으신가요? 그렇긴 하지만 사랑하는 고양이가 어딘가 부딪힐지도 모른다는 두려움이 있으시겠죠. 예를 들어 몇 킬로미터 반경에 차가 많이 다니는 도로라도 있으면 걱정이 말이 아닐 겁니다. 매년 수천 마리의 고양이가 차에 치이는 사고를 당합니다. 캣세이프가 답입니다. 간단한 안전시스템이 당신의 고양이를 정원에서 마음 놓고 놀 수 있게 해줍니다. 전혀 위험하지 않게 말입니다. 거의 눈에 띄지도 않고 사람과 동물 모두에게 번거로움이나 불쾌감을 주지 않습니다. 아래 번호로 전화해 당신 집에 딱 맞는 개별분석을 신청하십시오. 상담받는다고 구매해야 하는 것은 아니니 부담 없이 신청하십시오.

요아킴 헤인센

(건축가, 건축가협회 회원)

광고문안 가장자리에 고양이 실루엣을 배치했고 그의 이름 아래에는 고양이 발바닥 모양을 곁들였다. 완전히 말도 안 되는 소리지만 효과가 있을 것이다. 그는 광고전단을 비르기테 집 주변에 전부 뿌렸다. 혹시라도 비르기테가 의심하는 일이 있어선 안 되므로. 그런 다음 캣세이프라는 영국회사의 진짜 카탈로그를 구해 원본과 흡사한 색으로 복사한 뒤 폴더에 수첩과 펜, 명함과 함께 끼워놨다. 전형적인 영업사원 세트였다.

마지막으로 그는 새 옷에 투자했다. 밝고 산뜻한 슈트 몇 벌과 셔츠 열 장—흰색 다섯 장과 튀지 않는 연한 색 다섯 장—그리고 얌전하고 예쁜 무늬의 넥타이 몇 개를 샀다. 비르기테 정도의 연령대와 계층에 속하는 여자들 관점으로 보면, 청바지에 체크무늬 셔츠 차림은 아무래도 몸 쓰는 일을 하는 사람이라는 고정관념을 줄 것 같았다. 그가 사기꾼으로 성공을 거둔 본질적인 원인은 언제나 희생자의 선입관을 예상하는 것에 있었기에 그의 결정은 어렵지 않았다. 좋아하는 것들을 치워버리기로 했다. 어떤 이유에서든 건축가이자 건축가협회 회원 요아킴 헤인센의 이미지에 맞지 않는 옷을 비롯한 각종 소지품은 몽땅 여행 가방에 담았다. 여행 가방을 시엘란스브로에 있는 한 호텔 1인실에 익명으로 맡겨놨다. 사업을 시작할 때 중립적인 기반이 될 공간이 있어야 했다. 혼자 있어야 할 때, 캐스와 만나거나 머리 염색할 때, 사업을 구상하거나 자신이 고른 사진으로 내부 포르노 영화관을 꾸밀 때 사용할 장소 말이다. 더욱이 그가 '일할 때' 일을 마치고 귀가할 공간을 마련한다는 것은 당연했다. 이번 과제에서 혼자만의 공간의 필요성이 특히 두드러진다는 신호가 곧 나타날 수도 있었다. 비르기테 욘스는 죽는 날까지 참고 봐주기 힘든 여자 중 하나였다.

13
2006년 6월

그녀는 걸려들었다. 당연했다. 처음 만났을 때 이미 시작되었다. 제이가 카탈로그를 들고 그녀의 집을 찾아가 정원을 측량하고 셰리(와인에 브랜디를 첨가하여 알코올 도수를 높인 스페인 와인-옮긴이)를 마시고 그녀의 비싼 고양이에 감탄했을 때 이미 그녀는 그에게 빠져들었다. 그는 감지할 수 있었다. 하지만 그는 잘 발달된 안테나로, 이번 작업 대상자에게 천천히 다가가야 한다는 것도 알았다. 비르기테 욘스는 사교 형식에 중요한 가치를 두는 그런 사람이었다. 만일 그녀가 존중받지 못하는 느낌을 받거나 통속적인 방법으로 접근해 온다고 느끼면 바로 관계를 끊어버릴 것이다. 고양이와 마찬가지로 그녀에게 역시 조심스럽게 다가가야 했다. 그래서 그는 서두르지 않고 조심스럽게 작업을 거는 판매원에 자신의 역할을 맡겼다.

두 번째 만남에서도 조심스러운 태도를 유지하며 그는 캣세이프를 설치하는 게 어떻겠냐고 제안했다. 캣세이프는 고주파 소음으로 인식되는 보이지 않는 정밀 장벽에 기반한 정교한 울타리 시스템이었다. 저렴하지 않기에 셰리 한잔이 더 필요했고, 고양이에게 다가가는 시도도 전보다 더 적극성을 띠었고, 품격을 유지하면서도 젊고 경험적은 남자와 욘스 부인처럼 세상 경험 풍부한 여자 사이에서 진행될 수 있는 과정의 한 단계를 더 나아갔다. 그가 작은 디지털카메라를 꺼내 그녀의 멋진 고양이들 사진을 찍어도 되겠냐고 물었을 때 그녀가 점점 부드러워지고 있다는 것을 그는 감지했다.

현관문에서 막 나오는데 정원에서 40대 초반으로 보이는 가냘픈 여자와 마주쳤다. 그녀는 포일로 덮은 그릇을 손에 들고 있었다.

"리세로테!" 비르기테가 소리쳤다. "또 먹을 걸 가져온 거야? 진짜 천사라니까!" 말의 내용과 달리 비르기테의 목소리는 전혀 반갑지 않게, 오히려 약간 비난하는 투로 들렸다.

"아, 죄송해요⋯⋯." 리세로테라는 여자는 당황한 것 같았다. 현관문으로 향하던 걸음을 잠시 멈추고 그대로 서 있었다. "그냥 이걸 좀 가져다드릴⋯⋯." 그녀가 제이를 봤다. "그런데 손님이 계신 줄 몰랐어요."

"요아킴, 이분은 우리 이웃에 사는 리세로테 잉달이고, 이분은 건축가인 요아킴 헤인센이야, 리세로테. 보이지 않는 고양이 울타리를 판매하는 분이야."

리세로테는 팔꿈치를 흔들었다. "만나서 반가워요. 제가 악수를 할 수 없어 미안해요."

비르기테는 리세로테의 손에 있던 그릇을 넘겨받았다. "이리 줘." 그녀는 포일이 덮인 그릇을 약간 치켜들었다. "그냥 바로 데우면 되나?"

리세로테는 제이와 악수했던 손을 풀고 고개를 끄덕였다.

"우린 일주일에 두 번 여자들의 저녁시간을 함께 보내요. 싱글 레이디의 밤이죠." 비르기테가 설명했다. "혼자 사는 소녀 네 명이 함께 하는 저녁." 그녀가 교태 부리는 소리를 내며 웃었다. "비디오도 같이 보고⋯⋯ 아이고, 내가 지금 무슨 말을 하는 건지!" 그녀는 뭐가 우스

운지 킥킥거렸다. 작별인사로 그녀는 제이를 향해 고개를 끄덕이더니 그릇을 들고 주방으로 향했다.

싱글 레이디의 밤? 혼자 사는 소녀들이라고? 제이는 어이없어하며 드디어 긴장된 미소를 지워버렸다. 폭스바겐 골프로 걸어가며 집 안으로 들어가는 리세로테의 뒷모습을 바라봤다. 꽤 괜찮은 몸매인데 믿기지 않을 정도로 자신 없어 보이는 옷차림이었다. 새파란 바지에 베이지색 블라우스, 하트가 달린 금목걸이. 비둘기 같은 헤어스타일에 화장기 전혀 없는 얼굴. 리세로테가 결혼하지 않고 혼자 산다는 사실은 전혀 놀랍지 않았다.

세 번째 만남에서는 그가 직접 앞서갔다. 두 번째 만남 일주일 뒤 연락도 없이 찾아간 그는 비르기테에게 고양이 사진 한 무더기를 안겨주었다. 예상대로 그녀는 거리두기의 모든 형식을 무너뜨렸다. 새빨간 매니큐어를 바른 손톱이 눈에 확 띄는 손을 여러 차례 그의 팔에 갖다 댔다. 웃을 때마다 몸을 그가 있는 쪽으로 수그려 향수 냄새를 그가 맡을 수 있게 했다. 얼마 후 그녀가 그를 배웅하려고 집 밖으로 나가려는 순간 그는 불현듯 지금이 바로 그 순간이라는 걸 알았다. 그는 계단 앞에서 갑자기 뒤돌았다.

"안 되겠어요, 여쭤볼 게 있습니다." 그는 진지한 표정으로 말했다. "사적인 겁니다." 두 사람은 얼굴을 똑바로 마주 봤다. 계단 앞에서 돌연 그런 순간이 온 듯 모든 진행이 자연스러웠지만 사실은 그의 술책이었다. "화내지 마세요……." 그는 손가락 두 개를 그녀의 블라우스 깃에 갖다 댔다. "아시겠죠?" 그는 졸린 눈을 만들었다.

그녀는 아무 말도 하지 않고 고개를 절레절레 저으며 그의 눈동자를 바라봤다. 최면에 걸린 듯한 그 눈동자를.

"당신은 정말……." 그는 잠시 시선을 돌렸다. 그녀가 공백감을 충분히 느낄 때까지 그대로 있다가 다시 그녀의 얼굴을 똑바로 응시했다. 타이밍. 타이밍. 타이밍. 그는 그녀의 표정에서 조심스럽지만 충분히 준비된 상태임을 읽었다. 미카도 게임(대나무 막대기를 사용한 유럽의 보드게임—옮긴이)의 막대기처럼 그녀의 마지막 보루가 무너지는 것을 감지했다. "허락하시겠……?" 그의 손가락이 부드럽게 그녀의 가슴을 쓰다듬었다. 그녀는 움찔했지만 아무 말도 하지 않았다. "비르기테, 전……." 그는 말을 더듬었다. 그녀가 그의 팔에서 미끄러져 자신의 입술을 그의 입술로 가져갈 때 그는 일이 얼마나 수월하게 진행되는지 스스로 놀랐다. 언제나 그랬듯이 말이다. 그녀의 입에서 셰리 와인과 립스틱 향이 났다. 처음 몇 초만 극복하고 나면 그렇게 불쾌하지는 않다. 제이는 그녀가 전율하면서 숨소리가 달라지는 것을 감지했다. 그는 시작도 하기 전에 그녀가 심장마비로 쓰러지면 어쩌나 잠시 걱정했다. "이리 와요." 그는 이렇게 말하면서 그녀를 거실 방향으로 살짝 밀었다. "안으로 가요."

14
2006년 7월/8월

　몇 주 지나지 않아 제이는 자신이 굉장히 힘든 일을 맡았다는 사실을 알았다. 비르기테 욘스는 굉장히 불쾌한 사람이라는 것이 드러났다. 편협하고 독선적이고 편견이 심한 사람이었다. 제이는 그녀와 길을 가다 그녀가 억지 미소를 지으며 사람들에게 냉소적인 평가를 던질 때마다, 사랑스러운 얼굴을 유지하느라 아주 힘들었다. 이웃이나 이민자, 도로에서 마주치는 사람, 같이 운동하는 여자들을 포함하여 그녀의 입에 오르내리지 않는 사람은 없었다. 비르기테의 관점에서 보면 비평의 선상에 오르지 않는 존재는 딱 넷이었다. 요아킴과 고양이 두 마리, 그리고 그녀 자신. 또한 그녀는 제이가 계속 동의해주고 확인해주고 웃어주길 요구했다. 그 분야에서 세계 챔피언급인 제이는 자신이 근본적으로 더 노력해야 한다는 것을 알았다. 최고상류층 바로 아래에 위치한 부드럽고 아름다운 이 여인은 사실상 추악하고 혹독한 짐승일 따름이었다.

　제이는 작업 대상자를 잘못 평가했다. 이런 일은 지금까지 한 번도 없었다. 적어도 이렇게 끔찍한 적은 없었다. 그는 비르기테가 섹스에 중독되어 계좌의 위임권을 넘겨줄 줄 알았다. 보통 그런 식으로 흘러간다. 조용한 물이 깊다는 옛 속담이 틀리는 경우는 거의 없었다. 비르기테의 경우는 예외였다. 섹스는 처음에만 감동했고 그다음부터는 부수적인 관심일 뿐이었다. 그녀의 그곳을 공략하기 위해 그가 가진 기술과 전략을 총동원했지만 그의 프로젝트는 실패로 끝나고 말았다. 제이는 실패를 증오했다. 뭔가 다른 것을 고민해야 했다. 처음 그가 받은 인상과 달리 비르기테는 성적인 것으로 별로 자극받지 않았다. 잘 받아들이긴 했지만 먼저 영감을 받는 편은 아니었다. 제이 자신도 감당하기 힘들었다. 이 문제에 대한 답은 비아그라. 인터넷으로 구입해 호텔로 배송하게 했다. 제대로 적당량 복용하기만 하면 엄청난 도움을 받았을 것이다. 그러나 여자가 섹스에 별 관심이 없는데 무슨 소용이람?

한 달 뒤 그는 호텔방에서 자기 자신과 위기의 면담 시간을 가졌다. 회담의 주제는 단 한 가지. '대체 내가 지금 뭘 하고 있는가?' 그에게 남은 건 두 가지 방법뿐. 새로운 전략을 찾든가 아니면 전부 다 포기하든가. 캐스한테 새로운 대상자를 물색해달라고 얘기해야 한다. 비르기테를 떠난다는 것은 생각만으로도 아주 홀가분하고 확 끌렸다. 그는 자신의 마음속에서 이미 그 시도를 하고 있음을 알아챘다. 그러나 이번 작전을 준비하면서 얼마나 기대감에 부풀었던가. 그리고 새로운 일을 찾아 얼마나 기뻐했던가. 당시에 벅차오르던 감정을 되새겨보았다. 일단 시작한 일을 씁쓸한 결과로 마감한다는 것 또한 얼마나 짜증 나는 일인가. 게다가 이번 일로 지나간 몇 개월이 말짱 헛것이 된다면 몹시도 아쉬운 일이었다. 달리 생각해보면 이윤은 꽤 기대해볼 만한 금액이었다. 그는 서류를 다시 들여다봤다. 캐스 몫으로 15퍼센트를 떼어주고 나서도 집하고 유가증권이 팔리면 500만 크로네를 가져올 수 있었다. 적은 돈은 절대 아니지⋯⋯. 그는 이미 이번 프로젝트에 에너지와 돈을 충분히 투자했고 투자한 것들에 대해선 당연히 이익을 뽑아내고 싶었다. 그는 조용히 돌아보면서, 그녀가 그렇게 행동하는 것에 다 그럴 만한 이유가 있으리라는 생각이 점점 더 강력하게 몰려온다는 사실을 시인해야 했다. 멍청한 불감증 할망구 같으니!

제이는 조인트(대마 등을 섞어 만 담배—옮긴이)에 불을 붙이고 창틀에 발을 올려놓은 채 시엘란스브로 거리를 지나는 차량 행렬을 물끄러미 바라보았다. 섹스는 이미 끝났다. 물론 그녀와 정기적으로 섹스를 해야만 할 것이다. 그가 그녀와 섹스하는 것을 좋아한다고 그녀가 믿는 것은 필수다. 하지만 그것이 그녀가 재산을 넘겨줄 만한 열쇠는 아니었다. 그는 다른 방법을 모색해야 했다. 그럴 필요가 있다고 느끼게 할 한 방이 필요했다. 그녀가 좋아하는 게 뭘까? 아니 그보다, 그녀가 사랑하는 것이 뭘까? 그 대답은 이 프로젝트를 준비하며 고민했을 때의 질문에 대한 답과 다를 바 없었다. 고양이다. 망할 고양이들. 그가 갑자기 고양이로 변신할 수도 없는 노릇 아닌가. 이제 사각지대를 생각해보는 편이 나을지도 모른다. 제이는 연기를 깊이 들이마셨다가 천천히 내뿜었다. 흰 연기가 창문 방향으로 서서히 번져갔다. 대체 어떤 욕망이 비르기테를 만족시킬 수 있을까. 그녀가 고양이들을 아끼고 쓰다듬고 아기들과 대화하듯 의사소통할 때 느낄 그 기분을 대신할 만한 게 뭐가 있을까? 한 가지 분명히 떠오르는 답이 있긴 했다. 그러나 아이로 변신하는 것 또한 어렵기는 매한가지…….

그는 벌떡 일어나 베이지색 카펫 위를 이리저리 걸어 다녔다. 연기가 방 안을 가득 채우자 그는 뇌에 2단 기어를 작동시켰다. 다른 의식 단계에 들어가 생각과 연상을 자유롭게 흐르게 했다. 다른 사람의 생각과 감정, 꿈으로 들어가보는 데 명수인 그의 능력은 뇌 각 부서 사이의 갑문을 열 때 최대로 펼쳐지고 바로 지금도 그러했다. 마침내 깨달음에 이르렀음을 인지하자 마치 머리를 한 대 맞은 기분이었다. 제이는 어린아이가 될 수 없었지만, 비르기테도 아이가 필요한 건 아니었다. 울고 보채고 콧물 흘리고 어지럽히는 진짜 아이가, 편안하고 정돈된 그녀의 삶에 실제로 들어온다면 얼마나 정신없겠는가. 그녀의 영역을 확장해 다른 사람들도 만나야만 할 거고…….

그는 갑자기 땀이 쏟아져 숨이 막혀올 것 같았다. 조인트를 협탁에 놓고 옷을 벗고 침대로 갔다. 팔다리를 뻗어 다빈치의 인체 비례도처럼 대자로 드러누웠다. 자신의 몸을 내려다봤다. 생각이 돌고 돌았다. 비르기테가 엄마라는 역할을 원할지는 몰라도 절대로 아이를 원하는 건 아니다. 그녀에게 필요한 건, 그녀 없이는 제대로 살아갈 수 없는 그 누군가이다. 그녀만 올려다보고 그녀의 조언만 따르는, 그녀를 세상에서 가장 똑똑한 사람이라고 생각하는 그 누군가. 하지만 그런 유형의 남자는 겁쟁이라는 타이틀을 내건 경우가 대부분일 터다. 비르기테가 과연 그런 남자를 받아들일까? 갑작스레 성격을 바꾸는 게 의미 있을까? 요아킴 헤인센이란 인물은 겁쟁이 스타일과는 전혀 맞지 않았다. 제이는 천장에 반사되는 불빛을 응시했다. 불빛이 몇 초간 그대로 있다가 잠깐 움직이더니 다시 가만히 있다가 이내 완전히 사라졌다. 반사된 빛은 창밖 다리 위의 자동차 사이드미러 불빛일 것이다. 그는 다른 차의 불빛이 또 나타나길 기다렸다. 더 이상 빛이 들어오지 않았다. 그래도 오늘의 문제를 해결하기 위해 꼭 필요한 잠깐의 기분전환은 되었다. "예에스!" 빈방 가득 울려 퍼지는 자신의 목소리가 들려왔다. 그는 얼른 자리에 앉아 컴퓨터 전원을 켰다. 이제 비르기테가 필요로 하는 '그 남자'가 어떤 상태여야 할지 알았다. 동시에 자신이 어떻게 변신할 수 있을지도 알았다. 그녀를 엄마로서 필요로 하면서 약간 의존적이고 무기력해도 허용될 그런 상태. 그는 구글로 들어가 암 정보를 검색하기 시작했다.

＊

"비르기테 욘스입니다."

"저예요."

"요아킴? 어디야? 10분 뒤에 식사 시작하려는데 약속해놓고…….."

정적.

"요아킴? 전화 끊지 않았지?"

한숨 소리. 다시 정적.

"여보세요? 요아킴?"

"네, 듣고 있어요." 한참 동안 이어진 침묵. "미안해요……. 그런데…….." 또다시 한숨. "오늘 저녁엔…… 거기 안 가는 게 낫겠어요."

"무슨 말이야?"

"지금 기분이 좀 별로예요."

"요아킴! 무슨 일 있었어?"

다시 정적. "그 얘긴 내일 해요. 지금은 더 이상 아무 말도 못 하겠어요." 그는 전화를 끊고 속으로 세었다. "맥주 한 박스, 맥주 두 박스, 맥주 세 박스……." 맥주 열한 박스를 셀 때 그녀가 전화를 걸어왔다. 그는 미소가 지어지는 걸 최대한 자제하며 전화를 받았다. "여보세요?" 그는 목이 메어 눈물을 참는 것처럼 들리게 했다.

"대체 무슨 일이야, 요아킴?"

그는 흐느꼈다.

"지금 어디야? 내가 그리로 갈게."

"비르기테. 그건 별로 좋은 방법이 아니에요."

"대체 무슨 일인지 말하지 않으니……."

"말할 수 없어요."

이제 그녀가 잠시 멈출 시간이 필요했다. "혹시…… 다른 여자 때문이야? 기혼이었어?"

"어떻게 그런 생각을 하세요?"

"그럼 대체 왜……?"

"비르기테. 내가 사랑하는 사람은 당신뿐이에요."

"그럼 집에 와서 무슨 일인지 말해봐, 요아킴."

정적.

"요아킴?"

"택시 타고 갈게요."

"술 마셨어?"

'아니, 정신은 말짱해. 7인조 레게 밴드 같다고.' 제이는 이렇게 생각했다. 하지만 다음과 같이 말했다. "병원에서 진정제를 줬어요."

"요아킴! 세상에, 무슨 일이야?"

이렇게 계속됐다. 처음에 전화로 시작된 대화는 식사시간까지 이어졌다. 어쩌고저쩌고……. 그녀는 시시콜콜한 것까지 전부 캐내려 했다. 그러면서 점점 더 절망했다. 푹 퍼진 채소와 말라가는 커틀릿이 몇 시간 동안 대화가 이어졌음을 증명했지만 비르기테도 제이도 그것을 알아채지 못했다. 비르기테는 묻고 제이는 회피하고 비르기테는 울고 제이는 갈라진 목소리를 유지하려고 애썼다.

그러다 마침내 제이는 고백했다. 오후에 병원에 갔는데 뇌종양이 발견됐다고. 수술 가능성은 희박하다고. 얼마 전부터 두통이 너무 심하고 인지장애까지 생겼지만 비르기테가 걱정할까 봐 이야기하지 않았다고. 처음 진료한 전문의가 치료를 더 받으라 하지만 사실상 할 수 있는 건 아무것도 없노라고. 어떤 경우에도 단순한 생명연장장치는 받아들이지 않으리라 결심했노라고.

"화학요법도 못 해?"

"화학요법도 방사선 치료도 못 해요." 그는 그녀의 손을 잡았다. "남은 시간을 당신하고만 보내고 싶어요, 비르기테. 그게 내가 원하는 전부예요."

그녀는 다시 울음을 터뜨렸다. "그래도 의사들이 뭐라도 할 수 있어야 하는 것 아니야? 아직 이렇게 젊은데. 말도 안 돼!" 그녀가 팔을 뻗어 그를 포옹하자 그는 그녀의 호흡에서 시큼한 냄새를 맡았다. "다음번 진료받으러 갈 때 내가 같이 갈게, 요아킴. 혼자 가면 안 돼, 그러다……."

"아니에요!" 그는 몸을 약간 뒤로 빼 그녀의 눈을 바라봤다. "진료받을 때 아무하고도 같이 가고 싶지 않아요, 비르기테. 더구나 당신은 더더욱 안 돼요."

"대체 왜?"

"내 그런 모습을 보여주고 싶지 않아요. 내 품위를 지키게 해줘요."

그런 식으로 대화가 계속됐다. 밤새도록. 눈물 흘리다 절망하다 울다가 그러다 진부한 말들이 오가고 서로의 몸을 만지기도 하고. 그러

다 비르기테는 시한부 인생을 사는 젊은 연인에게 구강성교를 해주
겠다고 했다. 그는 자신의 몸에 반응이 올 때까지 온갖 판타지를 동
원해야 했다. 새벽 4시쯤 마침내 그녀가 잠들었을 때 제이는 너무 기
진맥진해서 온몸을 쥐어짜는 것만 같았다. 세상에, 새 전략이 먹혀들
었지만 상상을 초월할 정도로 피곤한 과정이다. 그는 다음날 캐스에
게 연락을 취하기로 마음먹었다. 요아킴 헤인센이 꽤 많은 자산을 가
졌다는 문서가 필요했다. 이 부분도 작업에 들어가야 했다. 문제가
생기면 안 된다. 전략에 맞는 합당한 은행 서류가 있어야 하고, 이런
일들은 빨리 끝낼수록 좋았다.

제이는 비르기테의 입 냄새를 맡지 않으려고 등을 돌렸다. 치주염
이 있는 걸까? 제이는 잠들기 직전 몇 초간 그런 생각을 했다.

15

2006년 8월/9월

한 달 뒤 제이는 울면서 자신이 잘해야 몇 개월밖에 살 수 없다는 사실을 연인에게 알렸다. 그러고 나서 며칠 뒤 그의 변호사가 찾아왔다. 그 역할은 늘 그랬듯 캐스가 맡았다. 이번에는 캐스도 새 슈트 한 벌을 사고 검은색 메르세데스 벤츠도 렌트했다. 편지지 세트와 명함도 진청색 로마서체로 인쇄했다. 변호사 에이나르 그레이프-요한센. 에스플라나덴, 코펜하겐. 꽤나 공신력 있어 보였다. 제이는 비르기테가 잠깐 시선을 돌리자 고개를 끄덕였다. 변호사는 갈색 서류철에서 한 뭉치 서류를 꺼냈고 그녀는 이 변호사의 진실성 여부에 대해 단 일 초도 의심하지 않았다.

"제 의뢰인이 유언장 얘기를 했는지 모르겠습니다만……." 그는 말을 꺼냈다.

비르기테는 캐스를 보고는 다시 제이에게 눈길을 주었다. 그녀는 고개를 저었다. "왜 내가 유산을 받아야 하는지 이해를 못 하겠는데, 요아킴." 그녀는 흐느꼈다. "난 돈 넉넉하게 있어. 다른 사람이 받아야지……."

"난 가족이 없어요." 제이가 말하며 손을 그녀의 무릎에 올렸다. 두 사람은 캐스와 마주 보고 나란히 소파에 앉아 있었다. "내 생각에 국가에 바치는 건 어리석은 일 같았어요. 그래서 고양이보호협회와 동물보호단체 그리고 당신한테 나눠주려고요." 그는 힘없이 미소지었다. 그는 실제로 지난 몇 주간 눈에 띄게 체중이 감소했다. 매끼 식사를 하고 나서 손가락을 입에 집어넣어 변기에 토해낸, 의도된 결과물이었다. 머리카락은 푸석푸석해지고 윤기를 잃었고(특수 왁스 효과), 피부는 음울한 회색빛이었으며(극도로 곱게 빻은 특수 파우더 효과), 눈꺼풀엔 통증과 피로가 그대로 묻어나 있었다. 하지만 종잇장처럼 얇은 눈꺼풀 아래 눈동자는 언제나처럼 반짝이고 매력적이었다.

다시 비르기테의 뺨으로 눈물이 주르르 흘렀다. 그녀는 대답을 못 하고 고개만 저었다.

제이는 리세로테 잉달에게 전화해 증인으로 와달라고 부탁했다. 올 때 또 다른 증인으로 '혼자 사는 소녀' 한 명을 더 데려와달라 했다. 서명을 마치고 그 또 다른 증인은 바로 돌아갔고 리세로테는 비르기테 옆에 앉아 계속 울다가 겨우 울음을 그쳤다.

"제가 상관할 일은 아닙니다만." 캐스가 서류철에 서류를 넣다가 갑자기 말을 꺼냈다. "두 분이 왜 결혼을 안 하시는지 이해를 못 하겠습니다."

비르기테와 제이, 리세로테는 동시에 캐스에게로 고개를 돌렸다. "결혼이라고요?" 요아킴은 되물으며 이마를 찡그렸다.

"네, 죄송한 말씀이지만 얼마 사시지 못하는 걸 당신도 아시잖아요, 요아킴. 그럼 비르기테가 몇 개월 뒤 유산을 물려받을 테고요."

그는 소파 한가운데서 뿜어 나오는 탄식 소리를 무시하고 말을 이었다. "유언장대로 비르기테가 유산을 물려받으면 대략 40퍼센트를 상속세로 내야 합니다. 하지만 결혼하고 두 분이 재산을 공동명의로

해놓는 데 합의하면 완전히 달라지죠. 그러면 요아킴 재산의 절반이 비르기테 명의가 되고 나머지 금액에 대해 세금이 전혀 나오지 않아요. 말하자면 금액 차이가 엄청나죠." 그는 서류를 뒤적였다. "요아킴 헤인센의 재산이 총 300만 크로네예요, 비르기테. 그러니 고려해볼 가치가 있습니다."

그 뒤론 모든 게 처음부터 다시 시작이었다. 눈물과 정적, 오가는 상투적인 말들 그리고 또다시 눈물바다. 캐스와 리세로테가 있는 동안은 그래도 좀 진정되었다가 저녁때가 되자 또 심해졌다. 다음 날 아침 완전히 옛날식으로, 그가 그녀의 손을 잡으며 소동은 끝났다.

3주 뒤 비르기테와 제이는 결혼했다. 부부간의 재산을 공유한다는 서약도 했다. 비르기테의 죽음을 향한 카운트다운이 시작되었다.

16
2006년 9월/10월

결혼식을 올린 뒤 몇 주간 제이는 호텔방에서 지냈다. 비르기테에게는 국방프로젝트를 끝내야 한다고, 그래야 편안하게 눈을 감을 수 있다고 얘기해뒀다. 일주일에 몇 번 통증 치료를 위해 병원에 가야한다고도 덧붙였다. 죽어가는 환자에게 통증 치료를 해줄 의사를 만나야 한다고. 물론 그도 당연히 매 순간을 사랑하는 아내와 보내고 싶지만 적어도 하루의 절반은 집 밖에 있어야 한다고 이해를 구했다. 말은 이렇게 했지만 사실 제이는 비르기테의 얼굴을 도저히 봐줄 수가 없어 밖으로 나와야 했다. 그의 오래된 단호한 자아가 몸의 쇠약함이라는 무거운 외투에 갇혀버려, 비르기테 앞에서 사랑스럽게, 아니 그렇게까지는 아니더라도 어느 정도 다정하게 구는 것조차 거의 초인간적인 노력이 필요했다. 그는 중심을 잃어 벽에 기대거나 너무 기진맥진해 TV 앞에서 그냥 잠들었는데 이런 행동들은 이제 더 이상 연기 때문만이 아니었다. 지난 몇 주간 단식으로 그의 몸이 말할 수 없이 허약해졌고 배 속에서는 하루 24시간 소리를 질러댔다. 그는 단 1그램도 체중이 늘어난 적이 없었고 비쩍 마른 몸에서 골반뼈가 튀어나와 누구라도 그 옆에 가면 부딪힐 정도였다.

호텔방에서도 자신과 싸워야 했다. 매일매일 패스트푸드, 햄버거,

감자튀김, 피자, 감자칩을 사와 가능한 한 빠르게 먹어치웠다. 그 순간의 식사가 그날의 가장 최고봉이다. 위를 채운다는 느낌, 자기 타액 말고 뭔가 다른 맛을 씹고 삼키고 음미하는 순간 횡격막이 쪼그라드는 느낌이 사라지는 것만으로 즐거움 그 이상이 넘쳐흘렀다. 그러고 나서 곧바로 콜라를 무지막지하게 들이켜면 배가 곧 터질 것 같았다. 그럼 화장실로 달려가 다 토해냈다. 그것까지 끝내고서 침대에 누우면 이 모든 행위로 인한 긴장감과 인위적으로 만든 위경련으로 한동안은 배고픔으로부터 편안해졌다. 그럴 때면 먹을 것만 생각해도 속이 메스꺼워졌다. 하루의 나머지 시간엔 배고픔을 못 참을 때마다 효과가 그다지 강하지 않은 암페타민(식욕 억제 효과가 있는 각성제—옮긴이)을 복용했다.

하지만 신체적 괴로움이 이 단계에서 가장 견디기 힘든 문제는 아니었다. 불확실성이야말로 그의 기운을 빠지게 만들었다. 제이는 좌절하는 상황에 전혀 익숙하지 않았다. 지금까지 사기경력에서 바라던 재산을 얻어내지 못하고 관계를 포기했던 경우는 한 손에 꼽을 정도였다. 그때마다 순전히 운이 나빠서 실패했다는 해명이 가능했다. 성인이 된 아들이 갑자기 나타나 자기 모친의 젊은 연인에게 불신의 시선을 던진 경우가 있었고, 마지막 결실을 보려는 참에 타깃 대상자가 유언장 서명 직전에 화물차에 치여 불발로 끝난 경우도 있었다. 또 한 번은 캐스가 계좌 두 개를 혼동해서 제이를 본의 아니게 엉뚱한 여자한테 보낸 적도 있었다. 그 기막힌 실수를 제이는 몇 주 동안 그에게 열성적으로 달라붙어 섹스에 매달린 은퇴 여성과 동거에 들어가고 나서야 알게 되었다. 그녀의 연금은 겨우 23만 크로네였다. 그 당시 제이는 불같이 화를 냈고, 캐스가 얼마나 심각한 실수를 저질렀는지를 확실히 깨닫게 해주었다. 멍청한 놈. 제이는 그때를 생각하고 다시 한숨을 내쉬었다. 캐스는 광대에 불과했지만 짧은 줄에 매달면 그런대로 유용하게 써먹을 수 있었다.

현재 상황에서 제이는 캐스에게 책임을 물을 수도 없었고 운이 따르지 않았다고 탓할 수도 없었다. 생각했던 것보다 비르기테가 훨씬 더 딱딱한 호두 같은 여자였을 뿐이다. 또한 몇 개월간 시한부 인생을 사는 사람으로 연기하는 게 이토록 힘든 일이라는 것도 미처 몰랐다. 때때로 포기하고 싶을 정도로 괴롭기도 했지만 매번 마음을 다잡았다. 타이밍만 기다리면 된다. 실행방법은 정해졌다. 25밀리그램짜리 흰색 페티딘(마약성 진통제—옮긴이) 정제 200알이 박스에서 나올 시간만 기다리고 있다. 안전을 기하기 위해 여러 가지 음료에 페티딘을 섞어 실험해보니 블러디 메리(보드카에 토마토 주스를 넣어 만든 칵테일—옮긴이)에 섞었을 때 약 맛이 희석되는 정도가 제일 나았다. 그는 캐스의 연락망을 통해 약을 구입했다. 위조된 약국 스티커가 자랑스러웠다. 오타로 한 글자가 다른 것 빼고는 자신의 이름과 동일했다.

동반 자살의 문제는 두 사람이 정말로 함께 죽는 것에 동의한 것처럼 보여야 한다는 데 있었다. 특히 둘 중 한 사람이 살아남으려고 시도할 때. 가장 심각한 문제가 되는 경우는 살아남은 그 사람이 확고한 재산을 지급받게 될 때이고. 이상적인 경우는 자살 계획이 희생자 자신에게서 나왔을 때, 즉 실제 죽게 될 사람이 자살을 계획하는 경우이다. 가장 이상적인 경우는 당연히, 나머지 다른 사람이 자신도 자살할 생각이 있다면서 상대방이 자신을 조종하도록 허용하는 경우다. 이 모든 것이 실현되지 않을 경우엔, 사실을 효과적으로 은폐하고 가까운 주변에서 철저하게 준비하는 것에 집중할 수밖에 없다.

제이는 이 문제를 두 가지 방향으로 진행했다. 집 안에서 그는 자신이 죽게 될 것이고 비르기테를 떠나게 되리라는 이야기를 점점 더 자주 했다. 죽음을 이야기할 때마다 마음이 갈기갈기 찢어지는 것만 같다고 설명했다. 또 그녀와 절대로 헤어지고 싶지 않다고, 헤어진다는 생각만으로도 견딜 수 없다고 했다. 견딜 수 없는 통증을 대단히 입체적으로 실감 나게 표현하면서 통증 없는 세상을 점점 갈망하게 된다고 고백했다. 그는 사랑의 궁극적인 선언의 모티프로 자살이 등장하는 책에도 열중했다. 그 책들을 여기저기 놔두어 그녀가 의식하지 않을 수 없게 만들었다. 《젊은 베르테르의 슬픔》, 《로미오와 줄리엣》, 《오르페우스와 에우리디케》 개정판 등. 그는 엘비라 마디간의 비극적인 삶을 그린 영화를 빌려 보면서 흐느꼈다. 비르기테도 같이 울었지만 제이가 기대하던 반응까지 이어지지는 않았다. 그녀는 그가 죽을 수밖에 없다는 사실로 굉장히 불행해 보였지만, 생의 저편으로 그와 같이 갈 생각은 눈곱만큼도 없어 보였다.

그래서 제이는 외부 전선 전략을 강화했다. 그것은 불행히도, 그가 상황을 완전히 통제하고 마지막 자유의 섬마저 포기해야 함을 의미했다. 그는 비르기테에게 찰싹 달라붙어 있기로 했다. 밤낮으로 그녀의 관심을 불러일으켜 그녀가 지쳐 무너지게 해야 했다. 그런 방법을 쓰려면 그가 두 가지를 확실히 해놔야 했다. 한 가지는 그녀가 절대로 리세로테와 단둘이 얘기할 기회를 만들지 못하게 하는 것이었고, 또 한 가지는 그녀가 가끔 깊은 낮잠에 빠져들어 남편이 이웃과 방해받지 않고 대화할 수 있는 여건을 만드는 것이었다. 그가 호텔방으로 피난 가지 않은 몇 주간 리세로테 잉달은 그와 터놓고 대화할 친구가 되었다. 그는 그녀에게 비르기테에 대한 걱정을 털어놓았다. 하루에도 몇 번씩 불쌍한 비르기테가 그의 죽음을 따르겠다고 말하고 있으니 그가 죽고 나서 혼자 남을 비르기테를 잘 보살펴달라고 제이는 신신당부했다. 결국 리세로테는 비르기테가 여행을 떠나거나, 혹시 만에 하나—신의 가호가 있으시길!—자살 계획이 실현될 경우 고양이들을 잘 맡아주겠다고 약속할 수밖에 없었다. 그는 리세로테에게서 두 사람의 이 대화 내용을 절대로 비르기테에게 언급하지 않겠다는 약속까지 받아냈다.

리세로테는 그의 말을 곧이곧대로 받아들였다. 그녀는 주의를 기울이는 것에 익숙하지 않았다. 그녀는 끝까지 완벽하게 그와 동맹을 유지하겠다면서 공감과 감사를 표했다. 더없는 의리감과 분별력과 이해심을 갖고.

비르기테의 삶의 마지막 날 제이는, 어느새 그의 것이 되어버린 소파에 기진맥진해 앉아 있었다. 그는 잠든 아내의 얼굴을 바라봤다. 비르기테는 소파에 누워 있었다. 그녀의 얼굴은 몇 주 전부터 눈물로 얼룩져 있었고 손에는 구겨진 티슈가 들려 있었다. 그녀는 지난 2개월 동안 15년은 더 늙어버렸다. 그녀가 누운 소파 등받이엔 고양이 두 마리가 완벽한 대칭을 이룬 채 100퍼센트 동시성을 요구하는 자세로 앉아 있었다. 뺨끼리 붙이고 붉은 몸을 둥글게 말고 두 흔들리는 꼬리 끝만 돌출된 자세로. 고양이들은 그가 어디에 있건 시선으로 그를 좇았다. 경계하며. 소극적으로, 미심쩍은 눈초리로. 이 네 개의 코냑색 감시 렌즈에서 벗어나기 위해 그는 자리에서 일어났다.

주방에서 제이는 배고픔을 완화시키기 위해 암페타민 알약을 삼켰다. 물 한 모금으로 알약이 목 안으로 넘어가는 걸 느낀 뒤 그는 천천히 정원으로 나갔다. 바람 한 점 없이 청명하고 온화한 가을날이었다. 갑자기 어지러웠다. 웨버 그릴(미국 바비큐 용품 브랜드—옮긴이)까지 걷는 동안 그는 담벼락에 기대야 했다. 커다란 은회색 플라스틱 덮개로 덮어놓은 바비큐 도구가 무지막지하게 얼굴이 큰 유령처럼 어른거렸다. 그는 덮개를 열고 안에 손을 집어넣었다. 그와 고정거래를 하는 리투아니아 공화국 딜러에게 일주일 전에 꽤 많은 양을 구입해뒀고 그중 일부를 바비큐 불판 아래에 감춰놨었다. 그 안이 비워지면 그의 계획도 완수되는 것이다. 결과가 어떤 식으로 흘러가든 상관없이. 그의 몸은 이제 더 이상 그것을 감당할 수 없었다. 간단했다.

그는 쥐똥나무 생울타리와 낮은 담벼락 사이에서 마지막 조인트에 불을 붙였다. 테라스와 정원이 분리되는 이 위치가 그가 숨는 장소다. 이 자리에 있으면 비르기테도 리세로테도 그를 발견할 수 없다. 그는 쪼그리며 연기를 폐까지 깊게 들이마시고 그대로 연기가 안에 들어가게 뒀다. 차가운 붉은 벽돌에 몸을 기대고 서서히 연기를 내뿜었다. 흰 연기구름이 잔디밭을 지나 희박해지다 완전히 사라지는 걸 멍하니 바라봤다. 몇 초 지나 미약하게나마 효과가 느껴졌다. 뻣뻣했던 사지와 근육이 서서히 이완되고 몸 안의 불쾌한 감정이 사라지면서 용기와 자의식이 되돌아왔다. 잘될 게 분명했다. 리세로테와 마지막으로 대화만 나누면 이제 작전 개시다. 리세로테에게 꼭 필요한 정보 몇 가지를 확실하게 알게 해야 그녀가 아침 일찍 경찰과 대화하기 전에 그것들을 전달하고 또 제대로 추론을 끌고 갈 수 있을 것이다. 더블베드에 누운 두 사람이 발견될 경우에 말이다.

17

2007년 3월 27일 화요일

"그런 적 없다니까요. 대체 몇 번을 더 말해야 하죠?" 리세로테의 창백한 뺨에 붉은 반점이 도드라졌고 안경이 대화 도중 미끄러져 내렸다.

"장례식이 끝나자마자 곧바로 사라졌을 때도요?"

"요아킴은 죽었다고요!" 그녀는 주먹으로 식탁을 쾅 내리쳤다. 식탁이 흔들려 단이 가져온 은방울수선화도 움찔했다. 연노란색 꽃잎이 갑자기 충격을 받은 듯했다. "요아킴이 장지까지 가는 길에 똑바로 서 있는 게 놀라울 정도였다고요. 요아킴 상태가 얼마나 안 좋았는데요. 그를 의심할 만한 이유가 전혀 없죠."

"리세로테……." 단은 그녀의 주먹 위에 한 손을 올렸다. "당신을 비난할 사람은 아무도 없어요. 야콥이건 요아킴이건 우리가 그 사람을 뭐라 부르건 간에 그는 아주 영리한 사기꾼입니다. 그가 사기행각을 벌이는 동안 그를 조금이라도 의심했다는 사람을 지금까지 단 한 명도 못 봤어요."

그녀는 단의 손을 옆으로 치우고 자리에서 일어났다. "커피보다 진한 걸로 뭐라도 마셔야겠어요." 그녀가 말했다. "화이트와인 한 잔 드실래요?"

단은 고개를 저었다. "그냥 물 한 잔 주시면 고맙겠……."

리세로테는 유리잔에 얼음을 가득 넣고 레몬 반 조각을 띄운 물과 자신이 마실 화이트와인 한 병을 들고 왔다. 단은 흘깃 시계를 봤다. 아직 한 시간 정도는 더 머물러도 될 것 같았다.

"좋습니다. 그러니까 당신은 한 번도 그 사람을 의심하지 않으셨다는 거죠." 단은 물 한 모금을 꿀꺽 마셨다. "그리고 당신은 이 사건이 동반 자살이라고, 그러니까 비르기테도 죽을 생각이 있었다는 걸 확신하신다는 거죠?"

그녀는 고개를 끄덕이고 와인 한 잔을 비우더니 조용해졌다.

"경찰이 당신을 찾아왔었나요?"

"제가 전화를 걸었고 경찰차와 구급차 두 대가 왔어요."

"그런데 의심한 사람이 아무도 없었나요?"

"또 시작이시군요!"

"제 말은, 경찰이 의심하지 않았냐는 겁니다."

"경찰이 당연히 조사했겠죠, 안 그랬겠어요? 갑작스럽고 생각지도 못했던 죽음인데요. 전부 다 조사했겠죠." 리세로테는 빈 잔에 와인을 따랐다. 품질이 형편없는 와인인지 식탁 건너편 단이 앉아 있는 자리까지 시큼한 냄새가 났다. 갑자기 메슥거릴 정도였지만 간신히 자제하여 위기를 넘겼다. "얼마나 오래전부터 비르기테가 생을 포기할 생각으로 고민했는지 경찰에 얘기했죠. 그리고 요아킴이…… 그가 그럴 수 있을 거라고 오해한 사람은 아무도…… 요아킴이야…… 어차피……." 그녀는 다시 울음을 터뜨렸다.

"두 사람을 처음 발견했을 때 그가 죽었을 거라고 생각하셨나요?"

그녀는 고개를 끄덕였다.

"그러고는요?"

"그랬는데 창문으로 들여다보니 그가 숨을 쉬고 있더라고요." 그녀는 숨을 깊이 내쉬고는 한동안 숨을 참았다. "제가 비상열쇠를 들고 들어가서 요아킴이 토한 걸 봤어요. 아마도 그래서 그가 살았겠죠. 자세한 모르겠지만 병원에서 그랬어요. 위세척을 했더니 거의 비어 있었다고."

"그럼 비르기테는요?"

"싸늘했어요. 아무것도 할 수 없었어요."

"어떤 약을 복용했나요? 혹시 아세요?"

"페티딘. 그건 정확하게 기억나요. 저도 수술 뒤에 그 약을 복용한 적이 있거든요. 요아킴도 그 약을 꽤 많이 받아났겠죠."

"혹시 요아킴 담당의사 이름을 아십니까?"

리세로테가 고개를 저었다. "그건 경찰에 물어보면 도움받으실 수 있을 거예요."

"아니면 유언장을 작성한 변호사 이름이라도?"

그녀는 다시 고개를 옆으로 흔들려다 갑자기 멈칫했다. "아, 알 것 같아요." 그녀는 단을 바라봤다. "맞아요, 기억나요. 에이나르라고 했어요. 보른홀름에 사는 제 사촌 이름하고 같았거든요."

"에이나르?" 단은 힘줄이 확 긴장하는 걸 느꼈다. "에이나르란 변호사 성이 뭐였는지 기억나십니까?"

"정확기 기억은 안 나는데 G로 시작하는 더블네임이었어요." 리세로테는 눈썹을 찡그렸다. "기츠-프란센이든가 뭐 그런 거요. 아니면 기츠-요한센, 아, 그건 예술가 이름이던가요?"

"그런 것 같기도 해요." 단은 수첩을 들고 찾는 메모가 나올 때까지 뒤적였다. "에이나르 그레이프-요한센 아닌가요?"

"맞아요!" 그녀의 얼굴에서 빛이 났다. "네, 그런 이름이었어요."

"같은 이름을 두 번이나 쓰다니 좀 특이하군요."

다시 그녀의 가시 돋은 말이 튀어나왔다. "그게 그 사람 본명이니까 그랬겠죠. 어떻게 된 건지도 모르시면서……."

"가만히 계세요." 단은 일어나 창가로 갔다. 테라스에 하얀 싸구려 플라스틱 의자 세 개가 있었고 그 위엔 꽃무늬 쿠션이 놓여 있었다. 정원 테이블 위엔 호밀을 섞어 만든 빵 두어 조각이 올려져 있었고 절반쯤은 새들이 쪼아 먹은 듯했다. "에이나르 그레이프-요한센이란 이름을 이미 조사해봤어요." 단은 말을 이었다. "주민센터에도 변호사 협회에도 등록되지 않은 이름이에요. 그런 사람은 존재하지 않아요, 리세로테. 미안합니다. 요아킴 헤인센은 죽지 않았어요. 그 사람은 그냥 유능한 배우일 뿐이에요."

"말도 안 돼요, 그럴 리가요! 얼마나 살이 빠졌는데……."

"암이나 심각한 질병이 아니어도 살을 뺄 수 있다는 얘기 들어보셨죠? 모델들이 병난 것도 아닌데 살 빼는 걸 생각해보세요."

"그건 그래도……."

"아무튼 요아킴은 비르기테 욘스의 장례식이 치러지고 2주 후에 에게비에르그에 나타났어요." 그가 말했다. "그는 절대로 죽지 않았습니다."

리세로테는 잔을 또 비우고 와인을 다시 따랐다. 세 번째 잔일 거라고 단은 속으로 중얼거렸다. 갑자기 주방에서 우당탕 소리가 들렸다. 또 같은 소리가 들렸다. 단은 움찔했지만 리세로테는 고개도 돌리지 않았다. 잠시 후 아비시니안 고양이 두 마리가 나란히 주방에서 거실로 통하는 문에 들어서서 연갈색 크리스털 같은 눈으로 단을 응시했다. "헤라와 아테네예요." 리세로테는 아무 표정 없이 말했다. "비르기테의 고양이들이죠. 순종 에티오피아 고양이들한테 왜 그리스 이름을 붙여줬는지는 도무지 모르겠지만."

"멋진 고양이들이네요." 단이 말하며 고양이 앞에 쪼그리고 앉았다.

"키우실래요?" 리세로테가 코를 팽 풀었다. "애네들 재우는 일 못 하겠어요."

"그럼 왜 넘겨받으셨죠?"

그녀가 어깨를 으쓱했다. "저는 원래 고양이를 좋아하지 않아요. 그런데 부탁을 받고 거절하기 힘들었어요."

"누가 부탁했죠? 경찰이요?"

"아니, 아니에요. 요아킴하고 비르기테가 부탁했어요. 아니, 정확히 말하면 요아킴이요." 한동안 와인잔을 바라보던 그녀는 와인을 따라 잔을 흔들었다. "정말 그랬어요, 그래야……."

"뭐죠?" 단은 고양이를 쓰다듬는 걸 포기하고 다시 의자에 앉았다.

리세로테는 숨을 크게 내쉬고 단의 눈을 바라봤다. "글쎄요, 곰곰이 생각해보면. 만약 요아킴이 정말로 사기꾼이라면 그건 가장 똑똑한 방법이었어요. 나도 비르기테가 스스로 목숨을 끊으려 한다는 걸 믿지 않았을 거예요. 만일 비르기테가 고양이들이 다른 사람한테 맡겨지는 것을 챙기지 않았다면 말이죠. 요아킴도 틀림없이 그걸 알았겠죠."

"요아킴은 바보가 아니죠." 그는 리세로테에게 물어보리라 결심했다. "리세로테, 요아킴을 사랑했나요?"

그녀는 잠깐 쓴웃음을 지었다. "우리 다 그랬는걸요." 그녀는 와인을 따르고 네 번째 잔을 마셨다. 자신이 뭘 하는지 전혀 의식하지 못하는 듯 기계적으로.

"우리 다라고요?"

"우리 '혼자 사는 소녀들' 회원들 다요. 오!"그녀는 자신의 목을 감쌌다. "다른 멤버들이 제 말을 절대 안 믿을 거예요. 요아킴이 결혼 사기꾼 같은 유의 사람이라고 멤버들에게 얘기하면 다들 나한테 거짓말쟁이라고 할 거예요."

"사기꾼 같은 유의 사람이 아닙니다, 리세로테. 그 사람은 결혼 사기꾼이에요. 그냥 간단히. 다른 말이 더 필요 없어요."

"혹시 우리 모임에 와서 직접 얘기해주시겠어요? 다음 모임이 언제냐면……."

세상에나, 단은 속으로 경악했다. "안타깝지만 그건 안 됩니다. 제가 정말 시간이 없어요." 해묵은 호르몬 폭탄 모임에 자신을 선보이라니. "이 사건이 전부 해결되고 신문에서 기사를 읽어보시면 될 겁니다. 참, 한 가지 더 여쭤볼 게 있습니다, 리세로테. 요아킴 헤인센의 문신을 알아보고 저한테 이메일을 보냈다고 하셨잖아요."

"네, 맞아요. 요아킴이 상체를 드러내놓고 정원을 거닐 때가 많았거든요."

"요아킴이 자기 문신이 무슨 의미인지 얘기하던가요?"

그녀는 고개를 끄덕였다. "'거룩한 고양이'라는 의미라고 했어요. 인도에서 쓰는 힌디어라던데요."

"확실한가요?"

"그래서 비르기테가 요아킴을 만나자마자 푹 빠진 거예요. 요아킴이 고양이에 미쳐 문신까지 했다고 했거든요."

"인도에 거룩한 고양이가 있나요?"

리세로테는 다시 어깨를 으쓱했다.

"당신은 요아킴이 사기꾼이라는 걸 아직도 안 믿으시는군요, 그렇죠?"

그녀는 아무 말 없이 그를 바라보기만 했다.

"요아킴이 나중에 다른 여자한테 다시 사기를 치면서 그 문신의 의미를 뭐라고 했는지 말씀드릴까요? 그 여자분은 미술수업을 하는 교사이고 자기 직업에 열정을 다하는 사람이거든요?"

대답 없이, 회색 눈동자만 빛났다.

"미술교사가 묻자 요아킴이 '색'이라고 대답했다는군요. 어이없지 않습니까?"

"요아킴이 아니었을 수도 있잖아요. 전혀 다른 남자였을지도 모르죠. 둘 중 한 사람이 요아킴 형이나 동생일지 누가 알아요."

"두 손 다 들었습니다." 단이 말하며 일어났다. "좋으실 대로 생각하세요."

"문까지 바래다 드릴게요." 그녀가 말하면서 일어났다. 그녀는 휘청거렸다. 와인 네 잔이 소기의 목적을 달성한 듯했다.

단은 리세로테가 중심을 잡을 때까지 팔꿈치를 붙잡아줬다. 갑자기 그녀가 두 팔로 단을 끌어안더니 그의 입술에 키스했다. 혀끝을 단의 입으로 밀어 넣어 시큼한 와인 맛이 단의 혀 돌기에 감돌게 했다. 에잇 이런 일이. 그는 몸을 떼고 거리를 두었다. 유혹하는 시선으로 입을 반쯤 벌린 그녀의 모습에, 그 순간 단의 머리를 스치는 생각 말고 다른 의미가 담겼을 가능성은 없을 듯했다.

"대화 나눠주어 감사합니다." 그는 단호하게 말하고 분명한 거리를 유지했다.

거부의 신호가 종소리로 그녀에게 와닿은 모양이었다. 좀 전에 알코올로 태도가 돌변했던 것처럼. 시선이 되돌아왔고 통제력을 되찾고 그가 던져준 구명 널빤지를 고맙게 받아 쥐었다. "어머나." 그녀는 약간 날카로운 목소리로 말했다. "제가 잠시 균형을 잃었나 봐요." 그녀가 미소 지으려 하자 입술이 앞니에 들러붙었다.

그가 그녀의 팔에서 벗어나자 두 사람은 나란히 문을 향해 걸었다. 이 상황은 우르술라가 야콥을 처음 만났던 순간에 대해 얘기한 것을 떠올리게 했다. 단은 이 방법이 얼마나 탁월한지 갑작스레 이해했다. 어떤 낯선 사람이나 거의 낯선 사람과 헤어지는 순간 그 사람을 꼭 다시 만나고 싶어 할 경우, 모든 방어 메커니즘이 힘을 못 쓰게 된다. 뭔가 일어나야 한다면 얼른 조치가 필요하지 않겠는가. 접근이 어떤 이유에서건 실패한다면 상황은 신속히 덮어지고 모든 것이 바로 잊힐 수 있다.

그는 정원 길을 걸으면서 등 뒤에서 리세로테의 시선을 느꼈다. 그는 뒤돌아 고개를 끄덕였다. "고맙습니다. 많은 도움을 주셨습니다." 그는 이렇게 말하고서 파란색 포드 포커스에 올라탔다. 시동을 켜고 안전벨트를 맨 뒤 막 출발하려는데 그녀가 옆 유리창을 두드렸다. 그가 창문 자동개폐기를 작동시키자 유리창이 낮은 소리를 내며 내려갔다. "무슨 일이시죠?"

"생각난 게 있어서요." 정원 길의 8미터쯤 되는 거리가 꽤 힘들기라도 했던 양 목소리가 숨 가쁘게 들렸다. "dating40plus.dk도 조사해보셨나요?" 차 안으로 화이트와인 냄새가 물씬 풍겨왔다. "이 사이트를 방문하는 사람들이 굉장히 많은 것 같아요. 그러니까…… 아시겠지만, 더 이상 십대는 아니지만 생각이 있는……."

"정보 정말 고맙습니다." 단은 리세로테의 말을 얼른 끊었다. "그 사이트 이름은 처음 들었는데 오후에 웹마스터에게 전화해보죠. 다시 한번 감사드려요!"

18

2007년 3월 27일 화요일 저녁

크리스티안순 시는 올봄 시청 광장에 설치된 벤치를 새로 교체했다. 대대적인 디자인 공모를 거쳐 결정권자들은 사전에 합의한 요구 조건을 단 한 가지도 충족시키지 못한 모델을 너무도 당연한 일인 양 채택했다. 새 벤치는 모양새도 별로였고 비용도 저렴하지 않았을뿐더러 안락해 보이지도 않았다. 대신에 결정적인 장점이 한 가지 있었는데, 앉아 있기 쉽지 않은 벤치라는 점이었다. 물론 이곳을 찾는 관광객이 지친 다리를 잠시 쉬면서 피오르 해안의 절경을 감상할 수는 있었다. 배를 든든히 채운 후라면 몇 분 정도 벤치에 몸을 기대고 앉아 버틸 수 있었지만, 그 이상은 불가능했다. 모서리가 날카롭게 특별 디자인된 벤치라서 잠깐만 앉아 있어도 엉덩이에 눌린 자국이 남기 때문이었다. 그뿐만 아니라 앉는 면이 평평함이라곤 단 한 군데도 찾아볼 수 없는 현란한 곡선 패턴으로 장식되었다. 그런 탓에 앉든 눕든 어떻게 좀 쉴 만한 자세를 취하기가 지극히 곤란했다.

누군가 나서서 이 새로운 시설물의 본래 용도에 대해 확실하게 의견을 밝히는 일은 한 번도 없었으며, 실제로 지나가면서 어깨를 으쓱해보는 것 이상으로 벤치에 관심을 기울인 사람도 소수에 불과했다. 그래도 시민들 중에는 벤치가 새로 교체되는 순간 그 결정적인 장점을 알아차린 무리가 있었다. 터무니없이 비싸기만 하고 무용지물인 이 시설물은 유독 눈에 띄게 벤치에 죽치고 앉아 있는 소수의 이용객들을 겨냥해 설치된 것이었다. 당연지사 그들을 꾀어 들이기 위한 목적은 아니었다. 오히려 불청객들이 오래 앉아 있지 못하게 함으로써 그들을 멀리 두려는 의도로 이 디자인이 선정된 것이었다. 그리고 곧 벤치를 바꾼 효과가 나타나기 시작했다.

이 교묘한 노림수에 대해 괴르틀레르가데 8번지에 사는 두 사람도 서로 생각이 달랐다. 단 소메르달은 사실 마리나 호텔로 가는 길이나 부둣가로 산책 나갈 때 투견을 끌고 다니며 소란을 피우는 그 부류들을 더 이상 마주칠 염려가 없어서 좋았다. 반면 마리아네는《크리스티안순 티덴데》에 보낸 독자기고문에 썼듯, 지역사회가 이 약자 계층을 인종차별 하는 것이나 다름없다고 펄쩍 뛰었다. 그 돈으로 차라리 그 사람들을 도와줄 생각을 왜 안 하는 거야? 시청 광장에서 내몰린 사람들 가운데 일부는 그녀를 찾아오는 환자가 되기도 했다. 따라서 그녀는 단지 그들이 거리에서 자취를 감추었다고 해서 문제가 해결되었다고 생각해서는 안 된다는 것을 잘 알았다. 담당 공무원이나 경찰 그리고 기타 관계자 입장에서는 누구를 훈계하고 지원할지 또 누구에게 약간의 실질적 도움을 줘야 할지 판단하기가 더 곤란해졌다. 마리아네는 이 환자들 중 누군가 진료실을 방문할 때마다 생계 문제나 정신 질환과 관련된 새로운 이야기를 듣게 되었고, 그럴 때마다 재차 울분을 터뜨렸다.

오늘도 예외는 아니었다. 단과 마리아네는 식탁에 앉아 카르보나라 스파게티와 바게트를 먹으면서 기분 좋은 시간을 보내려던 참이었다. 유리잔에는 훌륭한 이탈리아산 레드와인이 담겨 있었고, 저녁의 마지막 햇살이 주황색 수채화 물감으로 줄무늬를 그린 것처럼 벽지를 물들이고 있었다. 그럼에도 분위기는 조금도 편안하지 않았다. 마리아네는 시청 광장에서 자주 볼 수 있었던 술주정꾼 무리 가운데 폴-에릭 한센의 집에 병문안을 다녀온 참이었다. 지난주에 그는 다른 술주정꾼들조차 걱정할 정도로 과하게 술을 마셔댔다. 어느 날 아침, 한센이 그 전날 하루 종일 코빼기도 보이지 않자 이를 이상하게 여긴 동료 술주정꾼이 별일 없는지 살피러 그의 집에 찾아갔다가 부엌에 쓰러져 있는 노인을 발견했다. 한센은 아직 의식이 있긴 했으나 고열에 호흡이 곤란한 상태였다. 동료가 구급차를 부르려고 해봤지만, 응급콜센터는 구급차를 출동시킬 만큼 긴급한 상황이 아니라는 반응을 보였다. 전화를 건 사람의 말투가 약간 웅얼거려서인지 아니면 뭔가 미심쩍은 주소("컨테이너 서쪽 초록색 가건물") 때문인지 또는 통상적인 관료주의 탓인지는 알 수 없었다. 어쨌든 동료 술주정꾼은 결국 한센의 주치의인 마리아네에게 전화를 걸어 구급차를 불러달라고 부탁했다.

한 번도 환자의 집에 가본 적이 없었던 마리아네는 상상을 초월할 정도로 비참한 한센의 주거지 상태를 보고서 아직도 그 충격에서 헤어나지 못하고 있었다. 무릎까지 올 만큼 쓰레기가 가득 차 있고, 화장실이나 수도가 없는 것은 물론 어떤 형태의 난방 시설도 찾아볼 수 없었다. 벽은 온통 종교적 상징과 성경 구절로 뒤덮여 있고, 손가락으로 갈색 물질을 여기저기 칠해놓았는데 그 정체가 뭔지는 자세히 알고 싶지도 않았다. 뭐라고 형언할 수 없는 악취가 진동했다. 집 안은 폴-에릭 한센 자신과 다를 바 없이 방치되어 있었고 악취가 났으며 황폐했다. 다만 한센이 키우는 강아지만큼은 그나마 봐줄 만한 상태였다. 생기가 넘쳐 보이는 그 잡종견의 이름은 룸펠이었다. 구급차가 병원을 향해 출발하고 나자, 한센의 동료와 마리아네는 난감한 표정으로 어린 강아지를 바라보았다. 의논 끝에 일단 한센의 동료가 강아지를 집으로 데려가기로 했다. 그는 한센이 병원 신세를 오래 지게 될 경우엔 강아지를 동물보호소에 보낼 수밖에 없다고 했다. 폴-에릭이 다시 건강해지면 새 강아지를 한 마리 데려오면 되지 않겠냐면서. 그렇게 될지도 모른다고 상상하는 것만으로도 견딜 수 없었던 마리아네는 한센의 동료와 휴대전화 번호를 주고받았다. "뭘 어떻게 하기 전에 먼저 저한테 연락하세요"라고 그녀는 당부했다.

"뭐, 그럼 다 잘된 거 아닌가?" 단은 마지막 남은 소스에 빵조각을 찍어 먹으면서 말했다.

"잘되다니?" 마리아네는 어이없다는 얼굴로 그를 쳐다보았다. "도대체 뭐가 잘됐다는 거야? 그 남잔 개를 별로 좋아하지 않는 것 같은데. 애견가라면 동물보호소에 보내겠다는 말을 할 리가 없잖아!" 그녀는 와인잔을 단숨에 비웠다. "내가 그런 사람한테 어린 강아지를 맡긴 걸 생각하면 속상해 죽겠어."

"내 말은 그 술주정뱅이들, 그러니까 사회적 아웃사이더들끼리 서로 돕는 게 대단하다는 거야, 안 그래?"

마리아네는 아무 말 없이 접시와 와인잔을 들고 개수대로 가져갔다. 단은 그녀가 접시를 치워버리기 전에 남은 빵조각을 얼른 입속으로 쑤셔 넣었다. 그는 부산한 몸짓으로 그릇을 헹궈 식기세척기 안에 넣고 테이블을 닦는 아내의 모습을 살폈다. 그리고 입에 넣은 빵을 씹으면서 자신이 혹시 뭘 잘못하거나 말실수라도 한 건 아닌지 고민하기 시작했다. 아니면 그가 어떤 말을 하지 않아서 저러는 건가 싶기도 했다.

문득 그 이유를 알 것 같았다. "강아지 크기가 얼마만 한데?" 그는 의자에 몸을 기대며 천연덕스럽게 물었다.

마리아네는 조금도 부드러워지지 않은 동작으로 계속 테이블을 닦았다. "별로 안 커. 아마 룸펠이 암컷 성견으로 자라면 대충 비글만 한 크기가 될 거야."

"암컷? 아니 그런데도 룸펠이라는 이름을 붙여줬다고?"

행주로 테이블을 닦던 그녀의 손이 멈췄다. "그렇다니까. 귀엽지 않아?" 마리아네가 고개를 옆으로 돌리자 웃을 때 그녀의 볼에 패는 보조개가 순간적으로 그의 눈에 들어왔다. "곱슬거리는 갈색 털이 덥수룩하고 엉덩이에 흰 점이 하나 있는데, 정말 밝고 생기발랄한 녀석이야." 그녀는 그를 향해 몸을 완전히 돌리더니 행주를 가슴께 높이에서 흔들어대며 말을 이었다. "룸펠은 점프도 아주 높이 잘해. 그것도 제자리에서. 진짜 서커스 강아지 같다니까."

"그래?"

"그리고 고개를 갸웃거릴 땐 또 얼마나 귀여운지 몰라." 마리아네가 흉내를 냈다. "룸펠이 달려오는 모습을 당신이 봤어야 하는데."

단이 벌떡 일어나 재킷을 집어 들며 말했다. "개 싫어하는 그 남자 집이 어딘데?"

그러자 그녀의 얼굴이 환하게 빛났다. 길게 양옆으로 갈라진 앞머리 아래로 갈색 눈을 반짝이며 그녀는 가방 안을 뒤졌다. "여기 그 남자 전화번호 있어."

그 후로 모든 일이 전광석화처럼 진행되었다. 히외링스가데에서 한센의 동료를 만나 강아지를 넘겨받기로 했는데, 마실 것이 필요했던 그는 술집 앞 자전거 거치대에 룸펠을 묶어놓고 있었다. 강아지 한 마리 돌보는 게 정말 보통 일이 아니라고 그가 단과 마리아네에게 하소연했지만, 두 사람은 조금도 공감하는 기색이 없었다.

한 시간 후 깨끗하게 목욕하고 배불리 먹어 아주 기분이 좋아 보이는 룸펠은 두 사람 사이에 끼어 소파 위에 앉아 있었다.

"하지만 명심해." 단이 마리아네의 가녀린 목덜미에 손을 얹으며 말했다. "우리 강아지가 아니라는 거. 우리가 잠시 룸펠을 데리고 있는 것뿐이야."

"알아. 안다고." 마리아네는 두 팔로 강아지를 감싸 안았다. 마치 강아지와 한 몸으로 녹아들어 밤새 네 개의 검은 눈동자로 빛나기라도 할 듯. "물론이지." 그녀는 고개도 들지 않고 덧붙였다.

단은 한숨이 새어 나오려는 것을 겨우 참았다. 그는 룸펠의 법적 소유주가 퇴원하고 났을 때 좋은 말 몇 마디와 현금을 순순히 수용해주기만 바랄 뿐이었다. 안 그러면 일이 커져 골치 아픈 스캔들로 확대될 수도 있다. 대머리 탐정이 아픈 연금생활자의 강아지를 훔치! 뭐, 때가 되면 절로 해결이 될지도 모르고. 그는 생각했다. 술주정꾼 영감이 눈을 감을 수도 있으니까. 그렇게 되기를 바라는 것쯤은 괜찮겠지. 그는 소파 위에 한 몸처럼 붙어 앉아 있는 둘에게 마지막으로 시선을 던지고 위층에 있는 서재로 향했다.

리세로테 잉달의 말이 맞았다. 사랑에 굶주린 40대 이상의 여성들이 즐겨 찾는 사이트에 실종자 찾기 광고를 올리고 몇 시간밖에 안지났는데 벌써 반응이 뜨거웠다. 그에게 이메일을 보내온 사람들 중리세로테가 속한 혼자 사는 소녀들 클럽 회원도 있었는데, 그녀는 모든 면에서 요아킴 헤인센이라는 남자가 확실하다고 했다. 그런가 하면 에게비에르그 기숙학교의 한 남자교사는 야콥 헤우를린이 맞다고 신원을 확인해주었다. 오덴세에서는 동시에 두 여성이 사진 속 남자가 몇 년 전에 알고 지낸 예스페르 훈스베드라는 사람이라고 진술했다. 세 번째로 확인된 새로운 신원이었다. 단은 그들의 전화번호를 메모했다. 내일 그들에게 연락을 취해볼 생각이었다. 지금 당장 전화를 걸기에는 좀 늦은 시각이었다. 여러 가지 이유로 특별히 그의 이목을 끄는 이메일이 세 통 남아 있었다. 하나는 그가 얼마 전까지 다니다 그만둔 광고대행사 쿠르트&코의 아트디렉터 피오나 크라우세가 보낸 메일이었다. 그녀는 몇 년 전에 야이스 힌체라는 프리랜서 카피라이터와 함께 일한 적이 있다고 했다. J. H. 이니셜을 가진 네 번째 신원의 남성인 셈이었다. 피오나는 그를 가리켜 당시만 해도 아직 풋내기이긴 했지만 재능이 탁월한 남자였다고 이메일에 적었다. 단은 행간에서 두 사람이 단순히 일만 같이한 사이는 아니었을 거라는 예감이 들었다. 그녀가 만일 오늘 처음 그 남자를 만난다면 과연 어떤 일이 벌어질까? 덩치 큰 58세의 중년 여성 피오나에게는 뭔가 특별한 것이 있었다. 그녀는 자신의 약점을 거리낌 없이 내보이는가 하면 통념을 깨는 행동도 서슴지 않았다. 틀린 말을 하거나, 자기 자신뿐 아니라 다른 사람의 비밀을 떠벌리고, 또 적절치 않은 기회만 골라 박장대소하는 그녀의 재능은 실로 놀라운 것이었다. 희한하게도 그녀는 그 어떤 것보다 외모나 스타일을 더 중시하는 업계에서 큰 성공을 거뒀다. 그 비결은 의외로 간단했다. 믿을 수 없을 만큼 일을 잘하기 때문이었다. 그리고 사람들은 그녀와 같이 있는 것만으로도 대부분 편안함을 느꼈다. 단은 갑자기 그녀가 몹시 보고 싶어졌다. 길게 고민하지 않고 그는 이튿날 점심을 같이 먹자고 그녀의 이메일에 답신했다. 그녀는 30초도 안 되어 30포인트 크기의 글씨로 네 좋아요라는 답변을 춤추는 바나나 스마일리와 함께 보내왔다.

그는 메일 읽기를 중단하고 중년 여성을 위한 파트너 포털 사이트에 들어가 잠시 서핑을 했다. 웹마스터가 그에게 패스워드를 알려줘 자유롭게 드나들 수 있었다. 피곤한 눈으로 프로필을 넘겨보면서 여성들의 얼굴을 쭉 훑었다. 하나같이 기대에 부푼 미소를 띠고 있었다. 비르테, 54세, 배우자와 사별. 하네, 45세, 싱글. 키르스텐, 63세, 배우자와 사별. 벤테—단은 순간 동작을 중단했다. 모니터 화면에서 그를 응시하고 있는 얼굴은 다름 아닌 단의 친누나였다. 쾌활해 보이는 푸른 눈은 마스카라와 아이라이너로 정성 들여 화장했고 흑갈색 머리는 포니테일 스타일로 묶었다. 그녀는 카메라를 향해 비스듬히 앉아 영화배우들이 하는 것을 보고 따라 한 듯 요염한 자세로 고개를 돌리고 있었다. 사진을 더 자세히 들여다보니 그녀의 귀에 터키석이 달린 은귀걸이가 걸려 있었다. 단은 연민과 무력감이 뒤섞인 묘한 감정을 느꼈다. 그가 사랑하는 멋진 누나가 왜 이런 식으로 자신의 외로움을 내보이고 이런 데에다 자신을 노출시켰는지 당혹스럽기만 했다. 그는 그녀가 올린 자기소개를 읽어보았다. 51세, 이혼함, 성년 자녀가 둘 있음, 직업은 공무원, 자가 주택 있음, 집에서 편안하게 쉬는 것과 장시간 하이킹……. 세상에, 어쩌면 이토록 진부할 수 있을까! 단은 메일함을 클릭했다. 혹시나 이것이 그녀한테서 온 메일에 대한 설명이 될 수도 있겠다 싶었는데 역시나 예상이 맞았다.

보낸 사람 : bentepetri@gmail.com

받는 사람 : dan@sommerdahl.dk

보낸 날짜 : 2007년 3월 27일 화요일 16:43

제목 : 가족 모임

아니. 난 모르는 남자야. 무슨 일인지 모르겠지만 네가 dating40plus 사이트에 찾는다고 올린 그 남자 말이야. 그런데 혹시 그 남자—아니면 비슷하게 생긴 남자라도—찾으면 나한테 소개시켜주지 않을래? 내가 늦은 밤 샴페인 한잔 따라주고 싶게 생긴 남자거든 ;-)

농담은 이쯤 하고, 우리 얼굴 본 지 너무 오래되지 않았어? 일요일 저녁에 시간 있으면 우리 집에서 같이 저녁 먹었으면 하는데. 라우라도 데려오고, 어쩌다 마주치면 라스무스도 같이 와. 아무 소식도 없는 걸 보니 라스무스가 이번에도 영화학교에 못 들어간 것 같은데. 1년 더 기다리며 잘 버텨줬으면 좋겠네. 안타깝지만 상황이 그러니 어쩔 수 없지. 우리 두 따님께선 도저히 올 수 없다네. 키트는 시험 준비도 해야 하고 가족 모임은 이제 졸업했대. 그리고 레아는 아직 더블린에 있고. 마리아네한테 물어보고 올 수 있다면 연락해줘.

벤테 누나

단은 미소를 지으며 고개를 절레절레 흔들었다. 그의 누나는 원래부터 좀 괴짜였다. 어렸을 때는 특별히 가까운 남매 사이가 아니었다. 나이 차가 여덟 살이나 나는 탓도 있었다. 하지만 어른이 되어서는 아주 우애 좋은 남매로 지내게 되어 일 년에 네댓 번은 만나고 크리스마스 때 선물도 주고받는 사이가 되었다. 그는 잊지 말고 누나가 제안한 저녁 모임에 대해 마리아네와 얘기해봐야겠다고 생각했다. 이윽고 단은 받은메일함에 있는 마지막 이메일을 열었다.

보낸 사람 : lotteb@hotmail.com

받는 사람 : dan@sommerdahl.dk

보낸 날짜 : 2007년 3월 27일 화요일 17:12

제목 : 광고

소메르달 씨가 올린 광고 봤는데요. 제가 3월 19일 월요일에 크레타로 떠날 때 공항에서 그 남자를 본 게 거의 백 퍼센트 확실해요. 그 남자가 우리 회사 과장님을 쫓아다녔기 때문에 눈에 띄었거든요. 두 사람이 대화 중인 것을 보고 제가 가서 인사하려고 했는데, 저를 본 과장님이 어디 갔는지 보이지 않았어요. 사진 속 남자 역시 그 자리를 떠서 다른 방향으로 사라져버렸고요. 서로 작별인사도 나누지 못했죠. 휴가를 보내고 다시 출근하니 과장님은 제가 그를 봤을 리 만무하다고 딱 잡아떼지 뭐예요☺!!! 자기는 그 시각에 사무실에서 일하는 중이었다면서요. 하지만 직장 동료는 과장님이 거짓말을 하고 있다고 하더군요. 단언컨대 그날 과장님은 사무실에 있지 않았대요. 과장님은 제가 무슨 유령이라도 본 것처럼 말하는데, 정말 기분 나빠요. 크리스티안순 인베스트라는 회사의 과장인 그의 이름은 에릭 캐스펠트라고 해요. 그리고 제발 부탁인데, 저한테 들었다는 거 절대 발설하지 말아주세요. 한참 동안 병가를 내서 쉬다가 이제 막 출근한 참이라 과장님이 저를 자를 절호의 기회로 삼을지도 몰라요.

LB

LB의 메일을 출력하는데 프린터가 부서질 듯 덜거덕거렸다. 곧 프린터를 새로 장만해야겠다고 생각하면서 단은 책상 왼편에 높이 쌓인 일거리 위에 출력물을 올려놓았다. 이런! 이 단서들을 모두 추적하려면 할 일이 태산이겠군. 하지만 어쩔 수 없지. 일을 맡았으면 어떻게든 마무리를 짓는 게 당연하니까. 그래도 든든한 조력자가 필요하게 될지도 모르겠는걸.

단은 갑자기 피로감을 느꼈다. 그는 의자 등받이에 몸을 기대고 책상 위에 두 발을 올렸다. 온라인으로 연애 상대를 구하는 것이 정말 그렇게 아무렇지도 않은 일인가? 며칠 전까지만 하더라도 내 주변에 그런 식으로 파트너를 찾는 사람은 아무도 없다고 호언장담할 수 있었는데, 지금은 어떤가? 단은 자기 누나와 옛 직장 동료의 프로필이 그 사이버공간에 버젓이 올라와 있는 것을 보고 완전히 충격받았다. 어쩌면 마리아네의 말마따나 그가 선입견에 빠져 있던 것일지도. 과연 플레밍도 그런 식으로 파트너를 찾고 있으려나…….

단은 의자에서 몸을 일으켜 뚝 소리가 나게 등을 펴고는 마리아네와 룸펠이 소파 한구석에서 깊이 잠들어 있는 거실로 살금살금 걸어갔다. 그가 마리아네의 어깨를 살짝 밀자, 그녀가 투덜거리며 잠에서 깨어 입가의 침 자국을 쓱 닦았다. 잠시 후 룸펠도 정신을 차렸다. 단은 조그만 털뭉치 같은 룸펠을 데리고 잠시 동네 한 바퀴를 돌았다. 집으로 돌아온 그는 침대에 누워 마리아네와 강아지의 숨소리에 귀를 기울였다. 그도 막 잠들려는 순간 휴대전화에서 문자메시지 수신음이 울렸다. 잠에 취해 휴대전화를 집어 들고 작은 액정화면에 뜬 메시지를 확인했다. '지문이 일치함. 내일 오전 10시경 나한테 올 것. 지금은 전화하지 마. 잠을 좀 자야 해서.' 발신인은 플레밍 토르프였다. 단은 그의 오랜 벗이 꿈나라로의 긴 여행길에 무사히 오르기를 희망했지만, 그 자신은 잠이 확 달아나버려 몇 시간 동안 두 눈을 크게 뜨고 밤하늘을 응시했다. 이곳 시내에선 칠흑같이 어두워지는 법이 결코 없는 그 하늘을. 그는 자신이 진실에 가까이 다가가고 있다는 느낌이 들었다. 그런 느낌이 드는 건 기뻐해야 마땅한 일이었다. 그런데 수수께끼의 해답에 가까이 갈수록 점점 더 목이 조여오는 것만 같았다. 그는 도대체 왜 그런 느낌이 엄습해오는지 이유를 알 수 없었다.

19

2007년 3월 28일 수요일

다음 날 조깅을 마친 단은 블랙커피 한 잔을 마시며 책상 앞에 앉아 있었다. 9시밖에 안 됐다. 플레밍을 만나러 가기 전에 간단한 일 몇 가지는 처리할 시간 여유가 있었다.

제일 먼저 그는 사진을 보고 예스페르 훈스베드라는 남자라고 진술한 퓌넨 출신의 두 여성에게 전화를 걸기로 했다. 첫 번째 목격자는 신호음이 네 번 울리고 나서 전화를 받았다. 그녀의 목소리는 숨이 턱까지 찬 것처럼 들렸다. "키르스텐인데요?"

"안녕하세요. 단 소메르달이라고 합니다. 어제 제게 메일을 보내주셨는데요."

"잠시만요." 뭔가 쿵 소리가 나더니 이어서 발소리가 들렸다. 콘크리트 계단에서 나는 소리 같았다. 그러고는 다시 한번 덜컹거리는 소리가 나고 마침내 시끄러운 배경음이 잠잠해졌다.

"여보세요? 듣고 계신가요?"

"아…… 네."

"죄송해요. 현관문을 열어야 해서요. 방금 개구쟁이들을 유치원에 데려다주고 오는 길이었어요."

"어린 자녀가 있으신가요?"

"손자들이에요. 제가 딸 집에서 같이 살고 있거든요. 이야기하자면 길어요." 뭔가 마시는 듯한 소리가 들렸다. "실례했어요. 애들을 데려다주고 오면 목이 너무 말라서요." 그녀가 웃었다. "제가 보낸 메일 받으셨다고요?"

"네, 감사합니다. 조금 더 자세히 이야기해주실 수 있을까요?"

"글쎄요, 예스페르는 3년 전쯤 저한테 거액의 돈을 사기 쳤어요. 그것도 이야기하자면 길어요. 만나서 이야기할까요?"

"그럼 금요일에 시간 되시나요?"

"11시쯤 저희 집으로 오세요. 딸이 출근하고 집에 없을 시각이거든요." 그녀가 주소를 알려주었다.

다음 차례는 오덴세에서 연락한 두 번째 여성이었다. 그녀는 전화를 받지 않았고 자동응답기가 메시지를 남기라고 말했다. 단은 자동응답기에 자신의 휴대전화 번호를 남기고 전화를 끊었다. 이어서 로테라는 젊은 여성에게 전화를 걸 차례였다. 직장 상사의 이름이 에릭 캐스펠트이며 그가 J. H.와 대화하고 있는 모습을 목격했다는 여성이었다. 그녀의 말대로라면, 에릭 캐스펠트가 에이나르 그레이프-요한센이라는 변호사 행세를 한 남자일지도 몰랐다. 만약 그렇다면 단은 이 사건에서 지금껏 발견한 것들 중 가장 큰 돌파구를 찾는 셈이었다. 그러므로 무엇보다 신중하게 접근할 필요가 있었다.

우선 그 남자가 동일 인물이 맞는지 확인해봐야 했다. 그런데 단은 여기서 이미 첫 번째 난관에 부딪히고 말았다. 전날 저녁에 로테에게 메일로 그 직장 상사의 사진을 좀 보내달라고 부탁했는데 오늘 아침 그녀가 사진이 하나도 없다고 답장을 보내왔다. 크리스티안순 인베스트 회사의 홈페이지에는 지위고하를 막론하고 직원들의 사진이 전혀 올려져 있지 않았다. 혹시나 하고 에릭 캐스펠트의 사진을 구글에서 검색해보았지만, 역시나 성과가 없었다. 그 남자는 직접 실물로 확인해보는 수밖에 없었다.

단은, J. H.의 변호사를 한번 봤기에 그가 동일 인물인지 확실하게 대조해줄 수 있는 사람을 두 명 알고 있다. 우르술라와 리세로테. 이왕이면 단은 우르술라를 만나는 데 시간을 할애하고 싶었다. 그녀의 딸이 그에게 사례금을 지불하므로 의뢰인에게 그의 수사 능력을 맛보기로 보여줘도 해될 것은 없을 테니까. 그가 우르술라에게 전화를 걸자 그녀는 만나자는 요청을 바로 수락했다. "12시쯤 오시겠어요? 시간을 비워둘게요."

"좋습니다. 그러면 제가 지금까지 알아낸 것에 대해서도 이따가 말씀드리지요."

"글로 작성된 보고서도 받아볼 수 있겠죠?"

"네, 물론입니다."

"제 딸이 궁금해하니까······."

"당연히 드려야지요." 단은 전화를 끊었다. 젠장! 그는 보고서를 작성하는 건 피할 수 있기를 내심 바랐다. 하지만 그녀는 얼마든지 보고서를 요구할 권리가 있었다. 그녀에게 제출해야 할 보고서가 벌써 두 건이나 밀린 상태였다. 할 수 없지. 주말에 처리해야겠군. 그는 스스로에게 다짐하듯 말했다.

그는 네트워크 검색을 통해 크리스티안순 인베스트 회사의 전화번호를 알아냈다. 콜센터와 통화가 되자, 다짜고짜 로테와 통화하고 싶다는 그의 말에 더 이상의 확인 절차도 없이 그녀와 바로 전화 연결이 되었다. 목소리를 들으니 젊은 여성인 듯했다. 그녀가 쓴 글의 표현방식으로 미루어 짐작했던 바였다.

단이 자기소개를 하자 그녀는 당황한 기색이었다. "정말 끔찍했겠네. 제가 다시 전화할게요, 엄마." 그녀가 잠시 뜸을 들이더니 이렇게 말했다.

그리고 1분 후 그녀가 휴대전화로 전화를 걸어왔다. "구내식당으로 왔어요. 사무실에서 전화 받기가 좀 곤란하거든요. 제 책상이 넓은 사무실 한가운데에 있어서 전화로 무슨 말을 하는지 다 들려요. 그런데 무슨 일이신가요?"

"에릭 캐스펠트를 오후 1시에 주차장으로 오게 만들 수 있으신지요?"

"과장님을 어떻게 하실 건 아니죠?"

"그게 무슨 말인가요?"

"살인사건이나 습격 같은 일에 휘말리고 싶지 않거든요."

"내가 무슨 마피아라도 되는 줄 압니까? 나는 옆자리에 상냥한 중년 부인을 태우고 차 안에 앉아 있을 겁니다. 그 부인은 에릭 캐스펠트의 얼굴을 확인해줄 사람이에요. 우리가 추측하는 인물과 동일 인물인지 알아봐야죠."

"일이 틀어지면 문자메시지 보낼게요."

"그럴 경우 늦어도 11시까지는 연락을 줬으면 해요, 로테. 목격자가 50킬로미터나 떨어진 곳에 살거든요. 거기까지 가서 그 부인을 데려왔는데 허탕 치고 싶지는 않아서요."

"어떤 식으로 그를 유인해내면 좋을까요?"

"글쎄요. 차와 관련해서 무슨 방법이 있지 않을까요?" 그녀는 아무 말이 없었다. 결국 단은 최후의 수단을 쓰기로 했다. "그렇게 해주면

5백 크로네를 드리죠."

역시 그의 제안이 먹혔다. 그는 그녀의 휴대전화 번호를 연락처 목록에 저장했다.

마지막으로 피오나 크라우세에게 전화를 걸었다. 전화기 너머로 자신과는 조금도 상관없는 수다 삼매경이 들려오자, 단은 여자들한테 에워싸인 기분이 들어 미소 지었다. 피오나는 전화 상대가 듣고 있든 말든 자기가 하고 있던 이야기를 끝내야만 직성이 풀리는 버릇을 여전히 버리지 못한 모양이었다. 그럴 때면 전화를 건 상대방은 그녀의 이야기를 옆에서 듣고 있는 사람들이 요점을 알아들을 때까지 전화기를 붙들고 기다려야 했다. 마침내 그녀의 이야기를 듣고 있던 여자들 중 누군가 웃음을 터뜨렸고, 그제야 피오나는 만족한 듯 단을 상대했다. "여보세요."

"피오나, 우리 점심 약속은 다음으로 미뤄야겠는데요."

"단, 너무해요! 화장하고 머리하는 데만 최소 두 시간은 걸렸는데."

"거짓말이잖아요."

"어쨌든요!"

"대신 만나서 커피 한잔 하는 건 어때요? 3시나 4시쯤?"

원하는 만큼 케이크를 사주겠다는 그의 말에 피오나는 마지못한 척 승낙했다. 좋았어! 지금이 9시 30분이니까 약속 시간에 딱 맞출 수 있겠군.

20

2007년 3월 28일 수요일 오전

"너, 강아지를 데려온 거야?" 책상 앞에 앉아 있던 플레밍 토르프가
신문스크랩 몇 장을 손에 든 채 자리에서 일어났다.

"우리가 임시로 돌봐주고 있어. 암컷 강아지인데, 혼자 있는 데 익
숙하지 않아서." 단은 해명을 하고 룸펠을 바닥에 내려놓았다. "그리
고 강아지가 집을 엉망으로 해놓는 것도 싫고 해서. 물 한 그릇 좀 떠
다 줄 수 있을까?"

플레밍은 부지런히 꼬리를 흔들며 휴지통 안을 탐색하고 있는 개
를 못마땅한 듯 쳐다보았다. 지난 몇 달 동안 플레밍은 강아지 없이
마리아네와 단을 만날 수 있어서 좋았고, 앞으로도 계속 그러기를 바
랐던 것이 사실이었다. 반려동물을 키우지 않는 생활이 얼마나 홀가
분하고 깨끗하며 조용한지 그들 부부도 깨달았군 싶었다. 이제 보니
순진한 생각이었다. 단의 말대로라면 이 갈색 털뭉치를 임시로 그들
집에 데리고 있는 것이라지만, 자신의 오랜 벗을 잘 아는 플레밍은
친구의 진지한 표정이 뜻하는 바를 짐작하고도 남았다. 이 개가 안
되면 곧 다른 개라도 키울 참이로군. 플레밍은 크게 내키진 않았지만
웃음 지으며 커피잔에 물을 담아와 바닥에 내려놓았다.

"그러니까……." 그는 다시 신문스크랩 뭉치를 집어 들고 말했다.

"난 그냥 유용하지만 속 좁은 경찰관이었나 봐."

"신문기사일 뿐." 단은 손님용 의자에 털썩 앉아 두 다리를 쭉 뻗었다. "네 말이 맞는지 틀린지 나중에 이야기해주지."

플레밍은 다시 책상으로 가서 앉았다. "시작하기 전에 먼저 분명히 밝혀둘 것이 있는데, 이제부터 우리가 사건을 맡는다는 거야. 이건 경찰이 수사해야 할 사건이니까."

"야콥에 대한 지명수배는 이미 내려졌고?"

"물론이지." 플레밍은 두 손을 깍지 끼어 신문스크랩 위에 얹었다. "단지 그 사건뿐이라면 그래도 한동안은 별일 아닌 것처럼 다뤄도 될 거야. 거의 12년이나 지난 사건이니까."

"네가 입 밖에 안 낸 '하지만'이라는 말이 내 귀에 메아리로 들리는군."

"맞아. 네가 쫓고 있는 그 사기꾼이 미카엘 키엘센 살인사건에도 연루되어 있거든."

단은 목덜미가 오그라드는 느낌이 들었다. "발레슬레브 살인사건?"

플레밍이 고개를 끄덕였다.

"이거 참……."

"그러니까 더 이상은 곤란한 내 입장을 너도 이해하리라……."

"뭐가 곤란하다는 거야?"

"그럼 내가 이야기를 해줄 테니까 말썽부리지 않고 내 말대로 하기로 약속을 하든가."

"나 참, 앞으로의 일은 나중에 얘기하고. 어쨌든 내가 너를 성가시게 하는 일은 절대 없을 거야."

"좋아. 그럼 연대순으로 시작을 해보지." 플레밍은 신문스크랩으로 시선을 던졌다. "1995년 증권브로커인 노르웨이 여성이 덴마크로 출장 와서 스칸디나비아 호텔에 묵게 되었어. 어느 저녁 그녀는 호텔 지하에 있는 코펜하겐 카지노로 가서 블랙잭 게임을 하며 시간을 보냈지. 그날 운이 좋았던 그녀가 몇 시간 뒤 게임칩을 바꿔 술을 한잔 마시려고 바에 앉았을 때 그녀의 가방 안에는 5만 크로네가 넘는 현금이 들어 있었대. 그곳에서 그녀는 웬 젊은 남자와 대화를 나누게 되었는데, 그녀가 그에게 부모님과 함께 호텔에 묵고 있냐고 물을 정도로 앳되어 보이는 남자였어. 물론 그가 제비족이라는 걸 그녀가 알게 되기 전에 있었던 일이지."

"매춘을 하는 남자인가?"

"노르웨이 여자 말로는 자신이 여태 본 남자들 중에 가장 구미가 당기는 타입이라고 할 만큼 금발에 키도 크고 멋있었다는군. 바에서 둘이 조금 잡담을 나누고 나서 그녀가 그를 자기 방으로 불러들였지. 몇 분도 채 안 되어 두 사람이 같이 호텔방으로 올라간 걸 보면 그 순간 그가 그녀에게 터무니없는 금액을 제시하지는 않았던 것 같아."

"그 노르웨이 여자 나이가 어떻게 됐지?"

"그건 모르겠는데. 나이가 무슨 의미가 있나?"

플레밍이 팔을 쭉 뻗어 스크랩 하나를 앞으로 내밀었다. "아, 여기 나와 있군. 스물여섯 살이었다는데."

"그렇게 젊다고?"

플레밍의 한쪽 눈썹이 올라갔지만, 그는 단의 말에 토를 달지 않았다. "두 사람이 30분 동안 방 안에 있다가 그녀가 욕실로 들어가 문을 잠갔지. 그런데 갑자기 어지러워서 정신을 차릴 수 없었대. 그게 그녀가 기억하는 마지막 순간이었다는군."

"그녀가 가방을 안 가지고 들어갔나?"

"네가 아는 여자들은 밀회를 즐길 때 짐을 이 방 저 방 끌고 다녀?"

"그건 아니지!"

"화장실에서 정신을 잃고 쓰러진 거야. 몇 시간이 지나고 정신이 들었을 때 자신은 변기 옆 욕실 바닥 위에 누워 몸을 떨고 있었대. 젊은 남자는 당연히 흔적도 없이 사라졌고, 그녀가 지니고 있던 현금과 신용카드, 금귀걸이 그리고 비싼 시계도 같이 종적을 감췄지."

"무슨 약물을 쓴 거지?"

"로히프놀. 초강력 수면제지." 플레밍이 고개를 들었다. "그녀는 즉시 프런트에 전화해서 물어봤지만, 젊은 남자를 보지 못했다는 응답만 들을 수 있었어. 그래서 결국 경찰에 신고한 거야."

"동일 인물인 건 확실하고?"

"지문이 일치하니까."

"그런데 수법이 그놈답지 않은데. J. H.라는 자의 수법은 훨씬 더 세련됐거든."

"그 당시는 그자가 열아홉이나 스무 살밖에 안 되었을 때였어. 넌 그 나이 때 얼마나 세련됐었는데?"

단은 어깨를 으쓱했다. "뭐, 처음엔 누구나 어설프기 마련이지. 그러면 그가 콜보이와 절도 행각으로 경력을 쌓아서 지금에 이르렀다고 볼 수 있겠군."

"본질적으로 유혹과 절도는 같은 범죄라고 할 수 있지."

"발레슬레브 사건과 연루되어 있다는 말은 뭐야?"

플레밍은 신문스크랩을 옆으로 치우고 사진 한 장을 꺼내 들었다. "이건 내가 얼마 전에 이야기했던 그 점멸등 달린 알람시계 사진이야."

단은 푸른 플라스틱 공 같은 알람시계를 살펴보았다. 생긴 걸 보면 스노볼 같았지만, 감청색이고 눈가루가 들어 있지 않은 데다 희미한 대각선 음영을 볼 수 있다는 점이 달랐다. 높고 튼튼해 보이는 받침대는 검은색이고, 감청색 플라스틱 반구 위에서 흰색 시계 문자판이 빛나고 있었다. "이 알람시계에 묻어 있던 지문을 발견한 거야?"

"아니, 알람시계 겉면은 깨끗이 닦여 있어서 지문은 하나도 남아 있지 않았어. 하지만 안쪽, 그러니까 배터리에 묻은 지문을 여러 개 발견했지. 범인의 신원을 제대로 확인하기에 충분한 증거야. 감식반의 말에 의하면 십 년은 묵었을 정도로 아주 오래전에 남겨진 지문이라더군. 그리고 스칸디나비아 호텔에서 나온 남자 지문과 동일한 것이기도 하고."

"이거 참!" 단은 사진을 책상 위에 도로 내려놓았다. "연결고리를 어떻게 찾아야 하지?"

"모르겠어. 네가 뭘 좀 알지 않을까 기대했었는데……."

단은 자기 손목시계를 힐끗 보았다. "있잖아, 플레밍. 너와 경찰조직 전체가 그 결혼 사기꾼을 잡으려고 달려들면 내가 무슨 수로 막겠어? 하지만 너도 마찬가지로 내가 이 사건을 계속 캐고 다니는 것을 막을 수는 없어. 의뢰인한테 돈을 받고 사건을 조사하는 중이니까."

"약속했잖아……."

"너를 성가시게 하지 않겠다고 약속했지."

"하지만……."

"그건 해석하기 나름의 문제라고, 플레밍. 내가 성가신지 아닌지는 네가 판단할 일이라는 말이지." 단은 짓궂은 웃음을 띠며 덧붙였다. "참고로 난 나 자신이 조금도 성가시다고 생각하지 않아."

"넌 정말 개자식이야!"

"그래도 넌 나를 막을 수 없어."

플레밍은 눈을 가늘게 떴다. "원하는 게 뭐야?"

"네 시간과 수고를 확실하게 덜어주는 거지." 단은 몸을 일으켰다. "그만 가봐야겠군. 약속이 줄줄이 있어서 말이야. 내일 저녁에 우리 집으로 오는 건 어때? 그럼 J. H.에 대해 알고 있는 걸 다 이야기해주지. 다만⋯⋯."

"다만 뭐?"

"우리 둘이 상부상조하기로 약속만 한다면 말이야. 너하고 나."

플레밍은 이마를 찌푸렸다.

"국장이 펄쩍 뛸 텐데."

"그럼 국장한테 말하지 마."

"그건 곤란한데⋯⋯."

"그럼 관둬. 처음부터 일일이 수사하려면 힘들겠지만 잘해보라고."

단은, 너무 열심히 꼬리를 흔든 바람에 지쳐서 더 이상 버티고 서 있기 힘들 지경인 룸펠을 향해 몸을 숙여 목밴드를 잡고 리드줄을 끼웠다.

플레밍이 그 모습을 지켜보더니 물었다. "단, 그자에 대해 지금까지 얼마나 알아냈는데?"

"시간을 투자한 만큼 많은 것을 알아냈지." 단은 다시 몸을 일으켜 세우고 덧붙였다. "일이 잘 풀리면 지금부터 24시간 안에 그자의 공범 이름을 확보하게 될 거야."

"공범이라고? 결혼 사기꾼한테 공범이 있단 말이야?"

"이 사건의 경우에는 의심의 여지가 없어." 단은 문손잡이에 손을 올렸다. "하지만 뭐 관심이 없다면⋯⋯."

"쓸데없는 소리 좀 집어치워. 관심이야 당연히 있지." 플레밍이 일어서서 말했다. "내일 저녁에 만나자고. 그런데 만약 우리가 상부상조한다면 반드시 지켜야 할 규칙이 몇 가지 있어."

"다른 사람의 주거지에 침입하기 전에 미리 허가받을 것, 그리고 폭력을 쓰지 말 것, 그런 거?"

"그 비슷한 거지."

"알겠어." 단이 문을 열고 복도로 나가자 플레밍이 성큼성큼 그에게 다가왔다. "그래도 네가 개자식인 건 변함이 없어!"

플레밍은 문을 닫고 창가로 갔다. 시청 광장 너머를 응시하고 있자니 아래쪽으로 모습을 나타낸 단이 내려다보였다. 단이 잠시 멈춰 선 채 선글라스를 꺼내 쓰는 동안 개는 몸을 쪼그린 자세로 오줌을 쌌다. 그러고 나서 단이 개에게 뭐라고 하더니 포석 깔린 광장을 가로질러 걸음을 옮겼다. 그의 대머리는 봄 햇살에 약간 혈색이 도는 듯 보였고, 밝은 회색의 맞춤 재킷은 그에게 완벽한 핏으로 잘 어울렸다. 지나가던 젊은 아가씨들 몇몇이 단을 뒤돌아보는 모습이 플레밍에게는 조금도 이상하지 않았다. 어쩌면 그냥 개를 돌아본 것뿐일지도 모르지. 플레밍은 그렇게 생각하며 시선을 거뒀다. 희망은 결국 꺼져버렸다.

21

2007년 3월 28일 수요일 점심

"안녕!" 플레밍은 프랑크 얀센과 피아 바게 두 형사가 같이 쓰는 사무실 안으로 머리를 들이밀고 인사했다. 두 사람은 고개를 들고 그에게 미소를 지었다. 플레밍은 사무실 안으로 들어와 문을 닫았다. "아주 바쁜가 보네?"

프랑크는 의자 등받이에 몸을 기대며 고갯짓으로 모니터 화면 쪽을 가리켰다. "저는 미카엘 키엘센이 직접 구운 DVD를 계속 살펴보는 중인데요. 한 3일은 걸리겠는데요."

"뭐 찾아낸 거라도 있나?"

"포르노 영상이 잔뜩 들어 있는데, 금지된 영상은 아니에요. 아동 포르노도 없고 스너프 필름도, 지나치게 역겨운 변태 영상 같은 것도 없어요. 기껏해야 몸 결박하고 엉덩이 몇 대 때리는 정도랄까요."

"그렇군."

"그리고 그의 학업과 관련된 자료도 엄청 많고요. 지금까진 특이점이 발견되지 않았어요. 그래도 계속 살펴봐야죠. 혹시 모르는 일이니까."

"존경해 마지않는 제 동료가 그나마 음소거를 해줘서 얼마나 고마운지 몰라요." 피아 바게가 거들고 나섰다. "이런 포르노 파일의 사운

드 트랙은 아무래도 주의를 산만하게 만들 수 있으니까요."

플레밍은 입가에 미소를 띠었다. "그럼 자네는 뭘 하는 중인가, 바게?"

"미카엘의 학우들이 한 증인진술을 훑어보고 있어요." 피아는 차갑게 식은 차를 한 모금 마시고 얼굴을 찡그렸다. "저더러 그들을 한 번 더 만나봐달라고 부탁하셨는데 기억 안 나세요? 어젠 그가 다닌 대학에서 온종일 살다시피 했어요."

"그래서 그들이 뭐라던가?"

"이번에 조금 더 많은 걸 알아냈어요. 미카엘이 해커였다는 걸 알고 있었다고 몇 명인가 솔직하게 털어놓더군요. 하지만 누군가의 입을 통해 상세한 것까지 알아내기는 힘들었어요. 아마도 그들 모두 어느 정도는 해킹을 하기 때문에 더 이상 말 못 할 입장이겠죠. 그런데 제 느낌상 얀센의 말이 옳은 것 같아요. 미카엘은 무엇보다 자기 자신과 몇몇 학우들을 위해 포르노 영상을 다운로드하는 일에 관심이 많았어요. 그리고 영상을 무료로 구하는 재주도 아주 비상했던 것 같고요."

"자네들은 그것이 그의 죽음과 뭔가 연관이 있을 것 같나?"

피아와 프랑크는 서로의 얼굴을 쳐다보며 고개를 저었다. "그럴 가능성은 많지 않은 것 같은데요." 피아가 대답했다.

"미카엘의 어머니를 다시 한번 심문해봐야겠어." 플레밍이 말했다. "바게, 자네도 같이 가줬으면 좋겠는데."

"그의 어머니에게 굳이 포르노에 대한 이야기를 할 필요는 없을 텐데요."

"나도 그럴 생각은 없어. 그것이 미카엘 키엘센의 성생활에 숨겨진 비밀이라면 마땅히 그가 무덤까지 가져가야겠지."

"그럼 뭐하러 그의 어머니를 만나려는지⋯⋯."

플레밍은 알람시계 배터리에 남겨진 지문의 신원을 확인한 것에 대해 짧게 이야기해주었다. "우린 그 남자가 누군지 또 그를 어디서 찾을 수 있을지는 모르지만, 운이 좋으면 아네마리 키엘센 부인이 그 자를 알아볼 수도 있지 않은가."

프랑크 얀센이 미심쩍은 듯 눈을 가늘게 떴다. "그자에 대한 것을 어떻게 알게 되셨는지 궁금한데요?"

"그건 우리가 수사하는 것과 직접적으로 아무 관련이 없는, 완전히 다른 사건 같아 보여. 경찰이 나서고 어쩌고 할 사건도 아니지. 아직 까지는⋯⋯."

"설마 그 대머리 탐정이 맡은 사건 중 하나는 아니겠죠? 15분 전쯤 단 소메르달이 정문으로 나가는 걸 봤거든요."

플레밍은 몇 초간 무표정하게 그를 쳐다보았다. "맞아, 단이 맡은 사건이야. 하지만 그 이야기는 더 이상 하고 싶지 않군. 어쨌든 지금은 그만하자고. 아직 해결해야 할 세부 사항이 많이 남아 있으니까. 그리고 과연 이 두 사건이 한낱 불분명한 실마리 그 이상으로 연결되어 있는지 아닌지는 나도 확신이 없는 게 사실이야."

"그 예상이 빗나가면 그래도 우리한테 말은 해주실 거죠?"

"물론이지." 플레밍의 시선이 피아에게 향했다. "준비됐어?"

몇 분 후 두 사람은 플레밍의 차를 타고 발레슬레브로 출발했다. 차를 타기 직전에 급하게 담배를 한 대 피운 플레밍은 피아 바게가 그의 몸에 밴 매캐한 담배 냄새를 맡게 될까 신경 쓰였다. 감초 사탕이나 먹을 걸 후회가 되었다.

"그녀와 마지막으로 대화 나누신 게 언제였어요?" 피아가 궁금한 듯 물었다.

"아네마리 키엘센 말이야?" 그는 잠시 기억을 더듬었다. "몇 주 전이었지. 자네는?"

"지난주에 한번 들러봤는데, 상태가 안 좋아 보였어요."

"그녀 옆에 아무도 없나?"

"미카엘이 죽은 후로 카마 모리첸이 그 집에 들어와 살고 있나 봐요."

"그 성질 고약한 여자."

"잔소리가 심하긴 하지만 그래도 아네마리를 돌봐주고 있는 것을 보면 대단히 친절한 사람이라는 건 인정하셔야 할 거예요."

"대단히 친절하군."

"그녀는 수년간 아네마리 키엘센의 집 정원을 관리해왔는데 이제 나머지 살림도 도맡게 된 것 같아요. 그녀가 있으니 많이 의지가 되겠죠."

그들은 키플링스 뱅에 있는 붉은색 연립주택 앞에 차를 세울 때까지 더 이상 아무 말도 주고받지 않았다. 그곳은 너무나 일상적인 모습이어서 상을 당한 집과는 전혀 거리가 멀어 보였다. 물론 상중인 집은 어때야 한다고 딱히 정해져 있는 것은 아니지만……. 어쨌든 창문은 깨끗하게 닦여 있고 그 뒤에 쳐진 커튼도 정갈해 보였으며 바깥 정원에 나 있는 길까지 세심하게 청소해놓은 모습이었다. 네모난 화단에 난 잡초를 맨 지도 얼마 안 된 것 같았고, 무릇과 봄눈송이의 작은 열매는 암갈색 흙과 보기 좋은 대조를 이루고 있었다. 심지어 놋쇠 문패조차 번쩍번쩍 광이 나게 닦여 있었다. 카마 모리첸이 살림

솜씨를 발휘한 것이라면 그녀를 집에 들인 건 행운이었다.

"그녀가 우리가 오는 걸 알고 있나요?"

플레밍은 차문을 열고 왼발을 땅에 디뎠다. "전화해서 우리가 갈 거라고 말을 해뒀어."

"무엇 때문인지도 말씀하셨어요?"

"아니." 플레밍은 피아가 차문을 닫을 때까지 기다렸다가 중앙잠금장치를 눌렀다. 그러자 차문이 찰칵 잠기는 소리와 함께 점멸등이 깜빡거리며 신호를 보냈다.

그 순간 현관문이 열렸다. 이윽고 갈색 머리 여자가 나와 두 경찰관이 정원에 난 길을 올라오는 모습을 지켜보았다. 그녀는 뚱뚱한 몸에 꽉 끼는 검은색 원피스를 입고 있었다. 두 사람이 현관문 바로 앞에 오자, 그때야 비로소 그녀가 입을 열었다. "그자를 잡았어요?" 그녀가 대뜸 물었다.

"범인이요? 아니요, 안타깝게도 아직이에요, 카마." 피아가 대답하며 손을 내밀어 인사했다.

"또 무슨 일로 온 거죠?"

"아네마리와 이야기할 게 있어서요."

"우리가 아는 건 이미 다 말했는데요." 그녀는 두 사람이 간신히 자기 옆을 지나갈 수 있게 한 걸음 비켜섰다. "하지만 정 만나야 한다면 할 수 없지……."

갓 구운 빵 냄새가 먼지 하나 없이 깨끗한 집 안을 가득 채우고 있었다. 소파 테이블 위에는 꽃무늬 자기 접시와 찻잔 그리고 세련된 소형 냅킨이 놓여 있고, 테이블 한가운데에 자리한 커피 포트와 접시 위의 버터빵이 입맛을 자극했다.

쾌적한 분위기의 테이블 세팅과 묘한 대조를 이루는 가운데 미카엘의 모친은 죽은 사람 같은 표정으로 소파에 앉아 있었다. 그녀는 하나부터 열까지 카마 모리첸과 정반대였다. 혈색 없고 허약하며 시든 꽃인 양 축 늘어진 것이 자포자기한 모습이었다. 뻔뻔스러울 정도로 노골적으로 계속 쳐다봐야 그녀와 시선을 맞출 수 있었다. 그럼에도 플레밍은 그녀가 한때 요정처럼 눈부시게 아름다웠으리라는 것을 믿어 의심치 않았다. 금방 늙고 시든 꽃이라 해도, 두꺼운 금테 안경 뒤에 가려진 그녀의 회청색 눈은 여전히 아름다웠고 창백하고 메마른 피부가 한때는 반짝반짝 빛나고 매끄러웠으리라는 것을 짐작할 수 있었다. 그녀도 주름치마와 목까지 가려지는 울 블라우스를 검은색으로 맞춰 입고 있었다. 그녀는 경찰관들에게 인사하긴 했지만, 직접 질문을 받을 때가 아니면 아무 말도 하지 않았다.

"또다시 부인을 귀찮게 해드려서 죄송해요." 피아 바게는 키엘센 부인의 팔에 손을 얹으며 말을 걸었다. 피아 바게와 아네마리 키엘센은 긴 소파에 나란히 앉았고, 플레밍은 안락의자에 앉았다. 카마는 이쪽저쪽 왔다 갔다 하면서 빵을 권하거나 커피를 따라주었고 주방에 가서 크림단지를 가져오기도 했다. 그녀는 경찰이 와 있는 것만으로도 불쾌한 기색이었으나, 적어도 손님이 왔을 때 어떻게 처신해야 하는지는 알고 있었다.

"두 분은 할 일을 하는 것뿐인데요." 아네마리는 대답하면서 버터빵 한 개를 집어 들었다. 그녀는 빵을 앞접시에 내려놨지만 손님이 떠날 때까지 손도 대지 않았다. "매일 여러분을 위해 기도하고 있어요."

"감사합니다." 피아의 눈빛이 일순간 흔들렸다. "우리가 여기 온 건 뭔가 생각난 게 있으신지 부인께 물어보기 위해서예요."

아네마리는 고개를 저었다. "없어요."

"그것 보라니까." 거실의 또 다른 안락의자에 앉아 있던 카마가 끼어들었다. "아네마리는 더 이상 아는 게 없다잖아요. 그녀를 더 이상 괴롭혀봤자 헛수고라고요. 미카엘을 살해한 범인을 잡는 일에나 신경을 쓰셔야지!" 그녀는 버터빵을 베어 물면서 안락의자에 몸을 기댔다. 그러고는 입고 있는 원피스를 끌어내려 그녀의 두루뭉술한 무릎을 가렸다.

"네, 충고 고맙네요." 플레밍은 그녀의 눈을 똑바로 쳐다보았다. "이제부터 키엘센 부인과 셋이서만 이야기를 나눌 수 있게 해주신다면 대단히 감사……."

"그건 절대 안 돼요!" 카마의 입에서 빵부스러기가 튀어나와 의자 팔걸이 위에 떨어졌다. 그녀는 그것을 손으로 집어 자기 접시에 담았다. "교구 사람들에게 약속했단 말이에요. 이 힘든 시기에 아네마리를 돌봐주기로. 그녀 옆에는 항상 내가 있어야 해요."

"부인 생각은 어떠신가요?"

미카엘의 모친은 무릎 위에 깍지 끼고 있는 자신의 손을 내려다보고 있었다. 그녀는 입을 다문 채 고개를 살짝 저었다.

"카마가 같이 있는 게 좋으세요?" 피아가 거들었다.

아네마리는 여전히 시선을 떨군 채 고개를 끄덕였다.

"그럼 같이 있으면 되죠." 피아가 플레밍을 쳐다보며 말했다. 그는 어깨를 으쓱하기만 할 뿐 토를 달지 않았다.

"어쩌면 우리가 새로운 단서를 찾아냈을 수도 있습니다, 키엘센 부인." 잠시 후 플레밍이 입을 열었다. 그는 단이 인터넷 광고에 사용한 야콥 사진을 재킷 주머니에서 꺼냈다. "우리가 범행현장을 조사할 때 지문을 발견했는데, 일단은 우리가 가지고 있는 명부의 지문과 하나도 일치하지 않았습니다."

아네마리가 호기심이 인 듯 그를 쳐다보았다.

"그러다 우연히 전혀 다른 별개의 사건에서 같은 지문이 발견되었다는 것을 알게 됐어요." 플레밍은 말을 이었다. "두 사건이 서로 어떤 연관이 있는지는 아직 확실하지 않아요." 그는 유리 테이블 너머로 J. H.의 사진을 내밀어 아네마리 앞에 놓았다. "혹시 이 남자를 본 적이 있으신가요?"

그녀는 안경을 이마 위로 밀어 올리더니 팔을 쭉 뻗어 사진을 멀찍이 들고 응시했다. 초점이 맞지 않는 사진을 보려고 애쓰면서 그녀는 몇 초쯤 완전히 무관심한 듯 보였다. 그러다 갑자기 아주 순간적이긴 했지만 그녀의 눈이 휘둥그레졌다. 그러고는 언제 그랬냐는 듯 다시 평정을 찾은 표정을 지었지만, 흔들리는 눈빛으로 카마와 사진 그리고 창가 쪽을 번갈아 보았다. 그녀는 요조숙녀가 함부로 봐서는 안 될 음란물이라도 되듯 사진을 도로 내려놓았다. "모르는 남자예요." 그녀의 목소리가 단호하게 들렸다. 좀 지나치게 단호하다고 할까?

플레밍은 이어 사진을 카마에게 건넸다. 그는 그녀도 같은 반응을 보이는지 확인하고 싶었다. 표정 관리를 더 잘하긴 했지만 그녀도 마찬가지로 사진 속 젊은 남자를 알고 있는 게 틀림없었다. 카마는 눈앞에서 치워버리고 싶다는 듯 사진을 뒤집어놓았다. 플레밍은 두 여자를 번갈아 쳐다보았다. 둘 다 고개를 푹 숙인 채 시선을 들지 않았다.

"왜 거짓말을 하는 거죠?" 그가 침착하게 물었다.

카마는 그녀가 끊임없이 무릎 밑으로 끌어내리고 있는 원피스 끝자락만 계속 쳐다보고 있었고, 아네마리도 여전히 고개를 떨구고 있었다.

"두 분은 사진 속 남자를 분명히 알아보셨잖아요." 플레밍이 파고들었다. "그런데도 똑같이 모른다고들 잡아떼시니 참 이상하네요."

"우리는 모르는 남자예요." 카마가 수습에 나섰다. 그녀는 자기 원피스가 올라가든 말든 내버려두고 손님들에게 버터빵이 가득 든 접시를 내밀었다. 두 경찰관이 고개를 젓자, 그녀가 몸을 일으켰다. "이제 그만 가보시는 게 좋겠네요."

"어떻게 할까요, 아네마리?" 피아가 목소리를 낮춰 물었다.

아무 대답이 없었다. 미카엘의 친모는 계속 고개를 숙인 채 소리없는 기도를 올리며 입술만 움직일 뿐이었다. 그녀의 주름진 손 위로 눈물이 한 방울 떨어졌다. 피아와 플레밍은 잠시 서서 기다리다가 단념하고 카마를 따라 복도로 나갔다. 그녀가 현관문을 열며 인사했다. "안녕히 가세요."

플레밍이 그녀를 향해 돌아섰다. "카마, 이러는 건 아무 도움이 안돼요. 두 분이 사진 속 남자를 알아본 것을 제 눈으로 똑똑히 봤어요. 그런데 왜 거짓말을 하시는지 모르겠네요. 두 분도 우리가 미카엘을 살해한 범인을 잡기를 바라시잖아요."

카마는 거실 쪽 문을 닫았다. "그가 미카엘을 죽였다는 거예요?" 그녀가 속삭이는 목소리로 물었다.

"우리가 수사하고 있는 여러 가능성 중 하나라고 할 수 있겠죠."

카마가 플레밍을 쳐다보았다. 입가가 떨리는 것으로 보아 그녀가 눈물을 간신히 참고 있음을 알 수 있었다. "파문당하는 것이 무슨 뜻인지 아시나요?"

"여호와의 증인 같은 곳에서 행해지는 거 말인가요? 무슨 뜻인지는 압니다만."

"그 남자는 우리 교구에서 파문당했어요. 주님의 집에서 쫓겨난 거죠."

"그래서요?"

"우리는 파문을 매우 심각하게 받아들여요. 여호와의 증인보다 더 심각하게요. 아네마리와 내가 그를 모른다고 하면 그게 맞는 말이에요. 우린 그를 모른다고요. 그는 우리에게 더 이상 존재하지 않는 사람이니까요. 죽은 거나 다름없죠. 그는 망나니였어요."

"그런데 그가 누구……."

카마는 그들을 데리고 앞마당으로 가더니 한걸음 뒤로 물러나 입구를 가로막았다.

"아네마리에게 더 이상 아무것도 물어보지 않겠다고 약속할 수 있어요? 특히 그에 대한 질문은 절대 안 돼요."

"그건 약속할 수 없는데요, 카마." 플레밍은 그녀의 어깨에 한 손을 얹었다. 그녀가 몸을 옆으로 홱 움직이는 바람에 그의 손이 툭 떨어졌다. "하지만 이 살인사건을 해결하는 데 아무 의미가 없다면야 뭐……."

카마가 그를 쳐다보았다. 그녀의 흑갈색 눈이 가늘어졌다. "지문은 어디서 발견한 거예요?"

"그건 말해줄 수 없는데." 그는 잠시 고민했다. "아무한테도 말하면 안 돼요. 알겠어요?" 그는 그녀가 고개를 끄덕일 때까지 기다렸다가 계속 말을 이었다. "장난감 같던데, 청색 경광등이요."

카마가 몸을 움찔했다. "경찰차 경광등 같은 것 말인가요?"

플레밍이 고개를 끄덕였다. "아네마리는 그게 어디서 났는지 모르던데요."

"청색 등이 달린 알람시계 아닌가요?"

"맞아요. 뭔가 생각나는 게 있나요?"

"그 시계는 그의 것이었어요."

"그라니요? 사진 속 남자요?"

카마가 고개를 끄덕였다. 그러고는 자기 입술을 깨물었다. "그의 이름은 요하네스 한센이라고 해요." 그녀가 잠시 뜸을 들인 후 말했다. "그는 그녀의 맏아들이에요. 그가 파문당하자 그녀의 남편이 아들의 물건을 싹 다 태워버렸어요. 그가 찍힌 사진이나 그와 관련된 서류 등등 모조리 없애버렸죠. 청색 등은 요하네스가 우리 곁을 떠날 때 가져간 게 분명해요. 어릴 때 그가 잘 가지고 놀던 장난감이었어요. 그가 그 등을 여기 남겨두고 갔더라면 그것마저 다른 물건과 함께 불에 타버렸을 거예요." 그녀가 헛기침을 했다. "거기서 그의 지문이 발견되었다면 그 당시에 남겨진 거겠죠. 그는 파문당하고 난 후로 자기 엄마와 미카엘을 절대로 찾아오지 않았을 거예요. 틀림없어요!"

"그는 왜 파문을 당했나요?"

그녀의 눈이 거의 검정에 가까운 색을 띠었다. "그건 교구와 그의 문제예요. 이제 그만 가세요. 요하네스가 그의 어머니와 남동생과 연을 끊은 지 15년이 다 되어가요. 그는 사탄과 계약을 맺었어요."

그녀가 현관문을 닫으려 했지만, 플레밍이 그녀를 막았다. "그럼 아네마리의 남편은요?" 그가 소리 죽여 물었다. "그는 어디 있죠? 죽었나요? 아니면 그도 파문당했습니까?"

그녀는 문을 닫으려고 안간힘을 썼다. "그만 가세요. 가라고요!"

22

2007년 3월 28일 수요일 12시 10분

"어떻게 지내시나요?"

"그냥저냥 지내요."

"시간이 지나면 괜찮아질 테니 마음 편히 가지세요."

"다들 그렇게 말하더군요."

단은 차도로 향해 있던 시선을 잠시 돌려 조수석에 앉은 여인을 살폈다. 우르술라는 평소보다 몇 밀리미터쯤 턱을 더 높이 들고 똑바로 앉아 정면을 응시하고 있었다. 그녀의 눈은 긁힌 자국이 있는 원형 메탈 선글라스에 가려져 있었다. 그녀가 흰색 티셔츠 위에 두르고 있는 아쿠아마린 색상의 얇은 실크스카프가 차 에어컨 바람에 나풀거렸다. 무릎 위에 다소곳이 포개진 두 손을 보니 약혼반지가 보이지 않았다. 단은 그것을 보니 마음을 좀 놓아도 될 듯싶었다.

"아직 시간이 많이 남았는데, 차를 세우고 어디서 커피라도 마실까요?" 단이 물었다.

"아니요. 우리가 하려는 일부터 끝내야죠." 그녀가 대꾸했다. "내가 어떻게 해야 하는지 다시 한번 설명해주겠어요?"

"에릭 캐스펠트라는 남자가 그날, 그러니까 우르술라의 약혼자가 사라진 날 공항에서 그와 같이 있는 모습이 목격되었어요. 바로 그 캐스펠트가 에이나르 그레이프-요한센라는 이름의 변호사를 사칭한 남자일 가능성이 있거든요. 그가 일하는 회사에 제가 아는 사람이 있어서 1시에 그를 주차장으로 불러내달라고 부탁해놨어요. 우리는 차 안에 있다가 그자가 나오면 얼굴을 확인하는 거예요. 우르술라가 그 남자를 본 적이 있는지 제게 말해주기만 하면 되는 거죠. 그러고 나서 제가 우르술라를 집까지 모셔다드릴 거고요."

"그 남자에게 말을 안 걸어도 되나요?"

"물론이죠! 우르술라는 그냥 차 안에 앉아 있으면 돼요. 그가 우르술라를 알아볼까 봐 신경 쓰이면 스카프를 머리에 쓰든가 해서 가리세요."

"알겠어요."

몇 분쯤 침묵이 흐르자 단은 라디오를 켜고 'Radio 100 FM' 채널에 주파수를 맞췄다. 목적지까지 차를 타고 가는 동안 두 사람은 나란히 앉아 잔잔한 팝 히트곡들을 들으면서 한 마디도 주고받지 않았다. 뒷좌석에는 룸펠이 조그만 털뭉치 모양으로 몸을 동그랗게 말고 엎드려 있었다.

그들은 20분 일찍 크리스티안순 인베스트 회사 앞에 도착했다. 단이 로테에게 문자메시지를 보냈으나 답이 없었다. 1시 5분 전이 되어서야 무슨 일이 일어나기 시작했다. 측면에 회사 로고를 붙인 감청색 소형 혼다 한 대가 단의 차를 지나 주차장으로 꺾어 들어가는 것이 보였다. 잠시 후 빨간 머리를 짧게 자른 다부진 체격의 젊은 여자가 소형차에서 내렸다. 그녀는 열린 차문에 손을 얹고 잠시 멈춰 서서 주위를 둘러보았다. 그녀의 시선이 단의 차를 두 번째 훑고 지나갈 때 단은 딱 한 번 전조등을 깜빡거렸다. 그러자 로테의 얼굴이 환해졌다. 그녀는 미소를 지으며 차문을 닫고 중앙잠금장치를 눌렀다. 그런 다음 다시 한번 두리번거리고 나더니 뭔가 살피는 듯한 시선으로 은회색 알파 로메오를 향해 다가갔다. 마치 뒤쪽 범퍼에서 움푹 들어간 흠집을 발견하기라도 한 것 같은 모습이었다.

"유명 여배우 뺨치는 연기로군." 단이 중얼거렸다.

우르술라는 긴장한 듯 뻣뻣한 자세로 앉아서 입을 꽉 다문 채 미소 지었다. 그녀의 눈은, 알파 로메오에 바짝 다가가 있지도 않은 흠집을 만져보려는 것처럼 오른손을 뻗는 로테를 좇았다. 그 순간 로테가 손가락 사이에 끼고 있던 자동차 열쇠를 번쩍번쩍 광이 나는 코팅면 위에 대고 세게 긁었다. 꽤 힘을 주어서 긁는 것 같았으나 1초밖에 안 걸렸을 정도로 동작이 빨랐다.

"저런!" 단이 말했다.

"자기 임무를 아주 충실하게 수행하고 있네요." 우르술라도 그녀의 의도를 알아차린 모양이었다.

"그런 것 같군요."

로테는 건물 유리문 쪽으로 급히 달려가더니 안으로 사라졌다. 우르술라는 한눈에 알아볼 수도 있는 그녀의 머리를 스카프로 덮어 가렸다. 고작 2분쯤 시간이 흘렀을까 싶은 순간. 문이 열리고 로테가 다시 밖으로 나왔다. 그녀는 뒤돌아 몸짓을 해가며 한 중년 남자에게 뭐라고 계속 이야기를 했다. 눈썹을 잔뜩 찌푸린 채 그녀를 따라 나온 그 남자는 중간 키에 흰색 깃이 달리고 파란색 줄무늬가 들어간, 한마디로 중고차딜러에게 딱 어울릴 만한 셔츠를 입고 그 위에 기성품 재킷을 걸치고 있었다. 희끗희끗하고 숱이 얼마 없는 그의 머리는 뒤로 빗어 넘겨져 있었는데, 멀리서도 눈에 띌 만큼 아주 길어 목덜미까지 내려왔다.

"맞아요." 우르술라가 말했다.

"뭐가요?"

"맞아요, 그 남자예요."

"확실한가요? 단정 짓기 전에 좀 더 자세히 살펴보는 게 좋지 않을까요?"

우르술라는 선글라스를 코끝으로 밀어내리고 순순히 다시 한번 살폈다. "그가 맞아요." 그리고 그녀가 말했다. "이제 그만 갈까요?"

"네, 그러죠." 단은 차를 출발시키고 방향지시등을 켰다. 주차장에서 펼쳐지고 있는 드라마를 마지막으로 힐끗 보니 고개를 숙인 채 진지한 표정으로 긁힌 부분을 살펴보고 있는 남자와 로테가 눈에 들어왔다. 단이 차를 몰고 옆을 지나갈 때 로테는 고개를 들고 그에게 윙크를 보내는가 싶더니 어느새 배려심 많고 위로를 잘 해주는 부하 여직원의 역할로 돌아가 있었다. 새 차에 처음으로 긁힌 자국이 생겼으니 위로가 필요하기도 하겠군. 단은 지체 말고 얼른 그녀에게 사례금을 보내야겠다고 생각했다. 그녀는 받을 자격이 충분하니까!

23

2007년 3월 28일 수요일 오후

"나 참, 단이 야이스 힌체를 한 번도 만난 적이 없다는 게 이해가
안 된다니까요. 그 당시는 코펜하겐에 있는 크레아&크레아에서 광
고 수주를 받았을 때였는데요. 난 그와 함께 초대박 기저귀 광고를
제작했었죠. 기억 안 나요? 그 발가벗은 아기 엉덩이 사진이 나오는
광고 말이에요. 그 광고로 우린 엄청 큰 상을 받았는데……." 피오나
는 마지막 케이크 조각을 입에 밀어 넣으면서도 이야기 템포를 늦추
지 않았다. "뭐, 기억을 못 하면 어쩔 수 없죠. 어쨌든 그의 재능은 정
말 초대박이었어요. 난 그가 왜 그렇게 갑자기 종적을 감췄는지 알다
가도 모르겠어요. 회사에서 엄청 잘나갔고 그렇게 젊은 나이에 수입
도 초대박이었는데 말이에요."

"지금 '초대박'과 '엄청'이라는 단어를 다섯 번이나 연이어 사용한
거 알아요, 피오나? 단어 선택을 조금 다양하게 해야겠다는 생각 안
들어요?"

"어머, 내가 말을 말아야지." 그녀는 기분 좋은 듯 미소를 지었다.
"내가 다른 카피라이터를 칭찬하니까 그냥 샘나서 그러는 거잖아요."

"원한다면야 얼마든지 그를 칭찬해도 좋아요. 그래도 피오나가 좋
아하는 사람은 나뿐이잖아요."

"맞아요."

"처음부터 끝까지 자세하게 이야기를 해봐요. 옆길로 새지 말고 언제, 어디서, 어떤 일이 있었는지 말해달라고요. 내가 필요한 건 팩트니까."

피오나는 커피잔을 비우고 케이크 접시를 옆으로 치웠다. "알겠어요. 2003년에 그 당시 내 파트너였던 리세 오스타드가 육아휴직을 하게 되었죠. 누군지 기억나지 않아요? 아 참, 팩트만 이야기해야지······. 어쨌든 그녀는 육아휴직을 했고, 다른 카피라이터들도 하나같이 아프거나 휴가 중, 아니면 할 일이 너무 많아 죽을 지경이었어요. 그러던 어느 날 그 젊은 청년이 짠하고 나타나서 무급으로 일자리를 줄 수 있느냐고 물었어요. 나더러 일단 일을 시켜보고 자신을 채용할지 말지 결정해도 늦지 않을 거라고 했어요. 오케이, 백문이 불여일견이라고······."

"피오나 혼자 카피를 써보겠다고 욕심을 부린 적이 없어서 그나마 다행이다 싶네요." 단이 미소를 지으며 재촉했다. "제발 좀 주제에서 벗어나지 말라고요!"

"알았어요, 알았어. 나도 최선을 다하고 있단 말이에요. 아무튼 그의 이름은 야이스 힌체라고 했고, 20대 초반으로 보였어요."

"그전에는 어디서 일했대요?"

"내가 알기로는 아무 데서도 일을 안 했어요. 고등학교 졸업도 못한 것 같던데요. 그가 그런 이야기는 잘 안 해서 확실히는 모르겠네요." 그녀는 잠시 생각에 잠긴 듯 보였다. "내 생각에 그는 여행을 아주 많이 다닌 것 같았어요. 심지어 인도에도 갔다 왔나 봐요."

"왜 그렇게 생각해요?"

"그가 자기 몸에 있는 문신을 내게 보여준 적이 있거든요. 바로 여기요." 그녀는 자신의 오른쪽 어깨를 가리켰다. "그 문신이 단이 올린 광고에 있는 것과 똑같은 모양이었어요."

"그래서 그가 인도에서 그 문신을 받았다는 거예요?"

"거의 백 퍼센트 확실해요. 그가 그렇게 말했으니까."

단은 의자에 몸을 기댔다. "쓸데없는 말을 너무 많이 하긴 했지만, 그래도 시각적 기억력이 뛰어나서 부족한 언어감각을 채워주네요."

"오, 고마워요."

"혹시 그가 문신에 뭐라고 적혀 있는지 말해주지는 않았나요?"

"'사랑하는 엄마'라는 뜻이래요. 2년 전에 엄마가 돌아가셨다고 했어요."

"당연히 '사랑하는 엄마'라는 뜻이라고 했겠죠. 피오나의 환심을 사야 했으니까. 당연해요." 단은 고개를 절레절레 흔들었다. "여자들 마음을 어떻게 그리도 잘 읽는지……."

피오나는 어리둥절한 표정으로 그를 쳐다보았다. 하지만 단이 그 이야기를 더 이상 하고 싶지 않은 눈치를 보이자 캐묻는 걸 단념하고 하던 이야기를 계속 이어갔다. "그러니까 아이스는 어떻게든 일을 해보려고……."

"내가 말을 끊어서 미안하지만, 어디서 굴러먹다 온지도 모르는 녀석을 어떻게 받아들일 생각을 했어요? 그가 글을 쓸 수나 있는지도 몰랐으면서."

"아니, 그게……."

"그가 너어어무 귀여워서 그랬다고요?" 단이 그녀의 말투를 흉내 내며 말했다.

"그 때문만은 아니었어요. 그에겐 뭔가가 있어서……. 젠장! 나로선 어차피 밑져야 본전이었어요. 그의 카피가 허접쓰레기일 경우, 그를 당장 쫓아내버리면 그만이었으니까요. 안 그래요?"

단은 어깨를 으쓱했다. "그래서 다음은요?"

"뭐, 그의 재능은 초대박이었죠." 그녀가 싱긋 웃었다. "정말 대단했어요. 만약 그가 이쪽 분야에서 계속 일하기로 작정했더라면 언젠가 단과 같은 수준까지 올라갔으리라 확신해요."

"내가 좋아해야 하는 건지 모욕감을 느껴야 하는 건지 잘 모르겠네요. 지금 나를 사기꾼하고 비교하는 거예요?"

"사기꾼? 그가 대체 무슨 짓을 했는데요?"

"하던 이야기부터 마저 해요. 그러면 설명을 해줄게요."

"더 이상 해줄 이야기가 별로 없어요. 그의 첫 카피초안을 보고 그에게 천부적인 재능이 있다는 것을 알았어요. 2주 후 우리는 한시적인 수습기간을 두는 조건으로 그를 채용했고, 며칠 후 기저귀 광고를 수주하게 되었어요. 엄청 큰 건이어서 우리는 별장에 가서 3일 동안 합숙을 했어요. 프레젠테이션 콘셉트를 잡을 때까지……. 그다음은 어떻게 됐는지 굳이 말 안 해도 되겠죠?" 피오나는 빈 커피잔을 들여다보았다. "우리 탐정님 의뢰인은 내게 커피를 한 잔 더 베풀 만한 능력이 될까요?"

종업원이 와서 커피를 다시 채워주자, 피오나는 이야기를 계속했다. "그 별장에서 합숙할 때 그가 자기 과거에 대한 이야기를 조금 들려줬어요. 어머니에 대해서라든가 뭐 그런 이야기요."

"그와 잤어요?"

"단!" 피오나의 눈빛이 번쩍였다. "숙녀한테 그런 걸 물으면 안 되죠. 그가 나하고 뭘 어쩌겠어요? 난 그의 어머니뻘인걸요!"

"그래서요? 피오나는 밀프(MILF)잖아요!"

"밀프? 그게 대체 뭔데요?"

"Mom I'd like to fuck(성적 매력이 있는 연상의 여성을 표현하는 영어의 속어—옮긴이)의 약자인데, 그 표현 몰라요?"

"단!" 그녀는 다시 한번 소리쳤지만, 기분 좋은 것을 감출 수 없는지 볼에 보조개가 팰 만큼 활짝 웃었다. "정말 못 말려요!"

"젠장, 그와 섹스를 했어요?"

갑자기 그녀의 표정이 진지해졌다. "그래요, 했어요. 궁금할까 봐 말해주는데, 그것도 끝내주는 섹스였어요."

"합숙에서 돌아오고 나서도 두 사람의 관계가 계속됐나요?"

"네, 우리는 사랑에 빠졌죠. 그는 우리 집에서 거의 살다시피 했고, 우리는 내 아이들에게 그들 또래의 계부가 생길 거라고 말하기로 약속했어요." 그녀의 눈가 피부가 바짝 긴장되었다. "그런데 하루아침에 그가 바람처럼 사라져버렸어요. 흔적도 없이. 더 이상 출근도 안 했고 내 문자메시지에 답도 하지 않았어요. 그냥 갑자기 없어져버린 거예요. 참 이상했어요. 한편으로 걱정도 많이 됐고요."

단은 잠시 그녀를 바라보았다. 그는 항상 유쾌하고 에너지 넘치는 모습을 보여주는 피오나가 깊이 상처 입었다는 사실을 알았다. 그녀는 억지로 울음을 삼키고 있었다. 경험상 그는 위로의 말을 해봤자 애써 참고 있는 눈물이 봇물 터지듯 쏟아져 나올 뿐이라는 걸 잘 알고 있었다. 그래서 어설프게 동정심을 나타내는 행동은 애초부터 안 하기로 작정했다. 눈물만큼 그를 성가시게 하는 것도 많지 않았으니까.

"그가 종적을 감추고 나서 혹시 없어진 거 있어요? 돈이나 보석…… 뭐 그런 거요."

"야이스가 내 물건을 훔쳐갔느냐는 거예요?"

"그렇게 표현할 수 있겠죠."

피오나의 시선이 딱딱하게 굳었다. "무슨 생각하는 거예요? 우린 사랑에 빠졌었다고 말했잖아요. 아뇨, 그는 아무것도 가져가지 않았어요."

좋았어. 위기는 넘겼군. 이제 눈물 걱정은 안 해도 될 것 같았다.

"피오나, 그 비상한 기억력을 동원해서……. 야이스와 함께했던 마지막 순간을 떠올려봐요. 둘이서 어떤 이야기를 나눴어요?"

피오나는 긴장이 풀린 듯 커피를 크게 한 모금 마셨다. "그때를 자주 떠올려보곤 했어요, 단. 그가 그렇게 갑자기 나를 떠나기로 결심한 이유가 무엇인지 짐작이라도 해보고 싶었으니까요. 하지만…… 마지막 날 저녁에 우리는 주로 동거 계획에 대한 이야기를 나눴어요. 그에게 내 아이들에 대한 이야기도 해줬고요. 시셀은 막 대학 등록을 마치고 내가 사준 집에 페인트칠을 했다는 이야기, 또 그뤼는 첫 아이를 낳았고, 수네는 1년 동안 일본을 여행 중이라는 이야기를 했어요. 수네가 얼마나 보고 싶은지 그리고……."

"수네가 그 당시 정말 1년이나 여행을 하고 왔어요? 돈이 많이 들었을 텐데."

"여행을 떠나기 6개월 전에 내가 아들에게 돈을 좀 준 게 있었거든요."

단의 목덜미에 난 솜털이 곤두서는 느낌이었다. "돈을 좀 줬다고요? 그 돈이 어디서 났는데요? 이렇게 대놓고 물어서 미안한데, 피오나는 주식 투기를 하는 타입도 절대 아니고, 더구나 시셀에게 얼마 전에 집도 사줬다면서요."

피오나의 눈빛이 밝아졌다. "야이스도 내게 그렇게 물었어요. 거의 한 마디도 틀리지 않았죠. 당신한테도 그에게 한 것과 똑같은 대답을 해줄게요. 내가 EU로또에 당첨되었거든요."

단은 흥분을 감추지 못하고 의자 끄트머리로 바싹 몸을 당겨 앉았다. "금액이 얼만데요?"

"그도 똑같이 물었어요. 이런! 슬슬 오싹해지는 기분인데요. 정확하게 말해서 530만 크로네였어요. 하지만 이제 남은 게 거의 없어요. 아니…… 그렇진 않네요. 토 나오게 비싼 레드와인을 두 상자 샀으니까."

"그 돈을 다 어디에 썼는데요?"

"아이들한테 똑같이 150만 크로네씩 나눠줬어요. 아니, 정확하게 말하자면 내 이름으로 봉쇄계좌를 세 개 만들어 돈을 넣어두었어요. 그러면 이자도 붙을 테고 아이들이 돈을 한꺼번에 다 써버릴 수 없을 테니까요. 안 그러면 아이들이 내야 할 세금도 엄청나거든요. 그 많은 세금을 내는 건 미친 짓이죠."

"그럼 나머지 80만 크로네는요?"

"30만 크로네 조금 넘는 돈만 남기고 나머진 덴마크 이주민지원센터에 기부했어요. 어차피 내가 필요한 건 다 갖고 있고 집 대출금도 다 갚았으니까요."

"그래서 야이스한테도 그 이야기를 해준 거예요? 그의 반응이 어땠어요?"

"그는…… 내게 키스를 하더니 믿기지 않는다고 했어요."

"그건 맞는 말이에요. 그래서요?"

"그러더니 갑자기 나가봐야 한다더군요. 옛 친구들 몇 명과 만나기로 했다면서요."

"그렇게 갑자기 생각났대요?"

피오나는 고개를 끄덕였다. 그리고 자기 손을 내려다보면서 말했다. "당신 말이 옳아요, 단. 내가 너무 순진했어요."

"당신 혼자만 그런 게 아니에요."

"그게 무슨 말이에요?"

"피오나, 내가 굳이 파트너 주선 사이트에 그 남자를 찾는 광고를 올린 건 다 그럴 만한 이유가 있어서예요." 단은 테이블 너머로 손을 뻗어 그녀의 팔 위에 얹었다. "다른 피해 여성들의 이름을 말해줄 수는 없지만……." 그는 자신이 알고 있는 범위 내에서 J. H.의 사기행각을 짧게 요약하여 그녀에게 들려주었다. 스칸디나비아 호텔의 그 머리에 피도 안 마른 제비족을 비롯하여 오덴세에서 사기를 친 예스페르 훈스베드, 발뷔의 요아킴 헤인센, 에게비에르그의 야콥 헤우룰린에 이르기까지 J. H.가 사칭하고 다닌 그 인물들에 대해서. 그리고 상대 여성이 누구냐에 따라 달라졌던 문신의 의미와 피해 여성들의 계좌에서 빠져나간 거액의 돈에 대해서도. "피오나, 돈을 거의 다 나눠줘버린 걸 다행으로 생각해요. 심지어 그가 적어도 한 사람 이상 살해했으리라는 혐의까지 받고 있는 상황이거든요."

피오나 크라우세는 할 말을 잃은 것 같았다. 대단히 보기 드문 반응이어서 평소 같았으면 단이 말장난이라도 쳤겠지만, 그녀의 눈에 담긴 괴로운 심정이 그의 마음에까지 와닿아 차마 그럴 수 없었다. 몇 분 후 마리나 호텔 레스토랑을 나오면서 그는 그녀의 어깨에 한 팔을 둘렀다.

24

2007년 3월 29일 목요일 저녁

"다시 한번 말해봐, 단. 슬슬 너한테 고마워지기 시작하는데."

"크리스티안순 인베스트의 에릭 캐스펠트가 그 결혼 사기꾼의 공범인 게 99.9퍼센트 확실한 사실이라고." 단은 억지로 쥐어짜는 어조로 같은 말을 되풀이하고 맥주를 벌컥벌컥 들이켰다. 그는 30분 동안 쉬지 않고 떠들어대느라 목이 쉬었다. J. H.가 사칭한 갖가지 신원과 발뷔에서 동반 자살을 미끼로 벌인 사기행각, 텅 비어버린 은행계좌, 피해 여성 가운데 최소 두 명 이상이 EU로또에 당첨되었다는 우연 같지 않은 사실, 그리고 로테가 보낸 메일과 에이나르 그레이프-요한센이라는 변호사 행세를 한 남자의 신원을 우르술라가 확인해준 일까지 줄줄이 읊어댔으니 목이 성할 리 없었다.

그는 괴르틀레르가데에 있는 자기 집에서 플레밍과 함께 시원한 맥주를 손에 들고 안락의자에 앉아 있었다.

"그 J. H.라는 자가 진짜 누군지 난 알고 있지." 플레밍이 갑작스레 말을 꺼냈다. "더 정확히 말하면 그가 누구였는지 안다고 해야겠군."

"인터폴에 지문이 등록되어 있었어?"

"인터폴에선 아직 아무 답도 없어. 그런 게 아니라 실은 내가 오늘 너와 통화하고 난 직후에 미카엘 키엘센의 모친을 다시 찾아갔거든.

그런데 그녀와 그 친구가 사진 속 남자를 바로 알아보더라고."

"그래서?"

"그의 진짜 이름은 요하네스 한센이고 미카엘의 형이었어."

단은 어이없는 표정으로 플레밍을 응시했다.

"유감스럽지만 그 사실을 알아도 그를 찾는 데는 더 이상 도움이 안 되네."

플레밍은 요하네스가 그의 어머니가 속해 있는 사이비종교집단에서 영원히 파문당한 것과 그가 열여덟 살이었던 15년 전 종적을 감추고 난 후로 가족 중에 그를 본 사람이 아무도 없다는 사실에 대해 이야기해주었다. "당연히 나는 포기할 생각이 없어." 마지막으로 플레밍이 덧붙였다. "아네마리 키엘센한테 꼭 자초지종을 듣고 말 테니까. 그리고 그 여자를 경찰서로 끌고 오는 한이 있어도 다음번엔 반드시 그녀와 단둘이 이야기를 나눌 거야."

"요하네스 한센이 미카엘의 죽음과 뭔가 연관이 있다고 생각해?"

"물론 그럴 수도 있지만, 내 느낌으로는 아닌 것 같아. 지문은 파문당하기 전에 남겨졌을 가능성도 얼마든지 있으니까. 우린 사실 요하네스 한센이 크리스티안순에서 자취를 감추고 나서 알람시계가 사용된 적이 있는지 여부도 모르잖아."

"그럼 알람시계는 완전히 무용지물인 건가?"

플레밍은 어깨를 으쓱했다. "그건 알 수 없지." 그는 오른손 엄지와 검지를 두 눈에 대고 눌렀다. 몇 분쯤 정적이 흐르고 나서 그가 단을 똑바로 쳐다보았다. "뒤죽박죽 혼란스럽군." 그가 다시 입을 열었다. "하지만 이 두 사건이 서로 연관되어 있는 건 분명해."

단은 눈썹을 찌푸렸다. "지문 외에 또 다른 연결고리가 있어?"

플레밍이 고개를 끄덕였다. "미카엘 키엘센은 대학생 인턴사원으로 크리스티안순 인베스트의 IT 부서에서 일했었어."

"설마 그럴 리가! 그럼 미카엘과 로테는……."

"로테 벤트센은 그의 직장 동료였어. 그녀는 미카엘이 3월 1일 아침에 출근을 안 해서 차를 몰고 그가 괜찮은지 살피러 간 장본인이기도 해. 그리고 로테가 그를 발견했지."

"그럼 그 일 때문에 그녀가 병가를 냈나 보군."

"그랬겠지. 어쨌든 그녀는 엄청난 충격을 받은 상태였어. 24시간이 지나고 나서야 그녀를 제대로 심문할 수 있었으니까."

"그럼 캐스펠트는?"

"그도 미카엘의 직장 동료였지. 부서가 다르긴 했지만."

"캐스펠트는 무슨 일을 하는데?"

"그는 개인고객 상담을 전문으로 하는 부서의 과장이야." 플레밍이 그를 쳐다보았다. "그런데 그 부서의 최대 고객이 누군지 알아?"

단은 고개를 저었다.

"EU로또야."

"우르술라와 피오나가 당첨되어 거액의 상금을 받았다는 그곳 말이야?"

"맞아."

"덴마크 회사인가?"

"독일 회사야. 크리스티안순 인베스트가 덴마크 당첨자들을 관리하고 있지."

"그 회사는 로또 당첨자들을 어떤 식으로 관리하는데?"

"미카엘의 죽음과 관련해서 그 부분을 상당히 꼼꼼하게 조사해봤는데 말이지." 플레밍이 설명을 했다. "우리 수사에 의미 있을 만한 건 아무것도 발견하지 못했어. 그래도 수고를 한 보람은 있었지. 일정 액수 이상—내 생각에 기준이 200만 크로네일 것 같은데—당첨금을 받는 사람에게 EU 로또가 자금 투자나 세금 등의 문제와 관련해서 개인적인 상담을 제공하는 거야. 덴마크에서는 그 상담 일을 크리스티안순 인베스트가 맡아서 하고 있지."

"방금 그 말은 에릭 캐스펠트가 언제든 당첨자 리스트를 손에 넣을 수 있다는 거야?"

"반드시 그렇진 않아. 처음부터 상담받을 의향이 있는 당첨자만 에릭 캐스펠트의 부서로 넘겨지거든."

"그럼 그가 온갖 개인 신상정보도 다 가지고 있겠네. 예컨대 가족 사항이라든가 나이……."

플레밍이 어깨를 으쓱했다. "물론이지."

"그렇게 연결되어 있었군!" 단은 진정하기가 힘든 듯 벌떡 일어나 말을 이었다. "캐스펠트는 잠정적 피해 여성을 물색해서 J. H.에게 정보를 건네주고 짐작하건대 실무와 관련해서 그에게 몇 가지 도움을 준 후 그다음 일은 그가 알아서 하게 했겠지."

"캐스펠트는 왜 그런 짓을 했을까?"

"자기 몫으로 얼마씩 챙겼겠지."

"하지만 J. H.의 변호사 행세를 하는 건 에릭 캐스펠트 같은 사람에게 너무 위험한 일 아닌가? 그러다 피해 여성들 가운데 누군가 친절한 투자상담가였던 그를 알아보면 어쩌려고."

단은 다시 자리에 앉았다. "그가 직접 당첨자들과 상담을 한다고 누가 그랬어? 틀림없이 상담은 부하직원들이 할 거야."

"그건 알아보면 금방 확인할 수 있겠지." 플레밍이 말했다. "내일 아침 우리가 그를 연행해서 그 로또 당첨과 관련된 모든 과정을 다시 한번 낱낱이 조사해봐야겠어. 미카엘이 살해된 것도 그 때문이 아닐까? 거기서 벌어지고 있는 사기행각을 그가 알게 되었다면? 캐스펠트의 알리바이도 다시 조사해보는 게 좋겠어."

플레밍이 열심히 다음 단계를 열거하는 동안 단은 아무 말 없이 앉아 있었다. 그는 허공을 응시하며 생각에 잠긴 듯하더니 입을 열었다. "내 생각엔……." 그가 말을 꺼내다 말고 다시 가만히 있었다.

플레밍이 답답한 듯 그를 쳐다보았다. "뭔데 그래? 말해봐."

"방금 나눈 이야기는 일단 우리 둘만 알고 있는 게 좋을 것 같아서." 단이 하려던 말을 마쳤다.

"무슨 말이야, 그게?" 플레밍이 몸을 쭉 뻗으며 물었다. "우린 살인 사건을 수사 중이야. 사건 해결에 중요한 열쇠가 되는 정보라면 활용할 수밖에 없다고. 그런 중요한 정보를 우리 팀원들에게 비밀로 할 수는 없어."

"아니, 그게 아니라……."

"그게 아니면 뭔데?"

단은 테이블 상판에 시선을 향한 채 생각을 정리했다. "우리가 당분간은 좀 비밀리에 수사를 진행했으면 좋겠다고 하는 건 다 그럴 만한 이유가 있어서야." 그가 차근차근 설명하기 시작했다. "첫째, 너나 나나 요하네스 한센을 잡는 게 공동의 관심사지. 내가 아는 한, 그는 결코 호락호락한 조무래기가 아니야. 내 사건에서는 어쨌든 거물급이라고. 그리고 동시에 그는 네 살인에 연루되어 있기도 하지."

"내 살인이라니?"

"내 말이 무슨 뜻인지 알잖아. 네가 지금 당장 에릭 캐스펠트를 소환해서 심문한다면, 요하네스 한센이 꼬리를 감추고 숨어버릴 우려가 있어서 그를 잡는 건 물 건너가는 거지."

플레밍은 미동도 없이 앉아 있었다. "계속해봐."

"게다가 우리가 EU로또와 관련된 일에 너무 지나치게 호기심을 보이며 뒷조사를 하기 시작하는 것도 괜히 캐스펠트와 요하네스 한센에게 조심하라는 경고만 해주는 꼴이 될 수도 있고."

"그래서 어떻게 하자는 건데?"

"우선 에릭 캐스펠트를 전면적으로 감시해야 돼. 밤낮으로 그를 감시하고 그의 전화를 도청하며 메일을 체크하는 거지. 그러다 보면 언젠가는 그가 우리를 요하네스에게 데려다줄 거야. 그렇게 되면 너와 나 둘 다 사건을 아주 신속하게 해결할 수 있어."

플레밍이 시선을 들었다. "네가 하는 말 잘 들었어, 단. 그런데 그 정도 스케일의 감시에 필요한 검찰 측 동의를 받으려면 어떻게 해야 하는지 제대로 알고는 있는 거야?" 그는 고개를 절레절레 흔들었다. "테러 범죄나 국제적인 마약밀매 정도의 사건은 돼야 명함을 내밀 수 있지. 기껏해야 결혼 사기꾼을 알고 있는 것 같고 어쩌면 살인사건에 연루되어 있을지 모르는 누군가를 감시하겠다고 하면 씨도 안 먹힐걸. 그러려면 훨씬 더 강력한 게 필요하다고."

"그러니까 내가 알아서……."

"네가 알아서 뭘 어쩌겠다고?" 플레밍이 눈썹을 치켜 올렸다. "설마 네가 직접 감시를 하겠다는 거야?"

단은 어깨를 으쓱했다. 본인이 듣기에도 참 어처구니없는 말이었다. "어쩌면 낮에는 로테가 그를 감시하고 내가……."

"그만!" 플레밍이 갑자기 목청을 높였다. "그 방법은 생각조차 하지
마. 로테는 살인사건에 휘말린 상태야. 그녀는 피살자와 가장 가까운
직장 동료였고, 그의 시신을 발견했지. 더구나 그녀는 마땅한 알리바
이조차 없다고. 그러니까 그녀와 손을 잡을 생각은 아예 하지도 말란
말이야, 알겠어?"

"그럼 뭐 내가 직접⋯⋯. 아니면 도움받을 만한 사람이 분명 있을
거야."

"단. 제기랄! 말도 안 되는 소리 집어치워. 하루 종일 감시하는 게
얼마나 못 할 짓인지 알기나 해? 너 혼자서 어떻게 해볼 수 있는 일
이 절대 아니라고. 게다가 그 남자의 전화 도청과 이메일 체크는 또
어쩔 건데? 무슨 방법이 있어?"

"적임자를 한 명 알고 있긴 한데 말이지."

"그 이상은 어차피 얘기 안 해줄 거잖아, 단."

잠시 동안 두 사람은 아무 말도 하지 않았다. 단이 한숨을 내쉬었
다. "만약 우리가 전자식 도청 방식을 제쳐놓는다면? 그래도 내가 누
군가를 감시하기 위해선 법적 허가가 필요한가?"

"아니, 하지만⋯⋯."

"그럼 네가 부하직원들을 몇 명 배치해서 한두 주 감시하게 하면
어떨까⋯⋯. 언젠가는 그가 반드시 요하네스 한센과 연락을 취할 테
니까."

"난 그런 일을 시킬 부하직원이 없어. 그리고 네가 피해 여성들에
대해 이야기해준 게 전부 맞다고 해도 그가 얼마간 시간 간격을 두고
사기행각을 벌이는지 일정한 패턴이 없잖아. 요하네스가 다시 모습
을 나타낼 때까지 몇 달이 걸릴 수도 있다고, 단."

"글쎄, 네 말이 맞을지도 모르지……." 단의 시선이 다시 먼 허공을 향했다. "하지만 거액의 당첨금과 적당한 프로필을 가진 여성이 언제 나타나는가에 따라 시간 간격을 짐작할 수 있지 않을까? 그가 정말로 모든 여성 당첨자들에 대한 신상정보를 얻을 수 있다면, 공들이지 않고 처음부터 그들을 추려낼 수 있으니까 어차피 성공 가능성이 없는 일에 시간을 낭비할 필요가 없겠지. 어린 자녀가 있는 유부녀를 꼬셔봤자 승산이 없을 테니까, 안 그래?" 그는 한 방울도 남김없이 잔을 비우더니 맥주 거품이 유리잔 옆면에 남긴 무늬를 들여다보았다. 그리고 천천히 고개를 들었다. "그리고 만약 우리가……."

"또 뭐?"

단은 플레밍의 얼굴을 똑바로 쳐다보았다. "네가 그걸 아는 게 좋을지 어떨지 잘 모르겠어. 그냥 간단하게 네가 감시를 맡으면 내가 몇 가지 다른 일들을 처리하는 걸로 하면 안 될까?"

"너 설마……."

"말했다시피 너는 수사의 공식적인 부분에 집중하는 게 최선일 거 같아. 그 나머진 네가 모르는 게 약일 테니까."

"단, 난 정말 모르겠어……."

"오늘부터 2주만 시간을 줘."

플레밍은 뒤로 몸을 기대고 그의 오랜 벗을 쳐다보았다. 그는 그 고집스러운 입모양과 살짝 가늘게 뜬 눈이 단호함의 표현임을 잘 알고 있었다. 다만 문제는 다른 사람들이 그의 말에 너무 쉽게 설득당한다는 것이었다. 그가 일단 어떤 확고한 생각을 갖게 되면 그의 말에 반기를 드는 사람은 거의 찾아볼 수 없었다. 더군다나 그의 생각이 옳을 때가 많았다. 그래서 그의 말에 이의를 제기하려는 사람은 대단히 불리한 패를 손에 쥐고 있는 것이나 마찬가지였다. 다른 한편으로 플레밍은 자신이 하고 있는 수사에 대해서도 책임을 져야 하는 입장이었다. 저러다 반미치광이 같은 아마추어가 살인사건을 망치기라도 한다면 정말 끝장이었다. 이번에도 단의 말이 맞았다. 단이 곧 하게 될 일을 플레밍이 차라리 모르는 편이 최선일 것이다.

"딱 2주야. 내가 너한테 부탁할 건 그것뿐이라고."

플레밍은 벌떡 일어나 자신의 손목시계를 들여다보았다. "오늘이 3월 29일 목요일이니까 즉시 눈에 띄지 않게 몰래 감시하라고 지시해놓을게. 그리고 네가 4월 16일 월요일까지 구체적인 성과를 가져오지 못하면 감시를 중단시키고 에릭 캐스펠트를 소환해서 심문할 거야."

"모레부터 부활절 휴가가 시작이야, 플레밍. 그러니까……."

플레밍이 고개를 저었다. "네가 더 많은 시간을 원하는 건 이해해. 하지만 그 때문에 수사 전체가 지연되는 건 변명의 여지가 없는 일이지. 수사가 비공식적으로 진행되든 말든 말이야."

"난 처리해야 할 일이 산더미야. 그래서 만약 내가……."

"그사이에 네가 무슨 일로 바빠질지는 전혀 듣고 싶지 않아. 하지만 네가 뭔가 범죄행위를 저지른다는 말이 조금이라도 들리면 내가 너를 중단시킬 거야. 알겠어? 무단침입도 안 되고 습격이나 불법 행위도 안 돼."

단은 고개를 저었다. "날 믿어줘."

플레밍은 문 쪽으로 몸을 돌리려다가 단의 입가에 비웃는 듯 무례한 미소가 떠오르는 것을 보았다. "단, 그거 알아? 내가 꿈에도 생각 못 할 게 바로 너를 믿는 거야. 넌 절대 믿을 수 없거든. 그렇지만 적어도 이성적으로 처신하겠다는 약속은 해줘. 미카엘 키엘센을 살해한 혐의를 받는 자가 두 명이면 결코 안전을 장담할 수 없으니까."

그가 밖으로 나가고 현관문이 닫히더니 잠시 후 벨이 울렸다. 단이 문을 열자, 플레밍이 말했다. "그건 그렇고, 그 발뷔에서 일어난 자살 사건을 캐볼 생각이야. 사건 경위를 들어보니 이상한 점이 한둘이 아니라서. 경찰이 그런 사건을 철저한 조사도 없이 종결시킬 리가 없거든. 그리고 정말 네 주장대로 그가 암에 걸렸다고 사기를 친 거라면, 그를 진료하거나 그가 환자 행세를 할 수 있게 도와준 사람이 있겠지. 그가 어떻게 피해 여성의 전 재산을 차지하고 부동산을 포함해서 집까지 감쪽같이 매각할 수 있었는지 참 기가 찰 노릇이다."

25

2007년 4월 1일 고난주일

"나야, 누나. 미리 전화를 못 해서 미안해. 오늘 저녁 누나 집에 가려고 하는데 괜찮을까 싶어서."

"물론이지. 라우라도 같이 와?"

"아니, 라우라는 친구 집에 갔어. 대신 조그만 강아지를 한 마리 데려갈까 하는데."

"어머, 세상에! 강아지를 입양했어?"

"진정해. 우리가 잠시 돌봐주고 있는 것뿐이니까. 좀 미심쩍은 마리아네 환자들 중 한 사람이 키우던 강아지야."

"그래? 강아지가 귀엽고 순하기만 하면 상관없지."

"우리가 뭐 가져갈 거 없어?"

"너희의 그 임시보호견 말고? 없어. 내가 장을 다 봐놨거든."

"와인 한 병 가져갈까?"

"이미 다 사놨다니까……. 근데, 평소의 너답지 않게 왜 젠틀맨 행세를 하는 거지? 무슨 꿍꿍이야?"

"무슨 말이야?"

"나한테 그렇게 순진한 척 좀 하지 마. 네 목소리만 들어도 알 수 있으니까."

"음……. 그게 그러니까……."

"속 시원하게 털어놔봐."

"저녁 먹으면서 다 이야기해줄게. 알겠지?"

그는 그녀의 숨소리를 듣고 그녀가 얼마나 조급해하는지 알 수 있었다. 아무리 궁금해도 참고 기다리는 건 여전히 벤테와 거리가 먼 이야기인 것 같았다. 하지만 그녀는 결국 단념하고 통화를 끝냈다.

다음은 오덴세에서 연락해 온 부인에게 전화를 걸 차례였다. 그녀는 그의 느닷없는 질문에 다소 당황한 듯했지만, 잠시 후 자신이 EU 로또로 300만 크로네에 가까운 당첨금을 수령했다는 사실을 밝혔다. 그로부터 한두 달 후 그녀는 예스페르 훈스베드라는 남자를 만나게 되었다고 했다.

"그 당시에 난 그 남자를 만난 게 두 번째 로또 당첨이라고 생각했어요. 나중엔 물론 두 번째 로또 당첨은커녕 아무것도 남은 게 없는 느낌이었지만요. 그가 종적을 감추기 전에 돈을 거의 다 자기 계좌로 송금했더라고요." 그녀의 웃음소리가 허탈하게 들렸다.

"그자를 경찰에 신고하셨나요?"

"네, 그럼요. 당연히 신고했죠. 별 소득은 없었지만요. 새처럼 훨훨 날아가버린 거죠."

단은 고맙다고 인사한 다음 월요일에 만나기로 한 약속을 재차 확인했다.

이어서 그는 리세로테 잉달에게 전화를 걸었다. 기대를 저버리지 않고 그녀는, 비르기테 욘스의 죽은 남편이 어디서 그 많은 재산이 생겨서 그 유산을 남기게 되었는지 잘 알고 있었다. 그 재산은 그가 죽기 몇 달 전에 받은 거액의 로또 당첨금이었다. 비르기테는 불쌍한 남편이 그 돈을 제대로 써보지도 못하고 죽은 걸 생각하면 너무 안타깝다고 그녀에게 털어놓았다고 했다. 그녀의 남편이 평생 꿈꾸던 로또 당첨금이었다면서. 리세로테는 당첨금이 얼마였는지는 모르겠지만 그의 미망인이 이자만 받아도 아무 걱정 없이 먹고살기에 충분한 금액이라고 말했다. 그녀는 비르기테의 남편이 EU로또인지 어느 복권에 당첨된 건지는 알지 못했다. 그게 뭐 중요하겠나?

단은 지붕창 밖을 내다보았다. 이웃집 남자가 지붕 용마루 위에 앉아 부서진 기와를 교체하고 있었다. 어떻게 저 높은 곳에 아슬아슬하게 앉아 있을 생각을 할 수 있지? 높이가 얼마쯤 되려나? 8미터? 아니면 10미터? 단은 불현듯 창문을 열고 이웃 남자에게 조심하라고 소리치고 싶은 충동에 휩싸였다. 보나마나 높은 지붕 위에 앉아 진정한 사나이라도 된 기분을 느끼겠지. 망치와 못 그리고 비 새는 자리를 어떻게 다뤄야 하는지 잘 아는 남자, 일단 타이어를 한번 발로 차보지 않고는 중고차를 살 생각조차 하지 않는 남자……. 진정한 남자라면 다른 남자가 조심하라고 외치는 걸 원치 않겠지.

리세로테와 통화하고 나서 단은 왠지 불안해졌다. 요하네스 한센이 EU로또에 당첨된 여자들만 노렸고 또 처음부터 여성 당첨자들 중에서 사기 칠 대상을 추려냈다면, 어떻게 그가 비르기테 욘스를 만나게 되었을까? 당첨금을 받은 사람은 그녀의 남편이었는데? 그렇다면 요하네스 한센과 에릭 캐스펠트가 당첨자의 삶을 추적하고 심지어 사망 사건이나 이혼까지 조사한 걸까? 그게 사실이라면 유럽 전역에서 규모가 가장 큰 이 로또에 일단 당첨된 사람은 여생을 관찰당하면서 보내게 되는 셈이다. 적어도 덴마크 당첨자들, 더 자세히 말하자면 상담에 동의한 덴마크 당첨자들은 다 그럴 것이다. 단이 머릿속에 그리고 있는 계획이 성공하려면, 그토록 엄청난 불행을 초래한 돈의 출처에서 실마리를 찾아야 했다. 그러려면 EU로또 회사에서 그가 믿을 만한 사람을 찾는 것이 급선무였다.

단은 아무것도 모른 채 위험천만한 일을 계속하고 있는 이웃집 남자한테서 시선을 거둘 수밖에 없었다. 그는 다시 모니터 화면을 응시했다. EU로또……. 구글에 검색을 맡기자 2초 후 회사 홈페이지가 화면에 떴다. 모든 면에서 대단히 믿음이 가고 시원스러운 청록색 뉘앙스에 단순하면서도 친절해 보이는 인상이었으며, 언어는 독일어와 영어, 프랑스어, 스페인어 중에서 선택할 수 있었다. 매우 유럽적이고 단정하며 서비스를 중시하는 분위기였다. 유치한 황금별이나 네잎클로버 잎 따위는 전혀 찾아볼 수 없었다. 이 홈페이지를 보고 천박한 마권업자나 경주마 또는 싸구려 즉석복권을 떠올리는 사람은 아무도 없을 것 같았다. 그보다는 은행이나 치과병원의 홈페이지 같은 인상을 풍겼다. 프로페셔널한 단의 눈에는 이렇게 지루할 정도로 차분한 분위기를 선택한 의도가 뭔지 훤히 들여다보였다. 이 홈페이지는 그의 컴퓨터 화면에 으레 등장하여 첫 방에 거액의 상금을 탈 수 있다고 장담하는 알록달록한 '백만장자가 되어 내일 당장 타히티로 떠나라'는 광고들과 완전히 차별되는 유형의 고객을 끌기 위한 것이었다. EU로또의 대상 고객은 점잖은 도박꾼, 즉 자신의 도박 욕구를 신중한 투자로 그럴싸하게 포장한, 건전하고 진지한 사람들이었기 때문이다.

그는 여러 가지로 다양하게 제공되는 구매서비스를 클릭해보았다. 구매자의 지로계좌에서 매달 자동으로 일정액이 빠져나가는 경우가 대부분이었다. 그리고 당첨금도 마찬가지로 구매자의 계좌로 이체되었다. 지저분한 현금이나 은색 종이칩 따위를 주고받을 일이 없기에 위생적이고 효율적이며 안전했다. 단은 그런 도박게임의 유혹에 한 번도 넘어가지 않은 자신이 다행스러웠다. 안 그랬다면 건전해 보이는 EU로또의 유혹에서 벗어나기가 힘들었을 것이다. 그는 자신이 바로 타깃 고객층에 해당된다는 것을 알고 있었다. 'EU로또 소개'라고 되어 있는 페이지에서 그는 회사 임원들의 연락처 정보를 발견했다. 그는 고객응대 책임자라고 소개되어 있는 일제 슐츠-위르겐센이라는 이름의 젊은 흑발 여성을 선택했다. 단은 갑작스럽게 돈방석에 앉은 여성들을 상대로 치는 지능적인 사기를 수사하고 있는 사립탐정이라고 자신을 소개하고 빠른 시일 내에 만났으면 좋겠다는 메일을 영어로 꼼꼼하게 작성했다. 본사는 베를린에 있었지만, 비행기를 타고 가면 눈 깜짝할 사이에 도착할 수 있는 곳이라 아무 문제 없었다. 이제 그는, 좋은 인상을 지닌 그 여성이 자신을 만나보고 싶어 하고 또 자신의 생각에 호감을 갖게 되기만을 바랐다.

단은 자리에서 일어나 지붕 위에서 망치를 휘두르고 있는 이웃 남자를 마지막으로 힐끗 보고 주방으로 갔다. 마리아네가 밀가루 반죽을 치대고 있었다. 그녀의 뺨은 빨갛게 상기되어 있었고, 그녀가 입은 진녹색 블라우스에는 밀가루가 여기저기 묻어 있었다. 그녀가 미소를 지으며 물었다. "통화했어?"

단의 눈빛이 돌연 멍해졌다.

마리아네는 숙이고 있던 몸을 똑바로 세웠다. "가끔씩 정말 짜증나, 단. 당신이 그렇게 어리둥절하다는 표정을 짓는 걸 보면······. 당신 누나, 벤테 말이야. 누나한테 전화한다고 위층으로 갔었잖아."

"아, 벤테! 통화했어. 7시쯤 누나 집에 가기로 했어."

"뭐 가져갈 건 없나?"

"아무것도 필요 없대." 단은 냉장고 문을 열고 잠시 안을 살피더니 다시 문을 닫고 식탁 위 과일바구니 안에서 배 하나를 집어 들었다. 왠지 모르게 불안감이 들었다. 할 일은 많은데, 정신 차리고 위층으로 올라가 일할 수가 없었다. 의뢰받은 광고문안 외에도 그는 우르술라와 그녀의 딸에게 건넬 보고서를 세 건이나 작성해야 했다. 그는 보고서 세 건을 다 쓰는 데 한 시간이면 충분할 거라고 스스로를 설득하려 했다. 한 시간! 이 게으름뱅이야, 그 정도면 된다고. 하지만 그는 지금 서재로 돌아가면 유튜브나 다른 것에 정신이 팔려 아무것도 못 하게 되리라는 것을 잘 알았다.

그는 마리아네가 반죽 치대는 작업을 끝내고 반죽이 발효되도록 줄무늬 행주를 덮어 옆으로 치워놓는 모습을 지켜보았다. 그녀는 손톱솔로 손을 문지른 다음 헹구고 다시 비누칠을 하더니 또 한 번 헹구는 식으로 손을 철저하게 씻었다. 손톱까지 깨끗이 씻어내고 손에 로션을 바르면서 그녀는 고개를 들고 미소를 지었다. "심심해, 대니 보이?"

자신이 의식한 것보다 더 오래 딴생각을 하고 있던 그는 움찔했다. "룸펠 데리고 잠깐 산책이라도 다녀올까?" 그가 물었다. "날씨가 너무 좋아서."

마리아네는 싱긋 웃으며 고개를 저었다. "일하기 싫어서 그러는 거잖아." 그녀가 두 팔로 그를 안았다. "내가 당신을 모를까 봐? 하지만 좋아! 나도 당신과 산책하고 싶으니까. 어차피 반죽이 발효되려면 시간이 걸리기도 하고."

26

2007년 4월 1일 고난주일 저녁

　단의 맏누나 벤테는 크리스티안순의 옛 조선소 주위에 새로 형성된 주택단지에서 살고 있었다. 시내에서 동쪽으로 흡사 인공 섬처럼 놓여 있는 옛 조선소 건물들은 사무실로 개조되어 주로 건축사무소나 광고대행사 같은 회사들이 입주해 있었다. 18세기에 지어져 최근에 개조된 이 산업건축물 주위에는 여러 층의 고급 주택들이 빙 둘러서 있었다. 대부분 넓은 테라스가 있고, 간혹 저 너머로 피오르 지형을 조망할 수 있는 집들도 있었다. 순베르케라는 이름만큼이나 이 지역에서 사는 건 멋진 일이었다. 하지만 다른 사람들의 라이프스타일에 관해 나름 전문가라고 할 수 있는 단은 이곳에서 사는 게 도대체 뭐가 멋지다는 건지 이해되지 않았다. 대중교통 연결이 잘 안 되어 불편하기 짝이 없는 데다 장을 보러 갈 곳이 단 한 군데도 없었다. 게다가 거의 10년이 다 되어가도록 그 구역 전체가 굴삭기와 자갈 실은 화물트럭 그리고 레미콘 등이 서로 경쟁하듯 앞다투어 길을 가로막는 진흙탕이나 다름없었다. 단은 예전에 출근하던 광고대행사가 순베르케에 있었기 때문에 끝날 줄 모르는 그 건축공사가 얼마나 성가신지 누구보다 잘 알고 있었다.

　신축 주택에 살면서 아주 만족스러워하는 사람들도 물론 많을 테

216

지만, 단이 그곳에서 유일하게 알고 있는 그의 누나 집은 그야말로 대재앙이라고 그는 생각했다. 그의 누나 집은 그 신축 단지의 다세대 주택 1층에 있었는데, 썰렁한 잔디밭과 맞은편 단지 말고는 보이는 게 아무것도 없었다. 이 주택단지의 집들은 창문이 바닥에서 천장까지 통유리로 되어 있어서 지나가는 사람들이 시선을 진흙 바닥에 계속 내리깔고 있지 않는 한, 거주자의 사적인 공간까지 들여다볼 수밖에 없었다. 단은 시선을 내리깔지 않고 스스럼없이 그 수족관 같은 창문 안을 들여다보며 거주자의 숨김없는 생활상을 엿보곤 했다. 예를 들어 어느 집이 아침 식사하고서 식탁을 치우지도 않고 출근했는지, 또 어느 집 실내 자전거에 먼지만 잔뜩 쌓여 있는지 훤히 들여다보였다. 그런가 하면 벗어서 어딘가 처박아놓은 양말도 간혹 눈에 띄었고, 몇 집이나 아르네 야콥센의 시리즈 세븐체어를 사는 데 돈을 썼는지 한가롭게 세어볼 수도 있었다. 결코 적은 수가 아니었다.

이곳 집들의 실내 인테리어가 공통적으로 보여주는 특이점은 거주자들이 하나같이 유리창의 높이를 고려하지 않은 채 가구를 배치했다는 것이었다. 마치 창문이 벽을 대신하고 있다는 사실을 전혀 모르는 것처럼 가구나 소품, 가재도구 등을 배치해놓아서 지나가는 사람들 눈에는 별로 보기 좋은 광경이 아니었다. 말하자면 소파나 책장, 오디오 세트, 텔레비전, 컴퓨터 같은 것들을 전부 밖에서 뒷면이 보이게 배치해놓는 식이었다. 그래서 책들도 창밖에서는 바깥 책등이 아니라 누렇게 뜬 종이 단면만 보이게 책장에 꽂혀 있었고, 사진 액자도 밖에서 회색이나 검은색 뒷면만 보이게 세워져 있었다.

단이 이 구역을 지나가면서 거실 쪽을 들여다보는 동안 그 집 안에 있던 누군가를 발견할 때도 있었다. 그럴 때마다 자신의 사생활이 침

해당한다고 느낀 거주자가 그에게 분노에 찬 시선을 던지거나 가운 뎃손가락을 들어 보이곤 했다. 그런 행동이 단은 아무리 생각해도 도대체 이해가 가지 않았다. 지나가는 사람들이 자기 집을 들여다보는 게 싫으면, 수족관처럼 안이 훤히 보이게 지어진 집을 애초에 사지를 말았어야지. 처음엔 '와우, 바닥부터 천장까지 다 유리창으로 되어 있네!'라고 좋아하다가 이사하자마자 '이런, 바닥부터 천장까지 다 유리창으로 되어 있으니……'라고 한탄한 것일까? 지나가는 행인이 자기 집을 훔쳐보는 것을 좋아할 사람이 없으리라는 건 이해되고도 남았다. 그 자신도 사생활을 보호받고 싶은 바람이 누구보다 강했으니까. 이런 유리 진열장 같은 집에 이사 오는 건 절대로 생각조차 하지 않을 것이다. 게다가 이 가격에? 어림없는 일이었다. 단의 누나는 굴삭기를 찾아볼 수 없는 것은 물론이고 더럽지도 않으며 수족관 같은 유리창도 없는 구역보다 대충 따져서 30퍼센트 더 적게 지불하고 그녀의 집을 샀는데, 그렇게 덜 지불해도 되는 구역이 아닐 경우엔 손님들이 주변에 주차할 공간도 충분히 여유 있긴 했다.

오늘 그는 벤테의 집을 완전히 새로운 시각으로 보게 되었다. 그가 생각 중인 계획에 벤테를 동참시킬 수 있다면 그녀의 집이 대단한 이점으로 작용할 수도 있기 때문이었다. 어느 각도에서 그녀의 집을 관찰하든 그 안에서 일어나는 모든 일을 훤히 들여다볼 수 있다. 단은 마리아네와 함께 공과대학 부근에서 발견한 주차장에 차를 세우고 누나네 집까지 500미터나 되는 길을 터덜터덜 걸으며 계속 두리번거리느라 바빴다. 그는 현관문을 관찰할 수 있는 지점을 모두 체크했고, 그리 멀지 않은 곳에 어느 정도 편안하게 앉아 쉴 수 있는 벤치들이 설치된 놀이터가 있다는 것을 기억해두었다. 그리고 보트 창고의 입구에 서 있을 때 보이는 각도가 어떨지 상상해보기도 했다.

"도대체 뭐 하는 거야?" 마리아네는 단의 눈이 분주하게 움직이는 것을 알아차린 듯했다. "또 뭔가 꾸미는 건 아니지?"

단이 어깨를 으쓱했다. 그는 오늘 저녁에 타이밍을 봐서 자신의 계획을 말해줄 생각이었다. "이따 누나 집에 가서 설명해줄게."

"설마 당신이 맡은 그 사기꾼 사건에 벤테 누나를 끌어들일 생각이라면 꿈도 꾸지 마." 마리아네가 그에게 경고하듯 말했다. 그러고는 갑자기 멈춰 서더니 큰시누이에게 주려고 가져온 꽃다발을 위협하듯 흔들어대면서 자신의 말이 진심임을 강조했다. "누나한테 그런 짓을 해서는 절대 안 돼. 그 남자는 너무 위험하다고."

"누나 집에 도착할 때까지 기다려." 단은 그렇게 말하고 계속 걸었다. 그가 자동 리드줄을 매어 데려가고 있는 룸펠은 긴 귀를 바람에 펄럭이며 열심히 달려가고 있었다.

"단, 맙소사!" 마리아네가 중얼거리면서 그의 뒤를 쫓아왔다. "누나한테 함부로 해서는 안 돼!"

잠시 후 두 사람은 베르무트(포도주에 향료를 넣어 우려 만든 술—옮긴이)를 한 잔씩 마시며 양 넓적다리 요리가 완성되기를 기다리고 있었다. 나머지 음식은 식탁 위에 이미 차려져 있어서 벤테도 잠시 동생 부부와 합석할 수 있었다. "자, 단! 나한테 부탁하려는 게 뭐야?" 그녀는 룸펠에게 눈처럼 하얀 가죽소파에 개가 올라가면 절대 안 된다는 것을 이해시키려고 애쓰면서 단도직입적으로 물었다.

"그럴 줄 알았어!" 마리아네가 남편의 어깨를 때렸다. "정말이지 너무해!"

"아야!" 그는 웃음이 나오는 것을 참을 수 없었다. "일단 기분 좋게 식사부터 하면 안 될까?"

"어서 말해봐. 안 그러면 나도 너를 두들겨 팰 테니까!" 벤테가 싱긋 웃었다. "네가 나를 이용하려는 일이 도저히 불가능하면 그때 가서 내가 싫다고 하면 그만이잖아."

"절대 불가능해요." 마리아네가 설명하려 했다. "보나마나 뻔해요. 현재는 단이 머릿속으로만 가지고 있는 계획이고, 그가 벤테한테 원하는 것은 그 사건과 연관이 있는 게 분명하다고요."

"탐정 일이야?" 벤테는 낮은 소파에 앉은 채 몸을 앞으로 숙여 팔꿈치를 무릎 위에 대고 받치는 자세를 취했다. 중간 길이의 갈색 머리를 목덜미에서 느슨하게 커다란 은색 핀으로 묶고 있는 그녀는 파란 눈을 반짝이며 더 자세한 이야기를 듣고 싶어 몸이 단 모습이었다. 크리스티안순 시의 재정부서 공무원으로 일하는 것이 벤테의 변덕스럽지 않은 기질에 안성맞춤이긴 했으나 딱히 긴장감을 느낄 수 있는 순간이 없어 무료해 보였다. 그런 그녀가 보기에 단의 삶은 숨이 멎을 듯 흥분되는 것일 수밖에 없었다. 그녀는 그 삶의 일부라도 함께 나눌 수만 있다면 무슨 일이라도 달려들 기세였다. "대체 무슨 일인데?"

"결혼 사기꾼과 관련된 일이에요." 마리아네가 대답했다. "안 그래, 단?"

두 여자의 머리 위에서 기대감이 네온사인 광고처럼 깜빡거리는 것 같은 모습에 단의 얼굴에 다시금 미소가 떠올랐다. 그들은 뭐 야한 농담이 없을까 궁리 중인 여학생들 같아 보였다.

"맞아, 결혼 사기꾼하고 연관된 일이야. 사실 누나한테 부탁하면 안 되는 일인데. 그러니까 누나가 내키지 않으면 얼마든지 거절해도 돼." 그는 며칠 전 플레밍에게 해준 설명과 거의 한 마디도 빼지 않고 똑같이 마리아네와 벤테에게 사건의 자초지종을 얘기해주었다. 처음에 그들은 소파 테이블에 둘러앉아 있다가 식탁으로 자리를 옮겨 식사를 하면서 이야기를 이어나갔다. 그동안 룸펠은 마리아네의 발치에 엎드려 코를 골며 잠들어 있었다. 그들이 디저트를 먹을 즈음, 단이 자신의 계획을 털어놓았다. "플레밍더러 에릭 캐스펠트를 2주 넘게 감시해달라고 하기는 아무래도 힘들 것 같아. 그리고 그 짧은 시일 안에 무슨 일이 일어나리라는 보장도 없고. 에릭 캐스펠트가 직접 피해자를 고르고 그 대상이 언제나 EU로또의 고액 당첨금을 수령한 중년 여성이라는 내 추론이 맞는다면, 다음의 잠재적 피해 여성이 3일 후에 나올지 아니면 6개월 후에나 나올지 알 수 없지. 그래서 생각해봤는데, 캐스펠트가 감시당하는 2주라는 이 짧은 시간 안에 무슨 일이 당장 일어나게 만들어야겠더라고. 그러려면 누나의 도움이 필요해."

"나를 미끼로 쓰려는 거야?" 벤테의 얼굴 표정이 진지해졌다. 마리아네는 룸펠을 무릎 위에 올린 채 웬일인지 아무 말도 하지 않고 가만히 있었다.

"일이 잘 풀리면 이번 주 초에 EU로또의 당첨자 관리부서 책임자와 이야기를 해볼 생각이야. 고객서비스 측에 연락을 취해놨으니까 기다려보자고." 단은 잔을 비우고 벤테가 더 마시겠냐고 묻는 표정으로 술병을 내밀자 고개를 저었다. "크리스티안순 인베스트에 허위정보를 넘겨주도록 그 책임자를 설득해보려고. 특별 이벤트로 고액의 추가 복권 추첨이 진행되었는데, 당첨자가 크리스티안순 출신의 벤테 페트리라는 여성이며 상담에도 동의한다는 의사를 밝혔다는 내용의 메일을 보내달라고 말이야."

"상관없는 거지만, 내가 받는 당첨금이 얼만데?"

"적어도 1,000만 크로네는 돼야지. 요하네스 한센이 미끼를 물지 않고는 못 배기도록 만들려면 그 정도 액수는 돼야 해. 유감스럽게도 누나는 단 1크로네의 당첨금도 구경할 수 없겠지만, 적어도 서류상 으로는 누나가 입이 벌어질 만큼 돈 많은 부인이 되게 해줄게."

벤테는 눈썹을 치켜 올렸다. "네 말을 제대로 이해한 건지 모르겠는데, 넌 내가 1,000만 크로네의 당첨금을 받은 것처럼 행세하기를 원하는 거지?"

"그렇다고 복권 당첨에 대한 이야기를 누군가에게 떠벌릴 필요는 없어. 하루아침에 백만장자가 된 사람들은 오히려 아무 일 없었던 듯 티를 내지 않는다는 인상을 받았거든."

그녀는 당황한 표정으로 손을 내저었다. "무슨 소리야, 단. 내가 왜 그런 걸 떠벌리겠어? 내 말은 백만장자가 되는 것만 빼고 지금까지 해오던 것과 똑같이 하면 되는 거냐고? 그러니까 출근하고, 이 집에 서 그대로 살고……."

"맙소사! 무슨 일이 있어도 이사하는 건 절대 안 돼!" 단이 끼어들었다. "내 계획의 절반은 이 수족관 같은 집에서 누나가 그대로 살아야 성공할 수 있거든."

"나 참, 내 말 좀 끊지 마."

"미안."

"네가 나한테 기대하는 게 뭔지 정확하게 알고 싶어서 그러는 거니까. 그 결혼 사기꾼이 내 복권 당첨 이야기를 듣고 내게 접근해온다고 쳐. 그다음엔 내가 어떻게 해야 하는데? 설마 내가 좋은 일 하는 셈 치고 그와 자기를 바라는 거야?"

단은 그녀를 쳐다보았다. 솔직히 계획을 세울 때 그런 것까지는 미처 생각을 못 했었다. 그는 무례한 대답을 해야 할지 말아야 할지 잠시 고민에 빠졌다. 피해 여성들한테 요하네스 한센이 아직 여성성이 남아 있는 상대를 만족시키는 데 있어 최악은 아니라는 말도 들었기 때문이다. 하지만 그런 말은 입에 올리지 않기로 마음먹었다. "내 계획대로 된다면 그자가 누나에게 가까이 접근하자마자 그를 체포할 거야. 그놈이 누나한테 손가락 하나 대지 않더라도 범행 증거는 충분하거든."

"단……." 마리아네가 끼어들었다. "당신이 누나한테 붙이려는 그자는 대단히 위험한 인물이야. 벤테에게 무슨 일이 생길 수도 있는데 그래도 위험을 감수하겠다는 거야?"

"요하네스 한센의 경우, 사기 칠 여자를 처음 만나는 단계에서는 상대에게 위험한 짓을 하지 않아." 단이 당황하며 반론을 제기했다. "피해 여성의 재산을 야금야금 제 것으로 만들고 난 후에야 나쁜 생각을 하겠지."

"당신이 아는 한은 그렇다는 거잖아. 하지만 그자가 지금까지 어떻게 살아왔는지 전부 다 알아? 발레슬레브에서 일어난 살인사건은 뭔데? 현장에서 그의 지문이 발견되었다며? 그가 자기 남동생을 죽이지 않았다고 어떻게 확신할 수 있어? 당신은 그 남자가 궁지에 몰렸을 때 어떻게 반응하는지 모르잖아."

"누나한텐 아무 일도 없을 거야. 내가 누나를 계속 지켜보고 있을 거니까."

마리아네가 어이없다는 듯 웃음을 터뜨렸다. "당신이? 정말 그럴 수 있다고 생각해? 천만에! 당신은 자기 몸 하나도 지키지 못할 텐데. 사립탐정이 자기를 쫓고 있다는 것을 알아차리고도 그놈이 그렇게 계속 고상을 떨 거라고 누가 그래?"

"내 몸은 내가 지킬 수 있다고!"

"당신이 지난번 살인자가 숨어 있는 집 안으로 잠입했을 때 어떤 일을 당했는지 똑똑히 봤는데 뭘." 마리아네가 흥분해서 말했다. "열다섯 살짜리처럼 구는 꼴이라니!"

"당신이 그렇게 간섭하는 거 보면 꼭 우리……."

"뭐라고? 난 얼마든지 간섭할 권리가 있어!"

"하지만 당신은 우리 엄마가 아니잖아!"

"웬 엄마 타령인지."

"당신은 다행으로 생각해야 돼! 누가 당신 같은……."

"둘 다 그만 좀 해!" 벤테가 갑자기 소리를 질렀다. 그녀는 벌떡 일어나더니 식탁을 치우기 시작했다. "정 싸우고 싶으면 집에 가서 싸우든가. 둘이 싸우는 소리를 듣고 있을 마음은 눈곱만큼도 없으니까. 마리아네, 내 걱정 해줘서 고마워." 그녀는 높이 쌓은 접시 위에 또 유리잔 세 개를 한꺼번에 올리려고 하면서 말을 이었다. "하지만 내 생각엔 마리아네가 걱정하는 만큼 위험할 것 같진 않아. 그리고 어떻게든 그 개자식을 꼭 잡아야 되지 않겠어? 그놈이 우리 같은 여자들을 계속 계획적으로 가지고 놀게 내버려둘 수는 없잖아."

단과 마리아네는 서로를 흘겨보았다. 둘만 있었다면 어느 한 사람이—보통은 마리아네였지만—분을 이기지 못해 울음을 터뜨리기 전까지 싸움을 멈추지 않았을 것이다. 물론 서로 잡아먹을 듯 싸우고 나서도 얼마 못 가 침대에서 격정적으로 화해의 몸짓을 나누면서 화를 풀었을 테지만 말이다. 남녀 관계를 이어가는 데 있어 가장 졸렬

한 방법이지만, 어쨌든 그들 부부한테는 효과가 있었다. 단은 아내의
눈에서 그녀도 같은 생각을 하고 있음을 말해주는 찰나적인 번뜩임
이 스쳐 지나가는 것을 놓치지 않았다. 두 사람은 집에 가자마자 무
엇을 하게 될지 잘 알고 있었다. 그는 참지 못하고 그녀에게 눈짓으
로 신호를 보냈다. 그러자 그녀는 얼른 얼굴 표정을 감추더니 일어나
서 더 이상 아무 말 없이 룸펠을 데리고 사라졌다. 잠시 후 현관문 닫
히는 소리가 요란하게 들렸다.

"마리아네는 이제 하루 종일 너한테 화를 안 풀 건가?"

"아니, 그렇지 않아." 단이 대답하며 자리에 앉았다. "금방 괜찮아질
거야. 다만 화가 한번 머리끝까지 나면 마리아네가 마음을 진정시킬
때까지 시간이 좀 필요하긴 해. 잠깐 산책을 하고 나면 틀림없이 화
가 풀릴 거야."

"커피 마실래?"

"응, 고마워. 설탕 좀 있어?"

벤테는 파란색 줄무늬 커피잔 두 개와 설탕 그릇을 테이블 위에 놓
았다. 두 사람은 잠시 아무 말 없이 나란히 앉아 뜨거운 커피를 홀짝
였다.

"그런데 어떻게 나를 24시간 내내 감시하겠다는 거야? 너도 잠을
자야 할 거 아니야?"

단은 서서히 긴장이 풀리는 느낌이 들었다. 그의 누나가 협조하기
로 마음먹은 것 같았기 때문이다. 잘됐어. 역시 누나가 최고야! 그는
그녀에게 미소를 지어 보이며 벤야민 빈터를 데려와 감시를 교대할
생각이라고 설명해주었다. "여덟 시간 내지 열 시간씩 교대로 하는
거지. 그 정도는 할 수 있어. 한동안은 말이야."

"어디에서 감시하려고?"

단이 어깨를 으쓱했다. "글쎄, 그 생각은 아직 안 해봐서. 잔디밭 위를 어슬렁거리거나 차 안에 앉아 있거나 해야지."

"차를 어디다 세우려고? 이 근처엔 주차장도 없는데."

"창고건물 사이에 차를 세우고 차 안에 계속 앉아 있으면 될 거야. 그러다 누가 오면 순발력을 발휘해서 뭐라고 둘러대든가 하고."

"나한테 더 좋은 생각이 있어. 이리 와봐." 벤테는 일어나서 유리벽 쪽으로 갔다. "저기 저 집 보이지……." 그녀가 다른 단지의 한 다세대주택을 가리켰다. 단은 그녀의 손가락 끝이 가리키는 방향을 눈으로 좇았다. "저기 위에 3층, 오른쪽 창문에 르클린트 조명이 켜져 있는 집 말이야."

"그런데?"

"내가 잘 아는 여자가 그 집에 살거든. 그녀가 캐나다에 갔는데 6월 초까지 집을 비울 거래. 근데 그 집에 들어가 꽃에 물을 주고 우편물을 챙기는 사람이 누군지 맞혀봐."

"그러니까 저 집에 들어가서 망을 볼 수 있다는 거야?"

"영화에서 보면 경찰이 어떤 집을 통째로 빌려서 악당을 감시하는 장면 있잖아. 뭐 그 비슷한 거라고 할 수 있지."

"누나는 역시 천재야!"

"뭘 그 정도 가지고." 그녀는 아랫입술을 깨물었다. "저기, 단……." 그녀가 망설이며 말을 이었다. "만약에 내 동생이 누군지 그자가 알아내면 어떻게 할지 생각해봤어?"

"그게 무슨 말이야?"

"그가 금방 이상한 낌새를 알아차리면 어쩌지?"

"그놈과 관계를 유지하고 말고 할 것도 없어. 우리가 시간 끌지 않고 그자를 최대한 빨리 체포할 거니까. 반드시 그러겠다고 누나한테 약속할게."

"알았어. 나도 한 배를 탄 거야."

"누난 천사야!" 단은 그녀의 이마에 입을 맞췄다. "그런데 정말 괜찮겠어?"

그녀는 싱긋 미소를 지었다.

"내 동생이 저기 건너편에 앉아 나를 지켜주고 있는데, 괜찮지 그럼."

"누나가 출근할 때나 장을 보러 갈 때도 우리가 따라다닐 거야. 그것 말고 또 바깥에 나갈 때가 있나?"

"일주일에 두 번 수영장에 가지. 그런데 탈의실까지 네가 따라 들어오려다간 난처한 일을 당할걸." 그녀가 웃음을 터뜨렸다. "그래도 난 괜찮아, 단. 사실 난 그 요하네스라는 자보다 마리아네가 더 걱정인데."

"같은 배에 탄 걸 환영해!"

두 사람은 잠시 창가에 그대로 서서 어둠 속을 응시했다. 주택단지 사이에 있는 잔디밭 위에서 고개를 숙이고 주머니에 두 손을 꽂은 채 왔다 갔다 하는 여자의 모습이 눈에 들어왔다. 그녀는 한 번씩 멈춰 서서 주위를 둘러보며 나지막하게 휘파람 소리를 냈다. 그 소리에 작고 털이 꼬불꼬불한 갈색 강아지 한 마리가 이쪽에서 또 저쪽에서 그녀를 향해 달려왔다. 단은 그들의 사랑스러운 모습에 뱃속에 따스한 온기가 퍼지는 느낌이 들었고 절로 미소가 지어졌다.

27

2007년 4월 2일 월요일

그들은 크리스티안순 역 광장에 있는 맥도널드 앞에서 만나기로
했다. 단은 전화를 하면서 벤야민이 너무 들뜬 목소리로 반응해 혹시
그가 실망하게 되면 어쩌나 걱정이 될 정도였다. 다른 사람을 하루에
열두 시간씩 지켜보는 건 결코 신나는 일이 아니기 때문이었다.

단은 패스트푸드 가게 앞 기둥에 기대 벤야민이 어디 있는지 둘러
보았다. 학생들과 마약중독자들, 비즈니스맨, 배낭여행객 등 온갖 사
람들이 웃고 떠들고 담배 피우고 먹고 마시면서 그의 옆을 스쳐 지나
갔다. 단은 생각에 잠겨 있었다. 그러다 갑자기 키가 크고 비쩍 마른
몸에 청바지와 바람막이 점퍼를 걸친 남자가 눈앞에 나타나 "안녕하
세요!"라고 외치는 바람에 몸을 움찔했다.

단은 남자의 얼굴을 쓱 훑었다. 짧게 자른 붉은색 머리와 담청색
눈 그리고 꽤나 눈길을 끄는 코…… "벤야민?"

벤야민은 더 활짝 미소 지었다. "아저씨가 저를 못 알아볼 줄 알았
어요. 지난 14일 동안 이번이 두 번째네요. 여기 한번 보세요!" 그는
자신의 눈썹을 가리켰다.

단은 한참을 들여다보다가 드디어 그의 눈썹에서 피어싱이 사라진
것을 알아차렸다. "훨씬 나은데." 그는 벤야민의 어깨를 두드리며 말

했다. "드래드록(여러 가닥으로 땋은 머리 모양—옮긴이)도 없어졌네?"

"엄마가 어제 잘라냈어요. 원래 모발색 부분이 충분히 길게 자라서 잘라도 되겠더라고요. 멋지죠? 사실은 머리를 빡빡 밀어버리고 싶었는데, 엄마 말이 회사에 대머리 탐정은 한 명으로 족하다지 뭐예요."

"머리를 왜 굳이 잘랐어?"

"본인이 그렇게 눈에 띄는 외모인데 감시를 제대로 할 수나 있겠어요? 그러니까 이건 제가 아주 평범한 남자로 변장한 모습인 셈이죠."

단은 당혹스러웠다. "일이 어떻게 될지 아직 확실하지도 않은데. 어쩌면 그자가 아예 모습을 안 나타낼 수도 있어. 그러면 감시할 대상이 아무도 없는 거지."

"안으로 들어갈까요?" 벤야민이 턱짓으로 맥도널드 매장을 가리켰다. "배가 고파 죽을 지경이거든요."

단은 몸을 돌려 매장 안으로 시선을 던졌다. 주문하려고 줄을 선 사람은 서너 명 정도밖에 없었고 빈 테이블이 꽤 많았다. "좋아. 너는 가서 주문하고 난 돈을 내고 자리를 잡기로 하지."

"괜찮은 거래네요!" 벤야민은 200크로네짜리 지폐를 건네받으면서 물었다. "뭐 드실래요?"

"음, 치즈버거 세트 메뉴에 음료는 세븐업. 미디엄 사이즈로."

"금방 사 가지고 오겠습니다!" 벤야민은 성큼성큼 계산대 쪽으로 걸어갔다. 단은 창가에 빈 테이블을 발견했다. 테이블 위에는 마지막 손님이 먹은 음식 포장이 지저분하게 담긴 쟁반이 놓여 있고, 상판에는 케첩과 부스러기가 떨어져 있었다. 그는 멈춰 서서 홀서빙 담당 직원이 있는지 두리번거렸으나 헛일이었다. 단은 이 테이블에 사람이 있다는 표시로 의자 등받이에 재킷을 걸쳐놓고 남아 있던 냅킨으로 테이블 상판을 대강 훔쳤다. 그런 다음 쟁반을 쓰레기통이 놓인 곳으로 가져가 '감사합니다'라고 적힌 흔들 뚜껑 쓰레기통에 남은 찌꺼기를 버렸다. 그는 화장실에 가서 손을 씻을까 고민하다가 방금 자신이 치워놓은 테이블을 향해 직진하고 있는 한 무리의 십대 청소년들을 발견했다. 그래서 큰 보폭 네 번 만에 그 자리로 가서는 그들에게 지체 없이 돌아서서 다른 테이블을 찾게끔 만드는 시선을 던졌다. 그러고는 마침내 자리에 앉았다.

"여기요." 단이 주문한 치즈버거 세트 메뉴가 담긴 쟁반을 테이블에 내려놓으며 벤야민이 말했다. "케첩이 필요한지 마요네즈가 필요한지 몰라서 둘 다 가져왔어요." 그는 가장자리까지 빈틈없이 채워진 쟁반을 들고 자리에 앉았다. 산처럼 쌓인 감자튀김과 초대형 사이즈의 콜라, 도넛 두 개가 올려져 있는 것으로 보아 빅맥 엑스라지 메뉴인 모양이었다. 그는 단이 자신을 뚫어지게 쳐다보는 걸 눈치채고 소심하게 물었다. "너무 많이 산 건 아니죠? 배가 너무 고팠거든요. 도넛이 두 개니까 한 개 가져가셔도 돼요."

단이 미소를 지었다. "아니, 됐어. 내 거스름돈이나 주면 좋겠는데."

"아, 맞다." 벤야민은 단에게 지폐 한 장과 동전 몇 개를 건넸다. 그후 어느 정도 허기를 달랠 때까지 두 사람 다 말은 한 마디도 하지 않았다.

자신이 주문한 것을 먹는 동안 단은 마지막으로 햄버거가게에 갔던 적이 언제였나 곰곰이 생각해봤다. 라우라가 기숙사에 들어가고 난 후로는 한 번도 가지 않은 게 확실하다. 정말 그렇게 오래전 일이었나? 라우라는 두 달 반 뒤면 집으로 돌아온다. 그 생각을 하자 상했던 기분이 언제 그랬냐는 듯 싹 풀렸다. 그는 남은 감자튀김을 먹어

치우고 쟁반을 옆으로 밀었다. "커피 마실래?"

벤야민은 먹을 것을 입에 한가득 넣고 고개를 저었다. 단은 커피를 한 잔 사 가지고 왔다.

"무슨 일이 어떻게 된 건지 조금 더 자세히 말해줄 수 없어요?" 벤야민은 도넛을 한 입 베어 물며 물었다.

"당연히 해줄 수 있지."

벤야민이 디저트를 먹어치우고 남은 콜라를 마시는 동안, 그는 자신의 계획을 최대한 상세하게 설명해주었다. "독일 측 로또회사의 당첨자 관리부서 책임자가 과연 우리에게 협조를 하느냐가 이 계획의 관건인 셈이지. 내일이면 결과를 알게 될 거야. 어찌 됐든 그 책임자가 나와 만날 의향이 있다고 한 걸 보면 조짐이 좋다고 할 수 있지 않을까?"

"우리가 언제쯤 감시를 시작하게 될까요?"

단은 눈썹을 모았다. "독일 측 책임자가 동의한다고 치면, 내일 당장, 그러니까 화요일에 에릭 캐스펠트한테 메일을 보내라고 부탁할 수 있겠지. 그러면 그는 위조서류를 마련하는 등 준비 작업에 돌입할 테고." 순간 단은 멈칫하더니 주변 사람들이 놀라서 돌아볼 정도로 큰 소리가 나게 주먹을 테이블 위에 내리쳤다. "이런 제길!"

"왜요?" 벤야민의 밝은색 눈이 금방이라도 튀어나올 듯 휘둥그레졌다. 옆 테이블에 앉은 일가족이 두 사람을 향해 일제히 고개를 돌렸다.

"내 계획에 미비한 점이 있는데, 그걸 미처 생각 못 했네. 젠장! 우린 요하네스 한센이 현재 다른 작업 중인지 아닌지 모른다는 거야. 그럴 가능성도 충분히 있지." 단은 생각에 잠긴 채 손으로 대머리를 쓸어내렸다. "독일 측 책임자에게 최근 당첨자들의 명단을 좀 달라고 부탁해봐야겠어. 그러면 우리가 체크해볼 수 있겠……." 또다시 그가 말을 멈췄다. 그러더니 갑자기 두 손을 테이블 위에 올려놓고 싱긋 웃음을 지었다. "아니야, 모든 덴마크 당첨자들의 명단을 넘겨달라고 해야겠어. 그러고 나서 당첨자들에게 차례로 전화를 걸어보는 거지. 무슨 말인지 알겠어?"

벤야민이 물끄러미 그를 쳐다보았다. 그러고는 이마를 찌푸리며 회의적인 표정을 지었다.

"잘 들어봐, 벤야민. 요하네스 한센이 현재 새로운 피해 여성에게 작업을 하고 있지 않다는 전제하에 그는 내일이나 돼야 연락을 받게 될 거야. 그리고 그가 준비하려면 적어도 사나흘은 걸리겠지. 우리 가 벤테를 감시하기 시작하는 건 빨라야 일주일 후가 될 거야. 부활 절 연휴가 끝난 직후에 시작하는 거지. 그러니까 이번 주에 넌 하던 일을 계속하면서 초과근무도 좀 하고 그래. 그러면 초과 근무한 만큼 휴가를 쓸 수 있잖아."

벤야민이 뭐라고 대꾸하려고 입을 열었으나, 단은 아랑곳하지 않고 말을 이어갔다. "난 처리해야 할 일이 산더미야. 무엇보다 요하네 스 한센이 현재 휴식 중인지 아닌지 알아보는 게 급선무이고. 우린 그렇다는 전제하에 일을 시작해야 해. 게다가 지난 10년간 EU로또 로 고액 당첨금을 받은 사람들 모두에게 전화를 걸어야 돼. 그들이 무슨 일이냐고 물으면 시장조사를 하는 중이라거나 기자를 사칭하거 나 대충 둘러대야지."

"근데 왜죠?"

"왜 그들에게 전화를 걸려고 하느냐고? 피해자를 많이 찾아낼수록 우리가 그를 체포했을 때 더 중한 처벌을 받게 할 수 있으니까." 그는 느슨하게 깍지 낀 채 테이블 위에 놓인 자신의 두 손을 내려다보았다. "그리고…… 만약 요하네스 한센이 이미 명단에 있는 누군가에게 작업하는 중이라면 누나가 굳이 미끼 노릇을 하지 않아도 되니까. 알겠어?"

벤야민이 그를 살피듯 쳐다보았다. "네, 그럼요. 다만……."

"다만 뭐?"

"단 아저씨가 얻은 명단의 누군가에게 그자가 접근해서 사기를 치는 중이라고 가정할 경우, 아저씨가 무턱대고 여성 당첨자들에게 전화를 걸어서 그에 대해 묻는다면 그에게 위험을 알려주는 셈이 될 거예요. 그 누군가는 아직 사기를 당한 피해 여성이 아니라 새 연인에게 푹 빠져서 눈에 콩깍지가 씌어 있는 것뿐이니까 아저씨 말을 믿지 않을 거고요. 그리고 그녀는 누군가가 그에 대해 물었다는 이야기를 그에게 털어놓을 게 뻔해요. 그럼 그는 자취를 감추겠죠. 무슨 말인지 알겠어요?"

"그래." 단은 커피를 한 모금 마셨다. "제기랄, 그럼 어떻게 하지?"

"어쩌면 내가……."

"네가 뭐?"

"아저씨가 방금 설명한 일을 다 처리하고 명단을 넘겨받은 다음 싱글 여성이 누군지 알아내면, 내가 한 명씩 찾아다니면서 뒷조사를 해볼 수 있겠죠. 아주 요령 있게요. 누가 애인이 있고 없고는 금방 알아낼 수 있거든요. 애인이 있는 여자는 절대 떡지고 기름진 머리에 조깅 바지 차림으로 돌아다니지 않고 초코생크림 과자도 먹지 않아요."

"그 여성 당첨자들을 모두 일주일 안에 조사하겠다고?"

"몇 명쯤 될 거 같으세요?"

단은 어깨를 으쓱했다. "예상을 해보자면, 매주 당첨자가 한 명씩 나오는데 대부분 남자야. 매년 여성 당첨자가 열다섯 명씩 나오고 그들 중 4분의 1이 싱글이며 적령기 여성이라고 가정하면, 일 년에 서너 명씩으로 추려지는 셈이지." 그의 눈은 벤야민을 향해 있었지만 시선은 먼 곳을 바라보고 있었다. "그리고 가까운 연대순으로 거슬러 내려가면 실제로 해볼 만한 방법이 될 수도 있겠지."

"그렇죠?" 벤야민의 얼굴이 환해졌다.

"그럼 요하네스 한센이 어디 있는지 확실해질 때까지 내가 전화를 거는 일은 보류해야겠네. 어쨌든 그런 식으로 뒷조사를 하면 그에게 위험을 알리게 되는 일은 없겠지."

"그럼요."

"나의 조수 왓슨 박사, 나쁘지 않네." 단은 미소를 지으며 한 손을 내밀었다. "아주 제법인데. 우리 팀이 된 걸 환영해!"

벤야민은 엄숙한 표정으로 악수를 나눴다. "언제 시작할까요?" 단의 손을 다시 풀어주면서 그가 물었다.

"내일모레. 내가 명단을 확보한다는 전제하에서 말이지만. 아무튼 시간은 가능한 거야?"

"물론이에요. 사직서를 냈거든요."

"뭘 냈다고?"

"제가 그들에게 통보를 했죠. 다른 직업을 찾아서 바로 일을 시작하고 싶다고. 그들은 아무 불평도 하지 않았어요. 어차피 그들은 내가 못마땅했을 거예요. 그들이 내게서 등을 돌릴 때마다 난 이어폰을 귀에 꽂고 음악을 듣곤 했으니까요. 규정에 어긋나는 행동이었죠."

"미쳤어, 벤야민?" 단은 고개를 절레절레 흔들었다. "이 일이 제대로 된 직업도 아니고 나 혼자 먹고살 만한 급료도 되지 못하는데."

"제 급료는 얼마나 주실 거죠?"

"용돈 정도야. 일주일에 2천 크로네 이상은 못 주니까."

"장부 외 거래로요?"

"난 아무래도 상관없어. 그리고 여기저기 돌아다닐 수 있게 소형차를 한 대 렌트해줄 생각인데, 어때?"

벤야민의 얼굴이 환해졌다.

2부

28

2007년 4월 6일 수난일 밤

제이는 잠을 잘 수 없었다. 그가 고아(인도 중서부 아라비아 해에 면한 주―옮긴이)에 있는 집으로 온 지 3주밖에 안 되었음에도 벌써 불안감이 밀려오기 시작했다. 100까지 수를 세거나 몸을 뒤척여봐도 그의 뇌는 안정을 찾지 못했다. 그런 데다 무더위도 참기 힘들 정도였다. 마치 축축한 쿠션에 짓눌려 질식할 것만 같은 느낌이 들었고 맥박은 빠르게 요동쳤다. 그는 모기장을 옆으로 제치고 침대 끝에 걸터앉았다. 차가운 돌바닥이 그의 맨발바닥을 애무하는 것처럼 느껴졌다. 자정이 지난 이 시각에도 기온은 30도 이하로 떨어질 줄 몰랐고, 습도도 너무 높아 습도계 보는 것을 아예 포기해버릴 정도였다. 땀으로 이루어진 끈적끈적한 막이 그의 온몸을 뒤덮고 있었다. 샤워를 한 번 더 할까 고민했지만, 그래봤자 소용없을 것이었다. 샤워를 하고 2분도 채 안 되어 다시 땀이 줄줄 흐를 테니까.

제이는 일어나서 바다를 향해 난 창가로 갔다. 집 모퉁이에 딱 하나 있는 조명 불빛에 모래사장의 크고 작은 구덩이가 흑백의 그래픽 패턴을 이루며 선명하게 도드라져 보였다. 달 표면을 보는 것 같았다. 바다 위에는 대여섯 척의 배들이 어둠 속에서 빛을 내며 떠 있었다. 배들이 수평선에 가만히 떠 있는 모습은 마치 꿈결 같았다. 그 배들이 이 지역 상선인지, 항해 중인 백만장자의 요트인지 아니면 해안 경비선인지 분간할 수가 없었다.

해안경비선을 떠올리자 제이의 횡격막 부분에 찌르는 듯한 통증이 느껴졌다. 여기서 18킬로미터밖에 안 떨어진 교도소에서 그와 다른 죄수들을 감시하던 두 곳의 회청색 초소도 생각났다. 감옥에 갇혀 있던 3년 동안 제이에게 유일한 위안거리는 바다를 바라보는 것이었다. 책이나 종이, 연필까지 금지되었고, TV나 신문도 볼 수 없었다. 씻지도 않고 쇠약해지거나 병든 몸으로 그를 포함한 아홉 명의 죄수들은 좁은 감방 안에 여기저기 널브러져 있었다. 말라버린 토사물과 배설물에서 풍기는 악취가 전혀 환기되지 않는 감방 안 공기를 꽉 채우고 있었다. 한동안 그 교도소는 170명에 이르는 죄수들을 수용하기도 했는데, 그 많은 죄수들이 화장실 세 개를 나눠서 이용해야 했다. 사정이 그렇다 보니 실내공기가 좋을 리 없었다. 제이는 아무리 견디기 힘든 것이라도 참아야 했기에 감방 동료들을 등지고 서서 백일몽에 빠져드는 데 익숙해졌다. 그는 창이 남향으로 나 있는 탓에 낮 동안 뜨겁게 달구어진 철창에 이마를 기댄 채 창구멍 앞에서 내내 시간을 보냈다. 그러면서 뜨거운 철창에 이마를 대고 얼마나 오래 버티나 혼자 게임을 하기도 했다. 어떤 날은 너무 오래 버티고 서 있던 바람에 뜨겁게 달구어진 철에 살이 타들어가는 것이 느껴지기도 했다. 그럴 땐 밤이 되면 화상을 입은 이마 부위가 뾰족한 바늘로 찌르는 듯 따가우리라는 것을 잘 알면서도 오히려 기운이 났다. 적어도 자신이 몰두할 수 있는 뭔가가 있었으므로. 달이 바뀌고 해가 바뀌어도 바다 위로 온갖 배들이 지나다니는 것은 변함이 없었다. 돌고래 사냥에 나선 관광객들을 태운 배들과 대형 유람선 그리고 저 멀리 침

묵의 거인처럼 느리게 지나가는 화물선 등등. 시야에 들어오는 시간
이 30분도 채 안 되는 배들이 있는가 하면, 두세 시간 동안 혹은 며칠
동안 그의 시야에서 벗어나지 않는 배들도 있었다. 그러다 어느 순간
모든 배들이 싹 사라지고 새로운 배들로 다시 채워지곤 했다. 다만
절대 움직이지 않는 배가 딱 두 대 있었는데, 둘 다 해안경비대의 포
함이었다. 그 포함들은 해안에서 몇 킬로미터밖에 안 떨어진 지점에
꿈쩍도 하지 않고 가만히 떠 있었다. 먹잇감을 노리는 배고픈 악어처
럼 그곳에 떡 버티고 있는 배들은 그 존재에 대해 사전 지식이 전혀
없는 이들의 눈에는 잘 보이지 않았다. 밤낮으로 그 두 포함은 망원
경과 대포를 아구아다 요새에 갇힌 제이와 다른 죄수들을 향해 겨누
고 있었다. 어느 절박한 죄수가 탈옥을 감행하려는 무모한 생각을 품
고 기적적으로 교도소경비대와 철조망 그리고 수직으로 깎아지른 절
벽을 무사히 통과해서 바다로 탈출한다고 해도 포함의 감시망을 벗
어나는 건 불가능했다. 혹시라도 탈옥을 기도하는 죄수를 도와주는
어부가 있다면 목숨을 내놓을 각오를 해야 했다. 아구아다 요새는 악
명 높은 앨커트래즈섬 감옥을 고아에 그대로 옮겨놓은 것이라고 해
도 과언이 아닌 그야말로 벗어나기가 불가능한 지옥이었다.

다행스럽게도 벌써 수년이나 지난 일이었다. 제이는 두 번 다시
그런 일을 겪지 않으리라 굳게 다짐했다. 그가 스물두 살 때 해시시
9그램을 소지한 상태로 붙잡히던 당시에 돈이 있었더라면 그 자리에
서 벌금 명목으로 돈을 찔러주고 끝냈을 텐데. 그런 식으로 처리하는
게 관행이었고, 주변의 나이 많은 히피들은 그것을 잘 알고 있었다.
현금을 지니고 있지 않으면 더 비싼 대가를 치러야 했다. 그리고 사
건이 일단 재판에 회부되면 완전히 차원이 다른 액수의 뇌물이 필요

했다. 그럴 돈이 없으면 바로 아구아다 요새로 직행하는 수밖에 없었다. 그래서 제이는 웬만해선 조인트를 피우지 않았고, 어쩔 수 없이 피우게 될 경우에는 돈다발을 지니려고 애썼다. 단 1분이라도 바퀴벌레가 득실거리는 그 감옥 안에 갇혀 있느니 '벌금'으로 거액의 돈을 내놓는 게 나을 테니까.

그는 덴마크에서만 본격적인 범행을 저질렀다. 하지만 덴마크 감옥을 직접 안에 들어가서 본 적은 한 번도 없었다. 사실 덴마크 교도소가 중세시대 지옥이나 다름없는 아구아다 요새와 비슷한 점이 눈곱만큼이라도 있을지 궁금하기는 했다. 그렇다고 해서 철창신세를 질 생각은 추호도 없었다. 인도에서든 덴마크에서든 경찰에 붙잡히는 일은 절대 없어야 했다. 그는 새로 건수를 잡을 때마다 위험 부담이 점점 커진다는 것을 잘 알고 있었다. 그에게 이제까지 사기를 당한 여성들 가운데 경찰에 그를 신고한 사람이 있는지 없는지 모르지만, 언젠가는 누군가 신고할 수 있다. 한 번은 괜찮을지 몰라도 두 번세 번 또는 그 이상 계속 신고가 들어오면 용의자 특정이 가능해질 정도로 많은 단서가 경찰에게 제공될 터였다. 다행히 그가 찍힌 사진은 별로 없었다. 그가 마지막으로 시골 기숙사에서 일할 때 일부 학생들이 휴대전화로 그를 찍은 사진이 있긴 하지만, 그 사진들 속에서 그는 금발 머리에 특수 제작된 초록색 콘택트렌즈를 끼고 있었기에 실물을 알아보기 힘들 것이다. 그는 자른 지 얼마 안 되는 머리칼을 손으로 쓸어 넘겼다. 지금은 짧은 기장에 밤갈색으로 염색한 헤어스타일이었다. 이번 작업에서는 갈색으로 그을린 피부와 원래 눈 색깔인 진회색으로 변신할 생각이었다. 안경도 써볼까? 그건 조금 더 고민해볼 것이다. 여기선 안경이 거의 공짜 수준으로 싸고 디자인도 다양했다. 그의 다음 신원에 어울리는 안경테를 찾는 데 아무 문제가 없을 것이다.

제이는 반바지를 입고 오래 신어 늘어난 고무신에 발을 끼워 넣었다. 그리고 시원한 긴 복도를 따라 살금살금 걸어 산제이의 작은 방을 지나갔다. 고르게 숨 쉬는 소리가 들리는 것으로 봐서, 모든 일을 도맡아 하는 산제이가 깊이 잠들었음을 알 수 있었다. 산제이가 잠이 깨면 잠을 이루지 못하는 그에게 말동무가 되어주려고 고집을 부리겠지만, 제이는 산제이에게 충분한 휴식이 필요하다는 것을 잘 알고 있었다. 우기가 시작되기 전까지는 더위가 거의 참을 수 없는 수준에 이르기 때문에 산제이처럼 육체노동을 하는 사람은 반드시 밤에 충분히 잠을 자야 낮에 몸을 움직일 수 있었다.

냉장고를 열어보니 바나나 몇 개와 콜라가 있었다. 제이는 둘 다 꺼내 들고 마당을 가로질러 가서 격자철문을 열었다. 해변 가까이에 있는 그 집은 크고 유지가 잘 된 붉은 벽돌 건물이었다. 매년 우기가 끝날 때마다 산제이는 새로 집을 수리하고 벽에 회칠을 시작했다. 지붕 밑 둘레장식을 선명한 색으로 꼼꼼하게 덧칠하는가 하면, 신상들로 장식된 작은 벽감을 손보거나 청소하기도 했다. 마을은 내륙 안쪽으로 몇 분쯤 걸어 들어가 풍하 측에 자리 잡고 있는 덕에 주민들이 조금은 안전하게 생활할 수 있었다. 마을에 불이 켜진 집은 한 곳도 없어서 그나마 살아 움직이는 생명체가 있음을 느끼게 해주는 것은 큰 무리를 지어 돌아다니는 유기견뿐이었다. 그가 주인 없는 개들 옆을 지나가자, 몇 마린가가 머리를 처들었다. 비쩍 마른 몸에 새끼를 밴 암캐 한 마리가 어슬렁거리며 그에게 가까이 다가와 먹을 것을 가지고 있나 살폈다. 공처럼 둥근 암캐의 배는 뾰족하게 튀어나온 엉덩이뼈 그리고 앙상하게 드러난 갈비뼈와 뚜렷한 대조를 이루고 있었다. 그는 개를 무시하고 바닷가를 향해 걸었다. 이곳 프레야시타에서는 동물에게 직접 먹이를 주는 일이 거의 없었다. 그래서 산제이는 음식찌꺼기를 절대 쓰레기통에 버리지 않았다. 그가 아직 먹을 만한 것을 모두 집 뒤에 있는 평평한 바위 위에 올려놓으면 잠시 후 감쪽같이 없어졌다. 개들이 고기와 빵, 채소, 과일 같은 것을 먹고 나면, 암소들이 그 나머지를 싹 먹어치웠다. 암소들은 종이상자나 두루마리 화장지 심까지 먹어 치우기도 했다. 이 두 종류의 동물들이 힘을 합하면 세상에서 가장 탁월한 청소부가 되지 않을까 싶었다. 어쩌면 딱히 개를 좋아하지 않는 마을주민들이 소처럼 신성시되는 동물도 아닌 지저분한 개떼를 몰아내지 않는 것도 그 때문일지 몰랐다.

제이는 모래사장에 앉아 조인트에 불을 붙였다. 오늘 밤처럼 필요할 때는 피워도 괜찮을 것 같았다. 게다가 이 시각에 깨어 있는 사람은 그 자신밖에 없었다. 혹여 낯선 사람이 지나가면 개들이 불안해하며 그에게 위험을 알릴 것이다. 그는 연기가 폐 안에 한참 머물도록 깊이 빨아들이며 전날 캐스가 보내온 메일을 다시 떠올려보았다. 새로운 사기 대상이 사정거리에 들어왔다는 내용이었다. 일단은 상당히 구미가 당기는 조건이었다. 싱글이고(당연한 거 아닌가?) 나이는 51세(적당하군), 고급주택을 소유하고 있으며(무난해) 반려동물은 없고(천만다행이지), 은행계좌에 고액의 로또 당첨금이 입금되어 있다(훌륭해)! 한 달 전 EU로또 특별추첨으로 1,280만 크로네라는 고액의 당첨금을 수령했다는 것이었다. 그는 뭉게구름처럼 연기를 내뿜더니 해변 위로 흩어지는 것을 눈으로 좇았다.

그는 벤테 페트리를 다음 상대로 정한다면 언급할 만한 문제가 딱 두 가지 있다고 보았다. 하나는 지역과 관련된 문제로, 벤테가 살고 있는 곳이 하필 크리스티안순이라는 것이었다. 그녀에게 작업을 걸기로 결정하고 나면 15년 만에 처음으로 자신의 고향에 다시 발을 디뎌야 했다. 솔직히 말해 그 생각을 하면 별로 마음이 좋지 않았다. 하지만 다른 한편으로 생각하면 과거의 망령을 몰아낼 절호의 기회가 될 수도 있었다. 그의 가족이 사는 도시 근교만 멀리한다면 누군가 그를 알아볼 가능성은 지극히 적을 것 같았다. 그러다 실제로 교구 사람과 마주치게 되더라도 그들은 목숨이 붙어 있는 한 자기 자신에게든 다른 사람에게든 그를 안다는 말을 절대 하지 않을 것이다. 파문당한 그는 이 세상에 더 이상 존재하지 않는 거나 마찬가지니까.

또 다른 문제는 바로 시간이었다. 이틀 전 벤테 페트리와 상담한 캐스의 동료가 보고서에 적기를, 그 행운의 여성 당첨자는 공무원이라는 안정적인 직업을 포기하고 당첨금 전액을 레스토랑에 투자할까 고민 중이라고 했다. 그래서 그녀는 금융컨설턴트들에게 자신의 재정 상황을 평가하기 위해 예산제안서를 작성해달라고 요청했다. 달리 말해 그녀의 돈에 기대를 걸고자 한다면 모든 일이 아주 신속하게 진행되어야 한다는 것이었다. 제이는 무슨 일이든 너무 급하게 서두르는 것을 싫어했다.

다시 한번 그는 매캐한 연기를 흠뻑 빨아들였다. 어째서 복권 당첨자들은 하나같이 레스토랑을 열고 싶어 할까 궁금해졌다. 무엇이 그토록 매력적이길래 주당 80시간 일해야 한다는 국가 보장까지 있는 고위험군 업종에 자신의 전 재산을 선뜻 투자하려는 걸까? 더구나 십중팔구 직원 관리나 회계 문제로 골머리를 썩을 것이고, 세무서와 보건소 등 어디서 문제가 터질지 아무도 모르는 일이다. 아마추어라면 어떤 종류의 요식업이든 무조건 발을 들여놓지 말아야 한다는 것이 제이의 지론이었다. 하지만 서구 사람들 대다수의 생각은 다른 것 같았다. 레스토랑이나 카페, 아담한 호텔 등을 운영하는 것이 남녀 불문하고 믿을 수 없을 정도로 많은 사람들의 꿈이니까. 그에게 사기 당한 마지막 피해 여성인 우르술라 올레센도 마찬가지였다. 그녀 역시 예술가를 위한 호텔을 열고 싶다는 생각에 사로잡혀 있었다. 제이는 그녀에게 그 계획을 실행에 옮길 기회가 주어졌더라면 그 호텔이 그녀를 파멸시켰으리라는 것에 내기를 걸어도 좋았다. 그 모든 번거로움과 어려움을 굳이 겪을 필요 없이 그가 그녀의 재산을 덜어주었으므로 사실은 선행을 베푼 셈이었다. 그녀에겐 아직 안정된 직장이 있고 작지만 아늑한 집도 있으니 괜찮았다. 제이는 마지막 한 모금을 빨고 꽁초를 축축한 모래에 비벼 껐다. 문득 우르술라가 그리웠다. 그녀와 함께 있으면 기분이 좋고 편안했다. 그녀와의 잠자리도 좋았다. 제이가 여자들을 상대하면서 그런 감정을 느끼는 건 흔치 않은 일이었다.

그는 더 이상 우르술라 생각을 하지 않기로 마음먹고 캐스의 제안을 다시 한번 심사숙고했다. 그가 지금 크리스티안순으로 간다면, 올해만 벌써 두 번째 일을 하게 되는 것이므로 작업을 시작하기 전에 반드시 몇 개월씩 휴식기를 가진다는 그의 원칙을 깨는 셈이 된다. 그가 매번 최선을 다할 수 있으려면 그 정도의 휴식기가 필요했다. 그리고 여기 고아에도 그가 벌여놓은 일이 몇 가지 있었다. 솔직히 말해 이곳에서 그를 진정으로 그리워할 사람은 아무도 없었다. 그래도 모든 일이 더할 나위 없이 잘 되어가고 있었다. 산제이와 다른 프레야시타 직원들은 무슨 일이든 알아서 잘 하고 있으며, 엄청난 액수의 돈이 통장에 들어 있고 또…….

제이는 모래사장에 벌러덩 드러누웠다. 그렇게 누운 채로 하늘을 응시하고 있으려니 환각 상태에 빠져드는 느낌이 몰려왔다. 별들이 맹렬한 속도로 그를 향해 쏟아지는 것만 같았고, 그가 초자연적인 흡인력을 발휘하여 천체를 끌어당기는 것 같은 기분이 들기도 했다. 마치 여자들을 끌어당기는 것처럼. 그렇게 생각하며 그는 큰 소리로 웃음을 터뜨렸다. 그러고는 두 팔을 최대한 활짝 벌려 별들을 맞이할 준비를 했다. 마치 여자들을 맞아들이는 것처럼. 그는 그렇게 십자 자세로 의식이 몽롱한 채 한참을 누워서 바다 소리에 귀 기울이며 파도의 잔잔한 리듬에 맞춰 숨을 쉬었다. 질식할 듯한 침실의 더위를 피해 밖으로 나온 이 시간을 실컷 만끽하면서.

조인트의 효과가 거의 사라질 무렵 제이는 캐스의 제안을 받아들여 또다시 사전 작업에 돌입하기로 결정을 내렸다. 그는 이미 적당한 이름을 골라냈다. 요나스 헨릭센! 정말 중산층 계급에 딱 어울릴 만한 이름 같은데? 그래, 좋았어. 그는 내일 아침 캐스에게 메일로 이 이름과 함께 지어낸 신상정보 몇 가지를 알려줄 생각이었다. 그러면 그가 벤테 페트리와 접촉하기 전까지 위조서류가 준비될 것이다. 그의 직업이나 라이프스타일, 자동차 브랜드 같은 것에 관한 것은 일단 타깃 여성에 대해 더 많이 알고 나서 확정 지을 작정이었다. 그녀가 정말로 레스토랑을 해보고 싶은 마음이 그토록 간절하다면 요식업과 연관 있는 것으로 연구해봐야 할 듯했다. 그는 다시 일하게 되어 왠지 설레는 느낌이 들었다.

#29
2007년 4월 17일 화요일

제이는 평상시처럼 캐리어 한 개와 칫솔 꽂는 자리가 있는 노트북 가방 하나만 간단히 들고 여행길에 올랐다. 운 좋게도 마지막 순간에 간신히 일등석 창가 자리를 잡을 수 있었다. 이코노미석에는 다리를 편하게 뻗을 수 있는 자리가 하나도 남아 있지 않았다. 결국 비행 시간 내내 다른 승객들한테서 방해받지 않고 편하게 잠을 잘 수 있어 좋았다. 매시간 화장실에 가야 하는 승객이나 이런 장거리 여행을 하기엔 확실히 너무 어려 줄곧 울어대는 갓난아기를 포함해서. 그런 갓난아기의 부모는 도대체 뇌 구조가 어떻게 생겼을까? 열한 시간이나 걸리는 장거리 비행에 갓난아기를 태워서 낮 기온이 40도에 육박하는 열대 지역으로 데려와 뭘 하겠다는 건지 제이는 이해가 되지 않았다. 그에게 아이가 없어서 더 납득이 안 가는 건지도 몰랐다.

그는 수하물 컨베이어벨트 주위에 모인 사람들 틈에서 다른 여행자들을 호기심을 갖고 바라보았다. 햇볕에 어깨가 빨갛게 타고 지나치게 큰 밀짚모자를 쓴 40대 여성 한 무리가 과장된 몸짓으로 작별 인사를 나누고 있었다. 은행원 동기 모임인가? 아니면 그냥 같이 해수욕을 다녀온 것뿐일까? 어쩌면 싱글녀클럽 회원들일 수도? 다들 한 잔씩 마신 듯 보였는데, 그중에서 유독 술에 취한 것 같은 여자가 그의 눈에 들어왔다. 눈동자에 초점이 없었으며 굽 높은 샌들을 신고 위태롭게 비틀거리고 있었다. 그리고 무슨 이유에선지 일행들과 같이 다녀온 휴가에 실망이라도 한 듯 지치고 욕구불만에 가득 차 보였다. 제이는 그녀만 유일하게 현지인 남자와 재미를 못 봤나 보다 생각했다. 하지만 운은 얼마든지 뒤바뀔 수 있답니다. 어쩌면 당신이 내년에 1,000만 크로네나 되는 거액의 로또 당첨금을 받게 되어 여기 나처럼 멋진 남자가 다가와서는 당신이 원하는 것을 얻을 수 있게 해줄지도 모르죠. 물론 두세 달 동안이긴 하지만요. 당신이 우르술라만큼 괜찮은 여자라면 5개월이 될 수도 있고요. 그는 그녀와 시선이 마주치자 상냥한 미소를 보냈다. 갑자기 그녀의 얼굴이 창백해지더니 앞으로 몸을 숙이고 구토하기 시작했다. 그녀와 일행인 사람들이 일제히 뒤로 물러났다. 제이는 시선을 돌렸다. 다행히 바로 그 순간 컨베이어벨트 위에 그의 캐리어가 모습을 나타냈다. 그는 캐리어를 집어 올리고 서둘러 출구 쪽으로 가서 세관을 통과한 후 곧장 기차 승강장으로 향했다.

중앙역에서 기차를 갈아탄 그는 청색 무늬의 기차 좌석 쿠션에 털썩 주저앉아 눈을 감았다. 편안하고 고르게 호흡하면서 애써 긴장을 풀려고 했지만, 기차가 크리스티안순에 가까워질수록 횡격막을 짓누르는 압박감이 더 심해졌다. 지난 15년 동안 그토록 철저하게 기억에서 몰아낸 그의 유년 시절과 청소년 시절이 기찻길 옆으로 구릉이 완만하게 솟아 있는 저 전원적인 풍경 너머에서 그를 기다리고 있었다. 이윽고 지평선에 처음으로 피오르 경관이 모습을 나타냈다. 제이는 이렇게 억수같이 비가 쏟아지는 삭막한 날씨 속에서도 그 경관이 얼마나 아름다운지 까맣게 잊고 있었다. 기차가 약간 속도를 늦추면서 날카로운 여자 목소리가 스피커를 통해 흘러나왔다. "잠시 후 크리스티안순에 도착하겠습니다. 내리실 문은 오른쪽입니다. 승객 여러분을 편안하게 모시고자……." 그만 좀 닥치시지! 제이는 캐리어와 노트북 가방을 꺼내 승강구 앞의 좁은 공간으로 나갔다. 어깨가 떡 벌어진 웬 사내 하나가 그의 앞에 버티고 서서 휴대전화로 통화하고 있었다. 그 사내가 앞을 가려 밖이 보이지 않았지만 제이는 개의치 않았다. 시의 동쪽 변두리 지역을 지나는 마지막 구간이 어떤 풍경인지 직접 보지 않아도 생생하게 눈앞에 그려볼 수 있었기에. 노란 벽돌로 지은 병원을 지나고 도로명이 꽃 이름인 주택단지를 지난 다음, 숲이 있고 고급 빌라가 들어선 언덕을 지나 작은 회사건물과 높은 빌딩이 교대로 서 있고 술집과 간이음식점들이 여전히 제자리를 지키고 있는 도심 남쪽 구역을 지나겠지.

기차가 멈추고 어깨 넓은 사내가 스포츠백을 들고 승강장에 내리고 난 후, 제이는 기차에서 내렸다. 기차역은 변한 게 하나도 없었다. 아, 달라진 게 전혀 없는 건 아니네. 그새 맥도널드 매장이 들어와 있는 걸 보니. 하긴 요즘은 어디를 가나 맥도널드가 하나쯤은 꼭 있으니까. 그는 알가데를 지나 호텔까지 걸어갈까 잠시 고민하다가 길이 너무 멀고 춥기도 해서 그냥 택시를 타기로 했다. 옷깃을 세우고 택시정류장에서 참을성 있게 기다리는 동안 빗물이 그의 얇은 재킷 안까지 스며들었다. 자전거를 탄 사람이 그에게 너무 바짝 붙어 지나가는 바람에 새로 산 밝은색 신발에 갈색 흙탕물이 튀었다. 그는 속으로 욕을 퍼부었다. 드디어 은회색 메르세데스 택시 한 대가 왔다. "마리나 호텔로 가주세요." 크리스티안순에서 그의 머리에 떠오른 호텔은 그곳뿐이었다.

방은 상태가 아주 양호했고 따뜻하면서도 아늑했다. 제이는 젖은 옷가지를 벗어 던지고 욕실로 직행했다. 샤워를 마치고 그는 한참 동안 거울에 자기 모습을 비추어 보았다. 머리는 염색한 지 얼마 안 돼서 몇 주 후에나 다시 손질해야 할 것 같았다. 그의 피부를 보면 태닝 크림을 바르거나 기계태닝을 받아서 갈색으로 그을린 게 아니라는 것을 알 수 있었다. 그는 청바지와 순백색 티셔츠를 입고 캐리어에서 윈드재킷을 꺼내 걸친 다음 편한 스니커즈를 신었다. 그리고 프런트에 전화해 세탁서비스를 신청하자, 잠시 후 볼이 발그레한 청년 하나가 와서 젖은 옷가지를 가져갔다. 제이는 곧장 호텔 레스토랑으로 향했다. 헤드웨이터가 다가와서 인사하고 피오르 경관이 보이는 테이블로 그를 안내했다.

든든하게 식사를 마치고 나니 기분이 훨씬 좋아졌다. 그는 더블 샷으로 에스프레소를 주문하고 시계를 보았다. 12시 45분이었다. 벤테 페트리는 지금 근무 중이겠지? 제이는 프린트한 메일을 펼쳐 들고 그녀에 대한 정보를 다시 한번 훑어보았다. 크리스티안순 시의 재정부서는 시청사 안에 배치되어 있지 않고 마리나 호텔 옆 건물 안에 있었다. 그 자리에 있는 것이 여러모로 편할 것이다. 그에게는 도로명이 낯설었지만, 지도를 보고 세무서와 시 재정부서가 시 동부에 위치한다는 것을 알게 되었다. 제이는 벤테가 오후에 퇴근할 때까지 기다려보기로 작정했다. 별다른 변수가 없으면 그녀의 인상을 파악할 수 있을 것 같았다. 그리고 운이 좋으면 그녀의 장보기 습관 같은 것도 알 수 있겠지. 공무원들은 몇 시에 퇴근하나? 오후 4시쯤인가? 어쨌든 그보다 빠르지는 않을 거야. 그는 그 시간까지 쇼핑이나 하면서 기다리기로 했다. 이런 날씨에 살아남으려면 우산과 고무장화 그리고 레인코트가 필요할 것이다. 사냥용품과 낚시용품을 파는 가게가 알가데에 있었던 기억이 어렴풋이 났다. 그곳에 가보면 그에게 필요한 것을 쓸 만한 품질로 분명히 찾을 수 있을 것이다. 제이는 남은 커피를 깨끗이 비우고 계산을 한 후 이른바 봄 날씨로 나왔다.

*

기다리는 시간이 생각보다 길고 지루했다. 하지만 더 이상 비가 내리지 않아 그나마 다행이었다. 제이가 히알레루프가데에 있는 사무실 건물 앞에 서서 기다린 지 45분 가까이 지나서야 벤테 페트리가 모습을 나타냈다. 그녀는 캐스가 보내준 사진으로 보는 것보다 훨씬 예뻤다. 키가 크고 날씬하며 갈색 머리를 한 그녀는 당당하게 고개를 치켜들고 가벼운 걸음으로 성큼성큼 걸었다. 이런, 제길! 그녀가 자전거를 타고 가리라는 너무나 당연한 사실을 미처 생각 못 했다. 어디 모퉁이만 돌면 될 만큼 가까운 곳에 살 텐데. 그가 시골에서 반년 그리고 인도에서 3주를 지내다 보니 대도시에 대한 감이 떨어져버린 것일지도. 다행히 컨디션이 좋으니 조깅 좀 한다고 나쁠 건 없겠지. 벤테 페트리가 자전거 자물쇠를 푸는 동안 제이는 레인코트를 벗어 허리에 묶었다. 레인코트만 남기고 그가 쇼핑한 물건들을 전부 호텔방에 갖다 두고 온 건 탁월한 선택이었다. 무거운 봉투를 손에 들고 자전거를 쫓아가는 건 무리였을 터였다. 고맙게도 그녀는 히알레루프가데에서 커브를 돌아 순베르케 방향으로 꼬불꼬불한 골목길을 지나면서 그다지 속력을 내지 않고 달렸다. 그럼에도 그녀가 브뢴데르슬레브 광장에 도착했을 때 제이는 이미 숨이 턱까지 찼다. 그래서 벤테가 자전거를 세우고 약국으로 들어가는 것을 보고는 안도의 한숨을 내쉬었다. 잠시 후 그녀는 작은 흰색 봉투를 들고 다시 밖으로 나와 봉투를 그녀의 초코브라운 색상 스웨이드가방과 함께 자전거 바구니 안에 넣었다. 제이는 그녀가 다시 자전거를 타고 항구 방향으로 가다가 오른쪽으로 꺾어져 적당한 속도로 부두를 따라가는 동안 두리번거리지 않고 침착하게 스트레칭 동작을 계속했다. 안전거리를 유지하며 그녀를 뒤따라 달리면서 그는 멋스럽고 자연친화적인 루트라고 생각했다. 그는 포석이 깔린 운하 주변 구간을 거쳐 갑판에 꽃이 활짝 핀 보트하우스와 검은색 아우디 차에 광을 내고 있는 한 남자, 그리고 거대한 몸집의 개 한 마리를 데리고 있는 늙은 술주정꾼을 지나치며 즐기는 기분으로 달렸다. 뭔가 마음이 편안해지는 분위기라는 생각이 들었다. 벤테가 자전거에서 내려 네토 슈퍼마켓 안으로 들어가는 것을 보고 그는 달리는 속도를 줄였다. 일순간 슈퍼마켓 안으로 따라 들어가서 그녀가 뭘 사는지 지켜볼까 싶었지만, 그러지 않기로 했다. 안 그래도 그녀를 미행하는 과정이 처음 계획만큼 순조롭지 않아 조심해야 했다. 자칫하다간 그녀가 그를 보게 될 우려도 있었고, 쓸데없이 주의를 끌어 자신에게 주어진 기회를 날려버리는 건 너무 어리석은 일이었다.

제이는 운하의 마지막 구간을 따라 달려 순베르케로 이어지는 다리 앞에 다다랐다. 마침 그곳에 신도시지구를 한눈에 보여주는 대형 안내지도가 걸려 있어 길을 잘 봐두었고, 벤테가 사는 다세대 주택 건물을 몇 초 안 걸려 찾을 수 있었다. 그는 건물 뒤편으로 가서 벤테의 집이 어딘지 곧바로 봐두었다. 맙소사! 창문이 커서 안이 훤하게 다 보이네! 거주자를 감시하기 위한 용도로 이 집을 설계한 게 아닐까 의심이 들 정도였다. 마치 실험실 쥐를 관찰하는 기분이겠군. 제이는 작고 삭막한 놀이터에 있는 벤치로 가서 앉았다. 놀이터에서는 한 젊은 여자가 무표정한 얼굴로 아이의 그네를 밀어주고 있었고, 그 그네를 꽉 붙들고 있는 어린 사내아이의 눈에는 진지함이 어려 있었다. 제이는 시선을 마주치지 않으려 했다.

10분쯤 지나자 벤테가 사는 것이 확실한 그 집에 불이 켜졌다. 제이는 일어나서 레인코트를 다시 걸쳤다. 그는 양쪽 주택단지 사이를 어슬렁거리며 배회하다가 벤테의 집을 지나갈 때 창문 안으로 슬쩍 시선을 던졌다. 거실을 통해 개방형 주방 안까지 훤히 들여다보였다. 코트 차림의 벤테가 주방 안에 서서 장 봐온 것을 정리하고 있었다. 그녀는 비닐봉지를 차곡차곡 접어서 서랍 안에 집어넣고 몸을 일으켰다. 그러고는 눈을 가리는 갈색 웨이브 머리 가닥을 손등으로 쓸어 올리더니 입구 쪽으로 난 듯 보이는 문을 열고 사라졌다. 제이는 시선을 뗐다. 그가 벤테를 엿보고 있는 모습을 누가 보기라도 하면 그야말로 낭패였다. 그가 돈을 손에 넣고 사라질 수 있을 때까지 몇 달 동안 매일같이 이곳에 와야 할지도 모르는데, 상상하기도 싫지만 만약 웬 남자가 아는 척하며 이렇게 말한다면 정말 끝장일 것이다. '저기, 벤테의 새 남자친구 맞죠? 몇 주 전에 그쪽이 벤테를 지켜보고 있는 것을 이 두 눈으로 똑똑히 봤거든요.' 제이는 생각만 해도 오싹했다. 그런 일은 절대 일어나면 안 돼.

그가 주택단지를 뒤로하고 버스정류장을 향해 걷고 있을 때 맞은편에서 한 남자와 꼬불거리는 갈색 털로 뒤덮인 소형견 한 마리가 다가왔다. 조그만 강아지는 긴 리드줄에 매여 헥헥대며 쫓아오고 있었다. 남자는 제이만큼이나 키가 크고 심플하면서도 비싼 옷을 걸치고 있었다. 요즘 가장 핫한 브랜드인 간트 셔츠에 디젤 청바지를 입고 수작업으로 제작된 듯한 신발을 신고 있었다. 광고 쪽 사람들과 건축 학도들이 많이 돌아다니는 이곳 순베르케에서는 그다지 특별할 것 없는 모습이었다. 빡빡 민 남자의 머리 스타일과 고급 선글라스도 이 지역 분위기와 잘 맞아떨어졌다. 그런데도 남자의 모습에 제이를 뒤돌아보게 만드는 뭔가가 있었다. 저 남자를 어디서 봤더라? 그는 체크무늬 셔츠 등판을 잠시 눈으로 좇다가 궁금증을 떨쳐버렸다. 무슨 TV 프로그램에 나오는 진행자겠지. 다들 저렇게 생겼으니까.

30

2007년 4월 17일 화요일 초저녁

"성공이야! 그가 여기 왔어!"

"그게 무슨 말이야?" 벤테는 단을 집 안으로 들여보내고 현관문을 잠근 후 그를 따라 주방으로 갔다. "그를 봤다는 거야?"

"누나가 퇴근하고 나서부터 집에 올 때까지 내내 그자가 누나를 뒤따라 왔어. 그러고는 여기 와서 주변을 어슬렁거리다가 누나 집을 지켜보더군."

"세상에!" 그녀는 높은 주방의자에 걸터앉았다. "난 전혀 눈치를 못 챘는데."

"그자가 작정하고 발로 뛰어서 누나 뒤를 쫓아온 거야. 체력이 정말 대단한가 봐. 난 산악자전거를 타고 그를 미행했지. 미리 장만해 두길 잘했어." 단이 물을 한 그릇 받아서 바닥에 내려놓았다. 룸펠은 무관심하게 물그릇을 쳐다보기만 했다.

"그 남자인 거 확실해?"

"외모를 완전히 싹 바꿨더라고. 광고에 실린 사진과는 너무 많이 달라져서 거의 알아볼 수 없을 정도였어. 그자가 누나 집을 그렇게 오래 염탐하지 않았더라면 나도 그를 못 알아봤을 거야." 단은 너무 흥분한 나머지 진정이 안 되는 것 같았다. 계속 왔다 갔다 하며 창밖을 내다보다가 손에 닿는 거라면 뭐든 손가락으로 만지작거렸다. "그를 아주 가까이서 봤는데 말이야. 머리를 짧게 자르고…….

"단, 말을 끊어서 미안한데, 네가 지금 여기 있어도 괜찮은 거 맞아? 그가 너를 볼 수도 있잖아."

단은 계속 왔다 갔다 했다. "그럴 리 없어. 그가 저쪽 다리 부근에서 버스를 타고 가는 걸 내 눈으로 봤거든."

"이제 그만 좀 서성대고 이리 와서 앉아, 단! 정신 사나워 죽겠으니까. 탄산수 줄까?" 벤테는 냉장고로 가서 대답을 기다리지도 않고 탄산수 두 병을 꺼내왔다. "앉아." 그녀가 조용히 타이르듯 말했다.

단은 식탁 앞에 앉아 탄산수 반병을 단숨에 들이켰다. "알겠어." 그가 말했다. "이제 난 아아아주 침착해. 아아아주 침착하다고. 이제 누나가 어떤 남자를 유의해서 살펴야 하는지 자세히 말해줄까?"

"그래, 말해봐."

"그는 나보다 키가 조금 작고 구릿빛으로 그을린 피부에 짧은 갈색 머리를 하고 있어. 눈은 회색이고 사각형 모양의 무테안경을 썼는데, 그러니까 음…… 트렌디한 타입 같아 보인다고 할까? 건축가나 그 비슷한 직업을 가진 사람 같은 분위기야. 복장은 그냥 무난하게 청바지와 티셔츠에 검은 레인코트를 걸치고 스니커즈를 신었어. 물론 그가 누나에게 접근을 시도할 때는 복장쯤이야 얼마든지 달라질 수 있겠지."

"그가 내게 접근을 시도한다고?"

"틀림없이 그럴 거야." 단은 물병을 입에 갖다 댔다. "그는 뭔가 일이 근본적으로 잘못되어야만 포기를 할 테니까. 예컨대 이미 애인이 있다든가, 잠재적 피해 여성이 레즈비언이라든가, 아니면…….

"구제불능으로 너무 못생겼거나."

"맞아." 그가 씩 웃었다.

"그럼 이제 어쩌지?"

"일단은 그냥 기다려야지. 우리 조력자인 EU로또 측 일제 슐츠-위르겐센이 2주 전 크리스티안순 인베스트 쪽에 허위로 꾸며낸 특별추첨에 관한 정보를 넘겨줬을 거야. 그녀는 누나가 1,280만 크로네에 당첨되지 않았다는 내용의 사전 동의를 해줘서 정말 다행이라고 했어. 덕분에 회사에다 이러니저러니 해명할 필요가 없어졌다고." 그가 미소를 지으며 덧붙였다. "그러니까 내가 하고 싶은 말은…… 요하네스 한센이 이렇게 빨리 모습을 나타낸 걸 보면 그가 이 경로로 정보를 얻으리라는 내 추측이 맞았다는 거야."

"그 연결고리를 알아낸 건 네 친구 플레밍 토르프 아니었나?"

단이 미간을 찌푸렸다. "마리아네가 그렇게 말했어?"

벤테는 어깨를 으쓱했다.

"뭐, 상관없어." 단은 자기 자신에게 말하듯 중얼거렸다. "내 생각에 요하네스 한센은 이미 준비 과정에 돌입했을 거야. 그래서 레스토랑을 여는 것이라고 알고 있을 누나의 꿈에 어울릴 만한 직업을 염두에 두고 있겠지. 우리가 레스토랑 오픈 계획에 관한 이야기를 꾸며냈기 때문에 그가 갑자기 요리사나 소믈리에, 혹은 레스토랑 전문 중개업자로 변신해서 나타날 수도 있어."

"그런 직업은 상당 기간 교육을 받아야 하지 않아?"

"그렇긴 하지. 아니면 과일도매상이나 레스토랑 가구 판매업자로 등장할 수도 있고. 만약 그가 택한 직업이 요식업과 아무 상관 없다면 난 무척 실망할 거 같은데."

"두고 보면 알겠지."

잠시 동안 두 사람은 나란히 앉은 채 아무 말도 주고받지 않았다.

"그가 내 앞에 나타날 때까지 시간이 얼마나 걸릴까?" 벤테가 궁금한 듯 물었다.

"1주일 아니면 2주일쯤 걸리겠지. 위조서류도 필요할 거고, 뭔가 그럴듯하게 각본도 짜놔야 하니까. 그가 뭉그적거리면서 쓸데없이 시간을 허비하진 않을 거야."

"그러니까 너희가 계속 나를 감시하는 거야?"

"벤야민과 나 말이야? 물론이지. 우리가 24시간 누나한테 딱 붙어 있을 거야. 누난 우리 몰래 방귀도 뀔 수 없을걸."

"나더러 지금 웃으라고 하는 말이야?" 벤테는 일어나서 청소함 안에 있는 종이상자에 빈 병을 담았다.

"무슨 말인지 알잖아."

"배고파?"

"마리아네랑 오늘 저녁 집에서 같이 식사하기로 약속했어. 벤야민이 15분 후에 저 집으로 와서 나와 교대하기로 했고."

"강아지는 어떻게 되는 건지 무슨 소식 없어?"

"룸펠 말이야? 당분간은 염려 안 해도 될 것 같아. 룸펠 주인이 아직 병원에 누워 있는 처지라서. 그 노인네 간이 완전히 망가져서 이식을 받지 못하면……. 그가 알코올중독자라는 거 누나도 알잖아. 그러니까……."

"염려 안 해도 될 거라고 하는 걸 보니 주인이 룸펠을 도로 데려갈까 걱정되나 보네."

"마음 같아서는 우리가 룸펠을 꼭 키우고 싶으니까 그러는 거지."

"네가 늘 그랬잖아. 푸들은 동성애자한테 어울리는 개라고."

"룸펠은 푸들도 아닌데……. 도대체 왜 그런 말을 하는 거야?"

"맙소사, 내 동생은 어쩜 이렇게 순진한지! 마리아네가 네 앞에서만 룸펠을 잡종견이라고 하는 거 몰랐어?" 벤테가 웃음을 터뜨렸다.

단은 아무 말도 하지 않았다. 룸펠의 털이 눈에 띄게 꼬불거리는 건 맞지만 정말 푸들이라고? 설마 그럴 리가. 그는 룸펠이 차라리 잡종이라는 소리를 듣는 게 훨씬 나을 것 같았다.

31
2007년 4월 19일 목요일/2000년 초

"잠깐만, 그렇게 빨리 말하면 받아 적을 수 없잖아." 에릭 캐스펠트가 숨을 헐떡이며 말했다. "추천서가 몇 장 필요하다고?"

"두세 장만 있으면 돼요." 제이가 대답했다. 그는 스피커 기능을 켠 휴대전화를 사이드테이블 위에 올려놓고 미리 말아둔 조인트가 든 봉지를 찾기 위해 테이블 서랍을 뒤졌다. "다만 최고급 레스토랑에서 받은 것으로 만들어야 해요. 감히 뒷조사를 해볼 엄두조차 못 낼 만큼 대단한 곳 말이에요. 내가 원하는 수준은 맥심 드 파리나 뉴욕의 더 러시안 티 룸, 베니스의 다니엘리 호텔 같은 곳이죠. 반드시 5성급이어야 해요. 그리고 상호가 정확하게 인쇄된 용지에 그럴싸한 경력을 적어 넣어야 한다는 것도 잊지 말고요. 내가 헤드웨이터가 된 건 작년으로 하고, 그 전엔 바키퍼였는데…… 다니엘리 호텔에서 일한 걸로 하죠. 그다음에 웨이터로 일하다가 헤드웨이터가 된 거예요. 무슨 말인지 알겠죠, 캐스?"

"제발 나를 그렇게 안 부르면 좋겠는데……."

"그리고 또 있어요." 제이는 그의 말을 무시했다. "마지막 추천서에, 그러니까 내가 헤드웨이터로 일하고 받은 추천서에 좀 불만스러운 뉘앙스가 담기는 게 좋겠어요. 내가 스트레스 때문에 어느 날 갑자기 일을 그만두었다는 식으로 스토리를 짤 예정이거든요. 그러면 당연히 고용주는 나에 대한 평가를 그냥 무난한 정도로만 써주겠죠."

"마지막 직장은 그 뉴욕에 있는 레스토랑으로 할까?"

"더 러시안 티 룸이 나같이 젊은 덴마크인을 헤드웨이터로 고용할 거 같아요? 천만에요. 이렇게 하죠, 캐스. 그 레스토랑은 빼버리고 대신 더 플라자를 집어넣는 거예요."

"그곳도 뉴욕에 있나?"

"그럼요. 더 플라자의 로고가 인쇄된 메모지도 좀 준비해줄 수 있으면 좋겠어요. 호텔방에 비치되어 있는 그런 메모지 말이에요." 그는 잠시 말을 끊었다. "음…… 필요한 건 다 말한 것 같은데요, 캐스."

에릭이 한숨을 내쉬었다. "제발 부탁인데……."

"아, 미안해요. 그런 식으로 부르는 게 버릇이 돼놔서. 안 그러도록 노력할게요." 제이의 목소리를 들으니 웃음을 억지로 참고 있는 것이 느껴졌다. "받아 적은 리스트를 한번 읽어봐요, 캐…… 아니, 에릭." 제이는 조인트와 라이터를 만지작거렸다.

에릭 캐스펠트가 헛기침을 했다. "내가 준비해줄 건 여권, 운전면허증, 의료보험카드 그리고 1978년 7월 23일생 요나스 헨릭센이라는 이름으로 발급된 신용카드 몇 장이야."

"이왕이면 1974년생으로 바꿀 수 있을까요? 왠지 그녀가 너무 어린 남자는 별로 좋아하지 않을 것 같은 느낌이 들거든요." 그는 조인트에 불을 붙여 첫 모금을 길게 빨았다.

"바꿀 수 있지. 14일 안에 모든 서류를 받게 될 거야. 그리고 아까 이야기한 것처럼 추천서를 세 장 준비할 건데, 두 번 접은 다음 바지 뒷주머니에 며칠 꽂아두기라도 한 것처럼 좀 닳아 보이게 만들 거고. 차는 금요일에 운전면허증이 나오는 대로 준비될 거야. 시트로엥 C3으로."

"색깔은요?" 호텔방 천장으로 연기구름이 뭉게뭉게 솟았다.

"은회색으로 부탁해놨어. 하지만 만약 마음에 안 들면……."

"아뇨, 작은 차라도 괜찮아요."

"C3 정도가 요나스 헨릭센 스토리에 가장 잘 어울린다는 것에 우리 둘의 의견이 일치한 줄 알았는데."

"네, 네, 알았다고요. 잠자코 그 인물의 라이프스타일에 맞추는 수밖에요. 차는 렌트한 건가요? 아니면 도난 차량인가?"

"렌트했지. 하지만 렌트하는 게 싫으면……."

"아니, 괜찮아요. 요나스는 렌트카를 모는 게 더 그럴싸하겠어요." 제이는 조인트를 재떨이에 비벼 껐다. 아무리 전화 통화만 하는 것일지라도 비즈니스와 관련된 이야기를 나눌 때는 환각 상태에 빠지면 곤란했기 때문이다. "그리고 요나스는 공식적으로 호텔 생활을 하는 것으로 결정했어요. 번거롭지 않게 내가 지금 머물고 있는 호텔로 하되, 어쩔 수 없이 그녀를 초대하게 되는 경우를 대비해서 방을 하나 더 빌리도록 하죠. 여자가 내 개인 물건에 손을 대는 건 질색이거든요."

"알겠어. 숙박비는 현금으로 낼 거야?"

"네, 은행계좌에서 필요한 만큼 현금을 찾아놨어요. 이것저것 준비하는 데 들어가는 비용은 알아서 잘 관리하고 있죠?"

"예산 범위 내에서 쓰고 있어." 에릭 캐스펠트의 목소리가 자존심 상한 듯 들렸다.

"당연히 그렇겠죠, 캐스."

"저기, 제이……."

"잘 지내요, 에릭!" 제이는 큰 소리로 웃으면서 전화를 끊고 그의 작아진 회백색 친구에 다시 불을 붙였다. 캐스는 늙다리 바보였고, 제이는 그런 그를 틈만 나면 놀려 먹었다. 예전에 성경학교에서 큰 사내애들이 에릭을 놀려댔던 것처럼. 물론 그 당시 아이들은 대놓고 그의 별명을 부르며 놀린 건 아니었지만, 젖은 머리를 빗어 넘긴 일요학교교사 에릭이 예배당 아래에 있는 방 안으로 들어설 때마다 뭐라고 수군대는 소리가 들리곤 했다. 어느 날은 모든 학생이 칠판에 치즈(치즈를 독일어로 '케제'라고 발음함―옮긴이)를 한 조각씩 그려놔 수업을 시작하기 전에 칠판이 온통 치즈로 뒤덮이기도 했다. 하지만 캐스는 그때부터 이미 화를 잘 내지 않는 평화주의자였기 때문에 그냥 칠판을 지우고 짓궂은 그림에 대해 아무런 언급 없이 수업을 시작했다. 그는 아이들의 부모한테도 일절 말하지 않았다. 사실 그를 놀리는 게 특별히 재미있는 것이 아니었는데도 아이들은 당연한 듯 계속 그를 놀려댔다.

제이는 7년 전 그 옛날 일요학교교사를 우연히 다시 만났을 때 자신의 눈을 믿을 수 없었다. 그에게는 그 우연이, 길고 우울했던 제이의 청소년 시절에 캐스가 일요일마다 떠들어대곤 했던 바로 그 하늘의 선물처럼 여겨졌다. 그 당시 제이는 고아에서 5년간 지내다가 덴마크로 막 돌아온 참이었다. 고아에서 살기 시작한 초기에 그는 돈벌이가 꽤 괜찮은 제비족 생활을 하다가 생각조차 하기 싫은 그 3년을 아구아다 요새 감옥에 갇혀 지냈으며, 그 후 좀도둑이자 소매치기이기도 하지만 감옥에 갇히기 전부터 제이를 돌봐주던 산제이와 9개월을 같이 지냈다. 산제이는 같이 지낸 그 짧은 기간에 제이가 다시 기력을 찾을 수 있게 만들었다. 앙상하게 마른 제이가 다시 살을 찌울 수 있게 먹을 것을 챙겨주기도 하고, 제이의 만성 설사병이 낫도록 약을 구해다 주기도 했다. 그런가 하면 북유럽 관광객들이 많이 찾아와서 덴마크 출신 웨이터가 있으면 좋을 해변의 한 레스토랑에 제이가 취직할 수 있게 도움을 주기도 했다. 얼마 후 자신의 특기를 떠올린 제이는 휴가지에서의 로맨스에 굶주린 싱글 여성 관광객에게 은밀한 룸서비스를 제공하는 일을 하게 되었다.

그러다가 몇 달 후 그는 엘제라는 50대 중반의 덴마크 여성을 만나게 되었는데, 그녀는 아들과 그 여자친구를 데리고 고아로 패키지 여행을 와 있었다. 청소년인 아들 커플은 둘이서만 시시덕거리느라 시간 가는 줄을 몰랐고, 엘제는 혼자 대부분의 시간을 보내야 했다. 그렇게 외롭던 차에 제이가 등장해서 그녀에게도 오래 기억에 남을 만한 휴가를 경험하게 해주었다. 덴마크로 떠날 날이 다가오자 엘제는 자신의 새 애인과 헤어져야 한다는 사실에 완전히 낙담했다. 그래서 제이가 덴마크 하늘 아래서 두 사람의 관계를 계속 이어갈 수 있을 가능성에 대해 언급하자, 그녀는 바로 항공사에 전화를 걸어 그에게 항공권을 마련해주었다. 불쌍한 엘제! 그들이 덴마크에 도착하자마자 그가 감쪽같이 사라져버렸기 때문이다. 그녀는 휴가지에서 만난 젊은 애인을 두 번 다시 볼 수 없었다.

제이에게는 즉흥적으로 결정한 귀국이었다. 덴마크 땅을 다시 밟게 되리라고 예전엔 미처 생각지도 못했다. 솔직히 감옥에 갇혀 있던 시절을 제외하면, 덴마크보다 고아에서 사는 것이 더 편했다. 의지가 아닌 뭔가에 이끌려 덴마크로 오게 된 기분이었다. 꿈을 이룰 수 있는 길이 이곳에 있기라도 한 듯. 구체적인 계획은 아직 없었지만, 그는 자신이 아주 잘 해낼 수 있는 몇 가지 재능이 있음을 잘 알았다.

그는 마지막 남은 현금으로 자신의 가장 좋은 슈트를 드라이클리닝하고 난 뒤 바로 일을 시작했다. 제이는 국제적인 규모의 호텔 바에서 여성 고객들에게 작업을 걸었고, 예전만큼 짭짤한 수입을 올렸다. 코펜하겐 근교의 부촌인 샤를로텐룬에 사는 한 미망인 집에서 잠시 지내기도 했다. 함께 살기 시작한 지 얼마 안 되어 그녀가 본색을 드러내 그의 앞에서 조금씩 잘난 척 거드름을 피우기 시작했다. 그녀는 기회만 있으면 자기 집에서 두 집 건너에 세계적인 갑부로 유명한 메르스크 매키니 묄러의 대저택이 있다고 자랑을 해댔다. 한 달을 버티던 제이는 더 이상 참는 것을 포기하기로 했다. 그는 어느 날 그녀가 발 관리를 받는 사이에 그녀의 신용카드를 훔쳐서 달아났다. 그리고 카드가 사용 정지되기 전에 옷장을 한가득 채울 만큼 명품 옷을 사들이는 데 성공했다. 그가 아는 한 그녀는 도난 신고를 아예 하지 않은 듯했다. 그에게 당한 여자들은 전부 그랬다. 그 까닭이 뭔지 도통 알 수 없긴 했지만 그에겐 어쨌든 다행한 일이었다. 50세부터 65세까지 연령대의 여성들은 나이 차이가 상당한 연하 남성과 성관계를 즐겨오다가 사기를 당하는 경우 대개 경찰에 신고하지 않았다. 여성들이 그보다 젊으면, 굴욕을 감수하고 반격할 만한 자신감이 여전히 충분할지 모른다는 위험이 있었다. 그리고 너무 나이가 많으면 주변 사람들 눈에 매력적으로 보이고 싶은 마음을 이미 오래전에 버린 경우가 대부분이었다. 은퇴 연령을 넘어선 여성들은 그런 폭로 뒤엔 동정이 뒤따른다는 것을 잘 알았다. 그러나 그 중간에 있는, 막 갱년기에 접어든 여성들은, 크리스마스 댄스파티에서 끊임없이 남자들한테 춤 신청을 받을 정도로 인기가 많았던 자신의 모습을 아직도 기억하고 있었다……. 그녀들이야말로 제이가 사기를 치기에 완벽한 상대였다. 마음이 약하지만 자만심이 세고 자신의 성적 매력이 이미 과거사가 되어버렸는지 아닌지 불안해하는 여성들. 요컨대 제이가 여자들을 섹스 고객으로 받고 말 거라면 나이 따위는 상관없었다. 하지만 여자들을 유혹한 다음 사기를 쳐서 수익을 극대화할 생각이면 이 중년 여성을 타깃으로 삼아야 했다. 그리고 제이는 수익을 극대화하는 것이 최대 관심사였기에 바로 그 연령층 여성들에게 집중했다.

어느 금요일 그는 카지노 코펜하겐에서 기회를 잡아보기로 마음먹었다. 블랙잭으로 돈을 꽤 많이 딴 한 노르웨이 여성과 안 좋은 일이 있었던 게 벌써 5년 전이었다. 그동안 제이의 외모는 몰라보게 달라졌다. 그 당시 그는 긴 앞머리가 계속 눈을 가리던 탓에 끊임없이 고개를 뒤로 휙 젖혀 머리를 넘겨야 했던 전형적인 90년대 헤어스타일을 하고 있었다. 하지만 이제는 머리를 짧게 잘라 분위기가 싹 바뀌었다. 3년간 감옥에 갇혀 있다 보니 더 눈에 띄게 변해, 예전에 그의 가장 확실한 무기였던 동안(童顔)의 흔적도 깨끗이 지워졌다. 이제 그는 큰 키에 금발 머리, 갈색으로 그을린 피부, 눈에 띄는 이목구비, 새하얀 치아, 당당한 보디랭귀지를 갖춘 아주 세련되어 보이는 사내가 되었다. 제이는 게임 테이블 사이를 돌아다니면서 적당한 나이의 싱글 여성이 어디 앉아 있는지 눈여겨보다가 돌연 익숙한 형체의 누군가에게 시선이 꽂혔다. 에릭 캐스펠트잖아! 젖은 머리를 빗어 넘긴 일요학교교사는 제이가 마지막으로 보았던 8년 전의 모습과 거의 달라진 게 없었다. 배가 조금 나오고 희끗희끗해진 머리가 약간 빠진 듯 보이긴 했으나 그 밖에는 차이점을 찾아볼 수 없었다.

제이는 몇 시간 동안 캐스를 몰래 지켜보면서 점점 궁금해졌다. 제이가 성장한 곳이자 에릭 캐스펠트가 틀림없이 아직도 신도로 몸담고 있을 주님의 집은 어떤 경우라도 술과 담배 그리고 도박을 허용하지 않았다. 그런데 지금 저 남자는 입에 담배를 물고 위스키 소다를 마시면서 여기에 앉아 계속 돈을 잃고 있다니. 젠장, 저 멍청이는 그 많은 돈이 어디서 난 거야?

제이가 아는 한, 캐스는 어느 회계회사에서 고객상담 일을 하고 있기에 저렇게 돈을 펑펑 낭비할 만큼 벌이가 좋을 리 없었다. 게임하는 시간이 길어질수록 캐스가 거액의 돈을 잃게 될 공산이 더 컸다. 어마어마한 돈을. 그리고 잃는 돈이 점점 많아질수록 그의 선홍색 이마에 송글송글 맺히는 땀방울도 많아졌다. 게다가 그가 마시는 술도 양이 점점 늘어났다. 카지노 직원이 그를 예의주시하면서 개입할까 망설이는 기색이었지만, 자신의 상관과 시선을 교환하고 나더니 어깨를 으쓱하기만 할 뿐이었다. 게임칩을 살 돈이 있고 정신을 잃을 정도로 취하지 않는 한, 그가 게임을 계속하도록 내버려두겠다는 뜻이었다.

결국 마지막 게임칩마저 사라지고 나자, 캐스는 스스로 게임 테이블에서 물러났다. 약간 불안정한 걸음걸이로 그는 한 층 위에 있는 바로 가더니 스탠드바 의자에 걸터앉았다. 그러고는 술을 한 잔 주문하고 가슴 주머니에서 모눈 메모첩을 꺼냈다. 완전히 집중해서 숫자열을 세로로 한 줄씩 열심히 적고 있는 그를 보면서 제이는 옆자리에 앉았다.

"안녕하세요, 캐스펠트 씨." 그가 인사를 했다.

캐스는 움찔 놀라 자신이 적은 숫자들을 팔로 가리면서 제이를 향해 고개를 돌렸다. 그는 눈썹을 모으고 상대방의 얼굴을 잠시 동안 살피더니 드디어 떠올랐는지 입을 열었다. "아, 요하네스! 오랜만이네. 하마터면 못 알아볼 뻔……."

"제이라고 부르세요. 그 이름으로 불린 지 꽤 오래됐으니까요. 요하네스는 외국인한테 약간 어려운 이름이라서……. 그렇다고 존으로 불리는 건 좀 그렇더라고요." 그는 다정한 미소를 지었다. "술을 한잔 대접해도 될까요, 캐스펠트 씨?" 그는 캐스펠트가 말릴 틈도 없이 캐스의 술잔을 쥐고 자기 입에 갖다 댔다. "위스키?" 그리고 웃으면서 술잔을 내려놓았다. "나도 같은 걸로 하죠. 더블로 주문할까요?"

"요하……. 그러니까 제이, 제발 부탁인데 여기서 나를 봤다는 말은……."

제이는 위스키 두 잔 값을 내면서 미소를 지었다. "설마 내가 누구한테 그런 말을 하겠어요?" 그가 잔을 높이 들었다. 두 사람은 건배를 하고 술을 마셨다.

"어머니와 소식 주고받은 적 있어?" 캐스펠트가 조심스럽게 잔을 내려놓으며 물었다.

"난 그들 중 누구하고도 연락하지 않아요. 잘 아시잖아요."

"그럼 아무것도 모르겠네, 그……."

제이가 손을 들어 그의 말을 막았다. "솔직히 말해 그 사람들 얘기는 입에 올리고 싶지도 않아요."

"미안해. 나는 다만……."

제이는 손짓으로 됐다는 신호를 보냈다. "그건 됐고 대체 여기서 뭘 하고 계시는 건지 얘기해주세요. 나처럼 파문당하신 거예요?"

"아니, 그럴 리가!" 캐스는 화들짝 놀라며 그를 쳐다보았다. "절대 아니야. 교구는 내 삶의 전부라고. 잘 알잖아."

"그럼 이게 다 뭐죠?" 제이는 담뱃갑과 술잔 그리고 메모첩에 적힌 이상한 숫자들을 다 아우르는 손동작을 했다. "이것도 주님을 위한 사업의 일부인가요?"

캐스는 눈동자가 굳어지더니 벌떡 일어났다. "그런 말 듣고 싶지 않아, 요…… 제이. 주님을 조롱하다니!"

"다시 앉아요, 캐스펠트 씨. 그냥 농담한 것뿐이에요." 제이는 스탠 드바 의자를 두드리며 말했다. "한잔 더 주문할까요? 그러면 내게 하고 싶은 이야기를 다 털어놓을 수 있지 않겠어요?"

"술은 그만 마시는 게 좋겠어." 캐스펠트는 망설이면서 다시 자리에 앉더니 말을 이었다. "난 끔찍하리만치 곤란한 처지에 놓여 있어, 요…… 아니, 제이."

"요…… 제이가 아니라 그냥 제이라고요." 그는 달래듯 미소를 지으며 캐스펠트의 어깨를 토닥였다.

캐스는 반짝반짝 광이 나는 스탠드바 앞에 앉은 사람들을 휙 둘러보았다. "자리를 다른 데로 옮길까?"

제이는 바키퍼를 부르기 위해 손을 막 들려다가 멈칫했다. "어디로 요?"

"좀 더 조용한 곳을 찾아보지 뭐." 캐스는 다시 몸을 일으켰다. 그는 갑자기 정신이 말짱해진 듯 작은 메모첩과 볼펜을 꼼꼼히 챙겨 가슴 주머니에 넣었다. "누군가에게 이야기를 털어놓을 수 있다는 건 그래도 다행한 일이지. 난 죄를 지었어, 제이. 주님께서 나를 용서해주시리라고 생각조차 못 할 만큼 큰 죄를 지었지."

"내가 무슨 면죄 같은 것을 해줄 처지는 못 되네요, 캐스펠트 씨. 하지만 이야기를 들어주는 건 얼마든지 해줄 수 있어요."

그렇게 해서 제이와 그의 옛날 일요학교교사는 한 시내 술집에서 몇 시간을 같이 보내게 되었다. 남녀 취객들이 오가면서 서로 껴안고 키스하거나 포켓볼 게임을 하며 밤의 갈증을 채우는 동안, 캐스펠트는 자신의 장황하고 우울한 이야기를 털어놓았다. 그의 부인이 죽고 나서 얼마나 외로웠는지, 그의 딸이 유대인 남자친구와의 동거로 파문당했을 때 얼마나 슬펐는지. 그리고 자신이 우연히 도박을 시작함으로써 씻을 수 없는 죄의 구렁텅이에 빠지게 된 사연에 대해서도. 도박의 세계에 첫발을 들인 것은 오르후스로 출장 가서였다. 당시 그는 늦은 밤 갑자기 밀려오는 외로움에 몸을 가누기 힘들 지경이었다. 평소처럼 주님께 기도를 드렸으나, 아무리 기도를 해봐도 절망에서 벗어나는 데 도움이 되지 못했다. 한 시간 넘게 기도를 해봤지만 마음의 평온과 위안을 찾을 수 없었던 그는 결국 주저앉아 흐느껴 울기 시작했다. 그는 자기 신세를 한탄하고 극한의 절망 속에서 하나님이 자신의 기도를 들어주지 않는다고 욕하는 목소리를 들었다. 아무 생각이 없어지고 지쳐 탈진할 때까지 하염없이 울었다.

비참한 마음으로 호텔방을 나와 호텔 카지노로 향했다. 도박할 생각이 아니었다─결국 사탄의 소행으로……. 그 지점에서 이야기를 멈추고 그가 충혈된 눈으로 제이를 똑바로 쳐다보며 물었다. "잘 알잖아, 요…… 제이. 그게 어떤 건지 아직 기억하지?" 네, 고맙네요. 제이는 도박꾼에게 쏟아지는 비난의 화살을 너무나 생생하게 기억하고 있었으며, 캐스가 부풀려서 말한 것이 아님을 잘 알고 있었다. 블랙 피터라는 게임 단 한 판만으로도 주님의 집에 어마어마한 반향을 불러일으키기에 충분했다. 제이는 그게 어떤 건지 아주 잘 알았다. 그가 고개를 끄덕이자 캐스는 그날 저녁 사탄이 직접 자신을 어떻게 블랙잭 테이블로 이끌었으며 알코올 음료를 주문하게 만들었는지 이야기를 계속했다. 더 이상 아무것도 필요하지 않았다. 몇 분도 채 안 지나 도박은 완전히 그를 사로잡았으며, 그는 몇 달 만에 처음으로 자신의 사적인 비극과 완전히 다른 생각을 할 수 있게 되었다. 더구나 데뷔 첫날의 행운이 따라 게임칩이 높이 쌓여가고 술 한 잔이 세 잔, 네 잔으로 이어지는 동안 고통스러운 영혼에 평온함이 깃들게 되었다. 캐스는 그날 밤 더할 나위 없는 행복의 순간을 경험했다. 그것이야말로 가장 위험한 사탄의 무기였다.

게임 테이블에서 첫날밤을 보내고 나서, 캐스펠트는 곧 코펜하겐의 카지노를 뻔질나게 드나들게 되었다. 그리고 이때부터 한순간 반짝하는 행복감과 바닥 모를 절망감이 끝없이 교차하는 악순환이 시작되었다. 게임 테이블에서 맛보는 행복감은 스쳐 지나가는 것에 불과했기에, 캐스는 코펜하겐의 카지노를 상습적으로 드나들고 얼마 못 가 절망적인 상황에 빠질 수밖에 없었다. 처음엔 얼마 안 되는 통장 잔고로 간신히 메꿀 수 있었지만, 곧 집을 담보로 대출까지 받게 되고 이제 심각한 궁지에 몰린 처지가 되었다. 캐스펠트는 회사 고객의 돈을 여기저기 횡령해서 메우려 한 빚이 얼마나 되는지 실토했다. 그새 갚아야 할 빚은 눈덩이처럼 불어나 있었다. 그는 주머니에서 모눈 메모첩을 꺼내 고객의 이름과 날짜 그리고 횡령한 돈의 액수가 적힌 것을 제이에게 보여주었다. 그는 횡령한 사실이 드러나 회사에서 쫓겨날까 봐, 최악의 경우 주님의 집에서 파문당할까 봐 무섭다고 했다. 스스로 목숨을 끊는 것에 대한 고민도 해봤지만 자살하면 지옥에 갈 게 뻔하기에 차마 그럴 수 없었노라고 넋두리도 했다. 그는 자신의 나약함에 눈물을 흘렸고 자신의 운명을 두려워했다. 제이는 그의 이야기에 귀 기울이며 깊은 인상을 받았다.

제이의 계부처럼 캐스도 여전히 교구에서 가장 높은 지도층, 장로에 속해 있을 터였다. 제이는 장로들은 신성불가침하다고 믿으며 자랐다. 그들은 오류를 범하지 않으며 거의 사도에 가까운 존재여서 속세의 시험과 사탄의 유혹에 무심할 거라고 믿어왔다. 그 지도층에 속한 사람이 캐스처럼 범죄를 저지를 수 있으리라는 것은 상상조차 못 해봤다. 지옥불이 이 남자를 기다리고 있는 건 확실했다. 자살을 하든 말든.

캐스펠트가 자기 이야기를 끝내고 나자, 어느새 밖이 환하게 밝아 있었다. 서로 너무 다른 두 사람은 술집에서 나와 차가운 아침 공기를 들이마시며 하우네가데 쪽으로 내려가 벤치에 앉았다. 제이는 가방을 뒤져 조인트 한 개비를 꺼내 천천히 피웠다. 그의 머리가 최고 출력으로 회전하면서 잊힌 기억들이 하나둘씩 깨어났다. 갑자기 그는 자기 자신의 이야기를 소리 내어 읊어대기 시작했다. 지금까지 한 번도 그런 적이 없었다. 물론 산제이는 모든 것을 알고 있었지만, 주님의 집에서 제이가 보낸 유년과 청소년 시절의 배경까지 이해하기에는 역부족이었다. 에릭 캐스펠트라면 충분히 이해할 만했다. 캐스는 질문을 던지기도 하면서 제이의 이야기에 완전히 매료되어 귀 기울였다.

그가 궁금해하는 것은 대부분 프로 제비족과 준프로 사기꾼으로서 제이가 하는 일에 관한 것이었다. 캐스는 남자가 그런 식으로 살 수 있다는, 그것도 꽤 잘살 수 있다는 사실에 충격받은 것 같았다. 그가 계속 캐물으면서 알고 싶어 했던 것은 제이가 그런 일로 돈을 얼마나 버느냐였고 곧 제이의 월수입 '최고치와 최저치'의 편차가 상당하다는 것을 알아차렸다. 캐스는 고객의 자산 상담이 주전공인 금융전문가가 본인의 직업이라는 사실을 갑자기 떠올렸다. 그리고 자신의 풍부한 경험에 대해 떠벌리는 중심에서 한 부속문장 아래 금 알갱이가 떨어졌다. 그것은 제이 앞에서 공기 중에 걸려 빛나면서 그의 생각을 다른 길로 이끌어갔다. 캐스펠트는 이에 대해 숙고하지 못한 채 목청 높여 단순한 투자 아이디어를 줄줄이 피력했으나, 제이는 자신의 모든 다른 막연한 계획에 형상을 부여하고 실현 가능한 것으로 나타나게 할 이 황금의 정보 말고는 아무것도 듣지 않았다. 그의 뇌는 캐스펠트가 목소리를 높였다 낮췄다 하는 동안, 빠르게 돌아가며 계산했다. 몇 시간이 지나간 듯했지만 실제로는 아마도 2분도 채 안 되어 제이가 벌떡 일어나더니 투자에서의 오프쇼어 가능성인지 뭔지에 대해 한참 설명 중인 캐스의 말을 가로막았다.

"우리가 할 수 있는 일이 뭔지 알겠어요." 그가 산해진미로 가득한 테이블을 귀한 손님에게 선보이기라도 하듯 두 팔을 활짝 벌리며 말했다. "어떻게 하면 우리 둘이서 경제적인 문제를 단숨에 해결할 수 있는지 알겠다고요."

에릭 캐스펠트는 두 팔을 살짝 벌리고 아침 해를 등진 채 자기 앞에 서 있는 장신의 젊은 남자를 올려다보았다. 흠잡을 데 없는 슈트 차림에 짧은 헤어스타일임에도 그는 명명백백한 구원자의 현대 버전과 같았다. 게다가 그는 앞에 서서 자신이 캐스펠트를 모든 고통으로부터 해방시켜주겠노라고 말하고 있지 않은가? 캐스펠트는 그 앞에 무릎을 꿇지 않기 위해 자신을 다스려야 했다. 만약 제이가 그 순간 그에게 물속으로 뛰어들어 건너편까지 헤엄쳐 가라고 했다면 주저 없이 그렇게 했을지도 몰랐다.

"캐스펠트 씨가 일하는 부서에서 EU로또의 덴마크 당첨자들을 상담해준다고 방금 말하지 않았어요?" 제이는 두 사람의 눈높이를 맞추기 위해 다리를 구부렸다. "직접 그들과 상담하나요?"

"아니, 그런 경우는 드물어. 담당 여직원이 있는데……."

"알겠어요." 제이가 고개를 끄덕였다. "그래도 그 여직원이 당첨자와 상담하고 나면 캐스펠트 씨한테 보고서는 올리지 않나요?"

"그렇지. 그건 왜?"

"보고서에는 개인 신상 정보도 어느 정도 들어 있겠죠? 성별, 가족 사항, 연령, 생활수준, 계좌번호, 당첨금액, 당첨금으로 하고 싶은 일 같은 거 말이에요."

"그럼, 물론이지. 하지만 함부로 공개하면 안 되는 정보들이야."

"당연히 공개하면 안 되겠죠, 캐스펠트 씨. 당연해요." 그는 캐스펠트의 어깨에 손을 얹었다. "어중이떠중이 아무나 그런 개인정보를 볼 수 있게 했다간 큰일 나죠."

에릭 캐스펠트는 안도의 한숨을 내쉬었다. 제이가 혹시 자신을 협박하려는 건 아닐까 일순간 걱정했기 때문이다. 그는 제이가 다시 다리를 펴 몸을 바로 세웠기에, 고개를 뒤로 젖혀야 했다.

"당연히 캐스펠트 씨만 그 보고서를 봐야죠. 지금까지 해온 것처럼요. 다만 순전히 가정을 해보는 건데, 캐스펠트 씨가 앞으로는 매의 눈으로 보고서를 읽고 완전히 새로운 원칙에 따라 분석을 해본다면 어떨까요?" 제이는 자신의 계획을 대략 설명해주었고, 심지어는 자신의 사기행각으로 피해를 입을 여성들의 연령층에 관한 것까지 말해주었다. 캐스가 그와 경쟁할 일은 절대 없을 것이므로 그의 영업 원칙을 조금 알려준다 한들 해될 것이 없어 보였다.

제이가 말을 마치자, 캐스펠트는 잠시 물 위를 바라보았다. "그러니까 지금 나더러 EU로또에서 최소 300만 크로네의 당첨금을 수령한 중년의 싱글 여성에 대한 개인정보를 넘겨달라는 거야?"

"거기까지만 해주면 돼요, 캐스펠트. 개별 당첨자와 관련된 나머지 일은 내가 알아서 할 테니까. 또한 타깃으로 적당한 여자인지 아닌지도 내가 결정할 거예요."

"그럼 나한테 돌아오는 몫은 얼마나 되지?"

"10퍼센트요."

"내가 직장에서 쫓겨날지도 모를 위험을 감수하는 대가가 30만 크로네라고?"

"건당 최소 30만 크로네죠."

캐스는 시선을 내리깔았다. "내가 갚아야 할 빚이 100만 크로네 가까이 되거든."

제이는 캐스펠트 옆에 나란히 앉았다. "일을 조금 더 많이 맡을 의향이 있다면 15퍼센트 줄게요."

"어떤 일 말이야?" 열의에 차 있던 캐스펠트의 목소리가 시들해졌다. 자신의 불행한 처지가 다시 그를 짓누르는 것 같았다.

"새로운 상대를 만날 때마다 여권, 운전면허증 등등 새 위조서류가 필요하거든요. 나 말고 누군가 그런 디테일한 일들을 관리해줄 사람이 있으면 더없이 좋을 것 같아요. 매번 그러는 게 번거롭긴 하지만 안전을 위해서 어쩔 수 없어요. 이해하시죠?"

"위조 여권은 어떻게 구할 수 있는 거지?" 캐스는 자신의 손을 내려다보았다. "그런 일은 전혀 아는 게 없어서 말이야."

"누구한테 연락하면 되는지 휴대전화 번호를 보내줄게요. 이삼 일만 시간을 주면 연락처를 알아낼 수 있어요. 그런 일을 해주고 기타 실질적인 세부사항들을 처리할 때 나를 도와준다면 15퍼센트를 챙겨갈 수 있어요. 그러면 건당 최소 45만 크로네는 되는 거죠." 제이는 여전히 고개를 떨군 채 자기 손을 내려다보고 있는 캐스펠트를 찬찬히 살펴보았다. "어때요, 캐스펠트? 같이 해볼래요?"

캐스는 어깨를 으쓱했다. "난 피곤해, 요…… 제이." 그는 몸을 일으켰다. "우선 한숨 푹 자고 싶은데."

"당연히 그러셔야죠." 제이는 잔뜩 구겨진 마린블루 색 포플린 코트의 단추를 채우고 있는 캐스펠트를 관찰했다. 그는 정말로 많이 피곤해 보였다. 금방이라도 쓰러질 듯 기운이 없었다. "잘 가요, 캐스펠트."

그는 고개를 끄덕이고 제이에게 악수를 청했다. "저기…… 같이 이야기도 많이 나누고 반가웠어, 요…… 제이. 미안. 익숙해지려면 시간이 좀 걸리겠어." 그는 희미한 미소를 지었다. 그리고는 돌아서서 빈 집이 그를 기다리고 있는 크리스티안순 행 기차를 타기 위해 중앙역 방향으로 향했다.

"저기요!" 제이는 그새 20미터쯤 걸어간 캐스펠트를 불렀다. "기다려요. 조금 바래다줄게요." 그는 캐스를 따라잡을 때까지 뛰었다. "어차피 나도 같은 방향으로 가야 해서요."

"어디 가는데?"

"베스테르브로 거리요."

도시가 깨어나는 동안 두 사람은 아무 말 없이 항구를 따라 나란히 걸어서 홀멘 교회와 크리스티안스보르 궁전을 지나갔다. 도로는 반쯤 빈 버스와 자동차들로 가득 찼다. 그들이 토르발센 미술관에 이르러 가멜 해변 옆으로 낭만적인 건물들이 늘어선 아름다운 전경이 눈

앞에 펼쳐지자, 제이가 헛기침을 했다.

"캐스펠트 씨가 회사에 빚진 그 100만 크로네에 대해 생각해봤는데요. 들키지 않고 언제까지 돈을 되돌려놔야 하는 거예요?"

캐스펠트가 허탈하게 웃었다. "지금 당장! 회계감사가 세 달이나 여섯 달 후에 뜰 수도 있지만, 갑자기 이번 월요일에 우리 부서를 기습할 수도 있거든."

"다모클레스의 검(고대 그리스의 이야기에서 나온, 왕좌의 머리 위에서 번뜩이는 숙명의 검―옮긴이) 같은 건가요?"

캐스는 깜짝 놀란 표정으로 그를 쳐다보았다. "그리스 신화도 알아?"

"일상생활을 하기에 불편함이 없을 정도는 알아요." 제이는 카약 몇 대가 물 위를 미끄러져 가고 있는 운하를 바라보았다. "월요일까지 100만 크로네를 마련하는 건 불가능해요. 하지만 캐스펠트 씨가 동의한다면 내가 좀 다르게 할 수도 있어요."

"다르게 하다니?"

"캐스펠트 씨가 지금 당장 사무실로 가서 보고서를 보고 가능성이 있는 여성 당첨자 몇 명의 개인정보를 내게 알려주기만 하면 내가 주말에 당장 착수할 수 있어요. 그러면 장담컨대 첫 100만 크로네가 우리 손에 들어올 때까지 한 달도 채 안 걸릴 거예요."

"그럼 나한테 돌아오는 건 15만 크로네겠네. 새 발의 피야, 젠장! 욕해서 미안해."

"내 말을 잘못 이해했네요, 캐스펠트." 제이는 미소를 지으며 멈춰 섰다. "우리가 벌게 될 첫 100만 크로네를 몽땅 가지라는 말인데……. 한 푼도 제하지 않고요. 신입사원에게 주는 일종의 환영선물이라고 치면 되죠."

캐스는 이마를 찌푸리고 제이를 한참 쳐다보았다. 그에겐 선택의 여지가 없었다. 둘 다 그 사실을 알고 있었다. 이것은 그냥 괜찮은 제안이 아니라, 그가 거절하고 어쩌고 할 처지가 못 되는 제안이었다.

그 후 일이 순조롭게 착착 진행되었다. 두 사람은 첫 번째 피해 여성을 다행히도 신속하게 끝내버릴 수 있었다. 어리숙하고 너무나 멍청하게도 그녀는 정열적인 젊은 애인이 제안한 엉터리 투자계획에 금방 넘어가 로또 당첨금을 다 털리고 말았다. 에릭 캐스펠트는 은행 대출도 다 갚았고, 회사 고객들이나 그의 상관 혹은 회계감사관이 뭔가 낌새를 알아차리기 전에 횡령한 돈도 메꿀 수 있었다. 모든 문제가 해결되었고, 그의 생명이 구원을 받았다.

다만 그가 예상하지 못했던 것은 관대한 환영선물에 당연히 따르는 대가였다. 그 돈을 받음으로써 캐스펠트는 제이가 파놓은 함정에 빠져 이러지도 저러지도 못하는 신세가 되었다. 그를 '캐스펠트 씨'라고 깍듯이 부르며 공손하게 대하는 것도 감언이설과 친절한 태도도 더 이상 기대할 수 없었다. 이제 제이는 캐스를 시종일관 말 잘 듣는 똥개 다루듯 했다. 발! 앉아! 일어서! 찾아! 가져와……! 주인의 명령을 잘 따르면 착하다고 칭찬받지만 명령을 거역할 낌새를 보이면 가차 없이 벌을 받는 똥개나 다를 바 없었다.

실제로 딱 한 번 그런 일이 있었다. 사기행각에서 그만 발을 빼고 싶었던 캐스는 제이를 찾아가 자신의 죄를 뉘우치며 더 이상 못 하겠다고 울부짖었다. 그러자 제이는 자기 자신도 놀랄 만큼 냉정하고 침착한 태도로 캐스펠트의 약지를 잡고 뚝 소리가 나게 부러질 때까지 뒤로 꺾었다. 이어서 그는 의자에 앉아 캐스의 비명 소리가 멈출 때까지 기다렸다. 캐스는 충격을 받아 휘둥그레진 눈으로 부러진 손가락을 부여잡고 자리에 앉아 있었다. 제이는 자신의 방황하는 제자에게 짧지만 감정을 자극하는 설교를 시작했다.

"당신 지금 나한테 더 이상 사탄의 돈을 취하고 싶지 않다고 말하는 건가요? 당신 금고에 돈이 쌓이는데도 그 순진한 여자들을 속이는 게 죄라고 말해요? 우리가 행하는 일로 지옥에 갈 거라고요?" 그는 두 사람의 코가 거의 맞닿을 정도로 바짝 캐스에게 몸을 기울였다. "하지만 우리가 돈을 벌어서 더 부자가 되면 그만이라고 누가 그래요? 당신 몫은 얼마든지 선의의 목적으로 기부할 수 있잖아요. 주님의 집은 회개하는 죄인이 익명으로 후하게 내놓는 헌금을 절대 거부하지 않을 거예요." 제이는 몸을 똑바로 일으키더니, 고통스러운 나머지 얼굴이 하얗게 질린 캐스의 생각을 읽는 것만 같았다. 그리고 상대방이 움찔 놀랄 만큼 큰소리로 웃음을 터뜨렸다. "그건 그렇고 캐스…… 난 당신을 놓아줄 생각이 전혀 없답니다. 알겠어요?"

에릭 캐스펠트는 결국 단념했다. 그는 응급실로 직행해서 치료를 받았으나 그의 손가락이 다시는 원래 모습을 되찾지 못할 거라는 안타까운 이야기를 들어야 했다. 그때부터 그가 성실하게 자기 몫을 주님의 집에 헌금으로 내기 시작했음에도 그의 양심을 되찾는 것 역시 불가능해 보였다. 단 하루도, 눈물을 흘리며 주님께 용서를 구하고 스스로를 가혹하게 단죄하는 시간을 갖지 않고 그냥 지나가는 날이 없었다. 그의 아내가 죽지 않고 아직 옆에 있었더라면, 그의 상체와 상박을 온통 뒤덮은 흉터와 생긴 지 얼마 안 되는 상처를 보고 이상하게 생각했을 것이다. 하지만 그의 옆에 그렇게 가까이 있을 사람이 아무도 없었기에 탄로 날 염려는 거의 없었다. 그가 자기 자신을 죄인으로 낙인찍기 위해 빵칼을 휘둘러 몸에 낸 자상으로는 모자란 듯 담배로 지진 상처까지 가세했다. 희한하게도 육체적인 고통을 통해 기분이 나아졌다. 하지만 오래가지는 못했다. 육체적인 고통이 줄어들자마자 양심의 가책이 다시 고개를 들었다. 그러면 모든 것이 처음부터 다시 시작되었다.

그런 사정에 대해 제이는 전혀 아는 바가 없었다. 그는 캐스와 힘을 합치기로 한 그날부터 모든 일이 순조롭게 잘 풀리는 것에 그저 기뻐할 따름이었다. 제이는 지금까지 그들한테 사기 피해를 당한 여성이 몇이나 되는지도 몰랐다. 열둘 내지 열셋쯤 될 거라고 짐작만 할 뿐이었다. 그는 머릿속으로 몇 명인지 따져보려고 했지만 멍해져 생각이 흩어졌다. 지금 그에게 환각 증세가 너무 심하게 온 탓도 있는 듯싶었다. 해시시 소비를 좀 줄이는 게 낫겠다는 생각이 들었다.

제이는 등이 바닥으로 향하게 돌아누워 자기가 좋아하는 자세로 두 팔을 벌렸다. 그는 천천히 그리고 규칙적으로 코를 통해 깊이 숨을 들이마신 다음 입으로 다시 내뱉기를 잠이 들 때까지 반복했다.

#32

2007년 4월 20일 금요일

크리스티안순에 부드럽게 내리쬐는 햇살을 받아, 비현실적으로 푸른 하늘을 배경으로 선 벽들이 따뜻한 노란 색조로 빛을 발하고, 시청 광장에 있는 분수대 물은 경쾌하게 반짝였다. 경찰서에서 내다보이는 아름다운 아침 전경은 거의 여름이나 다름없었다. 하지만 플레밍은 앞으로 그 모습에 두 번 다시 속지 않으리라 다짐했다. 오늘 아침 그는 햇살 가득한 풍경에 현혹되어 얇은 바람막이 점퍼만 걸치고 나왔다. 차를 몰고 얼마 가지 않아 그는 그것이 얼마나 어이없는 오판이었는지 깨달았다. 폭설이 내리기 직전처럼 금속성 뒷맛이 느껴지는 공기는 매서우리만치 차가웠다. 너무 나태한 나머지 그는 모든 본능을 무시한 채 경솔하게 자신의 복장을 결정해버렸다. 그 결과 그는 지금 이를 덜덜 떨며 미지근한 난방기에 두 손을 대고 그의 사무실에 앉아 있는 신세가 되었다.

노크 소리가 났다.

"네?"

피아 바게가 문밖에서 머리를 들이밀었다. "손님이 오셨는데요."

"누군데?"

"아네마리 키엘센과 카마 모리첸이요."

플레밍은 두 손을 비비며 잠시 생각에 잠겼다. 그는 지난 몇 주 사이에 미카엘의 친모를 여러 차례 심문했지만, 파문당한 아들이나 전 남편에 관한 이야기는 한마디도 듣지 못했다. 그녀는 테이블을 내려다보며 사소한 질문에 고개를 젓거나 짧게 대답할 뿐, 정말 중요한 질문에는 아무 반응도 하지 않았다. 두 여자와 함께 또 의미 없는 몇 시간을 보낼 생각을 하니 별로 달갑지 않았다. 그런데 키엘센 부인이 자발적으로 그를 찾아온 건 이번이 처음이었다. 혹시 기회가 되면…….

"안으로 모시지." 그가 말했다. "그리고 시간이 되면 자네도 같이 있고."

잠시 후 피아가 두 사람을 데리고 그의 작은 사무실 안으로 들어왔다. 둘 중 어느 한 사람도 오늘 아침 복장 선택에서 플레밍 토르프가 저지른 실수를 똑같이 저지르지 않았다. 아네마리 키엘센은 가장자리에 모피 장식이 달린 감청색 울코트를 걸쳤고, 카마 모리첸은 긴 수술이 달린 니트 망토로 뚱뚱한 몸을 가리고 있었다. 거기다 두 사람 다 두꺼운 털모자를 쓰고 벙어리장갑까지 끼고 있었다. 그리고 둘 다 울어서 그런 것처럼 눈이 빨갰고 여러 날 잠을 못 잔 듯한 모습이었다.

"따뜻한 차 한잔 드릴까요?" 피아가 물었다.

두 사람 다 고개를 끄덕였다.

"외투는 저기다 거시면 돼요." 플레밍은 그의 여름 재킷이 생뚱맞게 걸려 있는 옷걸이를 가리켰다. "늦추위가 다시 기승을 부리지요?" 그는 여자들이 옷 거는 것을 도와주며 대화를 시작했다.

"네." 아네마리 키엘센은 너무 나지막하게 대답해서 그녀가 무슨 말을 하는지 알아듣기보다 짐작해야 할 때가 더 많았다.

"우린 날씨 얘기나 하려고 여기까지 온 게 아니에요." 카마는 보호금 명목으로 매달 돈을 뜯어가는 폭력배 같은 어조로 말했다. "이 정도면 충분하다는 말을 하려고 왔어요."

"충분하다고요? 뭐가 충분하다는 거죠?"

"벌써 7주가 넘었잖아요. 미카엘이⋯⋯." 그녀는 망설이며 옆에 있는 아네마리를 힐끗 훔쳐보았다. "주님의 부름을 받고 우리 곁을 떠난 지." 하려던 말을 마무리하고 그녀는 날선 지적을 했다. "그리고 어차피 사건 수사에 무슨 진전이 있는 것 같지도 않고요."

"글쎄요, 제 생각은 다른데요."

"우리가 보기엔 그렇다고요." 그녀는 단호하게 그의 말을 잘랐다. "당신네들은 한 걸음도 앞으로 못 나아갔어요."

"그렇지 않아요. 우린 지금 여러 가지 단서를 추적 중이고, 또 보이는 것처럼⋯⋯."

"무슨 단서요?"

"미안하지만 더 자세한 건 말씀드릴 수 없네요."

"왜요?"

"수사에 지장을 줄 수도 있으니까요."

그녀가 그를 똑바로 쳐다보았다. "지금 아네마리가 자기 아들을 살해한 혐의를 받고 있다고 말하려는 건가요?"

아네마리가 움찔했다. 그녀는 딸꾹질과 흐느낌의 중간쯤 되는 소리를 내뱉었다. 그러고는 정신을 차린 듯 입술을 꽉 다문 채 다시 바닥만 쳐다보았다.

카마는 그녀를 무시했다. "아니면 나를 의심하는 건가요?"

"좀 앉지 않으시겠어요?" 플레밍은 자신의 책상 맞은편에 있는 손 님용 의자를 가리켰다. 그리고 자신은 사무용 의자에 털썩 앉았다. 그는 아직도 몸이 으슬으슬해 피아 바게가 따뜻한 차를 빨리 가져왔 으면 싶었다. "두 분이 초조해하시는 건 충분히 이해합니다." 두 사람 이 자리에 앉자 그가 말했다. "그리고 맹세컨대 저는 절대 두 분을 의 심하지 않아요. 그런데 잘 아시겠지만, 두 분이 수사에 결정적인 영 향을 미칠 수도 있는 몇 가지 질문에 대답하기를 거부하고 있다는 게 우리의 최대 난점 가운데 하나입니다. 조금만 협조를 해주신다면 사 건을 더 신속하게 해결할 수 있을 텐데 말이죠."

아네마리와 카마는 서로 눈빛을 교환했다. 그러고는 카마가 다시 말하려는 듯 호흡을 가다듬었다.

그 순간 아네마리가 희고 가녀린 손으로 그녀를 막았다. "아니야, 이제 내가 말할게, 카마." 아네마리는 놀라우리만치 침착한 목소리로 말했다. "여기 온 건 내가 결정한 거예요. 그러니까 나 스스로……." 그녀는 문이 열리자 고개를 돌렸다. 피아 바게가 낡은 쟁반에 김이 모락모락 나는 머그잔 네 개를 올린 채 균형을 잡으며 안으로 들어 왔다.

"자, 드세요." 피아는 차가 담긴 컵을 나눠주고, 책장과 서류캐비닛 사이에 끼여 사무실 안에 딱 하나 남아 있는 의자에 그 위의 신문 더 미를 치우고 앉았다.

"계속하세요." 플레밍이 차를 후후 불고 있는 아네마리를 쳐다보며 격려하듯 말했다.

그녀는 차를 마시지 않고 컵을 내려놓았다. "내 남편과 맏아들에 대한 이야기인데요." 그녀는 낯설게 느껴질 만큼 침착한 목소리로 말을 이었다. "카마가 경찰에 이미 말했듯이 두 사람은 파문당했어요. 그리고 형사님들도 아시겠지만, 주님의 집에서는 교구에서 쫓겨난 사람들에 대해 얘기하는 것이 금지되어 있어요. 그래서 저로선 그들에 대한 질문에 대답하기 힘들었던 거예요. 그 점은 이해를 해주셨으면 해요."

플레밍은 고개를 약간 숙이고 아무 말도 하지 않았다.

"그럼에도 이제 말을 하기로 결심했어요. 궁금한 게 있으면 뭐든 물어보세요. 아는 건 다 대답해드릴게요. 그게 죄를 범하는 것일 수도 있지만, 수사에 도움이 된다면……."

"옳은 결정을 하셨습니다." 플레밍이 말했다.

"그럴까요? 하나님께 저를 용서해달라고 빌어야죠."

"지금 나누는 대화를 녹음해도 괜찮으시겠어요?" 그는 그녀가 당황스러워하는 것을 알아차리고 얼른 설명을 덧붙였다. "녹음하면 같은 이야기를 불필요하게 반복하지 않아도 되거든요."

그녀가 주저하며 고개를 끄덕였다.

플레밍은 책상 서랍에서 공테이프를 꺼내, 어느새 카세트 녹음기를 갖다놓고 기다리는 피아 바게에게 건넸다. 그녀는 녹음 버튼을 누르고 그 자리에 있는 사람들의 이름과 날짜를 말하고 나서 수사과장 사무실에서 진행되는 대화라는 것을 밝혔다.

"제가 처음부터 주님의 집 신도였던 건 아니에요." 아네마리 키엘센이 이야기를 시작했다.

"젊었을 때 정말 죄 많은 삶을 살았어요. 술과 담배는 기본이고 유부남을 만나기도 했어요. 그러다가 사탄의 손아귀에 단단히 사로잡혀 미혼의 몸으로 한 남자의 아이를 낳게 되었죠."

"창녀나 다름없었지만 예수께서 그녀의 죄를 사해주셨어요." 카마가 끼어들었다. "이제 아네마리는 주님의 뜻 안에서 은혜로운 삶을 살고 있어요."

"그럼 미혼모로 혼자서 아이를 키우신 건가요?" 플레밍은 연약해 보이고 조용한 아네마리가 술주정꾼 날라리였다는 사실이 믿기지 않았다. 주님의 집 신도들이 하는 말대로라면 덴마크 국민의 대다수가 그와 같은 죄인으로 판명될지도 모르는 일이었다. 그래서 한편으로는 아네마리 키엘센이 그 당시 지극히 평범하고 평균적인 여성이었을 수도 있겠다는 생각이 들었다.

"아니요. 아이 아빠와 몇 년간 같이 살았는데, 결혼은 안 하고 동거를 한 거죠. 아이…… 요하네스가…… 세 살이 되었을 때 주님께서 내 죄에 대한 벌을 내리셨어요. 아이 아빠를 우리 곁에서 떼어놓으셨으니까요."

"아이 아빠가 부인을 버리고 떠났다는 건가요?"

"그는 열차 사고로 죽었어요. 주님이 저한테 내리신 벌이죠." 그녀가 눈을 감았다. "주님께서 저를 바른길로 인도하려고 그렇게 하신 거예요. 하지만 전 너무 고집이 세서 주님의 자비로운 훈계를 받아들이려고 하지 않았어요. 길 잃은 영혼으로 그렇게 수개월을 살았어요. 라르스를 데려가신 주님을 원망하면서 말이에요. 그 일이 나 자신을 위해서 일어났고 그의 죽음이 나와 내 아이에게 구원받을 기회를 준다는 것을 이해할 수 없었어요."

"주님의 길은 헤아릴 수 없어요." 카마가 거들었다. "오랜 진리죠."

"완전히 바닥이었던 어느 날 주님께서 내게 전령을 보내셨어요. 주님의 천사가 나타나 나를 그의 집으로 인도했고, 그곳 교인들은 두 팔 벌려 나를 맞이해줬죠. 나는 구원을 받은 거예요."

"아멘!" 카마는 미소를 지으며 아네마리의 팔을 토닥였다.

"부인이 구원받았을 때 아이는 몇 살이었나요?"

"다섯 살이요. 우린 주님의 집으로 오기 전까지 제 부모님 집에 들어가 지냈어요."

"하지만 그날 이후로 부모님께선 손자와 딸을 한 번도 못 만나셨겠네요?" 플레밍이 최대한 중립적인 어조를 유지하려고 애쓰면서 말했다.

"부모님은 정말 지긋지긋했어요. 주님께선 제게 그들과 관계를 끊으라고 요구하셨죠. 부모님은 내가 옳은 일을 하지 못하게 방해했어요."

"그러셨군요."

"주님의 집으로 오고 나서 얼마 후 장로들이 남편감을 골라주었어요. 그의 이름은 폴-에릭 한센이며, 나를 먹여 살리고 구원에 이르는 길로 나를 인도해줄 수 있는 착하고 부지런한 남자였어요. 그는 내 아이의 죄 많은 태생도 감싸줄 용의가 있었어요. 요하네스가 열 살이 되었을 때 미카엘이 태어났어요." 아네마리의 눈에 갑자기 눈물이 차올랐다. 그녀가 눈을 깜박이자 눈물이 그녀의 뺨 위로 흘러내렸다. "우린 그 아이를 보내주신 주님께 매일 감사기도를 드렸어요. 그 아이는 작은 기적과도 같았죠."

"두 아이가 차별 대우를 받았나요?"

"필요 이상으로 그러진 않았어요." 카마가 끼어들었다.

플레밍이 그녀를 쳐다보며 물었다. "그게 무슨 말인가요?"

카마가 고개를 젓기만 하고 아무 대답도 하지 않자, 아네마리가 나서서 해명했다. "요하네스는 죄악 속에서 출생했고 미카엘은 주님의 집에서 태어났어요. 그래서 요하네스도 주님의 성령 안에서 살 수 있도록 그 아이를 엄하게 다룰 필요가 있었어요."

"요하네스는 사탄에게 사로잡혀 있었어요!" 카마가 또다시 말을 끊었다. "그 아이는 악의 화신이었다고요!"

"그 아이는 악에 맞서 싸운 거야, 카마." 아네마리는 이마를 찌푸렸다. "요하네스는 자기가 할 수 있는 일을 한 거라고. 사실 그 아이는 선해지려고 노력한 거야." 희미한 미소가 그녀의 얼굴에 떠올랐다. "그 아이는 어린 동생을 누구보다도 사랑했어. 내 생각에 그 아이는 순진한 동생의 보호자가 되어 자신의 죄를 참회하려고 했던 것 같아."

카마는 그 말에 공감할 수 없다는 듯 말했다. "폴-에릭이 그 아이를 꿰뚫어 본 거예요. 다른 사람들이 깨닫기 전에 그가 이미 그 아이의 죄를 알아차린 거라고요."

"폴-에릭은 요하네스가 구원받도록 도와주려고 했어."

카마는 고개를 절레절레 흔들었다. "불쌍한 폴-에릭."

"무슨 일이 있었는데요?" 플레밍은 두 사람이 대체 무슨 말을 하고 있는 건지 알 수 없어 답답했다.

"요하네스는 다루기 힘들었어요."

"다른 아이들보다 더 힘들었나요?"

"어쨌든 미카엘보다는 힘들었어요." 아네마리는 코를 풀었다. "훨씬 더 힘들었죠. 요하네스는 갈수록 마음의 문을 닫았으며, 고집 세고 반항적인 아이가 되어갔으니까요. 그렇다고 우리와 함께 교구 모임에 가거나 일요학교에 가는 걸 그만두진 않았어요. 그건 너무 당연한 일이어서 우리 집에서는 가니 마니 논쟁을 벌일 여지가 없었거든요."

"허 참!" 카마가 씩씩거리며 참견했다. "요하네스는 일요학교에 다니면서 아무것도 한 게 없다니까요. 그냥 자리에 앉아 선생님 면전에서 저속한 책이나 읽는 게 다였어요. 우리 일요학교교사는 너무 사람이 좋아서 탈이었지. 너무 착했다니까."

플레밍은 카마에게 시선을 향한 채 물었다. "요하네스를 잘 아시나요?"

"일요학교에서 우린 옆자리에 앉았었어요."

"두 사람이 같은 또래라고요?" 플레밍은 그녀가 고개를 끄덕이자 아연실색한 표정을 감출 수 없었다. 카마가 아네마리보다 젊다는 건 알고 있었지만 마흔 살도 안 되었으리라고는 생각지도 못했기 때문이다. 좀 노티 나는 의상 선택이나 볼품없는 검은색 펌프스에 살색 나일론스타킹을 신은 모습이 60대처럼 보이는 데다 벌써 머리도 여기저기 희끗희끗하고 눈꺼풀까지 축 늘어져 있었다. 그녀가 서른세 살밖에 안 되었다니 정말 믿기지 않았다.

카마는 고개를 끄덕였다. "그는 주님을 조롱하고 자기 이름을 악용했어요. 캐스펠트 씨가 그를 일요학교에서 내쫓았어야 했는데." 그녀는 눈을 감았다. "요하네스는 12제자 중에서 유다를 가장 존경한다고 했어요. 그가 유일하게 진실성 있는 사도라나 뭐라나. 아무튼 요하네스는 신성모독자이고 악마의 자식이며……."

플레밍은 다시 미카엘의 친모에게 물었다. "요하네스는 어떤 벌을 받았나요?"

"그게 무슨 말이에요?"

플레밍이 헛기침을 했다. "남편분이 그를 엄하게 다뤘다고 하셨잖아요. 그 말은 요하네스가 매를 맞았다는 뜻 아닌가요?"

아네마리는 시선을 피했다. "그러다가 불행한 일이 일어났어요."

그녀는 플레밍의 질문에 아무 대답도 하지 않고 잠시 후 다시 말을 이었다. "미카엘이 여덟 살 때 친구들과 놀다가 폭죽이 가득 든 상자를 발견하게 됐죠. 아이들은 로켓 폭죽과 금지된 대형 폭죽을 몇 개씩 꺼내서 항구 쪽으로 갔어요." 그녀가 목소리를 낮춰서 플레밍은 한마디도 놓치지 않으려고 약간 앞으로 몸을 숙였다. "그것이 죄라는 것을 미카엘은 잘 알고 있었어요. 주님은 아이를 벌하기로 작정하셨죠. 로켓 폭죽 하나가 불발하는 바람에……. 아이의 손안에서 폭발했어요."

"아, 그 사건 기억나요." 플레밍이 말했다. "끔찍한 일이었어요. 그래서 그의 손이……."

그녀가 고개를 끄덕였다. "안타깝게도 응급조치를 받기 전까지 시간이 너무 지체되어서 손목동맥이 절단되었죠." 그녀의 눈에 다시 눈물이 차올랐다. "아이가 병원에 도착했을 때 피를 너무 많이 흘린 상태였어요. 그러니까 수혈이 필요한 상황이었는데……."

"그래서요?"

"수혈은 절대 있을 수 없는 일이에요." 카마가 끼어들었다. "우리 입장을 이해하시리라 믿어요."

플레밍은 고개를 저었다. "아니요, 전혀 이해 못 하겠는데요. 어째서 절대 있을 수 없는 일이라는 건가요?"

"주님의 집은 살아 있는 조직을 기증하는 것이라면 어떤 형태든 금지하고 있어요. 본인의 장기를 남에게 기증하는 건 하나님의 뜻에 어긋나거든요." 카마가 설명했다. "그러니까 수혈도 당연히 안 되는 거죠." 그녀가 고개를 절레절레 흔들었다. "다른 사람의 피나 장기를 받으려고 자신의 몸을 여는 건 사탄이 들어올 문을 열어주는 것이나 마찬가지예요."

플레밍은 아무런 대꾸도 하지 않고 아네마리를 쳐다보았다. 그녀는 무슨 말인가 하려다가 기침을 하기 시작했다. "죄송해요." 목소리가 다시 괜찮아지자 그녀가 입을 열었다. "사람들은 우리가 수혈을 거부한다는 이유로 우리를 무슨 괴물 보듯 해요. 그런다고 어떻게 우리가 아이들을 사랑하지 않는다고 생각할 수 있는 거죠? 우리는 단지 아이들이 몇 년 뒤 지옥 불에 던져지는 고통을 당하느니 곧장 우리 주님이 계신 곳으로 가게 되기를 바랄 뿐이에요. 우리한테는 수혈이 지옥으로 직행하는 길이거든요. 사정이 그러니 우리가 바라는 건 다른 사람들이 이런 입장을 존중해주는 것뿐이에요." 아네마리의 뺨이 보일락 말락 아주 옅은 홍조로 물들었다. "우리도 다른 사람들 일에 감 놔라 배 놔라 끼어들지 않잖아요?"

플레밍은 어깨를 으쓱했다. 그는 주님의 집에서 지키고 있는 규율에 대해 논쟁을 벌이는 건 가급적 피하고 싶었다. "그래서 어떻게 되었나요?"

"우리는 그 상황을 놓고 의사들과 논의했어요. 그들은 미카엘이 수혈받지 못하면 죽을 거라더군요. 그래서 우리는 왜 미카엘이 절대로 수혈받을 수 없는지 의사들에게 설명하려고 노력했어요. 포도당 나트륨 혼합물이나 그 비슷한 것으로 대체해보면 어떻겠냐고 우리가 제안해보기도 했죠. 그런데 요하네스가 우리에게 등을 돌렸어요. 그 아이가 악마의 편을 든 거죠."

"그가 수혈에 찬성했다는 건가요?"

그녀가 고개를 끄덕였다. "그 일로 우리는 심하게 다퉜어요. 정말 끔찍했죠." 그녀는 코를 풀었다. "갑자기 요하네스가 일어나서 가버렸어요. 한마디 말도 없이. 그리고 우리가 저녁때 집에 가보니 그 아이가 우리 집을 싹 털어서 달아났더군요. 그 이유는 묻지 마세요. 요하네스가 악마의 자식이라서 그런 건지 나도 잘 모르겠어요. 그 후로 나는 그 아이를 보지 못했어요."

"그럼 수혈은 어떻게 됐나요?"

"의사들이 우리를 완전히 바보 취급했어요." 아네마리의 얇고 메마른 피부 위로 눈물이 주르륵 흘러내렸다. "그들은 미카엘에게 절대 수혈을 하지 않겠으며 다른 방법으로 어떻게든 상태를 호전시켜보겠노라고 약속했어요. 그런데 다음 날 아침 아이의 상태가 눈에 띄게 좋아지고 아이의 뺨에 다시 혈색이 돌아왔어요. 우리는 기적이 일어났다고 생각했지만……." 그녀는 두 손에 얼굴을 묻었다.

카마가 대신 말을 이었다. "거기에서 일하는 간병인 한 명이 주님의 집 출신의 우리 형제라는 걸 우연히 알았어요. 그가 초저녁에 폴-에릭과 아네마리가 집에 간 사이 미카엘이 수혈을 받았다는 사실을 알아냈죠." 그녀의 목소리가 날카로워졌다. "그 의사들이…… 그들을 속인 거예요. 부모의 허락도 없이 어리고 순진한 아이의 몸에 사탄을 집어넣은 거죠."

"그래서 어떻게 했어요?"

카마는 고개를 저었다. "할 수 있는 일이 아무것도 없었어요. 이미 벌어진 일이니까요. 우리는 아이의 영혼을 위해 기도했어요."

"미카엘이요? 아니면 요하네스요?"

"당연히 미카엘이죠. 요하네스라는 이름이 불리는 일은 더 이상 없었어요."

아네마리 키엘센은 가방을 열고 휴대용 티슈를 꺼냈다. 그러고는 꼼꼼하게 코를 닦고 나더니 깊고 침착하게 몇 번 심호흡을 하고 이야기를 계속했다. "오해하지 마세요, 토르프 형사님. 우리는 물론 주님께서 미카엘의 목숨을 살려주셔서 기뻤어요. 너무나 다행스러웠죠! 하지만 그의 영혼이 저주받을 건 불을 보듯 뻔했어요. 교구 전체가 그 아이를 위해 밤낮으로 기도했어요. 심지어 악마를 쫓아내기 위해 교구 내에서 가장 실력 있는 퇴마사를 부르기도 했죠."

"악마를 쫓아낸다고요? 퇴마사가 어떻게 했는데요? 설마 아이를 때린 건 아니겠죠?"

아네마리와 카마는 또 시선을 교환했다. "퇴마는 결코 기분 좋은 일은 아니에요." 미카엘의 친모가 중얼거렸다.

플레밍은 어이없는 표정으로 두 여자를 번갈아 쳐다보았다. 그는 불쌍한 아이가 어떤 고통을 겪어야 했을지 생각만 해도 견딜 수 없었다. 이제 겨우 여덟 살인데 중상을 입은 몸으로 퇴마를 경험해야 하다니! 하나님 맙소사…….

"그럼 요하네스 소식은 더 이상 못 들으신 건가요?"

"네, 전혀요."

"아들이 걱정되지 않으셨어요? 열여덟 살 나이에 완전히 혼자가 되었는데요?"

아네마리는 고개를 저었다. "그래서 그의 영혼을 위해 기도드렸어요. 어쩌면 그를 위해 기도드렸다고 하는 편이 나을지도 모르겠네요. 어쨌든 매일 밤마다 기도했어요."

"하지만 아들을 찾을 시도조차 하지 않으셨나요?"

그녀는 고개를 다시 내저었다.

"그럼 남편은요?" 플레밍은 그녀가 그 물음에 대답하지 않으리라는 것을 알고 다른 질문을 던졌다. "남편은 왜 파문을 당했나요?"

또다시 두 여자의 시선이 교차했다. 플레밍은 끊임없이 서로 신호를 주고받지 못하도록 그 둘을 떼어놓고 싶은 마음이 굴뚝같았다. 하지만 그건 나중에 언제라도 할 수 있는 일이었다. 지금 당장은 그들이 경찰서에 가서 뭐라고 할지 미리 입을 맞추었을 진술이라도 필요했다. 그는 뭔가 불분명한 사실을 짚고 넘어가야 할 필요가 있으면 나중에 다시 두 사람을 따로 불러 심문할 예정이었다.

아네마리가 헛기침을 했다. "남편은 우리에게 닥친 재앙을 이겨내지 못했어요. 그는 무엇보다 요하네스가 주님과 그의 부모인 우리에게 등을 돌렸다는 것을 수치스러워했고, 미카엘의 피가 더럽혀졌다는 것도 견디지 못했어요. 폴-에릭은 몇 달 만에 완전히 다른 사람이 되었죠. 미카엘에게 엉덩이를 살짝 때리는 정도의 손찌검조차 한 일이 없었던 그가 밤마다 아이에게 체벌을 가하기 시작했어요. 아빠로서 충분히 그럴 권리는 있긴 하지만……."

"정도가 너무 심했어요." 카마가 말했다. "결국 아네마리는 장로들을 찾아가서 도움을 청해야 했어요."

"경찰은 안 불렀나요?" 플레밍은 언성을 높이지 않으려고 애썼다. "그럴 생각은 아예 안 하신 건가요?"

"사소한 문제는 우리끼리 해결하거든요."

"사소한 문제라고요?" 그는 치미는 분노가 폭발하는 것을 막기 위해 깊게 심호흡을 하고 열까지 세어야 했다. 사이비종교에 현혹당한 그녀들은 그곳에 앉아 아동학대가 일상에서 흔히 일어나는 보통 일인 양 지껄여대고 있었다. "결코 사소한 문제가 아닌 것 같은데요."

"장로들이 그와 대화해보려고 했지만, 폴-에릭은 미친 것 같았어요." 아네마리가 이야기를 계속했다. "그는 술을 마시기 시작했죠. 전에는 한 방울도 입에 대지 않던 술을 갑자기 매일 마셔댔어요. 밤마다 만취 상태였고, 술 취한 정도가 심할수록 미카엘을 더 가혹하게 때렸어요. 그리고 나한테도 폭력을 가했죠. 나는 수차례 교구의 다른 신도 집으로 도망가서 숨어 있었어요. 하지만……." 그녀가 고개를 절레절레 흔들었다. "결국 우리는 무슨 조치를 취해야 한다는 걸 깨달았어요. 수혈을 통해 미카엘의 몸을 점령했던 악마가 폴-에릭의 몸으로 건너간 거예요. 주님께서 순진한 아이의 몸에서 저주를 거두어 아이의 구원을 책임져야 할 사람, 즉 미카엘의 아빠에게 넘겨준 거죠."

"그렇게 그가 파문을 당하게 된 건가요?"

"바로는 아니었어요. 교구는 노르웨이에 있는 우리 자매교구로 잠시 그를 보냈어요. 그곳에서 지내는 동안 그의 몸속에서 기세등등한 악마를 몰아낼 수 있기를 기대하면서 말이죠. 하지만 그 자매교구도 어쩔 도리가 없었어요. 집으로 돌아온 폴-에릭은 미카엘과 내게 다시 주먹을 휘둘렀어요. 난 결국…… 병원 신세를 져야 했고. 마침내 장로들이 그를 퇴출시켰어요. 달리 방도가 없었으니까요."

"그가 지금 어디 있는지 알고 있나요?"

그녀는 어깨를 으쓱했다. "미카엘과 나는 이름을 바꾸고 여러 번 이사를 했어요. 덕분에 그를 완전히 따돌리는 데 성공한 거 같아요. 그 후로 그를 못 본 지 12년이 다 되어가니까요."

"그럼 미카엘은요? 자기 아버지를 다시 만난 적이 있나요?"

"미카엘의 아버지는 하늘에 계세요. 그 이상은 아무도 필요 없어요." 아네마리는 그의 눈을 똑바로 쳐다보며 대답했다.

"아멘." 카마가 추임새를 넣었다.

33

"갑자기 날씨가 웬 심술인지!" 마리아네는 젖은 우산을 털고 옷걸이에 코트를 건 다음 거실로 갔다. "나도 병가를 내든가 해야지." 그녀는 투덜대며 소파에 털썩 주저앉았다.

"병명을 뭐라고 하게?" 단이 신문을 옆으로 치우면서 말했다. "환절기 통증?"

"참 재미있기도 하겠다." 그녀는 짐짓 기분 상한 듯한 목소리로 대꾸했다. 룸펠이 총총걸음으로 그녀에게 다가와 그녀가 집에 와서 반갑다는 표현을 했다.

"룸펠 주인은 좀 어때?"

"폴-에릭 한센은 살 가망이 없어. 간이 망가진 데다 처음부터 몸이 너무 쇠약한 상태였거든. 수년간 알코올도수가 높은 맥주만 마시고 살았을 거야. 면역력이 전혀 없어."

"병문안 가봤어?"

"내가 그럴 시간이 있었을 것 같아?" 그녀는 몸을 세워 앉더니 룸펠을 소파 왼쪽 구석으로 밀었다. "당신이 갑자기 쉬고 싶을 때 언제든 마음대로 날을 잡을 수 있다고 해서 다른 사람들도 그럴 수 있을 거라고 생각한다면……."

"그만, 그만." 단은 양손을 얼굴 앞에 대고 방어하는 듯한 제스처를 취했다. "그냥 아무 생각 없이 물어본 건데. 어쨌든 미안해!"

"나 참!" 마리아네는 그에게 못마땅한 시선을 던지더니 다시 몸을 뒤로 기대고 룸펠의 털 속에 자기 손을 파묻었다. "사과는 내가 해야지. 오늘따라 스트레스를 너무 많이 받다 보니 그만……. 진짜 아픈 것도 아니면서 끝없이 앓는 소리를 해대고 뭔지 모를 통증이 있다며 비싼 검사를 해달라고 요구하는 환자들 때문에 내가 돌아버리겠어. 그래서 그들에게 도움이 될 만한 간단하면서도 건설적인 조언, 예를 들어 살을 빼라든가 금연 또는 운동을 하라는 식의 조언을 해주면 바로 자존심 상해서 언짢아한다니까. 그들이 원하는 건 갖가지 약이야. 약의 가짓수가 많을수록 더 좋아하지. 아, 어떨 땐 정말 그런 꼴을 보면 참을 수 없어."

"그래도 진짜 아파서 당신을 필요로 하는 사람도 있잖아." 단은 아내 옆에 가서 앉기는 했지만 눈치 있게 그녀를 건드리지는 않았다. 마리아네는 기분이 그런 상태일 때 조금만 잘못 건드려도 폭발할 수 있기 때문이었다.

"그래, 물론이지……. 오늘따라 스트레스를 너무 많이 받다 보니." 그녀는 아까 한 말을 되풀이하며 룸펠의 귀 뒤를 쓰다듬었다.

단은 기분이 나쁠 때 가해지는 스킨십에 대한 마리아네의 강한 반감이 아이들이나 동물한테는 나타나지 않는다는 사실을 새삼스레 환기하지 않으려고 애썼다. 그녀가 어른들한테만, 특히 단한테 유독 그런 반감을 드러냈지만, 이제는 그러는 게 그에게도 익숙했다. 24년을 같이 살다 보니 어떤 문제는 더 이상 예민하게 받아들이지 않게 되었다.

그가 몸을 일으키며 물었다. "커피 마실래?"

"아니, 괜찮아. 오늘 마신 커피만 서너 주전자는 될걸. 지금 내게 가장 필요한 건 혼자만의 휴식이야."

"당신은 오늘 저녁 자유로울 거니까 잘됐네."

"그게 무슨 말이야?"

"배드민턴을 친 다음 플레밍 집에서 식사하기로 했어. 조사 결과를 다시 비교해봐야 한다잖아." 단은 갓 면도한 민머리를 손으로 쓰다듬었다. "플레밍이 에릭 캐스펠트와 관련해서 뭔가 새로운 사실을 알아낸 것 같아."

"벤테와 꾸미고 있는 일에 대해 플레밍도 알고 있어?"

단은 고개를 저었다. "곧 말해줘야지. 안 그랬다간 내가 빨리 이야기를 안 했다고 플레밍이 잔뜩 삐칠 테니까. 다음 단계에서는 그의 도움이 꼭 필요하거든."

"벤야민이 지금 순베르케에 가 있는 거야?"

"응, 누나네 건너편 집에서 감시하고 있지. 자정쯤 내가 가서 교대해줄 거니까 당신은 밤새도록 아무 방해도 받지 않을 거야. 잘 됐지?" 그는 레인코트와 스포츠백을 가져왔다. "우린 내일 당신이 퇴근해서 집에 오면 보겠네. 푹 쉬어!" 그는 그녀에게 몸을 숙였다. 입맞춤이 그녀의 입 바로 옆으로 빗나갔다.

"룸펠은 어떻게 하고?"

"이런! 그 생각을 못 했네. 어쩌지?" 단은 복도로 나가는 문에 서서 갈팡질팡하고 있었다. "설마 나더러……." 그는 거실 안으로 다시 한 걸음 들어와서 말했다. "그러지 말고 우리 룸펠을 한번 혼자 있게 해볼까? 내일 낮 1시쯤 내가 다시 집에 오니까 오전에 몇 시간만 혼자 있으면 되는데."

"좋은 생각이 있는데."

"말해봐."

"오늘 저녁에 내가 플레밍 집에 룸펠을 데려다주면 당신이 나중에 순베르케로 갈 때 데려갈 수 있지 않을까?"

"음……." 단은 가방을 바닥에 내려놓았다. "플레밍한테 물어보지도 않고 내 맘대로 결정할 수 있는 일이 아니라서……."

"플레밍한테 내가 전화해볼게." 자기연민이 싹 사라진 목소리로 그녀가 말했다. 단이 더 이상 이의를 제기할 틈도 없이 마리아네가 알아서 모든 일을 처리했다. 그래서 플레밍이 괴르틀레르가데에 있는 그들 집으로 와서 단을 데리고 배드민턴을 치러 가면 마리아네는 포드 포커스를 몰고 플레밍 집으로 가기로 했다. 그리고 남자들이 배드민턴을 치는 동안 그녀는 장을 보고 플레밍 집에서 저녁을 준비할 계획이었다. 남자들이 식사를 다 마치고 수사에 대한 이야기를 시작하면, 그녀는 자칭 '구경꾼'이 될 거라고 했다.

"당신이 끼어들지 않고 뒤에 물러나 있겠다면 괜찮겠지." 단이 체념한 듯 말했다. 잠시 후 플레밍의 차가 보도 옆에 멈춰 섰다. 단이 비를 맞으며 차를 향해 가다가 거실 창문 쪽을 돌아보자, 룸펠이 평소 좋아하는 자리인 창턱에 올라앉아 고개를 갸웃하며 그를 쳐다보고 있는 모습이 눈에 들어왔다. 그는 조수석에 올라타면서 그 조그만 강아지에게 손을 흔들어주고 싶었지만 억지로 참았다.

*

끼이익……. 끼이익……. 끼이익. 래커 칠한 나무 바닥 위에서 고무 밑창이 마찰을 일으켜 나는 소리가 체육관 안의 음향효과 때문에 더 크게 울렸다. 단에게 그 소리는 배드민턴을 생각하면 가장 먼저 연상되는 것이었다. 어떨 때는 저녁에 배드민턴을 치고 나서 잠자려고 누워서도 귀에 그 소리가 들려오는 것 같은 착각이 들기도 했다. 그가 낮에 수백 킬로미터를 운전하고 나서 그날 밤 침대에 누웠을 때 흰색 도로중앙선이 눈앞에 어른거리는 것처럼 말이다. 끼이익……. 끼이익……. 두 남자가 샤워를 한 뒤 물기를 닦고 나자, 그는 플레밍에게 배드민턴 소음에 대해 말을 꺼냈다. 하지만 플레밍은 고개를 저으며 자기는 전혀 몰랐다고만 대답했다.

그들은 옷을 입고 차를 타러 가는 동안 일에 대한 것만 빼고 별의별 이야기를 다 주고받았다. 다행히 잠시 멈춘 비에 대한 이야기를 비롯해서 중고이긴 하지만 상태가 좋은 플레밍의 새 차 볼보 V40에 대한 이야기, 단이 살까 생각 중인 러닝슈즈의 장단점에 대한 이야기, 배고프다는 이야기에 이르기까지 온갖 잡담이 이어졌다.

그들이 기차역 사거리에 정차해서 신호가 파란불로 바뀌기를 기다리고 있을 때 여자 둘이 바로 그들 앞을 지나 길을 건너는 모습이 보였다. 두 여자는 이야기를 나누느라 차 안에 누가 앉아 있는지 전혀 신경 쓰지 않았다.

"저 여자가 미카엘 키엘센의 친모야." 플레밍이 슬쩍 턱짓으로 가리키며 말했다.

"뚱뚱한 쪽 아니면 뼈만 앙상한 쪽?"

"마른 쪽, 금발인……. 아들과 상당히 많이 닮았지."

"그럼 다른 쪽은 누군데?" 단의 시선이 그들을 좇았다. "가족인가?"

"요즘 그녀 집에서 같이 지내는 친구래. 이름은 카마라고 하는데 아주 씩씩한 여자지. 그녀의 도움이 없었으면 미카엘의 친모는 완전히 무너지고 말았을 거야."

파란색 포드 포커스가 그다지 정감 가지 않는 플레밍의 노란색 벽돌집 앞에 이미 서 있었다. 주방에 불이 켜져 있었고, 두 사람이 정원에 난 길을 올라가자 룸펠이 멍멍 짖어대기 시작했다.

"사람 사는 냄새가 나는데." 플레밍이 말했다. "다시 가족이 생긴 것만 같은 기분이랄까." 단이 그를 힐끗 살펴봤지만, 플레밍의 얼굴에서 비꼬는 기색은 전혀 찾아볼 수 없었다. 그가 강아지를 두고 한 말은 확실히 아니었다.

이미 식사 준비를 마친 마리아네는 식탁을 차리고 와인까지 따놓았다. "남의 집 주방에서 주부 노릇을 하다니 우습네." 그녀는 플레밍과 포옹하면서 킥킥대고 웃었다. 저 킥킥대는 웃음은 무슨 의미지? 단은 그녀의 뺨에 입을 맞추며 쓸데없는 생각은 하지 않으려고 애썼다. 언젠가 한번은 그를 괴롭히는 질투심에 대해 그녀와 대화할 필요가 있었지만, 그는 계속 기회를 미루고 있었다. 아무 일도 없는데 그가 혼자 상상해서 그러는 것이 아니라 아무래도 뭔가 그럴 만한 이유가 있을 것 같았다.

마리아네가 만들어놓은 생선요리는 맛도 좋고 속도 든든했다. 세 사람 모두 며칠 굶은 사람처럼 허겁지겁 먹었다. 식사 후에는 다 같이 커피를 가지고 소파로 가서 앉았고, 플레밍이 '회의'를 개시했다.

"좋아." 그가 입을 열었다. "먼저 에릭 캐스펠트 얘기부터 하지. 우린 지금 2주 넘게 그를 은밀하게 감시하고 있는 중이야. 그리고 그와 관련해서 흥미로운 사실을 몇 가지 알아냈어."

"그냥 감시만 하고 있다고?"

플레밍이 고개를 끄덕였다. "그 밖에 피아 바게 형사가 며칠 동안 그의 배경을 철저하게 뒷조사해봤지. 하지만 그의 전화를 도청하지는 않았어. 우리가 좀 더 많은 사실을 알아내면 도청은 그때 할 거야."

"얘기해봐."

"캐스펠트는 1946년 유틀란트 남부의 한 농가에서 외아들로 태어났어. 1976년에 베아테 외르겐센이라는 여자와 결혼했는데, 1997년에 아내와 사별했지." 플레밍은 가방 안에서 접은 종이 몇 장을 꺼내긴 했지만, 자기가 말한 사실이 맞는지 확인하기 위해 굳이 들여다봐야 할 일은 아직 없었다. "그는 1980년대 초에 구입한, 음…… 14킬로미터쯤 떨어진 기성에 있는 집에서 여전히 살고 있어. 대학에서 금융학을 전공했지만, 1989년부터 크리스티안순 인베스트에서 일하기 시작했는데 이삼 년 만에 개인고객 상담부서의 책임자로 승진했지. 그는 부하직원을 일곱 명 거느린 과장으로서, 회사중역들로부터 유능하고 인기 있는 사원이라는 평을 받고 있어."

"설마 경찰이 뒷조사하고 있다는 걸 그가 눈치챈 건 아니겠지?"

"진정해. 바게 형사는 그런 일에선 아주 선수니까. 직접 대놓고 캐고 다니는 일은 절대 없어." 플레밍이 두 사람에게 커피를 더 따라주었다. "얼마 전부터 그녀는 로테 벤트센이라는 젊은 여직원과 친하게 지내고 있지. 그런데 캐스펠트의 부하직원들은 회사중역들의 호평에 동의하지 않는 것 같더라고. 다들 그가 트집 잡기 일쑤고 지루하며 딱딱한 사람이라고 평했다더군. 그의 내향적인 성격도 그가 호감을 얻지 못하는 원인 중의 하나인 것 같아. 나이 지긋한 여성 동료의 말대로라면 그가 아내와 사별하고 나서 상태가 더 악화된 듯해. 캐스펠트가 일 이야기 말고 다른 말을 한마디라도 입에 올리는 것을 보지 못했다니까."

"그럼 여가시간엔 뭘 하지?"

"평일엔 저녁때 시 동부에 있는 어떤 건물을 찾아가는 날이 많다는데. 일요일에도 오전 10시부터 늦은 오후 시간까지 그곳에 가 있고. 그 건물에 그가 아는 사람이라도 있나 알아봤더니 그 건물의 꼭대기 두 개 층이 주님의 집이라는 종교단체 소유였어."

"주님의 집? 거긴 바로 그······."

"맞아. 미카엘 키엘센이 그 종교단체의 신도였지. 그의 친모도 여전히 그 단체 소속이고. 내가 알기로는 여호와의 증인을 조금 섞어놓은 일종의 자유교회 같은 곳일 거야. 방언과 수태고지를 비롯하여 의학과 UFO에 대한 자칭 새로운 연구들을 마구 뒤섞어놓은 종교라고 할 수 있지. 1970년대에 여호와의 증인 이탈자들이 설립한 교파이고, 여러 면에서 여호와의 증인이 지니는 문화적, 사회적 특성 중 일부를 계승하고 있는 것으로 보여. 크리스마스나 생일을 축하하지 않고 수혈도 엄격히 금하고 있고. 그리고 교구의 규율을 위반하는 신도는 지체 없이 파문당하지." 플레밍은 커피를 한 모금 마셨다. "캐스펠트는 꽤 어릴 때부터 그 교구에 몸담아왔던 것 같아. 그의 부모가 원래는 여호와의 증인이었다가 교파가 설립된 직후에 주님의 집으로 옮겼거든. 지금은 두 분 다 돌아가시고 안 계시지만."

"그가 그렇게 오랜 세월 몸담고 있었다면 틀림없이 핵심 그룹에 속하겠네."

"그는 교구 안에서 모든 일을 좌지우지하는 소수의 남자들 가운데 하나야. 일상에서 규율을 어떻게 실천하고, 교구 신도는 어떤 복장을 갖춰야 하며 또 성경을 어떻게 해석하고 누구를 파문할 것인지 등 모든 것을 그들이 결정하는 거지. 다섯 내지 일곱 명쯤 되는 그 남자들은 장로라고 불린다는군."

"그러니까 캐스펠트는 요하네스 한센을 이미 오래전부터 알고 있었던 거네. 어쩌면 그가 한센의 파문을 결정하는 데 관여했을지도 모르지. 흥미진진한데. 피아 바게가 그것도 알아봤을까?"

플레밍이 고개를 끄덕였다. "하지만 결코 쉽지 않았어. 주님의 집 신도들은 외부 사람이 자신들에 대해 뭔가를 궁금해하면 굴 껍질처럼 입을 꽉 다물어버리거든."

"그런데 어떻게 알아냈대?"

"바게가 1년 전 파문당한 젊은 여자를 찾아낸 거야. 그녀는 다른 여자, 그것도 교구의 신도가 아닌 외부 여자와 성적인 관계를 맺었다는 이유로 파문당했어. 그녀는 여전히 교구에 대해 감정이 좋지 않았기 때문에 선뜻 나서서 자기가 알고 있는 것을 다 불었지." 플레밍이 일어나서 책장에 놓여 있던 잡지를 한 무더기 가져왔다. "이건 그녀가 바게한테 준 거야." 그가 잡지 더미를 테이블 위에 내려놓자 단과 마리아네가 '주님의 연보'라는 제목이 달린 그 잡지를 한 권 집어 들었다. 잡지를 넘겨보다가 두 사람은 괴상한 그림들을 보고 아연실색했다. 이를테면 피 흘리는 예수가 한 무리의 어린아이들과 날아다니는 은회색 찻잔받침을 배경으로 그려진 그림—그 위에는 '네 안에 주님을 모시고 있는가?'라든가 '도박과 지옥'이라는 표제가 붙어 있었다.

"금요일에 내가 미카엘의 친모 그리고 카마라는 그녀의 친구와 다시 한번 이야기를 나눠봤는데 말이지. 그들이 교구의 규율을 깨고, 무슨 이유로 요하네스와 그의 계부가 파문당했는지 내게 설명하기로 어렵사리 합의했더라고."

플레밍은 미카엘이 폭죽을 가지고 놀다가 사고를 당한 이야기를 시작으로 요하네스의 가출과 퇴마 그리고 폴-에릭이 술 냄새 고약한 죄악의 늪에 빠진 이야기까지 줄줄이 늘어놓았다.

"세상에, 맙소사!" 마리아네가 신음하듯 내뱉었다. "완전히 미친 사람들이네."

플레밍이 얼굴을 일그러뜨리며 억지 미소를 지었다. "우리도 같은 생각이지만, 다시 에릭 캐스펠트에 대한 이야기로 돌아가자면, 그는 매주 일요일 오전에 교구의 아이들과 청소년들을 가르치고 있어. 누구나 그 일요학교에 의무적으로 출석해야 해. 부모가 자녀의 학교 출석을 소홀히 하면 파문의 사유가 되기도 하지. 자꾸 부모를 속이고 일요학교를 빼먹었다는 이유로 파문당한 십대들이 꽤 있나 봐."

"그런 사소한 이유로 파문까지 당한다고?" 마리아네가 어이없다는 듯 말했다. "부모는 또 순순히 동의를 한단 말이야?"

"규율을 지키지 않은 자가 자기 죄를 참회하고 정말로 가혹한 다른 벌을 받지 않는 이상, 용서는 없어. 예를 들면 전원이 다 모였을 때 한 달 동안 교인들 앞에서 벌거벗고 서 있는 벌을 받을 수도 있다는 거야. 그곳에서 정상적으로 사고하는 십대들 가운데 파문당하느니 그런 벌을 받겠다고 할 아이들은 많지 않겠지?"

"거기 아이들이 정상적이라고 누가 그래?"

"글쎄." 플레밍은 어깨를 으쓱했다. "어쨌든 피아 바게가 시 동부에 있는 유스호스텔 직원을 만나 이야기를 나눠봤는데, 그 직원 말이 갑

자기 가족도 없고 잘 곳도 없다면서 찾아온 청소년들을 두 번 도와준
적이 있다고 하더래. 주님의 집 신도들은 냉정하기 짝이 없어서, 그
들에게 전화를 걸어 그 집 아이가 울면서 사무실에 앉아 있으니 데려
가라고 말했더니 그냥 전화를 끊어버렸다는 거야."

"요하네스 한센이 혹시 그 직원에게 도움을 받은 청소년들 중 한
명이 아니었을까?"

플레밍이 유감스러운 듯 고개를 저었다. "유스호스텔 직원은 요하
네스에 대해선 아는 바가 없다고 했어. 그리고 우리가 같이 이야기를
나눴다는 그 파문당한 여자는 15년 전에 있었던 일을 기억하기에는
그 당시 너무 어린 나이였고."

"하지만 그녀가 교구에서 무슨 이야기를 들었을 수도 있지 않아?
나중에 말이야."

"그럴 리 없어. 한번 파문당한 신도에 대해서는 그 후로 일절 함구
하거든. 파문당한 십대 청소년의 부모에게 자녀가 몇 명이냐고 물어
보면, 그들은 아직 그 교단의 신도인 자녀 수만 셀 거야. 파문당한 자
식은 부모에게 있어 그냥 죽었다고 생각하면 그만이 아니라 아예 태
어나지도 않은, 이 세상에 존재하지도 않은 사람과도 같으니까."

"참 지랄 같네." 단의 입에서 욕이 튀어나왔다.

"맞아, 정말 어이가 없지. 우리가 미카엘의 친모를 경찰서에서 심
문한 건 금요일까지 합쳐서 두 번이었어. 그런데 우리가 무슨 말을
하든 그녀는 고개를 젓거나 침묵을 지키기만 할 뿐이었어. 그녀의 맏
아들은 그녀의 머리에서 싹 지워버린 것 같았지. 그녀의 전남편도 마
찬가지고. 그녀는 카마라는 여자가 옆에서 보조를 해주자 그때야 어
렵사리 입을 열더군."

"그녀의 전남편 이름이 뭐라고?"

"음." 플레밍은 자신이 메모한 것을 다시 들여다보았다. "그는 아네 마리와 성이 달라. 그녀와 작은아들은 11년 전, 그러니까 그와 헤어지고서 그녀의 결혼 전 성으로 바꿨거든. 젠장, 내가 그걸 어디다 적었더라……. 아, 여기 있네. 그의 이름은 폴-에릭 한센이라고 하는데, 아직 그의 행방을 파악하지 못했어."

"폴-에릭 한센?" 마리아네가 갑자기 몸을 곧추세우고 앉았다. "혹시 그의 주민번호가 뭔지 알아?"

플레밍은 또다시 자기가 메모한 것을 들여다보며 열 자리 숫자를 읊었다.

마리아네가 눈썹을 모았다. "나이가 맞아. 그 주민번호 좀 적어서 나한테 줄 수 있어, 플레밍? 어쩌면 그가 내 환자일 수도 있어서. 룸펠의 주인 말이야."

세 사람은 눈을 감고 편안한 듯 마리아네의 가슴 위에 엎드려 있는 강아지를 일제히 쳐다보았다. "그가 정말로 그 전남편이라면, 안타깝게도 수사에 더 이상 도움이 안 될 거야, 플레밍. 그의 상태가 심각해서 얼마 살지 못할 테니까. 그는 크리스티안순 병원에 의식불명 상태로 누워 있어."

"룸펠의 주인? 하지만 그 사람은 시청 광장에 죽치고 있던 술주정꾼이라고 하지 않았어?"

"맞아, 그 술주정꾼이야. 경찰 쪽 사람들이 아마 수년간 그 불쌍한 남자를 쫓아내려고 안간힘을 썼을걸."

"아니, 그럴 리가. 우리가 그들을 도우려고 얼마나 동분서주하고 있는데."

"그 남자가 맞다면 정말 기가 막힌 우연이네." 단이 끼어들었다.

플레밍은 어깨를 으쓱했다. "뭐, 워낙에 큰 도시가 아니니까 그런 우연은 충분히 있을 수 있지." 그는 자신이 메모한 종이의 첫 장을 다시 한번 훑었다. "이미 말했듯이 우린 이처럼 주님의 집과 이어진 연결고리가 우리 수사에 중요한지 아닌지 잘 몰라. 그런데도 내가 너희 둘에게 이 이야기를 해준 건 에릭 캐스펠트와 요하네스 한센 그리고 미카엘 키엘센이 그 교단의 신도였거나 지금도 신도라는 이상한 우연 때문이야."

"그들은 서로를 분명 알고 있었겠네." 마리아네가 말했다. "그러니까 캐스펠트와 미카엘 말이야."

"물론이지." 플레밍은 재차 자신의 메모를 살펴보았다. "하지만 두 사람이 서로 아는 사이라고 해도 별 의미가 없을 거야. 친구의 자녀를 도와주는 건 흔히 있는 일이잖아. 예컨대 축구를 하다가 알게 됐든 일요학교에서 만나게 됐든 아르바이트를 알선해주는 일 말이야."

"그렇긴 한데……."

"그것 말고도 연결고리가 또 있어. 몇 년 전부터 아네마리 키엘센을 도와주고 있는 카마 모리첸이 에릭 캐스펠트가 부인과 사별하고 나서부터 그의 집안일을 도맡아 해주고 있다는 사실이야. 그녀는 일주일에 한 번 그의 집에 와서 청소도 하고 요리도 한꺼번에 많은 양을 해서 조금씩 나눈 다음 냉동실에 넣어놓고 가나 봐. 다림질과 바느질까지 싹 해놓고 간다는데, 들리는 바론 주님의 집에서는 아주 흔한 일이라네. 카마처럼 성인이 되어서도 미혼인 여성들은 도움이 필요한 교구 신도들을 돌봐주는 게 당연시되는 분위기야. 그래서 카마 모리첸이 에릭 캐스펠트와 아네마리 키엘센을 돌봐주고 있는 거지.

그녀가 교구로부터 돈을 받고 그 일을 하는 것 같긴 한데, 그건 내 추측일 뿐 확실하진 않아."

"어떻게 보면 꽤 괜찮은 방식인 것 같은데." 마리아네가 말했다.

단은 찡그린 표정을 지었다. "글쎄, 미혼의 성인 여성한테 반드시 좋다고 할 수는 없지 않나? 물론 돌봄을 받는 사람들한테는 더할 나위 없이 좋겠지만."

"주님의 집에 대한 이야기는 잠시 그만하자고." 플레밍이 말했다. "캐스펠트가 최근에 다녀간 곳이 거기 말고 또 있거든."

"어딘데?"

"4월 19일 목요일에 캐스펠트는 퇴근 후 집으로 가지 않았어. 그는 코펜하겐으로 가서 DGI 콘퍼런스센터 지하주차장에 차를 세우고 계속 두리번거리며 아벨 카트리네스가데를 지나가더니 코트 깃을 세우고 어떤 건물 안으로 사라졌지. 그를 감시한 경찰관이 보기에 그러는 모습이 마치 형편없는 첩보영화를 패러디하는 것 같았다는군. 캐스펠트는 그 건물 4층에서 45분가량 머물다가 다시 밖으로 나와 자기 차가 주차된 곳으로 가서 기성에 있는 집으로 향했어."

"그리고?"

"조사를 해봤더니 그 집엔 이스테드가데에서 상당히 평이 좋은 옷가게를 운영하는 인도인 가족이 살고 있었어."

"아, 그래?"

"우린 에릭 캐스펠트 같은 남자가 그런 사람들하고 교류하는 게 좀 이상하다고 생각했어."

마리아네가 끼어들었다. "그런 사람들이 어떤 사람들인데?"

"마리아네가 생각하는 뜻으로 한 말이 아니니까 오해하지 마." 플레밍은 두 손을 들어 방어하는 듯한 자세를 취했다. "하지만 캐스펠트 같은 남자는 직장에서 업무상 어쩔 수 없는 경우를 제외하고 외국인과 접촉할 일이 거의 없는 게 사실이지. 그리고 직장에서도 그가 외국인을 만나는 건 지극히 드문 경우일 테고. 그는 제3세계나 그곳 출신 사람들에게 눈곱만큼도 관심이 없고 지극히 종교적인 우물 안 개구리나 다름없어. 그런 그가 힌두교도인 옷장수 집을 찾아갔다는 건 좀……."

이번에는 마리아네가 방어하는 듯한 제스처를 취했다. "됐어, 됐다고. 무슨 말인지 이해했어."

"좋아, 그러니까……." 플레밍은 생각을 정리하느라 목덜미를 긁적였다. "그 인도인 가족을 조사해봤는데 말이야. 문제 삼을 만한 건 아무것도 없었어. 덴마크어도 유창하게 잘하고 어떤 형태든 공적인 지원을 한 번도 받은 적이 없는 아주 착실하고 원만한 사람들인 것 같긴 한데……." 그가 머뭇거렸다.

"그런데?" 단이 물었다.

"물론 우연일 수도 있지만, 난 자꾸 그런 것 같지가 않거든. 그 모범가족의 어머니가 알고 보니 우리를 수차례 애먹인 남자의 이복동생이었어. 내가 말하는 '우리'는 경찰집행기관 전체를 가리키는 거야. 나는 사실 얼마 전까지 그 남자에 대해 아무것도 모르고 있었지." 플레밍은 다시 메모한 종이를 들여다보았다. "그의 이름은 라젠드라 아바스티이고 덴마크 국적자지만, 인도 뭄바이에서 출생했어."

"뭄바이가 봄베이를 말하는 건가?" 마리아네가 궁금해했다.

플레밍은 고개를 끄덕였다. "아바스티는 수년에 걸쳐 외국인청과 인터폴 그리고 덴마크 경찰국의 사기범죄 단속반으로부터 추적당한 인물이야. 이민자 집단에게 막강한 영향력을 행사하는 범죄조직의 우두머리라는 혐의를 받고 있거든."

"어떤 범죄조직인데?"

"사기범죄 단속반이 사건을 맡은 걸 보면, 사기와 관련된 범죄조직 아닐까?" 플레밍의 얼굴에 짓궂은 미소가 스쳐 지나가는가 싶더니 어느새 다시 진지한 표정으로 바뀌었다. 단은 이처럼, 평소 사적으로 알고 있는 모습과 완전히 딴판으로 프로페셔널하고 진지하며 자신감 넘치는 플레밍에게 결코 익숙해질 것 같지 않았다. "위조 여권, 새로운 신원, 특별 제작된 신용카드 등 필요한 건 뭐든 구해다주지. 게다가 우리가 확인한 바로는 물건이나 사람을 밀수하기도 한다던데. 문제는 우리가 아바스티 개인의 죄를 한 번도 입증하지 못했다는 거야. 위조 여권을 팔아넘길 때 우리가 애써 중개인을 잡아봐야 그의 입에서 아무것도 알아낼 수 없었으니까. 중개인은 스탬프까지 모든 걸 자기 손으로 위조했는데, 우연히도 스탬프가 더 이상 남아 있지 않다고 주장하는 식이었지."

단은 자리에서 일어나 창밖을 내다보았다. "공모의 냄새가 나는군." 그는 고개를 절레절레 흔들며 말했다. "그런데 종교에 빠진 미치광이와 인도의 거물사기꾼 중에 어느 쪽이 더 나쁜 건지 모르겠네. 설마 에릭 캐스펠트가 그 집에 왜 왔었는지 그 인도 사람한테 물어본 건 아니겠지?"

"아니, 아직. 우린 눈에 띄지 않게 감시만 하겠다고 약속했으니까."

"캐스펠트가 그곳에 간 게 목요일이었다고? 아마 그는 요하네스 한센에게 건네줄 새 위조서류를 주문했을 거야. 그렇다면 그가 내일이나 모레 어디선가 그 서류를 받아갈 공산이 크겠군."

"요하네스가 현재 활동을 개시했다면 그렇겠지."

"개시했어." 단은 돌아서서 마리아네와 플레밍을 마주 보고 창턱에 몸을 기댔다. "그가 활동을 시작했다고, 플레밍."

플레밍은 이마를 찌푸렸다. "그렇게 확신하는 이유라도 있어?"

"내가 그를 세 번이나 봤거든. 화요일, 토요일 그리고 일요일에."

"어디서?"

"화요일은 순베르케에 있는 어떤 집 앞에서, 토요일은 코펜하겐 마가신 백화점에서 쇼핑할 때, 그리고 일요일은 알가데에 있는 빵집에서 봤지. 그는 다음 피해자가 될 여성을 지켜보면서 준비하고 있어. 그리고 새 위조서류를 마련하는 것도 그 준비 과정 중 하나일 거야."

플레밍은 가죽안락의자의 팔걸이에 손을 한쪽씩 올린 채 가만히 앉아 무표정하게 단을 쳐다보았다. "내게 해명해야 할 게 있을 것 같은데."

"네가 모르는 편이 오히려 나은 일이 있다는 것에 우리가 뜻을 같이하지 않았던가?" 단은 짐짓 놀리는 어조로 말했다.

플레밍은 물러서지 않았다. "빨리 다 털어놔."

결국 단은 자초지종을 설명했다. 무엇보다 EU로또가 스캔들에 휘말리지 않기를 바랐던 일제 슐츠-위르겐센과의 만남을 비롯해서 자기 누나 벤테의 협조를 구한 일과 순베르케에 있는 그녀의 수족관 같은 집, 화요일부터 벤테를 지켜보고 있는 짧은 머리의 젊은 남자, 창문으로 벤테의 집 안이 훤히 들여다보이는 이웃집에서 그와 벤야민 빈터가 교대로 감시하고 있는 것에 이르기까지 한 가지도 남김없이 다 이야기해주었다.

단은 자기 이야기에 너무 심취한 나머지 플레밍의 얼굴 표정을 인지할 겨를이 없었다. 단이 이야기를 시작한 지 1분도 채 안 되어 가슴 앞에 팔짱을 낀 플레밍은 눈을 마주치지 않고 있었지만, 그의 양미간 사이에 파인 주름은 눈에 띄게 더 깊어졌다. 단은 10분 동안 혼자서 열심히 떠들고 난 후 상대방의 열렬한 호응을 기대할 때쯤에야 안락의자에 꼼짝 않고 앉아 있는 친구한테서 발산되는 정적의 기운을 감지했다. 마리아네를 힐끗 보고 나서 단은 상황이 심상치 않음을 깨달았다. 그녀의 얼굴 표정은 '거봐, 내가 뭐랬어?'가 아니라 '이런, 당신 정말 안 됐네!'라고 말하는 것 같았다. 그는 다시 플레밍을 쳐다보면서 잠시 머뭇거렸다. "뭐, 내가 규칙을 철저히 지켰다고 할 수는 없겠지."

플레밍이 헛기침을 했다. "그래, 그렇게 말하면 거짓말일 테니까."

마리아네는 아무 말도 하지 않았다.

"하지만 내 계획대로 됐잖아." 단이 자신만만한 목소리로 말했다. "그가 우리 앞에 나타났으니까 엄청난 진전을 이룬 셈이지."

불편한 침묵이 흘렀다. 플레밍은 아랫입술을 앞으로 내밀고 양쪽 입꼬리를 축 늘어뜨린 채 눈을 가늘게 뜨고 있었다. 그의 머릿속이 얼마나 복잡한지 안 봐도 훤했다.

"내가 규칙을 철저하게 따랐더라면 절대 해내지 못했을⋯⋯." 단은 말끝을 흐렸다.

플레밍이 일어섰다. "담배를 한 대 피워도 괜찮을까?" 단과 마리아네는 고개를 끄덕였다. 플레밍은 재킷 주머니 안에서 담배와 라이터를 꺼낸 후 재떨이를 가지러 주방으로 가다가 문 앞에서 몸을 돌렸다. "맥주 마실래?" 단은 좋다고 말하려다 한 시간 후에 순베르케로 차를 운전해서 가야 한다는 생각이 났다. 젠장! 사실 지금 그에게 절실하게 필요한 건 시원한 맥주 한 잔이었다.

잠시 후 플레밍과 마리아네의 손에는 맥주 한 병씩, 그리고 단의 손에는 물 한 병이 들려 있었다. 플레밍은 뻐끔뻐끔 열심히 담배를 피워댔다. 보아하니 담배를 피우지 않는 손님들 때문에 저녁 내내 흡연을 자제한 것 같았다. 그는 아무 말도 하지 않고 가만히 앉아서 거의 필터에 불이 붙을 때까지 담배를 피웠다. 그는 담배를 비벼 끄고 재떨이를 옆으로 치우더니 몸을 뒤로 기댔다. "너한테 설교할 마음은 전혀 없어, 단. 너도 잘 알겠지만……. 네가 한 일은 의심의 여지 없이 불법이야. 그래서 내가 지금까지 아무것도 모르고 있었던 걸 너무너무 고맙게 생각해. 달리 말하자면 난 너를 나무라지 않겠다는 거야."

단은 불현듯 자신이 숨죽이고 있다가 안도의 한숨을 내쉬고 있는 것을 깨달았다. "고마워." 그가 대꾸했다.

"나중에 변호인 측이 어떻게 우리가 의도적으로 요하네스 한센을 유인해서 함정에 빠뜨렸는지 절대 알아내지 못하기를 기도해야지. 안 그러면 그를 놓아줘야 하는 불상사가 일어날 수도 있으니까."

"벤테가 위험할 수도 있다고 생각해?" 마리아네가 물었다.

"그건 나보다 단이 더 잘 판단할 문제일 거 같은데." 플레밍이 대답했다. "그 미스터리한 요하네스 한센에 대해서는 단이 나보다 많이 아니까. 그래도 내 생각을 말하자면 직접적인 위험은 없지 싶은데. 누군가에게 사기를 치려고 하면서 처음부터 해코지를 하는 경우는 없지 않나?"

마리아네는 어깨를 으쓱했다. "그 말이 맞기를 바라야지."

#34

2007년 4월 23일 늦은 저녁

"비르기테 욘스 사건 좀 살펴봤어?" 단이 물었다. "내가 알기로 비르기테 욘스는 요하네스 한센에게 피해를 당한 여성들 중에 유일하게 목숨을 잃은 케이스던데. 그녀의 죽음에 대해 좀 더 자세히 알아보는 것도 나쁘지 않을 것 같거든."

플레밍은 의기양양한 미소를 지으며 책상 쪽으로 가더니 두꺼운 서류철을 단 앞에 내려놓았다. "가장 중요한 수사결과만 모아놓은 거야." 그는 다시 자리에 앉았다. "찬찬히 살펴봐. 사진들이 보기가 좀 그렇긴 한데, 이런 사건 사진들은 원래 다 그렇지."

마리아네는 단 옆으로 당겨 앉아서 아무 말도 하지 않고 같이 사진을 주시했다. 죽은 여인은 담요를 덮은 채 평온하게 누워 있었다. 그녀의 눈꺼풀이 약간 위로 치켜 올라가서 가늘게 벌어진 틈새로 초점 없는 갈색 눈동자가 드러나 있었다. 빈 유리잔 두 개와 테트라팩 토마토주스 한 통 그리고 거의 빈 병인 앱솔루트 보드카가 쟁반 위에 놓인 사진들도 있었다. 유리잔 옆에는 길게 자른 셀러리 몇 줄기가 파란 컵에 꽂힌 채 말라 있었고, 유리그릇 안에 조각얼음을 가득 채웠다가 녹은 듯한 물이 1센티미터쯤 남아 있었다. 비르기테의 목숨을 앗아간 마약성 진통제 페티딘의 흔적은 어디에도 안 남아 빈 알약판이나 뜯어진 은박포장지 같은 것은 보이지 않았다. 다른 사진에는 홍건한 토사물이 사이드테이블 앞다리까지 튀어 있고 밝은 갈색의 카펫에 스며든 모습이 담겨 있었다. 토마토처럼 뻘건 색인 그 토사물에는 반쯤 녹은 알약이 다량으로 섞여서 기계로 찍어낸 콘페티(결혼식 등의 특별 행사 때 뿌리는 색종이 조각—옮긴이)처럼 반짝이고 있었다. 그 사진에서 일명 요아킴이라는 자가 삼킨 알약을 대부분 토해낸 걸 보니 그가 죽지 않은 게 당연하다는 생각이 들었다.

마리아네는 형체를 알아볼 수 있는 알약의 개수를 셌다. "요하네스 한센은 전부 몇 알을 삼킨 거지?" 그녀가 물었다. "아니, 이렇게 질문하는 게 낫겠네. 그의 혈중 페티딘 농도가 얼마였지?"

"수치는 여기 있어." 플레밍이 서류철을 뒤져 법의학적 감정서를 꺼냈다.

마리아네는 감정서를 읽으면서 이마를 찌푸렸다. "그는 딱 의식을 잃을 정도의 양만큼만 복용했네."

"그런데 그는 어떻게 알고 딱 적당량의 알약을 토해낼 수 있었을까?" 단은 신기한 듯 계속 사진을 들여다보면서 물었다.

"그자가 아주 사소한 것까지 치밀하게 계획을 세운다는 당신 추론이 맞는다면, 그는 먼저 잘게 부순 페티딘 알약을 비르기테 욘스의 음료에 넣었겠지." 마리아네는 죽은 여인의 얼굴에 다시 시선을 던졌다. "비르기테가 죽었거나 그 비슷한 상태가 되었다는 확신이 들자, 그는 토사물에서 확인할 수 있듯이 다량의 알약을 입에 털어 넣은 후 비르기테 욘스가 한 것처럼 블러디 메리와 함께 꿀꺽 삼켰을 거야." 그녀는 토사물이 찍힌 사진을 가리켰다. "그리고 몇 분 후 두 손가락을 목 안에 집어넣어 욱! 치사량을 몸 밖으로 토해냈을 거고. 그런 다음 세심하게 복용량을 조절해서, 그러니까 열 알이나 열두 알쯤 다시 칵테일과 함께 삼키고 잠들었겠지."

"그런데 부검 결과에 나와 있는 것처럼 비르기테가 삼킨 알약은 다 녹았는데 그가 삼킨 건 녹지 않은 걸 보면 뭔가 이상하지 않아?"

"그건 사람에 따라 많이 달라. 어떤 사람은 알약을 한 손 가득 삼켜도 아무 문제 없고, 또 어떤 사람은 알약을 가루로 만들어서 겨우 한 알을 삼켰는데 치명적일 수도 있지." 플레밍이 말했다. "물론 당시 범죄수사대가 요아킴 헤인센에 대해 뒷조사를 해봤어. 특히 그 젊은 남자가 앓았다는 병에 관해 더 자세히 알아보기 위해 국립병원에 전화를 걸어봤는데, 종양센터에 근무하는 사무보조가 진료기록 보관시스템에서 금방 그를 찾아냈지. 사무보조 직원은 요아킴 헤인센에게 전화를 걸어 그의 진료기록을 경찰에 넘겨줘도 될지 물어봤어. 그가 동의했고, 사무보조가 경찰에 보낸 게……." 플레밍은 서류를 넘겨보면서 뒤지다가 국립병원의 유명한 로고가 인쇄된 흰색 종이묶음을 꺼냈다. "이 진료기록이야." 그가 진료기록을 마리아네에게 넘겨주자, 그녀는 이마에 주름을 잡으며 열심히 들여다보았다.

"이해가 안 가네." 단이 말했다. "어떻게 그의 진료기록이 있을 수 있지? 그의 뇌 속에 불치의 종양이 자라고 있다는 진료기록 말이야. 그런 그가 몇 주도 채 안 지나서 건강한 몸으로 에게비에르그의 기숙사에 나타난다는 게 가당키나 한 일이야?"

플레밍은 아무 말 없이 미소 지었다. 그는 여전히 서류를 살펴보느라 여념이 없는 마리아네를 가만히 응시하고 있었다.

"이 부분은 뭔가 이상한데." 그녀는 진료기록의 마지막 줄을 가리키며 말했다.

"뭐가?" 단이 목을 쭉 빼고 넘겨다보았다.

"여기 그 병원 부원장인 킴 플레스너 의학박사가 지도하는 연구실험 프로젝트에 환자가 참여할 거라는 설명이 첨가되어 있잖아. 궁금한 것이 있으면 직접 플레스너 박사에게 전화하라면서 그의 휴대전화번호가 적혀 있어."

"그러는 건 허용이 안 되는 거야?"

"천만에, 그 정도는 얼마든지 첨가할 수 있어. 다만 대형 병원의 경우, 여기에 부원장이나 그 비서의 유선전화 번호가 아니라 휴대전화번호를 적는 건 대단히 이례적이라고 할 수 있겠지."

플레밍이 더 활짝 미소를 지으며 말했다. "마리아네가 코펜하겐 경찰이 아니라서 정말 안타깝다니까. 그곳 동료 경찰 중에서 그렇게 디테일한 것을 이상하게 생각한 사람이 아무도 없었거든. 그랬더라면 요하네스 한센이 유산을 가로채고 집을 매각하지 못하게 막을 수 있었겠지."

"코펜하겐 경찰은 어떻게 했는데?" 단이 궁금해했다.

"그들은 진료기록에 나와 있는 휴대전화 번호로 부원장에게 전화를 걸었지. 그랬더니 그가 불치의 종양과 시한부 선고 그리고 요아킴 헤인센이 연명치료를 포기했다는 것 등 모든 것이 사실이라고 확인해준 거야."

"하지만 도대체 어떻게 그가……."

"솔직히 말하면……." 플레밍은 멍한 표정으로 새 담배에 불을 붙이며 말을 이었다. "난 그 진료기록을 보고 네가 틀렸다고 생각했어." 그는 막 볼멘소리를 내뱉으려는 단을 막기 위해 한 손을 들어 올렸다. "그러다가 한 번 더 확인해보는 게 좋겠다는 생각이 들더군. 그래서 그 휴대전화 번호로 전화를 걸어봤더니 '이 번호는 없는 번호입니다'라는 안내 멘트가 나오는 거야. 그래서 국립병원 콜센터로 전화해서 킴 플레스너를 연결해달라고 했지."

"그랬더니 그런 사람은 없대?"

"천만에, 그는 실제로 존재하는 사람이야." 마리아네가 끼어들었다. "그것도 의학계에서는 일종의 대가로 잘 알려진 사람이지."

플레밍이 고개를 끄덕였다. "그들이 엉뚱한 이름을 사용했더라면 그 당시 사기행각이 들통났을지도 모르지. 하지만 부원장 플레스너는 실제로 존재하고 그것도 아주 건재하더군. 더구나 내가 전화했을 때 마침 그가 진료실에 있어서 통화를 할 수 있었는데, 뭔가 이상하다는 것을 몇 마디 안 나눠보고 금방 깨달았지. 플레스너는 요아킴 헤인센이라는 이름을 가진 환자가 기억나지 않을 뿐만 아니라 모든 연락을 직접 그의 휴대전화로만 하게 한 연구실험 프로젝트에 대해서도 금시초문이라고 했어. 그리고 경찰과 통화한 적도 없다더군. 게다가 플레스너 박사는 몇 년 전부터 쭉 같은 휴대전화 번호를 쓰고 있는데, 진료기록에 적힌 번호와 완전히 다르더라고."

"그럼 그 진료기록은 어떻게……." 단은 어리둥절한 표정을 지었다.

"어떻게 된 영문인지 진짜 궁금하지? 플레스너 박사와 비서는 헤인센의 진료기록을 찾으려고 애썼지만 헛수고였어. 내가 그들에게 불러준 진료기록 번호는 아예 존재하지도 않더라고. 그러니까 뭔가 구린내가 났지. 진료기록 출력물이 내 손에 있으니까 그 서류가 국립병원에서 우리한테로 보내졌다는 것은 의심의 여지가 없었어. 다음으로 우리는 그때 그 진료기록을 우리한테 보내준 사무보조를 찾아냈어. 그녀는 보내기 전에 환자에게 동의를 구한 덕에 그 일을 정확하게 기억하고 있었고, 그녀가 진료기록을 모니터 화면으로 보고 출력했다는 사실을 잊어버리지 않고 있었어. 하지만 이제는 그 진료기록마저 더 이상 찾을 수 없었지."

"도대체 이해가 안 돼."

"국립병원의 IT 부서도 똑같은 말을 하더라고. 그들은 몇 시간 동안 해당 시기의 백업 자료를 면밀하게 검토하면서 무슨 오류라도 있는지 살폈지만 아무 성과도 얻지 못했어. 그래서 그들은 해커 전문가를 초빙해서 전체 시스템을 꼼꼼하게 살피면서 외부에서 위조 진료기록을 삽입했다가 목적을 달성한 후 다시 제거하는 것이 가능한지 검토를 해봤지."

"그래서 가능하대?"

플레밍은 고개를 끄덕였다. "물론이지. 지금은 그런 일이 또 일어나지 않게 허술한 부분을 보완하는 중이야. 그들은 그 일로 완전히 진땀을 뺐지."

"그럼 그 휴대전화 번호는?"

"가짜 명의에 선불카드로 이용했던 거라 알아볼 게 없었어."

단이 일어나 손님용 화장실 쪽으로 향하면서 말했다. "잠깐 화장실 좀 다녀올게."

*

마리아네는 룸펠의 귀 뒤를 쓰다듬었다. "플레밍, 지금 우리 둘만 있으니까 다시 한번 묻겠는데……. 요하네스 한센이 벤테에게 위험한 짓을 하지 않을 거라고 확신해?"

"현재 상황으로 봐선 벤테에게 위험할 것 같진 않아. 하지만 그 남자가 벤테의 유인 작전을 눈치챘다면, 어떤 반응을 할지는 알 수 없지." 플레밍은 안경을 벗더니 입고 있는 셔츠 끝부분으로 닦았다. "그래서 지금부터는 조직적으로 움직이는 게 특히 중요해. 우린 단이 여기저기 쑤시고 다니며 수사를 방해하게 놔둘 수 없어."

마리아네는 닫혀 있는 화장실 문 쪽을 힐끔 쳐다보고 목소리를 낮췄다. "설마 단을 이 사건에서 완전히 손 떼게 하려는 건 아니지?"

"마음 같아선 그러고 싶지. 하지만 나는 이 사건에서 손을 떼라고 단을 설득할 자신이 없어. 혹시 마리아네가 그를 설득해줄 수 있을까?"

"내가? 절대 불가능해!"

"나머지 일은 내게 맡기라고 부탁하면 단이 들어줄까?"

"단에게 포기하라고 플레밍이 말하면? 어떨 것 같아?"

플레밍은 잠시 뜸을 들인 후에야 대답했다. "발사된 로켓처럼 길길이 뛰겠지."

"단은 독불장군이야." 마리아네는 남은 맥주를 마저 비우고 맥주병을 테이블 위에 소리 나게 내려놓았다. "플레밍은 그를 배제시킬 수 없어. 만약 그럴 기미를 보이면 단은 플레밍 등 뒤에서 뭔가 위험천만한 일을 감행할 테니까."

"왜 그렇게 생각해?"

"내가 그를 너무 잘 아니까. 그리고 단이 지난 사건을 해결하면서 플레밍과 뭔가 계산을 끝내지 않은 것 같은 느낌이 들거든. 무엇 때문인지는 설명할 수 없으니까 묻지 말아줘. 하지만 단이 무슨 수를 써서라도 자기가 플레밍보다 더 뛰어나고 더 강하다는 것을 입증하려 들 거라는 건 확실해."

플레밍이 씨익 웃음 지었다. "그건 그래. 우리 둘이 배드민턴 칠 때 나도 그런 느낌이 드니까."

"그래서 이 사건이 둘 사이의 경쟁인 것 같은 느낌을 단이 갖게 되면 안 된다는 거야."

"내가 어떻게 하면 좋을까?"

화장실 물 내리는 소리와 수돗물 트는 소리가 들렸다. 마리아네는 목소리를 더 낮추고 더 빠르게 말했다. "단이 엉뚱한 짓을 하지 않기를 바란다면 그와 일을 나눠서 맡는 게 좋겠지. 단과 의논을 해봐." 수돗물 잠그는 소리가 들렸다. "단을 같은 편으로 만들어, 플레밍. 안 그러면 일을 망칠 거야."

화장실 문이 열리고 단이 밖으로 나왔다. "뭘 그렇게 둘이 소곤거려?"

"곧 생일인 사람은 그런 거 모르는 체하는 거야." 마리아네가 시치미를 떼고 미소를 지었다.

단은 우뚝 멈춰 서서 의심의 눈초리로 두 사람을 번갈아 쳐다보았다. 그러고는 어깨를 으쓱하더니 다시 소파로 가서 앉았다. "생각을 좀 해봤는데……. 국립병원이 당했다는 그 해커공격 말이야. 상당히 프로페셔널한 냄새가 나지 않아? 내 말은 병원 시스템을 해킹할 수 있을 뿐만 아니라 한두 번 봤을 때 그럴싸해 보이는 진료기록을 위조하기에 충분한 의학지식까지 갖춘 사람 같다는 거지."

플레밍은 천천히 고개를 끄덕였다. "그래서?"

"그렇다고 한 사람이 그 일을 다 도맡아서 했다고 단정 지을 수는 없지 않을까?"

"그렇지."

"우리가 추론한 대로라면, 에릭 캐스펠트가 하는 일은 사기 칠 대상을 물색하는 것과 필요할 때 변호사 노릇을 하는 것, 요하네스 한센을 대신해서 일련의 다른 실질적인 일들을 처리해주는 것, 그러니까 위조서류나 항공권 따위를 준비해주는 것 등등……."

"그런데?"

"그러니까 진료기록을 위조한 것도 그의 소행으로 보는 게 논리적이지 않을까?"

"그렇겠지."

"캐스펠트는 진짜 서류를 구해서 베끼기만 하면 되니까 진료기록을 위조하는 것쯤은 식은 죽 먹기였겠지. 하지만 까다롭고 보안이 잘된 컴퓨터 시스템을 해킹하는 건……. 예순한 살 먹은 시골 출신 회계상담사한텐 무리였을 거야."

"그 말은……."

"내 말은 에릭 캐스펠트에게 그건 절대 불가능한 일이었으리라는 거지. 어쩌면 그가 인도인 갱단 두목 라젠-어쩌고 아바-저쩌고에게 해커를 연결해달라고 부탁했을 수도 있지만, 과연 그가 그 정도로 그 인도인을 신뢰했을까? 아니지! 캐스펠트는 자기 주변 사람들에게 눈을 돌려 살펴보다가 빙고! 드디어 적임자를 찾은 거야. 그가 바로 미카엘 키엘센이었어! 그는 IT 전문가 과정을 막 이수한 컴퓨터 천재일 뿐만 아니라 주님의 집 신도이기도 했지. 하나님과 그 중개자들을 향해 충성스럽고 굳건한 믿음을 가졌던 것으로 알려진 젊은이였어. 게다가 키엘센은 좋은 일자리를 소개해준 캐스펠트에게 신세를 갚아야 하는 입장이었을 테고."

"그럼 미카엘이 국립병원의 컴퓨터 시스템을 해킹했다는 거야?"

"그래, 틀림없어. 두 사건 사이에 연결고리가 너무 많잖아. 어쩌면 그것 때문에 그가 살해당했을지도 몰라."

"네 말은 그의 죽음이 그 해킹 혐의와 연관이 있을 수도 있다는 거야?" 플레밍은 또 새 담배에 불을 붙였다. 마리아네는 소리 죽여 기침하면서 창문을 밀어 열었다.

"들어봐……." 단은 자리에서 일어나 이러저리 서성거리기 시작했다. "플레밍, 네가 발레슬레브 사건을 입에 올릴 때마다 난 계속 묘한 느낌이 들었어. 젠장, 미카엘의 시신 위에 컴퓨터 모니터가 올려져 있었다며! 살해범은 누군가에게 들킬 위험을 무릅쓰고 이처럼 디테일한 것까지 신경 쓰느라 엄청 애먹었을 거야. 그 모니터는 미카엘의 죽음이 컴퓨터와 뭔가 연관이 있다는 메시지를 다른 사람들에게 전하는 상징 같은 거지."

플레밍은 고개를 끄덕였다. "그럴 수도 있겠지."

"넌 그 살인사건의 동기를 아직 모르지? 그 동기가 뭔지 내가 말해줄게. 미카엘이 자기 상사가 부탁한 일을 했다고 쳐봐. 그는 그 일을 해준 대가로 넉넉한 액수의 돈을 받았겠지. 그리고 그냥 장난치는 것이라거나 일종의 내기를 하는 것이라는 이야기를 들었을지도 몰라. 나중에 그 일을 무사히 마치고 수고비를 받아 들자, 미카엘은 양심의 가책을 느꼈을 수도 있겠지. 어찌 되었건 그는 엄격한 종교 집안에서 성장했으니까. 어쩌면 그가 교구의 장로와 함께 그런 불법적인 일을 저질렀다는 사실 때문에 그의 양심이 괴로웠을 수도 있고." 단은 말을 멈추고 다시 창밖을 내다보았다. 유리창에 떨어지는 빗방울이 가로등 불빛을 받아 반짝였다.

"계속해봐."

"아니면 그 젊은이도 그냥 탐욕스러워서 캐스펠트를 협박했을지도 모르지. 혹은 미카엘 키엘센이 호기심을 억누르지 못하고 나중에 캐스펠트의 컴퓨터를 해킹했을지도 모르고. 또 누가 알아? 그 안에 J. H.와 캐스펠트가 공범이라는 증거가 차고 넘치게 많았을지." 다시 말이 끊겼다. "그가 캐스펠트에게 모든 사기행각을 폭로하겠다고 협박했다면, 그의 목숨이 위태로워졌을 거야." 단이 뒤돌아섰다. "너무 뜬구름 잡는 소리처럼 들려?"

플레밍과 마리아네는 고개를 저었다.

"경찰이 미카엘의 컴퓨터 두 대를 다 조사해보진 않았지?"

"무슨 소리야."

"해봤다고?"

"실제로 그가 해커였음을 암시하는 정황들이 몇 가지 있긴 했지."

"거봐, 내가 처음부터 그럴 거라고 하지 않았어?" 단은 의기양양한 미소를 억누를 수 없었다.

"알겠어, 알겠다고. 네 말이 언제나 옳아……." 플레밍은 지친 기색이었다. "다만 우리는 아무 증거도 발견하지 못했어. 노트북과 사무용 데스크톱 둘 다 하드디스크를 그가 최근에 초기화해버렸거든. 간신히 복구된 건 아무 상관 없는 데이터와 링크뿐이었어. 뭔가 쓸 만한 건 하나도 남아 있지 않았지. 하지만 우리 쪽 IT 전문가들의 말을 들어보니 하드디스크를 깨끗이 삭제하고 제어시스템부터 오피스 패키지에 이르기까지 전체 프로그램을 새로 설치하는 경우는 많지 않대. 그렇게 하는 이유는 사실상 딱 두 가지뿐인데, 컴퓨터가 고장 났거나 아니면 뭔가 숨길 것이 있기 때문이라고 하네. 그런데 노트북과

데스크톱이 한꺼번에 고장 날 확률이 대체 얼마나 될까? 게다가 미카엘은 그의 어머니와 사는 연립주택에 20메가바이트의 초고속 인터넷을 설치했지. 나는 그것을 대수롭지 않게 생각했는데, IT 부서 사람들은 개인이 그런 초고속 인터넷을 설치하는 경우는 흔치 않다고 하더라고. 매일 영화나 프로그램, 게임, TV 시리즈물을 다운로드하는 경우이거나 해킹을 하는 경우, 아니면 둘 다인 경우에만 그렇게 빠른 인터넷 연결이 필요하대."

"옳지!" 단은 다시 왔다 갔다 서성거리기 시작했다. "그럴 줄 알았어. 그런데……." 그는 갑자기 멈춰 섰다. "내가 추론한 대로 미카엘이 캐스펠트에게 돈을 요구했다고 가정해보자고. 그가 캐스펠트를 협박했다는 것을 보여주는 증거가 어디 있지?"

"네 말은 그가 하드디스크를 삭제하기 전에 백업을 해놨을지도 모른다는 거야?"

"너라면 그렇게 하지 않겠어? 내 말은 누군가를 협박할 생각이면 증거를 어딘가에 보관해놓지 않겠냐고. 그냥 아무 생각 없이 삭제해버리진 않겠지. DVD와 외장하드 같은 것에 뭐가 들었는지도 다 조사해봤어?"

"물론이지. 전부 확인하는 데 일주일 넘게 걸렸어. 근데 믿기지 않겠지만, 대부분 끈이나 채찍이 등장하는 포르노 영상이 들어 있더군. 그의 어머니와 장로들이 그 사실을 알면 뭐라고 할지 궁금해."

"그러니까 캐스펠트와 뭔가 관계가 있을 법한 것이 담긴 파일은 없었다는 거지?"

"내가 아는 한, 없었어. 얀센이 전체를 다시 일일이 살펴볼 필요가 없도록 짧은 설명을 덧붙인 개별 파일 목록을 작성했지. 원하면 그

목록을 내일 너한테 보내줄 수 있는데."

"고마워. 나도 그 대가로 네가 흥미를 느낄 만한 다른 목록을 보내주지."

"무슨 목록인데?"

"추첨 당시에 싱글이었던 중년의 EU로또 여성 당첨자들이 전부 실린 목록이지. 사실은 누군가 사진 속 요하네스 한센을 알아보는 사람이 있는지 내가 직접 조사해볼 생각이었어. 하지만 가만 보니까 경찰이 그 일을 맡는 게 더 낫겠더라고."

플레밍은 눈썹을 치켜 올렸다. "진심으로 우리가 너보다 더 잘할 수 있다고 생각해?"

단은 입꼬리를 내렸다. "너무 그렇게 고마워할 필요 없어." 그는 손목시계를 들여다보았다. "이런! 벤야민을 교대해주러 이만 출발해야겠어. 앞으로 어쩔 생각이야?"

"우린 다시 한번 찬찬히 생각을 정리해보고, 네가 찾아낸 여성 증인들 가운데 우리와 대화할 의향이 있는 사람들을 심문해보려고 해. 그리고 그 두 남자를 빠른 시일 안에 체포할 준비를 해야지." 플레밍이 일어섰다. "부탁인데 한 가지만 나랑 약속해줘. 다음에 요하네스 한센을 보면 언제라도 좋으니 나한테 전화하라고."

"어쩌려고?"

"그러면 당장 그에게 감시팀을 붙일 거야. 우리가 그에 대해 많이 알수록 그의 죄를 입증할 자료를 더 많이 확보할 수 있으니까. 그가 체포되자마자 우리가 가택수색을 하려면 그가 어디 사는지 미리 알아놔야 해." 플레밍이 단을 쳐다보며 말을 이었다. "그러면 너도 더 이상 네 누나를 지켜볼 필요가 없으니까 좋잖아?"

단은 아무 표정 없이 고개를 끄덕이고 옷걸이에 걸어둔 리드줄을 가지고 왔다. 그는 갑자기 정신이 딴 데 간 듯 멍해 보였다. 그가 마리아네에게 가는 길에 그녀를 내려줄까 하고 묻자 그녀가 고개를 저었다.

"설거지를 해야 하니까 나중에 내가 택시 불러서 집에 갈게."

단은 자기 아내와 자신의 단짝 친구를 번갈아 쳐다보았다. 그러고는 어깨를 으쓱하더니 집을 나섰다. 두 사람은 현관문에 서서 단이 룸펠더러 차 타기 전에 오줌을 누라고 설득하는 모습을 지켜보았다. 이윽고 단은 억지 미소를 지으며 손을 흔들더니 차에 올라탔다. 포드 포커스가 드디어 시동을 걸고 도로 위로 굴러가자, 마리아네와 플레밍은 서로를 쳐다보았다.

"뭐가 또 잘못된 거지?" 플레밍이 눈썹을 치켜세웠다.

"그러게 말이야. 단이 지금 뭔가 정상이 아닌 것 같은데 나도 영문을 모르겠어."

"정말 우울증 극복한 거 맞아?"

"사실은 그런 것 같지 않아. 그런데도 우울증 약을 더 이상 안 먹으려 하고 심리상담도 안 받는 것 같아. 그런 이야기를 꺼내는 것조차 싫어해." 그녀는 한기에 몸을 떨며 하품을 했다. "미안해. 이제 그만 설거지를 후딱 해치우고 집에 가서 자야겠어."

"설거지는 내일 내가 할 테니 마지막으로 맥주나 한 병 더 마시자고."

마리아네는 주방문에서 거실문으로 시선을 옮기며 다시 한번 하품했다. "너무 피곤해서 거절할 기운도 없네. 까짓거 맥주 마시지 뭐!"

그녀는 거실로 가서 소파에 털썩 주저앉았다.

"손님방에서 자고 갈래?"

그녀가 미소를 지었다. "별 뜻 없이 하는 말인 거 잘 알지만, 그런 말 함부로 하면 안 돼. 15분 후에 택시 부를게."

35

2007년 4월 24일 화요일

　제이는 서류가 올 때까지 기다리는 동안 새 역할에 정착하는 데 시
간을 보내기로 했다. 그는 요식 사전과 벽돌 두께나 되는 이탈리아
요리책과 와인에 대한 책도 한 더미 구입했다. 거의 사진처럼 정확한
그의 기억력은 여러 가지 일을 처리할 때 엄청난 장점으로 작용했다.
피곤해지면 레스토랑으로 가서 종업원들을 유심히 지켜봤다. 점차
시간이 갈수록 그는 웨이터들의 움직임을 완벽히 습득했다. 손님에
게 메뉴판을 보여줄 때 손목을 약간 돌리는 방법부터 와인을 열기 전
에 병을 보여주는 방법, 주문을 받을 때 손님의 얼굴과의 완벽한 거
리가 얼마나 되는지도 배웠다. 너무 가까워서도 안 되지만 손님과의
친밀감이 방해받을 정도로 떨어져서도 안 되는 딱 적당한 그 거리.
　호텔에서 그는 볼이 빨간 젊은 웨이터 견습생을 매수해 레스토랑
에서 접시와 볼을 한 무더기 가져다달라고 했다. 접시 여러 개를 동
시에 들고 균형을 맞추고 우아하게 움직이면서 테이블에 내려놓는
법을 연습하기 위해서였다. 그는 점점 더 능숙해졌고 접시 위에 다양
한 잡동사니도 올려놓았다. 한쪽 접시엔 손목시계를 다른 접시엔 치
약을 놓고 훈련했다. 이런 방법으로 접시를 들고도 매끄러운 동작이
가능하게 되었고 며칠 뒤에는 거의 전문 웨이터 수준과 비슷한 경지

가 되었다.

화요일 아침 캐스가 위조서류를 들고 호텔로 왔다. 제이는 30분가량 꼼꼼히 훑어보고 다시 한번 개인 정보를 복습했다. 그는 반짝반짝 빛나는 새 신용카드와 운전면허증을 지갑에 넣고 증명서류를 접어서 봉투에 담아 재킷 주머니에 넣었다. 여권과 두툼한 현금 다발은 호텔 방 금고에 넣었다.

뜨거운 물로 샤워한 뒤 꼼꼼하게 양치하고 옷을 입기 전에 날씨가 어떤지 조사했다. 구름은 있지만 건조한 날씨에 바람은 없었다. 진회색 리넨 바지에 흰색 셔츠, 모래 빛 재킷을 입었다. 잠깐 동안 넥타이를 매야 할지 고민하다가 안 매기로 했다. 요식업 일자리를 찾는 멋진 남자로 보이고 싶은 것이지 회사원같이 보이고 싶은 생각은 없었다. 마지막으로 거울을 봤다. 피부색은 호텔에 있는 태닝숍에서 손을 봐 아직은 괜찮았고 머리는 샤워한 뒤라 약간 물기가 남아 있었고 이는 눈처럼 새하얬다. 완벽하게 끌릴 만한 모습이었다. 안경을 코에 걸치자 그 때문에 몇 년은 나이 들어 보여 잠시 짜증 났다. 그래도 안경을 벗을 순 없었다. 벤테 페트리는 젊지만 어른스러운 남자친구를 좋아할 것이다. 그는 벤테가 열여덟 살짜리 라틴아메리카 소년이나 솜털 같은 수염이 난 소년에게 전혀 관심이 없으리라 확신했다.

제이는 버스를 타고 시내 남쪽에 있는 렌터카 사무실에 가서 시트로엥 C3를 받았다. 차를 보자 썩 괜찮은 차란 생각이 들었다. 단지 이런 유의 차는 항상 그렇듯 플라스틱 느낌이 들어 잠깐 짜증 났다. 그는 차를 타고 도시를 두루 다녔다. 순베르케 건축프로젝트엔 우회로가 두드러졌다. 그는 벤테 페트리 집 현관 바로 옆에 있는 거주자 주차장 중 한 곳에 차를 세웠다. 그는 같은 아파트 주민들이 경계심을 느끼며 바라본다는 것을 알았다. 지도를 운전대 위에 놓고 차 안에 앉아 있었다. 그렇게 해야 열성적인 지역주민에게 쉽게 다가갈 테니까.

벤테 펜트리가 모퉁이를 돌아 자전거 주차장 쪽으로 향할 때 제이는 차에서 내렸다. 그는 지도를 조수석에 놓고 차문 옆에 서서 길을 잃은 듯한 시선으로 주변을 둘러봤다. 곁눈으로 그는 벤테가 자전거를 잠그고 물건이 가득한 장바구니를 들고 출입문으로 걸어오는 걸 봤다. 그녀는 제이를 지나가다 그의 얼굴을 보며 상냥하게 미소 짓고 출입문 열쇠를 꺼냈다.

"실례합니다만……."

"네?" 그녀는 멈춰 서서 짙은 갈색 눈썹을 조금 치켜 올렸다.

"아무래도 제가 길을 잘못 들어선 것 같습니다." 그가 말하면서 당황스럽다는 표정으로 이를 드러내며 미소 지었다. "레스토랑이 있을 줄 알았는데 아무리 봐도 안 보이네요."

그녀의 눈썹이 약간 아래로 내려가더니 좀 전에 그의 당황한 표정과 거울처럼 완벽하게 같은 표정을 지었다. "레스토랑이라고요? 글쎄요, 이 근처엔 없는 것 같은데……. 아, 맞다. 저 아래 카페가 있는 배가 있어요." 그녀는 동쪽을 가리켰다. "부두 건너편에요. 그런데 5월 1일 전에는 문을 열지 않는 것 같은데요." 그녀는 장바구니를 내려놨다. "주소 있으세요?"

제이는 뉴욕 플라자 로고가 인쇄된 메모패드—라젠드라 아바스티 네트워크 일원을 통해 공급된—에서 한 장을 뜯어 건넸다. 그는 그녀가 노트에 적힌 주소에 시선을 두기 전에 메모지의 로고를 먼저 인지하는 걸 봤다.

"도크베이요? 저쪽이에요." 그녀는 바다와 평행으로 있는 좁은 아스팔트 도로를 가리켰다. 검은색으로 칠한 보트가 보였다. "4번지라면 끝에서 두 번째 집이에요. 그런데 거기 레스토랑은 없어요. 제가 아는 바로는 거기 무슨 건축사무소 사무실일 텐데요."

"도크베이 4번지, 레스토랑 순베르케라고 들었어요." 제이는 반복했다. "아직 개업을 안 한 건 아닐까요?"

벤테는 어깨를 으쓱하고 그에게 메모지를 돌려줬다. "이 동네에 제대로 된 식당이 들어오면 정말 좋을 거예요. 희망이라도 가져볼 순 있겠⋯⋯. 부디 성공하시길!" 그녀는 인사하고 장바구니를 잡았다.

"고맙습니다." 그는 메모지를 재킷 주머니에 넣고 차문을 닫았다. "여기 주차해도 되겠죠, 그렇죠?"

그녀는 곤란한 표정으로 미소를 지었다. "저라면 여기 주차하지 않을 거예요. 공영주차장이 아니고 여긴 깐깐한 법이 적용되는 곳이라."

그는 머뭇거리며 그 자리에 서서 한 손을 자동차 지붕에 올려놨다. "어떻게 해야 할까요?" 그가 말했다. "2분 안에 저기 가야 해요. 그럼 곧 돌아오겠다는 메모를 남기면 어떨까요?"

"그게 도움이 될까요?" 벤테는 회의적인 시선으로 은회색 자동차를 바라봤다.

"그런 식으로 뉴욕에선 항상 통했는데 크리스티안순에서 안 될 이유가 있을까요?"

"뉴욕에 사세요?"

"네, 일주일 전까지는요. 이제 다시 여기 덴마크에서 일할 겁니다."

"메모지 남겨놓으세요. 그래도 너무 오래 주차해놓으시면 안 돼요. 이곳 사람들 굉장히 히스테릭해요." 그녀는 재빠른 걸음으로 출입문으로 가 문을 열고 그를 향해 미소 지은 뒤 육중한 문을 닫았다.

그녀가 아주 좋은 인상을 남겼다고 느끼며 제이는 뉴욕 플라자 메모지 뒷면에 뭔가 읽기 힘든 걸 적었다. 우르술라의 대체인물로 아주 괜찮았다. 몇 개월 동안 즐거운 시간이 되리라…….

그는 벤테가 가르쳐준 건물에 들어가 안내데스크로 갔다. 건축사무소 직원 중 순베르케 레스토랑에 대해 들어본 사람은 물론 아무도 없었고 몇 분 뒤 제이는 다시 건물 앞에 서 있었다. 멀리서도 남자와 여자가 주차장에 서서 논쟁하는 모습이 보였다. 두 사람은 교대로 제이의 차를 가리키며 주변을 둘러봤다. 그는 나이 많은 남자가 발작을 일으키기 전에 얼른 달려갔다. 노인의 안색으로 판단하건대 뇌졸중으로 쓰러지기 일보 직전 같았다.

"이거 당신 차요?" 제이가 노인의 이야기를 들을 수 있을 만한 거리로 다가가자 노인이 소리쳤다.

"네, 여기 주차하면 안 되나요?"

남자가 건물 입구 끝에 붙어 있는 표지판을 가리켰다. "저기 뭐라고 적혀 있는지 안 보여요?" 그의 목소리가 흥분해서 부르르 떨렸다.

"네, 그렇긴 한데 주차장에 빈자리도 많고 전 주차한 지 5분밖에 안 됐는데요."

"여기는 거주자만 주차할 수 있단 말이오!" 남자가 소리쳤다.

'주' 자를 말할 때 남자 입에서 침방울이 튀었지만 제이는 얼굴을 닦지 않았다. 그렇게 하면 상황이 더 악화되리라는 걸 제이는 알았다.

"죄송합니다." 제이는 말하면서 리모컨 키로 차문을 열었다. "누구에게도 해를 끼칠 생각은 없었습니다."

"그러면 진즉에……."

"됐어요, 모르텐센." 지금까지 조용히 있던, 노인의 아내로 보이는 여자가 말했다. "지금 나가잖아요."

모르텐센이란 이름의 노인의 표정은, 젊은 남자를 붙잡아 경찰이 올 때까지 자전거 주차장에 묶어놔야 직성이 풀릴 것처럼 보였다. 그러나 제이의 차가 주차장을 빠져나와 갈리온스베이 방향으로 출발하자, 욕하고 싶은 걸 간신히 참은 눈치였다. 제이는 순베르케의 주도로로 들어가기 전 백미러로 뒤를 보았다. 노부부는 여전히 그 자리에 서서 얘기 중이었다. 제이는 노부부가 눈에서 보이지 않자 곧바로 두 사람의 존재를 잊었다. 작은 인테르메조만 빼면 벤테와의 첫 만남은 완벽하게 흘러갔다. 그는 차분한 속도로 인공 섬을 벗어나면서 씩 미소를 지었다.

*

단은 형식적인 인사말을 다 뛰어넘었다. "그가 뭐래?"

"헤이, 단." 벤테의 목소리에 미소가 담겼다. "응, 고마워. 난 잘 지내. 나한테 전화 주고 잘 지내는지 물어봐주니 얼마나 좋은지 모르겠네."

"그래, 그래, 그래……. 얼른 말해봐!"

"이제 막 외투를 옷장에 걸어놓고 차 마시려고 주전자에 물을 끓여 놨어. 어떻게 그렇게 빨리 알아낸 거야?"

"뭐겠어? 벤야민이 나한테 전화했지."

"벤야민이 봤다고? 그런데 우린 집 반대편에 서 있었는데. 그 위에선 주차장이 전혀 안 보일 텐데."

"벤야민이 아래쪽에 있었대. 그러다 요하네스 한센이 한 시간쯤 전에 도착하는 걸 봤대. 누나가 나올 때까지 프린스 차밍을 지켜본 거지. 무슨 일 있었어?"

"특별한 건 없었어. 도크베이 가는 길을 물어봤……."

"거기서 뭘 할 생각이래? 그것도 말했어?"

"이봐, 왜 그렇게 서둘러 아우님? 거기서 뭐 면담할 계획이었던 것 같아. 거기에 새 레스토랑이 생긴다고 말했다는 사람의 주소를 갖고 있더라고."

"내가 뭐라 했어? 요식업이라 했지! 자기가 뭐하는 사람인지 얘기했어? 요리사래?"

"아무 말도 안 했다니까. 뉴욕에 있는 플라자 호텔 메모지에 주소를 써놨더라고! 지금 무슨 말 하는 거야?"

"내 말은, 내가 준비했던 것처럼 그도 똑같이 준비를 잘했다는 거야. 그래서 그러고 나선?"

"그다음엔 주차 문제에 대해 얘기를 좀 나눴고 난 집으로 들어갔지. 그게 다야." 그녀는 웃었다. "아, 그다음에 모르텐센 씨와 논쟁이 좀 있었어. 그 사람이 거주자 전용 주차장에 차를 세웠거든. 그런데 난 그 장면은 안타깝게도 못 봤어."

"그런데 어떻게 알아?"

"대화 내용을 거의 다 들었어. 욕실에 작은 창문이 있어서……."

"알았어. 그럼 다른 일은 없었어?"

"없었어. 그도 집으로 갔겠지."

"벤야민이 뒤따라갔어. 그가 어디서 지내는지 곧 알게 될 거야."

"경찰에 전화할 생각 아니었어?"

"경찰은 그렇게 빨리 오지 못했을 거야. 주소 알아내면 그때 전화할 거야."

"경찰이 아니라 네가 그 방에 먼저 가려고? 너무 나갔어, 단!"

"누나 제발 입 좀 다물어줘, 오케이? 경찰이 알 필요 없어."

그녀는 대답하지 않았다.

"아닌가?"

깊은 한숨 소리. "오케이, 그래도 다음번에 그를 보면 꼭 경찰에 알려."

"그래, 알았어……. 그 남자 어때?"

"상냥하고, 매력적이고, 마구 들이대지 않던데. 손이 굉장히 예쁘더라고. 단, 확실한 거야? 진짜 그 사람이……?"

"무조건 확실해. 누나가 그와 사랑에 빠질 생각 따윈 절대 하지 마!"

단은 머리에 손을 대고 책상에 기대 몇 분간 생각에 몰두했다. 곧바로 경찰에 알리지 않는다면 신뢰에 금이 가는 문제가 생겨 아주 껄끄러워지리란 걸 잘 알았다. 하지만 또 다른 한편으로 그가 경찰에 그들이 원하는 자료를 넘기자마자 오랜 친구 플레밍이 압박을 받고 플레밍의 상사가 단을 곧바로 수사에서 추방시킬 것이라는 생각이 그의 머리에서 떠나지 않았다. 그렇게 되도록 내버려둘 수만도 없었다. 이번 일은 그의 사건이었다. 엄밀히 말하면 그가 요하네스 한센에 대한 정보를 전부 얻어냈다. 그는 이번 사건을 곰곰이 생각해봤다. 요하네스 한센을 곧 잡을 수 있었다. 게다가 벤야민의 보수도 그가 지급했다. 베를린으로 가는 항공권도 산악자전거도. 이런 젠장. 단지 플레밍이 곤란한 상황에 빠진다는 이유 때문에 이제 끝이 보이는 바로 이 지점에서 손을 뗄 수는 없지 않은가.

이렇게 그의 뇌 절반은 계속 투덜거리며 꼬치꼬치 물었다. 다른 반

쪽은 이 모든 게 얼마나 바보 같은지를 그에게 설명하려 애썼다. 플레밍에게 이 사냥을 무조건 넘겨줄 생각이라면 그냥 단순한 이유에서다. 경찰이 그런 일에 자신보다 훨씬 더 능숙하니까. 플레밍의 직원들은 누군가를 미행하는 경험도 풍부할 테고 신속하게 법적 허가를 받아 전화를 도청하거나 방을 수색해서 그를 체포할 수도 있을 테니 말이다. 경찰은 이 모든 걸 공식적으로 규정대로 처리할 것이다. 사실 그의 행동방식은 미친 짓이다. 그가 그렇게 계속 고집 피우면 이번 사건 해결은 실패로 돌아가고 우르술라의 돈을 잃을 위험에 처할 것이다.

단은 결정을 내리고 플레밍에게 전화하려고 전화기를 들었다. 그때 전화벨이 울렸다. 전화를 받았다. "여보세요?"

"저예요, 벤야민이요."

"지금 어디야?"

"마리나 호텔 앞이에요."

"그자가 거기 머물러?" 단은 웃음이 나오는 걸 억누르기 힘들었다. "그럼 우린 거의 이웃인걸! 확실해? 혹시 그가 거기 누굴 방문하려고 들른 건 아니고?"

"투숙객 맞아요. 확실해요. 차를 몰고 곧바로 호텔 주차장으로 왔어요. 그러더니 엘리베이터를 타고 3층으로 갔어요."

"방 번호 알아?"

"네, 0309호예요."

"세상에, 그걸 어떻게 알아?"

"엘리베이터에 저도 같이 타서 그 사람 뒤에 섰지요. 그가 자기 방앞에 서 있는 동안 저는 그 방을 지나가며 카드키를 손에 쥐고 다정하게 고개를 끄떡여줬지요. 제가 같은 층 다른 방 손님처럼 보이도록 연기한 거죠."

"카드키가 있다고?"

"아, 그냥 헬스장 회원카드였어요. 그걸 그가 볼 순 없으니까요."

"잘했어." 단이 말했다. "아주 기막히게 해냈어, 벤야민."

벤야민의 얼굴이 벌게지는 게 눈앞에 보이는 것 같았다.

"그럼 다시 순베르케로 가. 이제 계속 벤테의 보초를 서야 해."

"요하네스 한센은요?"

"이제 경찰에 알리려고. 경찰이 이 사건을 넘겨받아야 하니까. 난 좀 더 생각해볼 게 있어. 우린 계속 연락하자고, 벤야민. 내가 12시에 자네랑 교대해서 보초 설게."

단은 다시 고민에 빠졌다. 스스로 요하네스 한센의 방을 수색하는 것이 훨씬 유혹적이었지만 그는 그것이 현명하지 못한 방법이라는 걸 알았다. 단이 어떻게든 요하네스 한센의 호텔방에 몰래 들어간다면 그에게 들킬 위험성은 차치하고라도 흔적을 남길지도 모른다는 위험이 있었다. 그건 아니었다. 한참 동안 단은 전화기에 손을 대다 플레밍의 사무실 번호를 몇 번 누르기까지 했지만 매번 생각을 바꿔 전화를 끊었다. 결국 그는 자리에서 일어나 룸펠을 불렀다. 신선한 공기를 마시며 오랫동안 산책하기. 그게 바로 지금 그에게 정확하게 필요한 것이다.

36
2007년 4월 25일 수요일

다음 날 아침 단은 7시쯤 번쩍 깼다. 보초 서는 집 소파에서 잠들었다. 순베르케에서 계속되는 야간 보초 때문에 극도로 피곤했다. 그는 몇 걸음 창가로 발을 옮겨 벤테의 거실을 바라보며 스트레칭을 하고 하품을 크게 했다. 불빛이 있었다. 그는 벤테에게 전화했다.

"누님, 잘 주무셨습니까? 별일 없죠?"

"응, 고마워." 그녀는 창가로 가서 전화기를 귀에 대고 단을 향해 손을 흔들었다. "잠은 좀 잤어?"

"좀만 잔 게 아니라는 게 문제지." 당황스러운 목소리였다.

"그가 한밤중에 여길 지나가지는 않을 거야."

"나도 그가 밤에 나타나진 않을 거라고 생각하긴 하는데. 원칙의 문제지." 그는 다시 하품을 했다. "누나, 나 커피 좀 마셔야겠어. 그리고 룸펠은 바깥공기를 좀 쐬어야 하고. 누나가 나갈 때 전화 좀 줄 테야?"

"난 15분 뒤에야 나갈 거니까 서두르지 않아도 돼."

"고마워."

단은 현관문 앞에서 재킷 단추를 잠그면서 밤사이에 날씨가 추워졌다는 생각을 했다. 하늘은 구름이 가득했지만 그래도 여기저기 푸른 하늘이 조금씩 보이기는 했다. 학교 다닐 때 나이 많은 선생님이 말했던 것처럼 군인 바지면 충분했다. 벤테는 오늘 파란색으로 결정했나 보다. 잠시 후 그녀는 코발트블루 빛깔 코트에 터키블루 색조의 부츠 차림으로 나타났다. 단은 휘파람을 불었다. 벤테가 비싼 보디가드를 위해 눈에 띄는 옷차림을 선택한 것인지 아니면 날씨 변화에 경탄을 보내는 것인지는 단정하기 어려웠다.

그녀는 자전거에 오르면서 어깨너머로 시선을 던졌고 단이 스타트 자세가 되자 시내 방향으로 출발했다. 단은 항상 그렇듯 오늘도 자전거 바구니에 룸펠을 묶어놓았다. 그래야 룸펠이 바구니에 앉아 시원한 바람을 즐길 수 있으니까. 긴 귀를 펄럭이며 룸펠은 꼬리를 들고 콧김을 내뿜었다. 단은 씩 웃었다.

그들은 분주한 시내로 향했다. 벤테가 앞서가고 남동생이 몇백 미터를 뒤에서 따라갔다. 브뢴데르슬레브 광장에서 그녀가 멈춰 섰고 거의 꽃이 피지 않은 히아신스 한 다발을 샀다. 사무실 창가에 놓을 생각이겠지. 그녀는 램비가데를 따라 부두까지 자전거를 몰았다. 거기서 좌회전을 한 뒤 공회전을 하며 서서 바다를 바라봤다. 파란색 고기잡이배 한 척이 통통 소리를 내며 먼바다로 향했고, 노 젓는 배 위에서 나이든 튼튼한 남자 몇 명이 커다란 노를 힘껏 저으며 배를 반대방향으로 조종하고 있었다. 히알레루프가데에 도착해서 그녀는 다시 좌회전을 하고 샌드위치 가게 앞에 멈춘 뒤 자전거를 인도로 들어 올리고 13번 주차장에 세웠다. 유리문으로 가기 전 그녀는 단과 눈을 마주친 뒤 미소를 지었다. 단은 사라졌다.

단은 좀 더 지나 산악자전거를 벽에 세우고 바구니에서 룸펠을 끌어올렸다. "자, 이제 우리끼리 산책하자. 너도 기쁘지?" 그러고서 몇 시간이 흘렀다. 룸펠과 히알레루프가데를 여기저기 다니면서도 단은 자전거 주차장 13번 주변에 무슨 일이 있는지 계속 주시했다. 몇 차례 도로 위편에 있는 동전세탁소에 앉아 시간을 보냈고 공동 사무실 건너편에 있는 카메라 가게에 세워진 카메라를 보며 시간을 보냈다. 11시 45분에 벤야민이 왔다. 단과 벤야민은 샌드위치 가게에 가서 점심으로 먹을 것을 샀다. 정오의 해가 내리쬐는 인도에 앉아 샌드위치를 먹었다. 단은 빵 마지막 조각을 들고 팔을 뻗었다. 룸펠이 뒷다리를 들고 일어나자 그는 룸펠에게 빵을 던졌다. 강아지는 먹이를 놓치지 않고 확신에 찬 동작으로 받아먹었다.

"대단한데요." 벤야민이 말했다. "훌륭한 서커스견이에요."

단이 미소 지으며 고개를 끄덕였다. 단도 룸펠이 여러 가지 재주를 연습하는 열정에 꽤나 깊은 인상을 받았다. 사람이 뭔가 그에게 부탁하기만을 기다리는 룸펠은 자신이 얼마나 쓸모 있는지 증명해 보일 수 있었다. 단은 손을 닦아냈다. "오케이, 난 이제 갈게. 그를 보면 나한테 전화 줘."

"경찰에 전화해야 하는 게 아니고요?"

"아니, 나한테 전화해. 내가 나머지는 알아서 해결할게."

단은 집으로 향했다. 쓰러질 듯 피곤했고 온몸이 안 아픈 곳이 없었다. 오늘은 도저히 조깅은 못 할 것 같았다.

*

단은 한 시간 반가량 이메일에 답장을 보내는 중이었다. 4시 반쯤 전화벨이 울렸다.

"저예요, 벤야민."

"어때?"

"그자가 나타났어요."

단은 속으로 욕을 했다. "그놈이 거기서 뭐해?"

"좀 둘러보더니 자전거 주차장 13번을 눈여겨보고 있어요."

"차 가지고 갔나?"

"그가 뭘 타고 왔는지는 저도 못 봤어요."

단은 잠시 생각에 잠겼다. "그놈이 어제 자넬 봤어?"

"호텔 복도에서요? 네, 그렇다고 볼 수 있죠. 각자 서 있던 자리가 겨우 50센티미터 간격밖에 안 됐으니까요."

"내가 장담컨대 그 자식은 사람 얼굴을 아주 잘 기억할 거야." 단은 의자에서 벌떡 일어났다. "내가 갈게. 자넨 가능하면 몸을 숨겨. 그래도 그 자식을 절대 눈에서 떼지는 말고."

"너무 신경 쓰이게 하지 마세요. 벤테 아주머니는 한 시간 정도 있어야 퇴근하실 텐데 안 그래요? 평상시에 4시 반 전에는 안 나오시잖아요."

"내가 얼른 갈게." 단은 대답하고 계단을 뛰어 내려갔다. 그는 룸펠을 주방에 데려가 먹이와 물, 담요, 신문지 몇 장을 넣어놓고 주방문을 닫았다. 현관문을 나서 문을 닫으며 마리아네에게 전화했다.

"지금 순베르케에 가야 해."

"아, 그래? 지금 막 집으로 가는 중인데. 케이크도 샀어."

"한 조각만 남겨줘."

"무슨 일인데?"

"벤야민이 방금 전화했어."

"요하네스 한센이 나타났대?"

"응, 에……." 단은 머뭇거렸다. "벤야민 말로는 요하네스가 맞는 것 같다고 했는데, 그래도 확실치는 않대."

"그 사람이 맞다면, 당신이 약속했던 내용 잘 생각해봐."

"그래그래. 알았어."

"플레밍한테 바로 전화해서 사건을 넘겨받으라 해야 해. 당신, 약속하는 거야?"

"그래그래."

"제발 그래그래 소리 좀 그만해! 그 말은 전혀 안심이 안 돼!"

"그래그래." 그는 씩 웃었다.

드디어 마주칠 시간이 됐다. 그러나 자전거로는 다행히 별 상관없을지도 모른다. 단은 히알레루프가데에 20분도 안 걸려 도착했다. 벤야민을 만났다. "그 작자 어디 있어?" 단의 시선은 도로 양쪽을 재빠르게 스캔했다. "안 보이는데."

"저기 앉아 있어요." 벤야민은 꽤 멀리 떨어진 이탈리안 레스토랑을 가리켰다. "그런데……."

"응?"

"그가 벤테 아주머니 자전거 뒷바퀴 바람을 빼놨어요."

"이런, 무슨 생각으로……?" 단은 눈썹을 치켜 올렸다. "아, 무슨 꿍꿍이인지 이제 알겠다. 자기 차에 누나를 태운다에 얼마 내기할까? 100크로네?"

"단 아저씨 지금 제정신 아닌가 봐요. 전 아저씨랑 내기 안 해요."

"영리하군." 단은 눈을 찡끗했다. "벤야민, 자네 이거 알아? 그가 내 예상대로 행동하면 요하네스와 벤테 누나는 30분 안에 순베르케에 나타날 거야. 자전거 타고 먼저 가. 가서 감시 장소에 앉아 벤테 집에 무슨 일이 생기는지 잘 지켜봐."

"에이, 아저씨…… 그런 건 좀……. 그나저나 경찰은 어떻게 된 거예요? 이제 경찰에 알려야 하지 않아요?"

"내가 전화할게."

벤야민은 한동안 단을 바라봤다. 그러다 한숨을 쉬고 갔다. 요하네스 한센은 비정상적으로 음식을 빨리 먹는 사람임에 분명했다. 10분도 지나지 않아 벌써 그는 레스토랑 문 앞에 서서 희미한 햇살에 얼굴을 내밀었다. 단은 물건을 사러 가는 사람인 양 슈퍼마켓 입구로 갔다. 상점의 커다란 유리로 그는 요하네스 한센의 얼굴을 뚜렷하게 보았다. 요하네스 한센은 건너편 보행로에 있는 벤테의 직장 건물을 향해 걸어갔다. 단은 산악자전거를 밀며 그를 따라갔다. 요하네스 한센이 회색 소형차에 타는 모습을 지켜봤다. 자전거 주차장 13번 자리에서 50여 미터 떨어진 곳에 주차되어 있던 차다. 요하네스는 자동차 키를 꽂고 시동은 걸지 않았다. 그는 기다렸다. 단도 기다렸다.

갑자기 벤테가 건물 문 앞에 나타났다. 회색빛 도로 위의 밝은 터키블루와 코발트블루 반점. 그녀는 유리문에서 나와 주변을 둘러보지 않고 곧바로 주차된 자전거로 향했다. 그러고는 자전거 자물쇠를 풀고 안장에 오르려다 뒷바퀴에 바람이 빠진 걸 발견했다. 단은 깜짝 놀라는 벤테 얼굴을 보고 씩 웃음이 나오는 걸 참기 힘들었다. 벤테는 주변을 둘러봤다. 범인이 주변 어딘가에서 그녀를 바라보며 비웃고 있으리라 생각했는지도 모른다. 그녀는 다시 자전거 바퀴를 보고 얼굴을 찌푸렸다. 자전거를 옆으로 밀면서 발걸음을 옮겼다. 바로 그때 요하네스 한센이 자동차 키를 돌리자, 대기하고 있던 엔진이 환성을 지르며 살아났다. 서서히 차가 움직였다. 단은 모퉁이에 서서 빵

집 쇼윈도를 바라봤다. 자동차가 자전거를 끌고 가는 파란색 중년 여성 옆을 지나는 순간 요하네스는 브레이크를 밟고 오른쪽 창유리를 내렸다. 그가 뭐라고 말했다.

벤테도 가던 길을 멈추고 운전자 얼굴을 보려고 고개를 숙였다.

"헤이!" 그녀가 깜짝 놀란 목소리로 불렀다. "또 만났네요?"

단은 차 안에 있는 남자가 뭐라 말했는지 듣지 못했다.

벤테가 대답했다. "타이어에 펑크가 난 것 같아요."

단은 더 머물면 안 될 것 같았다. 그는 옆길로 옮겼다. 더 이상은 볼 필요가 없을 듯했다. 요하네스 한센은 예상대로였다. 단도 그런 상황에 있었다면 그와 똑같이 행동했을 것이다. 그리고 벤테 역시 단이 예상한 대로라의 반응이라면 요하네스의 도움을 받아들일 것이다.

이제 나올 수 있는 시나리오는 벤테가 자전거를 주차장에 다시 세우고 나서 요하네스의 차를 타고 집에 가는 것이다. 단은 순베르케로 향했다. 편안한 속도로 페달을 밟으며 호흡을 깊고 일정하게 유지하려 했다. 순베르케 다리를 지날 때 전화벨이 울렸다. 자전거를 길가에 세워 난간에 기대고는 전화를 받았다.

"여보세요?" 예상했던 대로 숨이 찬 목소리였다.

"플레밍이야. 너 지금 어디야?"

"자전거 타는 중이야."

"요하네스 한센 쫓아가는 길이야?"

단은 대답하지 않았다. 젠장. 분명 마리아네가 일러바쳤을 것이다. 남편 이야기를 퍼뜨리지 말고 입 좀 다물면 안 될까?

"그런 거야?"

"지금은 아니야." 적어도 이 말은 사실이었다.

"그래도 그가 어디 있는지 넌 알지?"

"그럴지도."

"그가 순베르케에 가는 길이야? 벤테 집에?"

"어쩌면."

이제 플레밍이 한참 동안 침묵했다. 단은, 상대가 분노를 표출하지 않으려고 열까지 세는 소리를 듣는 듯했다. "나한테 정보를 줄 생각이 전혀 없었지, 안 그래?"

"당연히 줄 생각이었지. 단지……."

"젠장, 단! 그 사건 우리한테 넘기라니까. 네가 계속 네 마음대로 끼어들다가 수사를 망쳐버릴 수도 있단 말이야."

"난 끼어든 적 없어." 단은 난간에 몸을 대고 바다에 침을 뱉었다. 갑자기 갈증이 심하게 났다.

"내 말 잘 들어, 단." 플레밍이 다시 평정을 찾고 최대한 인내심을 끌어들인 목소리로 차분하게 가르치는 사람처럼 말했다. "그렇게 너 혼자서 대체 어쩔 작정이지?"

"나 혼자가 아닌데. 벤야민이 현장에 있어."

플레밍이 한숨을 쉬었다. "네 계획을 말해봐."

"나도 몰라. 난 그 작자를 지켜볼 생각이고 그리고……."

"그리고 뭐? 단, 젠장! 에릭 캐스펠트와 요하네스 한센을 잡으려면 증거자료를 없애거나 공범자들에게 경고하지 못하도록 그 둘을 동시에 체포해야 한단 말이야. 바라건대 너도 그 정도는 알고 있겠지?"

단은 아무 말도 하지 않았다.

"너 스스로 슈퍼 영웅이라고 생각하는지는 모르겠지만 네가 혼자서 다른 주소에 거주하는 범인 두 사람을 동시에 체포할 능력은 안 돼. 그건 분명한 사실이야, 안 그래?"

"내 사건이야."

"네 사건이었지, 맞아. 그런데 이제 범인을 너한테 더 이상 넘겨줄 순 없어. 네 사건은 곧바로 발레슬레브 살인사건과 연관되어 있고 이 제 우린 새로운 돌파구가 필요해. 네가 아는 게 뭔지 말해봐. 그럼 내 가 정리 좀 해보고 나머지 조사 기간 동안 네가 옆에 있어도 되는지 확인할게."

"요하네스 한센이 묵는 호텔방 수색에 나도 참여하고 싶어."

"어딘지 알아?"

"응.

"방 번호도 알아?"

"응.

"대단하네. 고마워. 어딘지 말해봐. 그럼 내가 할 수 있는 게 뭔지 알아볼게."

"심문할 때 나도 참석하고 싶은데."

"나도 진짜로 모르겠어. 과연 내가……."

"어떻게든 해낼 수 있잖아."

"노력해볼게."

"꼭 그렇게 해봐. 요하네스 한센은 마리나 호텔에 거주해. 방 번호 는 0309."

"넌 지금 어디야?"

"난 순베르케로 가는 다리야. 벤테 누나랑 요하네스도 이리로 올 가능성이 매우 높아."

"오케이."

"그런데 말이야, 플레밍……. 경찰이 그자를 지금 체포하면 캐스펠트는 어떻게 되지?"

"캐스펠트도 곧 잡아야지."

"요하네스 한센한테 가기 전에 캐스펠트가 어디 있는지 확인해봐야 하지 않아?"

"긴장 풀어. 용의자 한 명을 체포했어. 우리가 벤테 집에 도착하기 전에 요하네스 한센이 집을 나가면 그땐 네가 그를 따라가서 우리한테 얘기해줘. 오케이?"

플레밍이 전화를 끊자 단은 잠시 허공을 응시했다. 좋다. 이렇게 돼야 할 일이다. 플레밍하고 부하직원들이 곧 사기꾼 두 명을 체포할 것이고 사건은 영원히 단의 손에서 떠날 것이다. 사실 그의 임무가 거의 끝났다는 생각에 마음이 가벼워지고 후련해져야 했다. 그런데 그게 아니었다. 엄청난 실망감이 그를 덮쳤다. 무슨 실망감이냐면……. 아니, 그가 요하네스 한센을 직접 체포하고 싶어서 그런 건 아니었다. 그런데도 영화관에서 영화가 끝나기 전에 자리를 떠야 하는 그런 실망감 같은 느낌이었고 사건의 본질적인 부분을 놓쳤다는 생각이 들었다. 단은 정말 긴장되고 재미있는 순간이 이제 시작되었다는 걸 잘 알았다. 그런데도 그걸 경험하지 못하게 되다니. 바로 전까지 그는 요하네스 한센을 미행하는 일을 물고 늘어졌다. 전문 사기꾼의 작업을 집중적으로 파고들었다. 이 사기꾼의 행동을 이해하려고 노력했다. 단은 그 자신이 직접 각본을 쓴 연극의 일부였다. 그리고 지금, 오랫동안 까다로운 리허설 끝에 마침내 주인공이 진지하게 연기하기 시작했다. 정말로 이 드라마의 정점에서 그가 속아줘야 하는가?

다시 페달을 밟으려는 순간 회색 시트로엥이 그 옆을 지나갔다. 오른쪽 창문에서 코발트블루 색깔이 휙 지나갔다. 그의 생각이 또다시 맞았다. 당연했다. 예상 가능했다. 이 모든 게. 불현듯 어떤 느낌이 왔다. 아드레날린이 온몸에 퍼지는 느낌. 그의 뇌가 끓어오르는 느낌이 들었고 불쾌한 기분과 좌절감이 씻어졌다. 그 어떤 것도 그를 실망시킬 수 없었다.

플레밍? 단이 포기할 것이라고 플레밍이 생각했다면 그건 오산이다. 단은 빠른 결정을 내렸다. 그는 자전거를 주차했다. 그가 서둘러 현관문으로 달려가 초인종을 누르려는데 휴대전화 벨이 울렸다.

"벤야민이에요. 아저씨가 모퉁이로 오시는 걸 봤는데. 요하네스는 아저씨 누나 집으로 들어갔어요. 경찰에 알릴까요?"

"내가 이미 통화했어. 경찰이 가능한 한 빨리 온다고 했어."

"그게 무슨 말이죠?"

"출동 팀을 내보내기 전에 조정을 좀 해야 하나 봐. 두 명을 동시에 체포해야 하니까."

"아, 그렇군요."

어색한 침묵이 이어졌다. "내 생각에, 내가 안으로 들어가 봐야겠어." 침묵을 깨고 단이 말했다.

"그런데…… 그가 안에 있잖아요."

"응, 자네가 이미 말했어."

벤야민은 낮은 신음 소리를 냈다. "무슨 생각이세요?"

"자네 생각이 어떤지는 모르겠지만. 경찰이 출동하기로 되어 있으니 위험할 것도 없어. 그냥 들어가서 우리 멋진 요하네스 씨와 대화 좀 나눠보는 거지."

"아저씨가 누군지 알릴 생각인가요?"

"아니. 난 그냥 벤테의 남동생이고 지나가다 누나 집에 들른 거야. 너무 늦기 전에 그 작자가 어떤 식으로 연기하는지 꼭 좀 체험해보고 싶어."

"여기 올라오세요. 그럼 아저씨가 원하는 만큼 그를 볼 수 있어요."

"아니, 난 내 앞에서 직접 보고 싶어. 그를 냄새로 맡고 싶다고."

"아저씨 진짜 제정신이 아니군요."

"그러고 난 뒤 자네한테 갈게."

단은 통화를 끝냈다. 벤야민의 잔소리가 이어지기 전에 서둘러 조치했다. 단은 'B. 페트리'라고 적힌 이름표 옆에 있는 초인종에 손가락을 댔다. 몇 초간 손가락을 살짝 떼고 그대로 있다가 초인종을 눌렀다.

"누구세요?" 벤테의 목소리는 평상시보다 활기찼고 밝았다.

"나야, 단."

"어……." 잠시 바스락거리는 소리만 들렸다. 그러다 삐이익 소리가 나며 문이 열렸다. 단은 안으로 들어갔다.

벤테가 현관문 앞에 서 있었다. "여기서 뭐하려고?" 그녀는 커다란 물음표를 그렸다.

"남동생한테 그렇게 인사하는 법인가?" 단은 누나를 포옹하며 큰소리로 말했다. 이어서 귀에 대고 속삭였다. "그냥 그대로 연기해. 경찰이 오고 있어." 포옹을 풀고 그는 다시 큰 목소리로 외쳤다. "남동생을 보니 반갑지 않으신가요, 누님?"

"반갑지." 그녀가 말하며 한걸음 옆으로 비꼈다. "들어와, 다니. 손님이 계시기는 하지만…… 그래도."

"다니?" 단이 얼굴에 못마땅한 표정을 지으며 쇳소리를 냈다.

그녀는 얼굴을 찡그리고 씁쓸한 미소를 지었다. 그의 업보일 뿐!

거실에 요하네스 한센이 서서 미소로 맞이했다. 진회색 눈동자가 무테안경 유리 안에서 푸근하게 빛났다. 단이 안으로 들어가자 요하네스의 재킷이 의자 등받이에 걸쳐 있었고 셔츠 소매가 위로 몇 번 접혀 있었다. "요나스 헨릭센입니다." 그는 자신을 소개했다. "죄송하지만 손을 내밀 수가 없습니다. 좀 전에 자전거와 사투를 벌였거든요." 그는 지저분한 손을 허공에 들어 보였다.

"다니 페트리입니다." 단이 말하며 미소 지었다. "제 생각에, 화장실 이용하셔도 되니 들어가시지요."

"화장실은 저기 오른쪽에 있어요, 요나스." 벤테가 말했다. "세면대 위 선반에 손톱 닦는 솔도 있어요." 요하네스가 화장실 문을 닫자 그녀는 단 쪽으로 방향을 돌렸다. "요나스 씨가 날 집까지 태워다주셨어, 다니. 퇴근하고 보니 내 자전거 타이어가 펑크 났더라고. 너 지금 뭐해?" 그녀는 마지막 말은 거의 소리 내지 않고 속삭였다. 단이 의자 위에 걸려 있던 재킷을 집어 드는 걸 봤기 때문이다. "너 진짜 이러면 안⋯⋯."

"쉿!" 단은 재킷을 더듬어 안쪽 주머니에서 지갑을 꺼냈다. "얘기 계속해!" 그는 큰 소리로 말했다. "자전거 고치러 어디 갔었는데?" 단은 서둘러 지갑 내용물을 살폈다. 맥이 빠졌다. 안에 종이와 영수증과 신용카드가 굉장히 두툼이 들어 있어 짧은 시간에 내용물을 살펴보는 게 불가능했으니.

"브뢴데르슬레브 광장으로 갔어. 튜브를 새것으로 교체했거든." 벤테가 수다 떠는 톤으로 크게 말하면서 동시에 초조한 얼굴로 단에게 지갑을 다시 넣으라는 손짓을 했다.

"아, 거기⋯⋯. 그 집은 너무 비싸던데." 단이 대답했다. 그때 화장실 물 내려가는 소리가 들렸다. 그는 얼른 결단하고 지갑을 다시 재킷 주머니에 넣었다.

"아이고, 그건 상관없어." 벤테가 말하며 단의 손에서 재킷을 빼앗았다. 그녀는 재킷을 다시 등받이에 걸어놓고 평평하게 손으로 폈다. 그러면서 눈을 흘겨 동생이 얼마나 멍청한지 얼굴 표정으로 보여주었다. "그래도 거기 사장님은 일을 제대로 잘해. 자전거 내일 아침이면 다 된대."

화장실 문이 열렸다.

"깨끗이 닦이지는 않네요." 요하네스가 말하며 젖은 손을 털었다. "자전거 윤활액보다 손에 더 잘 붙는 건 없을 겁니다."

"커피 마실 분 계세요?" 벤테가 물었다. 그녀는 볼이 벌그스름해졌고 머리를 만지는 횟수가 잦아졌다. "아니면 레드와인 한 잔 드실래요?"

#37

2007년 4월 25일 수요일

제이는 눈처럼 하얀 가죽소파에 앉았다. 그는 좀 혼란스러웠다. 다른 남자들과 같이 있는 집단에서 그는 항상 불편한 기분이 들었다. 그의 매력은 동성이 있는 자리에서는 제대로 작동하는 법이 없다는 걸 그도 잘 알았다. 그리고 벤테 동생이라는 그 대머리 작자는 처음 만나는 순간부터 어딘가 모르게 껄끄러운 느낌이 들었다. 인사를 나눌 때 다정하게 미소를 지었는데도 말이다.

그것만 빼면 접근 시도는 전부 기대했던 대로 흘러갔다. 벤테 페트리가 두 번째로 우연히 만난 날 자신을 집으로 초대하리라고는 그도 전혀 예상하지 못했다. 그렇다고 쉽기만 한 것은 아니었다. 그는 벤테의 자전거를 트렁크에 싣고 끈으로 묶은 뒤 자전거 절반이 밖으로 나온 트렁크 문을 고정시키고 나중에 자전거를 다시 꺼내 자전거 수리점에 맡겼다. 꽤 힘든 일이었다. 게다가 지저분해졌다. 사실 그는 벤테가 자신을 카페로 데려가 커피 한잔쯤 사겠거니 기대했었다.

그는 벤테가 몸을 약간 숙이고 보온병에 뜨거운 물 붓는 모습을 지켜봤다. 풍만한 엉덩이에 치마가 꽉 끼는 것이 눈에 들어오자 그는 시선을 페이즐리 무늬 치마 안에 숨어 있는 다리의 윤곽선을 지나 옷감 재질과 잘 어울리는 터키색 가죽부츠까지 이어갔다.

벤테는 몸을 일으키고 동생한테 뭐라 말하고 나서 웃었다. 동생이란 작자…… 어디선가 한번 만난 적이 있지 않은가? 제이는 그를 계속 바라봤다. 그러다 다니가 별안간 뒤돌아 그와 눈을 똑바로 마주쳤다. 그는 미소 지었다. 제이는 그를 어디서 봤는지 단번에 알았다. 당연하지! 벤테를 관찰하려고 맨 처음 이곳에 왔을 때 잔디밭에서 이 남자를 마주쳤다. 그때 작은 강아지와 함께 있었다. 제이는 그걸 기억해내서 다행이라 생각했다. 그런데도 그는 여전히 마음이 편하지 않았다. 홀가분해져야 하는데 조금도 그렇지 않았다. 그때도 이 남자를 어디선가 한번 봤다는 느낌이 들었던 기억이 났다. 대머리에 자기 확신에 찬 미소…… 푸른 눈동자. 짙은 눈썹. 고전적인 느낌의 코…… 다니는 벤테와 닮았다. 의심의 여지가 없었다. 하지만 그래도 그것 때문만은 아닌…….

갑자기 제이는 벤테와 다니가 웃으며 자신을 바라보고 있다는 걸 알아차렸다. 그는 생각을 떨쳐버리고 불편한 감정을 털었다. "무슨 일이죠? 왜 웃으세요?"

"미안해요. 요나스 씨가 너무 생각에 몰두하고 있어서요." 벤테가 대답하며 줄무늬 잔 세 개를 테이블 위에 올려놨다.

제이는 당황한 표정을 지으며 웃었다. "좀 피곤해서요. 분명 시차 때문일 거예요."

"시차요? 어디 계셨었는데요?" 다니가 물으며 소파에 털썩 앉았다.

"요나스 씨는 뉴욕에 살았어, 다니. 일주일 전에 덴마크로 오셨대." 벤테는 커피를 따르며 동생에게 설탕통을 밀었다. 그리고 두 번째 소파 자리에 앉으면서 치마를 무릎 아래로 잡아당겼다.

"아, 그래서 일자리를 찾으시나 보군요?"

"네, 최고급 레스토랑 여러 군데에서 일했어요. 제 경력을 인정받을 수 있는 좋은 일자리를 찾고 있습니다."

"지금까지 어디서 일하셨죠?"

"아, 전 세계 곳곳에서요. 처음 시작은 바텐더였고……." 제이는 줄줄 외워둔 이력을 이야기했다. 벤테의 동생이 이 자리에 있는 게 그리 나쁘지만은 않다는 생각이 들었다. 벤테의 동생은 굉장히 관심을 보이며 제이의 전 세계를 누빈 경력을 경청했다. 그는 묻고 또 물었다. 제이는 벤테가 제이의 답변 하나하나를 전부 날로 삼켜버리는 것도 봤다. 약간 넓은 편인 그녀의 입은 그의 말을 전부 씹어먹기라도 하듯 약간 벌어져 있었다. 매력적인 여자다. 진짜로. 아주 입맛 당기는 타입이다. 얘기가 길어질수록 제이의 기분은 점점 더 좋아졌다.

전화벨 소리에 폭풍처럼 이어지던 제이의 말이 끊어졌다. 벤테가 미안하다 사과하며 전화를 받았다. "여보세요? 아, 닐스-게오르그……. 당신 생각이 그렇다면, 그래……. 뭐 그렇게 중요한 것이라면 와서 가져가야……. 알겠……. 그때 봐." 벤테는 피곤한 듯한 표정으로 얼굴을 찡그리며 전화를 끊었다. "미안해요. 정신 나간 전남편 전화였어요. 갑자기 생각이 떠올랐는데, 오늘 저녁에 무대에 오르려면 특별한 부적이 주머니에 있어야 한다나. 그런데 어째서인지는 모르겠지만 그게 여기 있다네요."

"매형이 누나 집에 오기 위해 그냥 핑계를 찾은 거겠지." 다니는 웃으며 고개를 저었다. "아주 저돌적인걸!"

"응. 그것도 반년이 지나서! 내 생각에 그 사람 취한 것 같아."

"전남편이 배우나 뭐 그런 직종에 있으신가요?" 제이가 물었다.

"재즈 뮤지션이에요."

재즈 뮤지션이라. 닐스-게오르그……. 이런 이름의 재즈 뮤지션 중 그가 아는 사람은 단 한 명이었다. 닐스-게오르그 페트리라는 피아니스트. 갑자기 그는 여기 평화로운 거실의 온도가 5도 정도 뚝 떨어지는 느낌이었다. 제이의 뇌에 고압이 흐르자, 다니와 제이의 눈 사이에 전류가 번쩍하고 흐르는 게 눈에 보일 정도였다. 벤테의 전남편 성이 페트리인데 어떻게 남동생 성도 똑같을 수 있겠는가? 벤테가 사촌과 결혼할 개연성이 얼마나 높을까? 아니면 누군가와 사귀고 결혼했는데 그 남자 성이 우연히 벤테와 같을 확률은? 자기 매형과 성을 똑같게 하려고 개명했다고, 설마? 뭔가 이상했다. 제이는 단의 눈을 바라봤다. 상대도 그걸 눈치챘다. 다니는 좀 전에 갑자기 이 무대에 끼어들었다. 다니의 성은 페트리가 아니다. 어쩌면 그의 이름조차 다니가 아닐지 모른다. 어쩌면 그는……. 다시 두 사람의 시선이 만났다. 제이는 단이 제이의 생각을 따라가고 있다는 걸 감지했다. 한 걸음 한 걸음씩. 그 순간 불현듯 제이는 자신이 푸른 눈의 대머리를 어디서 봤는지 깨달았다. 《엑스트라블라데트》 신문. 12월 에게비에르그 기숙학교 도자기 작업실에서 학생들이 바닥에 깔아놓았던 신문지가 기억났다. 그리고 그 신문에 나왔던 엄청나게 커다란 헤드라인과 큼지막한 사진도 기억해냈다. 대머리 탐정.

제이는 아무 말도 하지 않고 자리에서 천천히 일어났다. 그러면서도 단을 향한 시선을 놓지 않았다. 나머지 이야기도 계속 떠올랐다. 작은 조각들이 전기가 흐르는 대기에 소용돌이처럼 떠돌았다. 아마추어 탐정. 크리스티안순에서 연쇄살인범을 해결한……. 라우라 소메르달. 자기 아버지한테 굉장한 자부심을 가졌던 학생……. 단 소메르달. 이것이 그의 이름이다. 제이는 단이 어딘가 TV 방송에도 나와 기숙학교 교사들 사이에서도 꽤 유명한 인물이라는 사실도 생각났다. 그리고 라우라가 우르술라를 거의 신격화할 정도로 좋아했다는 사실도 기억났다. 공항에 있던 우르술라의 얼굴도, 작별하는 연인을 바라보던 그녀의 눈도. 퍼즐 조각이 각자의 자리를 찾아간다. 클릭, 클릭, 클릭. 단도 이제 일어났다. 두 남자가 서로 마주 보고 섰다. 벤테 집 소파 테이블을 마주하고. 두 팔을 내려뜨린 채 둘 중 누구도 상대방에게서 시선을 떼지 않았다. 두 사람 중 누구라도 고개를 옆으로 돌렸더라면 벤테의 얼굴을 볼 수 있었을 것이다. 눈을 동그랗게 뜨고 두 손을 입에 댄 채 소리 없는 파워 게임을 겁에 질려 지켜보고 있는 그녀의 얼굴을.

제이가 현관을 향해 한 걸음 발을 옮기자 그 즉시 단이 제이 앞을 가로막았다. "도망갈 생각 접으시죠." 단이 무덤덤하게 말했다. "그냥 여기 있어요."

그 순간 제이는 여기서 무슨 일이 벌어지고 있는지 확실히 알았다. 단 소메르달이 시간을 질질 끌 심산이었다는 것을. 그리고 경찰이 출동 중일 것이며 어쩌면 몇 분 안에 여기 도착할지도 모른다는 것을. 아니면 경찰이 이미 도착해서 건물 출입문 앞에서 대기하고 있는지도 모른다는 것을. 그는 창밖 테라스 너머 잔디밭에 저격수라도 있는지 바라다보고 싶은 마음이 굴뚝같았지만 차마 그렇게 할 엄두가 안 났다. 벤테의 동생은 엄청나게 단련된 몸이었다. 적어도 제이보다 열 살 정도는 나이 들어 보이지만 체구가 보통이 아니었다. 제이는 한걸음 옆으로 비켜 소파와 낮은 소파 테이블 사이를 지나갔다. 작은 등나무 의자 하나가 중간에 있었다. 그는 의자를 옆으로 밀었다. 뭔가가 떨어지면서 부서졌다. 그런 가운데서도 두 사람의 눈 맞춤은 끊어지지 않았다.

"당신, 내 길을 막고 있군요." 제이가 말했다. 그는 자신의 목소리가 얼마나 차분한지 스스로 당혹스러웠다. 돌연 다시 자신의 몸에 전기가 통과하면서 신경체계에 최고단계인 경계경보가 작동되는 것을 느꼈다. 캐스의 손가락을 부러뜨렸던 그때와 똑같았다. 반드시 처리되어야 하는 일을 수행하기 위해, 냉정하게 계산하는 로봇이 그의 몸을 인수한 듯한 상황이었다.

단 소메르달은 자리에서 꼼짝도 안 했다. 그는 눈을 부릅뜨고 입을 꾹 다문 채 미소 지었다. "당신이 졌어요, 요하네스!" 그가 말했다.

제이는 당황한 채 그 자리에 서 있었다. 요하네스라고? 대체 자기 본명을 그가 어떻게 알았단 말인가? 본명을 들켰다는 사실에 주먹으로 배를 한 방 크게 맞은 느낌이었다. 그는 식식거렸다. "캐스를 족쳤군. 맞죠?"

"캐스?" 단은 눈썹을 치켜 올렸다. "에릭 캐스펠트 말인가요?"

젠장, 이런 염병할! 왼쪽 곁눈으로 제이는 뭔가 무기를 대신할 만한 걸 발견했다. 그는 그쪽까지 두 걸음 더 가기 위해 적당한 타이밍을 기다렸다.

"에릭 캐스펠트는 당신의 가장 위험한 적이에요, 요하네스. 그가 얼마나 얘기를 많이 했는지 분명히 아는 게 좋을걸요?"

"그 자식이 아는 건 다 개똥이에요." 제이가 대답하며 살짝 왼쪽으로 움직였다.

"아니, 당신 대단히 착각하고 있어요." 단이 말하고 거실문에 기댔다. "그 사람 폭포처럼 말이 쏟아지던데요. 당신 가명 얘기, EU로또에 당첨된 여자 얘기, 살인 얘기 등등. 다 말하던데."

"살인이라고요?" 한 발 더 왼쪽으로.

"비르기테 욘스 살인 말입니다."

한순간 제이는 확신이 서지 않았다. 단이라는 이 작자가 어쩌면 허풍을 떠는 게 아닐지도 모른다. 캐스가 정말 다 불어버리기 시작했다면 제이 자신은 굉장히 심각한 코너에 몰려 있다. 여기서 나가야 했다. 그것도 지금 당장. 그는 작은 탁자에 손을 뻗어 튤립이 꽂혀 있는 꽃병을 잡았다. 한순간 머뭇거리다 그는 단의 눈을 봤다. 단은 제이가 무엇을 계획하는지 예견한 것 같았다. 깊게 생각할 시간이 없었다.

그는 단번에 꽃과 물을 단 쪽으로 쏟아 상대를 불시에 기습했다. 꽃병 안의 물이 단의 얼굴로 튀었고 적어도 튤립 열 송이가 어깨에 떨어졌다. 꽃병의 뿌연 물로 몇 초간 단이 아무것도 보지 못하는 동안 제이는 얼른 벤테를 흘긋하고는 있는 힘껏 꽃병을 작은 탁자에 내리쳤다. 제이는 다시 단을 쳐다봤다. 단은 튤립을 털어내고 씩씩거리며 제이에게 덤빌 자세였다. 제이는 꽃병 바닥을 손에 쥐고 날카로운 유리 조각을 앞으로 내밀어 공격 자세를 취했다. 꽃병 조각이 단의 얼굴에 그어졌다.

일 초 뒤 단의 얼굴에 기다란 상처를 따라 피가 솟았다. 잠시 후 단의 턱뼈가 그대로 드러났다가 곧바로 피범벅이 되어 벌어진 상처를 덮었다. 제이는 벤테가 소리치는 걸 혼미한 상태로 의식했다.

단은 한걸음 뒤로 물러나 다시 거실문에 등을 대고 섰다. 그는 두 손으로 상처를 눌렀다. 길고 하얀 손가락 사이로 피가 줄줄 흘렀다. "그만해!" 단은 악을 썼다. "절대로 못 지나갈 줄 알아!"

"단, 그냥 놔……." 벤테가 일어나 단에게 다가갔다. 제이는 자신이

360

여기서 나가려면 서둘러야 한다는 걸 알았다. 그는 곧바로 단을 향해 걸어가 그의 어깨를 잡고 무릎으로 힘껏 들이받았다. 있는 힘을 다해 공격했다. 제이가 손을 놓자 피범벅이 된 단이 울부짖는 소리를 내며 바닥에 풀썩 쓰러졌다. 제이는 다시 발로 찼다. 이번에 뒤통수를 가격했다. 단의 입에서 아무 소리도 나지 않았다.

제이는, 의식을 잃은 동생 옆에 무릎을 꿇고 앉은 벤테에게 마지막으로 시선을 던졌다. 곧이어 그는 테라스 문으로 뛰어가 문을 열고 밖으로 나갔다. 그는 건물 주변에 있는 자동차로 달려가 시동을 걸고 북쪽 방향 갈리온스베이로 차를 몰았다. 다리를 지나 순베르케를 벗어났다. 심장박동이 평상시보다 두 배 이상 빨랐다. 사납게 날뛰는 심장 소리가 그의 귀에 들렸고 그의 목을 졸랐다.

좌회전해서 시내를 벗어나 바다를 따라 달리면서 그는 속도를 줄였다. 이제 어떻게 해야 하나? 여권은 호텔 금고에 넣어놨고 현금도 그 안에 있다. 호텔로 돌아갈 순 없었다. 단 소메르달이 그를 여러 날 동안 주시한 게 분명했다. 그가 묵는 호텔이 어디인지 경찰이 알고 있을 가능성이 매우 높다. 신용카드도 사용할 수 없다. 신용카드는 지갑 안에 있고 지갑은 모래색 재킷 안에 있으며 재킷은 벤테 집 거실 의자에 걸려 있다. 아니, 지금 신용카드를 들고 있다 하더라도 그걸 사용할 수 있을 가능성은 희박하다. 경찰이 지금쯤 요나스 헨릭센의 모든 정보를 알고 있을 테고 그렇다면 그의 신용카드를 이미 사용하지 못하게 막아놨을 가능성이 높다. 제이는 우회전해서 남쪽으로 차를 몰아 고속도로로 향했다. 코펜하겐으로 가서 앞으로 어떻게 될지 지켜봐야 했다.

제기랄! 대체 왜 갑자기 일이 이렇게 틀어졌지? 한 시간 반 전만

해도 그는 벤테와 자전거를 태우고 히알레루프가데로 가서 함께 유쾌한 시간을 보내며 조심스럽게 작업을 걸었다. 그는 자신의 화려한 이력을 이야기하며 상황 전체를 자기 손아귀에 넣고 있었다. 지금까지 프로페셔널한 인생답게 끝없이 도망갈 길을 만들어왔던 제이였지만 이 순간은 전혀 예상하지 못했던 상황이었다. 경찰에 쫓기면서 도와줄 사람도 없고 돈도 없고 아무것도 없는 상황. 처음에 들었던 자신의 직감을 따랐더라면 좋았을 것을. 역시나 크리스티안순으로 되돌아오는 건 좋은 생각이 아니었던 것이다. 이 도시를 얼마나 증오했던가. 끔찍한 업보 그 자체 아니던가!

이 차에서 벗어나야 한다는 생각이 순간 들었다. 경찰이 분명 차번호를 알 테고 그가 코펜하겐으로 떠나리란 추측을 할 테니까. 이 가능성은 매우 높았다. 숲이 보이자 그는 직감을 따라 좁은 숲길로 들어갔다. 국도에서 차가 보이지 않도록. 숲길로 들어서서 차를 멈춘 그는 문을 연 뒤 차에서 내렸다. 넓은 숲길로 가지 않고 좁은 길을 택했다. 몇 차례 발을 헛디뎠다. 30분 정도 지나자 숲이 끝나는 지점에 다다랐다. 국도가 보였고 몇 킬로미터 떨어진 곳에 고속도로가 있으리란 확신이 들었다. 제이는 나무 그루터기에 앉았다. 표면에 이끼가 덮여 있었지만 지금 상황에서 옷이 지저분해지는 걸 신경 쓸 처지가 못 됐다. 그의 셔츠는 상당 부분 피로 얼룩져 있었고, 한쪽 바짓가랑이에도 피가 묻었고 무릎에도 번져 있었다. 엉덩이에 이끼 좀 묻는 건 아무것도 아니었다. 제이는 두 손으로 머리를 감쌌다. 곰곰이 생각해보려 했지만 이런저런 상상이 여기저기 흩어져 하나로 모아지지 않았다. 담배라도 있었으면 좋았을 것을. 바지 주머니를 만져보니 딱딱한 것이 잡혔다. 전화기였다. 충전을 완료한 상태였다. 한 가지라도 손에 쥐고 있다. 그러나 안타깝게도 이런 심각한 상황에서 도움을 요청할 사람이 아무도 떠오르지 않았다. 그는 이런 가능성에 도전하고 픈 생각은 추호도 없었지만 도무지 다른 방법이 없었다. 제기랄! 염병할!

38

2007년 4월 25일 수요일 18시경

젠장! 플레밍은 출입문 옆 벽돌담에 기대 피 묻은 손가락을 바지에 닦았다. 그는 경광등을 번쩍이고 사이렌을 울리며 순베르케 지역을 떠나는 구급차를 물끄러미 바라보다 바지 주머니에서 전화기를 꺼냈다. 몇 번 신호음이 가자 바로 마리아네 목소리가 들렸다.

"마리아네, 이런 말 하게 되어 정말 안됐지만……. 단이 다쳤어."

"어떻게 하다?"

"범인이 깨진 꽃병 조각으로 단의 얼굴을 그어서 왼쪽 관자놀이부터 턱까지 길게 상처가 났어. 뇌진탕도 있는지 몰라. 정신이 혼미했던 모양인데."

"눈은……?"

"……눈은 맞지 않았어. 내가 보기론 그랬어."

"그럼 범인은 그……?"

"요하네스 한센, 맞아. 그놈은 도망갔어."

"단 누나, 벤테는 어때?"

"부상은 없어."

"단 옆에 누가 있어?"

"벤야민 빈테르가 구급차에 같이 타고 갔어. 벤야민이 벤테 집 건

364

너편에 있다가 거실에서 일어난 광경을 다 봤어. 가능하면 빨리 벤야민과 얘기해봐야 해."

"최대한 빨리 병원으로 갈게." 그녀는 통화를 끝냈다.

플레밍은 한숨을 쉬고 다시 집 안 침실로 들어갔다. 훌쩍이며 상황 설명을 시도하는 단의 누나 팔을 피아 바게가 잡고 있었다.

가는 길에 그는 전투가 벌어졌던 거실에 시선을 던졌다. 밝은색 카펫 위엔 커다란 핏자국이 있었고 그 위에 족히 열 송이는 되는 꽃이 흩어져 있었다. 눈처럼 하얀 가죽소파에도 피 묻은 손자국이 나 있었고 작은 사이드테이블 옆 벽엔 부채꼴 모양으로 검붉은 얼룩이 마치 천사 날개 같은 모양으로 나 있었다. 등나무 의자가 넘어져 도자기 스탠드도 검은색, 갈색 조각으로 깨져 거실 곳곳에 흩어져 있었다. 스탠드 조각 위엔 피가 묻어 있지 않았다. 테라스 문은 활짝 열려 있었고 마루가 깔린 바닥 한 군데에 피가 묻어 있었다.

"벤테, 들어보세요……." 그가 말하며 침실문 앞에 섰다. "벤테?"

"네?" 그녀는 눈물범벅이 된 얼굴로 뒤돌았다.

"구급차가 병원으로 가는 길이에요. 단은 괜찮을 거예요."

그녀는 간신히 고개를 끄덕이며 피아 바게가 건네준 화장지로 코를 풀었다.

"나중에 저랑 더 자세하게 얘기 나눠야 해요." 플레밍은 말을 이었다. "제 말은, 요하네스 한센 사건을 당신하고 단이 어떻게 했는지……. 아시겠죠?"

"그래요." 벤테는 눈을 닦고 고개를 들었다. "단하고 내가 한 일이 얼마나 바보 같았는지 나도 알아요……."

"일이 그렇게 되리라곤 두 분 다 모르셨을 테니까요." 플레밍이 말했다. "그래도 우리가 거의 동시에 구급차랑 마주쳤으니 다행이죠."

"경찰이 아마 그 사람 차랑 서로 지나쳤을 거예요."

"어떤 차죠?"

"작은 은회색. 단이 차 번호를 메모해놨어요."

플레밍은 수첩을 꺼냈다. "요하네스 한센의 인상착의가 어땠는지 좀 말씀해주시죠."

"흰색 셔츠를 입었어요. 셔츠에 피가 많이 묻어 있을 거예요. 단의 어깨를 잡고……. 그러니까 그가……." 그녀는 인상착의 설명을 끝마칠 때까지 차분하게 목소리를 내려고 노력했다. "검은색 진바지. 검은색 가죽구두. 전부 새것처럼 보였어요. 짧은 머리에 짙은 머리색. 진회색 눈동자에 무테안경을 썼어요."

"고마워요." 플레밍이 고개를 들었다. "재킷은 안 입었나요?"

"입었는데, 그건……. 그건 거실에 있을 거예요."

플레밍은 범인을 수배하라는 지시를 내리면서 난장판이 된 거실로 시선을 돌렸다. 식탁 의자 위에 밝은색 여름 재킷이 걸려 있었다. 플레밍은 재킷 주머니를 열어보고 싶은 생각이 굴뚝같았지만 참았다. 과학수사대 직원들이 오면 그들에게 부탁해야 한다. 재킷 안에 지갑이 있을지도 모른다. 불현듯 호텔방 생각이 떠올랐다. 프랑크 얀센이 호텔에 도착했을까? 플레밍은 부하직원에게 수색을 준비하라고 부탁했다. 수색에 돌입하려면 먼저 수색 영장이 있어야 했다. 수색 영장을 받는 데 얼마나 오랜 시간이 걸리는지 늘 실망스러웠다. 특히 이번 경우처럼 당장 진행해야 하는 경우는 더더욱. 플레밍은 얀센의 번호를 눌렀다. "어때?"

"에릭 캐스펠트를 체포했습니다. 그는 회의에 참석 중이었는데도 문을 열자마자 아무 말 없이 일어나 우릴 따라오더군요. 우릴 기다리기라도 했던 것처럼 말입니다."

"진짜로 기다렸는지도 모르지."

"에릭 캐스펠트는 지금 유치장에 있어요. 과장님이 직접 심문하실 거죠, 맞죠?"

"응, 내가 할게." 순간 안도감이 몰려왔다. 단 소메르달이 심문에 참석해야 한다고 상사나 동료와 다툴 필요가 없으니까. 순간 머릿속에서 그 생각이 바로 사라졌다. 생각이 떠오를 때처럼 그렇게 순식간에. 그는 부끄러웠다. 어떻게 그런 생각을 할 수 있단 말인가. 단이 부상을 입고 병원으로 실려 가는 길에 있기 때문에 심문 참석을 두고 다툴 필요가 없어 안도하다니.

프랑크는 말을 이었다. "에릭 캐스펠트는 변호사도 원치 않던데요. 제 생각에 우리가 그에게 하려는 모든 질문에 이미 대답할 준비가 되어 있는 것 같아요. 어쩌면 예상보다 훨씬 더 많이요."

"잘됐군. 수색 영장은?"

"좀 전에 받아서 지금 호텔로 가는 길이에요."

"거기서 만나."

"다른 범인은요? 체포하셨어요?"

"아니, 그렇다고는 말하기 힘들어. 그자가 단 소메르달을 45분 전에 부상 입히고 도망쳤어. 지금 막 수배지시를 내린 상태야."

"그 대머리 광대가 그러니까 뭐, 범인을 직접 체포할 작정이었다는 말인가요?"

"뭐 그런 비슷한 거겠지. 나중에 만나면 전부 얘기해줄게. 바게도 여기 있어."

플레밍이 집을 나서려는 참에 과학수사대 직원 두 명이 들어왔다. 플레밍은 잠시만 요하네스 한센의 재킷을 볼 수 있게 해달라고 그들을 설득해냈다. 얼른 재킷 주머니부터 뒤져봤다. 내용물이 반 정도 남은 감초 맛 스티모롤 껌 상자, 라이터, 마리나 호텔 로고가 박힌 볼펜 한 자루가 전부였다. 그 밖에는 아무것도 없었다. 전화기도 지갑도 없었다. 요하네스 한센이 전화기와 지갑을 들고 간 게 분명했다. 이런 제기랄. 플레밍은 흰색 보호복에 헤어커버, 고무장갑을 착용하고 거실로 들어오는 과학수사대 직원들에게 시선을 던졌다. 둘 중 한 명이 고개를 들어 플레밍과 눈을 마주쳤다. 플레밍은 손가락 두 개로 인사한 뒤 나가 자기 차로 갔다.

호텔로 가는 길에 그는 크리스티안순 병원에 전화를 걸었지만 단소메르달의 현재 상태에 대한 소식을 말해줄 수 있는 사람은 아무도 없었다. 그는 벤야민한테 전화를 걸어봤지만 연결이 안 됐다. 마지막 기회는 마리아네였다. 그녀는 바로 전화를 받았다.

"아, 플레밍." 그녀가 말했다. 평상시와 같은 목소리였다. "나 지금 차 안이야."

"이어폰은 쓰고 있나?"

"그럼, 당연하지. 난 운전 중 통화하는 그런 멍청이는 아니야."

"단은 어때?"

"지금 막 수술 중이야. 담당의사 말로는 수술이 좀 오래 걸릴 거래. 상처가 깊고 힘줄과 근육도 여러 군데 찢겨 있어서."

"이런, 제기랄."

"전신 마취했어."

"그래. 벤야민하고 얘기해봤어?"

"아니, 의사가 그러는데 벤야민이 공포에 질려서 대기실에 앉아 있다네. 내가 곧 가서 봐줘야지. 그런 장면을 지켜보는 게 얼마나 끔찍했겠어? 가서 공격하지도 도와주지도 못하고 보고만 있어야 했으니."

"아이들한테는 얘기했어?"

"아, 그 일도 남아 있네……. 아니, 단이 아이들하고 말할 수 있을 정도로 회복될 때까지 기다릴래. 그래야 아빠가 괜찮다는 소리를 직접 들을 거 아니야."

"당신은 어때, 마리아나?"

"나? 나야 뭐 그냥, 계속 할 일이 있다고 날 다그치니까……. 시어머니가 룸펠을 봐주기로 했어."

플레밍은 마리아네가 뭘 말하는 건지 답을 찾을 때까지 몇 초간 생각해야 했다. 룸펠이 누구인지 떠오르지 않았다. ……아, 강아지였지. 그렇지, 당연하다. 그는 마리아네에게 몇 마디 공감하는 대꾸를 해주고 통화를 끝냈다.

프랑크 얀센이 로비에서 기다리고 있었다.

"카드키 있나?" 플레밍이 물었다.

"그럼요." 얀센이 씩 웃었다. "과학수사대가 지금 작업 중이니 우린 대기실에서 음료 한잔 마실 시간 충분해요."

몇 분 뒤 두 사람은 맥주잔을 앞에 두고 앉아 있었고 플레밍은 담뱃갑에서 담배 한 개비를 꺼냈다.

"아, 가능할 때까지는 즐기셔야죠." 프랑크가 말하며 얼굴 앞에 나타나는 연기를 손으로 저었다.

"8월 1일이면 끝이야. 그럼 그만둘 거야."

"상당히 합리적이시군요!"

"아니, 담배를 안 피운다는 게 아니라. 외출을 안 하겠다는 거야. 흡연 금지법이 시행되면 난 그냥 집에서 조용히 방해받지 않고 피울 테야."

"그럼 출근도 안 하실 거예요?"

"직장에서 흡연하는 게 금지된 건 아니잖아?"

프랑크는 입꼬리가 씩 올라가게 미소 지으며 고개를 끄덕였다. "8월부터는 담배 피우고 싶으시면 시장 광장으로 나가셔야 해요."

"사실 나도 알고 있어. 그 생각을 떨쳐버리는 데 성공했을 뿐이야."

"안됐네요."

플레밍은 이마를 찡그리며 부하직원을 바라봤다. "주제를 바꾸지." 그가 말을 이었다. "그 생각만 하면 매번 기분이 나빠지니까 말이야. 방에 가봤어?"

"과학수사대 일하는 걸 방해하지 않게 그냥 고개만 밀어 넣고 봤어요." 그는 맥주 한 모금을 들이켰다. "싱글룸이고 깨끗하고 정리도 잘되어 있던데요. 자기 물건은 옷장과 서랍에 넣어놨고 조금도 흐트려 놓지 않았더라고요."

"담당 메이드가 청소해놓은 건 아니고?"

프랑크가 고개를 저었다. "0309번 방 담당 메이드와 얘기해봤어요. 그 방은 항상 그렇게 깨끗했다네요. 아침에 방에서 나갈 때는 침대 담요 정리도 해놓는다는데요."

"나도 그렇게 하는걸."

"호텔에 묵을 때도요? 전 안 그래요."

"메이드가 다른 말은 안 해?"

"매일 재떨이나 휴지통에 조인트 꽁초가 있었대요."

"아, 그래?"

"반면에 술은 아주 제한적으로 마시는 것 같고 일반 담배도 안 피우는 것 같아요."

"지루한 놈이군!" 플레밍은 담배꽁초를 누르며 씩 웃었다. "메이드 전화번호 있어?"

"네, 적어줬어요. 여기 있어요." 프랑크는 바지 주머니에서 메모지를 꺼냈다. "단 소메르달한테 무슨 일이 일어났는지 얘기해주세요."

플레밍은 소파에 앉으며 한숨을 쉬었다. "나도 아직 단하고 얘기를 못 해봤어. 대체 무슨 생각으로 벤테 집 안으로 들어간 건지 나도 모르겠지만……." 그는 두 사건 간의 연관성과 단이 주장했던 내용을 끝까지 가능한 한 짧게 설명했다. "단이 정말 일을 많이 해냈어." 그는 마무리 지었다. "안타깝게도 자기 한계를 몰랐지. 얀센, 자네 말이 맞아. 단은 광대야! 부상당한 단 걱정을 안 해도 되면 난 좋아서 펄펄 뛰었을 거야." 그는 자리에서 일어났다. "자, 이제 과학수사대 일이 끝났을 것 같은데. 올라가볼까?"

두 사람은 걸어서 3층까지 올라갔다. 역시 과학수사대 일은 끝나 있었다. 플레밍은 옷장 문을 열고 안에 있는 금고에 시선을 던졌다. "금고 열어달라고 부탁 좀 해주겠나?"

"제가 알기론, 투숙객이 직접 비밀번호를 입력해야 하는 것 같아요." 프랑크가 말했다.

"내 생각에도 그래."

"그럼 직원들도 쉽게 열지는 못할 것 같아요. 프런트에 물어볼게요. 거기 직원들은 이런 경우에 어떻게 해야 하는지 알고 있겠죠."

플레밍은 체계적으로 조사에 들어갔다. 그는 방에 있는 옷 주머니를 뒤져봤지만 껌 한 개와 지저분한 버스 승차권 말고는 아무것도 찾지 못했다. 그는 버스 승차권을 챙겼다. 법정에서 종종 사용되는 정보이기 때문이었다. 그는 신발도 하나하나 조사했다. 특별한 건 없었다. 서랍에는 속옷과 양말, 티셔츠가 들어 있었다. 그 외에는 아무것도 없었다. 옷장 바닥엔 검은색 샘소나이트 여행 가방이 있었다. 그 안에는 요하네스 한센의 빨랫감이 들어 있었다. 그는 여행 가방을 바닥에 기울여놓고 안을 조사해봤다. 아무것도 없었다.

플레밍은 옷장 문을 닫고 협탁 두 개를 살펴봤다. 오른쪽 협탁엔 호텔 비치용 성경이 있었다. 여러 번 접힌 종이가 성경 책장 사이에 책갈피로 꽂혀 있었다. 그 종이를 펼쳐봤다. 컴퓨터 프린터로 인쇄한 벤테 페트리의 개인정보였다. 주소와 생년월일, 은행 정보, 직장 주소 등이 적혀 있었다. 요하네스가 성경을 읽는다는 거로군, 플레밍은 생각했다. 어떤 이유건 간에 이것이 플레밍을 놀라게 했다. 그는 성경을 펼쳐 책갈피가 꽂혀 있던 곳을 몇 줄 읽어봤다. 그의 인생에서 유일하게 성서 강독을 강제했던 견진 성사 수업 시간에 암기해 알고 있던 구절이었다. 요하네스가 읽은 건 마태복음이었다. 26장. 유다가 예수께 입을 맞추었다. 주교의 군대가 신의 아들을 십자가형에 처하고 체포할 수 있도록. 정취 있는 야간독서라고 생각하며 플레밍은 그 작은 책을 덮었다. 그는 성경과 책갈피 종이를 전부 비닐봉지에 넣었다. 아마도 이것은, 교단에서 파문당했다고 꼭 믿음을 잃은 것은 아니라는 사실을 뜻하지 않겠는가? 이런 생각이 플레밍에게 큰 위안을 주었다. 그 자신은 전혀 종교적이지 않음에도 불구하고.

서랍 맨 뒤편엔 흰색 봉투 안에 돌돌 말은 조인트가 스물네 개비 들어 있었다. 사이드테이블 아래 서랍엔 노키아 휴대전화 충전케이블과 거의 새것으로 보이는 포르노 잡지가 두 권 있었다. 플레밍은 대충 펼쳐보고 이 책의 소유자가 특별한 선호 대상이 없는 아주 평범한 이성애자임이 분명하다고 생각했다. 포르노 잡지 밑엔 식당과 옷 가게, 렌터카 영수증이 있었다. 영수증은 전부 비닐봉지 안으로 들어갔다. 테이블 위엔 《신성모독》이란 낡은 책이 있었다. 요하네스가 중고책을 샀든가 아니면 예전에 사뒀다가 이미 여러 번 읽은 모양이었다. 신문 조각이 책갈피로 꽂혀 있었다. 평점 별 네 개를 받은 새로 개업한 일식집 리뷰 내용이었다. 이것도 증거물 주머니로.

프랑크 얀센이 제복 차림의 프런트데스크 직원을 데려왔다. 여직원은 고객의 금고에 손을 대야 하는 상황이 영 마뜩잖은 표정이었다. 손님이 현상수배범이건 뭐건 개의치 않는다는 표정이었다. 그녀는 만능키로 코드를 풀면서 위아래 입술을 꾹 누르고 이마에 주름을 모았다. 그러고는 금고 안쪽에 일부러 시선을 두지 않고 두 경찰관에게 고개를 끄덕하더니 즉시 방에서 사라졌다.

"흠, 프랑크 얀센의 마법도 저 직원에겐 통하지 않는 건가?" 플레밍은 프랑크 옆에 섰다. "자, 뭐가 있는지 볼까?"

금고 안의 내용물은 매우 흥미로웠다. 약 20만 크로네의 현금 다발과 갓 나온 듯 빳빳한 새 여권, 지퍼백 두 개. 하나엔 흰색 알약이 들어 있고, 다른 하나엔 파란색 알약이 들어 있었다. "비아그라하고 모르핀 같은데." 플레밍이 말하며 지퍼백을 번쩍 들었다. "조사하면 곧 알게 되겠지." 그는 요나스 헨릭센이라고 인쇄된 여권을 펼쳤다. 여권에는 5년간 장기체류 가능한 인도 비자도 포함되어 있었다.

플레밍은 방 안에서 조사를 끝내지 않은 마지막 가구로 발을 옮겼다. 책상 위엔 얇은 최신형 노트북과 검은색 케이블이 있었다. 플레밍도 얀센도 컴퓨터를 열어볼 생각을 하지 않았다. 비밀번호로 잠겨 있을 가능성이 높을 것이므로. 암호는 전문가가 풀어야 할 일이니 그것만 해결되면 이제 모든 것이 그들 손으로 들어올 것이다.

#39
2007년 4월 25일 수요일 저녁

그의 머리가 온통 양털로 뒤덮였다. 눅눅한 털. 양털로 귀가 막혀 밖에서 나는 소리도 잘 들리지 않았다. 생각도 느리고 굼뜨게 흘러갔다. 입안에도 양털이 가득했다. 양털은 점점 더 부풀었고……. 그때 갑자기 심한 구역질이 났다. 단은 질식할 듯 기침했다. 그러다 차가운 손이 그의 뺨에 닿아 그를 진정시켰다. 그는 다시 침대에 풀썩 누웠다. 누군가 밖에서 뭐라고 말을 했다. 차가운 손의 주인인지도 모른다. 양털이 단어들을 이해하는 걸 방해했다. 그는 목소리의 주인공이 남자인지 여자인지도 몰랐다. 그 자신도 뭐라 대꾸하려 했지만 입에서는 웅얼거리는 소리밖에 나오지 않았다. 힘겹게 실눈을 떠보니 강한 불빛이 직접 그를 비추었고 뇌까지 전달되었다. 얼른 눈을 다시 감았다. 양털 가득한 어둠의 세계로 다시 가라앉자 그의 입에서 낮은 신음 소리가 나왔다.

"단?" 이제 어떤 소리가 자기 이름으로 연결되어 들려왔다. "단, 정신 좀 들어?" 여자 목소리 같았다. 그는 팔을 움직일 수 없었을 뿐 아니라 온몸이 한없이 무겁게 느껴졌다. 혹시 나머지 몸에도 전부 양털이 덮인 건가? "단?"

다시 실눈을 떠봤다. 이번엔 훨씬 나았다. 방 안에 희미한 물체가 보였고 안개 같은 배경 속에서 부드러운 검은 실루엣이 드러났다.

"이제 정신이 드나 봐요." 목소리가 들렸다. 분명히 여자 목소리였다. 또 다른 새 형체가 처음 보였던 형체 옆에 등장했다. "단?" 여자 목소리가 또 들려왔다.

무슨 말이라도 해보려고 재차 시도해봤다. 이번에도 웅얼거리는 소리이긴 했지만 표현하는 데는 성공했다. 맞다, 단이다. 그리고 깨어났다고. 그의 머리에 난 양털은 아까만큼 빽빽하지 않았다. 그는 헛기침을 했다. "마……아네?" 그의 입에서 나온 말이었다.

"맞아. 나야, 마리아네." 처음 봤던 형체가 단 앞에서 몸을 구부렸다. 차가운 손이 다시 그의 몸에 닿았다. 마리아네의 손이 느껴졌다. 그는 미소를 지어보려 했다.

"물 좀 드릴까요?" 이 사람이 두 번째 형체였다. 이 사람도 여자였다. 이제 이 사람의 형체도 보였고 목소리도 들렸다. 흰색 옷을 입고 있었다. 강한 손길이 그의 목덜미에 느껴졌고 단의 목을 받쳐주었다. 일회용 플라스틱 컵이 단의 입술에 닿았다. "너무 많이 마시면 안 됩니다. 그냥 입을 축이는 정도만 마시세요." 여자가 말했다.

단은 고마워하며 물을 마셨다. 시원한 물이 또 다른 한 움큼의 양털을 몸에서 없애주었다. 혀와 입안 양쪽. 입천장에 느낌이 왔다. "고마워요." 물컵이 입에서 떨어지고 머리가 베개에 눕혀지자 그가 말했다. 잠깐 동안 눈을 감았다가 다시 뜨고 나니 흰색 옷을 입은 여자는 보이지 않았다. 마리아네가 울고 있었다. "내 상태가 그렇게 심각해?" 단이 물었다.

그녀는 고개를 젓고 훌쩍였다. "더 심한 일이 일어나지 않아 정말 다행이란 생각이 들어서." 그녀가 답했다. "당신 진짜 운이 좋았어, 단."

"상처 꿰맨 건가?" 단은 손을 들어 왼쪽 뺨에 붕대로 감겨진 곳을 조심스레 만져봤다.

"서른네 바늘이나 꿰맸어."

"캬!" 승리의 야릇한 감정이 단의 마음을 가득 채웠다. 여느 사내들은 경험해보지 못한 일 아닌가.

"당신 두 시간 이상 수술 받았어, 단. 그래서 깨어나기까지 그렇게 오래 걸린 거야."

"나중에 흉터 생기겠네?"

마리아네가 단을 바라봤다. "흉터가 완전히 사라지지는 않을 거야." 그녀가 대답했다. "하지만 당신 그래도 굉장히 능력 있는 성형외과 전문의한테 봉합수술을 받았어. 저명하고 존경받는 분이니까 결과도 좋을 거야."

"이제 집에 가도 되나?"

마리아네의 웃음만으로도 충분한 대답이 되었다. "당신 뇌진탕 진단도 받았어, 단. 당분간은 절대로 나갈 수 없어."

"아이들한테 얘기했어?"

"라우라는 내일 병문안 올 거야. 오늘 저녁엔 아빠가 주무셔야 한다고 말했어. 라스무스는 아빠한테 안부 전해달라 했고."

"다시 덴마크 왔대?"

"응, 그런데 빨라야 토요일에 나올 수 있나 봐. 새로 시작한 단편영화 때문에 꼼짝 못 한대."

"어머니는?"

"어머님도 안부 전해달라 했어. 룸펠을 보고 계셔."

단은 갑자기 피로가 몰려오는 느낌이 들었다. 그는 눈을 감았다.

아주 잠깐 눈을 감았다고 생각했다. 그런데 다시 눈을 떠보니 방에 혼자 누워 있었고 불빛이 꺼져 있었다. 소변이 마려웠다. 화장실에 가도 될까 아니면 간호사를 불러야 하나? 몇 초간 그 문제를 생각해보다가 결정을 내리기 전에 한번 시험해보기로 했다. 두 다리로 똑바로 서 있을 수만 있다면 몇 미터 걸어가보리라. 그는 왼편으로 돌아누워 오른손으로 매트리스를 짚고 천천히 앉은 자세를 취해보았다. 병실이 완전히 뒤집힌 듯했다. 그는 잠깐 그대로 앉아 어지럼증이 나아지길 기다렸다가 조심스럽게 바닥에 한 발을 디뎌봤다. 간신히 똑바로 서 있게 되자 왼손에 반창고로 고정된 주사 줄이 연결되어 있다는 걸 알았다. 스탠드에 매달린 수액 병엔 투명한 주사액이 남아 있었다. 수액 병으로 시선을 돌렸다가 다시 앉아 주사 줄을 잡아당기고 호출 벨을 눌렀다.

흰색 가운 차림의 그 간호사(아니면 새로운 사람인가?)가 몇 초 후 방에 들어왔다.

"아, 일어나셨어요?" 그녀가 웃으며 물었다.

"지금 몇 시죠?"

"새벽 한 시 좀 넘었어요. 거의 다섯 시간 정도 주무셨어요." 그녀는 말하면서 그를 자리에 눕혔다. 마치 악몽을 꾸다 깨어난 어린아이 다루듯 했다. 그녀는 담요까지 덮어주었다. 단은 거부하지 않았다. 불편한 마음과는 정반대로 그는 그녀의 친절한 돌봄을 누렸다.

"혼자 화장실 가도 될까요?"

"내일 아침까지 기다려보셔야 해요. 용변기 가져다드릴까요? 아니면 병을 드릴까요?"

"병으로 주세요."

나중에 그녀는 진통제 몇 알과 얼음물을 가져왔다. "배고프세요?"

당황스럽게도 그는 정말 배고픈 느낌이 들었다. 10분 뒤 간호사가 쟁반 위에 먹을 것을 들고 왔다. 식사라고 말할 수는 있을 만한 것이었다. 반을 자른 빵 네 조각에 안에 마가린 비슷한 게 발라져 있었고 각종 내용물을 포함하고 있었다. 일회용 투명 플라스틱 컵에는 오이 조각이 들어 있었고, 디저트 접시 위엔 시나몬롤이 올려 있었다. "이건 제가 갖고 있던 거예요." 간호사가 말했다. "환자분이 단것을 먹고 싶어 하실까 해서요."

단은 고맙다고 인사한 뒤에 식사를 시작했다. 거의 다 먹어치울 때쯤 간호사가 들어왔다. 이번엔 커피를 들고 왔다.

"경찰관 한 분이 저녁에 환자분 뵈러 왔다 가셨어요." 간호사가 말했다. 단은 뜨거운 커피를 후후 불었다.

"플레밍 토르프요?"

그녀는 커다란 꽃다발을 건넸다. "그분이 가져온 꽃이에요. 카드도 있어요." 그녀는 사이드테이블 위에 있는 작은 봉투를 들었다. "읽어 드릴까요?"

"네, 고마워요." 단은 조심스럽게 커피 한 모금을 마셨다.

간호사는 봉투에서 작은 카드를 꺼내 읽었다. "단, 캐스펠트는 체포했지만 J. H.는 아직 못 잡았어. 얼른 건강 회복하기 바라. 그래야 네 엉덩이를 흠씬 두들겨 패줄 수 있을 테니, 이 바보야! F."

그녀는 카드를 들었던 손을 내리고는 물었다. "무슨 말이에요?"

단은 싱긋 웃었다. "말하자면 얘기가 길어요."

"아하." 간호사는 카드를 다시 테이블 위에 돌려놓았다.

"이걸 얼마나 더 하고 있어야 하죠?" 단은 주사 줄이 연결된 왼손을 들었다.

"지금 빼드려도 돼요." 간호사가 말했다. 그녀는 익숙한 동작으로 주삿바늘을 손에서 뽑아주었다. "이제 좀 쉬세요." 그녀는 쟁반을 들고 병실에서 나갔다.

단은 고개를 다시 베개에 대고 누웠다. 베개에서 깨끗한 냄새가 났다. 소독된 것 같았다. 그가 지금까지 맡아봤던 다른 병원 베개도 그랬다. 열 살 때 편도 제거하는 수술을 받았던 병원에서도, 라스무스가 태어났을 때도, 라우라가 태어났을 때도, 평생 거의 하루도 아파 본 적 없는 단의 아버지가 악성 종양으로 수술을 받았을 때도 그랬다. 병원 침구는 어떻게 세탁하지? 어쩌면 병원 전용 특별 세제가 있는지도 모르겠다. 특정한 향이 있고 편안한 느낌이 있고, 깨끗하고 보호받는다는 기분이 들게 하는 그런 세제가……

그는 사이드테이블 위에 있는 스탠드를 끄고 다시 잠들었다.

#40

2007년 4월 26일 목요일 밤

택시가 하이빔을 켜고 고속도로를 달렸다. 건너편에서 오는 차량은 없으니 신경 쓸 필요가 없었다. 이렇게 늦은 밤에 크리스티안순 고속도로를 달리는 차는 거의 없다고 봐도 좋았다. 차 안 라디오에서 사랑을 노래하는 팝송이 계속 흘러나왔다. 아는 노래가 나올 때마다 운전자는 후렴을 따라 불렀다. 크리스티안순 출구를 5킬로미터 앞둔 휴게소에서 운전자는 방향지시등을 켰다. 그는 화장실 앞에 차를 세우고 시동은 끄지 않았다. 가로등 몇 개가 일대를 비추고 있지만 모퉁이는 칠흑같이 깜깜했고 사람은 보이지 않았다. 운전자는 창문 유리를 내리고 낮은 소리로 외쳤다. "여보세요?" 그는 몇 초를 기다렸다가 강아지를 부르기라도 하듯 휘파람을 불었다. 뭔가 움직이는 물체가 보였다. 짧은 머리에 키 큰 남자가 화장실 뒤편에서 나왔다. 그는 한 손을 들고 이마에 손차양을 만들어 강렬한 불빛이 눈에 들어오지 않게 하고는 머뭇거리며 다가왔다. 그가 택시 전조등 불빛에 들어오자 윤곽이 드러났다. 창백하고 지친 기색이 역력했고, 피가 말라붙고 잔디 얼룩이 진 너덜너덜한 옷차림이었다. 신발은 더 이상 신발 구실을 못 할 것 같아 보였다. "아바스티하고 얘기했나요?" 운전자가 소리쳤다. 혹시 다른 사람을 자기 차에 태우게 될까 봐 경계하는 목소리였다.

"네." 남자가 대답하며 차에 올랐다. "여기까지 잘 찾아와주셔서 다행입니다."

운전자는 백미러로 남자를 봤다. "그 정도야 뭐." 그는 웃음기 없이 대꾸했다. 그는 자기 차에 탄 남자가 누구인지 무슨 일이 있었는지 자신이 왜 이 남자를 차에 태워 데려가야 하는지 몰랐다. 라젠드라 아바스티가 그렇게 하라고 시켰을 뿐이고 그 정도면 충분한 정보였다.

뒷자리에 탄 남자는 추위에 떨고 있었다. "담요 있으세요?" 그가 물었다. 운전자는 고개를 젓더니 히터를 켰다. 차가 고속도로로 접어들었고 아무도 말을 꺼내지 않았다. 크리스티안순 출구를 빠져나가 왼쪽 국도로 접어든 뒤 코펜하겐 방향으로 가는 고속도로 진입로로 다시 들어갔다. 고속도로에 들어서자 운전자는 다시 백미러를 봤다. 남자가 자고 있었다. 자는 것도 나쁠 것 없었다. 말할 필요가 없으니까. 운전자는 라디오 볼륨을 높이고 가속페달을 더 세게 밟았다.

*

제이는 차가 주택가 도로로 접어들 때 잠에서 깼다. 처음 와보는 동네였다. "여기가 어디죠?"

"아마게르." 운전자가 그를 보지 않은 채 답했다.

"어디로 가는 거죠?"

"주말농장 집단거주지."

"아벨 카트리네스가데에 가는 거 아니었어요?"

"그건 너무 위험해요. 아바스티가 당신한테 더 적당한 곳을 찾아냈죠."

운전자는 큰 대문을 통과했다. 어둠 속에서 작은 정원이 왠지 익숙해 보였다. 그러다 바로 익숙한 느낌이 사라졌다. 아주 작은 붉은색 집들이 나란히 늘어서 있었다. 창틀은 흰색이었고 집 사이엔 넓은 공간이 있었다. 집들은 모두 장난감처럼 보였고, 정원에 딸려 있을 법한 울타리나 출입문도 없었고, 누가 산다고 가리키는 문패 같은 것도 보이지 않았다. 차가 서서히 좁은 길을 따라가다 어느 집 앞에서 멈췄다. 운전자가 고갯짓으로 그 집을 가리켰다. 다른 집과 마찬가지로 이 집 역시 어두웠고 아무도 안 사는 집처럼 보였다. "그가 저 안에 있어요." 운전자가 말했다.

제이는 차에서 내렸다. "같이 안 들어가요?"

"난 일해야 해요." 운전자가 대답하곤 이를 드러내고 웃었다. 처음 보는 미소였다. 그가 차를 몰고 떠나자 제이는 낯설고 적막한 그곳에 혼자 서 있었다. 몸이 떨려왔다.

갑자기 그 깜깜한 집의 문이 열렸다. 라젠드라 아바스티가 예전에 제이를 대할 때 보여줬던 따뜻한 환대는 더 이상 없었다. 예의를 갖추긴 했지만 분명 거리감을 둔 정중함이었다. 그는 악수를 나누고 초미니 하우스를 안내했다. 손으로 톡톡 치며, 음식물이 들어찬 냉장고와 전기 히터, 옷장, 침낭이 있는 좁은 매트리스를 가리켰다. 그가 캠핑 의자에 앉았다. 수많은 친구 아니면 친척 중 한 사람일 한 남자가 제이의 새 여권사진을 찍었다. 이번에는 안경을 벗고 옆 가르마를 만들었다. 사진을 찍은 뒤 남자는 사라졌다.

"정말 고맙습니다, 아바스티." 제이가 말했다. 그는 침대 위에 웅크리고 앉아 침낭을 어깨까지 덮었다. "이 은혜는 절대로 못 잊을 거예요."

"감사는 산제이한테 하죠. 그가 아니었다면 절대로 당신을 돕지 않았을 겁니다. 어떻게 그렇게 조심하지 않을 수가 있나요?"

제이는 어깨를 으쓱했다. 그는 하루 종일 완전히 지쳐 인도 사람 아바스티에게 구구절절이 얘기할 힘이 없었다. "미안하지만 부탁 하나 더 해야 하는데." 제이가 화제를 돌렸다.

"뭐죠?"

"현금이 전부 호텔에 있어요." 제이는 말하면서 기침했다. "그리고 항공권 좀 구해달라는 부탁도 할게요."

"그 돈을 전부 여권이랑 같이 거기 두고 왔단 말이에요?" 라젠드라 아바스티는 천천히 고개를 저었다. 그의 눈은 희미한 조명 불빛 아래서도 빛나는 게 보였다. "고아에 도착하면 나한테 돈을 보내야 해요." 그가 말을 이었다. "내일 아침 일찍 사람을 보내죠. 그 사람이 갈아입을 옷을 가져다줄 겁니다. 지금 당신 꼴이 말이 아니에요."

"고마워요."

"이번엔 당신한테 영국 여권을 줄 겁니다. 이름은 앤드류 커터. 당신이 좋아하는 이니셜은 잊어버려요."

"고마워요."

"여권하고 티켓은 삼사 일 후에 받게 될 거고. 가능한 한 빨리 넘기도록 하죠. 서두르는 중이에요."

"비자 잊지 말아요."

라젠드라 아바스티는 이 말에 대답하지 않았다. "덴마크 공항은 피해야 해요. 말뫼도 너무 위험하고. 처음 일정에 개인 비행기를 전세내는 게 어떨지? 그럼 일단 폴란드로 당신을 태워주고 거기서 고아까지 가는 비행기가 뜨는 국제공항으로 가면 되니까. 예를 들면 모스크바도 괜찮죠?"

"좋은 생각이에요. 고마워요."

라젠드라 아바스티는 일어나 작고 단단한 몸을 쭉 뻗어 스트레칭했다. 하품 소리를 내면서. "이제 우린 다시 못 만날 거예요, 제이." 그는 손을 내밀어 악수를 청했다. "여기 있는 동안 집에서 나가지 마요. 집 안에만 있고 낮에도 커튼을 꼭 닫아놔야 하고, 조명도 켜지 말고. 동네 사람이 당신을 보기라도 하면 굉장히 심각한 문제를 만날 겁니다." 그는 몸을 앞으로 숙여 제이에게 특별한 비밀이라도 말하듯 목소리를 낮췄다. "실제로 지금도 당신은 엄청난 위험에 처했어요. 어제저녁 뉴스에 당신을 수배하는 보도가 나왔어요. 사진과 인적사항도. 당신의 최근 여권사진을 사용했더라고요. 그러니 어떤 일이 있어도 새것을 사용해야 해요." 그는 몸을 일으켰다.

"어떤 이름을 사용했죠?"

"둘 다. 요하네스 한센과 요나스 헨릭센."

"흠."

아바스티는 재킷 단추를 잠갔다. "내가 당신이라면 지금부터 무조건 인도에 머물겠어요. 덴마크는 너무 위험해요." 그는 문 앞에서 눈이 어둠에 적응할 때까지 잠시 그대로 서 있었다. "그리고 제이……." 그가 말하며 뒤돌았다.

제이는 살짝 앞으로 다가갔다. "네?"

"유 오우 미 빅 타임(당신 나한테 큰 빚을 졌어요─옮긴이)!"

제이는 아바스티의 뒷모습을 바라봤다. 그는 장난감 같은 집들 사이 어둠 속으로 사라졌다. 몇 분 뒤 몇백 미터 떨어진 곳에서 자동차 시동 거는 소리가 들렸다. 아주 희미한 불빛이 나무들 사이로 비쳤다. 불빛이 서쪽 방향으로 서서히 사라지면서 자동차 엔진 소리도 점점 멀어졌다. 그러다 자동차는 아예 모습을 감추었다. 제이는 문을 닫았다.

#41

2007년 4월 26일 목요일

　다음 날 아침 눈을 뜨자 단의 상태는 더 나빠지기도 좋아지기도 했다. 진통제를 중단해서 깊은 상처에 통증이 더 심해졌으니 상태가 나빠졌고, 좋아진 건 그의 머리를 잔뜩 채웠던 양털이 완전히 사라졌다는 점이다. 그는 호출 벨을 눌렀다. 잠시 후 짧은 머리에 끝부분만 탈색한 중년 간호사가 문 앞에서 상체를 비스듬히 숙였다. "부르셨어요?" 그녀는 손에 쟁반을 들고 있었고 굉장히 바빠 보였다.

　"저 혼자 화장실 가도 됩니까?"

　"여쭤볼게요." 간호사가 곧바로 사라졌다.

　거의 30분가량 지나서 다른 간호사가 나타났다. 30대 중반의 파키스탄이나 인도 사람 같았다. 검은 머리채를 가운데 가르마로 하고 목 뒤에 굵은 끈으로 묶었다. "안녕하세요?" 간호사가 인사하며 단의 손목을 잡았다. 그녀는 시계를 보며 맥박을 셌다. 단의 시선은 그녀의 밝은 갈색 손가락 끝, 말끔하게 손질한 달걀형 손톱에 머물렀다. "맥박은 정상이에요." 정확하게 15초 뒤 그의 손목에서 손을 떼며 그녀가 말했다. "오늘 아침 상태는 어떠세요?"

　"진통제가 있어야 할 것 같아요. 그리고 지금 화장실이 급해요."

　"소변통 가져올게요."

"직접 화장실 가면 안 되나요?"

그녀는 동작을 멈추고 아몬드형 눈 위에 있는 눈썹을 찡그렸다. "그건 여쭤봐야 하는데⋯⋯."

"됐어요." 단은 손을 절레절레 저었다. "이제 더 이상 못 참아요." 여기 직원들을 서로 대화를 안 하나? 화장실 질문에 답 듣기가 지방 관공서에서 담당 부서 찾는 일보다 더 힘들다니.

한 시간 뒤 그는 간호사들을 용서해주기로 했다. 진통제가 효과를 발휘했고, 방광도 비웠고, 그리고 이런 상황을 감안하면 그래도 훌륭한 아침 식사로 위도 든든하게 채웠으니까. 베개에 기대 멍한 느낌으로 사이드테이블 서랍을 열어보니 병원에 실려 올 때 주머니에 있던 것들이 다 그 안에 있었다. 지갑을 살펴봤다. 안의 내용물은 다 그대로였다. 열쇠와 명함 뭉치도 있었다. 목캔디상자와 잔돈도. 다이어리도 휴대전화도.

그런데 이게 뭐지? 단은 서랍을 조금 더 잡아당기다 서랍 제일 안쪽에서 검은색 가죽지갑을 발견했다. 새것으로 보이는 기다란 장지갑으로 그가 한 번도 사용해본 적이 없는 물건이었다. 이전에 병실을 썼던 환자 것일 수도 있으니 병원 청소부서에 말해줘야겠다고 작정했다. 그러다 갑자기 그의 망막에 그림이 흔들거렸다. 자기 손으로 밝은색 재킷을 만지는 모습⋯⋯. 손이 안주머니에 들어가⋯⋯ 엄지와 검지로 집게처럼 지갑을 집어 드는⋯⋯. 젠장! 그가 지갑을 훔쳤다니! 그걸 어떻게 잊어버릴 수 있지? 어쩌면 뇌가 약간 효과적으로 작동되었나 보다. 공격을 막으려다가. 몇 분간 단순히 하드드라이브에서 삭제되었나 보다. 좋다, 그래도 그가 다치기 전 마지막 순간에 도둑이 되었다는 건 불행 중 다행이다. 경찰에 이 중요한 증거물을 넘기면 플레밍과 다른 직원들도 다시 자기편이 되어줄지 모른다. 그는 꽃다발과 함께 있던 카드 내용이 어느 정도 진심이라는 것이 느껴졌다. 플레밍은 불처럼 화가 난 게 분명했다. 단이 그를 비난할 수 없는 처지였다. 플레밍 말이 사실은 맞았다. 단은 모든 협약을 깼고 바보처럼 행동했다.

그러나 이 지갑이 아주 훌륭한 사과의 선물이 될 수도 있겠다고 단은 생각했다. 이 지갑이야말로 수사팀에게 지금 꼭 필요한 것이었다. 그리고 선의를 보여주기 위해서 그는 플레밍한테 지갑을 조사할 우선권을 주고 싶었다. 맞다, 바로 그거다! 단은 몰래 지갑을 열어보지 않을 작정이었다. 그는 플레밍한테 당장 알려주려고 전화기를 들었다. 그러나 그가 이미 영광이 번쩍이는 것을 감지하는 동안에도 호기심이 스멀스멀 올라와 어느새 우세해졌다. 그전에 아무것도 안 봤던 것처럼 하면 그만이었다. 그 정도는 괜찮지 않은가. 단은 가만있으면 계속 고민할까 봐 그냥 지갑을 펼쳤다. 완전한 새 신용카드 세 장— 마스터, 비자. 아메리칸 익스프레스—에 요나스 헨릭센이라는 이름이 찍혀 있었고, 아무 글씨도 없는 흰색과 파란색으로 된 플라스틱 카드도 한 장 있었다. 마리나 호텔 카드키인 듯했다. 현금도 좀 있었다. 동전 넣는 곳엔 보딩패스 조각이 있었다. 제이 한센이란 이름이 찍힌, 4월 17일 화요일 인도 고아에서 코펜하겐으로 오는 티켓이었다. 좌석은 6번 D, 일등석. 단은 이 정보를 수첩에 메모했다. 요하네스가 가명 아닌 한센이란 본래 성으로 비행기를 탔다니, 흥미로운 사실이다. 아마도 이제는 제이 역시 법적인 이름이 된 모양이군. 이것도 조사해봐야 한다.

신용카드 뒷면에 갓 인쇄된 듯한 새 면허증이 있었다. 요하네스가 요나스 헨릭센 역할로 자신을 분장한 사진이었다. 한참 동안 단은 남자의 얼굴을 들여다봤다. 사진 속 그의 얼굴에는 범죄자 같은 느낌이 전혀 없었다. 오히려 일상생활에서 '우리 같은 보통 사람들'이라 말할 만한 평범한 인상이었다. 직장 동료로 소개하거나 배드민턴이나 한잔 같이하러 갈 만한 사람의 얼굴이었다. 이렇게 매력적이고 지적으로 보이는 얼굴이 어떻게 그토록 파렴치한 범죄자로 전락할 수 있단 말인가? 돈 문제만 걸려 있으면 또 모른다. 하지만 그게 다가 아니었다. 요하네스 한센은 시중 은행이나 아니면 기꺼이 몇백만쯤 포기해도 될 엄청난 부자의 돈을 털어간 것이 아니었다. 게다가 피해자의 돈 이상으로 훨씬 많은 것을 가져갔다. 그들의 존엄성과 자존심, 자신에 대한 신뢰뿐 아니라 다른 사람에 대한 신뢰도 가져가버렸다. 갑자기 이 야비한 철면피 사기꾼에 대한 어마어마한 증오가 단을 사로잡았다. 머리가 욱신거리기 시작했다.

그가 면허증을 다시 지갑에 꽂아 넣고 지갑을 막 닫으려는 찰나 지갑 맨 뒤의 넓은 칸에 두꺼운 종이 같은 것이 끼워진 것이 눈에 들어왔다. 그 칸에 딱 맞는 크기로 끼워져 있어 조심스럽게 꺼내야 했다. 한 장의 단체 사진이었다. 열세 명의 인도 아이들이 카메라를 보며 환하게 웃고 있었다. 남자아이, 여자아이가 섞여 있었고 연령대도 다양했다. 가장 어린 얼굴은 세 살쯤 되어 보이는 남자아이였고 나이가 제일 많아 보이는 아이는 사춘기 또래 여자아이였다. 아이들 뒤로 환하게 웃고 있는 어른 세 명이 있었다. 앞니 몇 개가 빠진 중년 나이의 인도 남성과 사리 차림에 이마에 빨간 점을 붙인 노년 여성, 그리고 갈색으로 그을린 요하네스 한센. 그는 자기 앞에 있는 아이들 어깨에 손을 얹고 있었다. 사진 뒷배경에 높은 철문과 특이한 담장의 정문이 있었다. 정문 맨 위엔 여러 가지 무늬로 장식된 글자가 있었다. 인도에서 쓰는 힌디어 같았다. 요하네스 한센의 문신과 아주 흡사해 보였다. 단은 자신의 노트북이 여기에 있었으면 얼마나 좋았을까 싶었다. 이 사진을 당장 우르술라가 찍은 야콥의 어깨 문신과 비교해보고 싶은 조바심에 몸이 떨릴 정도였다.

어느새 짙은 피부색의 간호사가 침대 옆에 와 서 있었다. "붕대 좀 체크해보려고요." 그녀가 말했다. "잠시만 뒤로 기대고 긴장을 풀어보세요."

단은 간호사 말을 따랐다. 상처는 아주 민감했고 따끔거렸다. "많이 부었어요?" 그가 궁금해 물었다. "괜찮아요." 간호사가 답했다. "약간 부어오르긴 했는데 감염 징후는 없어요. 그게 뭐죠?" 그녀는 침대 위로 몸을 숙여 사진을 집어 들었다. "프레야시타?"

"뭐라고 했어요?"

"프레야시타. 여기 그렇게 적혀 있어요." 그녀는 매니큐어를 바르지 않아도 반짝거리는 깔끔한 손톱으로 사진 속 문 위에 있는 글씨를 가리켰다. "산스크리트어(고대 인도어―옮긴이)예요."

"무슨 뜻인지 알아요?"

그녀는 웃었다. "그럼요, 당연하죠. 힌디어로 속죄란 뜻이에요."

"속죄? 그러니까 '자기 죄를 반성한다'?"

"맞아요." 그녀는 눈을 찡그리며 사진을 자세히 들여다봤다. "여기 이렇게 적혀 있어요. 부모 없는 아이들을 위한 기숙학교라고요. 정말 이상한 이름이네요. 여기 아이들이 그러면 자기 죄를 속죄하기 위해 거기 있는 거라고요? 저라면 저기 절대로 안 가겠어요." 그녀는 사진을 다시 단의 담요 위에 올려놨다.

"어디 출신이시죠?"

갑자기 그녀의 얼굴 표정이 굳었다. "회르스홀름이요."

"아, 언짢게 할 생각은 아니었어요, 미안해요."

"괜찮아요. 이런 질문 받으면 좀 속상해서요. 전 덴마크에서 태어났는데 이주자로 취급받는 거 싫어요." 그녀는 아침 식사 그릇이 담긴 쟁반을 들고 문으로 향했다. 문 앞에서 그녀는 뒤돌아 말했다. "우리 부모님은 뭄바이 북동쪽 작은 도시 출신이에요."

"고마워요." 단이 말했다. 그는 한참 동안 침대에 누워 닫힌 문을 꼼짝 않고 응시했다. 얼마 지나지 않아 휴대전화 전원을 켜봤다. 부재중 전화가 여덟 통이 있었다. 한 통만 빼놓고 전부 어제 오후에 걸려온 전화였다. 플레밍 전화가 네 번, 마리아네가 세 번, 모르는 번호가 한 번. 광고 에이전시 고객 전화인 듯했다. 마지막 한 통은 오늘 아침 벤야민에게 걸려온 전화였다.

그는 통화버튼을 눌렀다.

"단 아저씨! 정말 반가워요!" 벤야민의 목소리에서 정말로 안도하는 느낌이 절절히 전해져 왔다. "병원에서 휴대전화를 사용해도 되나긴가민가 싶었어요."

"나도 몰라. 그래도 쓰지 말라고 말하는 사람이 아무도 없으니 그냥 쓰는 거지 뭐."

"어떠세요?"

"두통이 있고 약간 어지럽긴 한데 그것 말고는 괜찮아."

"제가 뭐 해드릴 일은 없어요?"

"우르술라한테 전화해서 얘기해줬어?"

"네, 어제저녁에요. 우르술라가 신문 보고 알게 되면 안 되겠다는 생각이 들어서요. 안부 전해달라 하셨어요."

"이 사건이 신문에 나왔어?"

"네, 그럼요. 이 말 꼭 해드려야 해요, 단 아저씨. 아저씨가《엑스트라블라데트》헤드라인에 또 등장했어요. '대머리 탐정, 자상으로 죽을 뻔하다.'"

"오 마이 갓. 그 신문 좀 가져다줘."

"당연하죠. TV에도 나왔어요. 요하네스 한센 사진이랑 인상착의가 나오고 수배 중이라는 말도요. 그런데 어제저녁 사건 얘기가 보도되지는 않았어요. 아저씨 이름도 안 나왔고요."

"지금 바로 올 수 있어?"

"이 시간에 아저씨 면회가 될까요?"

"그럴걸."

"신문 말고 또 다른 거 가져갈 건 없을까요?"

"지금 코펜하겐이야?"

"아니에요, 지금 크리스티안순에 있어요. 시청 시장 광장 한가운데요. 경찰청 취조실에 다녀오는 길이에요."

"거기 사람들이 고압적으로 대하진 않았어?"

"아니에요, 굉장히 잘해주시던데요. 지난번 갔을 때랑은 달랐어요."

"그럼, 그땐 자네가 가장 중요한 용의자였고, 지금은 중요한 증인이니까. 분명한 차이가 있어."

"그렇죠."

"오는 길에 괴르틀레르가데에 들러서 내 물건 좀 몇 가지 가져다줄 수 있겠어?"

"그럼요. 뭔데요?"

"내 노트북. 내 사무실 책상 위에 있어."

"또 다른 건요?"

"내 여권. 그리고 디지털카메라."

"아니 아저씨, 대체 뭘 하시게요?"

"사진 한 장을 카메라로 찍어야 해. 여기 오면 얘기해줄게."

"아저씨, 진짜!"

"비상 열쇠가 어디 있는지 알잖아." 단은 전화를 끊었다. 벤야민이 계속 꼬치꼬치 묻기 전에.

#42

2007년 4월 26일 목요일 낮

플레밍 토르프는 창문으로 증인을 바라봤다. 벤야민은 시청 광장에 앉아 통화하고 있었다. 그는 분수대 옆 넓은 바위에 앉았다. 오래되고 낡은 나무 벤치가 사라지고 세련된 새 의자가 설치되고 난 뒤론 바위자리가 그나마 편안히 앉을 수 있는 유일한 곳이었다.

플레밍은 확실하진 않지만 어쩐지 벤야민의 통화 상대가 미스터 소메르달이라는 느낌을 받았다. 젊은 벤야민의 눈에 반짝이는 존경심이 묻어 있는 걸로 봐서 다른 결과를 유추하기 힘들었다. 플레밍이 막 뒤돌려는 순간 벤야민의 얼굴이 그를 멈칫하게 했다. 벤야민이 깜짝 놀라고 불안해하는 것으로 미루어 단이 무슨 결정적인 말을 한 게 분명했다. 몇 초 지나지 않아 벤야민이 항변하려는 듯한 찰나 통화가 끊어진 모양이다. 벤야민의 어깨가 툭 내려갔다. 그는 전화기를 점퍼 주머니에 넣고 일어나 걸어갔다.

급하게 빠른 노크 소리가 나더니 문이 열리고 프랑크 얀센이 플레밍 사무실 안으로 고개를 쑥 밀었다. "에릭 캐스펠트 심문 준비가 끝났어요."

"갈게." 플레밍은 나갈 준비를 하고 겉옷을 입었다. 구 경찰청 취조실은 언제나 좀 쌀쌀했다. "에릭 캐스펠트는 지난밤 어떻게 보냈나?"

"상황이 상황인지라…… . 받아들이는 것 같아요. 교도관 말로는 밤에 몇 시간 동안 무릎을 꿇고 기도를 했다네요. 게다가 그렇게 많이 울었대요. 그것 말고는 고분고분했나 봐요. 대부분은 불평투성이인데 에릭 캐스펠트는 그렇지 않았다네요. 식사 전달하니 고맙다는 인사까지 했다는데요."

플레밍은 낮은 휘파람을 불었다. "중요한 일이 일어나겠군. 한번 만나보자고."

에릭 캐스펠트는 텅 빈 취조실이 자신이 있을 곳이 아니라는 듯 두 손을 무릎에 대고 쪼그려 앉아 있었다. 그 뻣뻣한 표정의 은발 신사는 전날 밤 유치장에서 잠을 못 잤을 텐데도 깨끗하고 말쑥한 옷차림이었다. 회색 정장에 하늘색 셔츠, 와인색 줄무늬 넥타이까지 흐트러짐이 없었다.

플레밍과 프랑크가 방에 들어가자 그는 벌떡 일어나 플레밍에게 악수를 청했다. "처음 뵙는 것 같습니다." 그는 새로운 고객을 맞이하는 것 같은 목소리로 말했다. "에릭 캐스펠트입니다."

프랑크 얀센은 카세트 녹음기 버튼을 누르고 날짜와 시간, 참석자 이름을 말했다.

플레밍은 야콥으로 연기한 요하네스 한센의 사진을 에릭 캐스펠트 앞에 내밀었다. "이 남자 아십니까?" 캐스펠트는 눈을 크게 뜨고 사진을 바라보면서도 표정을 조금도 바꾸지 않았다. 그는 고개를 저었다. 플레밍은 비르기테 욘스와 요아킴 헤인센의 결혼사진을 앞으로 내밀었다. "그럼 이 신랑은요?" 에릭 캐스펠트는 확고한 표정으로 다시 고개를 저었다. "그럼 이 사람은요?" 플레밍은 요나스 헨릭센의 여권사진을 보여줬다.

에릭 캐스펠트는 고개를 들고 플레밍의 눈을 똑바로 바라봤다. "모르는 사람입니다." 그는 차분한 목소리로 말했다.

"확실한가요?"

"네."

"이름은 요하네스 한센. 들어보셨나요?"

"죄송합니다. 누군지 전혀 모르겠어요."

프랑크 얀센은 헛기침을 했다. 그는 서류 한 장을 꺼내 읽었다. "3월 19일 14시경 에릭 캐스펠트와 이 남자를 카스트룹공항에서 봤습니다. 두 사람은 환승구에 있는 바에서 한참 동안 얘기했습니다. 제가 지나가면서 캐스펠트한테 인사하려는 순간 그가 저를 보고 나더니 바로 두 사람은 헤어졌습니다." 프랑크는 캐스펠트를 바라봤다. "아주 믿을 만한 사람이 증언한 내용입니다. 당신도 잘 아는 여자입니다, 에릭."

캐스펠트는 어깨를 으쓱했다.

"당신이 누구와 얘기했는지 말씀해주시겠습니까?" 플레밍이 부드럽게 물었다. "증인이 착각했는지도 모르죠. 어쩌면 완전히 다른 남자였을 수도 있고요. 그럼 증인이 당신 해명을 확인해주려고 여기에 올 수도 있습니다."

아무 대답이 없다.

"3월 19일 오후 2시경 어디 계셨죠, 캐스펠트 씨?"

캐스펠트는 시선을 위로 하더니 어깨를 다시 으쓱했다. "제 다이어리를 손에 넣어야 말씀드릴 수 있겠는데요."

"여기 있습니다." 프랑크 얀센이 바닥에 있는 종이상자에서 두꺼운 진청색 다이어리를 꺼냈다.

캐스펠트는 침을 꿀꺽 삼켰다. 이 소리가 좁은 취조실에 부자연스럽게 크게 들렸다. "네." 그가 손을 뻗자 얀센이 무시했다.

"제가 볼게요." 얀센이 말하며 해당 날짜를 펼쳤다. "여기 뭐라고 적혀 있죠? 3월 19일엔 아무것도 없네요, 에릭. 여기 12:00부터 16:00까지는 물결표만 그려져 있어요. 이게 무슨 의미죠?"

"그게 뭔지 기억나지 않습니다."

"대답을 거부하는 건 당신이 행사할 수 있는 권리이긴 합니다. 하지만 이 사건으로 법정에 서게 되면 그게 아무런 도움이 되지 않을 겁니다." 프랑크는 몸을 구부려 상자에서 비슷한 종류의 다이어리 세 권을 꺼냈다. "이것과 똑같은 세로 물결표를 작년 다이어리 몇 군데에서 발견했습니다. 굉장히 흥미롭더군요. 작년 8월 3일, 올해 3월 13일에도 같은 흔적이 있어요. 또 다른 증인 두 명이 당신이 이 두 날짜에 사진 속 남자를 만났다는 사실을 확인해줬습니다."

"제 사무실을 수색하셨나요?" 에릭 캐스펠트의 두피가 가느다란 은발 머리카락 아래에서 반짝였다.

"사무실과 자택이요." 프랑크가 대답했다. "수색이 지금도 진행 중입니다."

"그건 제 개인정보 침해인데요."

"네, 맞습니다. 하지만 우린 합법적인 수색 영장을 발급받았습니다."

"난 아무 짓도 안 했어요."

"이보세요, 에릭 캐스펠트 씨. 이 부분에 대해서 당신과 우린 의견이 일치하지 않는군요." 프랑크 얀센이 말하며 다시 다이어리를 바닥에 있는 상자에 넣었다. "당신이 계속 그렇게 태도를 유지하는 한은 의견일치를 보기 힘들어요. 우린 당신의 사기행각을 증명할 수 있어요. 당신이 문서 위조를 여러 차례 했다는 것도 알고 있습니다. 그리고 당신이 고용주에게 받은 정보를 제삼자에게 전달했다는 것도 증명할 수 있고요." 프랑크 얀센은 캐스펠트에게 반박할 기회를 주려고 일부러 말을 잠시 멈췄다. 캐스펠트의 반응이 없자 그는 플레밍에게 곁눈질을 하면서 말을 이었다. "게다가 당신은 비르기테 욘스뿐 아니라 미카엘 키엘센 살인 공범 혐의가 있습니다."

에릭 캐스펠트는 주먹으로 책상을 내리쳤다. "그건 나랑 아무 상관이 없는 일이예요!"

"어떤 게 상관이 없다는 말씀이시죠?"

"미카엘 살인사건이요!" 그는 풀썩 주저앉았다. 갑자기 그의 눈이 파르르 떨리기 시작했다. "그런 모욕은 도저히 참을 수 없어요."

"그럼 다른 혐의들…… 사기와 문서 위조, 비르기테 욘스 사망…… 이런 건 부인하지 않으시죠?"

에릭 캐스펠트는 대답하지 않았다. 그는 몸을 숙이고 두 손으로 얼굴을 감쌌다. 그의 어깨가 흔들렸다. 프랑크 얀센은 등을 기댔다. 말없이 지켜보던 플레밍이 사진을 한데 모으고 일어날 준비를 했다. "자, 아무 얘기도 안 할 생각이라면, 그럼……."

에릭 캐스펠트가 그를 올려다봤다. 눈 아래 주름과 코끝에 눈물이 반짝였다. 그는 콧물을 훌쩍였다. "한 번도 본 적이 없는 사람을 안다고 자백할 순 없습니다."

플레밍은 다시 의자에 풀썩 앉아 안경 너머로 에릭 캐스펠트를 바라봤다. 플레밍은 훌쩍거리는 남자 앞으로 크리넥스 상자를 밀었다. "요하네스 한센이 주님의 집에서 추방되었다는 것도 우린 알고 있어요." 그는 말을 이었다. "그리고 당신 교구에서는 추방된 사람에 대한 얘기를 하는 게 금지되었다는 것도요."

에릭은 코를 풀었다. "그래요?"

"게다가 우린 당신이 지난 몇 년간 요하네스 한센과 연관이 있었다는 것도 압니다. 당신은 이미 금기사항을 위반했습니다."

에릭 캐스펠트는 시선을 책상에 두더니 고개를 저었다. 그는 사용한 티슈를 생각 없이 계속 사각으로 접었다. 여전히 아무 답도 하지 않았다.

"자, 제 얘기 들어보시죠." 플레밍이 다시 말을 꺼냈다. "당신이 우리한테 얘기하든 안 하든 상관없이 당신은 감옥으로 갑니다. 당신이 저지른 범죄행위에 대한 신문기사를 주변 사람들이 읽으면 당신도 분명히 교구에서 추방되겠죠."

침묵.

"당신은 추방된 사람과 접촉했을 뿐 아니라 추방된 사람의 범죄행위를 연이어 도와줬습니다. 장로들이 그런 얘기를 듣고 기뻐할 것 같아요?"

에릭 캐스펠트가 그를 바라봤다. "화장실에 가야겠어요."

플레밍은 한숨을 쉬었다. 그는 녹음기에 대고 현재 시각을 말한 뒤 정지 버튼을 눌렀다. "얀센, 자네가 좀……."

플레밍이 취조실에 혼자 앉아 있는데 문이 열리더니 키엘 하네고르 국장의 비서가 고개를 들이밀었다. "죄송합니다, 토르프 과장님. 국장님 방으로 얼른 오시라는 말씀을 전달해드리러 왔어요."

"지금 중요한 심문 중인데."

"국장님이 급하다고 하셨어요."

프랑크 얀센과 에릭 캐스펠트가 취조실에 돌아오자 플레밍은 두 사람에게 잠시 심문을 중단하겠다고 전했다. "그냥 여기 잠시만 앉아 계세요, 에릭." 플레밍이 말했다.

"얀센, 캐스펠트 씨 점심 식사 좀 가져오라고 알아봐주겠나?" 프랑크는 눈썹을 치켜뜨며 의문 가득한 시선을 보냈지만 플레밍은 고개만 젓고는 즉시 상사 사무실로 향했다.

"내가 지난번에 분명하게 말했던 것 같은데." 하네고르는 인사말도 없이 본론으로 들어갔다. "난 이 단 소메르달이란 작자가 수사하는 주변에 어른거리는 거 보기 싫다고! 일을 전부 다 엉망으로 만들고 우릴 완전히 무능력한 사람들로 만들어버리잖아."

"지난번엔 단 소메르달의 공로가 상당해서 우리가 사건을 해결할 수 있었죠. 그리고 이번엔……."

"그런 거 나랑 상관없는 일이야!"

"네, 그런데 사실 이것도 처음엔 단이 맡은 사건이었어요."

"단이 맡은 사건이라고?" 하네고르는 코를 씩씩거렸다. "자기가 직접 맡은 사건도 있다고?"

"단이 사건을 맡아 계약했죠. 여러 가지 이유가 있어 경찰에 절대로 알리지 않으려는 한 여성 의뢰인이 사건을 맡겼답니다."

"계약을 했다고? 대체 뭔 말이야? 그 작자가 뭐 사립탐정이라도 되었다는 거야? 그럼 자기는 사립탐정이고 여기 있는 우린 미국 범죄 영화 찍는다고 생각하나?"

플레밍은 그동안 일어났던 일과 두 사건이 어떻게 연결되어 있는지 설명했다.

하네고르는 플레밍의 말이 끝나길 기다렸다가 곧바로 질문했다. "자네 비밀엄수 의무에 대해 들어봤나, 토르프?"

"당연하죠."

"그럼 보안 정책에 대해서도 들어봤나?"

플레밍은 고개를 끄덕였다.

"그런데 어떻게 그 두 가지 조항을 깨어버리고 동창한테 살인사건 수사 정보를 알려줄 생각을 했지?"

"그건……."

"내가 근무하는 한 앞으로 어떤 수사에 대해서도 나는 단 소메르달 이란 작자를 볼 생각도 들을 생각도 전혀 없어. 이해했나?"

"그래도 단이 우리한테 소중한 정보를 줘서……."

"나랑 아무 상관 없다고!" 하네고르는 대화가 끝났다는 걸 보여주 려고 자리에서 일어났다. "그리고 그 대머리 광대가 범인을 은쟁반에 담아서 자네한테 준다면……."

"바로 정확하게 그렇게 했어요." 플레밍이 끼어들었다.

"그래, 그 작자가 그렇게 범인하고 싸움을 시작하는 바람에 범인이 도망칠 수 있었군. 경찰이 도착하기 직전에 말이야!" 하네고르는 책 상 위에 있던 《엑스트라블라데트》를 던졌다. 대체 왜 매번 플레밍이 이 신문에 관심을 가져야 하는가. "자네가 이 단 소메르달이란 작자 때문에 또다시 우리 내부의 모든 규칙을 깨는 건 도저히 받아들일 수 없어. 그리고 그 인간의 얼굴을 《엑스트라블라데트》나 어떤 다른 신 문 헤드라인에서 보는 것도 이번이 마지막이야! 이해했나?"

플레밍은 신문지를 들고 사무실로 가면서 분노로 부글부글 끓었 다. 그는 기사를 훑어보다 속으로 욕을 퍼부었다. 기자는 굉장히 많 은 걸 알고 있었다. 단이 공격을 당했다는 것도, 그가 범인을 수주 전 부터 감시했다는 것도, 그리고 발레슬레브 살인사건과 연관되었을 가능성이 있다는 것도. 젠장, 대체 이 얘기가 어디서 나온 거야? 플레밍은 마리아네나 벤테가 신문 편집실과 연락했으리라는 생각은 눈곱만큼도 들지 않았다. 자기 직원들도 그랬을 리가 없었다. 남는 건 벤야민 빈테르……. 그가 그런 일을 했다면 그를 어떻게 신뢰할 수 있겠는가? 그 청년은 아마도 자기 보스가 칭찬을 받게 되리라 확신했을지도 모른다.

플레밍은 신문지를 재활용 종이 바구니에 던져버리고 시청 광장에 있는 스낵카에 가서 핫도그 두 개를 샀다. 코키오(덴마크 초콜릿 우유—옮긴이) 한 병을 다 비우고 스낵카 계산대 위에 있는 통에서 작은 흰색 냅킨을 꺼내 입을 닦았다. 그는 주인에게 인사한 뒤 에릭 캐스펠트와 프랑크 얀센이 기다리는 취조실로 향했다.

프랑크 얀센은 카세트 녹음기 시작 버튼을 누르고 주제를 말한 뒤 다시 의자에 기대 상사한테 말할 기회를 넘겨주었다.

플레밍이 더러운 기분을 이 작은 남자한테 쏟아부어야겠다고 결심한 순간 에릭 캐스펠트가 입을 열었다.

"자백하겠습니다."

플레밍은 자기 입이 벌어졌다는 걸 눈치채고 곧바로 입을 다물었다. "태도를 바꾸게 한 계기가 뭔가요?"

"주님이 제게 말씀하셨습니다." 에릭 캐스펠트는 아무렇지 않은 일상적인 목소리로 말했다. 슈퍼마켓에서 저지방우유가 품절됐다고 말하는 톤이었다. "주님이 자백하라고 명령하셨어요."

"변호사가 있어야겠죠?"

"아뇨, 변호사가 올 때까지 못 기다려요. 지금 바로 하고 싶습니다."

43

2007년 4월 27일 금요일/1992년 10월~1993년 3월

제이는 머리가 아팠다. 두통약을 찾아보려고 주방의 작은 수납장을 뒤졌지만 소용없었다. 아스피린 그림자도 보이지 않았다. 어떻게 보면 두통약은 그렇게 중요한 게 아니었다. 조인트 한두 개비면 이런 두통 따윈 모두 사라진다는 것을 잘 알고 있었으니까. 그런데 비축해둔 조인트는 전부 다 호텔 사이드테이블 서랍에 있었다. 이런 젠장. 두 손가락으로 관자놀이를 마사지하고 숨을 깊게 들이쉬어 편안한 리듬을 찾아보려 했다.

벌써 여기 좁은 주말농장에 숨어 지낸 지 이틀째다. 절망 일보 직전임을 느끼는 이유가 금단현상 때문만은 아니었다. 지난 41시간 동안 그는 택시기사하고만 접촉했다. 벤테 집에서의 사건 뒤에 택시기사가 칫솔과 데오도란트, 어느 정도 맞는 치수의 옷가지 등을 가져다주었다. 제이는 창가에 앉아 꽃무늬 커튼 틈새로 바깥 농장에서 일어나는 일상을 줄곧 지켜봤다. 봄 작업이 시작됐다. 퇴직자들로 보이는 사람들 한 무리가 이른 아침부터 작업에 들어갔다. 풀을 뽑고 괭이로 땅을 파고, 파와 양파를 심고, 여름에 완두콩이 올라갈 수 있는 버팀목을 만들고 맥주를 마셨다. 따뜻한 날씨에 자신들의 일을 더할 나위 없이 즐기는 표정이었다.

제이는 자신의 모습이 드러나지 않도록 조심했다. 작은 난로에도 불을 지필 수 없었다. 연기가 나면 그의 존재가 곧장 드러날 테니. 그래도 구식 전기 라디에이터가 있어 그나마 다행이었지만 난방엔 턱없이 부족했다. 추위가 몰려오는 밤중에는 난방이 얼마나 약하게 느껴지는지 촛불 한 개가 밝혀진 느낌도 안 들었다. 그렇다고 이 작은 집에 초를 켤 수도 없었다. 촛불 같은 작은 불빛에도 발각될 위험이 있었다. 정말 심하게 추위를 느낄 때면 그는 주방 전기레인지를 30분가량 켜놓고 손을 녹이기도 했다.

집 안에는 TV도 라디오도 읽을 책도 없었다. 오래된 여성 잡지 한 권 없었다. 휴대전화로 놀 수도 없는 게, 충전케이블을 가져오지 않아 배터리가 방전되지 않도록 조심해야 했기 때문이다. 물론 라젠드라 아바스티에게 다시 부탁해 책 몇 권과 조인트 몇 개비, 휴대전화 충전케이블 같은 것을 가져다달라고 할 수도 있었지만 그는 라젠드라 아바스티에게서 자신의 호감도 장부가 거의 다 바닥났다는 느낌이 들었다. 다시 말해 제이는 24시간을 완벽히 혼자 힘으로 견뎌야 했다.

남아 있는 식량도 점점 줄어들었다. 지루하다는 이유만으로도 그는 평상시보다 더 자주 식사했다. 냉장고도 거의 비었다. 커다란 유리잔에 얼음처럼 차가운 수돗물을 받아 벌컥벌컥 마셨다. 그러고 나서 다시 커튼 틈새로 바깥 광경을 바라보는 자세로 앉았다. 5시가 다 되자 농장 일꾼들은 일과를 마치고 뒷정리에 나섰다. 농기구를 닦고 정리하고 장화를 농장 벽에 설치된 수돗물로 씻고 쓰레기를 모아 버렸다. 건너편 정원에서 군복 색상 여름 모자를 쓴 마른 남자가 작은 모닥불을 붙였다. 그는 갈퀴 옆에 서서 생각에 잠긴 표정이었다. 오렌지색 불꽃이 안경 유리에 반사되었다. 연기가 좁은 집 안으로 들어왔다. 제이는 뭔가 아련한 그리움을 느꼈다. 뭐라 표현할 수 없는…… 대상이 명확하지 않은 것에 대한 동경이었다. 그가 기억하는 어린 시절에 대한 것은 아니었다. 화목한 기억은 전혀 없었다. 어쩌면 그의 어머니가 교구의 회원이 되고 폴-에릭을 만나기 전, 제이와 단둘이 살았던 그 시절이 그에게 혹시 좋은 시간으로 경험된 것이 아닐까? 어쨌든 그의 환상일 뿐이다. 어쩌면 모르지, 제이의 친아버지가 정원 쓰레기를 태웠던 건지도. 혹시 그것이 기억에 남아 있는 걸까? 아니면 어머니의 부모, 그러니까 제이가 거의 기억하지 못하는 외할머니, 외할아버지에 대한 것일까? 혹시 그분들이 정원 있는 집에 살았나? 제이는 알지 못했다……. 외할머니, 외할아버지, 그리고 친아버지의 이름도 모르고 다들 이미 세상을 떠났는지 아직 살아 있는지도 몰랐다. 제이의 어머니가 폴-에릭과 결혼한 뒤로 그들이 주님의 집에 소속되기 전의 과거를 기억하는 것은 금지되었다. 장로들이 그렇게 요구했고 폴-에릭은 그때 막 그 장로들의 일원이 되었다. 그의 집에서는 교구의 규칙을 엄격하게 따랐다. 과거는 금기였다. 마찬가지로 퇴출된 회원도 금기였다. 진정한 삶만 있어야 했다. 주님의 집에서의 삶만. 종파 바깥세상이 받아들여지기는 했지만 그 세상과 아무것도 함께해선 안 되었다. 마치 바깥세상은 존재하지 않는 것처럼 행동해야 했다. 다시 말해 제이가 방심해서 조부모나 친부, 아니면 유치원 때 친구들 얘기를 꺼내기만 하면 벌을 받았다. 찰싹! 폴-에릭의 손바닥은 접시만큼 컸고 기막히게 빨랐다. 찰싹! 찰싹!

제이는 침낭을 들고 전기 라디에이터 가까이 갔다. 침낭 안에 번데기처럼 들어가 모닥불 옆에 있는 남자를 계속 바라봤다. 저 남자는 몇 살쯤 됐을까? 여든? 아흔? 제이는 캐스와 산제이보다 나이 많은 남자들은 거의 만나본 적이 없었다. 그는 서두르지 않고 그대로 서서 계속 팔 가득 땔감을 가져와 불꽃을 유지했다. 30분 정도 지나자 더 이상 태울 게 없는 듯했다. 그는 양동이에 물을 담아 불 위에 쏟아붓고는 제이의 시야에서 사라졌다.

제이가 불을 바라보는 동안 어느새 서서히 땅거미가 지기 시작했다. 7시가 지난 시각. 작고 어두운 농가에 고독이 숨 막힐 듯 제이를 덮쳐왔다. 제이는 혼자 있는 것을 싫어한 적이 단 한 번도 없었다. 하지만 지금까지는 자유의지로 혼자 있었던 것이고……. 그리고 이런저런 일을 하는 와중이었다. 그런데 지금 상황은 거의 이성을 잃을 정도다. 생각의 자리를 상상과 기억에게 넘겨주었다……. 그는 얼른 의자 위에 자세를 바로잡아 앉았다. 불현듯 어째서 그의 온몸의 기관이 경고상태였는지 깨달았다. 박탈감과 지루함만 힘든 게 아니었다. 침낭, 추위, 충분치 않은 음식, 도망 다니는 신세라는 서글픔, 이 모든 상황이 단지 육체적으로, 그에게 오랜 기간 트라우마로 남았던, 어머니와 주님의 집과의 절연 직후 몇 주의 기억을 불러일으킨 것이었다. 당시 그의 이름은 요하네스였고 그는 한결같이 스스로를 유다라고 여겼다.

그는 동생이 입원해 있던 병원을 나와 집을 뒤졌다. 현금, 그리고 폴-에릭의 카메라 같은 현금으로 바꿀 수 있는 물건을 전부 훔쳤다. 배낭을 메고 집을 나와 도로를 따라 걸어가면서 그는 단 한 번도 뒤돌아보지 않았다. 그날은 낮부터 밤까지 거의 종일 걸어 크리스티안순을 벗어나 코펜하겐을 향해 나아갔다. 그는 사람이 많은 곳에 숨어야 한다는 걸 알았고 혹시라도 다급한 상황이 올 가능성도 생각해야 했다. 무조건 도시로 가야 했다.

다음 날 저녁엔 서 있기도 힘들 정도였다. 커다란 농가 지붕 아래서 밤을 지새웠다. 침낭이 너무 얇아 눕고 나니 허기진 배 속에서 요란한 소리가 들려왔고 방어의 보루가 무너졌다. 급작스럽고 격렬한 무력감이 자신감을 몰아내고 고독감을 불러왔다. 그는 밤새 덜덜 떨었다. 주님에게 도움을 달라고, 방법을 알려달라고 기도했지만 아무런 응답을 받지 못했다. 다음 날 아침에도 계속되었다. 완전히 지쳤고 허기져 쓰러지기 직전이었다. 남동생의 운명에 대한 부담으로 양심의 가책도 느꼈다. 절망감으로 고래고래 소리라도 지르고픈 심정이었다.

오전이 끝날 무렵 요하네스는 완행열차 정거장이 있는 작은 도시에 도착했다. 그는 식료품 가게에 들어가 빵이 가득 든 봉지와 바나나 두 송이를 샀다. 가게를 나서기 직전에 친절한 판매원이 빈 플라스틱 병에 수돗물을 가득 담아주었다. 배가 채워지자 몸 상태가 점점 좋아졌다.

그 후 몇 주간에 대한 기억은 거의 나지 않았다. 계단이나 벤치에서 잤고 여기저기에서 구걸한 돈으로 식사를 해결했다. 원래 생활 습관대로 그는, 노숙하면서도 비교적 깨끗한 외양을 유지했다. 공공화장실에서 씻었고 머리도 빗었고 이도 닦았다. 옷이 너무 낡거나 지저분해지면 스트뢰게트에 늘어선 옷가게 진열대에서 새것을 훔쳤다. 외관상으로 그는 전혀 노숙자같이 보이지 않았고 그 자신도 절대로 '진짜' 노숙자 상황에 빠지지 않았다. 담배나 마약, 술은 가까이하지 않았으며 다른 노숙자들은 그를 자신들 세계의 질서를 위협하는 것으로 바라봤다.

날씨가 추워지자 그는 며칠 동안 남쪽 항구에 있는 작은 농장들을 눈여겨보고는 어느 저녁 황량하고 더 이상 인적이 없는 틈을 타 가장 황폐한 헛간으로 들어갔다. 헛간 안에서 겨울을 보냈다. 매섭도록 추웠지만 그래도 길거리에서 자는 것보단 나았다.

그렇게 시간이 흘러 봄이 찾아온 어느 날, 한 남자가 그에게 말을 걸었다. 요하네스는 최근에 훔친 옷을 입고 있었다. 검은색 진바지에 무지개색 줄무늬 스웨터에 두툼한 털이 있는 파카 차림으로. 외르스테스 공원 벤치에 앉아 콜라를 들고 행복한 순간을 즐기고 있던 그에게 갈색 트위드 재킷 차림의 남자가 다가와 옆에 앉았다. 요하네스는 이 중년 남자가 아까부터 계속 자신 쪽으로 고개를 향하고 있었다는 걸 눈치챘다. 갑자기 그 남자가 요하네스의 허벅지에 쓱 손을 대고 물었다. "얼마?"

순간 요하네스는 이 질문이 무슨 뜻인지 몰라 당황했지만 1초도 안 되어 이 남자가 원하는 게 뭔지 눈치챘다. "500." 그는 고민해보지도 않고 답을 던졌다.

두 사람은 공원의 작은 오두막 옆 나무 덤불로 가서 10분 만에 일을 끝냈다. 남자는 사라졌고, 요하네스는 바지춤이 내려진 채 오두막 벽에 기대어 있었다. 허벅지로 피가 줄줄 흘렀다. 두 번 다시 이런 짓은 하지 않으리라고 다짐했다.

낯선 남자가 조심스럽게 했는데도 너무 아파 요하네스는 화장실 가는 건 물론이고 자리에 앉기도 힘들었다. 유일하게 위안이 되는 건 주머니에 든 100크로네짜리 지폐 다섯 장이었다. 마침내 훌륭한 식사를 즐길 수 있는 돈이 생겼다. 그런 게 필요하기도 했다. 그는 뺨에 흐르는 눈물을 닦고 엉거주춤한 걸음으로 공원에서 나와 뇌레포르트

역 공중화장실로 갔다. 화장실 세면대에서 씻고 화장지를 찢어 두툼하게 항문에 대고 다른 바지로 갈아입었다. 사각팬티는 돌돌 말아서 휴지통에 버렸다.

김이 모락모락 나는 따끈한 피자와 아삭아삭한 샐러드, 녹아들 듯 달콤한 티라미수는 그가 다시 진지하게 고민해보는 계기를 만들었다. 절대 동성 간의 성관계는 하지 않겠다고 단호하게 결심했다. 그러면서도 빨리 돈 버는 방법에 대한 생각이 그의 머릿속을 맴돌았다. 그렇게 바로 돈을 지불할 준비가 된 사람들이 오직 남자들뿐일까? 어쩌면 섹스를 돈 주고 사려는 여자들도 있지 않을까? 그때까지 이성과 친밀한 관계를 맺어본 적이 없었음에도 그는 자신이 그런 분야에 출중한 능력을 지녔다고 봤다. 애무도 관계에 포함시킨다면 한 번의 예외는 있었다고 해야겠다. 지난 여름 성경캠프에서 한 소녀와 서로 몸을 어루만진 경험은 있었으니……. 자, 잘 생각해보자. 나이든 호모가 그에게 관심을 보인다면, 욕정을 가진 나이든 여자도 분명히 끌어들일 수 있지 않겠는가. 그렇게 어려울 것도 없을 것이다. 포르노 잡지를 보니 그다지 복잡해 보이지 않았다. 나머지 돈으로 미용실에 가고 그런 다음……. 요하네스의 생각의 흐름이 첫 번째 문제에서 곧 막혀버렸다. 자신의 몸을 성숙한 여자한테 팔려면 어디로 가야 하나? 자신에게 아무런 기초가 없다는 걸 알았다. 그는 몸 파는 남자에 대해서 아는 게 아무것도 없었다. 그래서 자신의 프로젝트를 중앙도서관이 있는 쿨토르베트에서 시작하기로 결정했다. 겨울 동안 난방이 잘되는 도서관에 가서 몸을 녹이고, 신문도 보고 음악도 들은 적이 있다. 그는 그곳에 가면 많은 걸 얻을 수 있으리라고 생각했다.

요하네스는 실제로 행운 이상의 결과를 얻었다. 그는 책에서 얻은 지식 말고도 훨씬 더 좋은 것을 찾아냈다. 마흔여덟 살 먹은 사서가 그의 첫 가정교사가 된 것이다. 어디로 가면 성숙한 여자들과 만날 기회가 생기냐고 꾸밈없이 순진한 질문을 던지는 젊은 남자에게 그녀는 퇴근 후 개인수업을 해주겠다고 자처했다. 요하네스는 곧 그녀의 더블베드의 확고한 주인이 되었고 불과 며칠 만에 정원 헛간을 나와 그녀의 집으로 거처를 옮겼다. 도서관 사서는 똑똑할 뿐 아니라 육감적이고 관능적인 스승임이 곧 밝혀졌고, 도서관에서 직감적으로 그녀의 책상 앞으로 찾아갔던 요하네스는 자신이 말 그대로 잭팟을 터뜨렸다는 것을 알았다. 그는 배울 자세가 되어 있는 학생임을 보여주었고 자신한테 완전히 새로운 이 분야에 특별한 재능을 지녔음을 곧바로 증명했다. 그리고 기꺼이 도움을 주었던 그녀는, 젊은 남자의 손과 입술, 혀, 기타 유용한 신체 부분으로써 자신의 몸이 대담하게 실험되는 것을 더할 나위 없이 즐겼다. 그의 능력은 하루가 다르게 성장했다.

하지만 남자를 필요로 하는 여자들을 만나려면 어디로 가야 하는지 그는 여전히 몰랐다. 그 부분에 대해서는 도서관 사서로부터 어떤 도움도 기대하기 힘들었다. 시내에 있는 특정한 거리의 카페에 여자들이 혼자 앉아서 물이나 화이트와인을 홀짝거리는 게 눈에 띄긴 했다. 그래서 5월의 어느 날 요하네스는 그 카페에 가보기로 했다. 그는 카페에 앉아 콜라를 주문해 조금씩 들이켜며 다른 테이블에 있는 잠재 고객들에게 야릇하게 애타는 시선을 던져보았다. 어떤 이들은 시선을 내리깔고 얼굴이 발그레해지기도 했고, 어떤 이들은 시선이 닿지 않는 자리로 의도적으로 자리를 옮기기도 했다. 요하네스가 포기하기 직전, 금발에 선탠을 한 50세 전후의 여성이 그의 시선에 답하더니 그를 향해 초대하는 눈빛으로 미소 지었다. 그는 확실히 하기 위해 한 번 더 눈빛을 던져봤다. 고무적인 응답이 돌아왔다. 그는 바로 자리에서 일어나 그녀의 테이블로 갔다. 그녀 앞에 서서 몸을 약간 앞으로 숙였다. "제가 말상대가 되어드려도 될까요?" 그녀는 고개를 들어 그를 올려다봤다. 그녀의 입가가 실룩하더니 은밀한 미소를 지어 보냈다. 그녀의 차는 일룸 백화점 주차장에 있었다. 두 사람은 차를 타고 곧장 프레데릭스베르에 있는 그녀의 집으로 갔다. 일을 끝내고 그가 나가려는 참에 그녀는 500크로네짜리 지폐 두 장을 건넸다. 1,000크로네였다. 그냥 그렇게 순식간에! 다시 와줄 수 있냐고? 휴대전화 번호를 줄 수 있는지? 요하네스는 바로 휴대전화 대리점에 가서 최신 전화기를 구입하고 계약서를 작성했다. 반짝반짝한 최신 전화기로 그녀에게 문자메시지를 보냈다. 명단에 첫 번째 고객 이름이 올라갔다.

그 뒤론 일사천리로 진행되었다. 고객이 늘어나면서 요하네스의 자신감도 늘었다. 그는 호텔 바로 장소를 업그레이드했다. 부유한 여성들이 출장 중에 저녁 식사를 함께할, 호텔방으로 함께 갈 동반자를 찾으러 들르는 곳이었다. 그는 이제 더 이상 자신의 몸값을 1,000크로네로 놔두지 않았다. 몸값은 두 배로 뛰었고 하루에 혹은 일주일에 일정 금액을 받는 방식으로 정했다. 돈을 얼마나 많이 벌었는지 곧 코펜하겐 시내에 있는 가구 딸린 작은 집을 빌릴 수 있을 정도였다. 눈물을 주룩주룩 흘리며 아쉬워하는 도서관 사서의 집에서 나올 수 있게 되었다. 그는 과거의 삶과 연관된 것을 단칼에 끊어버렸다. 그리고 부모와 살던 집에서 섹스와 마찬가지로 금지되어 있던 다른 쾌락 도구들을 실험해보기 시작했다. 그 결과 자신이 술이나 담배와는 맞지 않는다는 걸 바로 깨달았다. 그러나 해시시는 처음 피워보자마자 바로 중독되었다. 그는 이미 말아놓은 조인트를 다발로 구입해서 하루에 한두 개비씩 피웠다. 완전히 흥분되어, 하고 있는 일을 망칠 정도로 많이 피우지는 않았다. 일상과 과거의 장애요소 위에 약간 몽롱한 안개를 피울 정도, 딱 그만큼만 피웠다. 과거는 그의 꿈속에서 점점 더 멀어지고 있었다. 몇 년이 지나자 요하네스는 더 이상 동생 생각을 하지 않게 되었다.

코펜하겐 카지노에서 만난 노르웨이 여성과 불미스러운 사건이 있고 나서—그는 유혹에 저항할 수 없어, 돈을 손에 넣기 위해 그녀를 마취시켰다—한동안 숨어 지내야 했다. 그는 짐을 싸고 비자를 알아본 뒤 맨 먼저 떠오른 행선지인 인도로 향했다. 몇 주간 인도 각 지방을 돌아다니다 고아주에 정착했다. 꿈같은 모래사장과 하늘을 찌를 듯한 야자수가 많은 바닷가. 해시시가 넘치도록 있어 인생을 즐기는 유럽 히피들의 천국이었다. 그런 생활이 유지되는 동안에는 기막히게 좋았지만 이 동화 같은 삶은, 끔찍한 재앙이 닥치며 끝나버렸다. 어느 늦저녁 체포되어 흠씬 두들겨 맞고 감금되고 말았다. 경찰공무원에게 찔러줄 돈이 충분치 않았기에. 그날 바로 그는 3년 형을 선고받았다. 마취제를 소지한 죄로는 가장 적은 형량이라지만 그에게는 지독히도 긴 기간이었다. 그전까지 한 번도 겪어보지 못했던 공포와, 한 번도 느껴보지 못했던 고독이었다.

제이는 침낭에서 빠져나와 손목시계를 봤다. 시간이 꽤 지났다. 거의 10시가 다 돼갔다. 이제 다시 뭘 좀 먹어야 했다. 그는 뭘 먹을지 씁쓸한 결정을 내리면서 혼자 휘익 휘파람을 불었다. 찜 냄비에 물을 받아 전기레인지에 올려놨다. 주방 수납장에서 푸실리 파스타 봉지를 꺼내 적당량을 덜었다. 토마토케첩을 조금 넣고 다진 양파와 버무려 먹으니 그런대로 먹을 만했다. 훨씬 심한 것도 체험해본 그였다. 생각을 다시 아구아다 감옥 요새로 돌리고 싶지 않았기에 마음을 다 잡아야 했다. 그 시기의 공포를 숨겨뒀던 뇌의 부서에 자물쇠가 열리기 시작하면 다시 닫는 게 거의 불가능할지도 모른다. 그는 계속 움직여야 했고 뭔가에 열중하고 바빠야 했다. 내일은 청소를 하는 게 좋지 않을까? 그는 생각의 폭풍을 잠재우기 위해 할 수 있는 모든 것을 할 것이다. 모든 것을.

#44
2007년 4월 28일 토요일

"일 다 처리했어?" 단은, 벨트로 관자놀이를 꽉 조이기라도 하듯 두통이 심하고, 억눌린 에너지로 몸이 떨려 오는데도 불구하고 침대에 앉았다. 사고가 난 지 이틀하고 반이 지났으며 요하네스 한센이 도망쳤다는 생각이 머리를 떠나지 않았다. 플레밍 토르프가 수사가 진척되는 상황을 전해주기로 약속했지만 지금까지 좋은 소식은 거의 없었다. 인터폴의 답변만이 유일하게 흥미를 끈 정보였다. 요하네스 한센의 지문이 인도 경찰이 보유한 지문 중 제이 한센이란 사람의 것과 일치한다는 내용이었다. 마약소지죄로 3년간 수감생활을 했다고도 했다.

단은 자신이 모든 정보를 알고 있는 것이 아니고 플레밍이, 단에게 사건에서 완전히 배제되었다는 느낌이 안 들도록 한 입 정도 될 소량의 정보만 던져준 게 아닐까 의심스러웠다. 플레밍은 평범한 질문에만 답을 해줬고 중요한 주제의 답은 회피했다. 단은 계속 이런 식으로 진행된다면 또다시 혼자의 힘으로 전투에 나서야겠다고 결심했다.

경찰기구의 국제 협약과 규칙이 없는 작전이 필요했다. 지난 며칠 본인이 원치 않게 얻게 된 휴식시간을 그는 다음 일정을 계획하는 데 보냈다. 사고 직후부터 그는 벤야민을 병실로 끌어들였다. 벤야민은 단의 침대 옆에 서서 불안하게 양쪽 다리를 번갈아가며 움직이고 있었다. 머릿속에 두 가지 감정이 계속 교차해 복잡하기 짝이 없는 심정이었다. 마리아네와 플레밍한테 거짓말을 해야 한다는 불편함의 다른 한편에는, 단의 비밀 프로젝트에 유일하게 참가하는 사람이 자신이라는 자부심이 있었다. "다 해결했어?" 단이 초조하게 물었다. "다 가져왔지?"

"네, 네." 벤야민이 대답하면서 두꺼운 흰색 봉투를 침대 위에 내려놨다. "여권 둘 다 관광비자 붙였고요, 항공권 두 장은 18시 20분 출발이에요."

"오늘 저녁?"

벤야민이 고개를 끄덕였다. "환승 없이 바로 가요. 좀 더 비싸긴 했지만 그래도……." 그는 바지 뒷주머니에서 지갑을 꺼내 단의 비자카드를 봉투 위에 올려놨다.

"잘했어." 단은 카드를 자기 지갑에 넣었다. 지출비용 계산을 멈춘 지 이미 오래였다. 우르술라의 딸이 전부 지급해주고 보고서 누락은 넘어가주길 바랄 뿐이었다. 만약 그렇게 안 되면 마이너스 통장에서 찾고 마리아네에게 들키지 않기만 바라야 했다. "그럼, 16시쯤엔 카스트룹공항에 도착해야겠네?"

"네, 두 시간 뒤엔 출발해야 해요."

"좋아. 오늘 저녁엔 병문안 올 사람이 없어. 그리고 병원 직원들한테는 다 얘기해놨지."

"어떻게요?"

"오늘 저녁 아내와 함께 집에서 보내겠다는 외출 허가를 받아냈어. 조용히 있겠다고 약속하고 말이야." 그는 얼굴을 찡그리더니 미소 지었다. "그 말을 지킬 거야. 진짜 조용히 있을 작정이지. 물론 크리스티 안순으로 가는 대신 열대지방으로 가는 거긴 하지만."

"그래도 아저씨가 외출 시간보다 먼저 나가면 간호사들이 다 알 거 아네요?"

"아직 두 시간이나 남았어. 그동안 간호사들한테 얘기해놓으면 돼. 아내가 오늘 일찍 퇴근해서 예정보다 일찍 데리러 올 예정이라고 말이야. 간호사들은 마리아네한테 굉장한 존경심을 품고 있어. 생각해 봐, 마리아네가 의사이니 하느님보다 단지 한 계단 아래에 있는 거지."

벤야민은 방문객 의자에 앉아 다리를 교차시켰다. 벤야민 눈썹에 피어싱이 다시 자리 잡은 모습이 단의 눈에 들어왔다. 벤야민은 평범한 남자 외모가 어떻게 보여야 하는지 더 이상 신경 쓰지 않는 모양이었다. "아저씨 생각에……. 이게 이성적인 행동이라고 보세요?"

"당연히 아니지! 그렇지만 올바른 행동이라는 확신은 들어." 단은 손을 높이 들어 손가락을 접으며 하나씩 세었다. "자, 우리가 알고 있는 사실. 팩트 체크 해보자고! 요하네스 한센이 우리 누나한테 접근하기 직전에 고아에서 곧바로 이리로 왔다는 것! 그의 어깨 문신이 어떤 기숙학교 이름이고 그가 분명히 그곳과 연관이 있으며 그 학교가 인도에 있을 가능성이 높다는 것. 또, 그의 옛 여권에 5년짜리 인도 비자가 있었다는 사실도……."

"위조되었을 가능성이 있잖아요." 벤야민이 반박했다.

"맞아. 위조된 것일 거야. 그런데 비자가 필요 없는데 그걸 위조할까? 안 그래?" 단은 손가락으로 계속 세면서 말했다. "자, 또 우리가 알고 있는 사실. 그의 수중에 여권과 신용카드, 현금이 없다는 거야. 그러니 지금 덴마크 어딘가에 숨어서 새 여권과 현금을 받기를 기다릴 가능성이 매우 높다는 거지." 단은 새끼손가락 차례가 되자 손가락을 접으며 늑대처럼 이를 드러내고 웃었다. "마지막으로 우린 요하네스 한센이 새 여권을 받으려면 사나흘 정도 있어야 한다는 것도 알고 있어."

"그걸 어떻게 알아요?"

"어제저녁 플레밍 토르프가 말해줬어. 이런 문서 위조가 어떤 식으로 이루어지는지 내가 물어봤거든."

"그래도 어떻게 우리가 그걸⋯⋯."

단은 벤야민의 말을 무시했다. "이 모든 팩트와 가정을 계산하면 요하네스 한센의 상황에 대한 분명하고 확실한 그림이 그려지게 돼. 그자는 어딘가 숨어서 여권과 비자를 기다리고 있고 고아로 가는 확실한 루트를 찾는 중일 거야. 덴마크 내 공항에서 출발할 가능성은 아주 적어. 경찰이 통제를 강화했으니까. 그런데 그가 불법으로 출국하는 루트를 찾으면 아무 문제 없이 거의 모든 공항에서 출발할 수 있게 돼. 특히 머리 모양을 바꾸고 다른 안경을 쓰고 외국 여권을 소지한다면 무사통과지. 인터폴에 수배되어 있을지도 모르지만 그건 덴마크 국적과 그의 나이를 볼 때 가능한 거지⋯⋯. 생각해봐, 그가 독일 여권을 들고 프랑스 공항에 있으면 누가 그를 체포하겠어?"

"그럼 아저씨 계획은 뭐예요?"

"요하네스 한센은 분명 이삼 일 안에 고아로 되돌아갈 거야. 그러니 우리가 그보다 먼저 거기 가서 공항에서 그가 올 때까지 기다려야지."

"그런 다음에는요?" 벤야민이 자리에서 벌떡 일어났다. "그다음엔 무슨 일이 일어나리라 예상하세요? 그 작자가 아저씨 보면 분명 죽일걸요." 벤야민의 목소리가 쉰 듯했다. "저는 그런 광경 볼 생각 없어요. 또다시 보지 않을 거예요."

"뭔가 방법이 있을 거야." 단은 회피하듯 대답했다. "요하네스가 무슨 일을 계획하고 있는지도 확실하지 않아. 생각해봐, 우린 두 명이고 그쪽은 한 명이야."

"네, 당연하죠." 벤야민이 비아냥거렸다. "두 명의 아마추어 탐정 대 전문 범죄자죠. 게다가 인도 친구들까지 다 하면……"

"그건 모르지."

"아저씬 얼굴에 붕대 칭칭 감고 약을 한 줌 삼키고 돌아다니시게요? 몸싸움은 꿈도 못 꾸실 텐데요."

"내 상태는 매일 좋아지고 있어. 그리고 우리가 몸싸움해야 한다고 누가 그래? 난 그자와 대화를 할 생각이야."

벤야민은 단을 바라봤다. "요하네스 한센이 미카엘 키엘센의 살인범일 확률이 얼마나 높죠?"

"아주 높지. 그렇지 않다면 내가 이렇게 나서지도 않았을 테고."

벤야민은 단에게 시선을 주지 않은 채 천천히 고개를 저었다. "아저씨 진심으로 하시는 말씀이신가요, 그래요? 정말로 우리가 지구 반대편까지 날아가서, 거기 사는 엄청난 사람들 중에서 그 한 사람을 발견하고 우리 힘으로 제압해서 다시 덴마크로 데려올 수 있다고 믿으세요? 아저씨 정말 완전히 미치신 거 아니에요?"

"내가 착각하는 것 같으면 자넨 그냥 집에 있어도 돼."

"그럼 아저씨 혼자 가게 하라고요? 살아 있는 한 절대로 그렇게는 못 하죠. 마리아네 아주머니를 생각해서라도 그렇게 할 순 없어요. 저도 같이 가서 아저씨를 돌봐드릴 거예요. 아저씨가 원하시든 아니든 상관없어요!"

45
2007년 4월 29일 일요일

"마리아네, 단하고 연락은 됐어?"

"전화 안 받아. 내가 전화하면 자동으로 음성사서함으로 넘어가. 문자메시지를 십억 번은 보냈을 거야. 그런데도 답장도 없어, 나쁜 놈!"

"참 나, 그건 아니지."

"그게 이제 우리 새 모토가 될까?" 마리아네가 웃음처럼 들리는 소리를 냈다. "라우라가 아빠를 직접 병원에서 모시고 오겠다고 어제 집으로 왔단 말이야. 서프라이즈를 할 생각이었던 거지. 아빠 모시러 간다고 얼마나 좋아했는데. 이제 자기가 버림받았다고 생각하지 않겠어? 내가 단 때문에 진짜 얼마나 울화가 치미는지 지금 당장 이혼하고 싶은 마음이 굴뚝같다니까."

"오예, 진정해."

"그런데 단이 대체 왜 고아에 갔다고 생각해?"

"그건 단이 어떤 일이 있어도 요하네스 한센을 붙잡고 싶어 하니까. 그리고 내 생각에 요하네스 한센도 고아로 가는 길일 거야." 플레밍이 대답했다. "항공권하고 비자 스탬프가 그걸 확인해주었지."

"흠."

"이런 젠장! 나도 참 한심하지, 단이 그렇게 되도록 놔두다니!"

"자책하지 마, 플레밍. 단이 그렇게 미친 행동을 하리라고 당신이 어떻게 알았겠어. 그걸 예측할 수 있는 사람은 아무도 없었을 거야."

그는 잠깐 동안 말이 없었다. "자, 그럼." 플레밍이 입을 열었다. "이제 하던 일 해야 해. 마리아네, 무슨 계획 있어?"

"당장이라도 폭발할 것 같아. 내 분노를 이용해서 청소나 해야겠어. 오늘 오후에 날씨만 좋으면 라우라랑 룸펠 데리고 해변에 갈 거야. 당신은?"

"일해야 해."

플레밍은 전화를 끊고 한동안 창밖을 바라봤다. 플레밍은 하네고르 국장에게 최근의 수사상황을 보고해야 한다는 걸 알고 있었지만 내일까지 기다려보기로 했다. 안 그래도 복잡한 상황에 더 많은 사람을 끌어들일 이유가 전혀 없었다. 게다가 아주 솔직히 말하면, 상사가 퍼부어댈 심한 꾸지람도 전혀 그립지 않았다.

"이제 내려가볼까요?" 프랑크 얀센이 문 앞에 서서 물었다.

"좋아." 플레밍은 서류를 자료 더미 위에 올려놓고 자리에서 일어났다. 두 사람은 취조실로 향했다. 에릭 캐스펠트는 의자에 앉아 있었다. 유치장에 있는 나흘 동안 10년은 더 늙어 보였다. 그는 의자에 앉아 고개를 앞으로 푹 숙이고 접힌 손을 바라보고 있었다. 캐스펠트는 두 사람이 들어가자 고개를 들었다. 그는 고개를 한 번 끄덕이더니 아무 말 없이 다시 숙였다.

"안녕하세요?" 프랑크가 인사하고 녹음기 전원을 켰다. 날짜와 그 자리에 있는 사람들 이름을 말하고 나서 그는 의자 등받이에 등을 기대고 무대를 플레밍 토르프에게 넘겨주었다.

"캐스펠트 씨, 제가 자백 내용을 다 읽어봤습니다."

"무슨 문제 있습니까?"

"아닙니다. 아주 자세하게 잘되어 있었어요."

"네, 그럼 지금 여긴 왜?"

"몇 가지 질문이 있어서요."

에릭은 한숨을 쉬었다. "물어보세요."

"미카엘 키엘센에 대해 얘기를 좀 더 나눠봐야 할 것 같아서요."

"난 살인사건이랑 아무 상관이 없어요."

"상관있다고 말씀드리는 게 아닙니다. 미카엘 키엘센이 어떻게 크리스티안순 인베스트에 채용되었는지 설명 좀 해주시죠."

"몇 년 전에 회사에서 IT 담당할 시간제 직원이 필요했어요. 그래서 아네마리의 아들이 떠올랐죠."

"미카엘이 그런 자격을 갖추고 있다는 걸 어떻게 아셨죠?"

"처음엔 몰랐어요. 그래도 미카엘이 열 살 때부터 컴퓨터를 잘 다루고 정보학을 전공했다는 건 알았죠." 에릭 캐스펠트는 기침을 했다. "제가 미카엘한테 우리 회사에 컴퓨터 관련 직원을 구한다고 설명했어요. 그랬더니 그가 우리 회사 시스템을 둘러보곤 자기가 할 수 있겠다고 하더군요."

"당신이 아는 사람의 아들을 고용한다는 걸 좀 이상하게 생각하는 직원이 회사에 아무도 없었나요?"

"누군가 그런 사람이 있었는지는 모르겠지만 적어도 저한테 얘기하는 사람은 없었어요."

"그가 하는 일이 재정적으로 저평가되었다는 게 사실입니까?"

"네, 맞아요. 월급을 일부 떼이고 받았어요. 장애가 있어서 그가 넘겨받을 수 없는 일이 좀 있었거든요. 하지만 일상생활에선 거의 눈에 안 띄는 장애였어요."

"미카엘이 일하는 건 다들 만족해했나요?"

"대만족이었죠. 아주 건실한 젊은 친구였어요. 책임감도 아주 강했고요."

"주님의 집에서도 그와 같은 평판을 얻었나요?"

"형사님 말씀은, 그가 예배에 왔는지 포교 활동에도 잘 참석했는지를 물으시는 건가요? 네, 그랬어요. 우리 장로들만큼 열심히는 아니었지만 대학 생활 하면서 부업으로 회사 일까지 하는 걸 감안한다면 충분히 납득할 만했죠." 에릭 캐스펠트는 접힌 손을 책상 위에 놓았다. "미카엘은 정말 훌륭한 청년이었어요. 항상 그랬어요."

"그렇게 훌륭하고 신앙심 깊은 청년이 어떻게 그렇게 심각한 사기 사건에 참가하게 됐죠?"

"상처에 소금을 뿌리시는군요, 토르프 형사님." 캐스펠트는 플레밍한테 매 맞기라도 한 듯한 표정이었다. "형사님도 아시다시피 그건 제 책임입니다. 요하네스한테 진료기록을 조작해달라는 요청을 받고 저 혼자는 못하는 일이라 도움이 필요했어요. 요하네스 자신은 어떻게 생각했는지 모르겠지만…… 가끔 저한테 좀 믿기 힘든 일을 부탁하기도 했고 게다가 이런 일은…… 저 혼자 해결할 가능성이 전혀 없는 거라……."

"라젠드라 아바스티는요? 그 사람 요원들 중에 해커가 없었나요?"

"요하네스는 아바스티를 빼달라고 저한테 전부터 여러 차례 분명하게 얘기했어요. 왜 그런지는 말해주지 않았지만 제 생각에 산제이가 알게 될까 봐 두려워했던 것 같아요. 살인 공범에 분명히 선을 긋는 행동도 많이 했어요."

"당신과는 반대군요."

"그때까지만 해도 저는 가짜 진료기록이 어디에 쓰일 예정인지 전혀 몰랐어요."

"흠." 플레밍은 잠시 아무 말 없이 캐스펠트를 바라봤다. "요하네스가 당신이 자기 동생한테 도움을 요청했다는 걸 알았나요?"

"아니에요, 전혀 몰랐죠!" 에릭 캐스펠트는 깜짝 놀란 표정이었다. "요하네스는 아주 오래전부터 저한테 분명하게 말했어요. 자기 가족 얘기는 전혀 듣고 싶지 않다고요. 우린 가족에 대해선 말 그대로 단한 마디도 안 했어요. 요하네스한테는 세 사람 모두 죽은 것이나 다름없었죠. 가족들에게 그가 죽은 것이나 다름없듯이요. 아마도 그 상황에서 그런 마음가짐으로 살아갈 수 있는 건 주님의 집에서 성장한 사람이라 가능하지 않았나 싶어요. 우린 우리가 전에 아꼈던 사람들, 아니 심지어 사랑했던 사람들을 잊기 위해 강해져야 한다는 걸 잘 알고 있거든요. 우리 모두에게 필수조건이니까요."

"그러니까 요하네스는 미카엘이 죽었다는 걸 몰랐나요?"

"그가 알았는지 몰랐는지는 저도 몰라요. 살인사건이 신문마다 보도되었을 때 그가 덴마크에 있기는 했는데 그 기사를 봤는지……. 그는 미카엘 키엘센이 누군지도 모르니까요."

"그게 무슨 말입니까?"

"미카엘하고 그의 어머니는 개명을 했어요. 남편 폴-에릭이 파문 당했을 때요."

"아, 네. 캐스펠트 씨는 그가 두려운가요?"

"요하네스요?" 에릭은 왼손을 들어 플레밍 얼굴 앞에 가져갔다. "이 손가락 보이십니까? 제가 이 일에서 발을 빼겠다고 하니까 요하네스가 이렇게 해놨어요. 그냥 바로…… 딱! 하고요."

플레밍은 뭘 믿어야 할지 몰랐다. 믿기 힘든 말처럼 들렸다. 그는 천천히 고개를 저었다. "이제 다시 미카엘 키엘센이 국립병원 컴퓨터를 해킹했던 얘기로 돌아갑시다. 미카엘한테 얼마를 지불하셨죠? 컴퓨터는 비싼 취미라……."

캐스펠트는 격분한 표정이었다. "돈 때문에라면 절대로 그런 일을 하지 않았을 거예요."

"그럼 어떻게 그를 설득했습니까?"

캐스펠트는 책상을 바라봤다. "잘 모르겠어요. 기억이 안 나요. 아마도 제가 부탁을 들어달라고 말했겠지요."

"미카엘을 협박하셨나요?"

"그게 무슨 말이죠?"

"난 그냥 당신의 생각을 끌어내는 걸 도와주려는 것뿐입니다."

"이해가 안 되는데요."

"포르노 말입니다, 캐스펠트 씨. 미카엘이 엄청난 양의 포르노를 인터넷으로 불법 다운로드했던데."

"그 부분에 대해선 아는 바 없습니다."

"미카엘이 사도마조히즘(가학·피학 성애─옮긴이) 포르노를 모았다는 사실은 당신도 분명히 아셨을 텐데요."

에릭 캐스펠트의 시선이 떨렸다. "그걸 제가 어떤 경로로 알았다는 겁니까?"

"바로 그걸 당신이 나한테 설명해줘야 합니다. 누가 당신한테 얘기해준 건지, 아니면 당신이 직접 알아냈는지 말이죠. 어쩌면 당신이 미카엘 사무실 책상 서랍에서 발견했는지도 모르잖아요."

"아닙니다. 제가 발견한 게 아니에요."

"누가 당신한테 얘기해줬죠? 미카엘 어머니요?"

"아니에요, 미카엘 어머니가 그 사실을 알 리가 없어요. 우리 교구의 회원이 우연히 발견했답니다. 저를 신뢰하는 여성회원이에요." 캐스펠트는 두 팔을 뻗었다. "신앙심이 두터운 그녀가 방에서 발견한 그런 것들 때문에 신앙기반이 흔들렸어요."

"미카엘이 방에 보관했던 그 포르노. 그것 때문에 누군가의 신앙이 그렇게 쉽게 흔들리지는 않을 텐데요. 그리고 포르노 영화는 DVD에 복사해서 제목 없이 서랍 안에 감춰놨는데 교구회원이 그게 포르노라는 걸 어떻게 알았을까요?"

"그녀 말로는……." 에릭 캐스펠트는 몸을 돌렸다. "미카엘이 자기 방에서 그 역겨운 포르노를 컴퓨터로 보고 있는 걸 목격했답니다. 미카엘이…… 포르노를 보면서 자기 물건을 만지는 행위도 했다고 했고요. 그녀는 쇼크를 받은 거죠."

"그걸 보고 그녀가 당신한테 갔군요. 왜죠?"

"그녀는 그런 종류의 추잡한 행동이 파문당할 대상이란 걸 알았으니까요."

"포르노가요, 아니면 자위행위가요?"

"포르노요."

"그럼 그녀는 당신이 미카엘을 파문하길 원한 건가요?"

"아니, 그 반대죠. 그녀는 제가 미카엘과 대화를 나눠서 그를 올바른 길로 인도해주길 바랐던 거죠. 제가 미카엘과 같은 직장에서 일하고 매일 대화를 나눈다는 것도 알았거든요." 에릭은 물을 한 모금 마셨다. "그녀는 미카엘이 파문당하는 걸 막고 싶어 했어요. 미카엘의 어머니가 이미 얼마나 많은 걸 잃었는지 알고 있으니까요."

"왜 그런 생각이 드는지는 모르겠지만, 그냥 제 느낌에 미카엘의 사생활 이야기를 당신한테 해준 사람이 카마 모리첸일 것 같은데 맞나요?"

캐스펠트는 어깨를 으쓱했다. "형사님이 원하시는 대로 믿으십시오."

"카마 모리첸은 굉장히 적극적인 사람이죠, 아닌가요?"

"카마는 제가 아는 사람 중 가장 헌신적이고 배려심 강한 사람이에요. 그녀는 아주 어려서 부모님을 잃었고 그때부터 교구 일만 하면서 살았어요. 카마가 아네마리 키엘센을 얼마나 돕고 있는지 형사님도 아시잖아요. 그리고 저도 아내와 사별한 뒤에 카마의 도움이 없었더라면 그 힘든 시기를 어떻게 견뎠을지 모릅니다."

"네, 그러니까 카마가 그 얘기를 발설했다……."

"아주 좋은 의도로 그랬죠!"

"네, 좀 전에도 그렇게 말씀하셨죠. 당신한테 미카엘과 대화를 나눠보라고 부탁했다고요. 그게 언제였죠?"

"작년 9월이요. 미카엘에겐 정말 어마무시하게 난처한 일이었을 겁니다. 굉장히 당혹스러워했고 교구에서 공식적인 처벌을 피하기 위해선 어떤 것이라도 할 태세였죠."

"미카엘이 어떤 징계를 받으리라고 보셨나요?"

"기도, 회개, 교구 일에 참여하는 것 등 일반적인 것들이었죠."

"그래서 미카엘한테 국립병원 컴퓨터 시스템을 해킹해달라고 부탁하지 않았습니까?"

에릭은 고개를 저었다. "물 좀 마셔도 될까요?"

플레밍은 프랑크를 보며 고개를 끄덕였다. 프랑크는 석회 얼룩이 묻어 있는 유리 물병을 가져와 작은 테이블 위에 올려놓았다.

캐스펠트는 잔을 가득 채우고 기침한 뒤 물을 마시고 잔을 테이블 위에 올려놓았다. "제가 그의 건강하지 않은 습관에 대해 처음 말을 꺼낸 지 3주가 지난 때였어요. 미카엘은 정말 후회했어요. 역겨운 영화를 전부 다 폐기했고요."

"미카엘이 포르노를 폐기하는 걸 직접 보셨습니까?"

"아니요, 전 그런 지저분한 일에 관련되고 싶지 않아서요. 미카엘이 포르노 영화를 전부 지워버렸다고 얘기해줬어요. 전 그 얘기만 들어도 충분하거든요."

플레밍은 피곤한 표정으로 미소 지었다. "굉장히 순진하시군요, 캐스펠트 씨. 미카엘이 9월에 포르노 영화를 정말 없애버렸다면 자기 인생 마지막 몇 달간 굉장히 바빴을 겁니다. 우린 미카엘 방에서 서랍 한가득 직접 구운 DVD를 발견했습니다."

"그게 포르노라는 걸 형사님이 확실히 아십니까? 포르노 아닌 다른 영화들일 수도 있지……."

프랑크가 대화에 끼어들었다. "제가 미카엘 키엘센이 남긴 DVD를 전부 다 충분히 관람했습니다. 그 결과 영상에는 래커와 가죽, 수갑, 움직이는 신체 부위 말고는 아무것도 없었다고 확실하게 말씀드릴 수 있습니다."

캐스펠트는 경악했다. 몇 초 동안 작은 취조실 안에 완벽한 정적이 감돌았다.

"이제 진정하시지요, 캐스펠트 씨." 플레밍이 말했다. "이제 당신이 미카엘한테 컴퓨터 시스템을 해킹하라고 어떻게 설득했는지 설명해주세요."

"네, 알겠습니다." 에릭 캐스펠트는 몸을 꼿꼿이 펴더니 물 한 모금을 마셨다. "미카엘과 전 일주일에 하루 퇴근 후 곧바로 만나기로 약속했습니다. 아시겠지만 죄의 길로 들어선 사람을 돕는 건 엄청난 노력이 필요합니다. 우린 같이 기도했고 미카엘은 자신이 사탄과 유혹과 맞서 싸운다고 얘기했어요. 그는 아주 불행해했고 굉장히 후회했습니다."

"그랬군요."

"한 달 뒤에 요하네스가 국립병원 일을 저한테 맡겼습니다. 그는 일정 금액을 얘기하면서 컴퓨터 전문가한테 지불하라고 하더군요."

"얼마죠?"

"5만이요. 제가 알기로 그 금액은 최저가 하한선이었어요. 미카엘이 떠올랐어요." 그는 멈칫했다.

"계속해보세요."

"미카엘과 며칠 뒤 만났을 때 제가 얘기했죠. 미카엘이 저를 위해 어떤 일을 해주면 그의 포르노 영화 사건은 다 용서하고 잊어버리겠다고요. 그의 호기심이 발동했다는 걸 눈치챘어요." 에릭은 고개를 저었다. "그게 젊은 청년에겐 마약 같은 것이었습니다. 일단 해킹에 한번 물리면 그게 아드레날린이 정점까지 올라가는 유일한 길이거든요. 그런 데다가 제가 돈 얘기까지 하니 미카엘은 불과 불꽃처럼 타올랐죠. 새 컴퓨터가 필요하다고 얘기했어요."

"그런데 어떻게 그가 환자 차트를 그렇게 완벽하게 채워 넣을 수 있었죠? 미카엘이 뇌종양에 대한 특별한 지식이라도 있었나요?"

"미카엘이 일단 시스템을 파악하자 그다음부터는 일사천리였죠.

진짜 차트 대여섯 명 것을 인쇄해서 제가 찬찬히 볼 수 있었어요. 그러고 나서 한 개를 선택해서 환자 이름과 생년월일을 요하네스 것으로 바꿨어요. 그때 그의 이름이 뭐였죠?"

"그 당시엔 요아킴 헤인센이요."

"아, 맞아요. 제가 요하네스의 의뢰를 받자마자 미카엘이 가짜 진단서를 만들었어요. 그게 작년 10월 5일이었어요……."

"비르기테 욘스가 살해됐던 그날이죠."

"네, 시간이 지나는 동안 저도 눈치챘습니다." 캐스펠트는 물을 한 모금 마셨다. "그런 다음 10월 25일 경찰이 그 사건을 철저하게 조사한다는 걸 알고 우린 그걸 없앴어요."

"그럼 경찰 전화에 대답했던 그 남자는…… 킴 플레스너 부원장 역할을 한 사람은?"

"저였어요."

"그때 무슨 일이 있었나요?"

"아무 일도 없었어요. 우린 미카엘을 조용히 놔두기로 합의했어요. 좀 거리를 뒀지요. 그때 저는 미카엘을 제 '부업'에 끌어들인 걸 후회했습니다. 사실 그 얘기는 누구도 알면 안 되는 것이고 미카엘은 더더욱 알면 안 되었는데 말입니다. 제가 미카엘과 같은 직장에서 일할 뿐 아니라 저와 같은 교구회원이기도 했으니까요. 저는 제가 미카엘을 믿어도 된다고 저 자신을 설득하려 했어요. 미카엘은 언제나 괜찮은 청년이었거든요. 정직하고 충성스러웠죠."

"그런데 미카엘이 변했다는 말씀이신가요?"

"포르노 사건과 병원 컴퓨터 해킹 일이 그에게 뭔가를 촉발시키기라도 한 것 같았어요. 그걸 어떻게 설명해야 할까요? 미카엘의 뇌에 완전히 다른 부분—거짓말, 사기, 철면피 같은 뻔뻔함…… 이런 게 자리 잡고 있다는 것을 발견했다고 할까요. 그 자신도 아마 스스로 그러리라곤 믿지 못했을 겁니다. 저도 믿지 못했으니까요." 에릭은 목소리가 다시 평정을 찾을 때까지 얼굴을 숨겼다. "2월에 그가 와서 말하더군요. 퇴근하고 저와 얘기 좀 하고 싶다고요. 우린 교구 예배당에서 그날 저녁에 만났어요. 각자 샌드위치 한 개씩을 사서 다른 사람들이 오기 전에 예배당에서 먹었어요. 그곳에선 조용히 얘기를 나눌 수 있었거든요. 차 안처럼 춥지도 않고요. 전 미카엘이 저와 같이 기도를 할 필요가 있다고 생각했어요. 아마도 악습이 재발해서 그걸 고백하려는가 보다 하고……."

"그런데요?"

캐스펠트는 플레밍 눈을 똑바로 바라봤다. "그런데 그가 저를 협박하는 겁니다, 토르프 형사님. 다른 말로 표현할 길이 없어요. 그게 어떻게 된 거냐면 제가 맡겼던 일을 하면서 미카엘이 제 컴퓨터에 든 모든 것을 조사하느라 많은 시간을 보냈거든요. 오래전에 요하네스한테 받은 이메일을 되살리고 EU로또 당첨자 중 싱글 여성 명단과 연초 기숙학교 중년 여교사 일을 적어놓은 메모를 찾아냈어요. 물론 미카엘이 우리가 했던 모든 일을 다 찾아낸 건 아니지만 무슨 일이 있었는지 개요를 잡는 데는 충분했죠."

"미카엘이 협상을 요구하던가요?"

그는 고개를 끄덕였다. "일주일 뒤에 10만 크로네를 요구했어요. 그는 저한테 충분히 현금이 있다는 것을 감지했어요. 미카엘은 완전히 싸늘하더군요. 순간적으로 저는 그 형이 떠올랐……."

"요하네스한테 전부 다 얘기했나요?"

"이름만 빼고요. 기괴하게도 요하네스의 동생을 요하네스 모르게 고용해서 고소하다는 기분을 즐겼어요. 마치 에이스 몇 장을 소매에 쥐고 있는 것처럼요. 패를 내놓을 엄두는 못 내겠더라고요."

"그러고 나서 미카엘을 죽였나요?"

캐스펠트의 의자가 바닥으로 넘어졌다. 그가 벌떡 일어났기 때문이다. 그는 주먹으로 책상을 내리쳤다. "아니라고요!" 그는 포효하듯 소리쳤다. "내가 분명히 말했잖아요. 난 그 살인에 대해서 아무것도 몰라요."

"하지만 그런 생각이 들 만했던 건 사실이잖아요, 아닌가요?"

에릭 캐스펠트는 주저앉았다. 어깨가 평상시처럼 비스듬한 자세로 풀썩 내려앉았고 그의 손이 툭 떨어졌다.

"네, 그건 그래요." 그가 속삭였다. 그는 의자 등받이를 잡고 다시 똑바로 세워놨다. 그러고는 힘겹게 의자 위에 털썩 앉았다. "당연히 그런 생각을 할 만했지요. 그건 저도 인정합니다. 부끄럽게 생각하고 있습니다."

"제가 한번 맞혀볼게요. 당신은 신에게 기도했을 겁니다. 미카엘이 그런 걸 멈추게 해달라고요, 아닙니까?"

"네……. 그러니까…… 저는 미카엘이 죽어야 한다고 기도한 게 아닙니다. 저는 미카엘이 더 나은 생각을 갖게 해달라고 기도했어요. 하나님이 미카엘의 양심을 움직여달라고요. 그런데 바로 그때 살인 사건이……." 눈물이 캐스펠트의 뺨으로 줄줄 흘러내렸다. 이번에는 얼굴을 숨기지 않았다.

"2월 28일에 어디 계셨습니까?"

"에릭 캐스펠트는 말없이 고개를 저었다.

플레밍은 의자에 앉아 훌쩍이는 캐스펠트를 바라보았다. 어떻게 이렇게 겸손하고 조심스러운 남자가 그런 심각한 사기사건에 연루되었단 말인가? 에릭 캐스펠트는 위험을 감수할 수 있는 유형의 사람이 아니었다. 허리띠와 멜빵과 안전망—그런 것? 도무지 들어맞지 않았다. 그래, 좀 더 늦어지건 좀 더 빨라지건 언젠가는 찾아낼 것이다. 플레밍은 심문에 앞으로도 오랜 시간이 걸리리라는 것을 알았다. 그러니 이 수수께끼를 풀 기회는 충분히 있었다.

"제가 다이어리를 좀 볼게요." 프랑크가 말했다. 얼른 해당 날짜를 펼쳤다. "줄이 쳐 있고……. 뭐라고 써 있나?" 그는 다이어리를 거꾸로 돌려 에릭 캐스펠트에게 건넸다. "블리니스?"

에릭 캐스펠트는 눈에 띄게 정신을 차리는 모습이었다. 그는 헛기침을 했다. "베를린이요."

"2월 28일 베를린에 계셨나요?"

그는 다시 한번 큰기침을 했다. "금요일 저녁 비행기로 도착해서 수요일 내내 그리고 목요일 거의 하루 종일 EU로또 회의에 참석했습니다. 유럽 전역 금융권 콘퍼런스였고 우리 회사도 참가했어요."

프랑크 얀센은 플레밍을 바라봤다. "여기 메모와 일치합니다." 그가 말했다. "항공이나 호텔, 다른 출장비용 영수증을 보관하셨나요?"

"저는 경험 많은 금융전문가입니다." 에릭 캐스펠트가 자기 존엄성을 지키려는 마지막 시도였다. "당연하죠."

플레밍은 다이어리를 자기 앞으로 가져왔다. "코펜하겐에서 베를린까지 가는 비행기는 수시로 있죠." 그가 말했다. "당신이 계속 베를린에 있었다는 걸 확인해줄 증인이 있습니까?"

"낮에는 계속 회의에 참석했습니다. 28일 수요일에요. 그날 저녁엔

지인 집에서 식사를 했어요. 10시까지 거기 있다가 호텔로 와서 잤습니다."

"지인 이름과 주소를 말씀해주시겠습니까?"

"아……." 에릭은 깜짝 놀란 표정이었다. "알리지 않고 놔둘 수는 없나요? 제 말은……. 그 사람들이 꼭 그걸 알아야 할 필요가……."

플레밍은 몸을 의자에 기댔다. "캐스펠트 씨, 제가 볼 때 당신은 지금 여기 상황이 어떤지 파악을 못 하시는 것 같은데요. 당신은 4주간 구류 상태인데 이 구류 기간은 계속 늘어날 수 있어요. 왜 그런지 아시겠어요? 당신 혐의에 대한 증거자료가 확실해서 징역형을 피할 길이 없어 보여요. 그런데 증인 이름도 밝히지 않으면, 그건……." 그는 캐스펠트가 무슨 의미인지 이해할 때까지 얼굴을 지켜봤다. "교구와 당신 회사 동료, 외국에 있는 친구들…… 그들 다 당신이 행한 일을 알게 될 겁니다. 자신에게 도움이 될 행동을 하세요. 잘 깨우치시길 바랍니다. 빠르면 빠를수록 좋겠죠."

"뤼페르츠입니다." 에릭이 얼마나 작은 소리로 말했는지 플레밍은 다시 불러달라고 부탁해야 했다. 그는 뤼페르츠 부부의 주소를 주고, 이들이 주님의 집 독일교구 소속의 신실한 교인이라고 덧붙였다.

"그런데 당신은 마리보에서 열렸던 대집회에 왜 참석하지 않으셨죠? 아네마리 키엘센과 카마 모리첸은 다 참석했는데요? 의무적으로 참가해야 하는 집회였던 것 같던데요?"

"출근해야 했으니까요."

"그 정도 집회라면 회사에 휴가를 낼 수도 있는 것 아닌가요?"

"이거 아세요?" 에릭은 말하고 나서 불편한 의자에 등을 기대앉았다. "제 신앙과 우리 교구에 대한 형사님의 선입견에 슬슬 기분이 상하고 있습니다. 형사님은, 모든 게 의무인 양 그리고 주님의 집이 일종의 감옥인 양 말씀하시네요. 제가 주님의 집을 섬기는 건 온전히 제 마음에서 우러나서라고요. 이해 못 하시겠어요? 집회에 참석하는 게 저한테는 큰 기쁨입니다. 전 다 같이 기도하고 전도 사역 하는 게 정말 즐거워요. 친구들과 하나님을 찬양하는 것도 즐겁고요. 당연히 마리보 집회에 가고 싶었죠. 그런데 직장에 나가야 했으니 어쩔 수 없었어요. 교구회원들은 제가 이런 모임을 포기해야 했던 것에 아쉬움을 남겼고요." 그는 한숨을 쉬었다. "이제 제 부탁 좀 들어주시면 고맙겠습니다. 잠시만 조용히 있고 싶어요. 더 이상 못 하겠어요."

플레밍은 한참 동안 그를 바라봤다. "알겠습니다." 그가 말했다. "딱 하나만 더 물어보겠습니다."

캐스펠트는 어깨를 으쓱했다.

"미카엘이 당신을 협박하기 시작했을 때 그 얘기를 요하네스한테 했나요?"

"네, 조언을 구했죠."

"조언을 받으셨나요?"

에릭은 천천히 고개를 저었다. "요하네스는 저더러 알아서 하라고 했어요."

"요하네스는 누가 당신을 협박하는지 알지 못했다는 거죠? 확실한가요?"

"협박범이 저와 같은 회사에 근무하는 동료라는 건 알았어요. 그리고 젊은 남자라는 것도요."

"흠." 플레밍은 이마를 긁적였다. 크리스티안순 인베스트 회사 내에 해킹을 하는 젊은 남자직원이 몇 명이나 있다고? 직원의 이름과 주소를 알아보는 건 요하네스한테 어려운 일도 아닐 것이다. 요하네스 한센이 이 자리에 있었다면 플레밍이 그를 좀 더 압박할 수 있었을 텐데. 그가 미카엘 키엘센의 죽음과 직접 또는 간접적으로라도 연관이 있다는 걸 검증해볼 기회가 될 테니까. 플레밍은 갑자기 단의 미친 프로젝트가 성공했으면 좋겠다는 생각이 들었다. 그것도 빠른 시기에 말이다. 하네고르가 내일 출근하기 전까지라면 더할 나위 없을 것이고.

#46

2007년 4월 30일 월요일

제이는 비행기 트랩의 첫 계단에 발을 딛자마자 바로 덥고 습한 공기를 느꼈다. 그는 잠깐 멈춰 서서 도취된 듯 고아의 공기를 느꼈다. 고아에 돌아올 때면 항상 그랬다. 제이 뒤에 서 있던 여자가 들고 있던 라탄백이 제이의 오금에 부딪히면서 그는 현실로 돌아왔다. 그는 사과하는 미소를 짓고 얼른 계단을 내려갔다. 해가 진 지 한 시간이나 지났는데도 아스팔트는 여전히 뜨거웠다. 제이가 왔다는 걸 아는 사람은 산제이뿐이었다. 산제이가 공항에 나오지 않으면 문제가 심각하다. 아바스티가 준 돈은 택시비 내기에 넉넉하지 않았고, 프레야 시타까지는 공항에서 차를 타고도 한 시간 반이나 걸리는 곳에 있었다. 제이는 자신이 거지와 다를 바 없다는 생각이 들었다. 거지는 아니더라도 현재 자신의 처지는 가난하고 뻔뻔스러운 친척과 닮았다. 아무튼 익숙하지 않은, 마음에 들지 않는 느낌이었다.

도착장엔 늘 있는 풍경대로, 이름 적힌 종이를 들고 선 운전자들이 보였다. 호텔 이름과 여행사 이름이 적힌 푯말을 들고 있는 사람들과 개별적으로 누군가를 찾는 사람들이 섞여 있었다. 그들 중에 산제이가 서 있었다. 현지 사람들보다 머리 절반 정도 큰 키의 그가 미소를 지으며 아직 남아 있는 이를 드러냈다. "제이, 마이 프렌드!" 그는 일하느라 거칠어진 손을 내밀었다. "여행 가방은 없나요?"

제이는 웃으며 고개를 저었다. 불현듯 그는 자신이 얼마나 피곤한지 알아차렸다. 만 하루가 넘게 이동했다. 먼저 아바스티가 보낸 택시기사와 외레순 다리를 지나 남쪽에 있는 개인 비행장으로 갔다. 거기서 개인 비행기를 타고 폴란드에 있는 벌판으로 갔다. 거기서부터는 자동차로 바르샤바 공항으로 갔고 공항에서 비행기로 모스크바로 갔다. 모스크바 공항에서 고아로 온 것이다. 새로 만든 영국 여권을 들고 단 한 번도 제지당하지 않았다. 라젠드라 아바스티한테 섭섭한 마음에 하고 싶은 말도 있었지만 그래도 정작 손에 쥐고 있는 여권이 제 기능을 다해줬으니 그의 선택이 옳았다는 생각이 순간 제이의 머리를 스쳤다. 그는 빚을 갚는 데도 능숙했다. 며칠 전 제이에게 친절하게도 제이의 빚이 밑바닥이 보이지 않을 정도라는 사실을 알게 해줬다. 제이는 생각을 떨쳐버리고 산제이를 따라갔다. 산제이는 짐을 들어주겠다는 사람들, 꽃을 사라고 다가오는 사람들, 택시를 불러주겠는 사람들을 지나쳤다.

"가는 길에 잠 좀 자도 될까요?"

"그럼요." 산제이는 배낭을 받아 들어 트렁크에 넣었다. "우린 내일 얘기하면 되죠."

"우리 곧장 프레야시타로 가는 거 맞죠?"

"당연하죠. 방도 치워놨어요."

제이는 창에 머리를 기대고 눈을 감았다. 산제이는 죽음을 두려워하지 않는 사람처럼 차를 몰았다. 가속페달과 경적을 쉬지 않고 눌러대면서. 그는 며칠 전 순베르케에서 끔찍했던 일을 당했을 때보다는 확실히 지금이 더 행복했다. 그는 이곳에선 고향 같은 느낌이 들었고 그에게 다가올 사람은 아무도 없었다. 그는 바로 잠들었다.

*

"팔로우 댓 카, 플리즈(저 차를 추격해주세요—옮긴이)!" 단은 벤야민을 향해 환한 미소를 보냈다. "언젠가 이 말을 꼭 한번 쓰는 날이 오길 꿈꿔왔어."

"오, 완전 전문 탐정 같아요." 벤야민은 큰 소리를 내며 하품했다. "아, 진짜 깊이 자고 있었는데."

"미안, 그래도 깨우지 않을 수 없었어. 우리 가는 길을 지도로 확인해야지, 안 그래?"

"네네." 벤야민은 지도를 펼치고 현재 위치를 손가락으로 가리켰다. "아직은 그렇게 긴장하지 않아도 돼요."

흰색 소형택시가 아스팔트 도로에 정차해 있었다. 약 100미터 앞에 세워져 있는 빨간 푸조에 요하네스 한센이 타는 모습이 보였다. 도심 외곽인데도 도로는 꽉 찼다. 두세 명이 탄 소형 오토바이, 툭툭(삼륜 택시—옮긴이), 매연을 내뿜는 화물차, 일반 승용차가 뒤섞여 난장판이었다. 운전사가 1분 안에 몇 번이나 경적을 울렸는지 모른다. 회전할 때도 추월할 때도, 아니면 그냥 너무 평온하다 싶을 때도 눌렀다. 다른 모든 교통수단 운전자들도 똑같았다. 결과는 다양한 경적 소리가 내는 불협화음. 화가 나서 길게 누르는, 분노를 표시하는 경적 소리, 예를 들면 로마에서 흔한 그런 소리와는 완전히 달랐다. 택시가 마을로 들어서자 운전사가 속도를 아주 약간 줄였다. 장애물 경기하듯 소와 개, 사람을 피해 지그재그로 운전하느라 속도가 줄 수밖에 없었다. 꽉 찬 도로 위로 사람과 동물이 시도 때도 없이 나타났다. 이들이 다닐 보행자 도로는 눈을 씻고 봐도 없었다.

"세상에, 우리가 여기서 운전할 필요 없다는 게 얼마나 다행인지 모르겠네." 단은 두 손으로 조수석 등받이를 꽉 잡았다. 안전벨트도 없었다. 벨트가 걸려 있어야 할 곳에 벨트는 어디 가고 고정장치만 보였다. "진짜 위험하네. 목숨이 왔다 갔다 하겠어!"

벤야민이 씩 웃었다. 단이 비행으로 인한 피로를 푸는 동안 벤야민은 고용한 택시기사와 미리 연습해 이미 고아의 혼잡한 교통상황에 어느 정도 적응이 돼 있었다. 벤야민은 택시기사 아시가 믿음직스러웠다. 일요일에 도착하자마자 아시와 협상했다. 아시는 두툼한 콧수염이 입술 양 끝까지 난 중년 남자로 항상 미소 1밀리미터 직전의 표정을 지어 보였다. 그는 영어를 잘하지 못했지만 자부심이 있었고, 긴장하지 않았다. 벤야민과 단은 아시에 만족했다.

단의 휴대전화에서 알림음이 울렸다. 문자메시지였다. 단은 메시지를 확인하고 나서 한숨을 쉬었다. "또 마리아네야……. '당장 전화 요망. 플레밍한테 얘기 들었음.'" 그는 메시지를 읽었다. "마리아네가 이렇게 세 단어 문장으로 말할 땐 굉장히 화난 거야!"

"그 심정 저도 충분히 이해해요, 단 아저씨. 아저씨가 마리아네 아주머니한테 진짜 약오르는 엉뚱한 행동을 하셨으니까요."

"그래도 마리아네한테 얘기했어. 내가……."

"아저씨 뇌진탕 진단도 받았어요. 지금 여기 계시면 절대 안 되는 상황이라고요. 게다가 얼굴 상처까지……. 여기서 심각하게 감염이라도 되면 어떻게 하실 건지 생각은 해보셨어요? 우리가 사이코패스한테 습격당할 위험성을 완전히 배제한다 치더라도 말이에요." 벤야민은 고개를 저었다. "제가 아저씨 아내라면 저도 마리아네 아주머니랑 똑같이 행동했을 거예요. 그래도 이미 우리가 여기 와버렸으니 전 아저씨를 도울 거예요. 제가 할 수 있는 능력 안에서 최대한으로요."

"그래도 지금 마리아네한테 전화 걸고 싶은 생각은 없어. 지금 우리가 있는 곳이 어딘지 알아?"

"여기." 벤야민의 손가락이 지도를 가리켰다. "지금 방금 칸돌림을 통과했어요. 이제 다리를 지나야……. 저기요!"

단과 벤야민은 일요일 아침 고아에 도착해서 공항 근처에 있는 호텔을 찾았다. 몇 시간 자고 난 뒤 며칠간 고아 공항에 도착하는 모든 비행기 항공 일정을 점검했다. 벤야민은 입국장에서 머물 수 있도록 꽤 많은 시간과 적지 않은 미국 달러를 사용했다. 그런데 입국장에서 대기하다 보니 곧바로 문제가 생겼다. 그가 입국장에 있으면 너무 눈에 띄어 그들의 미션이 위험해질 수도 있다는 것이었다. 그래서 아시와 다시 협의했다. 그다음부터 벤야민과 단은 국제선 비행기가 착륙할 때마다 매번 흰색 택시 안에 앉아 있었다. 위험요소가 있다는 걸 그들도 알았다. 요하네스가 뭄바이까지 비행기로 가서 거기서 고아행 기차를 타고 올 수도 있었으니까. 그래도 두 사람은 희망을 버리지 않고 며칠간 시도해보자는 데 의견 일치를 봤다. 며칠 해보고 실패하면 집으로 돌아가기로 하고.

그런데 오늘 이글이글 타오르는 열기 속에서 기다린 지 하루 반 만에 마침내 결실을 맺었다. 그들은 요하네스 한센을 곧바로 알아봤다. 요하네스는 비교적 키가 큰 편인 인도 남자와 문밖으로 나와 같이 걸어오고 있었다. 눈처럼 하얀 셔츠 차림의 인도 남자와 친한 친구처럼 대화를 나누며 요하네스는 남자의 어깨에 손을 얹었다. 우연히 만난 택시기사나 짐꾼은 아닌 모양이었다.

"여기서 잡을 순 없겠네." 단이 요하네스와 인도 남자의 뒷모습을 바라보며 말했다. "현지인이 함께 있는 한은 안 되겠어."

벤야민은 말없이 고개를 끄덕이며 단의 말에 동의했다. 그는 가슴에 큰 돌덩어리 같은 두려움이 눌려 있는 것을 감지해 목소리가 안 나왔다.

"저들을 쫓아가야 해. 그래야 요하네스가 사는 곳이 어디인지 알지." 단이 말했다. 이제 그들은 흰색 택시에 앉아 어둠을 뚫고 최고 속도로 고아 북쪽 방향으로 향하는 중이었다. 갑자기 옆길에서 튀어나온 오토바이를 피하느라 택시가 급하게 핸들을 꺾었다. 오토바이엔 아버지와 할머니, 얇은 원피스를 입고 땋은 머리에 리본을 맨 여자아이가 타고 있었다. 단은 콜록거리는 기침을 참을 수 없었다. 아시가 백미러를 보며 물었다. "괜찮으세요?"

"네." 단은 억지로 웃어 보였다. "좋습니다." 그는 눈을 감고 긴장을 풀어보려 했다. 두통은 전처럼 그렇게 심하지 않았지만 뺨을 따라 길게 꿰맨 상처가 따끔거리고 가려웠다. 거즈 붕대 안 상처는 말로 표현하기 힘들 정도로 근질근질했다. 그는 매일 붕대를 갈아주고 상처를 소독했다. 그렇게 어려운 일은 아니었고 이곳 약국에서 살균 소독제와 페니실린을 구하는 건 문제 될 게 없었다. 감염이 되면 처방전 없이도 구입할 수 있었다. 그는 간지러움을 무시해보기로 했다. 그걸 해결할 다른 방법은 아무것도 없으니까.

30분이 흘렀고 한 시간이 지났다. 빨간색 소형차 푸조는 여전히 같은 속도로 북쪽을 향해 달리는 중이었다. 벤야민은 소형 랜턴을 켜서 지도를 가리키며 제대로 가고 있는지 확인했다. 그는 자기 업무를 꽹장히 진지하게 수행하고 있었다. 단이 눈을 뜨니 집과 빽빽한 나무들, 조잡한 천막들이 보였다.

갑자기 빨간 차가 속도를 줄이고 좁은 도로로 좌회전했다. 눈에 띄게 느린 속도로 가고 있는 앞차의 후방등을 따라 아시도 방향을 틀었다. 큰 마을이 나왔다. 단은 전조등 불빛으로 큰 나무들이 있는 화려한 집들과 그 사이에 있는 쓰레기 더미를 봤다. 열린 베란다에 아이들과 어른들이 플라스틱 캠핑의자에 앉아 열대야 속에서 쉬고 있었다. 오렌지빛이 도는 노란 알전구 조명 아래 남자들이 손에 담배를 들고 있었고 알록달록한 사리를 쓰고 있는 여자들도 보였다. 자동차 헤드라이트 불빛에 비친 해변엔 주인 없는 개가 먹이를 찾아 이리저리 헤매고 있었다.

마을 바로 앞에서 빨간 차가 높은 붉은색 벽 뒤에 있는 육중한 철문으로 들어가더니 사라졌다. 아시는 백미러로 단의 표정을 살폈다. "조금 더 지나갈게요." 그가 설명했다. "그래야 저 사람들이 우릴 못 볼 테니까요." 단은 미소로 답했다.

"우리가 환상적인 조력자를 구했군." 단이 벤야민에게 말했다. "사립탐정 보조하는 일 말고 다른 일은 아무것도 해본 적 없다고 해도 믿겠어."

아시는 몇 분간 기다렸다가 천천히 차를 돌렸다. 굳게 닫힌 철문 위에 적혀 있는 글씨를 단은 바로 알아봤다.

प्रायश्चत्ति

"프레야시타." 단이 조용히 말했다.

아시가 뒤돌았다. 그의 눈이 반짝반짝 빛났다. "예스, 예스. 프레야시타." 그가 말했다. "인도 말을 읽을 줄 아세요?"

단은 고개를 저었다. "제가 아는 유일한 단어가 이거예요. 속죄." 그는 웃으며 대답했다. "이제 호텔 찾으러 갑시다."

*

제이는 빨간색 승용차가 건물 뒤편 예쁜 타일이 깔린, 학생들을 위한 소풍용 소형 버스가 세워진 곳에 멈추자 잠에서 깨었다. 그는 차에서 내려 스트레칭을 했다.

"마중 나와줘서 고마워요. 혼자 들어갈게요, 산제이."

제이는 작지만 아늑한 방에 배낭을 내려놨다. 그는 에어컨 온도를 조절하고 붙박이 냉장고에서 시원한 물 한 병을 꺼내 순식간에 다 비웠다. 그는 서두르지 않고 화장실에서 시간을 보낸 뒤 세수하고 프레야시타 내부를 둘러봤다.

아이들은 전부 잠들어 있었다. 집 안 곳곳에서 느껴진 안전하고 보호받고 있다는 안도감이 이제 몸으로도 느껴졌다. 제이는 이 방에서 저 방으로 다니며 침실 문을 열고 고개를 쑥 내밀어 들여다봤다. 완벽하게 이완된 평온함이 몰려와 그에게 전달되었다.

프레야시타의 아이들은 동네 아이들에 비해 굉장히 호화롭게 생활했다. 방마다 네 명의 아이들이 거주했다. 아이들은 각자 자기 옷장이 있고, 학교 공부할 수 있는 책상이 있으며, 자기 몸에 맞는 깨끗하고 깔끔한 옷을 입고, 매일 샤워하고, 양치하고, 하루 세끼 영양가 풍부한 음식을 먹었다. 아이들과 생활하는 네 명의 돌봄 교사는 시간과 에너지를 아이들에게 쏟아부었다. 매일 저녁 아이들을 침대로 데려가 잠들기 전 동화책을 읽어주고 실제 상처뿐 아니라 상상의 생채기도 불어주고 보듬어주었다. 아이들은 체계적으로 수업을 받았고 상급학교를 가기 위한 꽤 많은 금액의 장학금도 받았다. 아이들의 부모들이 재정적 능력이 없음에도 이들은 유복한 가정의 아이들과 똑같은 기회를 가졌다. 프레야시타에 거주하는 40명의 아이들을 돌봐주는 네 명의 교사는 건물 안에 상주했다. 아이들은 제이가 개별적으로 선발했다. 일 년에 한 번 학생들을 선발하는 날이 있었다. 그날이면 고아 북부 지방 전 지역에서 자녀들을 데리고 오는 가난한 일용직 부모들로 북적였다. 적어도 자기 자녀 중 한 명이라도 부유한 백인이 베푸는 자비를 받게 하고 싶어서였다. 이들을 다 수용할 순 없었고 가장 총명한 아이들만 제이가 제공하는 파라다이스에 입학할 수 있었다. 지능이 모자라거나 약한 아이들, 장애가 있는 아이들은 위로금 명목으로 약간의 돈을 쥐여주고 돌려보냈다. 그는 가능성을 잠재한 아이들이 기회를 활용하길 원했다. 훗날 이 아이들이 기존의 장애물을 뛰어넘어 어느 정도 잘나가는 엘리트 그룹에 속하게 하는 게 목적이었다. 교육을 받지 못하면 자기들 부모처럼 똑같이 희망 없는 존재로 살아갈 아이들에게 안경사나 치과 의사, 교사, 은행원 등으로 살 수 있는 기회를 제공하는 것이었다.

운영자금은 제이가 덴마크 로또에 당첨된 여성들에게서 얻어낸 돈으로 충당했다. 그 돈 없이도 어느 정도 특권을 누리는 여자들에게서 얻어낸 돈의 이러한 영향력과 효과를 생각하면, 신이 제이가 저지른 어떤 사기라도 용서해줄 용의가 있으리라는 확신이 들었다. 목적을 달성하기 위해 그가 저질렀던 어떤 사기행각과 어떤 죄까지도. 제이에게 프레야시타는 궁극적인 속죄 수단이었고 그가 지금까지 실행한 모든 악에 대한 마지막 사죄였다. 무엇보다도 그가 책임을 느끼는 남동생의 불행한 운명에 대해서도.

제이는 불행한 일을 겪고 집에서 가출한 후 자살을 생각했다. 그 자신처럼 유다에게도 피할 수 없는 선택이었던 자살 생각이 악몽처럼 그를 괴롭혔다. 은 30세겔을 수용한 유다에겐 당연한 결과였다. 그렇게 성경에 나와 있었고, 제이는 성스러운 문서를 문자 그대로 받아들이는 데 적응되어 있었다. 그는 극복할 힘을 달라고 주님에게 기도했지만 궁극적으로 너무 비겁했다. 어쩌면 그 시기에 이미 더 나은 길이 있다는 느낌이 들었는지도 모른다. 그를 파괴하는 대신 다른 사람을 돕는 속죄의 가능성 말이다.

아구아다 요새 감옥에서 출소한 지 몇 주 지나 산제이가 그를 도와주었던 그 시기에 그는 해답을 찾았다. 산제이는 극도로 절망스러워하는 친구에게 용기를 주려고 그를 시골로 데려갔다. 두 사람은 산악지역의 신선한 공기가 있는 고아의 오지마을에 갔다. 가는 길에 천막이 모여 있는 마을이 있었다. 비닐 덮개와 신문지, 바나나 잎 등으로 만든 원시적인 건축구조였다. 그곳 천막 그늘 아래 어머니들이 더럽고 꾀죄죄한 아이들을 바라보고 있었다. 그녀들의 얼굴엔 절망감이 그대로 적혀 있었고 굶주린 개들은 쓰레기와 씨름하고 있었다. 제이는 그 천막 동네에 직접 들어가보지 않아도 알 수 있었다. 천막은 연이어 있었다. 점점 몰려오는 호기심이 동정심을 몰아냈다. 이 사람들은 누군가? 왜 이들은 이곳 부유한 연방주, 모두에게 일자리가 있는 이곳에서 이렇게 처참하게 사는가? 이곳 천막촌 주민들은 한철 노동자라 여기저기를 옮겨 다닌다고 산제이가 설명해줬다. 열매를 따고,

향신료 재료를 말리고 다듬고, 캐슈너트 껍질을 까고 선별하는 등 일을 찾아 끊임없이 사냥에 나선다 했다. 그러면 아이들은요? 제이가 물었다. 부모가 계속 이사를 하면 아이들은 학교에 어떻게 다녀요? 산제이는 고개만 저었다. 그도 몰랐으니까.

돌아가는 길에 그들은 칸돌림 해변 동쪽에 있는 국도변의 천막촌에 멈췄다. 제이는 산제이의 도움을 받아 그곳 주민에게 물어봤다. 처음에 그들은 말하지 않으려 했지만 시간이 좀 지나자 이 낯선 이들이 땅주인이 보낸 대변인이나 경찰이 아니라는 걸 알게 되었다. 그들의 마음이 점점 누그러지자 저녁 즈음 제이는 궁금했던 것을 전부 알게 되었다. 부모들이 일용직으로 일하는 과일 농장, 향신료 농장이 아이들 학교출석에 책임이 있고 이 책임을 수행하는 방법은 차이가 많이 났다. 아주 가끔 괜찮은 교사가 있어서 칠판 앞에서 자신들의 독백을 지원해줄 교과서를 사용하는 경우도 있었다. 하지만 또 다른 곳에 가면 전혀 수업이 이루어지지 않았다. 부모들은 불평도 못 했다. 누구한테 불평하겠는가? 이렇게 산발적이고 체계적이지 않은 교육환경으로 인해 아이들은 자기 부모의 전철을 그대로 밟을 가능성이 있었다. 집도 없고 안전도 보장되지 않은 힘겨운 생활을 이어가면서 말이다.

제이와 산제이는 저녁 늦게 천막촌을 떠나 다시 고아 북서쪽에 있는 산제이의 오두막으로 가는 길에 거의 말이 없었다. 제이가 침대에 누워 잠들 무렵 갑자기 계시를 받은 느낌이 들었다. 속죄였다. 순간 그는 자신의 느낌이 맞았다는 걸 알았다. 신은 이미 계획하고 있었다. 그를 저주와 유다 역할에서 자유롭게 해주기로. 다른 사람들에게 은총이 될 수 있는 방법을 통해 그가 속죄하는 것을 허락해주기로.

제이는 자신의 비전에 얼마나 열광했는지 잠들어 있던 산제이를 흔들어 깨워 계획에 대해 설명했다. 다음 날 아침 두 사람은 동네에서 가장 실력 좋은 문신사를 찾아가 자신들의 성스러운 동맹의 상징으로 몸에 새겼다. 속죄라는 글자를.

प्रायश्चित्ति

47

2007년 5월 1일 화요일

"응, 아니, 그건……. 어제는 전화할 상황이 아니었고……. 아니야, 우린 차 안에 있었단 말이야, 마리아네. 그러니 못 하지……. 그래, 그때 완전히 흔들리고 지쳐 있었어. 누구한테 전화할 그런 생각을 전혀 못 했다고. 게다가 배터리도 방전됐었고. 그래, 나도 알아……. 응…… 맞아……. 그건 아니지…… 아니…… 그래, 전화할게……. 그럼…… 아니…… 며칠 더 걸릴지도 몰라. 이제 그만 좀 해! 혹시 그런 일이 생긴다 해도 인도 의사들이 다 처치할 줄 알겠지……. 여보세요…… 마리아네? 여보세요? ……제기랄!" 단은 물병을 들었다. "마리아네가 전화를 끊어버렸어." 단은 물병 절반 정도를 들이켰다.

"플레밍 과장님께 전화하셔야 하지 않아요?"

단은 고개를 끄덕이고 물을 더 마셨다. "세상에, 뭐 이렇게 덥냐! 미쳐버리겠다!"

벤야민은 대답하지 않았다. 그는 침대에 누워 두 손을 목 뒤로 깍지 꼈다. 단은 방 안에 있는 유일한 의자에 앉아 있었다. 두 사람은 사각팬티 말고는 아무것도 걸치지 않았다. 그런데도 둘 다 끊임없이 흐르는 땀으로 목욕할 만큼 젖었다.

단은 얼굴을 찡그리고 플레밍 번호를 눌렀다. 전화기 너머에서 폭포처럼 쏟아지는 얘기를 들었다. 제일 친한 친구가 수사를 포기하지 않고 일을 벌여놔서 이런저런 문제가 야기되었다는 내용이 길게 이어졌다. 그가 인도에 머무르는 것을 숨기면서 발레슬레브 살인사건의 주요 용의자를 잡을 수 있다고 생각한다면 그건 착각이다. 그것 말고도 이런 행동은 마리아네를 생각해서도 절대 하면 안 되는 것이고 단의 노모도 걱정으로 병이 날 지경이고…….

단은 플레밍이 얘기하도록 가만히 두었다. 폭포처럼 쏟아지는 말이 수그러들자 단은 기회를 잡아 자신의 계획을 설명했다.

플레밍이 이 일이 어쩌면 성공할 수도 있다는 확신이 들도록 설명을 마친 단이 플레밍이 해줘야 할 일이 무엇인지 조목조목 말하는 동안 전화기에는 정적만 감돌았다.

"여보세요?"

"응, 듣고 있어." 플레밍이 기침했다. 기침 소리가 어찌나 크게 들리는지 인도 고아와 덴마크 크리스티안순 사이의 거리를 생각한다면 당황스러울 정도였다. "이런 젠장! 단!" 플레밍이 말했다. "내가 진짜로 너를 위해 내 일자리를 위험에 빠뜨려야겠어? 어제 상사한테 분명한 경고를 들었어. 내가 또 한 번 실수하거나 상사를 추락하게 하면 곧바로 은퇴해야 해. 내 생각에 네가 그런 걸 가볍게 나한테 요구할 순 없다고 보는데."

"나도 알아. 부당한 요구라는 걸……."

"부당한 요구? 단, 그건 경계를 넘는 짓이야!"

"하지만 아무도 모르잖아."

플레밍이 한숨을 쉬었다. "다들 알게 될 거야, 단. 모두 말이야. 내가 깨우친 게 있어. 네가 사건에 개입하면 신문 1면에 그 얘기가 나올 위험성이 아주 높아져. 넌 범죄담당 기자를 끌어당기는 자석처럼 행동해."

"이 사건은 비밀이 유지될 수 있어."

"이제 진짜 마지막이야, 단. 내가 너랑 같이 일하는 거 말이야."

"그래, 그래."

"진지하게 말하는 거야. 내가 지금 다른 선택의 여지가 없으니 네 제안을 받아들이는 거야. 안타깝게도 네 말이 맞아. 그자를 덴마크로 데려오려면 그게 유일한 기회니까. 하지만 그다음엔 끝이야. 내 말 알았어?"

"오케이."

다시 조용해졌다. 그러다 한숨 소리가 들렸다. "몇 시간만 줘. 일단 사무실로 가서 자료를 찾아야 해."

"아직도 출근 안 했어?"

"입 닥쳐. 네가 모르는 것 같아 말해주겠는데 여긴 이제 아침 6시 반이야."

"아, 그렇구나." 마리아네가 그렇게 미치도록 화를 냈던 게 이해되었다. 왜 그 생각을 못 했을까? 너무 더워서 그의 뇌세포가 녹았나 보다. "플레밍? 고마워."

"더 이상 그 얘기 하고 싶지 않아. 네가 그자를 이리로 데려오면 너도 이 사건을 논쟁해볼 가치가 있다고 봐도 될 거야."

"못 데려가면?"

"그럼 결과에 대해 나도 장담 못 해."

단이 씩 웃었다. "또다시 날 패주겠다고 약속하게?"

"나 진지하게 말하는 거야, 단. 내가 이 정도까지 권한을 초과하면,

내 일자리도 연금도 다른 모든 것도 위험에 빠질 수 있어. 네가 실패하면…… 그럼 우리 우정도 끝장이야."

"미안해. 장난으로 받아친 건 적절하지 않은 행동이었어." 단은 시계를 봤다. "내가 부탁한 걸 한 시간 안에 들어줄 수 있어? 네가 바로 사용할 수 있도록 내가 원고를 작성해서 메일로 보내줄게. 그럼 네가 자판 몇 번만 두드리면 끝낼 수 있을 테니까."

"자판 몇 번이라고? 네가 그 부분에 대해서 뭔가 알기라도 한다는 것처럼 말하네. 내가 완전히 끝내고 나야 네가 받아볼 수 있어. 최소한 몇 시간은 걸려."

"오케이. 그리고 다시 한번 고맙……. 플레밍? 여보세요?" 단은 또다시 인상을 쓰고 전화기를 침대에 던졌다. "플레밍도 전화를 끊었어. 대체 이 사람들 왜 이렇게 매너 없이 행동하지? 왜 그러는지 말 좀 해줘."

벤야민은 아무 말 없이 천천히 고개만 저었다.

＊

지난 며칠간 정신없이 지내느라 제이는 벤테 페트리의 남동생 생각을 떨쳐버릴 수 있었다. 그런데 이제 안전하단 느낌이 드니 그 생각이 스멀스멀 밀려들었다. 이번엔 정말 짧았다. 전에 없이 짧은 기간이었다. 덴마크 작전지역은 불타버렸다. 이제 영국? 아니면 스웨덴? 그동안 기막히게 작동했던 로또 트릭을 못 쓰고 살아가야 한다는 것이 물론 화났지만 그래도 그는 자신이 이런 특별한 일 없이도 어느 정도 수입을 유지할 수 있다는 것을 경험상 알았다. 프레야시타는 순조롭게 운영되었다. 운영자금 액수가 그다지 많이 들지는 않았다. 지금보다 좀 적게 벌어도 운영은 가능하다. 제이는 크리스티안순 유치장에서 자기만 살아남으려고 다 불어버리고 있을 캐스 생각을 하니 분이 치밀었다. 그래도 제이가 고아에서 어떻게 사는지 그 멍청이는 모르고 있다는 사실이 위안이 되었다. 캐스는 학교 이름도 모르고 주소도 모른다. 누군가 이곳에 있는 제이를 발견할 위험성은 매우 희박하다. 그런데도 그는 마음이 불안했다. 감기에 걸리기 직전 같은 그런 느낌이었다.

한낮의 열기가 절정에 달했다. 프레야시타의 아이들과 교사들은 깊이 잠들었다. 제이는 예외였다. 그는 침대 모서리에 앉아 갑자기 폐쇄공포증을 느꼈다. 이런 기분이 몰려올 때를 잘 안다. 시간문제였다. 생각이 돌고 돌아서 조심스럽게 묻어놨던 아구아다 요새 교도소에 대한 기억이 다시 떠올라 걷잡을 수 없는 상태가 되는 것은. 이런 생각을 떨쳐버리려면 몸을 움직여야 했다. 출입문을 바깥쪽으로 열자 엄청난 열기가 다가왔다. 그는 얇은 면 셔츠에 리넨 반바지 차림이었다. 플립플롭(엄지와 둘째 발가락 사이에 끈을 끼워 신는 샌들―옮긴이)을 신고 강렬한 태양 빛을 가려줄 챙 넓은 밀짚모자를 썼다.

제이는 커다란 나무 그늘이 왕관 모양으로 드리워진 앞뜰을 지나 격자대문을 열었다. 그늘이 있는 길을 따라 시내 방향으로 걸었다. 가는 길에 있는 사원 두 곳과 작은 상점, 우체국, 작은 카페가 상권의 전부였다.

그는 카페로 들어갔다. 마을에서 유일하게 에어컨을 개방하는 장소다. 제이는 문 앞에 잠시 서서 안에서 나오는 시원한 바람을 온몸으로 느꼈다. 프레야시타의 제이 방에서 카페까지 오는 길은 5분도 걸리지 않는다. 그런데도 새로 갈아입은 셔츠와 바지는 벌써 땀으로 흠뻑 젖었고 적갈색 먼지가 발과 허벅지 아랫부분에 얇은 층을 이루었다. 플립플롭은 집에서 나올 때 검정색이었던 것이 이제 먼지로 덮여 원래 색을 알아보는 게 불가능해졌다.

"시원한 킹피셔(인도의 대표 맥주—옮긴이) 드릴까요?" 바 뒤에 있던 젊은 바텐더가 미소를 지으며 다가왔다.

"네, 고마워요." 제이는 밖에서 들어오는 열기에서 가능하면 멀리 떨어지려고 카페 제일 안쪽 자리에 앉았다. 그렇게 깨끗해 보이지는 않는 유리잔과 맥주병이 테이블 위에 올려졌다. 제이는 잔을 옆으로 밀어놓고 병째로 마셨다. 와! 이런 얼음장같이 시원한 맥주가 주는 상쾌함이라니! 몇 초 지나지 않아 그는 체온이 내려가는 걸 감지했다. 그는 맥주병에 손목을 댔다. 이쪽저쪽 교대로. 그러다 약간 어둑한 실내를 둘러봤다. 백발 남자 두 명이 보드게임 같은 것을 하고 있었다. 이들 말고 카페는 비어 있었다. 제이와 마주 보는 자리에 앉은 남자가 눈이 마주치자 제이를 향해 다정한 표정을 지으며 고개를 끄덕였다. 제이도 끄덕이고 나서 맥주병을 비우고 한 병 더 주문했다.

카페 문이 열렸다. 제이는 고개를 들었다. 역광으로 검은 실루엣만 보여 키가 크고 어깨가 넓은 그 형체를 제대로 보기 위해 눈을 깜빡였다. 유럽 사람이라는 건 분명해 보였다. 인도 현지인 중에서 190센티미터가 넘는 사람은 별로 많지 않으니.

"안녕, 요하네스." 남자가 덴마크어로 말했다.

제이는 어깨를 으쓱했다. 이 목소리……. 이 자세……. 대머리……. 이런 젠장! 그는 벌떡 일어났다. "내 몸에 손대지 마요." 그는 말하면서 당혹스럽게도 자신의 목소리가 약간 떨린다는 걸 알았다.

세 명의 현지인은 새로 온 손님이 제이의 테이블로 다가와 자리에 앉는 걸 호기심 어린 눈으로 바라봤다. "꿈에서도 그렇겐 안 할 거예요." 단이 말했다. "이미 진짜 충분히 당신과 신체 접촉을 했는걸요." 그는 손가락 두 개로 얼굴에 감긴 붕대를 쓱 문질렀다. "앉아요, 요하네스. 우리가 지금 여기 계신 순박한 분들을 놀라게 하고 있잖아요."

"무기는 안 가졌나요?"

단은 두 손을 번쩍 들었다. "진심으로 환영할 테니 직접 확인해봐요."

제이는 고개를 젓고 자리에 앉았다.

단은 카페 종업원과 눈을 맞추고 제이의 킹피셔 맥주병을 가리키며 고개를 끄덕였다. 몇 초 뒤 단 앞에도 맥주병이 놓였다. "건배." 그는 말하고 맥주를 들이켰다.

제이도 한 모금 마셨다. "당신이 여기 있는 게 얼마나 위험한지 제대로 알기나 해요?" 제이가 물었다. "난 여기 살아요. 여기서 꽤 명망 있는 사람이라고요. 저기 바텐더도 잘 아는 사람이고, 여기서 2분만 가면 건물에 있는 사람들 전부가 날 위해 뭔가 해줄 준비가 되어 있다고요."

"프레야시타 말인가요?"

제이는 이마를 찡그렸다. "그걸 당신이 어떻게 알아요?"

단이 씩 웃었다. "당신 지갑에 있던 사진에서 봤지요, 요하네스. 그런 걸 알아내기는 어렵지 않은데." 그는 한 모금 더 들이켰다. "난 그곳이 보육원이란 것도 알아요. 그리고 그 이름이 무슨 의미인지도."

"그걸 어떻게 알아냈는지, 어디······? 어제저녁 공항에서 날 따라왔나요?"

단은 입꼬리를 올리며 미소 지었다. "우린 거의 이틀 동안 당신을 기다렸어요."

"우리라고요?"

"그럼요. 난 혼자가 아니에요. 내가 그 정도로 멍청하진 않아요."

"그럼 당신 동반자는 어디 있죠?"

"이 근처에. 일종의 생명보험 같은 거죠."

그들은 잠시 동안 아무 말 없이 마주 봤다. 두 사람을 모르는 사람이 봤다면, 각자 킹피셔 맥주병을 하나씩 앞에 놓고 마주한 이들이 형제가 아닐까 생각했을지도 모른다. 키도 비슷했고 두드러지는 외모였으니까. 두 사람의 가장 큰 차이점은 눈동자 색이었다. 좀 더 젊은 남자는 먹구름 같은 진회색 눈동자였다. 건너편 남자의 눈동자는 선명한 파란색이었다. 청바지 같은 파란색. 그리고 좀 더 나이든 이 사람은 왼쪽 얼굴 절반이 붕대로 덮여 있었다. 분명 아침마다 새로 붕대를 교체해줬는데도 금방 지저분해졌다. 이 지역 어디에나 자욱한―실외뿐 아니라 실내도―미세먼지로 붕대는 핑크색으로 변했다.

"몇 바늘이나 꿰맸나요?" 제이가 물었다.

"서른네 바늘." 단은 눈썹을 치켜 올렸다. "플러스 뇌진탕, 더럽게 아픈 고환까지."

"쏘리. 뭔가 해야 했어요. 어쩔 수 없었어요."

"당연하죠. 복수하려고 여기 온 건 아니에요."

"그럼 왜 왔죠?"

"나랑 같이 덴마크로 돌아가자고 설득하려고요."

제이는 큰소리로 껄껄 웃었다. "이거 진짜 대박 코미디인걸!" 그가 말하고 나서 두 번째 맥주병을 비웠다. 그는 바텐더에게 맥주 한 병을 더 갖다달라는 신호를 보냈다. "대체 왜 내가 그래야 할까요?"

단이 제이의 눈을 바라봤다. "왜냐면 난 당신이 인도 감옥에 가는 것보다 차라리 덴마크 감옥에서 죗값을 치르는 게 낫다는 걸 잘 알고 있으니까."

제이의 미소가 눈에 띄게 굳었다. "당신은 왜 인도 경찰이 나한테 관심을 보일 거라고 생각하나요?"

"인도 경찰은 인터폴에 자신들이 협조 수사를 하고 있다는 것을 증명하고 싶어 하죠. 국제 경찰이 수사 공조를 하는 거거든요. 그런데 당신이 이미 인도에서 전과 경력이 있는 데다 지금 가짜 이름에 위조 문서로 여기 머물고 있으니⋯⋯." 단은 어깨를 으쓱했다. "당신은 나머지 죗값을 치르려면 당연히 언젠가 덴마크로 이송될 텐데 그게 아마 수개월은 걸릴 거예요. 아니 어쩌면 몇 년이 걸릴지도 모르죠. 물론 당신이 대기하는 기간을 당신이 좋아하는 교도소에서 지낼 수 있게 해달라고 우리가 인도 경찰에 설득시킬 수도 있겠네요. 거 왜 아구아다 요새 있잖아요."

"내가 거기 수감된 적이 있다는 걸 당신이 어떻게 알죠?" 제이의 미소는 이제 가느다란 줄로 쪼그라들었다.

"그런 걸 지문이라고 하죠, 요하네스."

"난 이제 요하네스가 아니에요. 내 이름은 제이예요."

"숫자점이랑 뭔 연관이 있나요?" 단은 웃었다.

제이는 어깨를 으쓱했다. "인도 사람들이 내 이름을 발음하지 못해요. 그래서 내 이름 알파벳 첫 글자인 'J'만 영어로 발음해요. ⋯⋯알다시피. 몇 년을 이 이름으로 살고 나서 완전히 적응되었고 이제 공식적인 내 이름이 됐어요. 요하네스는 죽었고 제이는 살아 있어요."

그는 미소를 지으려 노력했다.

"오케이, 제이. 인도 경찰은 딱 한 가지만 더 있으면 당신을 체포할 수 있어요. 당신 주소."

"내가 당신하고 당신 친구 입을 틀어막기 전에 경찰에 내 주소를 넘길 수 있을 거라고요?"

단은 바지 뒷주머니에서 접혀 있던 A4 종이를 꺼냈다. 종이가 땀으로 흠뻑 젖어 조심스럽게 펼쳐야 했다. "이거 보시죠." 단이 종이를 제이에게 건넸다.

"이건 목요일에 인터폴에 보내진 메일이에요. 인도 경찰에도 복사본으로 보내졌고요. 보다시피 덴마크 경찰은 당신 주소를 보유하고 있다는 걸 공개했죠. 물론 당신이 자발적으로 덴마크로 돌아갈 때까지는 주소 공개를 보류할 거예요. 그래야 당신이 덴마크에서 죗값을 치를 수 있으니까. 나랑 같이 돌아가지 않으면 주소는 곧바로 공개되고 인도 현지 경찰에도 전달되는 거예요."

제이는 서류를 들여다봤다. 국제 표준에 따른 듯한 표현과 방식들로 구성되어 있었다. 걱정을 불러일으킬 만큼 진짜 문서처럼 보였다. "처벌이라니 뭐에 대한?" 마침내 그가 입을 열고 의자 등받이에 몸을 기댔다.

"연쇄적으로 반복된 중대 사기행각, 문서 위조, 비르기테 욘스 살해에 대한."

"그거 당신들이 증명 못 할 텐데." 제이가 얼른 반박했다.

"그럴지도 모르죠. 두고 봐야 해요. 하지만 당신이 미카엘 키엘센 살인에 대해선 책임을 면하기 어려울 거라고 확신합니다."

제이는 눈썹을 찡그렸다. "누구요?" 그가 문장을 끝내기 전에 유리가 와장창 깨지는 소리와 함께 문이 벌컥 열렸다. 카페 안에 있는 지긋한 나이의 남자 두 명이 얼른 스탠드바 뒤로 뛰어갔고 그곳에 있던 바텐더는 눈을 동그랗게 뜬 채 그 드라마틱한 광경을 지켜봤다. 문앞이 산제이의 인상적인 형체로 가득 찼다. 그는 한쪽 팔로, 눈썹 피어싱을 한 비쩍 마른 젊은 남자의 목을 감싸고 다른 손에 잡은 회전 탄창식 권총으로 그 젊은이의 뺨을 누르고 있었다. 인질의 입을 뚫기라도 할 기세였다.

"이놈을 잡았어요, 마이 프렌드." 산제이가 권총으로 뺨을 더 세게 누르며 말했다. "손들어, 이 개자식아." 그는 이미 자리에서 일어나 있는 단을 향해 소리쳤다. 단은 천천히 손을 들었다.

"이자를 어디서 찾아냈어요?" 제이는 인도인의 팔에 꼼짝없이 감겨 있는 젊은 남자를 바라봤다. 젊은이의 눈에는 눈물이 그렁그렁했고 얼굴색이 매순간 어두워지고 있었다.

"이놈이 저 밖에 서서 창문으로 제이를 들여다보고 있더라고요. 그리고 어제는 저기 저……." 산제이는 단을 가리켰다. "……저 남자하고 이놈이 공항 앞 택시에 앉아 있더라고요. 내가 공항에서 제이 당신을 기다리는 동안 봤어요. 저놈들, 문만 바라보고 있었으니 제이 당신을 찾고 있었던 게 분명해요!" 그는 젊은이의 목을 감고 있는 팔을 더 죄었다. 젊은이의 붉은 얼굴색이 창백해지더니 서서히 보랏빛으로 바뀌었다.

"그냥 놔줘요, 산제이. 그러다 목 졸라 죽이겠어요."

산제이가 당황스럽다는 표정을 지었다. "그래도……."

"그냥 놔줘요." 제이는 갑자기 탈진된 느낌이 들었다. "다들 앉아요." 제이는 말하고 나서 젊은 남자를 바라봤다. 젊은이는 기침하며 헐떡거리더니 옆 테이블 아래로 주저앉았다. "당신 누구죠?"

　젊은 청년이 다시 기침을 했다. "벤야민." 그가 켁켁거렸다. "벤야민 빈테르요."

　"소메르달과 빈테르라. 참으로 시적이네요('소메르달'은 '여름'이란 단어의 발음과, '빈테르'는 '겨울'이란 단어의 발음과 유사—옮긴이). 이제 여기 미스터 봄이랑 미스 가을만 모시면 되겠어요." 제이는 자기가 한 농담에 웃어댔다. "왜 아무도 안 웃어요?" 그는 단에게 물었다. "당신 계획이 그냥 확 무너져버려서 그래요, 단? 이게 그러니까 당신이 말한 생명보험이라는 건가요?"

　단은 고개를 서서히 저었다. 그는 산제이의 눈을 바라봤다. 산제이는 커다란 6연발 권총을 바지 주머니에 넣었다. 단은 다시 제이에게 시선을 돌렸다. "난 여전히 확실한 생명보험이 있어요, 고마워요." 그는 자리에 앉아 벤야민에게 앉으라고 신호를 보냈다. "이 얘기를 꼭 해주고 싶은데. 일단 지금은 벤야민한테 마실 것 좀 사주시는 게 어떨까요. 벤야민한테 꼭 필요할 것 같은데."

　"산제이, 벤야민한테 맥주 좀 가져다줘요. 당신도 한 병 마시고요."

#48

2007년 5월 1일 화요일

단은 차분하게 평정을 유지하는 데 집중했다. 온몸의 내부 기관이 경고단계에 있었다. 산제이의 우람한 팔뚝 아래 벤야민의 손가락이 죽음에 대한 공포로 구부러지는 걸 본 순간 단은 자신의 생명뿐 아니라 벤야민의 생명도 위험에 처할 수 있다는 걸 분명히 알았다. 대체 무슨 생각으로 이 불쌍한 젊은 청년을 카미카제(2차대전 때 폭탄이 장착된 비행기를 몰고 자살 공격을 한 일본군 특공대—옮긴이) 작전에 데려왔단 말인가. 가까운 이들이 그에게 이 일이 얼마나 미친 짓인지 아느냐고 얘기했을 때 왜 주의 깊게 듣지 않았단 말인가? 그는 마비된 느낌이었다. 심장이 당장이라도 폭발할 것 같았다. 위험이 일순간 활활 타올랐던 지금 자신의 몸 어딘가가 고장 나버린 느낌이었다.

산제이는 제이가 부탁한 대로 했다. 자리에 앉아 테이블에 팔을 올리고 시선을 이방인들에게 향했다. 짧은 팔 재킷 소매가 위로 올라가 있어 상박이 드러났다. 문신이 단의 눈에 들어왔다. 제이의 문신과 같은 모양이었다. 단지 피부색이 더 짙은 산제이 팔뚝의 것이 더 멋있어 보였다. 더 섬세했다.

"똑같은 문신이에요." 단의 시선을 따라가던 제이가 말했다. "프레야시타. 기숙학교는 우리가 공동으로 만든 프로젝트예요. 산제이와

나 두 사람이. 내가 돈을 마련하고 산제이는 자신의 노동력을 총동원하죠."

"학교에 아이들은 몇 명인가요?"

"40명이에요. 그리고 어른 네 명. 산제이까지 포함시키면요. 아이들이 청소와 요리, 빨래 같은 걸 도와서 인건비가 그렇게 많이 들어가진 않아요."

"그럼 어른들도 다 거기 거주하고요?"

제이가 고개를 끄덕였다. "우린 기숙사라고 말하지만 사실 보육원에 가까워요. 부모들이 아이들을 보러 올 형편이 안 되니까. 아이들이 주말이나 방학 때 집에 가려고 해도 통화료와 교통비 등이 발생하잖아요. 그런 돈을 낼 수 있는 부모가 한 명도 없어요." 제이는 산제이 쪽을 보며 자신이 단에게 한 말을 영어로 다시 통역해줬다. 그리고 산제이에게 옆에 있어달라고 부탁했다. "혹시 모르니"라고 말하면서 그는 벤야민을 바라봤다. 산제이는 고개를 끄덕이고서 의자에 등을 기댔다.

그런 다음 제이는 긴 얘기를 이어갔다. 자신이 프레야시타를 만들 생각을 어떻게 하게 됐는지 그리고 캐스와의 사업 얘기, 이 사회에서 기회를 얻지 못하는 아이들의 미래를 위해 자기가 뭘 하고 있는지 등등. "이해해주길 바랍니다." 제이는 말을 맺었다. "내가 사기행각으로, 아니, 당신이 뭐라고 부르든, 아무튼 그렇게 번 돈은 다른 사람이 식당이나 호화주택, 요트를 사는 것보다 훨씬 더 가치 있는 목적에 쓰이고 있어요."

"그럴지도요." 단이 대답했다. "그래도 그렇다고 해서 내가 당신을 도망가게 내버려두길 희망한다면 미안하지만 당신을 실망시킬 수밖에 없어요, 제이. 당신은 사기 혐의만으로 용의자가 된 게 아니에요. 경찰은 당신을 두 건의 살인사건에 책임이 있다고 보고 있어요. 비르기테 욘스의 사망에 당신 책임을 증명하기는 어쩌면 어려울지도 모르죠. 하지만 미카엘 키엘센의…… 거기엔 당신이 개입되어 있어요. 당신이 개입했다는 여러 가지 증거가 있어요. 게다가 당신한테는 특정 동기가 있고요."

"당신이 무슨 말을 하는지 도무지 모르겠어요." 제이가 말했다. "미카엘 키엘센이 누구고, 내가 왜 그의 죽음과 관계가 있다는 겁니까?"

"이봐요, 이제 그만 좀 하시지!" 단은 목소리에서 당혹감을 억누를 수 없었다. "에릭 캐스펠트는 미카엘 키엘센이 국립병원 컴퓨터 시스템에 가짜 진료기록을 삽입했다가 제거했다는 것을 다 고백했다고요. 그리고 경찰은 미카엘이 캐스펠트를 몇 주 뒤에 협박했다는 사실도 알고 있고요. 당신은 그러니 그를 죽일 만한 이유가 충분했던 거죠."

"아하, 그 사람 이름이 그거였어요? 캐스가 자기 회사에 근무하는 젊은 직원 얘기를 한 적은 있었죠. 그런데……."

"2월 28일 어디 있었나요, 제이?"

"그건 정말 모르겠는데." 그는 혼란스러워 보였다. "내가 왜 그날을 기억해야 하죠? 그날 내가 뭘……. 아 맞다! 기다려봐요! 2월 마지막 날이 28일 아닌가요? 그래, 그날 뭘 했는지 정확히 알아요." 그는 의기양양하게 말했다. "2월 마지막 주에 우르술라와 전교생이 노르웨이로 스키 여행 갔어요. 거기 갔다가 3월 2일 금요일에 돌아왔고요. 우리 어머니 생일이 그날이라서 정확히 기억나요. 돌아오는 버스 안에서 그 생각을 했거든요."

단은 눈을 찡그리며 제이를 바라봤다. "이거 알아요, 제이? 내가 곧바로 그걸 알아낼 수 있어요. 그래도 되나요?" 그는 바지 주머니에서 전화기를 꺼내 라우라에게 문자메시지를 써 보냈다. '헤이, 라우라. 좀 이상한 질문이긴 한데 얼른 답장 좀 보내줘. 될 수 있으면 빨리. 너희들 학교에서 스키 여행 간 게 몇 번째 주야? 야콥도 같이 갔었어? 안녕, 아빠가.'

다들 아무 말 없이 기다렸다. 제이는 일행에게 킹피셔 한 병씩을 더 돌렸다. 산제이만 고개를 흔들었다. 그는 맥주 대신 물을 마시겠다고 했다. 잠시 후 전화기에 문자메시지가 왔다는 띠릭 소리가 나자 단이 움찔했다. 그는 메시지를 읽었다. '2월 마지막 주요. 그리고 네.'

단은 전화기를 다시 주머니에 넣었다. "축하해요! 알리바이가 있군요, 제이."

제이의 얼굴에 환한 미소가 보였다. "그렇다고 할 수 있겠네요."

"이상한 건 말이에요." 단이 말을 꺼내고 눈썹을 찡그리며 그를 바라봤다. "당신하고 그 살인사건하고 연관이 굉장히 많아요."

"어떤 연관 말이죠?"

"일단 경찰이 현장에 있던 램프에서 당신 지문을 찾아냈어요."

"램프? 무슨 램프요?"

단은 주머니에서 사진 복사본을 꺼냈다. 파란색 등이 있는 알람시계 사진이었다. "여기 이거." 그는 종이를 펼쳐 제이에게 건넸다.

제이가 화들짝 놀랐다. 그는 눈도 깜박이지 않고 수 초간 사진을 들여다보다가 연이어 기침을 했다. 그러다 맥주를 한 모금 마셨다. "이 시계 대체 어디서 난 거죠?"

"정원 헛간 선반 위에 있었죠. 미카엘 키엘센이 살해된 3월 1일, 현장에서 발견한 거예요. 그날 한밤중에 미카엘을 헛간으로 부르는 데 사용했다는 의미죠."

"나도 이런 알람시계가 있었는데. 이거랑 똑같은 모양으로. 그런데 내 지문이 거기서 나왔다면 그건 아마도……. 아니, 이해를 못 하겠네……."

"처음에 경찰은 지문이 우연히 묻었을 거라고 봤죠. 범인 아니면 그 집에 사는 사람이 벼룩시장 같은 데서 구입했을 수도 있겠다고 추측했어요. 만약 가족 관계가 아니었다면 경찰도 아마 그렇게 확신했을 거예요."

제이가 이마에 주름을 모았다. "가족 관계라니?"

"이제 그만하지." 단이 다시 말했다. "당신이 파문당했다는 이유로 그렇게 반응할 필요는 없잖아요."

"파문당했다고요? 지금 무슨 말을 하는 거죠?" 갑자기 제이가 의자에 앉은 채 몸이 뻣뻣해졌다. 산제이가 제이를 붙잡으려고 벌떡 일어났다. 그러나 제이는 기절하지 않았다. 그는 양손으로 테이블 모서리를 잡고 그대로 자리에 앉아서 돌처럼 굳은 시선을 하고 있었다.

단은 혼란스러웠다. "미카엘 키엘센이 당신 동생이잖아요? 그리고 아네마리는 당신 어머니이고, 아닌가? 두 사람이 사는 곳은……."

그 순간 제이가 일어났다. 균형을 잃을까 두렵기라도 한 듯 천천히 조심조심. "잠깐." 그가 말하고 테이블 모서리에서 손을 뗐다. "난 그 냥…… 나는……." 그는 다시 앉아서 고개를 다리 사이로 숙였다. 그러다 두 손을 목덜미 뒤로 올리고 고개를 점점 더 아래로 숙였다.

산제이가 단의 팔을 움켜쥐었다. "당신, 제이한테 독을 마시게 한 거야!"

"아니, 난 아니에요! 난 그냥 뭔가 얘기했을 뿐인데. 제이도 오래전부터 알고 있다고 생각했는데."

"뭘?"

"제이 동생이 죽었다는 거요."

산제이는 눈물을 흘리기 시작한 제이를 바라봤다. 그의 등과 어깨가 흔들렸다. 바텐더가 걱정스러운 표정으로 제이 옆에 쪼그리고 앉았다.

"제이도 당연히 알고 있지. 제이는 동생이 죽은 게 자기 책임이라고 생각하는데." 산제이가 말했다. "제이는 절대로 그걸 극복 못 해."

"아니……." 이제 단은 혼란으로 엉망진창이 되어버렸다.

"그건 아주 오래전 얘기지. 제이 동생이 죽은 건 몇십 년 됐으니까. 왜 여기 와서 그런 얘기를 꺼내 제이를 자극시키지? 당신이 제이를 얼마나 불행하게 만들었는지 안 보여?"

"무슨 말인지 한마디도 이해 못 하겠네."

산제이는 제이의 등에 손을 갖다 댔다. "제이의 동생은 여덟 살 때 사고로 죽었어." 그가 말을 이었다. "사인은 과다 출혈. 수혈을 하면 살 수 있었을 텐데 가족들이 종교적인 이유를 들어 수혈을 거부했어."

"그런데 그게 왜 제이의 책임이라는 거죠? 수혈을 안 하겠다는 건 부모가 결정했을 텐데?"

"수혈 얘기는 당연히 제이 책임이 아니지. 그런데 사고가 일어난 것 자체가 자기 책임이라는 거야." 산제이의 손은 울고 있는 제이 등 위에 그대로 놓여 있었다. "동생한테 폭죽 상자를 선물한 게 제이였으니까."

"동생한테 잘해주려고 선물했을 뿐인데. 여덟 살짜리라면……."

"왜 그가 그렇게 했는지는 중요하지 않아. 결과는 동생의 죽음이었으니."

"그런데 그건 말이 안 돼요, 산제이." 단이 고개를 저었다. "미카엘은 그때 죽지 않았어요. 그때 무슨 일이 났는지 안 났는지는 모르겠지만. 아무튼 제이의 동생은 살아남았어요. 그는 건강하게 살다가 2개월 전 자기 어머니 집 헛간에서 살해당했다고요."

"말도 안 돼."

"안타깝게도 사실입니다. 경찰이 미카엘 어머니와 수차례 얘기했고 그녀가 경찰이 제시한 제이의 사진을 보고 곧바로 알아봤어요. 헛간에서 살해된 사람은 제이의 동생이 맞아요. 100퍼센트 확실해요."

갑자기 제이가 고개를 들었다. "내가 그 개자식을 믿을 수가 없었다니까." 그는 눈물이 그렁그렁한 채 말했다. 그는 카페 주인이 가져다준 냅킨을 받아 오랫동안 더 안 나올 때까지 코를 풀었다. "개자식이라니?" 단이 물었다.

"난 그 당시 집에서 가출했어요. 어머니와 폴-에릭이 자기 아들의 목숨보다 교구의 규칙을 더 중요하게 여긴다는 걸 알았을 때 말이에요. 물론 파문당하게 되리라는 걸 알았지만 내가 그들에게 반대하기 위해 할 수 있는 다른 일이 아무것도 없었어요. 가출은 내가 미카엘한테 폭죽 상자를 준 데 스스로 가한 벌이었어요."

"그래서?"

"집에 있는 돈을 전부 훔쳤고 내 물건도 챙겼죠……." 제이는 코를 들어 올렸다. "내가 두고 가는 물건은 모조리 버려질 거라는 걸 알고 있었어요. 내 음반, 책, 어릴 때 받은 스포츠 트로피 등. 계부가 전부 불에 태울 테니까. 주님의 집 소속 교인은 그렇게 하거든요. 파문당한 신도의 흔적을 모두 지워버리는 거죠."

"개자식을 믿을 수 없다니, 그게 무슨 말이죠?"

"뭐라고요? 아 그거……." 그는 사진에 시선을 던졌다가 옆으로 밀었다. "사고 나고 며칠 뒤 집에 전화했어요. 미카엘 상태가 어떤지 물어봤지요. 계부, 폴-에릭이 전화를 받더라고요. 당연히 나랑 말하고 싶지 않았겠죠. 미카엘이 죽었다고 그랬어요. 그리고 내가 파문당했는데 내가 사탄이기 때문이라고 그랬어요. 그러더니 전화를 끊더라고요. 그 뒤론 가족들과 단 한 번도 연락하지 않았어요."

"실제로 어떤 일이 일어났는지 알고 싶나요?"

제이는 시선을 들지 않고 고개만 끄덕였다. 단은 크리스티안순 병원 의료진이 부모를 집으로 보내고 부모 동의 없이 그에게 수혈했다는 이야기를 했다. 그렇게 어린 미카엘의 생명을 구했다고. 단은 퇴마 얘기는 그냥 넘어가고, 아네마리가 남편과 이혼했고 그녀가 미카엘과 살면서 자신의 결혼 전 성을 사용했다고 얘기했다. 그리고 제이의 어머니는 쓰러지기 직전이라 교구회원인 한 젊은 여성이 그녀를 돌보고 있다고 전했다. 폴-에릭 한센이 아주 오래전에 파문당했고 지금은 크리스티안순 병원에 입원 중인데 거의 죽음을 앞두고 있다는 사실도.

"부디 그가 지옥으로 떨어지길!" 제이가 낮은 목소리로 말했다.

시원한 카페의 테이블 주변에서 네 명의 남자는 몇 분가량 아무 말 없이 앉아 있었다. 나이든 남자 손님 두 명은 다시 보드게임을 시작했다.

"당신이 말한 생명보험 얘기를 해봐요." 제이가 단에게 말했다. "저 친구에 관한 게 아니라면……." 제이는 벤야민을 향해 고갯짓을 했다. 드라마틱한 상황이 이어지는 내내 얌전히 앉아 있던 벤야민은 창백한 얼굴로 다른 사람들의 모습만 쳐다보고 있었다. 단은 벤야민 역시 오랜 기간 동안 아버지 문제로 힘든 일을 겪었던 처지라는 사실을 떠올렸다. 벤야민도 지옥에서 온 아버지가 어떤 건지 잘 알 텐데.

단은 살짝 미소를 지으며 제이를 바라봤다. "당신이 오늘 저녁 나랑 같이 덴마크행 비행기에 오르지 않으면 프레야시타의 주소가 인도 경찰에 바로 전달될 거예요. 내가 덴마크 경찰에 전화하거나 메일이나 문자메시지를 보내도 소용없어요. 당신이 이런 일을 피하고 싶다면, 우리가 같이 덴마크 시각으로 내일 아침 8시에 카스트룹공항에 나타나면 되고."

제이가 단을 바라봤다. "그리고 또?"

"우리가 같이 덴마크의 공항에 나타나지 않으면, 덴마크 경찰은 바로 인도 경찰에 반환청구서를 보낼 거예요. 덴마크 경찰은 고아에 있는 프레야시타를 폐쇄하고 건물을 매각하고 가능한 모든 것들을 압류하라고 요구할 겁니다. 덴마크에 있는 당신 사기행각의 피해자들한테 피해 금액 일부라도 보상할 수 있도록 말이에요."

"그렇게 못 할 텐데요."

"당연히 그렇게 할 수 있죠."

"당신들이 어떻게 알겠어요? 내가 어디에서…… 앗, 젠장! 캐스!"

"에릭 캐스펠트는 어찌나 친절하던지 당신이 그동안 벌어들인 금액의 총 목록을 우리한테 넘겨줬어요. 경찰이 당신 계좌를 수사하고 국내외 자금을 차단하는 건 시간문제라고요."

"잠깐만 시간을 줘요." 제이는 두 팔을 테이블 위에 놓고 그 위에 고개를 묻었다. 그는 꼼짝도 안 하고 한동안 그대로 있었다. 나머지 사람들은 제이에게 시선을 두지 않고 말없이 앉아만 있었다. 그는 꿩장히 중대하고 큰 문제에 대해 생각 중인 게 분명해 보였다. "좋습니다." 갑자기 제이가 고개를 들었다. "제안 하나 하죠."

"뭔데요?"

"자금이 막히면 학교는 유지될 수 없어요. 당신들이 내 통장을 비워버리면 프레야시타는 수개월 내로 문을 닫게 될 거예요."

"아마도 그렇겠죠."

"그렇게 되면 난 못 살아요."

"유감이군요. 학교를 도와줄 다른 후원 기관을 우리가 찾아볼 수도 있지 않을까요. 당신 말대로 학교는 이제 기반이 단단해져서 운영 자금만 잘……."

"당신은 몰라요. 이 정도 수준의 학교를 운영하면서 학생들한테 인문계 학교로 진학하고 기타 상급학교나 기관으로 가도록 장학금을 주는 데는 비용이 굉장히 많이 들어요. 정기적인 수입 없이 살아가는 게 어려울 테지만 불가능하지 않긴 해요. 하지만 학교는 현재 운용 가능한 자산 없이는 힘들어요."

"유감이군요." 단은 반복해 말했다.

"하지만 제안할 게 있어요."

"아까도 그렇게 말했어요."

"가능한 한 많은 돈을 다른 계좌로 옮길 수 있게 나한테 세 시간만 줘요."

"계좌가 이미 차단되었으면요? 우리도 확실히 모르죠. 캐스가 지금 이 순간 엑셀 파일을 수사관들한테 넘겨주고 있을지……."

제이는 침을 꿀꺽 삼켰다. "그 정도까지 진행되지 않았길 바랄 뿐이에요. 아니면 당신들한테도 엄청나게 열 받는 일이 될 테니까요."

"왜죠?"

"내가 물물교환을 생각해둔 게 있거든요."

"그래도 당신은 우리랑 덴마크로 가야 해요."

제이는 고개를 저었다. "그건 내가 감내할 문제죠. 우스꽝스러운 사기행각 몇 가지 했다고 그렇게 오래 수감되진 않을 거예요."

단은 아무 대답도 하지 않았다. 솔직히 말하면 사기행각으로 어느 정도 형을 받는지 전혀 감이 없었다.

"나한테 돈을 이체하게 해주면 돼요. 산제이와 프레야시타의 다른 사람들이 그걸 쓸 수 있도록 말이죠. 그리고 인도 경찰에 수사를 철회하는 거예요." 그는 단과 눈을 마주치고 자신의 이름이 나오자 당혹스러워하는 산제이의 시선을 피했다. "그러면 난 얌전히 크리스티안순으로 따라갈게요."

"그다음엔?"

"그다음엔……. 내 요구사항이 다 채워지면 당신들한테 선물할 특별 보너스가 있어요."

"그래요?"

"내 동생을 죽인 범인이 누구인지 말해주죠."

"당신이나 에릭 캐스펠트가 그렇게 하라고 시킨 사람이에요?"

"덴마크 경찰이 그렇게 계약하겠다는 내용의 문서를 당신이 받아서 나한테 건네주기 전에는 단 한마디도 안 할 겁니다."

단은 제이를 잠시 응시했다. 그러다 천천히 고개를 끄덕였다. "한번 해보죠." 단이 말했다. "우리가 어떻게 하면 되나요?"

"프레야시타에 노트북이 있어요. 산제이가 2초 안에 가져올 수 있어요. 그럼 당신이……." 그는 종이를 바라봤다. "……플레밍 토르프

형사한테 메일을 보내는 거죠. 플레밍 형사는 내가 요구하는 내용의
보증을 해줄 수 있을 거고요."

단은 카페 안을 둘러봤다. "여기 인터넷 연결이 될까요?"

"나한테 모바일 모뎀이 있어요. 항상 잘되는 건 아니지만 아무
튼…… 자, 우리 그렇게 할까요?"

"좋습니다!" 두 사람은 축배라도 들듯 악수를 나눴다.

#49

2007년 5월 7일 월요일

"너한테 고맙다고 인사해야 하는데."

"그건 좀 과한걸."

"내가 인정하는 거 조용히 받아들여."

"무리하지 마."

플레밍 토르프 수사과장 사무실에 또다시 정적이 감돌았다. 방 안이 오늘따라 유독 답답하고 숨 막히도록 작게 느껴졌다. 날씨가 하루가 다르게 점점 더 여름 기온으로 근접해갔다. 평상시엔 플레밍은 시청 광장 쪽 창문을 열어놓는데 오늘은 알가데에 도로공사가 있어 소음 때문에 창문을 열기 힘들었다.

"잘한 건 잘한 거지. 네가 없었더라면 그를 절대 붙잡지 못했을 거야." 플레밍이 말했다.

"아니면 그녀를 못 잡았거나."

"글쎄, 아마도."

플레밍의 분노는 일주일 뒤에도 가라앉지 않았다. 단이 건넨 그 많은 수사결과도 그를 진정시키지 못했다. 플레밍은 배신당한 기분이었다. 기본적인 존경심조차 없었다는 것에 그는 상처받았고 자신의 감정을 숨기지 않았다. 플레밍과의 우정이 살아남을 수 있을지 단의

473

머리에 의문이 스쳤다. 둘의 우정이 그에게 얼마나 의미 있지? 플레밍이 나중에 그와 거리를 좀 두면 여러 측면에서 안도감을 느낄 수도 있지 않을까? 플레밍이 끊임없이 사냥개처럼 단의 아내 주변을 맴돌며 흔들어놓지 않았더라면 단의 결혼생활도 훨씬 더 나았을지 모른다. 그래도 마리아네와 사는 사람은 단이다. 마리아네는 인도에서 집으로 돌아온 단을 만나고 어찌나 안도하던지, 저녁 내내 거친 말을 쏟아부으며 비난했으나 결국 그를 100퍼센트 용서했다. 단은 내심 마리아네가 아주 약간이라도 그를 자랑스럽게 여기지는 않을까 싶었지만 그런 생각은 마음속으로만 간직하기로 했다. 공식적으로 그녀는 당연히 그의 행동방식과 거리를 두었다.

이제 단은 자신과 플레밍이 취조실로 가기 전에 분위기를 좀 부드럽게 해볼 생각이었다. 단은 미카엘 살인 피의자 심문을 들어도 된다고 허가받았다. 놓칠 수 없는 기회였다. "카마가 체포될 때 뭐라고 했어?" 단이 스치듯 물었다.

플레밍은 집중하려고 자세를 똑바로 했다. "뭘 많이 얘기하진 않았어. 화가 나 있어서."

"그래도 자백은 했어?"

"아니. 처음엔 제이가 범행을 저지른 게 분명하다고 주장하더라고. 아니, 제이가 아니라 요하네스라고 그랬나, 아무튼 그녀가 뭐라고 불렀든 간에. 카마는 주님이 미카엘의 목숨을 앗아갔다고 해명하던데."

몇 분간 방 안에는 도로공사 소음만이 유일한 소리였다. 단이 손끝으로 왼쪽 뺨 위에 아직도 불룩 솟아 있는 상처를 만진 게 백 번은 될 듯했다. 상처는 눈 옆에서 시작해 광대뼈를 지나 거의 코까지 이어졌다가 지그재그로 하악각 쪽으로 갔다가 다시 아래턱 제일 뾰족한 곳

왼쪽 몇 센티미터 지점에서 끝났다. 상처 피부는 불처럼 새빨간 색이었고 실로 꿰맸던 구멍은 여전히 눈에 드러났다. 마리아네 말로는 몇 개월 정도 지나면 색도 옅어지고 흔적도 점점 사라질 거라고 했다. 단은 훼손된 상처 부위와 그로 인해 새로 생긴 비대칭의 미소를 무시하려 했지만 마음이 무거웠다. 단은 평소 여성들로부터 민감한 칭찬 듣는 것에 익숙해 있었다. 이제 대부분의 사람들은 그의 상처에 관심을 표했다. 얼마나 끔찍했겠냐, 분명히 좋아질 것이다 등등. 이제 더 이상 그런 얘기는 듣고 싶지 않았다.

단은 뺨에 손을 대지 않으려고 의식적으로 신경 썼다. 다시 대화를 시작하기로 했다. "제이는 뭐래? 용의자 얘기를 하면서 별 얘기 안 했어? 나한테는 아무 말도 안 하겠다 하더라고. 게다가 그 이후로 난 제이를 볼 수도 없었으니."

"아, 정말 불공평하네." 플레밍은 기분 좋은 농담처럼 들리게 하려고 약간 굳은 미소를 지었다. 그는 헛기침을 하고 설명을 시작했다. 어째서 제이가 알람시계 사진을 보자마자 살인을 저지른 사람이 누구인지 즉각 알게 되었는지. 그리고 용의자를 어떻게 지목했는지. 15년 전 제이는 사라지기 몇 주 전 남몰래 사랑을 키워온 그녀에게 선물을 건넸다. 제이는 기회만 되면 집을 나가기로 결심했었다. 적절한 타이밍만 기다리는 중이었다. 카마 모리첸은 제이보다 더 밀접하게 교구와 관계 맺고 있었기에 같이 떠날 생각이 없었다. 그러나 제이는 그녀에게 자신을 기억할 만한 선물을 주고 싶었……. 그리고 그녀가 제이의 사진을 소지하고 있으면 안 된다는 걸 제이는 잘 알았다. 파문당한 사람의 사진을 갖고 있다가 발각되면 장로들이 엄한 벌을 내릴 것이다. 보석 같은 전통적인 작별 선물은 당시 살아 계셨던 그녀의 부모님에게 발각될 위험이 있었다. 제이는 그녀에게 자신이 가장 좋아하는 물건을 선물하기로 했다. 그 물건을 볼 때마다 자신을 생각해주었으면 하는 마음에서. 몇 년 전 만화잡지에서 상품으로 받은 알람시계가 적격이었다. "카마는 제이가 언젠가 돌아와 파문이 철회되도록 자신의 죄를 회개할 때까지 시계를 간직하겠노라고 말했어." 플레밍이 말했다. "그러면 두 사람은 결혼도 할 수 있을 테니까."

"카마가 그동안 계속 제이를 기다렸던 거야?"

"제이가 그녀의 인생에 유일한 남자였다고 말하던걸."

"그런데 대체 왜 그녀는 살인현장에서 시계를 유인수단으로 사용했을까? 제이가 그녀의 인생에서 유일한 사랑이었다면서? 제이가 의심을 받게 되리라는 걸 분명히 알았을 텐데?"

"분명 우연은 아니었을 거야. 카마는 제이, 아니면 요하네스든, 그녀가 뭐라 부르건 간에 그를 증오해." 플레밍은 한숨을 쉬었다. "그걸 어떻게 설명해야 하나? 그녀는 15년 전 여름 그와 사랑에 빠졌어. 주님의 집에서는 통상적으로 뜨거운 시선이나 손잡는 것 정도만 표현하지. 그런데 카마와 제이는 한 단계 더 나갔던 거야. 1992년 성경캠프에 같이 참석했을 때 말이야."

"두 사람이 같이 잠자리도 가졌나?"

"아니, 그건 아닌 것 같아. 아마 키스는 했겠지, 스킨십도 좀 했을 테고. 그 정도로도 나중에 둘이 결혼해서 남은 생을 같이 지내자고 카마를 설득시키는 데는 충분했겠지. 아무튼 그때 주님의 집에서 그런 일이 있었어. 제이가 떠날 때 카마는 그가 다시 돌아오리라고 확신했어. 제이는 그녀가 비난받으리란 걸 알았고 교구 내 다른 남자와 절대로 결혼하지 못한다는 것도 알았어. 그녀는 자신에게 죄의 흔적을 느꼈대. 제이가 그렇게 시적으로 표현하더라고. 그리고 그녀는 제이가 약속을 지킬 신사라는 확신을 했는데 제이가 몇 년이 지나도 돌아오지 않자 사랑이 점점 증오로 변한 거지. 제이는 단 한 번도 나타나지 않았어. 제이의 가장 골칫거리였던 계부 에릭-폴이 파문당했는데도 나타나지 않았고. 그녀는 제이가 계부의 파문 소식을 전혀 접하지 못했을 수도 있다는 걸 생각하지 못했지. 그녀는 그들의 작은 교구에서 일어나는 일을 전 세계가 알고 있다고 확신했어. 그녀의 관점에서는 모든 게 제이의 책임이었지. 그녀가 결혼을 못 한 것도 제이의 책임이고, 아이를 가질 수 없는 것도 제이의 책임이고, 신이 그녀의 죄를 용서해주지 않는 것도 제이 책임이었지. 카마의 눈에 제이는 유다가 된 거야. 제이 자신이 항상 자신을 유다에 비교했었거든. 유다처럼 그는 자신이 사랑하는 사람에게 키스하고 배신하고 그녀가 두려워했던 운명에 그녀를 맡기게 했어. 카마는 자신이 교구의 다른 여자들의 삶과 같은 삶을 살아가지 못한다는 것을 인정해야 했을 때 기분이 좋지 않았을 거야." 플레밍은 어깨를 으쓱했다. "긴 이야기를 간단하게 말한다면 카마는 고의적으로 책임을 제이에게 떠넘긴 거야. 그 알람시계로 미카엘을 헛간으로 유인하겠다고 결심했을 때 말이야. 그녀는 시계 내부를 마지막으로 만진 사람이 제이라는 걸 알고 있었어. 제이가 배터리를 교체했던 걸 알았지. 그리고 카마는 경찰이 제이의 지문을 발견할 수도 있겠다고 생각했겠지."

"난 그 배터리 이해 못 하겠는데."

"무슨 말이야?"

"제이가 그 당시 배터리를 교체했고 지문이 15년이 됐다면서⋯⋯. 반짝이는 불빛을 작동해서 미카엘을 헛간으로 유인할 만한 전원이 어떻게 남아 있을 수 있지?"

플레밍은 몇 초간 넋이 나간 얼굴로 단을 바라봤다. "네 말이 맞아. 어떻게 아무도 그 생각을 못 했지?"

"착각일 수도."

"무슨 말이야?"

"응, 그냥 말 그대로 착각일 수 있다는 거야, 플레밍. 지금까지 경찰은 불빛이 비쳐서 미카엘을 헛간으로 나오게 유인했다고 생각했잖아. 그런데 사실 그게 확실한 건지는 모르잖아. 알람시계는 그냥 그 자리에 가만히 있었던 거야. 그렇게 생각해볼 수도 있어."

"그래서 네가 하고 싶은 말은 뭐야?"

"제이를 용의자로 만들 목적으로 알람시계가 그 자리에 놓였다는 건 나도 의심할 여지 없는 사실이라고 봐. 단지 시계가 무조건 작동되고 있을 필요는 없었다는 거지. 카마는 자신이 하려는 일을 알았으니까."

"그런데 시계 전원이 켜 있지 않았다면……. 어떻게 미카엘을 밖으로 불러냈지?"

단은 어깨를 으쓱했다. "그냥 카마가 미카엘을 불렀을지도 모르지. 아니면 그녀가 정원에 메시아가 나타났다고 말했는지도. 아니면 그냥 도움을 요청했을지도 몰라. 가능성은 수천 가지야. 그리고 엄격히 말하면 단 한 사람만 진실을 말해줄 수 있잖아. 그냥 카마한테 물어봐……."

플레밍의 전화벨이 울리고 그가 잠시 통화하는 동안 단은 카마의 외모를 떠올렸다. 뚱뚱하고 나이들어 보이는 몸매, 굵고 검은 머리카락, 구식 헤어스타일, 나일론 스타킹을 신은 굵은 다리, 싸구려 신발.

"카마가 제이의 타입이라고는 상상이 안 되는데." 플레밍이 전화를 끊자 단이 말했다.

"좀 특이하지. 그런데 카마가 그때만 해도 가냘픈 청어 같았다고 제이가 그러던걸. 카마의 과거 외모에 대해 한마디도 안 하다가, 내가 좀 놀라워하는 걸 눈치챘는지 말해주더라고. 그녀가 그의 첫사랑이라고 말이야."

"그의 첫사랑이라……. 그리고 그가 떠난 첫 여자. 그 이후에도 제이는 거의 그 패턴만 반복하며 살았지."

"흠, 패턴이 아주 일찍 만들어졌군."

"우리 지금 뭘 기다리고 있는 거야?" 단이 물었다.

"국장님을 심문에 참관하게 해주겠다고 약속했어. 국장님이 너랑 같이 심문 과정을 지켜보고 싶어 해서. 넌 우리 국장님의 새로운 영웅이거든." 마지막 말은 약간 비꼬듯 들렸다.

"으, 이제 그만해, 플레밍."

"진짜야. 하네고르 국장이 장관한테 개인적으로 칭찬을 들은 원인 제공자가 바로 너야. 복잡한 사건을 우아하게 처리했다고 장관이 말했다나. 내 생각에 장관은 네가 뭘 했는지 그리고 왜 그 일을 했는지 이해하지 못하는 것 같아. 그래도 장관의 칭찬에 반대할 이유는 없지."

"왜지? 장관이 어떻게 생각하고 있는데?"

"어떤 이유에선지는 몰라도 장관은 네가 얼마 전부터 크리스티안순 경찰에서 일종의 비밀 고문 내지는 컨설턴트로 일한다고 생각하는 것 같아." 플레밍은 미소를 자제하려 했다. "그리고 장관은 그걸 굉장하다고 여기는 것 같아. 미국 범죄 스릴러 같다고 생각이 들었는지."

단이 눈썹을 치켜 올렸다. "비밀 고문? 어떻게 그런 생각을?"

"나도 몰라, 단. 인터폴에 수사 요청을 취소할 때 내가 뭔가 오해받을 말을 했을지도 모르지. 그럴 수도 있을 것 같아. 내 영어 실력이 그렇게 뛰어나지는 않으니까 말이야." 그는 이제야 진짜로 미소 지었다. "어쨌든 이제 우린 공식적으로 그렇게 할 거야. 국장 비서가 지금 계약서를 작성하는 중이야."

"경찰이 날 정식으로 고용한다고?"

"아니, 단, 그건 아니야. 아무리 그래도 한계는 있는 법이니. 우린 널 한 달간 고용한 거고 넌 3주 전에 일을 시작한 거야."

"고마워, 플레밍."

"단 소메르달의 파란 눈 때문에 이런 걸 추진한 건 아니야. 확실히 그건 아니지. 하지만 그걸로 내 엉덩이와 군단을 구할 수만 있다면 나도 기꺼이 동의하지. 게다가 너도 뭔가 얻는 게 있다면야 내가 반대할 이유가 없어. 그래도 내가 네 행동을 보는 관점은 아무것도 바뀌는 않아. 너도 알다시피……."

그때 누군가 문을 세게 두드렸다. 국장이 머리를 쑥 들이밀었다. "늦어서 미안합니다."

국장은 플레밍에게 고개를 끄덕이고 단에게 시선을 돌렸다. "이제야 우리가 인사를 나누게 됐군요! 키엘 하네고르입니다."

"단 소메르달입니다." 단이 미소를 지으니 뺨이 당겨왔다. "양해 바랍니다. 제가……."

"물론입니다." 하네고르는 플레밍을 봤다. "이제 갈까, 토르프?"

그들은 일렬종대로 취조실을 향해 갔다. 취조실엔 문 두 개가 나란히 있었다.

단과 하네고르가 한쪽 문으로 들어가자 플레밍은 다른 문 앞에 서서 심문을 같이 진행할 형사를 기다렸다.

"전에 카마를 본 적이 있어요?" 하네고르 국장이 단에게 묻고 난 뒤 의자에 앉았다.

"길에서 한 번 봤어요."

"난 첫 번째 심문을 들었어요." 하네고르 국장이 말했다. "카마라는 여자 머릿속이 온전하지 않은 것 같아요."

매직미러를 통해 그들은 취조실을 또렷하게 볼 수 있었다. 카마 모리첸이 방 안에서 경찰을 기다리고 있었다. 단은, 관찰실의 블라인드가 쳐져 있고 빛이 들어가지 않는 한 거울을 통해 한쪽에서만 다른 쪽을 볼 수 있다는 사실을 알고 있었다. 내 모습을 숨긴 채 이렇게 아무 거리낌 없이 다른 사람을 지켜볼 수 있다니 정말 기분이 이상했다. 유치장 안에서의 며칠이 그 깔끔했던 가정주부의 모습에 흔적을 남겼다. 그녀는 딱딱한 나무 의자에 고개를 푹 숙이고 앉아 있었다. 언제 감았는지 알 수 없는 머리칼이 커튼처럼 드리워져 얼굴을 알아보기 힘들었다. 경찰이 가져다준 블라우스는 너무 컸고 맨발에 회색 슬리퍼를 신고 있었다. 주먹을 꽉 쥐고 있어 손가락뼈 하나하나가 하얗게 빛났다. 그녀는 신에게 기도했다.

"심문하는 내내 저렇게 앉아 있나요?" 단이 물었다.

하네고르 국장은 어깨를 으쓱했다. "카마 모리첸 씨는 현실과 접촉하고 싶은 마음이 그다지 많아 보이지 않네요."

피아 바게와 플레밍 토르프가 방으로 들어가는 모습이 보였다. 피아는 플레밍 옆자리에 앉기 전에 녹음기를 켜고 날짜, 시간, 참석자들의 이름을 말했다. 플레밍은 카마 모리첸과 마주 앉았고 그녀는 이제 기도를 끝내고 창백한 얼굴에 블랙홀처럼 푹 꺼진 눈으로 두 경찰관을 바라봤다.

"당신이 에릭 캐스펠트의 집안일을 도와준 사실을 알고 있어요." 플레밍이 시작했다.

"베아테가 세상을 떠난 후로 그렇게 했어요. 하지만 대부분의 시간은 아네마리와 함께 있어요. 그래서 지난 몇 달 동안…… 형사님들도 아시겠지만, 미카엘이 그렇게 된 이후……."

"캐스펠트 집에선 뭘 하셨습니까?"

그녀는 어깨를 으쓱했다. "요리나 옷 수선, 다림질, 청소 같은 집안일을 했죠. 그가 출장 갈 때면 공항까지 데려다주기도 하고요."

"그러니까 집안일을 도맡아 하는데 이 모든 걸 무료로 해준단 말입니까?"

"에릭은 아주 바쁜 사람이에요." 그녀는 자랑스러워하는 표정으로 말했다. "직장에서도 고위직에 있는 데다 자유 시간을 모두 주님의 집에서 보냅니다. 그는 가장 영향력 있는 장로 중 한 사람이에요. 주님은 제 작업능력보다 에릭의 노동력을 더 절실히 필요로 해요. 제 능력은 에릭이 교회 일에 집중할 수 있도록 사용되는 것이 유용하고요." 그녀는 자기 손을 바라봤다. "전 에릭을 도울 수 있어 자랑스러워요."

"2월 27일 화요일에 그를 공항까지 데려다주셨나요?"

"미카엘이 죽기 전날이요?"

"당신이 성경캠프에 있던 날, 네, 맞아요."

그녀는 잠시 생각하더니 답했다. "네."

"그럼 차를 어떻게 했죠?"

"에릭이 금요일에 집에 돌아올 때까지 제가 차를 갖고 있었어요."

"다시 에릭을 데리러 갔나요?"

그녀는 고개를 끄덕이며 물었다. "그를 풀어줬나요?"

"그는 당분간 구금되어 있습니다."

"무슨 죄목으로요?"

"그건 지금 이 자리에서 말할 주제가 아닙니다."

"이런 얼토당토 않은 일이 있나!" 카마는 손바닥으로 테이블을 탁 쳤다. "에릭은 아무 잘못도 하지 않았어요. 그는 절대로 그른 일을 하지 않을 사람이라고요! 그는 주님을 잘 섬기는 분이에요. 교구에 꼭 필요한 사람이란 말입니다!"

플레밍은 그녀를 바라보았다. 그는 그녀가 한 번에 일관된 이야기를 그렇게 많이 쏟아놓는 걸 전에 본 적이 없었다. 그녀가 관심을 가진 주제임이 분명했다. "에릭 캐스펠트를 사랑하십니까?"

진홍색 반점 두 개가 카마의 목에서 뺨까지 퍼졌다. "형사님은 그런 것을 물어볼 권리가 없어요!"

"그럼 그게 사실인가요?"

"형사님하고 전혀 관계없는 일이에요." 죽은 물고기 두 마리처럼 카마 앞에 누워 있던 손이 빈 일회용 플라스틱 컵을 더듬기 시작했다. 그녀는 컵 가장자리의 모서리를 조심스럽게 손톱으로 긁었다. 그녀의 안색이 천천히 돌아왔다. "이 사건하고 아무 상관 없는 일이에요."

"그래도 당신은 교구의 다른 남자들보다 에릭과 좀 더 밀접한 관계가 있잖아요, 안 그래요?"

"말하고 싶지 않아요." 그녀는 시선을 다시 자기 손으로 향했다. "우리 주님의 집 안에서는 모두가 서로서로 좋아해요."

"그런데 당신은 미카엘 키엘센이 자위하는 모습을 봤다고 에릭 캐스펠트한테 일러바쳤군요."

그녀의 시선이 플레밍에게 갔다가 다시 컵으로 돌아왔다. 그녀는 아무 대답도 하지 않았다.

"왜 하필 에릭한테 갔나요?"

그녀는 어깨를 으쓱했다.

"그건 교회의 모든 지도자들이 들어야 할 문제 아닌가요?"

"아네마리가 들었더라면 끔찍했겠죠." 그녀는 중얼거렸다.

"무슨 말인가요?"

"아네마리는 첫째아들과 남편을 사탄에게 잃었잖아요. 그녀가 미카엘까지 잃어버리게 돼서 그 책임이 저한테 돌아오게 하고 싶지는 않았어요."

"장로들이 미카엘을 파문시키게 되리란 걸 당신은 알았으니까 그랬나요?"

"당장은 아니겠지만 그래도……." 그녀는 얇은 플라스틱 컵을 세로로 가늘게 찢기 시작했다. 손가락을 천천히 조심스럽게 움직여 너비가 같도록 계속해서 찢었다. "장로들이 언젠가는 분명 미카엘을 파문했을 거예요. 미카엘이 바라보던 그 더러운 걸 봤을 거예요." 그녀는 플라스틱 컵을 내던지더니 플레밍의 얼굴을 똑바로 쳐다봤다. "정말 추잡했어요!"

"그렇다 해도…… 바로 파문할까요?"

"처음이 아니었잖아요. 사탄이 그를 점령했거든요. 미카엘의 몸은 어렸을 때 이방인의 피로 오염되었어요. 그는 악의 먹이였던 거죠."

한동안 취조실에는 침묵이 흘렀다. 잠시 후 플레밍이 입을 열었다.

"당신은 에릭이 이해심이 더 많을 것이라고 생각했나요?"

"에릭도 미카엘을 알고 있었어요. 같은 회사에서 일했죠. 에릭은 미카엘과 단둘이서 얘기를 할 수도 있고 미카엘을 올바른 길로 돌려놓을 수 있는 사람이니까요. 나머지 교구 사람들은 굳이 알 필요가 없잖아요."

"잘 됐나요?"

"그렇게 생각했었죠." 그녀는 잠시 멈췄다. "그러다 위층 미카엘 방에서 다시 목격했어요. 그가 보고 있던 그…… 역겨운 영상도 봤어요."

"그를 염탐했나요?"

그녀는 고개를 들었다. 검은 눈이 반짝였다. "미카엘 방을 우연히 지나간 거예요!"

"다른 젊은이처럼 미카엘 키엘센도 문을 활짝 열고 컴퓨터 화면을 보면서 자위를 할 수 있고 그가 보고 있는 영상은 다른 사람들도 다 보는 것이다, 이렇게 생각할 수도 있는 것 아니었나요?"

그녀는 대답하지 않고 바닥만 바라봤다.

"혹시 문을 통해 소리를 들었나요?"

그녀는 끄덕였다.

"그래서 안에서 무슨 일이 일어나고 있는지 보려고 슬며시 문을 열었나요?"

그녀는 어깨를 으쓱했다.

"그래서 다시 에릭 캐스펠트에게 갔나요?"

똑같은 몸동작.

"갔습니까, 안 갔습니까, 카마?"

그녀는 플레밍의 눈을 응시했다. "안 갔어요!" 그녀가 말했다. "에릭이 그 문제에 더 이상 관여하지 않는 게 나았으니까요."

플레밍은 잠시 그녀를 바라봤다. 그러다 입을 열었다. "미카엘이 자기 방에서 포르노를 보는 걸 목격한 순간 당신이 뭘 했는지 말씀해 주세요."

"미카엘을 꾸짖었어요."

"그가 뭐라던가요?"

"저한테 소리 지르더라고요. 최악의 말을 퍼부었어요. 그러더니 저를 문밖으로 밀고 문을 잠가버렸어요." 그녀의 눈이 피아 바게의 얼굴로 향했다. "미카엘은…… 그는 바지 단추도 채우지 않았어요. 열려 있어서……. 제가 그의 그걸…… 그거 말이에요…… 봤어요."

"그래서 당신은 어떻게 했나요?"

"전 그를 위해 기도하리라 결심했어요."

"그날 저녁기도에 그를 포함시켰나요?"

카마는 플레밍에게 경멸하는 시선을 던졌다. "아니에요, 전 제대로 그를 위해 기도할 생각이었어요. 교구본당 그리스도의 발아래에서 말이에요." 그녀는 잠시 눈을 감더니 천천히 다시 떴다. "전 마지막 기회라 생각하고 중재하고 싶었어요."

"장로들에게 가기 전 마지막 기회란 말인가요?"

그녀는 고개를 끄덕였다.

"그래서 본당에 들어가셨군요. 거기에 다른 교구회원이 있었나요?"

"전 예배 한 시간 전에 들어갔어요. 방해받고 싶지 않아서요."

"연단 앞 의자에 앉으셨나요?"

"아니요, 가림막 스크린 뒤에 무릎을 꿇었어요."

"가림막이라뇨?"

"우리 예배당 한쪽 구석은 십자가 바로 앞에서 분리되어 있어요. 주님을 만나기 위해 모여 찬양할 땐 스크린을 치우지만 예배 이외의 시간엔 대부분의 사람들이 혼자 기도하는 걸 선호하거든요."

"아, 네……."

"제가 거기서 무릎 꿇고 기도하는데 누군가 예배당으로 들어왔어요. 누구인진 볼 수 없었지만 목소리를 듣고 누군지 알았어요."

"에릭 캐스펠트와 미카엘 키엘센이었죠."

카마는 눈썹을 찡그렸다. "그걸 어떻게 아셨죠?"

"그냥 추측해봤습니다."

그녀는 못 미더운 표정으로 플레밍을 바라보다 말을 이었다. "두 사람이 대화하더군요. 전 일어나 인사하려 했어요. 제가 여기 있다고 말하고 두 사람을 만나려 했죠, 그런데……."

"그런데요?"

"그때 두 사람이 무슨 얘길 하는지 들었어요. 그러다 깜짝 놀라 몸이 얼어붙었어요. 더 이상 몸을 움직일 수도 없을 정도로요."

그녀는 플레밍을 응시했다. "제가 있다는 걸 알리지 말아야겠더라고요. 제가 에릭을 당황스럽게 만들게 될까 봐요. 그래서 그냥 앉아 있었어요."

"그래서 대화 내용을 다 들었나요?"

"미카엘이 에릭한테 돈을 내놓으라고 협박했어요. 에릭이 뭔가 잘못을 했다고 하더라고요! 전 이해가 잘 안 됐어요, 국립병원하고 컴퓨터 관련된 얘기던데. 전 미카엘 컴퓨터에 안에 있는 나쁜 것들과 관련된 문제인 줄로 생각했어요. 컴퓨터 안에 쪼그리고 앉아 사람들이 그런 더러운 것들을 보게 만드는 사탄에 대한 얘긴 줄 알았어요.

그런데 에릭이 왜 미카엘한테 돈을 줘야 하나? 사실 미카엘이 사과해야 하는데요."

"돈을 얼마나 요구하는지 들었나요?"

"5만이요."

"그러고 나서 어떻게 됐나요?"

"미카엘이 나갔어요. 전 밖으로 나갈 엄두를 못 냈어요. 에릭이 예배 전에 의자를 제자리에 돌리는 소리를 들었거든요. 그리고……."

"에릭의 문제로 인한 협박이란 걸 어떻게 알아들었죠?"

"에릭이 울었어요." 카마는 고개를 들고 플레밍의 얼굴을 봤다. "누구한테도 나쁜 짓을 해본 적이 없는 에릭이…… 그가 어린아이처럼 울면서 중얼거리며 기도했어요. 주님께 그의 죄를 용서해달라면서 처벌을 받겠노라고."

"그럼 에릭이 몇 주 뒤 미카엘 키엘센을 죽이기로 결심한 게 그렇게 놀랄 일도 아니네요."

그녀는 플레밍이 그녀의 뺨을 때리기라도 한 듯한 얼굴이었다. "형사님 생각은 에릭이 그랬다고……?"

"네, 당신은 안 그랬다고 말씀하셨잖아요. 게다가 에릭 캐스펠트의 알리바이가 그렇게 좋은 편도 아니고……."

"그래도……."

"지금까지 에릭의 살해 동기가 뭘지 잘 몰랐어요. 그런데 지금 막 당신이 그 얘길 해줬죠. 고마워요, 카마."

그녀는 아무 말도 하지 않았다. 플레밍만 바라보았다.

플레밍은 자리에서 일어났다. "지금 시각 13시 30분. 심문은 점심시간 동안 중단됩니다." 그는 마이크에 대고 말했다. 그런 다음 녹음기 전원을 껐다. "우리 직원이 점심 식사를 가져다드릴 겁니다." 그는 그녀의 어깨에 손을 얹었다. 그녀는 그것을 의식하지 못하는 것 같았다.

＊

"기분이 어떤가?" 하네고르 국장이 구운 돼지고기를 넣은 스뫼레브뢰(버터를 바른 호밀빵 위에 절인 청어, 얇게 저민 고기 등을 오픈 샌드위치 형태로 올린 음식—옮긴이) 마지막 조각을 집으며 말했다.

"우리가 돌아가면 자백하겠죠." 플레밍이 말했다. "아니면 무슨 판타지 이야기를 꾸미든가요. 그녀는 에릭 캐스펠트가 살인으로 유죄판결을 받도록 내버려두지는 않을 겁니다. 게다가 그녀의 증언 때문이라면 더더욱 그럴 일은 없죠."

"난 그녀가 정말로 에릭을 사랑하는지 잘 모르겠어." 하네고르 국장이 말했다. "그래도 그녀는 자신이 에릭과 아네마리의 보호자라고 생각하는 것 같아."

"국장님 의견에 완전 동감합니다." 플레밍이 대답하고 접시를 옆으로 밀었다. "그런데 전 우리 사건이 좀 특수한 이야기와 관련된 것 같아요. 카마는 대체 왜 미카엘을 죽이는 게 에릭과 아네마리를 돕는 길이라고 믿었을까요?"

"제가 얘기 좀 해도 될까요?" 단이 끼어들었다.

"당연하죠." 하네고르가 얘기하라고 재촉했다.

플레밍은 아무 말도 하지 않았다.

단은 포크와 나이프를 접시 위에 올려놨다. "사실 카마를 제대로 본 건 오늘이 처음이라서 그녀를 잘 안다고 말하긴 힘들지만……. 그게 비논리적이라고 생각하지는 않습니다. 저도 국장님 말씀이 맞다고 봐요. 카마는 자신이 보호자 역할을 한다고 생각하는 거죠. 그것도 아주 대단한 보호자라고 말입니다. 전체 교구회원의 보호자는 아닐지라도 어쨌든 에릭과 아네마리 두 사람을 확실하게 보호한다고 생각할 겁니다. 미카엘을 살인한 것은 분명히 이 두 사람을 보호한다고 한 행위였을 겁니다. 에릭을 협박으로부터 구제하려고 그랬겠죠. 협박받는 이유도 제대로 이해하지 못했으면서 그걸 순전히 사탄의 짓이라고 생각했으니까요. 그리고 아네마리가 세 번째 가족 구성원이 파문당하는 것을 지켜보게 되면 견딜 수 없는 굴욕과 고통을 당할 테니 보호해주려 했을 겁니다."

"나도 거기까진 생각했어." 플레밍이 비꼬듯 말했다.

"어쩌면 카마는 주님이 그녀에게 그의 도구가 되어달라고 요청했다고 상상할 수도 있지 않을까요? 어쨌든 그랬다 해도 놀랄 일은 아니에요."

"아마도."

"그런데 제가 지금까지 깊이 생각해보지 않았던 부분이 있어요……. 전 카마가 미카엘을 증오할 만한 아주 강력한 이유가 있다고 봐요. 어린 시절에서 그 이유를 찾을 수 있을 것 같아요."

"그게 뭘까요?" 국장이 입을 열었다.

"요하네스와 카마는 어렸을 때 서로 좋아했던 사이잖아요. 카마는 요하네스가 집에서 얼마나 끔찍한 생활을 했는지 잘 알고 있었죠. 계부가 그를 미워하고 구타도 했다잖아요. 요하네스가 두 사람의 혼인 관계로 태어난 아이도 아니고 주님의 집의 축복도 받지 못한 채, 죄를 안고 태어났으니까요. 그는 이 때문에 자신의 계부뿐만 아니라 모든 사람이 자신을 부정적인 시선으로 바라본다고 했어요. 카마는 어쩌면 그를 이해하려고 노력한 유일한 사람이었을 것입니다. 그녀는 완전히 사랑에 빠졌어요. 아마도 그녀는 집에서 상황이 너무 나빠지면 그가 가출할 고민을 하리라는 것도 알고 있었을 겁니다. 어쨌든 그가 아끼는 시계를 그녀가 선물로 받았으니 어렴풋이 예측할 수 있었겠죠. 그런데 제 생각엔 그녀가 여전히 그를 설득하고 싶어 했을 것 같아요. 적어도 몇 달 동안은 그렇지 않았을까요. 두 사람이 열여덟 살이 되면 결혼할 수도 있을 테니까요. 그러면 교구의 전폭적인 지원을 받으며 자신들만의 가족을 탄생시킬 수 있었겠죠. 그렇게 되면 요하네스는 계부를 떠날 수 있고요. 카마는 자신이 요하네스의 말에 동조해주고 그의 고민을 들어주면 요하네스의 고통을 덜어줄 수 있으리라고 상상했을 겁니다. 그런데 전 그냥……."

"그게 다 미카엘과 무슨 상관이지?" 플레밍이 궁금해했다.

"요하네스는 미카엘한테 불화살과 로켓 폭죽, 대형 폭죽이 들어 있는 상자를 선물했어. 그는 자기 동생이 불꽃놀이에 빠져 있다는 걸 알았거든. 요하네스는 동생과 같이 폭죽과 불화살 놀이를 해본 적이 있으니 동생 혼자서도 충분히 제대로 다룰 거라고 믿었던 거지."

"그런데 주님의 집에서 불꽃놀이가 허용되나?"

단은 어깨를 으쓱했다. "몰라. 그것도 에릭에게 물어봐야 할 질문 중 하나야." 그는 물을 한 모금 마셨다. "요하네스가 미카엘이 하마터면 죽을 뻔한 사고에 대해 죄책감을 느꼈다는 건 우리도 알고 있잖아요. 계부가 요하네스에게 동생이 죽었다고 전화기에 대고 말했을 때 죄책감이 줄어들지 않았을 건 분명하고요." 단은 플레밍과 하네그르 국장을 쳐다봤다. 그들은 듣고 있다는 걸 보여주려고 고개를 끄덕였다. "카마가 이 과정을 어떻게 경험했을지 생각해보셨나요들? 그녀는 사랑에 빠져 18세가 되기만 기다렸을 거예요. 결혼해서 요하네스를 불행한 삶으로부터 구해주려고 그날만 기다렸을 거예요. 그런데 하필 기다림의 막바지에서 사고가 났던 거죠. 카마 입장에선 요하네스의 성가신 동생이 완전히 멍청하다고 생각했을 거예요. 동생 때문에 요하네스가 비난을 받아 그 죄책감으로 가출했고 교구에서 파문당했으니까요. 그녀는 그 이후로 요하네스 소식을 듣지 못했어요. 그녀의 입장에서 보면 자신이 요하네스를 잃은 것은 틀림없이 미카엘의 잘못 때문이었거든요. 겉으로 내색은 안 했을 테지만 미카엘을 미워했던 건 분명해요. 미카엘의 몸에 이방인의 피가 흐르게 했던 사탄을 두려워하는 만큼 그녀는 미카엘을 미워했을 거예요. 미카엘이 폭죽 사고를 당하고서 나중에 죽게 될 때까지 아마도 그녀는 그런 생각으로 살았을 겁니다."

"그럴 수도 있겠네." 플레밍이 천천히 고개를 끄덕였다. 그는 수첩에 메모했다. "평상시에 미카엘에 대해 그런 생각을 품고 있었다면, 약간의 포르노와 협박이라는 게 그릇 안을 넘치게 할 마지막 물방울처럼 별안간 엄청난 의미가 됐을 수 있겠어."

"카마는 자신이 교구, 아니 어쩌면 세상을 위해서도 미카엘의 머리를 삽으로 내려찍은 게 잘한 일이었다고 정말 진지하게 믿었을 거예요. 살인을 함으로써 사탄을 확실히 쫓아냈다고 말이에요."

"그런데 왜 시신에 구형 모니터를 던졌을까? 미카엘이 이미 죽었는데도 말이지."

"음, 그건 완전히 다른 문제야……. 만일 제게 묻는다면, 여기서 동기는 사적인 문제나 종교적인 광기가 아니에요. 카마는 사탄이 컴퓨터를 도구로 사용하여 음란한 영상을 직접 만들었다고 믿고 있는 것 같아요. 전 그런 인상을 받았어요. 그녀는 컴퓨터를 다뤄본 적이 없어요. 그녀에게 컴퓨터란 뭔가 신비하고 낯선 물건이죠. 우리도 알다시피 구형 모니터는 헛간 바닥에 있었어요. 미카엘이 에릭 캐스펠트의 돈으로 새 작업용 컴퓨터를 구입한 이후로 말이죠. 카마가 그걸 발견했겠죠. 아무튼 그녀는 정원 일을 전부 도맡아 했으니까. 아마도 그녀는 헛간에서 그걸 발견하고 그녀의 병든 뇌로 하늘의 계시라고 여겼을 거예요. 악마를 몰아내기 위해 악마의 도구가 필요했겠죠. 일종의 시적인 정의라 할까. 악으로 악을 물리친다는 뭐 그런 말도 안 되는 소리."

"저, 제 생각에는……." 피아 바게가 점심 식사를 하는 동안 처음으로 입을 열었다.

"네?" 단이 물었다.

"아니, 토르프 과장님한테 드리는 말씀인데요. 아네마리랑 카마와 대화를 가장 많이 나눠본 사람이 과장님이잖아요. 카마가 마리보에 성경캠프를 갔는데 어떻게 이 모든 일들이 일어날 수 있었는지 과장님 생각은 어떠신가 궁금해요. 카마는 알리바이가 있잖아요. 그것도 미카엘 어머니와 같은 방을 썼는데요."

"맞아. 그게 가장 취약한 점이야." 플레밍이 대답했다. "그리고 주님의 집 캠프에선 밤늦게까지 술 마시고 파티하는 건 상상도 못 하지. 아네마리 키엘센은 캠프에서 계속 아주 일찍 잠들었다고 했어. 얼마나 이른 시간에 잤는지 평상시 같으면 전혀 잠들 수 없는 때라고 했어. 그녀는 아침에 일어나면 기분이 나빠지는 사람이라 캠프 기간에만 복용하려고 의사한테 수면제를 처방받았대. 2월 28일 수요일에 그녀는 저녁 8시 30분에 수면제를 복용했고, 22시에는 잠들어야 다음날 새벽 6시에 일어날 수 있을 것 같아서였지. 아네마리는 그래서 깊이 잠들었어. 수면제 효과가 유지만 되었다면, 카마는 방에서 몰래 나와 크리스티안순으로 차를 몰고 가 미카엘을 살해한 뒤 다시 캠프로 돌아올 수 있었겠지."

"그럼 그녀의 옷가지는요? 완전히 피범벅이 되었을 텐데요."

"내 생각엔 오는 도중에 어딘가에 버렸을 것 같아. 휴게소 쓰레기통이나 그런 곳에. 나도 모르지. 그냥 추측만 해볼 뿐."

플레밍은 자리에서 일어났다.

50
2007년 6월 22일 금요일

단은 한꺼번에 이렇게 많은 눈물을 본 적이 지금까지 한 번도 없었다. 모두 다 울었다. 남녀노소, 스승 제자 할 것 없이. 유일하게 평정을 유지한 이들은 부모들이었다. 부모들이야 훌쩍 자라 어른 같은 자녀들이 집으로 돌아오니 기뻐할 수밖에.

기숙학교 교장은 에게비에르그 학교 졸업 연설을 할 때는 얼굴을 똑바로 들고 있었지만 연단을 떠나자 그녀를 껴안고 싶어 하는 네 명의 소녀들에게 둘러싸여, 두꺼운 안경 뒤에서 눈물을 훔쳐야만 했다. 지난주 내내 〈마이 퍼니 발렌타인〉을 사중창 버전으로 연습했던 학생 4인조—피어싱을 하고 바지가 무릎 뒤에 걸린 듯한 남학생 두 명과 구멍 뚫린 망사 스타킹을 신은 여학생 두 명으로 구성된 멋져 보이는 그룹—는 1절의 절반까지 부르다 소프라노와 바리톤이 너무 많이 울어 결국 끝까지 공연하는 것을 포기해야 했다.

단은 무대 앞 바닥에 앉아 있는 라우라에게 잠깐 시선을 던졌다. 라우라는 옆에 나란히 앉아 있는 남학생을 두 팔로 감싸고 있었다. 그는 홀쭉한 체구에 검은 눈 화장을 했고 양쪽 귀를 덮은 두꺼운 니트 모자를 쓰고 있었다. 둘 다 눈물을 흘리는 중이었다. 마리아네를 홀끗 쳐다보니 그녀 역시 구겨진 티슈로 눈을 두드리고 있었다. 마리아네까지 울다니! 이 무슨 집단 히스테리인가? 그는 한숨을 쉬었다. 물론 젊은이들이 오늘 몹시 슬프리라는 것은 충분히 이해했다. 그들은 기숙학교에서 환상적인 한 해를 보냈고, 자신의 완전히 새로운 면을 알게 되었고, 새 친구를 사귀고, 새로운 습관을 채택하고, 새로운 가치를 발견했을 테니까. 이 아름다운 공동체를 떠나 집으로 돌아가는 것이 힘들긴 할 터다. 아이 때부터 썼던 자기 방으로, 인문계 고등학교로, 나아가 대학으로, 아니면 어디든 계속 나아가겠지……. 그래도 그렇지. 솔직해지자! 단은 내면의 독백을 계속하다가 라우라에게 시선을 던졌고 여전히 울고 있는 그녀의 친구들도 바라봤다. 빙고! 무감각한 단 소메르달도 갑자기 목에 커다란 덩어리가 걸렸다. 그는 단호하게 눈을 찡긋하고 딸에게 미소를 보냈다. 그의 입술이 떨리는 것 같았다.

드디어 강당에서 졸업식이 끝나고 졸업장을 받고 다들 강당을 나섰다. 단은 강당 입구 계단 오른쪽 햇빛 아래 서서 기다렸다. 마리아네는 50분 동안 차 안에 혼자 있었던 룸펠을 데려오려고 주차장 방향으로 갔다. 라우라는 양 우리 옆에 서서 흐느끼며 포옹하는 친구들 무리에 합류해 있었다.

"전 정말 적응이 안 돼요." 단은 갑자기 가까이에서 누군가 이렇게 말하는 소리를 들었다.

눈을 떠보니 바로 옆에 우르술라 올레센이 서 있었다. "아, 안녕하세요, 우르술라? 무엇에 적응이 안 되신단 말인가요?"

그녀는 코를 풀고 미소를 지었다. "졸업하는 날 아이들과 헤어지는 거요. 벌써 열두 번째예요. 그런데 매번 이렇게 질질 짠다니까요."

"아, 그럼 언제든 만나고 싶을 때마다 만나면 되지요."

그녀는 고개를 저었다. "그게 그렇게 안 되더라고요. 절대로. 언젠 가부터 그걸 깨달았어요. 10개월 동안 그렇게 집중적으로 함께 있다 보면 서로를 정말 잘 알게 되어 따로 떨어지는 삶을 상상도 못 하죠. 그래서 다시 만나자고 약속을 해요……. 조만간 빨리 만나자고 그러 죠!" 그녀는 얼굴을 찡그렸다. "그러다 여름이 지나고 새해가 시작되 고 학생들이 고등학교에 들어가요. 끝나면 끝난 거예요, 단. 그리고 또 그렇게 되는 게 맞아요. 어떤 관계가 끝나고 가버리면 이미 다른 관계가 기다리고 있더라고요."

그는 우르술라를 자세히 보고는 그녀가 코냑 색으로 머리를 염색 했다는 걸 알았다. 행복해 보이는 눈동자에 선탠으로 그을린 구릿빛 피부까지…….

"잘 지내시는 것같이 보이는데요, 우르술라. 아까 말씀하신 게…… 교사와 학생의 관계만 의미하는 게 아니죠?"

우르술라가 미소를 지었다. "그것만은 아니죠."

"아하. 그분, 누구예요?"

그녀는 미소를 지으며 고개를 저었다. "아직은 좀 일러요, 단. 그래 도 맞아요, 누군가를 만났고 그래서 행복해요."

마리아네는 룸펠 목에 리드줄을 걸고 데려왔다. 룸펠이 애견 미용 실에 다녀온 이후 단은 룸펠이 푸들 중 한 종이라는 것을 확실히 알 았다. 그래도 그는 이 강아지를 계속 돌보겠노라고 결심했다. 그새 룸펠은 그들 소유의 강아지가 되었다. 룸펠의 첫 주인이었던 알코올 중독자 폴-에릭 한센은 몇 주 전에 사망했다. 단과 마리아네는 장례 식에 룸펠을 데리고 갔다. 현명한 생각이었다. 거기 참석했다고 돈을 받은 사람들을 빼면 그들과 한센의 친구 아이빈이 애도하러 온 유일한 조문객이었기 때문이다. 장례식을 집도한 목사는 작은 개를 보며 약간 눈을 흘기긴 했지만 마리아네가 룸펠이 고인의 유일한 가족이라고 말하자 바로 받아들였다.

장례식이 끝나고 단과 마리아네는 한센의 친구를 태우고 초록색 창고로 차를 몰았다. 아이빈은 폴-에릭이 사망한 후 창고를 점령하고 하루 종일 정리정돈을 했다. 단이 돌아가려고 도로로 나갈 참에 아이빈이 종이상자를 들고 뒤따라왔다. 상자 안엔 폴-에릭의 소지품이 들어 있었고 아이빈은 유품을 어떻게 처리해야 좋을지 모르겠다고 했다. 의사선생님과 그 남편분이 받아주시는 게 차라리 낫지 않을지…….

그리하여 단은 그동안 경찰이 그토록 오랜 시간을 쏟아 구하고자 했던 증거물을 손에 넣었다. 상자 제일 아래쪽에, 경전과 구겨진 세례증명서와 오래된 사진 몇 장이 있었고 그 사이에 끼인 흰 봉투 안에 DVD 하나가 들어 있었다. 앞면에 미카엘이라는 글씨가 적힌 채. 단은 컴퓨터에 DVD를 넣어보고서 미카엘의 컴퓨터를 백업해둔 것임을 알았다. 그 안에는 미카엘이 에릭 캐스펠트를 협박했던 모든 자료가 들어 있었다. 요아킴 헤인센의 위조 진단서와 2006년 가을 우르술라 올레센의 재정상황에 대한 자세한 설명과 그녀의 개인 신상정보, 두 건의 사기행각을 위해 오갔던 이메일 대부분이었다. 단이 다음 날 증거를 건네자 플레밍은 자기 눈을 의심했다. 두 사람은 다시 좋은 친구가 되어가는 중인 듯했다. 하지만 '되어가는 중'일 따름.

그동안 미카엘은 파문당한 술주정뱅이 아버지와 소통해왔던 것이다. 그들이 그렇게 밀접하게 연락하고 지낸 줄은 정말 아무도 알지 못했다. 이제 두 사람 모두 사망했으니 절대로 아무도 알 수 없었을 것이다. 그러나 이제 그 관계가 어떠한 것이었는지 밝혀졌다. 그 자체로 이미 믿을 수 없을 정도로 충분히.

마리아네가 남편과 의뢰인이 있는 곳으로 다가왔다. 두 여자는 포옹했다. "라우라가 계속 그림을 그리길 바라요. 그 애는 정말 재능이 있어요!"

"고마워요." 마리아네가 미소 지었다. "우린 라우라가 좋아하는 일을 계속하는 걸 막지 않을 거예요." 그녀는 단에게 시선을 돌렸다. "참, 두 분 돈 문제 협의했어요? 당신하고 우르술라?"

"그만해, 마리아네." 단은 심기가 불편했다. "내가 우르술라 돈을 돌려받게 해주지도 못했는데 어떻게 받겠어? 우르술라는 당연히 그 돈을 지불할 필요 없어. 게다가 난 경찰에서 자문료를 받았는걸. 그거면 됐어."

"수임료를 당연히 받으셔야죠, 단." 우르술라가 반박했다.

"나중에 통화해요."

"아니, 그렇게 되면 절대 일이 안 돼." 마리아네가 말했다. "난 당신을 잘 알아, 단. 당신은 세상에서 가장 끔찍한 프리랜서야. 당신은 인보이스를 작성해야 하는 순간이 오면 항상 불편해하잖아."

"마리아네가 대신 정리해줄 수 있겠어요?" 우르술라가 물었다. "아네모네가 얼마를 지불해야 하는지 계속 물어봐요."

"자, 이제 그만하죠! 난 우르술라 재산을 조금도 회복시켜주지 못했어요." 단이 말했다. "말도 안 돼요. 당신 딸이 돈을 지불해야 하다니요. 그것도 전혀 성사되지 못한⋯⋯."

"내가 기억하는 한, 단은 야콥을 찾기 위해 고용되었어요. 그리고 당신은 그걸 해냈지요, 아닌가요?"

"그렇긴 하죠."

"그럼 당연히 받으셔야지요."

단은 바닥만 보면서 작은 돌멩이 몇 개를 툭툭 발로 찼다. "그 돈을 어느 정도 돌려받을 수도 있었겠지만." 단이 입을 열었다. "하지만 그렇게 되면 아무 죄 없는 천진난만한 아이들에게 재앙이 됐을 거예요, 우르술라. 그래서 전 그렇게 결심을……. 경찰은 아무것도 몰라요. 그래도 기회가 되면 당신한텐 그 얘기를 기꺼이 해드리고 싶은데……."

"괜찮아요, 단. 나중에 얘기해주세요."

단은 갑자기 우르술라의 말투에서 넋이 나간 느낌이 들어 그녀의 시선을 따라가봤다. 45세쯤으로 보이는 중간키 남자, 연갈색 사각 아세테이트 안경을 쓴 회색 곱슬머리 남자에게 우르술라의 시선이 꽂혔다. 모델 같은 외모는 아니었다. 그는 울고 있는 학생들과 여행 가방을 끌고 있는 그들의 부모들 사이에서 길을 잃은 사람처럼 서 있었다. 우르술라의 얼굴이 환하게 빛났다. 볼보 V40에서 태양이 떠올라 에게비에르그의 기숙학교에 빛을 비추기라도 하듯 밝아졌다.

"미안합니다." 그녀는 지금 막 도착한 사람의 시선을 외면하지 않고 이렇게 말하고는 바로 그에게로 다가갔다. 고개를 들고 걸어가는 그녀의 발걸음이 가벼웠다. 그녀는 남자의 이름을 부르며 손을 흔들었고, 플레밍 토르프가 그녀를 발견하고 다가가 그녀를 안았다.

단과 마리아네는 깜짝 놀란 표정으로 이 광경을 지켜보며 눈썹을 치켜든 채 서로를 바라봤다. 두 사람은 동시에 함박웃음을 터뜨렸다.

"말도 안 돼!" 단이 숨을 내뿜었다. "당신은 알았어?"

마리아네는 고개를 저으며 단에게 팔짱을 꼈다.

"플레밍은 단 한마디도 안 했어. 예전보다 더 행복해 보인다는 생각은 들었지만……."

"두 사람이 수사 중에 알게 되었는지 아니면 데이트 파트너 주선 사이트에 프로필을 남겨서 알게 된 건지 꼭 알고 싶네."

"모르지……. 이런, 키스를 얼마나 오래 하는지. 이젠 공기가 필요하지 않을까?"

"당신 질투해?"

마리아네는 얼굴 표정 하나 바뀌지 않고 그를 올려다보았다. "하, 하, 하."

"나 진지하게 말하는 거야."

"그래, 당신이 그렇게 생각하는 게 문제인 거야, 멍청한 아저씨야!"

그 순간 라우라가 빨간 배낭과 담요를 들고 왔다. "이봐, 룸펠! 우리 똥강아지!" 그녀는 몸을 숙여 강아지의 목을 긁었다. "아빠, 짐 좀 들어주실래요?"

"이제 다 끝난 거야?"

"네, 이제 빨리 집에 가고 싶어요. 엄마 아빠 안 그래요?" 단과 마리아네는 시선을 마주쳤다.

"그럼, 집에 가고 싶지." 단이 말했다. "우리도 그래!"

감사의 말

마음 깊은 곳에서부터 우러나는 감사의 말을 내 작품의 진정한 첫 독자 그룹인 아래의 이들에게 전한다.

소중한 시간을 엄청나게 많이 투자해준 슈퍼 평론가, 루네 다비드 그루에와 하나 W. 그루에, 불가능한 살인 방법을 치워버리고 전체 플롯을 변경하게 해준 클라우스 브레겐고르, 줄거리의 진행을 너무 빨리 추측하게 하는 몇 장을 없애게 해준 트리네 리히트와 헨릭 팔레, 항상 격려해준 샤를로테 바이스, 이해심 많은 사랑하는 남편 예스페르 크리스티안센에게도 감사한다. 남편이 없었다면 이 책을 절대 쓸 수 없었을 것이다! 인도에 대한 풍부한 지식을 전수해준 기테 그뢰닝 몽크. 한 단어지만 아주 중요한 말로 도움을 주었다.

그리고 정리하자면 : 크리스티안순은 가상의 도시이고, 에게비에르그는 존재하는 지명이지만 그곳에는 기숙학교가 없다. 주님의 집은 저자의 머리에만 존재한다. 그리고 또 하나, 순베르케가 독자들에게 코펜하겐의 한 구역인 홀멘을 연상시킨다면 그것은 절대로 작가의 의도가 아니다.

502

옮긴이 송경은

성신여자대학교 독문과를 졸업하고 독일 괴팅겐대학에서 독문학을 전공했다. 독일 바이에른주 경제 협력청 한국 사무소와 독일 회사에서 근무했다. 지금은 전문 번역가로 활동하고 있다. 옮긴 책으로는 안드레아스 그루버의 《새카만 머리의 금발 소년》, 《지옥이 새겨진 소녀》, 《죽음을 사랑한 소년》, 《죽음의 론도》, 《여름의 복수》, 《가을의 복수》 외에 《이름 없는 여자들》, 《파리는 언제나 사랑》, 《꿈꾸는 탱고 클럽》 등이 있다.

유다의 키스

초판 1쇄 인쇄 2021년 11월 19일
초판 1쇄 발행 2021년 11월 29일

지은이 아나 그루에
옮긴이 송경은
펴낸이 신경렬

편집장 유승현
기획편집부 최장욱 최혜빈 김정주
마케팅 장현기 **홍보** 박수진
디자인 이승은
경영기획 김정숙 김태희
제작 유수경

편집 박은경

펴낸곳 (주)더난콘텐츠그룹
출판등록 2011년 6월 2일 제2011-000158호
주소 04043 서울특별시 마포구 양화로 12길 16, 7층(서교동, 더난빌딩)
전화 (02)325-2525 | **팩스** (02)325-9007
이메일 book@thenanbiz.com | **홈페이지** www.thenanbiz.com

ISBN 979-11-5879-177-3 03850